Der Thiergarten

I. Jahrgang

SALZWASSER
VERLAG

F. Weinland

Der Thiergarten

I. Jahrgang

Unveränderter Nachdruck der Originalausgabe von 1864.

1. Auflage 2022 | ISBN: 978-3-75259-690-8

Verlag: Salzwasser Verlag GmbH, Zeilweg 44, 60439 Frankfurt, Deutschland
Vertretungsberechtigt: E. Roepke, Zeilweg 44, 60439 Frankfurt, Deutschland
Druck: Books on Demand GmbH, In de Tarpen 42, 22848 Norderstedt, Deutschland

Der Thiergarten.

Allgemeine deutsche Monatschrift

für

Kunde, Beobachtung, Zucht und Pflege der Thiere,

mit besonderer Rücksicht auf die

Verbesserung unserer gegenwärtigen Hausthiere

und

Heranbildung neuer.

Unter Mitwirkung der Herren

Dr. **Bodinus**, Director des Zool. Gartens in Cöln, Dr. **K. Bolle** in Berlin, Dr. **Brehm**, Director des Zool. Gartens in Hamburg, **Prof.** Dr. **Fitzinger**, Director des Zool. Gartens in München, Dr. **Funck**, Director des Zool. Gartens in Brüssel, Dr. **Jäger** und Dr. **Uffner**, Directoren des Zool. Gartens in Wien, **Hermann von Nathusius** auf Hundisburg bei Magdeburg, Dr. **Opel** in Dresden, Regierungsrath **Rau**, Director der landwirthschaftlichen Centralstelle in Karlsruhe, **Prof.** Dr. **Rueff** in Hohenheim, **Prof.** Dr. **Sacc** in Barcelona, Dr. med. **Schlegel** in Altenburg, Hofdomänenrath **von Schmidt** in Stuttgart, Dr. **Verwey**, Director des Zool. Gartens im Haag, Dr. **Westermann**, Director des Zool. Gartens in Amsterdam und anderer Fachgenossen

herausgegeben von

Dr. D. F. Weinland

auf Hohen-Wittlingen, O.A. Urach, Königr. Württemberg,

Mitglied der Kaiserlich Leopoldinisch-Karolinischen deutschen Academie der Naturforscher, der Academie für Wissenschaften und Künste in Boston, Mass., der K. K. Zoologisch-Botanischen Gesellschaft in Wien, der Wetterauischen Gesellschaft für die gesammte Naturkunde, des Acclimatisations-Comité's für Rußland in Moskau, der Nord-Amerikanischen Gesellschaft für den Fortschritt der Künste und Wissenschaften, der Naturforschenden Gesellschaft zu Boden; — Correspondirendem Mitgliede des Vereins für Naturkunde im Herzogthum Nassau, der Gesellschaft Isis für Vaterländische Naturgeschichte in Dresden, des Essex-Institutes in Salem; — Ehrenmitglied der Gesellschaft Naturforschender Freunde in Berlin, der Naturforschenden Gesellschaft zu Emden, der Zoologischen Gesellschaft (Zool. Garten) in Cöln, und der Zoologischen Gesellschaft (Zool. Garten) in Hamburg.

I. Jahrgang.

Stuttgart.

1864.

Inhalt.

Abhandlungen.

Seite

Zur Rechtfertigung. Vom Herausgeber. 1— 4
Unsere Bären. Von Dr. Brehm 4—7; 29— 32
Ueber Zucht und Pflege des Goldfasans. Von Dr. Bodinus 7—11; 32—36; 54— 58
Ueber die Erschaffung der Thiere in Paaren. Von Dr. G. Jäger . . . . 11— 14
Der Frosch im Karpfenteiche. Von Dr. Schlegel . . . . 14— 16
Zucht der Seidenraupe Yama-Mai. Von Dr. Sacc. . . . . 16— 17
Das Steppenhuhn, ein Einwanderer in Deutschland. Vom Herausgeber. (Mit Abbild.) . . . . 17— 21
Die Behaarung und das Klima. Vom Herausgeber. . . . . 25— 29
Ueber Fang, Lebensweise und Abrichtung des Hühnerhabichts. Von Lungershausen 37— 44
Eine zoologische Rundreise im Winter. Vom Herausgeber. . . . . 49— 54
Staarmatz als Strohwittwer. Von Dr. Schlegel. . . . . 58— 60
Ein Besuch im zoologischen Garten in Köln. Vom Herausgeber. . . . 69—72; 93— 98
Ueber griechische Bienen. Von Valerius Deumer . . . . 75— 78
Der Gepard in Gefangenschaft. Von Dr. Schlegel. . . . . 78— 79
Beitrag zur Ornithologie von Neu-Guinea. Von H. von Rosenberg . . . . . 80— 83
Einige Notizen über Pfauen. Von Dr. Ed. von Martens . . . . 103—105
Ueber die Bastardirung des europäischen Steinbocks mit der gemeinen Ziege. Von Dr. L. J. Fitzinger 105—108; 123—127; 140—143
Zum Andenken an Pastor Brehm. Vom Herausgeber . . . . 117—123
Der Eisvogel in Gefangenschaft. Von Dr. Schlegel . . . . 133—136
Ueber eingeführte und verschleppte Thiere auf den Azoren. Von Dr. Ed. von Martens . . . . 136—139
Zur Veränderlichkeit der Hausthiere. Von R. Dettel . . . . 143—144
Der Schabrakentapir im Thiergarten zu Hamburg. Von Dr. Brehm 149—154; 178—182; 208—212; 231—233
Der Verstand der Thiere. Von Jürgen Bona Meyer 155—160; 173—178; 202—205
Ueber Polygamie bei Singvögeln. Von J. Jacobi . . . . 161—162
Skizzen aus dem Thiergarten zu Wien. Von Dr. Jäger. 182—186; 197—201; 220—225
Einiges über die großen langhaarigen Hofhunde. Von L. . . . . 186—190
Einige Berichtigungen, den Charakter und das Leben des Wolfs betreffend. Von Kreisförster Kade . 190—191; 205—208
Literarisches. Vom Herausg. 213—217; 246—251
Bastardzucht zwischen Stieglitz und Canarienweibchen. Von C. C. . . . . 225—231
Beobachtungen an gefangenen Eichhörnchen. Von Conf. Tiemann . . . . 242—246

Nachrichten aus den zoologischen Gärten:

zu Wien . 21; 182—186; 197—201; 220—225
zu Hamburg 60—61; 99—102; 127—130; 131—132; 144—146
zu Dresden . . . 72—75; 98—99; 217—220
zu Moskau . . . . 102—103
zu Köln . . . . 162—166; 168—171
zu Breslau . . . . 166—168

Correspondenzen.

W. Schmidt, Offenbach 13. Nov. 1863 (Rörg) 22
Dr. Ed. von Martens, Berlin, Dez. 1863 (Elster) 45
H. A. Hopf, Gotha 29. Dez. 1863 (Wellenpapageyen) . . . . 45—46
J. M. Cornöli St. Gerlach, Houthem Jan. 1864 (Ueberwinterung von Thieren) . . . . 61—62
Dr. Sacc, Barcelona 25. Jan. 1864 (Zierfisch aus China) . . . . 62—63

Seite

- H. A. Hopf, Gotha 13. Febr. 1864 (Wellenpapageyen) . . . 84–85
- Dr. Sacc, Barcelona 28. Febr. 1864 (Yama-Mai. Spanische Hausthiere) . 85
- Dr. Brehm, Hamburg 16. März 1864 (Nörz) . . . 85–86
- J. M. Cornéli St. Gerlach, Houthem 14. März 1864 (Ueberwinterung von Thieren) . . . 87
- Dr. Sacc, Barcelona, 19. April (Monstrositäten. Haltung der Vögel in Gefangenschaft. Arara. Mähnenhirsch) . . . 109–110
- R. Dettel, Görlitz, 27. Jan. (Acclimatisation) . . . 110
- Dr. Girtanner, St. Gallen, Juli (Mauerläufer. Behandlung kranker Vögel) . 192–194
- M. K. Port au Prince 7. Aug. (Haitianische Hausthiere u. s. f.) . . . 194–195
- Stadtpfarrer Göller, Waldenburg 4. Okt. (Zahmer Buchfink) . . . 233–234
- K. Dube, Klein-Nordsee Sommer 1864. (Saatkrähe und Gabelweihe) . . . 234–235
- Dr. E. v. Martens. Berlin 25. Dec. (Bewegungen der Fische und Krebse) 251–252

Literatur.

- Dr. Brehm und Dr. Roßmäßler, Die Thiere des Waldes . . . 22
- Dr. Fritsch, Naturgeschichte der Vögel Europa's . . . 63–64
- Dr. Reichenbach, 1) Die vollständigste Naturgeschichte der Affen 2) die Singvögel 111–112
- Graf v. Waldersee, Der Jäger; illustrirt von L. Beckmann . . . 146–148
- Dr. Bodinus, der Zoolog. Garten in Köln 171
- H. von Nathusius, Vorstudien für Geschichte und Zucht der Hausthiere, zunächst am Schweineschädel 213–217; 246–251
- Dr. Brehm u. Zimmermann, Bilder und Skizzen aus dem Zoologischen Garten zu Hamburg . . . 249
- Dr. Göring, Wanderbeiträge zur Thierzucht 251

Miscellen.

- Das Gesetz der Geschlechter . . . 23
- Bärenjagden . . . 23
- Zoologischer Garten zu Dresden . . . 24
- Künstliche Alsinien . . . 24
- Akklimatisations-Gesellschaft in Paris . . . 46
- Bedeutung des Thierreichs im Welthandel . 46
- Frühgeburt bei Hausthieren . . . 47
- Künstliche Befruchtung der Obstbäume . . . 47
- Bastard von Hase und Kaninchen . . . 48
- Fuchs-Witterung . . . 48
- Zum Thierschutz . . . 48
- Naturwissenschaftliche Fakultät . . . 48
- Thierzeichnungen . . . 48
- Rennthiere im Affentheater . . . 64
- Pferdeseuche . . . 65
- Birmingham-Hühner-Ausstellung . . . 65
- Smithfield Thier-Ausstellung . . . 65
- Seidenbau . . . 65
- Blutegel-Zucht . . . 65
- Weißer Storch roth geworden . . . 65
- Ertrag der Jagd in Böhmen . . . 66
- Adlernest ausgehoben . . . 66
- Zoologischer Garten bei Zürich . . . 67
- Freie Thiere im Zool. Garten zu Hamburg . 67
- Puter . . . 67
- Trichinen . . . 88
- Maul- und Klauen-Seuche . . . 88
- Monstrositäten von Thieren im Freien . 89
- Künstliche Austernzucht . . . 89
- Zusammenleben der Thiere im Freien . . . 90
- Jagdhund . . . 90
- Verhältniß d. Geschl. bei Hirsch, Reh u. Gemse 90
- Das wilde Pferd in Rußland . . . 90–91
- Verwandtschafts-Heirathen . . . 91
- Gehirn, Augen und Bewegungen der Fische 91
- Bastarde von Hausvögeln . . . 92
- Naturhistorische Abbildungen . . . 92
- Aquarienhaus in Hamburg . . . 113; 131–132
- Ranzzeit des Fuchses . . . 116
- Faltenschwein . . . 116
- Epidemie bei Hausgeflügel . . . 115
- Nackte Hautstellen bei Vögeln . . . 148
- Acclimatisation bei den alten Römern . 148
- Cochin-Chinahuhn . . . 171
- Biber in Böhmen . . . 172
- Ein Delphin im Zool. Garten zu Hamburg 195
- Pferdezucht . . . 235–236
- Zur Reinzucht von italienischen Bienen . 236
- Eichhörnchen nagen Hirschgeweihe an . . 236
- Künstliche Vogelnester . . . 253

Der Thiergarten.

Allgemeine Deutsche Monatschrift
für Kunde, Beobachtung, Zucht und Pflege der Thiere,
mit besonderer Rücksicht auf die
Verbesserung unserer bisherigen **Hausthiere** und die **Heranbildung** neuer.

Erster Jahrgang
1864.

Nro. 1.

Verlag von
Ebner & Seubert
in Stuttgart.

Preis
für den ganzen Jahrgang
fl. 2. 42 kr.
oder
Thlr. 1. 18 Sgr.
Zu beziehen
durch alle Buchhandlungen
und Postämter.

Unter Mitwirkung der Herren

Dr. **Bodinus**, Director des Zool. Gartens in Cöln, Dr. **K. Bolle** in Berlin, Dr. **Brehm**, Director des Zool. Gartens in Hamburg, **Prof.** Dr. **Fitzinger**, Director des Zool. Gartens in München, Dr. **Funck**, Director des Zool. Gartens in Brüssel, Dr. **Jäger** und Dr. **Uffner**, Directoren des Zool. Gartens in Wien, **Hermann von Nathusius** auf Hundisburg bei Magdeburg, Dr. **Opel** in Dresden, Regierungsrath **Rau** in Karlsruhe, **Prof.** Dr. **Rueff** in Hohenheim, **Prof.** Dr. **Sacc** in Barcelona, Dr. med. **Schlegel** in Altenburg, Hofdomänenrath **von Schmidt** in Stuttgart, Dr. **Verwey**, Director des Zool. Gartens im Haag, Dr. **Westermann**, Director des Zool. Gartens in Amsterdam und anderer Fachgenossen

herausgegeben von

Dr. D. F. Weinland

auf Hohen-Wittlingen, O.A. Urach, Königr. Württemberg.

Inhalt: Zur Rechtfertigung. Vom Herausgeber. — Unsere Bären. Von Dr. Brehm. — Ueber Zucht und Pflege des Goldfasans. Von Dr. Bodinus. — Ueber die Erschaffung der Thiere in Paaren. Von Dr. Jäger. — Der Frosch im Karpfenteiche. Von Dr. Schlegel. — Zucht der Seidenraupe. Von Prof. Dr. Sacc. — Das Steppenhuhn. Vom Herausgeber. — Nachrichten aus dem Zoologischen Garten in Wien. — Correspondenz. — Literatur. — Miscellen. — Zu verkaufen.

Zur Rechtfertigung.

Vom Herausgeber.

Eine neue Zeitschrift für Thierkunde und Thierzucht, eine Zeitschrift für Pflege eines solchen Zweigs am Baume deutscher Bildung, der nur im Frieden wohl gedeihen zu können scheint, — sie muß ihr Auftreten wohl rechtfertigen in dieser Zeit, wo ein Sturm zu nahen droht, der jenen Baum — entblättern soll? Wir glauben das Letztere nicht. Ein Krieg, den ein geistig und sittlich nicht nur gesundes, sondern auch mächtiges Volk, ja wohl das geistig mächtigste unter den Völkern der Erde für die Freiheit seines Bodens führen wird, ein solcher Krieg wird alle ächte Geistesarbeit nicht lähmen, sondern fördern. Wenn der Frühlings-Ostwind durch die hohen Tannen des Schwarzwalds saust, da stöhnen freilich auch die gesündesten Bäume und jede Wurzel wird geprüft, da kracht wohl auch der eine oder andere und stürzt zusammen, aber das trifft doch immer nur jene haltlosen, welche nicht mehr werth waren zu leben, weil sie nicht tief und nicht breit genug in der Muttererde wurzelten. So wird auch der Kampf um die Ehre, d. h. um's Dasein, der dem deutschen Volke bevorsteht, nur diejenigen Aeste vom Baume seiner Kultur abreißen, die nicht mehr lebensfähig sind. Laß sie fahren dahin! Die deutsche Wissenschaft wird siegreich und ungekränkt aus dem Kriege hervorgehen.

Unsere ganze deutsche Kulturgeschichte, wie die Kulturgeschichte der Menschheit überhaupt dreht sich ewig um die Eine Angel, um das Mosaische Gebot: „Du sollst herrschen über die Erde." Je weiter ein Volk in dieser Herrschaft vorgeschritten, um so höher steht es. Jede Kraft, jede Thätigkeit, die dieser Herrschaft dient, ist jederzeit und aller Orten berechtigt, und jeder Erfolg, jeder Fortschritt in dieser Richtung hat mehr Anspruch darauf, in der Geschichte der Menschheit aufgezeichnet zu werden als die größte Kriegsthat. Was wissen wir, was bekümmern wir uns um die Eroberungskriege der alten Asiatischen Kulturvölker; — aber von dem Ackerbau, von den Hausthieren, die wir von ihnen überkommen, hängt heute unser ganzes civilisirtes Leben, ja jeden Tag unserer Existenz ab. —

Herrschaft über die Thiere ist ein wesentlicher Theil jenes Mosaischen Gebots [1]), ja so wesentlich, daß wir unseren obigen Satz dahin näher beschränken möchten, daß, je intensiver diese Herrschaft bei einer Nation, um so höher ihre Kultur. Wir müssen das näher motiviren.

Jener erste Europäer, von dem keine Geschichte, keine Sage uns Kunde gab, und von dem wir erst in allerneuester Zeit Schädel und Werkzeuge ausgegraben haben, herrschte sicher auch über die Thiere, denn er lebte von ihnen. Er überfiel den Hirsch, das wilde Rind, das Schwein mit List und erschlug sie mit seinem Steinbeil oder tödtete sie durch einen Steinwurf. Seine Herrschaft über die Thiere unterschied sich von der Herrschaft des Löwen über andere Thiere nur dadurch, daß er — als Mensch — sich selbstgefertigter Werkzeuge, mühsam aus Feuerstein bearbeiteter, bediente. — Hausthiere hatten die ersten Menschen sicher nicht, denn um ein Thier zum wirklichen Hausthiere zu machen, dazu gehört mehr als Eine Generation

[1]) Der Mensch allein unter aller Kreatur steht aufrecht da, wie es dem Herrscher geziemt. Schon dieses Zeichen allein genügt, um die Sklaverei als unmenschlich zu verdammen, denn auch der Neger blickt frei und aufrecht über die Erde hin und zum Himmel empor, so gut wie der Weiße.

von Menschen, dazu gehörten in jenen primitiven Zeiten sicher Jahrhunderte, vielleicht Jahrtausende. [1])

Das war die erste Epoche der Herrschaft des Menschen über die Thiere, die Herrschaft durch List und Gewalt; sie bezeichnet das Leben des rohesten Barbaren, der in allem Lebendigen um ihn her nur Feinde erblickt. —

Wo das erste Hausthier auftritt, da hat diese rohe Barbarei ein Ende. Der Mensch findet es in seinem Interesse, den todten Werkzeugen (Steinbeil u. s. f.), die er sich gebildet, lebendige Werkzeuge, denn das sind die Hausthiere, zuzugesellen. Dieß kann er aber nur durch Beobachtung, Nachdenken. Er muß zunächst die Gewohnheiten, Neigungen und Bedürfnisse des wilden Thiers ergründen, und indem er diese, so weit es ihm nöthig scheint, erfüllt, es an sich gewöhnen, sein Zutrauen gewinnen, um endlich die Kräfte des Thiers sich dienstbar zu machen.

Diese zweite Epoche der Herrschaft des Menschen über die Thiere begann höchst wahrscheinlich mit der Zähmung des Hunds, in welchem sich jener wilde Jäger zunächst eine treffliche Stütze schuf; dann folgten wohl Rind, Renuthier, Schwein u. s. f.

Auf dieser Stufe, die selbstverständlich wieder die verschiedensten Perioden in sich schließt, steht die gewöhnliche Hausthierzucht überhaupt, wie wir sie allgemein auf der Erde noch heute finden, freilich in sehr verschiedener Entwicklung bei den verschiedenen Nationen. — Aber selbst die gefördertsten Völker der Erde, die germanischen haben bis in die allerneuste Zeit sich bis jetzt kaum einige Dutzend Arten aus dem unermeßlichen Reiche der Thiere als Hausthiere anzueignen vermocht.

Allein damit ist die prädestinirte Herrschaft des Menschen über das Thierreich noch nicht beendet. Die eigentliche und wahre Herrschaft tritt vielmehr erst in dritter Epoche auf mit der Thierkunde, mit der Wissenschaft vom Thiere. Diese systematische, eigentlich erst von Linné, d. h. seit einem Jahrhunderte datirende Erforschung des ganzen Thierreichs der Erde erscheint nunmehr in ihren großen Zügen festgestellt. Sie ist zunächst nur eine theoretische, ein Theil der Einen großen menschlichen Wissenschaft überhaupt und hat als solche zunächst ihre volle Berechtigung in sich selbst. Aber es konnte doch andererseits nicht fehlen, daß diese ausgedehnte Kunde

[1]) Um nicht mißverstanden zu werden, fügen wir hier bei, daß uns wohlbekannt ist, daß schon das Steinzeitalter Hausthiere hatte; allein das Steinzeitalter umfaßt einen sehr langen Zeitraum und während seine Anfänge in das erste Erscheinen des Menschen zurückweisen, finden wir andererseits in dem späten Steinzeitalter eine Höhe der Kultur, die sich von der Halbkultur der heutigen Lappen wenig unterscheidet. Das Steinzeitalter ist ein künstlicher Begriff, der für unsere jetzige Kenntniß jener alten Zeit noch ausreichen mag, aber bald durch tiefere Einsicht überwunden werden wird.

von der Mannigfaltigkeit der Thierformen, sowie diese genaue Erforschung der Organisation, Entwicklungsgeschichte, der geographischen Verbreitung der einzelnen Arten auch einen mächtigen Rückschlag auf die praktische Verwerthung der Thiere zu Nutz und Frommen des Menschen üben mußte. — Als die Zoologie uns von fremden Bienenarten, vorzüglicher als die unsere, berichtete, von Seidenraupen, die von Eichenlaub leben, von einer Rinderart, die als Lastthier, ja als Saumthier in Thibet schon die besten Dienste leistet und dessen Haare sogar von Werth sind, von Prachtfasanen, die selbst unsere Pfauen überstrahlen, von Papageien, welche mit Leichtigkeit im Zimmer nisten u. s. f., da mußte man sich doch fragen, ob denn jene kleine Zahl unserer Hausthiere immer so klein bleiben müsse? — Wir sind der festen Ueberzeugung, daß dem nicht also ist, daß vielmehr in hundert Jahren von heute die Zahl der den menschlichen Haushalt verschönernden und belebenden Thiere wohl verdoppelt sein kann. Diesem Zwecke ganz besonders soll unser „Thiergarten“ gewidmet, in diesem Sinne speciell will er eine vermittelnde Brücke sein zwischen dem theoretischen Thierkenner und dem praktischen Thierzüchter.

Unsere Bären.

Von Dr. A. E. Brehm, Director des zoologischen Gartens zu Hamburg.

Erster Artikel.

Es will mir scheinen, als ob die Vorsteher der meisten Thiergärten bis jetzt eine ihrer wesentlichsten Aufgaben in auffallender Weise vernachläßigt hätten. Nur sehr wenige von ihnen sind in die Fußstapfen Cuviers getreten und haben die Beobachtungen, welche sie machen konnten und machen mußten, in einer für die Wissenschaft ersprießlichen Weise veröffentlicht. Im Ganzen darf man nicht verkennen, daß die Thiergärten bisher herzlich wenig für die Wissenschaft geleistet haben.

Der mit ihnen näher Vertraute lernt die Gründe kennen, welche für diese geradezu auffallende Thatsache maßgebend sind. Diese Institute lassen noch in gar mancher Hinsicht viel zu wünschen übrig und namentlich das Eine ist schlimm, daß sie bis jetzt noch immer höchstens (denn manche stehen in der That auf der Stufe der Menagerie) als praktische Versuchsanstalten der Thierkunde angesehen werden, während sie berufen sind, eine Hochschule der Wissenschaft zu sein. Sehr wichtige Fragen, welche gegenwärtig die wissenschaftliche Welt bewegen, können nur in den Thiergärten gelöst oder wenigstens ihrer Lösung näher gebracht werden; denn das lebende Thier ist für die Beobachtung unzweifelhaft ein weit ergiebigerer

Gegenstand, als das todte, welches letztere die meisten Thierkundigen ihren Arbeiten zu Grunde legen müssen.

Alle meine Fachgenossen werden mit mir überzeugt seyn, daß wir im gegenwärtigen Augenblick die einfache Frage: „Was ist Art?“ nicht zu beantworten vermögen. Der bisher übliche Schulbegriff scheint durch Darwin und Andere umgestoßen worden zu sein: den „klimatischen Varietäten“ wird ein Spielraum eingeräumt, wie früher nie. Man bildet sich ein, daß ein und dasselbe Geschöpf durch Veränderungen irgend welcher Art in seiner Lebensweise so wesentlich umgewandelt werden könne, daß es als das ursprüngliche kaum oder nicht zu erkennen ist. Diese Ansicht hat dann zur nothwendigen Folge gehabt, daß man in der Neuzeit den Artbegriff sehr erweitert hat, ja, daß er zu einem vollständig schwankenden und unklaren geworden ist. Man läßt eben gar nichts mehr gelten und kann, wenn man auf diesem Wege weiter geht, sicherlich noch dahin kommen, daß man alle Glieder einer Gattung als ein und derselben Art angehörige betrachtet. Ich bin weit entfernt, die Trennungen, welche von anderer Seite versucht worden sind, unbedenklich gut zu heißen, stehe aber keinen Augenblick an, zu erklären, daß ich den Standpunkt derjenigen theile, welche die sogenannten „klimatischen Varietäten“ nicht anerkennen und in zwei Thieren, welche sich durch irgend Etwas von einander unterscheiden, verschiedene Arten sehe, vorausgesetzt, daß diese Unterschiede sich als ständig herausstellen. Mein Wanderleben, welches ich ausschließlich zu Gunsten der Beobachtung höherer Thiere geführt habe und meine jetzige Wirksamkeit lassen mich glauben, daß solche Ansichten so ohne Weiteres nicht wegzureden sind, mindestens erst durch scharfe und sorgfältige Beobachtungen widerlegt werden müßten, bevor man sie als gehaltlos bezeichnen darf.

Ich will im Nachstehenden versuchen, einige Belege für das eben Gesagte zusammenzustellen und zunächst die Bären im weitesten Sinne, welche der Hamburger Thiergarten gegenwärtig beherbergt, einer Prüfung unterwerfen.

Wie bekannt sind die Naturforscher über die Bären, welche Europa bewohnen, noch heutigen Tages nicht im Reinen. Einige, aber sehr Wenige, behaupten, daß es mehrere Arten gibt, Andere versichern, die Uebergänge von einer dieser Arten zu der andern beobachtet zu haben und nehmen die verschiedenen Thiere deßhalb höchstens als Spielarten an, falls sie dieselben überhaupt berücksichtigen. Auffallend hierbei ist, daß die sogenannten Balgzoologen die letztere Ansicht vertreten, während alle diejenigen Naturforscher, welche das lebende Thier vor sich sahen und sich die Mühe gaben, zu vergleichen und zu beobachten, Verschiedenheiten auffanden, welche sie unmöglich als zufällige ansehen konnten. Bereits Albertus Magnus unterscheidet zwei Bärenarten, den **braunen**, welchen er Ursus fuscus nennt und den **schwarzen**, den er als Ursus niger bezeichnet. Linné spricht nur von einem einzigen, Ursus arctos, und diesem allein gönnt man einen Platz in der Naturgeschichte, obgleich man immer erwähnt, daß Jäger und überhaupt Leute, welche mit den Thieren in nähere Berührung kommen, als die Herren Balgforscher selbst, mindestens zwei Arten bestimmt unterscheiden: den **Honig-** oder **Aasbären** und den **Ameisenbären**. **Pallas** sagt, daß diese Unterscheidung auch in Rußland allgemein üblich sei, jedoch eines hinreichenden Grundes entbehre, weil die Bären je nach der Jahreszeit, Mangel oder Ueberfluß an Nahrung verschieden gefärbt wären und verschiedenartig sich betrügen. Es scheint fast, als ob die späteren Forscher es gar nicht gewagt hätten, an den Ansichten von Linné und Pallas zu rütteln. **Eversmann**, welchem neben Cuvier das Verdienst gebührt, sich mit den Bären genauer beschäftigt zu haben, gesteht dies unverhohlen ein und sagt ausdrücklich, daß er durch die bestimmte Behauptung des berühmten Pallas lange Zeit zurückgehalten worden sei, dem Gegenstande besondere Aufmerksamkeit zu schenken, endlich aber doch angefangen habe, den Ausspruch jener Naturforscher zu bezweifeln. Cuvier, dessen bewunderungswürdigen Scharfblick jeder anerkennen muß, welcher sich bestrebt, ihm zu folgen, scheint derartige Bedenken nicht gehabt zu haben, und zwar wahrscheinlich aus dem einfachen Grunde, weil er seine Beobachtungen an lebenden, nicht aber an todten Thieren gemacht hat. Beide Gelehrte behaupten nun mit aller Bestimmtheit, daß in Europa mehrere Arten von Bären leben, in Ost und Nordost zwei oder drei und im Westen noch einer mehr, drei und bezüglich vier. Namentlich Eversmann beschreibt die beiden in Rußland vorkommenden außerordentlich sorgfältig und überzeugt jeden Unbefangenen von der Richtigkeit seiner Ansicht. Er veröffentlichte seine Beobachtungen erst, nachdem er sorgfältige Erkundigungen eingezogen und eine Reihe von Schädeln beider Arten verglichen hatte, während Cuvier hauptsächlich nach den Beobachtungen urtheilt, welche er an lebenden Thieren sammeln konnte.

Unser Thiergarten besitzt gegenwärtig sechs von den zunächst in Frage kommenden d. h. europäischen Bären; zwei andere, welche wir besaßen, sind abgegeben worden. Die noch im Garten lebenden sechs stammen aus Rußland, aus der kaiserlichen Menagerie zu Schönbrunn und aus den Pyrenäen. Hinsichtlich der Ersteren und des Letzteren kann über das Vaterland kein Zweifel bestehen, während ich wenigstens das Vaterland des uns von Sr. Majestät dem Kaiser von Oestreich geschenkten Bären nicht kenne. Zu meiner nicht geringen Ueberraschung fand ich nun, daß diese sechs Bären drei Arten vertreten. Vier von ihnen, die russischen, sind sogenannte **Ameisenbären**, Ursus formicarius, Eversmann, der aus Schönbrunn stammende ist der

Aas- oder Honig (?) bär, Ursus cadaverinus, Eversmann, und der dritte endlich der Pyrenäenbär, Ursus pyrenaïcus, Cuvier.

Es hat einige Zeit gekostet, ehe ich mich entschließen konnte, die Ansicht der genannten beiden Forscher zu theilen: die länger fortgesetzte Beobachtung aber hat mich überzeugt, daß sie vollkommen Recht haben. Ich glaube, dies mit aller Bestimmtheit aussprechen zu können, nachdem nun auch der Haarwechsel vorüber ist und ich die betreffenden Bären in allen Kleidern gesehen habe.

Es wird nicht überflüssig sein, dem Nachfolgenden die Originalbeschreibungen von Eversmann und Cuvier vorauszuschicken. „Der Aasbär oder Aasfresser," sagt der Erstgenannte, „ist mehr als doppelt größer, als der Ameisenbär. Sein Schädel ist plumper gebaut, verhältnißmäßig kürzer und beträchtlich höher. Das Stirnbein ist oberhalb der Augenhöhle gewölbt, schießt dann schräg ab und bildet dann mit dem Nasenbein eine Einbucht. Das Nasenbein ist nicht gerade, sondern schwingt sich zum Stirnbein etwas aufwärts. Die länglich runden Augenhöhlen stehen steiler, als bei den anderen Arten. Der vordere Theil des Gesichts, die Schnauze, ist von oben gesehen verhältnißmäßig breiter, der Unterkiefer stärker. Das Kinn, die Vereinigung der Aeste des Unterkiefers ist nicht so schräg, wie bei dem Ameisenbär. Die Eckzähne sind stärker, breiter an der Basis und kürzer. Der Pelz ist im Allgemeinen braun, nur am Halse und an den Schultern heller schmutziggelb oder gelblich braun. Alle Füße sind bei dieser, wie bei der andern Art, braunschwarz. Der junge Bär dieser Art ist braun und bringt ein schneeweißes Halsband mit auf die Welt. Dieses Halsband ist bis zum ersten Haarwechsel schmal und wie gesagt, rein weiß. Später dehnt es sich mehr und mehr aus, verliert allmählig seine weiße Farbe, wird schmutzig oder bräunlich gelb und zuletzt gelblich braun, so daß eben dadurch bei dem erwachsenen Bär die oben angeführte blässere Gegend des Halses, der Schultern und des Hinterkopfes entsteht. Man findet im Ural und auch weiter in Sibirien Spielarten, bei welchen jene blässer gefärbte Gegend weißer und auch ganz weiß ist, auch findet man solche, wo der ganze Bär mehr oder weniger weißlich ist. Ebenso gibt es aber auch alte Bären, bei denen der ganze Pelz schwarz oder schwarzbraun ist." (Schluß folgt.)

Ueber Zucht und Pflege des Goldfasans.

Von Dr. Bodinus, Director des Zoologischen Gartens in Cöln.

Trotzdem, daß der Goldfasan seit langer Zeit in Europa bekannt ist, wird er von jedem Beschauer mit immer gleichem Entzücken betrachtet, die

Macht der Gewohnheit konnte die Freude an dem prachtvollen Farbenglanze seines Gefieders nicht abstumpfen und wer ihn zum ersten Male sieht, kann sich kaum von dem herrlichen Anblicke losmachen, während ihm seltenere dem Kenner werthvollere Vögel nur ein geringes Interesse abzugewinnen vermögen. Dennoch muß es Verwunderung erregen, daß ein so wahrhaft prachtvolles Thier nach so langer Einführung in Europa trotz seiner verhältnißmäßig leicht zu erzielenden Fortpflanzung noch, wenigstens in Deutschland, im Allgemeinen ziemlich sparsam verbreitet, den Liebhabern die Gelegenheit ihre Volieren mit dieser Perle des Vogelgeschlechtes zu schmücken, erschwert ist und oft, wenn sie ihn erworben, die Aufzucht mißlingt oder der Vogel so häufig durch unzweckmäßige Behandlung zu Grunde geht. Was ich mir nun hierüber zu sagen erlaube, ist sicher manchem der geehrten Leser bekannt, er möge daher keine Notiz davon nehmen; viele Anfragen haben mich jedoch überzeugt, daß nicht jedem diese Mittheilungen unwillkommen sein werden und nur diesen wollte ich meine kleinen Dienste leisten.

In dem ziemlich allgemeinen verbreiteten Glauben, daß unser Prachtvogel aus dem warmen Asien stammend, durchaus nicht die Einflüsse der Witterung unter unserm deutschem Himmel ertragen könne, sperren viele denselben ein, suchen für sein Unterkommen eine Behausung aus, welche den Strahlen der Sonne möglichst ausgesetzt ist, vermeiden ängstlich jede Nässe, suchen den Mangel der Sonnenwärme womöglich durch einen heißen Ofen zu ersetzen und reichen, um hinreichende Kraft und Körperfülle zu erzielen reichliches und schweres Körnerfutter; Bewegung hat der arme Vogel dabei nur in geringem Maße, denn ein größerer Raum ist nur mit vermehrtem Kostenaufwande abzusperren und in einem kleineren ist es eben möglich, die Strahlen der Sonne recht kräftig auf denselben fallen zu lassen. — Beobachtet man den Goldfasan jedoch genauer, so wird man bald finden, daß eine solche Behandlung ihm sicher nicht zusagen kann, daß der trocken von der Sonne ausgedörrte heiße Sand, mit welchem man seinen Zwinger füllt, durchaus keinen geeigneten Boden für ihn abgiebt. Es ist nicht Zufall allein, daß derselbe Verstecke im Gebüsche und Grase aufsucht, er ist für diesen Aufenthalt ganz besonders gemacht und seine Füße sind in der Weise gebaut, daß er, etwa ähnlich, wie die Rohrhühner, jene zu durchkriechen und dieses zu überschreiten vermag und sprechen wenigstens sicher nicht dafür, daß er vorzugsweise auf heißen trockenen und sandigen Boden angewiesen ist. Auf diesem stellt sich denn auch bei ihm bald jenes Uebel ein, von welchem alle Vögel ergriffen werden, welche der nothwendigen Anfeuchtung der Füße entbehren, eine Verdickung und Wucherung der Hornhaut der Zehen und Ständer, während die Familie der sogenannten Laufvögel niemals von diesem Uebel heimgesucht wird. Aber abgesehen hiervon äußert die beständige Wärme oder wohl gar Hitze der Füße den nachtheiligsten Einfluß auf den allgemeinen Gesundheitszustand des Vogels und bedenkt man ferner, daß demselben häufig nur schweres Körnerfutter, saftige frische Kräuter wenig oder gar nicht und Insecten oder statt deren wenigstens ein Surrogat erst recht nicht gereicht wird, so darf es nicht Wunder nehmen, wenn ein so schöner Vogel trotz langer Einführung so wenig gedeiht, so leicht erkrankt und sich so schwer vermehrt und verbreitet. Es ist keine Frage und die Erfahrnng hat es bewiesen, daß man mit einiger Umsicht selbst bei geringem Kostenaufwande diesen Uebelständen abhelfen kann.

Als Aufenthaltsort für den Vogel empfiehlt sich am meisten ein kleines Häuschen, aus welchem er sich in einen mit Netz überdeckten Vorhof (Auslauf) begeben kann; ganz nach seiner Wahl kann er auf diese Weise die frische Luft genießen, sich im Freien bewegen und sich zurückziehen, wenn es ihm draußen nicht behagt. Man kann ihn auch recht gut hinter einem Gitter mit geschlossenen Seitenwänden halten, doch ist die zuerst angegebene Art ihn unterzubringen vorzuziehen und kann ich deren detaillirte Ausführung den Lesern, die wohl ohne Ausnahme dergleichen Einrichtungen sahen, ersparen.

Der Goldfasan, welcher nicht sowohl um sich vor Nachstellungen zu schützen, einen versteckten und mit Gras und Gebüsch bewachsenen Aufenthalt liebt, als vielmehr um sich die erforderliche Nahrung zu suchen, wählt als solche namentlich in der wärmeren Jahreszeit vorzugsweise Kräuter und Insekten; erst wenn diese in der kälteren sparsamer werden, geht er zu Sämereien über und wir sehen auch hier, daß die Nahrungsmittel den obwaltenden äußern Einflüssen gemäß gewählt werden. Es ist also vollkommen verkehrt, wenn man meint, der Vogel könne nur gesund bleiben, wenn er recht warm sitzt und wo möglich den größten Theil des Tages von den Strahlen der Sonne getroffen wird; es ist erst recht verkehrt, wenn man meint, unter solchen Verhältnissen denselben mit dem kräftigsten und hitzigsten Körnerfutter pflegen zu müssen. Im Allgemeinen liebt der Goldfasan eine gemäßigte Temperatur, er leidet sowohl bei zu großer Hitze wie bei zu großer Kälte und ist nach meiner Erfahrung die erstere wegen Veranlassung unausbleiblicher Krankheiten noch mehr zu fürchten als letztere. Es ist wünschenswerth, seinen Aufenthaltsort möglichst geräumig zu schaffen und einen Theil desselben mit trockenem Kiessande, den anderen mit Gartenerde, womöglich mit Rasen zu versorgen, welcher sich besonders gut grün erhält, wenn derselbe theils von Gras, theils von weißem Klee gebildet wird. In einem kleineren Raume wird der Rasen natürlich bald zerstört sein, denn das Grüne wird abgefressen und der Rest zertreten, es ist dann aber eine leichte Mühe neue Rasenstücke zu legen. Wohl zu beachten ist es, daß es ein Unterschied ist, ob der Vogel allmählig und nach Bedürfniß sich Grünes abreißt oder ihm nach längerer Entbehrung auf einmal eine Menge desselben hingeworfen wird; im letzteren Falle verzehrt er die ungewohnte Nahrung sofort in zu großer Menge, der Rest desselben bleibt meistens liegen, verwelkt und wird dann verschmähet. Ist der Liebhaber nicht im Stande, für Rasen zu sorgen, so ist sehr zu empfehlen, daß wenigstens 2—3 mal täglich etwas Grünes gereicht wird. Am zweckmäßigsten giebt man Salat, hat man diesen nicht, so nimmt man fein zerschnittenen Grün-Kohl, geschnittenes Gras, geriebene Mohrrübrn, ein Stückchen zerschnittenes Obst ꝛc.; ganz angenehm ist den Vögeln auch der Genuß von Wasserlinsen, aus welchem sie sich überdieß noch eine Menge kleiner Schnecken und Kerbthiere heraussuchen. Als Körnerfutter empfiehlt sich vorzugsweise Buchweizen, zu welchem man etwas Weizen, Hirse und wenigen Hanfsamen thut; als Leckerbissen giebt man täglich etwas Weißbrod. Weizen allein ist zu schwer und macht die Vögel krank. Insekten zu reichen und selbst zu beschaffen ist schon schwieriger; kann man ihrer nicht habhaft werden, so ersetzt man dieselben durch fein gehacktes, mit aufgeweichtem Weißbrod vermischtes rohes Fleisch. Im Sommer frische, im Winter getrocknete Ameiseneier, wenn auch nur in geringer Quantität gereicht, erhalten wesentlich die Gesundheit, und Regenwürmer werden als Leckerbissen sehr begierig verschlungen. Animalische Kost in der einen oder anderen Form ist dringend zu empfehlen. Sehr rathsam ist es, wenn der Raum und sonst die Verhältnisse es gestatten, das Gehege des Vogels mit etwas Gebüsch zu bepflanzen und zwar wo möglich an der dem Beschauer entgegengesetzten Seite. Der Vogel kann sich dann unter dasselbe zurückziehen, ohne sich dem Blicke ganz entziehen zu können; am zweckmäßigsten verwendet man hierzu Buxbaum und Wachholder; ersterer erhält sich immer grün und wird von dem Vogel seiner Blätter nicht beraubt, letzterer gewährt außer denselben Vortheilen noch den, daß die an demselben reifenden Beeren ein gesundes und vortreffliches Nahrungsmittel abgeben. Hat man größere und höhere Räume, so ist aus letzterem Grunde die Pflanzung von Ebereschbäumen empfehlenswerth. Wie schon erwähnt, ist es sehr ersprießlich, daß der Auslauf, d. h. der freibelegene Aufenthaltsort theilweise von grünem Rasen, theilweise mit feinem Kiessande bedeckt ist. Zweckmäßig ist es, wenn der Rasen von der Sonne beschienen werden kann, der Kiesboden dagegen sich an den schattigen Stellen des Geheges befindet und das ganze Gehege so belegen ist, daß bei starkem Regen das Wasser genügenden Abfluß hat. Bei Beobachtung vorstehenden Rathes wird die Atmosphäre mit der für die Gesundheit des Vogels nöthigen Feuchtigkeit geschwängert und das Zuviel schädlicher Nässe vermieden sein.

Daß so ängstliche Vorkehrungen für einen großen geräumigen Zwinger, in welchem die Fasanen umherfliegen können, nicht nöthig sind, versteht sich von selbst; die gestellten Bedingungen finden sich hier von selber. Wohl aber haben Liebhaber darauf zu achten, daß im kleineren Raume sich wenigstens ein Platz befindet, welcher mit ganz pulverartig trockener Gartenerde oder Sand bedeckt dem Vogel gestattet, darin zu baden, da er wie die meisten hühnerartigen Vögel, sich dazu nicht des Wassers, sondern der trocknen Erde bedient, welche durch Kratzen, Drehen und Wenden zwischen die einzelnen Federn geschafft wird und zur Entfernung lästigen Ungeziefers dient. Ein solcher Sandhaufen ist im Winter, wenn die Thiere bei zu ungünstiger Witterung nicht ins Freie gelassen werden können, selbst im Hause anzuempfehlen, in welchem er so lange zurückgehalten wird, als extreme Witterung zu fürchten ist. Nur ungern begiebt er sich namentlich bei geräumigem Auslauf in das Häuschen, in welches er am besten durch eine nahe auf der Erde angebrachte kleine Schiebethüre eintritt und ist es, um ihn dazu zu nöthigen, empfehlenswerth, nur in jenem ihm Futter zu reichen. Wohlgethan ist es, den Auslauf so anzulegen, daß er von der Morgensonne beschienen werden kann; die heißen Strahlen der Mittags- und Nachmittagssonne sind leicht nachtheilig und namentlich dann, wenn der Vogel keinen Schutz dagegen unter Gebüsch aufsuchen kann. Eine mäßige Temperatur ist zu jeder Jahreszeit empfehlenswerth und zur Erzielung einer solchen die nöthigen Vorkehrungen leicht getroffen; im Winter genügt es, wenn das Lokal frostfrei ist.

(Fortsetzung folgt.)

Ueber die Erschaffung der Thiere in Paaren.

Von Dr. Gustav Jäger, Director des zoologischen Gartens in Wien.

Ein unter dieser Ueberschrift in der achten Nummer der Zeitschrift „der Zool. Garten" (Jahrg. IV.) erschienener Aufsatz veranlaßt mich über diese Frage einige Gedanken, die ich in einem bereits im Jahre 1860 gehaltenen und in den Schriften des Vereins zur Verbreitung naturwissenschaftlicher Kenntnisse veröffentlichten Vortrag ausgesprochen habe, mitzutheilen und etwas näher auszuführen.

Jener Vortrag hatte den Zweck, die damals von Darwin auf's Neue in die Wissenschaft eingeführte Transmutationslehre weiteren Kreisen zugänglich zu machen. Ich hatte bereits drei Jahre vor Erscheinen des Darwin'schen Werkes im Verein mit meinem Freund Dr. Rolle über diese Lehre wissenschaftliche Untersuchungen [1]) gepflogen und hatte dieselbe adoptirt. In

[1]) Ich werde einen Theil derselben binnen Kurzem unter dem Titel: „Ueber Entstehung und Umwandlung der organischen Wesen" publiciren.

jenem Vortrage nun habe ich mehrere Punkte namhaft gemacht, in welchen meiner Ansicht nach die Darwin'sche Theorie einer weiteren Ausbildung bedarf und einer jener Punkte steht in engem Zusammenhang mit der Frage, in welcher Individuenzahl neue Species auftreten. Darwin's Ansicht geht bekanntlich dahin, daß die Hervorbringung einer neuen Species aus der Nachkommenschaft einer schon bestehenden, das Werk einer langsamen in beinahe unmerklichen Abstufungen vor sich gehenden Abänderung von Generation zu Generation sei. Meine Ansicht geht nun dahin, daß diese langsame Abänderung allerdings ein außerordentlich wirksamer Vorgang für die Hervorbringung neuer Formen allein durchaus nicht die ausschließliche Ursache bei der Entstehung neuer Species war.

Darwin selbst führt in seinem Werke einige Thatsachen an, welche uns einen neuen Weg, der zu der Entstehung von neuen Species führen mußte, zeigen. Es ist dieß einmal die Entstehung der hörnerlosen Rinder in Paraguay, sodann der kurzbeinigen Schafe in England, welche die Nachkommenschaft eines einzigen mit den charakteristischen Kennzeichen dieser Rasse geborenen abnormen Individuums sind. Diesen zwei Thatsachen füge ich noch zwei neue hinzu. Die erste betrifft die Mauchampschafe, jene eigenthümliche Abart der Merinoschafe, mit seidenähnlichem Haare, welche die Nachkommenschaft eines von ächten Merinoältern abstammenden abnormen Individuums sind, das sein charakteristisches Merkmal auf seine sämmtlichen Nachkommen fortpflanzte. Die zweite Thatsache sind die vierhörnigen Schafe, welche in Steiermark in nicht unbedeutender Zahl zu finden sind und die durch das männliche Glied ihre als Monstrosität zu betrachtende Eigenthümlichkeit auch bei Kreuzung mit zweihörnigen Schafen constant forterben. In dieselbe Kategorie gehört die Ueberzähligkeit von Fingern beim Menschen, welche in einer schweizerischen Familie trotz fortwährender Kreuzung mit Beharrlichkeit von dem männlichen Gliede auf die Nachkommenschaft sich forterbt. Diese zwei letzteren Fälle sind doch offenbar wie die ersteren ein Beweis für die Constanz der Erblichkeit, welche anfänglich monstros zu nennende Charaktere eines einzigen Individuums haben können.

Wenn wir nun mit Darwin annehmen, daß die Thiere, von der Hand des Menschen gepflegt, denselben Naturgesetzen unterliegen, wie die in der Freiheit lebenden, und es außerdem zur Genüge constatirt ist, daß auch im wild lebenden Zustande solche individuelle Monstrositäten auftauchen, so ist es vollkommen gerechtfertigt, wenn die Transmutationslehre diesen Thatsachen ihre Aufmerksamkeit zuwendet. Für den Fall nämlich, als eine derartige Monstrosität die Lebensfähigkeit oder wenn man so sagen will, die Existenzfähigkeit des betreffenden Individuums seinen Geschwistern gegenüber erhöht, — was gewiß eben so leicht sein kann, als das Gegentheil — so ist — eine ähnliche Erblichkeit wie in den oben angeführten Fällen vorausgesetzt — eine Vermehrung der organischen Formen ohne vorhergehende Uebergangsstufen, die nothwendige Folge und es fällt mit dieser Annahme der von den Gegnern der Transmutationslehre so häufig in Vordergrund gestellte Satz, daß weder die Zoologie noch die Paläontologie die von Darwin angenommenen Uebergangsstufen nachweise, als vollkommen haltlos zusammen. Außerdem spricht kein vernünftiger Grund dagegen, die Entstehung neuer Thier- und Pflanzenformen — ich will durchaus nicht behaupten ausschließlich — sich auf diesem Wege zu denken.

Adoptirt man diese Ansicht, so kommt man natürlich zu einer Anschauung über die Individuenzahl einer neu entstehenden Form, welche der in dem Aufsatz des Herausgebers jener Zeitschrift ausgesprochenen Entstehung neuer Formen in einer Vielzahl von Individuen diametral gegenüber steht. Man muß nämlich annehmen, daß eine neue Thier- oder Pflanzenform entsteht, wenn **ein** seinen Verwandten gegenüber als monstros zu bezeichnendes Individuum durch diese Monstrosität eine höhere Existenzfähigkeit gewinnt und dieselbe auf seine Nachkommenschaft constant vererbt.

Es harmonirt diese Anschauung noch mit einer andern Thatsache, die bei den Anhängern der entgegengesetzten Schule zu der Lehre von den Schöpfungsmittelpunkten geführt hat. Sie besteht darin, daß die Verbreitungsbezirke der einzelnen Formen ein compactes, so zu sagen kreisförmiges Ganze bilden, welches auf eine Ausdehnung dieser Form von einem sogen. Centrum radienförmig gegen die Peripherie schließen läßt. Wenn man eine Entstehung einer neuen Form durch große Individuenzahl sich denkt, so wäre es wunderbar, wenn die Verbreitungsbezirke immer ein derartiges geschlossenes Ganze bilden würden, wie dieses fast ausnahmslos der Fall ist. Nehmen wir dagegen in Uebereinstimmung mit dem früher Gesagten an, daß der Stammvater einer Species nur ein einziges Individuum ist, so haben wir darin die vollständigste Erklärung für jenes unbestrittene Factum.

Die Duplicität der Geschlechter kommt meiner Ansicht nach bei der Entstehung neuer organischer Formen gar nicht in Betracht; denn es ist ja eine altbekannte Thatsache, daß die Kinder nur in den seltensten Fällen ein vollkommenes Mittelding zwischen ihren beiden Eltern sind; sonst müßten ja bei den doppelgeschlechtigen Thieren die Kinder folgerichtig sämmtlich Hermaphroditen sein. Sie schlagen entweder dem Vater oder der Mutter nach und bei jenen oben angeführten Fällen von Erblichkeit einer Monstrosität war es nicht ein Paar mit der gleichen Monstrosität behafteter Individuen, sondern nur ein einziges. Daraus glaube ich den Schluß ziehen zu dürfen, daß die Duplicität des Geschlechts bei dieser Frage gar nicht in's Spiel kommt.

Dieses sind meine Anschauungen über die berührte Frage und ich glaube dieselben einer weiteren Forschung empfehlen zu sollen, damit die Transmutationslehre je eher je früher in den Besitz jener Thatsachen gelangt, welche eine allseitige Würdigung derselben erheischt.

Nur zum Schluß noch eine Bemerkung. Es ist eine in allen Wissenschaften sich wiederholende Erscheinung, daß man fortwährend für die Erklärung einer Thatsachenreihe eine einzige Ursache aufstellt, dieselbe nachträglich verwirft, um eine andere an ihre Stelle zu setzen. Ich meinerseits habe eine viel zu hohe Meinung von der Complicirtheit der Entstehungs- und Existenzbedingungen der organischen Wesen, als daß ich glauben könnte, die Entstehung neuer organischer Formen sei ausschließlich nur auf einem einzigen Wege vor sich gegangen. Meiner Ansicht nach gibt es eine Menge Wege, welche zu demselben Ziele führen und so glaube ich denn auch, daß das Auftreten von, die Existenzfähigkeit erhöhenden Monstrositäten, ebenso wie die Darwin'sche Ansicht von der successiven Abänderung der Nachkommenschaft nur ein einziger der vielen Wege ist, auf welchen die Natur zur Differenzirung der organischen Formen gelangte.

Der Frosch im Karpfenteiche.

Von Dr. Schlegel in Altenburg.

Vater Brehm hat in der Gartenlaube (1859 Nro. 4.) die Frösche von dem Verdachte zu reinigen versucht, daß sie in den Fischteichen Schaden anrichteten, und weist nach, daß die Wasserspitzmaus selbst große Karpfen anfällt und ihnen Gehirn und Augen ausfrißt, was bei der Gefräßigkeit und Raublust dieses kleinen Tigers nicht zu verwundern ist. Aber auch die Wasserkäfer und deren Larven sind verwegene Raubthiere und wissen Aquariumliebhaber, die ohne Arg dergleichen Gesindel ein Plätzchen unter ihren Goldfischen gönnten, zu erzählen, wie jene sich ziemlich großen Fischen an den Leib klammern und die armen Thiere mit blosgelegten Rippen oder blosgelegtem Rückgrat entlassen. Und diesen Räubern glaubte Brehm die Beschädigungen an pfündigen Karpfen, die man in einem Teiche seiner Nachbarschaft mit ausgefressenen Augen und Gehirn fand, als Urhebern zuschreiben zu müssen, im Gegensatz zu dem allgemeinen Glauben, daß Frösche die Urheber seien, bis er endlich nach unmittelbarer Beobachtung der mörderischen Anfälle der Wasserspitzmaus diese der obigen Beschädigung lebender Karpfen beschuldigte.

Daß die Frösche aber in Karpfenteichen sehr großen Schaden anrichten können, haben wir hier erfahren. Herr Rittergutsbesitzer **Nordmann** zu Treben, der die ziemlich bedeutende Teichfischerei zu Haselbach bei Altenburg bewirthschaftet, machte diese Beobachtung in den beiden Frühjahren 1853 und 1854, wo es in Folge anhaltend schlechter Witterung erst gegen Ende April und Anfang Mai möglich wurde, die Winterhaltungen zu fischen.

„In dem betreffenden Teiche wurden circa 200 Schock ½pfündiger Satz überwintert. Einige Tage vor der Fischerei hatte mir ein Bauer erzählt, er habe in einem kleinen Teiche einen großen Karpfen schwimmen sehen, dem ein Frösch auf dem Rücken gesessen habe, so fest, daß ihn der Fisch trotz aller Anstrengungen nicht habe los werden können. Ich hatte diese Erzählung bezweifelt, doch wie groß war mein Erstaunen, als ich bemerkte, daß fast auf jedem Karpfen ein Frosch, auch zwei saßen; welche sich mit ihren Vorderfüßen gewöhnlich in den Augen, häufig aber auch in den Kiemen der Fische festgeklammert hatten, während sie in eckelhaften Bewegungen mit ihren Hinterbeinen die Schuppen von dem Hintertheil der Fische losarbeiteten. Manche saßen auch verkehrt darauf oder hatten sich mit ihren Zehen auf den Köpfen angeklammert, saßen aber fast alle so fest, daß sie mit einer Hand kaum loszureißen waren. Die Folge davon war, daß der größte Theil des schönen Karpfensatzes mehr oder weniger beschunden war, und dadurch unscheinbar geworden, sich nur zu geringem Preis verkaufen ließ. Gegen 15 Schock aber, denen die Augen ausgekrazt, oder die in den Kiemen stark beschädigt und denen eine Masse Schuppen losgekratzt oder losgetreten waren, konnten gar nicht als Satz verwendet werden, da man fürchten mußte, sie würden sterben, oder doch wenigstens kränkeln und nicht wachsen. Das zweite Mal, als ich diese Beobachtung machen mußte, war es nicht so schlimm, aber der Schade doch immer noch empfindlich genug.

Wie kommt es, daß derartige Beobachtungen so selten gemacht worden sind? Jedenfalls darum, weil man gewöhnlich zeitiger, schon im März oder Anfang April die Winterhaltungen fischt und alsdann die Frösche noch im Winterschlafe liegen. Aber warum hat man es nie bei der Fischerei im Sommer oder Herbst beobachtet?

Die einzig richtige Erklärung dazu scheint der Begattungstrieb der Frösche zu sein. Bedenkt man nämlich, daß in den betreffenden Fällen zu einer Zeit gefischt wurde, wo die Frösche bereits ihr Winterlager verlassen hatten, oder durch die bei Ablassung des Teiches den Schlamm aufrührenden, dicht zusammengedrängten Fische hervor gelockt wurden, so treffen jene Beobachtungen mit der Begattungszeit der Frösche zusammen. Und erinnert man sich daran, wie zu dieser Zeit oft drei oder vier Frösche in blinder Gier sich an einander klammern, so wird man sich vorstellen können, wie Frösche in ihrem Eifer an einen Karpfen sich anklammern, um so leichter, in je innigere Berührung beide Thiere bei dem Gewühl von Fischen und Fröschen in einem abgelassenen Teiche gerathen und je weniger hier der Fisch, wie in nicht übersetzten und mit vollem Wasser versehenen Teichen, sich der Umarmung entziehen kann.

Dadurch wird erklärt, warum derartige Beobachtungen so selten gemacht werden, warum nur im späten Frühjahr und warum nicht in angespannten und übersetzten Teichen.

Zucht der Seidenraupe, Yama-Mai.

Von Prof. Dr. Sacc in Barcelona.

Am 1. März vorigen Jahres erhielt ich von der Pariser Acclimatisations-Gesellschaft 175 Eier des japanischen Eichenseidenspinners, wovon nur 33 tauglich waren; die andern waren leer, oder unbefruchtet. Diese Eier kamen von dem holländischen H. Doktor Pompe von Meerderwort, der sie von Japan nach Europa im Januar mitgebracht hatte und sie großmüthig überall verschenkte.

Das Auskriechen der Raupen aus den Eiern war sehr unregelmäßig und dauerte vom 6. März bis zum 26. April; doch sind die meisten Raupen in der letzten Woche des Monates März, und in der ersten des Monates April geboren.

Die ersten Räupchen gingen zu Grunde, weil ich ihnen nur dürre Blätter des Quercus robur darreichen konnte; sobald ich aber junge Knospenblätter haben konnte, habe ich nur noch die verloren, welche durch Spinnen gefressen wurden, was jedoch nach Beseitigung dieser unverschämten Räuber nicht mehr vorkam. Es waren kleine weiße Spinnen, welche sich unter den Blättern verbargen und die so lebhaft waren, daß es schwierig war, sie zu finden und zu holen.

Später habe ich noch zwei Raupen verloren, welche nach der dritten Häutung ertranken. Merkwürdigerweise krochen sie an den Eichenästen rückwärts bis in das Wasser, worin jene standen, und ertranken, obgleich sie fest an den Aesten saßen. Dieses Unglück zwang mich, die Aeste mit einem Stück Tuch bündelweise zusammen zu binden, so daß sie, über den Hals der Wasserflasche hervorragend, die Raupen hinderten, bis an's Wasser zu gelangen.

Die erste Häutung kam am 10ten Tag nach der Geburt, die zweite am 16ten, die dritte am 23ten, die vierte am 36ten, die fünfte am 41ten; die Raupe spann ihre Puppe am 56ten Tag und der Schmetterling kroch zwischen dem 86ten und 93ten Tag aus. So kann man annehmen, daß die Raupe zwei Monate lang lebt, die Puppe nur einen Monat. Der Schmetterling stirbt gewöhnlich am vierten Tage seines Lebens.

Unter meinen Raupen habe ich zwei Varietäten gesehen; beide sind schön grün, aber die eine hat silberglänzende Pünktchen hinter der Brust, welche der andern fehlen; die Schmetterlinge der ersten sind rostgelb, der andern aschgrau; die Cocons der ersten sind blattgrün, die der zweiten von einem tieferen Grün.

Die Cocons sind seidenreich, sehr fest, lassen sich leicht abhaspeln und liefern eine schöne starke und glänzende Seide, welche der des Maulbeerenspinners gleich ist, nur nicht so fein und nicht so elastisch, aber weit kräftiger.

Das Steppenhuhn, (Syrrhaptes (*Ill.*) paradoxus, *Pall.*),

ein Einwanderer in Deutschland.

Vom Herausgeber.

(Mit Abbildung.)

Es ist noch keine hundert Jahre, daß dieser merkwürdige Vogel in den Steppen der östlichen Tartarei von dem berühmten deutschen, in russischen Diensten reisenden Naturforscher Pallas entdeckt wurde, sein Balg galt bis vor einem Jahrzehnt für eine große Seltenheit in den Museen und — mit dem Sommer 1859 erscheint er plötzlich im westlichen Europa, erst in England, Dänemark und Holland, dann seit dem Sommer 1863 auch im Norden unseres Vaterlands, und zwar in solcher Anzahl, daß, wie uns Dr. Altum berichtet, die Badegäste der friesischen Insel Borkum bereits von dem Wohlgeschmack! dieses neuen und interessanten Federwilds zu erzählen wissen.

Nachdem schon Dr. Altum, Dr. Bolle und zuletzt Dr. Brehm, letzterer in der weitverbreiteten Gartenlaube über diesen neuen Gast ausführlich und trefflich geschrieben, könnte es überflüssig erscheinen, ihn nochmals dem deutschen Leser vorzuführen, allein da eine Abbildung[1]) des Vogels nach dem Leben in Deutschland noch nicht existirt, halten wir eine solche für sehr wünschenswerth und da wir den hübschen Vogel selbst seit zwei Jahren lebend zu beobachten die Gelegenheit hatten, erlauben wir uns noch einige Bemerkungen über ihn beizufügen.

[1]) Die beste kolorirte Abbildung, die wir kennen, ist die von Fritsch in seinem herrlichen Werke über die Vögel Europa's gelieferte.

2

Wie unsere Abbildung (Fig. 1) zeigt, sieht das Steppenhuhn seiner Gesammtgestalt nach einer Taube am ähnlichsten. Aber sein Kopf, besonders

Fig. 1.[1]

sein kurzer Schnabel ist durchaus nicht taubenartig, und noch weniger seine Fußbildung. Letztere ist in der That so merkwürdig, so sehr gegen die bei Vögeln gewohnte Bauart, daß Pallas eben deshalb die Art „paradox" nannte. Wie unsere Figuren 2 und 3 zeigen, ist das ganz befiederte zierliche Füßchen nicht wie bei fast allen Vögeln vierzehig, sondern nur dreizehig, und diese drei Zehen selbst sind so kurz und, wie besonders die Ansicht von unten (Fig. 2) zeigt, so kompakt und zusammengewachsen, daß man diesen Fuß mit einer Faust verglichen und die Art — zum Unterschied von anderen Steppenhühnern (Pterocles) sehr passend „Fausthuhn" genannt hat. An diesen merkwürdigen Füßchen kann jeder, dem dieser Vogel aufstoßen sollte, ihn sofort aufs bestimmteste erkennen.

Fig. 2.

Fig. 3.

In Beziehung auf Größe hält das Fausthuhn ungefähr die Mitte zwischen der großen Wildtaube und der Turteltaube, trägt sich aber stets mehr mit aufgeblasenem, gesträubtem Gefieder und erinnert daher durch sein voluminöseres Aussehen fast mehr an die behäbigeren Repphühner und Wachteln als an die schlankeren Tauben.

An seinem Gefieder fallen die zwei außerordentlich langen, fein zugespitzten, horizontal getragenen Schwanzfedern, ferner die ebenso fein zuge-

[1]) Das vorne schreitende ist das Männchen, das hinten stehende das Weibchen.

spitzten äußersten Schwungfedern, endlich die zierlich über den Flügel herabfallenden Flügeldeckfedern auf.

Die Färbung des Gefieders ist die des Steppensands oder der trockenen Ackerkrume, auf welche es zunächst berechnet ist und wo der Vogel schwer bemerkbar sein muß. Auf hell chokolad- fast fleischfarbigem Grundton zeichnen sich, bei dem Männchen regelmäßiger und schärfer als bei dem Weibchen, schwarze Strichelchen und Tüpfel sehr anmuthig ab. [1]) Die Iris in dem lebhaften Auge des in Gefangenschaft gar nicht scheuen, aber doch wie es scheint auch nicht sehr klugen Vogels, ist dunkel schwarzbraun.

Die erste bisher beobachtete Erscheinung des Fausthuhns in Mittel-Europa datirt vom 9. Juli 1859, wo ein Exemplar von dreien auf einer Farm bei Tremadoc in der Nähe von Liverpool geschossen und von Th. Moore, dem Conservator des Derby-Museums jener Stadt richtig erkannt wurde. Von Mai bis Juli 1859 wurden sodann noch gegen ein Dutzend Fälle in verschiedenen Gegenden von England, Ein Fall auch von dem bekannten unermüdlichen Gätke auf Helgoland beobachtet.

In den Jahren 1859—62 scheint kein Vorkommen zur Beobachtung von Sachverständigen gekommen zu sein. Man nahm an, ein Flug jener Steppenvögel habe sich durch Zufall nach den genannten Gegenden verirrt. Da plötzlich taucht mit dem Mai 1863 das Steppenhuhn nicht nur in England, Schweden und Dänemark, sondern auch in Deutschland auf. Dr. Bolle stellt alle diese Fälle aufs Sorgfältigste zusammen und findet deren neun, den ersten am 18. Mai in der Tuchel'schen Heide in Westpreußen, sodann in Schlesien, im Dessauischen, in Hannover, Brandenburg, Böhmen, Sachsen, Ostpreußen. — Alle diese Fälle betrafen aber wie es scheint, doch immer nur einzelne kleine Flüge auf dem Zug. — Häuslich niederlassen aber wollten sich dieselben offenbar auf der friesischen Insel Borkum, woselbst sie sich nach Dr. Altum vom Mai bis August „in kleineren und größeren Schaaren herumtrieben und trotz vielfacher anhaltender Verfolgung nicht nur nicht vertreiben ließen, sondern im Gegentheil sehr heimisch fühlten.“ Diese Insel hat einerseits herrliche Wiesen und Weiden aufzuweisen, andererseits aber auch eine große Sandebene, die hin und wieder mit

[1]) Männchen: der Kopf ist grau, Kehle und Nacken rothbräunlich. Der ganze übrige Körper obenher gelblichfleischfarbig, über den ganzen Rücken mit vielen schwarzen Querstrichelchen besät. Die Flügel vorne her ohne Flecken, nach hinten mit scharfen schwarzen Tupfen. Bauch vor den Beinen tiefschwarzbraun, hinter denselben weiß. Quer über die Brust ein Band von zierlichen schwarzen und weißen Streifchen.

Weibchen: bei ihm ist der ganze Kopf und auch die vorderen Flügelpartheien schwarz punktirt; das Rothbraun am Kopfe kaum angedeutet; das Brustband breiter aber mehr verschwommen: das ganze Gefieder überhaupt unregelmäßiger gezeichnet.

Dünenpflanzen bedeckt ist. Hier hielt sich das Steppenhuhn besonders auf und seine Nahrung bestand, wie es scheint, wesentlich in den Sämereien der Strandpflanzen (Elymus arenarius u. s. f.). — Ob sie jetzt noch in Borkum sich finden, ausgerottet worden, oder fortgezogen sind? wir wissen es nicht. Gebrütet haben sie, wie es scheint, in Deutschland und in Europa überhaupt noch nicht, die geschossenen Weibchen enthielten stets nur unreife Eier.

Im Süden unseres Vaterlandes sind sie bis jetzt noch nicht erschienen; doch wer weiß, was die nächsten Jahre bringen. Das Steppenhuhn beschränkt sich nemlich durchaus nicht auf Sandboden, sondern lebt auch auf Ackerfeld; Pallas selbst entdeckte es auf einem bebauten Felde; und vielleicht in einem Jahrzehnt von jetzt haben wir neben Wachtel und Repphuhn noch diesen hübschen Vogel auf unseren Herbststoppelfeldern zu jagen. Aber damit dieses möglich sei, müssen wir vor Allem die dringende Bitte und Mahnung unseres Freunds Brehm beherzigen, diese lieben Gäste nicht wie es die Badegäste in Borkum gethan, mit Flinten zu verfolgen, sondern erst und vor Allem einige Jahre lang zu schonen und zu pflegen. Wir selbst kennen das Steppenhuhn, wie oben erwähnt, schon seit zwei Jahren näher, indem wir bei unserer damaligen Rundreise durch die Zoologischen Gärten ein Pärchen dieser seltenen Vögel im Regentspark in London für den Frankfurter Zool. Garten erwarben. Sie halten sich in einer großen Voliere mit vielen anderen samenfressenden Vögeln zusammen recht gut, fressen besonders Hirse aber gerne auch Grünes, und außerdem Sandkörnchen, baden sich gerne, sind im Ganzen verträglich, nur hin und wieder etwas futterneidig. Ihre Stimme ist ein äußerst gemüthliches „Gurruck." — Ihr Gang ist niedrig auf den Beinen, wackelnd, kurzschrittig; ihr Flug, den ich nur im Regentspark sah, rasch, schwirrend.

Und nun noch die Frage: sind diese Steppenhühner (d. h. die Syrrhaptes und die obengenannten Pterocles, denn sie gehören zusammen) Tauben oder Hühner oder was sonst? Pallas nannte sie wohl wegen der ganz befiederten Beine und wegen der Bildung von Kopf und Schnabel Tetrao, d. h. Waldhühner; andere halten sie nicht für hühnerartig, sondern eher für Tauben. Altum erinnert an ihre Verwandtschaft mit den Trappen in Beziehung auf Bau und Färbung des Gefieders, Bau der Füße u. s. f. — Wir müssen gestehen, daß, so paradox dies klingen mag, wir fast glauben möchten, Altum habe etwas Richtiges getroffen. Man vergleiche nur einmal genau den Kopf der Trappe mit dem des Steppenhuhns. Die Aehnlichkeit in der ganzen Physiognomie, im Gefieder, im Fußbau ist äußerst merkwürdig. — Ist es also eine Zwergtrappe? nein! Aber es ist ein Bindeglied zwischen Trappen, Hühnern und Tauben. — Nur der menschliche Verstand trennt, theilt, weil er das Ganze nicht erfassen kann, die Natur aber verbindet, vermittelt, denn sie ist selbst das Ganze. —

Nachrichten aus dem Zoologischen Garten in Wien.

Wien den 25. Nov. 1863. Beiliegend übersende ich dir einen Aufsatz fürs erste Heft des „Thiergartens" über die Erschaffung in Paaren. Ich opponire dir freilich darin, aber du weißst ja so gut wie ich, wie nützlich und nothwendig solche Diskussionen sind.

Zoologisch Interessantes kann ich dir aus unserem Garten noch nicht viel mittheilen, da die Rubrik Fortpflanzung in einem wenige Monate alten und nach der eigentlichen Brütezeit eröffneten Garten keine Rolle spielt; doch kann vielleicht Folgendes eine Stelle finden.

Unsere Kormorane legen sich an regnerischen Tagen der Länge nach flach aufs Wasser und fangen mit einer beispiellosen Gewandtheit, die hart am Wasserspiegel nach Insekten jagenden Schwalben, ich sah nie einen fehlgreifen.

Wir besitzen seit Mitte August 2 Nektarinien (Caereba cyanea) aus Brasilien, welche sich bei einem Futter aus gezuckertem Reis, Fliegen und Orangensaft gut hielten. Das Männchen ist leider an einem windigen Tag — in voller Mauser befindlich — vor einigen Tagen gestorben; aber das Weibchen ist sehr gesund und munter, hat die Mauser überstanden und statt dem lasurblauen ein schmutzig zeisig grünes Kleid angezogen. Ich weiß nicht, ob dieser Kleiderwechsel schon bekannt ist.

Durch Jamrach haben wir eine importirte Elennantilope von colossalen Dimensionen erhalten, welche von den bisher bekannten in verschiedenen wesentlichen Merkmalen abweicht und nur mit einer Abbildung in Naturalist's Library (Hamilton Smith) und mit einem etwas kleineren Exemplar im Jardin des Plantes in Paris übereinstimmt. Von seiner Größe kann ich einen ungefähren Begriff geben: es ist am Widerrist 16 Faust hoch und wiegt 16 Zollzentner. Ich werde seinerzeit eine ausführlichere Schilderung nebst Zeichnung schicken.

Mit Bezug auf die in einer früheren Correspondenz des Zoologischen Gartens als Unica erwähnten in einer Thierschaubude ausgestellten weißen Büffel bemerke ich, daß in Wien seit mehreren Jahren 3 weiße Büffel zu haben sind. Um seine 500 Thlr. nicht zu verlieren, sollte jener Aussteller die Familie ankaufen.

Mit Bezug auf eine frühere Mittheilung der Hrn. Collegen Bodinus über Recurvirostra avocetta erwähne ich, daß wir im Frühjahr 3 Stück erhielten, von denen 2 den schuftigen Ratten erlagen, die dritte zur Hoffnung, sie zu überwintern, berechtigt. Schon vor 6 Jahren besaß ich eine längere Zeit und verlor sie nur durch einen Unfall — sie ertrank!

Auch Himantopus rufipes besaßen wir durch mehrere Monate; er wurde ebenfalls von einer Ratte getödtet.

(Aus einem Briefe des Herrn Dr. G. Jäger, Director des zoologischen Gartens in Wien an den Herausgeber.)

Correspondenz.

Offenbach, 13. Nov. 1863. Vergangene Woche erhielt ich einen Nörz (**Mustela lutreola**) im Fleische zugesandt, der in Holstein in der Nähe des Ratzeburger Sees gefangen wurde und ist somit bewiesen, daß dieses Thier in Holstein vorkommt.

(Aus einem Briefe des Herrn Präparateur W. Schmidt an den Herausgeber.)

(Zusatz vom Herausgeber. Der Ratzeburger See, halb zu Lauenburg, halb zu Mecklenburg gehörig, liegt in dem Flußgebiete der Trave, die bei Travemünde in die Ostsee mündet. Die bemerkte Thatsache ist insofern sehr interessant, als man diese werthvolle kleine Fischotter von dem deutschen Boden (mit Ausnahme Schlesiens) verschwunden glaubte. Es ist nun zu vermuthen, daß sie doch noch da und dort in Niederdeutschland vorkommt, aber wohl leicht mit dem Iltiß zusammen geworfen wird, von welchem sie freilich für den Kenner durch ihre schneeweißen Lippen sich leicht unterscheidet. Weitere Nachrichten über das Vorkommen des Nörzes wären uns sehr willkommen.)

Literatur.

Brehm, Dr. A. E. und **Roßmäßler,** E. A., Die Thiere des Waldes, mit Abbildungen nach der Natur von T. F. Zimmermann in Wien. Leipzig, C. F. Winter'scher Verlag 1863.

Von diesem neuen naturhistorischen Werke, das sich in Beziehung auf Behandlung und Ausstattung würdig an Brehm's Leben der Vögel und an Roßmäßler's Wald anschließt, sind uns bis jetzt zwei Lieferungen zu Gesicht gekommen und sollen deren zehn (à 24 Neugroschen) erscheinen. Das ganze Werk wird dann 70 bis 80 Holzschnitte und 19 Kupferstiche mit ungefähr 40 Bogen Text enthalten.

Wir bemerken zuerst, daß es besonders auf den Deutschen Wald und seine Thiere Rücksicht nimmt, doch mit Recht nicht in ängstlicher Beschränkung. So finden wir sogleich in der ersten Lieferung, S. 32—60 ein ausführliches Kapitel über die jetzt verschollenen Thiere des einstigen deutschen Waldes, zuerst vom Riesenhirsch, dem grimmen Schelch der Nibelungen, dessen Geweih oben über 12 Fuß spannte, sodann vom Urochsen, dem wahrscheinlichen Stammvater unseres Rindviehs, das jetzt nur noch als halbwildes Rind von milchweißer Farbe in einigen Schottischen Parken lebt. Von ihm finden wir auf S. 40 ein ausgezeichnetes Bild von Zimmermann. Weiter, vom Wisent, dem gewöhnlich, aber fälschlich sogenannten Auerochsen, der lange schon aus dem Deutschen Walde verdrängt, nur noch durch Kaiserlich Russischen Schutz in Litthauen sein Leben fristet, von welchem aber die Zool. Gärten von Schönbrunn bei Wien, von Dresden und von Cöln Exemplare besitzen. Der fünfte Abschnitt handelt von dem sogenannten Raubzeug. Obenan steht der Luchs, von dem wohl das letzte Exemplar im Jahre 1846 bei Wiesensteig in Württemberg von Revierförster Martz geschossen wurde. Ihm folgt der Kuder, die deutsche Wildkatze (in der Abbildung dürfte der Balg wohl dicker sein); sodann der Wolf, mit ganz vortrefflicher Abbildung; dann der Fuchs, mit einem großen Stahlstich, eine Fuchsfamilie vor dem Bau; dann Steinmarder, Iltis, Hermelin, Wiesel, Nörtz und Fischotter.

Die Schilderungen sind ebenso lehrreich als spannend, wie es von jenen Meistern der naturhistorischen Darstellung zu erwarten ist. Mit ganz besonderer Freude aber begrüßten wir die mit vielem Fleiß eingeführte Deutsche Jägersprache, die bekanntlich für fast jedes hervorragende, Deutsche Thier eine eigenthümliche ist, auch werden die guten, alten, Deutschen Thiernamen, die in der sogenannten wissenschaftlichen Zoologie leider fast verschwunden sind, wieder hervorgesucht, aber wir glauben, daß gerade in dieser Beziehung noch mehr geleistet werden könnte und daß es diesem ächt Deutschen Buche nur zur Zierde gereichen würde, wenn es womöglich alle deutschen Provinzialnamen für die behandelten Thiere sammeln würde. Wd.

Miscellen.

Das Gesetz der Geschlechter, und damit die von des Menschen Willen abhängige Vertheilung derselben bei Hausthieren will Professor Thury in Genf entdeckt haben. Ein Schweizer Landwirth Cornaz macht nemlich in den Archives des Sciences bekannt, daß er im Februar 1861 von genanntem Gelehrten konfidentiell Instruktionen erhalten habe, nach welchen er bei der Thierzucht nach seinem Willen das männliche oder weibliche Geschlecht erzielen könne. Der Erfolg war der, daß unter 22 Fällen nach dem Wunsche, weibliche Kälber kamen. Die zur Zucht verwendeten Thiere waren Schweizer-Kühe mit einem Durham-Stier. Cornaz kaufte dann eine Durham-Kuh und wünschte und erhielt ein reines Durhambullen-Kalb. Weiter züchtete er nach seinem Wunsche sechs Bullenkälber, gekreuzt zwischen Durham und Schweizer; er betrachtet die Theorie von Prof. Thury als eine der wichtigsten für die Thierzucht.

Nach dem von Thury aufgestellten Gesetze soll nemlich das Geschlecht von dem Grad der Reife des Eis im Augenblick der Befruchtung abhängen. Bei Thieren, die nur Ein Junges werfen, entstehen Weibchen, wenn die Befruchtung am Anfange, Männchen, wenn dieselbe am Ende der Brunstzeit erfolgt. Bei Thieren die mehrere Junge auf Eine Brunstperiode machen, ist das erste Ei, das das Ovarium verläßt, in der Regel ein weibliches; übrigens soll bei der folgenden Brunstperiode das Gegentheil eintreten.

Daß diese Entdeckung die schon in vergangenen Jahrhunderten die Naturforscher beschäftigte, eine ganz außerordentliche wäre, ist klar. Aber wir haben gar manche Gründe, an der Stichhaltigkeit des Thury'schen Gesetzes zu zweifeln. Wir wollen nur Einen anführen: Früher als das Vieh in Deutschland allgemein noch auf die Weide getrieben wurde und zwar Kühe und Bullen zusammen, hat sicher die Begattung regelmäßig im Anfange der Brunstzeit Statt gehabt. Jetzt bei der Stallfütterung kommt, wie jeder Landwirth weiß, die Kuh oft erst sehr spät in der Brunstperiode zum Farren. Dennoch wissen wir nicht, daß jetzt mehr Männchen und früher mehr Weibchen geboren wurden. Auch glauben wir kaum, daß man von verschiedenen Reifegraden des Eis sprechen kann; das Ei ist entweder reif und dann befruchtungsfähig, oder noch unreif, und dann nicht befruchtungsfähig. Ein drittes gibt es wohl nicht. Ist das Ei einmal reif, so kann es kaum noch reifer werden. Wir kommen wohl noch hierauf zurück, nachdem wir selbst Versuche gemacht, möchten aber hiemit alle Leser, die Erfahrungen in der Sache gemacht haben, um freundliche Mittheilung bitten. Wd.

Nachschrift: So eben kommt uns eine ausführliche kritische Arbeit von Prof. Pagenstecher in Heidelberg über diesen Gegenstand zu; wir werden darauf zurückkommen. Wd.

Bärenjagden. Fürst Windischgrätz veranstaltet auf seinen bei Rakek gelegenen Gütern zu Anfang des künftigen Monats große Bärenjagden, welchen auch der Kaiser und mehrere Erzherzoge beiwohnen werden. Const. Oestreich. Zeit. Nov. 1863.

Zoologischer Garten zu Dresden. Dieser von Herrn Inspektor Schöpff geleitete schöne Garten hat im letzten Jahre an seine Aktionäre (50 Thaler per Aktie) eine Dividende von $2^1/_2$ pCt. pro Aktie vertheilt. Außerdem hatten die Aktionäre für sich und Familie freien Eintritt. Präsident des Verwaltungsraths ist Herr Geheimer-Rath Dr. Weinlig.

Von seltenen Thierarten notiren wir nach dem ausführlichen und sehr gut geschriebenen Führer folgende: Hirschziegen-Antilope (Antil. cervicapra); Mandelkrähe (Coracias garrula); Weißschnauziger Coati (Nasua leucorhynchos), Wüstenechse (Psammosaurus arenarius); Amerikanischer Tapir (Tapirus americanus); Keilschwanzadler (Aquila ferox); Ringkragenbär (Ursus euryspilus) von Borneo; ägyptischer Stachelschwanz (Uromastyx spinipes); australischer Kranich. (Grus australasia); feuerfarbiger Flamingo (Phoenicopterus ignipalliatus). Wd.

Künstliche Aktinien. Herr Leopold Blaschka in Dresden hat auf Reichenbachs Bestellung für das Dresdener Zoologische Museum die schönen Aktinien oder See-Anemonen künstlich (aus was? wird nicht gesagt) nachgebildet und bietet nun solche für jene Liebhaber, die diese Thiere in Wasser sehen wollen, für die Aquarien an. Seewasser ist dabei natürlich nicht nöthig. Sie werden, wie er sagt, „mit gewöhnlichem reinen Brunnenwasser aufgegossen und bleiben unvergänglich und in ihrer Schönheit unveränderlich.“ In der Leopoldina gibt B. eine lange Liste der Arten, welche er bis jetzt so präparirt hat. Diese Präparate sind (auch ohne mit Wasser aufgegossen zu sein) sicher für Museen und Liebhaber zur richtigen Bestimmung der Arten sehr werthvoll und die Preise billig genug, um die Anschaffung der ganzen Reihe zu ermöglichen. Auch für Gymnasien und Realschulen sind solche Präparate werthvoll; sie geben einen recht guten Begriff von dieser wichtigen Thierklasse der Polypen, die in Weingeist ihre Gestalt bekanntlich bis zur Unkenntlichkeit verzerren. Nur jene Idee des Herrn Blaschka, diesen Kunstprodukten durch Einsetzen in Wasser den Schein des Lebens geben zu wollen, widerstrebt, aufrichtig gesagt, unserem Gefühle.

Wd.

Verantwortlicher Redacteur Dr. D. F. Weinland.
Schnellpressendruck von Aug. Wörner, vormals J. G. Sprandel, in Stuttgart.

Der Thiergarten.

Allgemeine Deutsche Monatschrift

für Kunde, Beobachtung, Zucht und Pflege der Thiere,

mit besonderer Rücksicht auf die

Verbesserung unserer bisherigen **Hausthiere** und die **Heranbildung** neuer.

Erster Jahrgang
1864.

Nro. 2.

Verlag von
Ebner & Seubert
in Stuttgart.

Preis
für den ganzen Jahrgang
fl. 2. 42 kr.
oder
Thlr. 1. 18 Sgr.
Zu beziehen
durch alle Buchhandlungen
und Postämter.

Unter Mitwirkung der Herren

Dr. **Bodinus**, Director des Zool. Gartens in Cöln, Dr. **K. Bolle** in Berlin, Dr. **Brehm**, Director des Zool. Gartens in Hamburg, **Prof.** Dr. **Fitzinger**, Director des Zool. Gartens in München, Dr. **Funck**, Director des Zool. Gartens in Brüssel, Dr. **Jäger** und Dr. **Uffner**, Directoren des Zool. Gartens in Wien, **Hermann von Nathusius** auf Hundisburg bei Magdeburg, Dr. **Opel** in Dresden, Regierungsrath **Rau** in Karlsruhe, **Prof.** Dr. **Rueff** in Hohenheim, **Prof.** Dr. **Sacc** in Barcelona, Dr. **med. Schlegel** in Altenburg, Hofdomänenrath **von Schmidt** in Stuttgart, Dr. **Verwey**, Director des Zool. Gartens im Haag, Dr. **Westermann**, Director des Zool. Gartens in Amsterdam und anderer Fachgenossen

herausgegeben von

Dr. **D. F. Weinland**

auf Hohen-Wittlingen, O.A. Urach, Königr. Württemberg.

Inhalt: Die Behaarung und das Klima. Vom Herausgeber. — Unsere Bären. Von Dr. Brehm. — Ueber Zucht und Pflege des Goldfasans. Von Dr. Bodinus. — Ueber Fang, Lebensweise und Abrichtung des Hühnerhabichts. Von L. Lungershausen. — Correspondenz. — Miscellen.

Die Behaarung und das Klima.

Vom Herausgeber.

Der große Einfluß, den das Klima eines Landes auf die Wolle der dort gezüchteten Schafe ausübt, ist allgemein anerkannt. Ueberhaupt ist es ja gar keine Frage, daß kein Theil des thierischen Körpers mehr und unmittelbarer vom Klima berührt wird, als eben die äußere Bedeckung. Es giebt in dieser Beziehung kein instruktiveres Beispiel als das Land Angora, im Türkischen Paschalik Anadoli in Klein-Asien, woselbst Ziegen, Kaninchen und Katzen, also Thiere aus den verschiedensten Ordnungen, sich durch ihr auffallendes, langes, seidenartiges Haar auszeichnen. Da nun aber das, was wir Klima nennen, aus sehr verschiedenen Momenten zusammengesetzt ist, so könnte man sich fragen, welches Moment speciell von Einfluß auf die äußere Bedeckung, besonders die Behaarung eines Thieres ist.

Um jedoch klar zu sein, muß man in Beziehung auf Behaarung zweierlei unterscheiden. Wie man an der Mehrzahl der Vögel, vielleicht an allen neben der eigentlichen Feder, den den Körper unmittelbar bedeckenden Flaum, so findet man auch bei den meisten Säugethieren neben den eigentlichen, schlichten Haaren (Stichelhaaren) unter den letzteren die Wolle. —

Der Flaum des Vogels, die Wolle des Säugethiers tritt offenbar wesentlich als Schutz gegen niedere Wärmegrade auf; deßhalb finden wir beide am meisten entwickelt bei den Thieren der kalten Erdtheile und der Hochgebirge. Dieses Gesetz ist wohl bei keinem Thiere so deutlich nachzuweisen, wie bei dem als Hausthier über die ganze Erde verbreiteten Schaf.

Alle Arten wilder Schafe, die die Zoologie uns kennen gelehrt, leben in den Gebirgen der nördlichen Erdhälfte. Die einzige Art, die wir selbst näher kennen gelernt, der sardinische Muflon (Ovis Musmon, Bonap.), der auf den Gebirgen von Sardinien und Korsika noch ziemlich häufig und jetzt fast in allen zoologischen Gärten zu finden ist, legt während des Winters einen dichten Wollfilz an, der erst im Früh-Sommer in Fetzen abfällt. Den Sommer über sodann trägt er fast nur Stichelhaare, ohne Wolle. (Dasselbe haben wir bei einem Bastard des Steinbocks mit der Hausziege [3/4 Blut Steinbock] beobachtet, nur war hier die Wollproduktion nicht so bedeutend.) Wiewohl nun nach unserer Anschauung das gemeine Hausschaf nicht von jenem Muflon [1]) sondern am ehesten wohl von dem altaischen Argali (Ovis Argali, Pall.) [2]) abstammt, so ist doch als sicher anzunehmen, daß auch der Argali und die übrigen wilden Schafe in Rücksicht auf die Gesetze der Behaarung (Wolle im Winter, Haare im Sommer) mit dem Muflon übereinstimmen. —

[1]) Schon Plinius kennt diesen Muflon und gibt Korsika und Spanien als sein Vaterland an, Strabo Korsika und Sardinien. Lebt der Muflon heute noch in Spanien?

[2]) Nach diesem sollten die Zool. Gärten zunächst trachten; und am meisten Aussicht hat wohl zunächst der Acclimatisationsgarten von Moskau auf dieses stattliche Thier, das nach Pallas einem mäßigen Rennthiere an Größe gleich kommt. — Der Hauptgrund, warum wir in dem Argali am ehesten den Stammvater des Hausschafs zu erkennen glauben, liegt in der Windung der Hörner, dieselben zeigen denselben korkzieherartigen Typus mit der Spitze nach außen, wie beim Hausschaf, während wir bei dem Gehörn des sardinischen Muflon auch in dessen schönster Entwicklung gerade diesen bei allen Hausschafen durchschlagenden Charakter vermissen. Wir nennen diesen Charakter um so mehr einen durchschlagenden, als selbst Racen, deren Gehörn sehr abzuweichen scheint, wie das des Zackelschafs leicht darauf zurückzuführen ist. Das Gehörn des letztgenannten ist nichts als eine mehr aus einander gezogene Spirale.

Unser Hausschaf aber trägt Sommer und Winter und fast ausschließlich Wolle (ohne Stichelhaare). Diese merkwürdige Eigenschaft, die uns so sehr zu Statten kommt, ist offenbar durch Kunst, d. h. durch menschliche Behandlung, besonders das Scheeren, der Natur abgerungen. Denn unser Klima würde verlangen, daß das Schaf im Sommer fast keine Wolle trägt, sondern fast nur Haare; und würden wir eine Schafheerde durch eine Reihe von Generationen nicht scheeren, so würde sicher die Natur wieder zum Durchbruch kommen; das Schaf würde im Frühsommer seine Wolle verlieren, ein Haarkleid mit sehr wenig Wolle anziehen und erst im Herbste sich wieder mehr mit Wolle bedecken. —

Aber ganz vermögen wir doch dem Klima nicht zu trotzen. Wenn wir eine fremde Schafrace mit einer bestimmten Wolleneigenthümlichkeit in eine neue klimatisch von dem Stammland sehr verschiedene Gegend bringen, so werden wir nach einigen Generationen schon eine Veränderung der Wolle wahrnehmen, welche doch wohl nur im Klima sowohl unmittelbar, als mittelbar (durch den von jenem bedingten) Pflanzenwuchs ihre Ursache haben kann. Nur deßhalb ist dann eine Auffrischung der Heerde durch Einfuhr neuer Stammthiere nöthig, wenn anders nicht jene Veränderung eine solche zum Besseren war, wie dieß bekanntlich bei den nach Sachsen eingeführten spanischen Merino-Schafen der Fall gewesen.

Im Allgemeinen gilt wohl das natürliche Gesetz, daß das Haus-Schaf der kälteren Erdgegenden mehr und dichtere Wolle ansetzt als das der warmen. Das Schaf von Haiti z. B., 18 Grade vom Aequator entfernt, trägt nur noch an einzelnen Theilen des Körpers Wolle, nämlich auf den Schultern und auf den Hinterschenkeln, im Uebrigen ist es fast nackt. Daß hieran lediglich das Klima Schuld, geht schon daraus hervor, daß die Lämmer ein recht hübsches Wollflies tragen, was aber mit der Menge der Generationen wohl auch noch aufhören wird. Weiter — das Schaf von Guinea, also ebenfalls aus einem sehr warmen Lande, (ausgezeichnet durch seine hübsche, schwarze Zeichnung an den Extremitäten, trägt gleichfalls fast keine Wolle, sondern dagegen ein für den menschlichen Gebrauch wohl ganz unnützliches grobes Stichelhaar. Andererseits trägt das Hausschaf der gemäßigten und kälteren Erdtheile überall ein starkes Wollfließ, auch ohne specielle Pflege desselben. Man denke nur an das grobe, dauerhafte, jetzt immer seltener gesehene, sogenannte deutsche Schaf, ferner an das Zackelschaf der Carpathen, an das Bergamascer Schaf der Alpen u. s. w.

Aus den soeben angeführten Gegensätzen geht das Grundgesetz des Einflusses des Klima's auf die Wollproduktion hervor, allein dieser Einfluß wird noch specieller und intensiver sich geltend machen, wenn man an die Wolle ganz bestimmte, durch unsere Civilisation bedingte Anforderungen macht.

Man verlangt grobe und feine, harte und weiche, elastische, glänzende Wollen u. s. f. Die meisten Schafzüchter nun scheinen anzunehmen, daß, um eine bestimmte Wolle zu produciren, es vor Allem und vielleicht einzig darauf ankomme, eine solche Race sich zu verschaffen, deren Wolle jene Eigenschaften besitzt; haben sie nun aber diese Race aus einer klimatisch von der ihrigen ganz verschiedenen Gegend importirt, so werden sie früher oder später die unangenehme Erfahrung machen, daß die Wolle sich verändert. Selbst bei nur geringen Entfernungen einer Weide von der andern zeigen sich oft bald die Einflüsse des verschiedenen Klima's. Theyssier des Farges stellt in einem der Pariser Acclimatisationsgesellschaft mitgetheilten Aufsatze [1]) folgende Gesetze auf: Wo der Boden fruchtbar und gut bebaut ist, da ist es auch die Wolle, ist der Boden sandig und arm, so wird die Wolle brüchig und kurz. Von den Wollen von Seine und Marne weist er dieß im Einzelnen nach, über die spanischen Wollen sagt er, daß sie sehr dick und stark seien, aber der Weichheit und der Seidenhaftigkeit der deutschen und australischen Wollen ganz entbehre; einst so berühmt, könne man sie fast nur noch mit anderer Wolle gemischt verwenden, früher habe man in Spanien mehr Sorgfalt auf die Heerden verwendet und besonders eine bessere Auswahl bei der Zucht getroffen; ihre Lebensart sei zu rauh, jeder Witterung ausgesetzt u. s. f.

In Rußland, sagt derselbe Verfasser, leben die Merinoschafe den größten Theil des Jahres der Kälte wegen in den Ställen; sie verlieren dadurch die natürliche Kraft des Schafes der gemäßigten Zone, auch hat die Wärme keinen Einfluß mehr auf ihre Wolle, weil die Schur vor der eigentlichen warmen Jahreszeit Statt hat. Die Folge sei eine zwar weiche Wolle, aber von grobem Korn. In der Krim, wo das Klima ein ganz anderes, sei die Wolle mager, hart und trocken.

Die deutsche Wolle und besonders die sächsische, welche heut zu Tage die erste der Welt sei in Beziehung auf ihre Schönheit, Feinheit und Seidenhaftigkeit, verdanke ihre Eigenschaften der sehr strengen Auswahl bei der Zucht, einer zweckmäßigen Behandlung, einer weichen Weide und einem gemäßigten, eher kalten als warmen Klima.

Die australische Wolle sei zart und ziemlich weich, sie habe einen guten Griff und sehe sich schön an, habe aber weder Kraft noch Dauer. Theyssier findet die Ursache davon darin, daß die Schafe auf den australischen Steppen zwar zu Zeiten Ueberfluß haben, zu andern Zeiten aber der Trockenheit wegen Mangel leiden und dann nicht gehörig in den Ställen gefüttert werden.

Ein großes Gewicht legt Theyssier auf die offenbar mit dem Klima zusammenhängende Nahrung. Zu wässeriges Futter verändert ganz besonders die Natur der Wolle, macht sie schlaff, mager und haltlos; frische Runkel-

[1]) Bul. d'Acclim. X, S. 657 u. d. f.

rüben, mäßig gegeben, sei jedoch nützlich. Magere Kost im Allgemeinen räche sich bitter an der Wolle. Wer seine Schafe im Frühjahr, (wie es leider auch so häufig in Deutschland geschieht), hungern lasse, der möge doch ein Löckchen Wolle genau untersuchen und er werde finden, wie derjenige Theil der Wollfaser, der in der mageren Zeit gewachsen, bläulich weiß und brüchig, der von der guten Zeit aber gelblich, milchweiß und kräftig sei. Auf reichem Boden wachsen die schwersten Vließe, die gleichartigste, die längste, die kräftigste Wolle; Theyssier fügt sicher mit Recht hinzu, nicht die feinste, dazu sei die Nahrung zu kräftig. Nichtsdestoweniger sei die Produktion einer weniger feinen, aber reicheren Wolle vortheilhafter, weil man da, wo die Bodenkultur sehr vorgeschritten sei, auf diese Art mehr erzeuge, auch in Deutschland komme man davon zurück, nur auf Feinheit zu züchten. —

Die englische Merinowolle, sagt Theyssier, sei deßhalb so wenig entsprechend, weil dieses Land so feucht und gerade die Merinowolle die Feuchtigkeit zurückhalte, so daß das Thier darunter leide.

Unsere Bären.

Von Dr. A. E. Brehm, Direktor des zoologischen Gartens zu Hamburg.

Erster Artikel.

(Schluß.)

Den Ameisenbär beschreibt Eversmann mit folgenden Worten: „Der Schädel ist zierlicher gebaut, die Vorderfläche des Stirnbeins liegt mit dem Nasenbein in einer Ebene. Die Stirne steht also nicht vor und bildet auch keine Einbucht, sondern ist flach. Die Eckzähne sind schmäler und länger, der Jochbogen ist dünner und schlanker, überhaupt der ganze Schädel verhältnißmäßig länger, nicht so hoch und nicht so kräftig, wie beim Aasbär. Der Pelz ist gelblicher, als bei diesem, die einzelnen Haare sind braun und haben gelbe Spitzen in beträchtlicher Länge. Die allgemeine Färbung des Pelzes ist also gelber, als beim Aasbär. Der Pelz erreicht auch nicht die Güte des andern. Die Haare haben nicht den Glanz, und deßhalb steht der Pelz in geringerem Werthe. Die Jungen dieser Bären haben kein weißes Halsband.“

So weit die Beobachtung der lebenden Bären mich zum Urtheil berechtigt, muß ich vorstehende Beschreibung im Ganzen als richtig anerkennen; demungeachtet habe ich einige Bemerkungen zu machen. Unser Aasbär ist zunächst durchaus nicht größer, als der Ameisenbär, wohl aber kräftiger gebaut, verhältnißmäßig kürzer und demzufolge auch verhältnißmäßig höher. Man kann ihn im Vergleich zu dem andern untersetzt nennen. Sein Leib ist stark und seine Glieder sind stämmig. Die von Eversmann hervorgehobenen Merkmale der Kopfbildung springen sehr in die Augen. Ich habe beide Bären zusammengebracht, um sie vergleichend beobachten zu können und habe da gesehen, daß die Unterschiede sehr beträchtlich sind. Alle Forscher, welche ich auf diese Unterschiede aufmerksam gemacht habe, mußten sie anerkennen; ja, sie sind so hervorstechend, daß auch der Laie sie wahrnehmen muß. Der Kopf dieses Bären ist vom Hinterhauptsloch bis zur Schnauze gemessen höchstens um ein Fünftel länger, als der Schädel von Ohröffnung zu Ohröffnung breit ist. Hiedurch erscheint der Kopf kegelig, während er dies bei den Ameisenbären, wie wir bald sehen werden, durchaus nicht ist. Auch die Wölbung der Stirne wird am lebenden Thiere sehr bemerklich und muß am sceletirten Schädel noch viel mehr hervortreten. Der Pelz ist dicht und glänzend, das Haar lang, an der Spitze nur ein wenig lichter und zwar röthlichbraun gefärbt, weder im Sommer noch im Winter auffällig unterschieden. Die Färbung ist im Ganzen sehr gleichmäßig, nur die Beine sind bedeutend dunkler, braunschwarz, wie Eversmann ganz richtig sagt, und die Schnauze ist etwas lichter.

Ueber den Ameisenbär habe ich nach Vorstehendem und dem, was Eversmann gesagt hat, wenig zu bemerken. Er ist, wie schon aus meiner Beschreibung des Aasbären hervorgeht, gestreckter, d. h. länger gebaut und schmächtiger, nämlich höher gestellt als dieser. Seine Beine erscheinen deßhalb verhältnißmäßig schwächer. Sehr bezeichnend ist die Bildung des Kopfes. Dieser ist walzenförmig. Der Scheitel ist im Vergleich zu dem des Aasbären sehr schmal, die Schnauze dagegen bedeutend verlängert, das Verhältniß der Breite (von Ohröffnung zu Ohröffnung) zur Länge (vom Hinterhauptsloch bis zur Nasenspitze) ungefähr wie 2 : 3. Genauere Bestimmungen zu machen, verbietet mir selbstverständlich das lebende Thier. Dieser eigenthümliche Bau des Kopfes tritt ganz besonders während der Härung und kurz nach ihr hervor. Und hierin sehe ich den einzigen Grund, daß beide Bärenarten bis jetzt immer verwechselt worden sind; denn auch Das ist ein bezeichnendes Merkmal für die beiden Arten, daß die Behaarung des Kopfes beim Aasbär verhältnißmäßig sehr kurz, beim Ameisenbär dagegen verhältnißmäßig sehr lang ist. Der Balg des Letzteren hat mit dem des Ameisenbären überhaupt keine Aehnlichkeit. Bei diesen stehen die Haare dicht, bei jenen locker, bei den Aasbären sind sie kurz, bei den Ameisenbären lang, bei den Ersteren glänzend braun gefärbt, bei den Letzteren dunkelgrau mit braunem Schimmer. Hier ist die fahlgelbe Spitzefärbung sehr breit (namentlich bei der Bärin), dort die braunröthliche sehr schmal. Demzufolge ist der Pelz des Ameisenbären im Winter abstehend und sehr locker, der Pelz des Aasbären dagegen anliegend und geschlossener. Der Kopf des

Aasbären erscheint auch im Winterkleide noch immer rund; der Kopf des Ameisenbären dagegen keilförmig, eben wegen der auffallenden Verlängerung des Kopfhaares. Ausdrücklich bemerken will ich, daß alle Merkmale des Ameisenbären auch im Jugendzustande deutlich bemerkbar sind; ob dies bei den Aasbären auch der Fall ist, vermag ich nicht zu sagen, weil ich das junge Thier dieser Art nicht kenne; doch glaube ich es annehmen zu dürfen, folgend von den Beobachtungen, welche ich an den Bären überhaupt gemacht habe. Außerdem muß ich noch hervorheben, daß Eversmann irrt, wenn er sagt, daß der Ameisenbär im Jugendzustande kein weißes Halsband habe; denn von unsern vier jungen Ameisenbären trug einer und zwar die Bärin ein solches Halsband.

Ein Unterscheidungszeichen beider Arten, welches nach Eversmann gar keinen Zweifel über deren Verschiedenheit übrig läßt, soll darin bestehen, daß der Ameisenbär weit mehr Sohlenschreiter ist, als der Aasbär. Letzterer tritt, wie unser Gewährsmann behauptet, mehr auf die Zehen und geht deßhalb mehr mit der Brust vorwärts geneigt, hat also einen festen sicheren Gang, der Ameisenbär aber tritt stark auf die Hacken, geht mit dem Hintern rückwärts geneigt und hat deßhalb einen watschelnden, unsicheren Gang. Ich muß gestehen, daß ich bis jetzt noch nicht im Stande gewesen bin, die Wahrheit dieser Angabe zu erkennen, doch will dies nicht viel bedeuten, da unser Aasbär, wenn er behufs der Vergleichung mit dem Ameisenbär in ein und denselben Zwinger gebracht wird, selten aufgelegt ist, neben dem eigentlichen Bewohner des Zwingers, neben dem Ameisenbären, spazieren zu gehen und so seinen Gang prüfen zu lassen. Vollständig begründet aber ist Eversmanns Angabe, daß bei dem Ameisenbär die Sohlen länger sind, als bei dem Aasbär.

Unser Pyrenäenbär, Ursus pyrenaicus, Cuvier, ist leider noch jung, nur 2½ Jahr alt. Seit Jahresfrist habe ich ihn beobachtet. Er hat sich in dieser Zeit, außer in der Größe, nicht verändert; sein Pelz hat noch genau dieselbe Beschaffenheit und Färbung, wie an dem Tage, wo ich ihn zum erstenmal sah. Er ist ganz so, wie ihn Cuvier beschrieben hat: „Blondfarbig, die Oberhaare braunblond gespitzt, der Kopf dunkler, die Beine schwarzbraun.“ Die Bezeichnung „blond“ bedarf übrigens einer näheren Bestimmung. Die Gesammtfärbung des Pelzes ist nämlich weniger blond, als vielmehr graulichfahlgelb. An einzelnen Stellen, namentlich an den Schulterblättern aber, haben die Haare in der Mitte ihrer Länge bis gegen die fahle Spitze hin wirklich eine blonde, d. h. röthlichbraune Färbung, und somit darf die von Cuvier gebrauchte Farbenbestimmung immerhin beibehalten werden. Hinsichtlich seiner Gestalt kommt der Pyrenäenbär mit dem Ameisenbären überein. Im Kopfbau finde ich keinen Unterschied; der Pelz dagegen erscheint mir wolliger, das heißt mehr gekraust, und das wirkliche Wollhaar dichter, weniger von den Grannen überwuchert, als bei dem Ameisenbären. Dies kann mit dem Jugendzustande zusammenhängen, obwohl ich hierbei wiederholt bemerken muß, daß der Pelz junger Ameisenbären von den Alten sich nicht erheblich unterscheidet.

Ueber den Halsbandbären, Ursus collaris, Cuvier, habe ich kein Urtheil.

Ich halte die von mir wieder angeregte Frage für erheblich genug, als daß ich nicht wünschen sollte, sie endlich zur Entscheidung gebracht zu sehen. Hierbei können jedoch ausgestopfte Thiere wenig helfen, und deshalb wende ich mich zunächst und hauptsächlich an die Vorsteher anderer Thiergärten mit der Bitte, ihre Bären jetzt, auf die von mir hier gegebenen Merkmale hin zu prüfen und ihre Wahrnehmungen dann in diesem Blatte zu veröffentlichen. Wie ich gehört habe, sollen in der kaiserlichen Menagerie zu Schönbronn nur Aasbären leben, möglicherweise gilt dasselbe für den Thiergarten zu Wien. Ich mache also unsern Mitarbeiter, Dr. Jäger, besonders auf die bis jetzt noch sehr vernachläßigten Bären aufmerksam.

Zusatz vom Herausgeber. Ohne hier auf die Frage, ob Art oder Varietät?, in deren Beantwortung wir mit unserem verehrten Mitarbeiter nicht ganz übereinstimmen, näher einzugehen, möchten wir nur für unsere Frankfurter Leser bemerken, daß nach den obigen Bestimmungen der alte weibliche Frankfurter Bär (Katharine) besonders durch seine kurze und dichte Behaarung ein Aasbär, das zottige Männchen aber — ein Ameisenbär wäre.

Ueber Zucht und Pflege des Goldfasans.

Von Dr. Bodinus, Direktor des zoologischen Gartens in Cöln.

(Fortsetzung.)

Nur selten wird der Goldfasan in einem kleinen Gehege brüten, dies geschieht nur da, wo er sich weiter ausdehnen kann und das Gefühl der Gefangenschaft weniger empfindet. Man läßt daher die Eier von Zwerghühnern ausbrüten und eignen sich vorzugsweise die Bantams dazu. Seidenhühner der kleineren Race sind für das Brutgeschäft gleichfalls sehr geeignet, doch taugen sie zum Führen der Jungen aus dem Grunde weniger, weil die seidenartigen und flockigen Federn an ihren Spitzen leicht zusammen kleben und Schlingen bilden, in welchen die jungen Thiere mit den Köpfen hängen bleiben und sich erwürgen. Sollten am 20. Tage bei Untersuchung der Eier die in denselben befindlichen jungen Thierchen sich gar nicht oder nur sehr matt bewegen, so ist es sehr nützlich, am stumpfen Ende des Eies durch eine rotirende Bewegung mittelst einer Nadel eine zum leeren Raum desselben führende Oeffnung von der Größe eines Stecknadelknopfes zu machen, um den Eintritt der atmosphärischen Luft zu erleichtern. Selbstverständlich ist es, daß man das Thierchen selbst nicht verletzen darf und leicht sieht man, wo die Oeffnung anzubringen ist, wenn man das Ei gegen das Licht hält und theilweise oben mit der Hand bedeckt, ebenso darf man die Oeffnung nicht größer machen wie angegeben, weil die Eihäute sonst austrocknen und das Thierchen festkleben und aus diesem Grunde die Schaale nicht verlassen könnte. Der vermehrte Zutritt atmosphärischer Luft durch die gemachte Oeffnung belebt und stärkt das junge Thier ganz ungemein und der nur zu oft eintretende Fall, daß dieses vollständig ausgebildet in dem Moment, wo es die Eihäute zerreißen und die Eischaale durchbrechen sollte, stirbt, wird meistens vermieden. Ist das Thierchen glücklich seiner Hülle entschlüpft, so thut man wohl, wenn die Henne nicht sehr ruhig sitzt, dasselbe sofort zu entfernen und in einem mit Watte versorgten und einer heißen Wasserflasche wohl gewärmten Kästchen zu verwahren, bis es genügend erstarkt ist und die ganze kleine Brut unter die Gluckhenne ohne daß man Erdrückung zu besorgen hat, gesetzt werden kann. Man benutzt auch wohl Truthühner zum Brüten und Führen junger Fasane; gewiß sind es sorgsame Mütter und führen sie auch die Jungen länger als Hühner, indessen sind sie mehr für große Fasanerien zu empfehlen, wo es nicht darauf ankommt, ob sie einige hundert Junge zertreten und erdrücken. Für kleinere Züchtungen sind immer Hühner vorzuziehen, weil sie außer ihrer größeren Leichtigkeit noch den Vorzug haben, daß sie durch Scharren und Kratzen ihren Pflegebefohlenen eine Masse Würmer zu verschaffen wissen. Der Erfolg des Ausbrütens, wenn die Eier sonst befruchtet sind, hängt natürlich lediglich von der Bruthenne ab; die Eier selbst werden, wenn die alten Fasanen gut gefüttert wurden, es ihnen namentlich nicht an animalischer Kost und Grünem mangelte, bei sonst kräftiger Beschaffenheit der Thiere meistens befruchtet sein. Füttert man sie schlecht und mangelhaft, so wird man wenig zu hoffen haben, da bekanntlich selbst wirkliche Hausthiere, wie Hühner, wenn sie bei nicht genügender Freiheit zweckmäßiger Pflege entbehren und namentlich in kleineren Räumen leben müssen, häufig nur wenige befruchtete Eier legen.

Die Pflege der Jungen ist S a c h e d e s M e n s c h e n, von seiner Gewandtheit und Beobachtungsgabe hängt lediglich der Erfolg ab. Wie aber behandelt man nun in der Regel unsere kleinen zarten Vögel? Kaum hat das Thierchen so viel Kraft erlangt, um unter seiner Pflegerin hervorzukriechen, so glaubt man dem sich einstellenden Bedürfniß nach Futter nicht rasch genug Genüge leisten zu können; die weichsten und nahrhaftesten Stoffe werden vorgeworfen und die Folge ist bald eintretender Durchfall, Entkräftung und Tod. Die Temperatur muß, weil unser Vogel aus Asien! stammt, eine nahezu heiße sein, womöglichst läßt man die heiße Junisonne ihre Strahlen auf das kleine Geschöpf schießen und die Folge ist Erhitzung, Entzündung der Luftröhren, der Lungen und — Tod. Wie aber verhält es sich, wenn die Thiere im Freien aufwachsen mit der Ernährung, wie mit dem Aufenthaltsorte? Es liegt auf flacher Hand, daß junge Vögel, wenn sie nicht von den alten geätzt, sondern zum Aufsuchen der Nahrung umhergeführt werden, diese nicht ohne eine gewisse Mühe und Anstrengung erlangen können, denn zusagende Insecten, Pflanzen und Körner finden sich selten in Menge an einem Platze angehäuft. Unser Vögelchen muß also suchen und noch nicht genügend bekannt mit der Specialität der Nahrungsmittel nimmt es viele Dinge auf, welche gar wenig oder gar keinen Nahrungsstoff enthalten, wie kleine Pflanzenfäserchen, kleine Sandkörnchen oder andere organische Stoffe, deren Verschlucken man gerne verhindern möchte, weil man meint, sie könnten unmöglich dem zarten Magen gut bekommen. Und dennoch thun sie es, denn unser Vögelchen findet außerdem auch manchen kleinen Wurm, pflückt sich wohl ein zartes Pflanzenblättchen, nimmt ein Sandkörnchen und füllt sich auf diese Weise seinen kleinen Magen mit Stoffen, welche eine Erschlaffung der Verdauungsthätigkeit verhindern und einer Belästigung mit allzu nahrhaften Futtergegenständen vorbeugen. Während nach vielem weichen und fetten Futter die Excremente allmählig eine flüssige Beschaffenheit annehmen, werden dieselben bei angemessener Nahrung schon nach 24 Stunden eine mehr breiartige, ziemlich consistente, gewundene, grau-grüne Beschaffenheit, an der Seite wohl einen weißen Streifen haben und sind dem Kenner ein sicheres Kriterium für gute Fütterung und daraus folgende Gesundheit der kleinen Geschöpfe. Dies im Auge behalten, ergiebt sich die Behandlung derselben während der ersten Lebenstage von selber; — man gebe ihnen nicht zu viel Futter auf einmal, sondern alle Stunden ein wenig und zwar stets nur so viel als sie verzehren. Bei dem Bedürfniß, sich unter der Bruthenne zu erwärmen, nehmen sie während dieser Zeit überhaupt nicht viel zu sich und erst mit der merklicher zunehmenden körperlichen Entwickelung steigert sich der Appetit, mit ihm aber auch die Kräftigkeit der Verdauungsorgane. In der Regel reicht man denselben viel gehacktes Ei, frische Ameiseneier, aufgeweichtes, wohl gar in Milch getauchtes Weißbrod u. drgl. mehr. Zu den allerschädlichsten Stoffen aber gehört in zu großer Menge gereichtes gehacktes Ei, es ist ohne zweckmäßige Beimischung das sicherste Mittel, Durchfall zu erzeugen; ebenso dürfen frische Ameiseneier ebenfalls nicht in zu großer Menge gereicht werden, ihnen ist in Verbindung mit dem Eifutter der Untergang so vieler kleiner Fasanen zuzuschreiben. Und dennoch ist die ganze Kunst, junge Fasanen zu füttern, außerordentlich einfach, wenn man nur eben die Natur beobachtet und ihr analog verfährt. Zunächst handelt es sich darum, das dem Fasan in der ersten Jugend zuträglichste Futter zu reichen und dies besteht einfach in altem gedörrtem fein zerkleinertem Weißbrod, ganz fein gehackten Salatblättern, auch wohl Wasserlinsen, gedörrten zerriebenen oder aufgeweichten Ameiseneiern. Diese Materialien mischt man unter einander, thut auch wohl ein wenig feinen Kiessand dazwischen und streut dies den Fasanen so hin, daß es vertheilt in ihrem Behälter umherfällt, sie nicht viel auf einer und derselben Stelle finden und umher gehen und suchen müssen. Es darf nur wenig mehr gegeben werden, als sofort verzehrt wird; so mühsam dies auch sein mag, so nützlich ja nothwendig ist es doch. Die durch das Ausschlüpfen aus dem Ei noch in den Gedärmen befindlichen flüssigen Stoffe werden durch Darreichung der genannten aus einem Gemisch vegetabilischer, animalischer und selbst unverdaulicher anorganischer Stoffe bestehenden Nahrung fester, der Verdauungsapparat zu gehöriger Thätigkeit angespornt und somit ein gehöriges Gedeihen eingeleitet. Hin und wieder, aber erst, wenn die Thierchen das genannte Futter zu sich nehmen, giebt man eine kleine Zugabe frischer Ameiseneier und ganz besonders empfehlenswerth sind ganz kleine oder in kleine Stücke geschnittene Regenwürmer und Mehlwürmer. Einmal bekannt mit diesen, verschlingen die kleinen Fasanen solche mit großer Begierde. Sind sie mehr herangewachsen, so empfehlen sich auch die Larven der Schmeißfliege, welche in warmer Jahreszeit sehr leicht zu erhalten sind. Eine möglichste Abwechselung im Futter ist nothwendig, stets aber dafür zu sorgen, daß der Appetit rege erhalten und niemals zu viel auf einmal gereicht wird. Aus dem auf dem Boden ihres Behälters reichlich auszubreitenden Kiessand suchen sie sich kleine Sandkörner, Pflanzenfasern 2c. und daher ist jener, abgesehen von der Reinlichkeit, täglich zu erneuern.

Ist die Witterung irgend günstig, das Wetter sonnig und warm, so bringt man die Thierchen schon nach 2—3 Tagen in die frische Luft und zwar auf einem freien Platze. Es ist Letzteres nöthig, weil die kleinen Fasanen nicht hinlänglich die Henne als Stiefmutter anerkennen, ihrem Glucksen nicht genügend folgen und im Anfange große Neigung haben, davon zu laufen. Auf einem freien Platze nur ist es möglich, die kleinen Deserteure zu beobachten und zu fangen, bald jedoch ist man auch dieser kleinen Mühe überhoben, da sie sich schnell an ihre Pflegerin gewöhnen und ihrem Rufe folgen lernen, ein halber Tag genügt oft. Kann man des Letzteren versichert sein, so ist es sehr zu empfehlen, die Gluckhenne an ein kleines Gebüsch zu führen und sie hier möglichst verweilen zu lassen; sie wird bald anfangen zu scharren und die Jungen in der aufgekratzten Erde eine Menge von Würmern finden, die ihnen vortrefflich bekommen, eben so wissen sie eine Masse von Insecten, welche sich in Gebüschen auf der Erde oder an jenen aufhalten, aufzusammeln und nehmen die zarten

Spitzen von Pflänzchen und Gräsern zu sich. Fürchtet man oder will man nicht, daß die Henne sich entfernt, so steckt man sie unter einen Korb, deren Sprossen hinlänglich weit sind, um den Jungen den Zutritt zur Mutter zu gestatten, diese aber am Entweichen verhindern. Anfänglich läßt man, selbst wenn die Witterung warm und günstig ist, die kleinen Fasane doch nur einige Stunden oder noch kürzere Zeit im Freien, namentlich wenn die Gluckhenne sie nicht oft und genügend erwärmt; bemerkt man, daß die Thierchen frieren, sperrt man sie sofort mit der Henne wieder ein, verlängert jedoch täglich ihren Aufenthalt im Freien und wählt, wenn man es haben kann, wie schon gesagt dazu ein geschützt liegendes kleines Gebüsch, wo die Thierchen nach Bedürfniß Sonne oder Schatten aufsuchen können. Hat man einen umfriedigten Garten und ist man sicher vor Katzen und Wieseln, so kann man die Henne mit ihren Pfleglingen, sobald diese etwa 8 Tage alt sind, dreist gehen lassen wohin sie wollen. Die kleine Schaar bleibt zusammen und selbst wenn sie anfangen zu fliegen, darf man ohne Sorge sein. Erst wenn sie so befiedert sind, daß sie nicht mehr unterkriechen und Abends aufbäumen, ist die sonst für das Gedeihen sehr ersprießliche unbedingte Freiheit sehr bedenklich, man muß die Flügel beschneiden oder die Thiere in eine Volière bringen. Sobald sich die Flügel und die Rücken-Deck-Federn entwickelt haben, ist der kleine Goldfasan schon ein kräftiges Thierchen und kann man ihm aufgeweichte Hirse, Mohnsamen, etwas gequetschten Hanf, zu kleinen Körnern geriebenen Mais 2c. reichen. Es thut sogar keinen Schaden, wenn man schon nach den ersten Tagen seines Lebens dergleichen Sämereien in geringer Quantität hinwirft, hin und wieder pickt es doch ein Körnchen und befindet sich wohl dabei; denn Abwechslung im Futter ist sehr zu empfehlen; natürlich bleibt die oben angegebene Fütterung die Hauptsache. In großen Fasanerieen reicht man den Fasanen in den ersten Tagen Eierkuchen, vermischt mit verschiedenen fein geschnittenen Kräutern, läßt dieselben wenig trinken und zwar nur in der Weise, daß man vorgeworfenes Laub reichlich mit Wasser besprengt. Ich ziehe jedoch die von mir angeführte Fütterungsmethode vor und bin durchaus nicht ängstlich mit Darreichung von Trinkwasser. Dieses schadet bei trockenem Futter gar nicht, während es, wenn man viele weiche Nahrungsmittel namentlich auch Ameiseneier reicht, allerdings nicht allein überflüssig werden, sondern auch nachtheilig wirken kann.

(Schluß folgt.)

Ueber Fang, Lebensweise und Abrichtung des Hühnerhabichts, (Falco palumbarius).

Von L. Lungershausen.

Schon seit Jahren Leben und Treiben der deutschen Raubvögel mit besonderer Vorliebe beobachtend, habe ich dem Fang derselben viel Aufmerksamkeit gewidmet und stets einige Species dieser so interessanten Vogelklasse lebend unterhalten. Da sich unter meinen Pflegebefohlenen fast immer einige Habichte befanden, so habe ich an diesen Thieren mancherlei wahrgenommen, was sonst nicht in den Naturgeschichten mitgetheilt wird und wohl werth ist, weiter bekannt zu werden. Vorerst will ich einige Bemerkungen über den Fang derselben vorausschicken.

Da der Habicht unstreitig der schädlichste aller deutschen Raubvögel ist und unter den Tauben, Fasanen und Feldhühnern die größten Verheerungen anrichtet, so ist man schon im Mittelalter auf Verminderung desselben bedacht gewesen und werden selbst in den ältesten „Jägerpraktiken" vielfache Anleitungen ertheilt, um seiner Vermehrung im Interesse der niedern Jagd Einhalt zu thun. Die bekanntesten und zugleich besten Fangmittel sind „Stoß" und „Korb." Da selbige in jeder Fasanerie zu sehen sind und überdieß in Brehms „Vogelfang" ausreichend genau beschrieben werden, so will ich die technische Einrichtung derselben[1]) als bekannt voraussetzen und mich auf einige Notizen über ihren praktischen Werth und beste Art der Aufstellung beschränken.

Der „Stoß" ist viel wohlfeiler als der „Korb" — er kömmt auf höchstens 1 Thlr. zu stehen — und hat noch das vor Letzterem voraus, daß er ohne Mühe von einem Orte zum andern transportirt werden kann und mitunter auch einen Wanderfalken, Falco peregrinus, in die Hände des Vogelstellers liefert. Nur darin steht er dem „Korbe" sehr nach, daß er der Beschädigung durch Menschen und Raubthiere mehr ausgesetzt ist, daß die auf der Erde frei angeläuferte Taube sehr oft noch vom gefangenen Raubvogel zerrissen wird und daß die Garne fast durch jeden stärkeren Wind eingeworfen werden. In neuerer Zeit hat man empfohlen: die Taube in einem weitmaschigen Drahtbauer unterzubringen, der auf einem 3½' hohen, mit Blech beschlagenen Pfahle inmitten des Stoßes aufgestellt wird; durch diese Vorrichtung wird es zwar den Mardern, Füchsen und Wieseln fast unmöglich die Taube zu würgen, allein die Sicherheit des Fanges wird

[1]) Wir glauben in der Annahme nicht zu irren, daß eine auf neue Erfahrungen gegründete Beschreibung vielen Lesern des Thiergartens erwünscht wäre, besonders mit Abbildung. Anm. d. Herausg.

dadurch, indem die Garne gern am Bauer hängen bleiben, wesentlich vermindert. Auch durch eine ausgestopfte Taube hat man die Raubvögel in den Stoß zu locken versucht; der Fang damit glückt oft, doch wird dadurch die lebende Taube nicht vollkommen ersetzt, auch wird der ausgestopfte Vogel durch Wind und Wetter bald eine formlose Masse. Als einen Uebelstand des Stoßes kann ich noch anführen, daß die gefangenen Raubvögel sich gewöhnlich in dem Garne verwirren, daß sie nur mit großer Mühe aus den tausend Fäden zu befreien sind; will man selbige lebend erhalten und hat nicht Lust, sich durch die Fänge beschädigen zu lassen, so muß man sie durch Chloroform betäuben. Es wird durch Anwendung dieses Mittels die Entwirrung wesentlich erleichtert.

Viel empfehlenswerther und sicherer zum Ziele führend ist „der Korb.“ Er ist zwar etwas kostspielig — kostet mindestens 6 Thlr. — hat aber, wenn der Grundpfahl hinreichend hoch ist, nichts von Beschädigungen zu leiden und behält seine „fängische Stellung“ fast bei allen Naturereignissen — nur starker Schneefall drückt mitunter die Stellzunge nieder — bei. Die Falken, welche bekanntlich von oben stoßen, gehen zwar nie in den Korb, allein nicht selten findet man außer den Habichten: rauchfüßige Bussarde (Buteo lagopus), Weibchen vom Finkensperber (F. nisus) und alle Arten Eulen darin [1]). Das rege Leben und die günstigen Resultate eines Drossel- oder Meisenheerdes darf man sich beim Habichtstoß oder „Korb“ freilich nicht vorstellen, es vergehen mitunter 8 Wochen, ehe ein Fang gelingt; allein wenn Habichte in der Nähe ausgebrütet sind oder sich sonst da aufhalten, kann man, bei richtiger Placirung des „Korbes,“ alle 3—4 Wochen auf eine Beute rechnen. Gewöhnlich hört man den Habichtskorb nicht sehr rühmen und selbst Vater Brehm gibt in seinem „Vogelfange“ zu verstehen, daß man sich nicht viel davon versprechen dürfe, allein ich kann in diese Klage nicht mit einstimmen und betrachte sie nur als Folge einer unrichtigen Aufstellung des Korbes. In den meisten Fällen stellt man denselben im freien Felde, fern ab von allen Bäumen, auf und muthet dem Habicht zu, sich beim Vorüberfliegen auf die Locktaube zu stürzen. So groß nun die Rücksichtslosigkeit der Habichte beim Erblicken eines leckern Fraßes ist — einzelne haben die Tauben bis inmitten der bewohnten Zimmer verfolgt und sich nicht durch das Klingeln der zerbrochenen Scheiben und das Schreien der Inwohner vom Ergreifen der Beute abhalten lassen, andere haben sich sogar mit einem Rebhuhne in den Klauen noch in den „Korb“ gestürzt, ja eins meiner Exemplare, welches ich noch am Leben habe, fing sich, nachdem es nach 8tägiger Gefangenschaft wieder entflohen war, binnen 14 Tagen im nämlichen Korbe zum zweiten-

[1]) Eulen und Bussarde möge man als nützliche Vögel ja sofort wieder in Freiheit setzen!

male — so entschließen sich doch nur wenige zum sofortigen Angriff und lassen meist, da kein passender Ort zum Niedersetzen vorhanden, den verdächtig aussehenden Fangapparat bei Seite liegen. Anders stellt sich die Sache, wenn der „Korb" etwa 20 bis 30 Schritte von einem mit höhern Bäumen besetzten Feldholze oder einer einzeln stehenden Baumgruppe entfernt aufgestellt wird. Dann wird dem Habicht Gelegenheit geboten, sich die verlockende Taube in Muße vom sichern Orte aus ansehen zu können und stundenlang sitzt mitunter der arge Räuber da, macht nach Habichtsart einen Buckel und blickt unverwandt seine Lieblingsspeise an, bis er endlich, als ächter Gourmand alle Vorsicht bei Seite setzend, „abstäubt," die Taube erst von der Seite dann von oben attaquirt und sofort — gefangen ist.

Anfänglich macht der Gefangene gewaltige Anstrengungen, um sich aus seiner Haft zu befreien, wird aber bald ruhiger und wendet seine ganze Aufmerksamkeit wieder dem sich unter ihm befindlichen Lockvogel zu. Seine eigene kritische Lage ganz vergessend, sucht er diesen fortwährend zu haschen, was ihm aber, wenn der „Korb" richtig construirt ist, niemals gelingt. Die Stunden, die der Lockvogel dicht unter den Klauen seines Erbfeindes verlebt, mögen schreckliche sein, doch läßt sich jener sofort, nachdem der unangenehme Gesellschafter verschwunden ist, wieder Speise und Trank trefflich schmecken und verläßt auch, nach 3 bis 4 monatlicher Dienstzeit, seine enge Zelle als wahrer Fettklumpen.

Das Auslösen der gefangenen Raubvögel wird meist als schwierig bezeichnet (in Fasanerieen werden sie gewöhnlich sofort im Korbe erschlagen), doch ermögliche ich dieses sehr schnell auf ganz einfache Weise. Ich bediene mich hierzu eines sogenannten Schmetterlingsnetzes mit 4′ langer Stange. An dem Ringe desselben, welcher von starkem Draht gefertigt sein und mindestens 1′ Durchmesser haben muß, ist statt des Gazenetzes ein dergleichen von starkem Bindfaden mit ziemlich weiten Maschen befestigt. Mit diesem Instrumente, welches leicht zwischen Korbwand und Decknetz hindurchschlüpft, treibe ich den Vogel in eine Ecke und decke den Kopf desselben mit dem Ringe zu, rasch senkt sich der Sack über die Flügel des Gefangenen und einige Befreiungsversuche desselben bringen nur das Gegentheil davon hervor, bis er durch eine Drehung des Ringes vollständig in meine Gewalt kommt. Dann hebe ich den Sack rasch aus dem Korbe und binde ihn unten angekommen, um den Ring nicht immer schief halten zu müssen, mit Bindfaden zu und halte ihn beim Transport, der „Fänge" wegen, weit vom Leibe. Da man beim Einfangen, frei auf der Leiter stehend, leicht das Gleichgewicht verlieren kann, so ist es gut, wenn man sich durch Haken und Leine am Korbe fest macht und so auf alle Fälle hin sichert. Möge sich also Niemand einfallen lassen, mit bloßen Händen oder auch in wildledernen Handschuhen einen Habicht auslösen zu wollen; schwere, ja lebensgefährliche Verwundungen sind eine sichere Folge davon. Denn im Korbe ist derselbe überaus wüthend und boshaft und haben seine Krallen an Schärfe und Größe in der ganzen deutschen Raubvogelwelt nicht ihres Gleichen. Schließlich bemerke ich noch, daß man sich einer Taube von jeder beliebigen Farbe als „Locke" bedienen kann, doch muß ich sehr rathen, für die Aufstellung des „Korbes" einen Ort auszusuchen, der wenig von Menschen besucht wird; durch eine lebhafte Passage wird der Fang sehr beeinträchtigt.

Drei Fünftel der gefangenen Habichte sind Vögel im Jugendkleide und hat man, wenn man dieselben über 1 Jahr lebend erhält, Gelegenheit, die interessante Umfärbung in das Hochzeitskleid beobachten zu können. Die Verschiedenheit zwischen beiden Kleidern ist so groß, daß selbst das scharfe Auge des großen Linné dadurch getäuscht wurde und er Junge und Alte für specifisch verschiedene Vögel hielt. Er führte die Jungen als F. gallinarius und die Alten als F. palumbarius im System auf und erst spät wurde sein Irrthum erkannt. Nicht minder auffallend ist die Verschiedenheit, welche hinsichtlich des Temperamentes zwischen beiden Geschlechtern stattfindet. Während z. B. das Männchen sich nur schwer an den Anblick des Menschen gewöhnt, fast immer ungestüm und ruhelos im Käfig umherfliegt und im Benehmen sehr an seinen nahen Verwandten, den Finkensperber (F. nisus) erinnert, so zeichnet sich das Weibchen gleich beim Beginn der Gefangenschaft durch ein würde- und ruhevolles Auftreten aus, bietet durch schlankere Haltung einen bessern Anblick als das duckige Männchen dar und reiht sich hierdurch mehr den Falken an. Die Zuneigung beider zu einander ist außer der Paarungszeit auch so gering, daß man an ein Zusammenwohnen beider in einem Käfig nicht denken darf. Wenn man einen Versuch der Annäherung beider macht, so entsteht bald ein Kampf auf Leben und Tod, aus welchem das stärkere Weibchen stets als Siegerin hervorgeht. Auch andern Raubvögeln darf man nicht zumuthen, dem Hühnerhabicht Gesellschaft im Käfig zu leisten, selbst die kräftigen Bussarde und die gewandten Wanderfalken fallen sofort seiner Mordsucht zum Opfer. Sind die im Käfig gehaltenen Habichte nur durch Lattenverschläge von den benachbarten Vögeln getrennt, so versuchen jene immer diese durch die Zwischenräume hindurch zu greifen und vor nicht langer Zeit verlor ich auf diese Weise durch ein Habichtsmännchen ein zierliches Finkensperberweibchen. Selbst jungen Individuen wohnt schon ein großer Blutdurst inne, so erzählt Gloger, daß ein noch mit Flaum bedeckter und noch nicht flugbarer Habicht einen ausgewachsenen Kornweih (F. cyaneus?) der nur eine Nacht seinen geräumigen Käfig mit ihm theilen sollte, in Stücken riß. Ihre große Mordsucht ist wohl meist — doch nicht gänzlich, da sie auch bei reichlicher Nahrung mitunter derartige

Unthaten verüben — Folge ihrer übergroßen Gefräßigkeit. Vor einem hungrigen Habicht ist kein Vogel, vom Auerhahn bis zum Finken, sicher, ja sogar an der bissigen Wiesel vergreift er sich nicht selten. In der Gefangenschaft ist er in Bezug auf die Nahrung anfänglich etwas wählerisch, nimmt jedoch später sogar mit Aas — wenn es nicht zu übelriechend ist — vorlieb [1]). Nur von Reiher, Kiebitz und Maulwurfsfleisch will er nichts wissen, sonst ist ihm so ziemlich Alles recht. Doch wird er selbst bei der reichlichsten Nahrung und vollkommenster Ruhe ganz im Gegensatz zu andern Raubvogelarten, nie fett, nur an den Därmen sind schwache Talgablagerungen zu bemerken. Den Hunger kann er zwar ziemlich lange aushalten, doch geräth er, je länger man ihm Diät zumuthet, in immer größere Aufregung, die zuletzt in solche Raserei ausartet, daß er, wie Gloger erzählt, sogar Menschen attaquirt und zerfleischt. Als Curiosum kann ich noch aufführen, daß der Hühnerhabicht gleich dem Finkensperber (F. nisus) seinen Schwanz um dessen Achse zu drehen vermag, welche Bewegung — Folge einer eigenthümlichen Gelenkigkeit der Schwanz-Wirbelsäule — er aber nicht so oft und so schnell als jener ausführt. Durch die Beweglichkeit eines Theils des Rückgrates werden auch die schnellen Schwenkungen inmitten eines noch so eiligen Fluges hervorgebracht, wodurch sich die Habichte vor allen andern Raubvögeln auszeichnen und von denen später die Rede sein wird.

Da der Hühnerhabicht im Mittelalter nicht selten zur „Baitze“ abgerichtet wurde und jetzt sogar wieder zu gleichem Zwecke nach England verführt wird, so beschloß ich, nach vorausgegangenem gründlichen Studium aller mir zugänglichen Schriften über Falknerei einen Versuch mit der Abtragung desselben zu machen, obgleich ich ganz gut wußte, daß der Habicht ein viel unbändigeres Naturell als die Falken besitzt und mithin viel schwieriger als jene zu zähmen sei. Der bekannte Ornitholog Gloger, der früher wohl in gleicher Weise experimentirt hat, giebt zwar den Trost, daß der abgerichtete Habicht dann auf alle Weise die darauf verwendete Mühe besser lohne als die Falken, fügt aber zugleich hinzu, daß es fast nur den Steppenvölkern gelinge, seinen Trotz und Wildheit zu bändigen. Bechstein hingegen spricht in seiner Jagdwissenschaft mit einer Zuversicht von der Abtragung des Habichts, welche ein Mißlingen derselben fast auszuschließen scheint. Solchen widersprechenden Ansichten gegenüber war es mir um so wichtiger, eigene Beobachtungen anstellen zu können und ging ich rasch zur That über. Ich versah mich mit den vorschriftsmäßigen Falkoniergeräthschaften wie: Haube, Bröhlriemen und dem „Geschüh“ und begann „die Arbeit“ mit einem jungen

[1]) Stark riechendes, schleimiges Fleisch, welches im Sommer nur zu häufig vorkommt, muß vor dem Verabreichen tüchtig mit Asche abgerieben und dann gründlich abgewaschen werden.

Männchen. Dieses war vor circa 2 Monaten gefangen worden und geberdete sich im Käfig aufs Wildeste. Obgleich seine Fänge durch das Anfliegen an die Mauer seiner Wohnung ihre Schärfe ganz verloren hatten, ging ich dennoch beim „Anschuhen" vorsichtig zu Werke und glaubte sicher, daß er mich dabei „greifen" würde. Allein er machte weder jetzt noch später den mindesten Versuch zur Vertheidigung und schrie „unbehaubt" höchst kläglich und benahm sich überhaupt aufs Feigste. Beim Ergreifen schlug er ängstlich mit den Flügeln und war seine Aufregung so groß, daß man seinen rasend schnellen Herzschlag bis auf 2′ von ihm hören konnte. Nach dem Aufsetzen der „Haube" hörte zwar das Schreien und Flattern auf, doch minderte sich seine sonstige Aufregung nur unmerklich. Nach Anlegung der Flügelfessel, „des Bröhls", streckte er die gefesselten Fänge weit von sich und war auf keine Weise zum Auftreten zu bewegen. Da er „behaubt" ohnehin alles Flattern unterließ, so befreite ich ihn bald von jenem unbequemen Riemen und erreichte dadurch, daß er sich ruhig auf die Stange setzen ließ. Nach einiger Zeit suchte er zwar die Haube durch Kratzen zu entfernen, stand aber, als er das Fruchtlose seiner Bemühungen einsah, davon ab und verhielt sich von nun an ganz still. Nach 24 Stunden nahm ich dem nunmehr ganz ruhig gewordenen Vogel die „Haube" ab, mußte aber erleben, daß das französische Sprüchwort „chassez le naturel, il revient au galop" auf Niemand mehr als auf den Hühnerhabicht paßt; kaum konnte er wieder sehen, als er sich laut schreiend an der mit Doppelwirbel versehenen Langfessel drehte. Dabei kamen namentlich die gewandten Schwenkungen zum Vorschein, die es dem Habicht ermöglichen, seinen Raub in jeder beliebigen Stellung aufnehmen zu können. In Folge dieser Unbändigkeit zog er sich mehrere Verwundungen zu und mußte ich ihn sofort wieder „behauben" und ihn bis auf Weiteres in diesem Zustande belassen. Den nächsten Tag legte ich Futter „Atzung" auf die Stange, „enthaubte" ihn und entfernte mich rasch; kaum war ich weg, so fing er an zu fressen und war nach reichlicher Mahlzeit viel ruhiger als vorher, allein keineswegs zahm zu nennen. Da Bechstein eine sanfte Behandlung des Abzurichtenden sehr empfiehlt, so ließ ich es an Schmeicheleien wie: Streicheln mit Federwisch, sanftes Krauen 2c. nicht fehlen, erreichte aber nicht das Mindeste dadurch. Jedesmal wenn ich die Haube abnahm, hatte ich einen unbändigen Fluchtversuch zu gewärtigen und nach 14 Tagen war so wenig von Abrichtung an ihm zu bemerken, daß ich mich, wenn der Unterricht Erfolg haben sollte, zur Anwendung heroischer Zähmungsmittel entschließen mußte.

Die alten Falkoniere suchten ihre „Baitzvögel" dadurch zahm, „kör" zu machen und ihnen die Lust am Entfliehen zu benehmen, daß sie dieselben auf einen an einer Leine aufgehängten Ring setzten und dann denselben so lange schwenkten und drehten, bis selbige durch Schlaflosigkeit ganz verrückt wurden und ihre frühere Wildheit und Freiheitsliebe vergaßen. So sehr auch dieses Mittel von Bechstein verdammt wird, so hielt ich es der Störrigkeit des Vogels gegenüber für unerläßlich, dasselbe in Anwendung zu bringen. Anfänglich glückte es mir damit; der „behaubte" Vogel hielt sich krampfhaft am Ring fest und kam durch fortwährendes Drehen desselben so von Sinnen, daß er rückwärts herunterfiel. Die Betäubung war freilich von sehr kurzer Dauer und mußte sehr oft wiederholt werden und brachte aber dennoch nicht „das vollkommene Vergessen der Vergangenheit" hervor, wie ich anfänglich gehofft hatte. Später fand mein „Schüler" auch so wenig Gefallen an dem „Drillen," daß er sich sofort bei der ersten Bewegung des Ringes herabstürzte und auf keine Weise zum Festhalten desselben zu bewegen war. In Folge dessen mußte ich erwähnte Methode bei Seite lassen, hatte aber doch erreicht, daß der Habicht bei meiner Annäherung nicht mehr abflog und sich auch etwas streicheln ließ; zum Festsitzenbleiben auf der Faust war er aber nicht zu bewegen. Da fiel mir zuletzt das Mittel ein, womit die Wilden am Orinoco die gefangenen Kletteraffen zu zähmen pflegen, nämlich das Einblasen von Tabaksrauch. Ich steckte daher meinen Vogel in eine Strumpfmütze und blies so lange Cigarrenrauch durch die Maschen derselben ein, bis derselbe durchaus betäubt war. Die Wirkung der Tabaksnarkose war groß, mit gebrochenem Auge lag der Habicht da und hielt ich ihn anfänglich für todt, doch bald erholte er sich wieder und war nun für einige Zeit so zahm, daß er sich alles Mögliche gefallen ließ. Da es jedoch nicht an Rückfällen in die frühere Wildheit fehlte, so mußte das Einblasen von Cigarrenrauch wiederholt werden[1]); dieß machte den Vogel zwar etwas unwohl, doch nicht freßunlustig und ließ hoffen, daß dadurch der erste Theil der Abrichtung „das Körmachen" vollständig gelingen würde. Da gieng mir der Vogel durch einen Zufall verloren und mußte ich, da es mitten im Winter war, das Wiederaufnehmen des „Abrichtens" mit einem andern unterlassen.

Im vorigen Herbst „schuhte" ich wieder ein schönes Weibchen an und begann meinen Unterricht in ähnlicher Weise, doch wurde ich bald gewahr, daß die Falkoniere früherer Zeiten ganz recht hatten, wenn sie das Männchen,

[1]) Da man mir wegen dieser Prozedur vielleicht von irgend einer Seite den Vorwurf der Thierquälerei machen wird, so führe ich zu meiner Rechtfertigung an, daß bei allem Thierabrichten, sei es Hundedressur, Pferdebändigung à la Rarey oder Löwenzähmung à la Charles etwas Barbarei mit unterläuft. Und wenn man andern es nicht übel deutet, wenn sie bei dergleichen von Stock und Peitsche Gebrauch machen, so wird man hoffentlich nichts dagegen haben, wenn ich meine Scholaren, wider ihren Willen, einmal in trunkenen Zustand versetze. In physiologischen Instituten macht man öfters viel grausamere Experimente, und sind meine Habichte lange nicht so übel dran als ihre Brüder, die in die Hände eines herrschaftlichen Fasanenjägers fallen.

„die Terz,“ für viel geeigneter zur Abrichtung als das Weibchen erklärten, denn wie sehr sich auch Letzteres durch Ruhe im Käfig auszeichnet, ist es doch „angeschuht“ ein viel störrischeres und wüthenderes Thier als das Männchen. [1]) Beim „Anschuhen“ hatte ich die wenig abgenutzten Fänge desselben vorsichtigerweise mit der Nagelscheere gekürzt [2]), und hiermit sehr wohl gethan, denn fast in jeder Unterrichtsstunde versuchte der Vogel mich zu greifen. Da mir die Tabaksnarkose etwas zu umständlich war und ich auch nachtheilige Folgen [3]) davon fürchtete, so wandte ich statt dessen mit bestem Erfolg Chloroform an. Wenn der Habicht auch noch so wüthend war und man seinen Herzschlag deutlich hören konnte, so genügte es, wenn ich das mit dem erwähnten Mittel angefeuchtete Wattebäuschchen an seine Nasenlöcher hielt, um ihn sofort ruhig und gefügig zu machen. Das Chloroform hat keine üblen Folgen bei seiner Anwendung und dürfte daher in der Zukunft bei allen Thierzähmungsversuchen eine große Rolle spielen. Nachdem ich meinen Zögling annähernd faustgerecht gemacht hatte, mußte ich Geschäfte halber meinen Unterricht aussetzen, doch besitze ich den Vogel noch und werde im nächsten Frühjahr den Cursus wieder aufnehmen. Doch wäre es mir sehr erwünscht, wenn Freunde der Falknerei mir vorher ihre darüber gesammelten Erfahrungen durch „den Thiergarten“ mittheilen wollten, ich glaube bestimmt, daß der geehrte Herr Herausgeber gern seine Spalten derartigen Berichten öffnen wird. Es wäre überhaupt sehr zu beklagen, wenn die interessanteste aller mittelalterlichen Jagdvergnügungen ganz in Vergessenheit kommen sollte, zumal da Versuche, die man in England, Belgien und Schlesien vereinzelt mit Wander- und Thurmfalken gemacht hat, vollkommen genügend ausgefallen sind.

Im Uebrigen stelle ich die 3 oder 4 Habichte, welche ich voraussichtlich in diesem Winter fangen werde, gern Andern, die Versuche damit machen wollen, unentgeltlich zur Verfügung. Es sind kräftige Bursche, die Habichte, welche leicht die Strapazen einer längeren Reise überwinden.

[1]) Werden beide längere Zeit in Gefangenschaft gehalten, so gleichen sich die Gegensätze ihres Temperamentes mehr und mehr aus.

[2]) Wenn man zu viel abschneidet, entsteht leicht eine schwache Blutung, die jedoch nichts schadet, da die Fänge wieder nachwachsen.

[3]) Durch das Tabakseinblasen werden die Excremente des Vogels etwas grün gefärbt, was bei Raubvögeln immer für ein Zeichen von Unwohlsein gilt. Nach alter Falkonierregel muß der „Schmelz“ schwarz und weiß gefärbt sein.

Correspondenz.

Berlin, December 1863. In einer der letzten Numern des früher von dir herausgegebenen „Zool. Gartens" ist die Rede von Vögeln, deren Verbreitungsbezirk sich ausdehnt; etwas Aehnliches scheint bei Plinius zu Grunde zu liegen, wenn er von der Elster sagt, sie sei erst in neuerer Zeit von den Appeninen her in die Nähe Roms gekommen (Buch X. Kap. 29.). Ebenda bezeichnet er sie deutlich durch den langen Schwanz und die bunte Färbung als Elster; während sonst der Name pica auch den Häher umfaßt und in einigen Theilen Italiens gegenwärtig ausschließlich diesen bezeichnet. Es fiel mir dieß um so mehr auf, als auch in Japan die Elster „Koreg garasu" d. h. Koreanischer Rabe heißt, als sei sie von dort gekommen. Weitere Erörterung dieser Sache wäre wünschenswerth, aber ich weiß nicht, wo neuen Stoff dafür herbekommen.

(Aus einem Briefe des Herrn Dr. Ed. von Martens, Kustos am zoologischen Museum zu Berlin an den Herausgeber.)

Gotha, 29. Decbr. 1863. (Ein Brüteversuch mit den Wellenpapageyen.) Der so belehrende und interessante Aufsatz des Herrn Rentier W. Neubert in Stuttgart im Jahrgang III. S. 57 des „Zoolog. Gartens" veranlaßte auch mich den Versuch zu machen, den Wellenpapagey zum Brüten zu bringen und ließ ich mir zu diesem Zweck einen 3 Fuß hohen, 3 Fuß breiten und 2 Fuß tiefen Drahtkäfig machen.

In diesen that ich Ende October d. J. ein Pärchen dieser Vögel, fügte nach einigen Tagen noch ein Weibchen und wieder nach einiger Zeit ein zufällig erhaltenes Männchen hinzu und befestigte außen an dem Käfig auf jeder Seite ein Nistkästchen so eingerichtet, wie es mir Herr Neubert in seinem freundlichen Brief beschrieben hatte.

Da es vielleicht von Interesse ist, die Einrichtung kennen zu lernen, so lasse ich eine kurze Beschreibung folgen:

Das Nistkästchen ist ein 15 Zoll langes, 4 Zoll hohes und 4 Zoll breites Kistchen mit einem 1½ Zoll weiten Schlupfloch nahe der Ecke einer breiten Seite; diesem Loch entgegengesetzt hat das Bodenbrett eine flache, schüsselförmige Vertiefung, damit die Eier zusammen liegen bleiben, und über dieser Vertiefung befindet sich im Deckel ein Schieber, um bequem und ohne große Störung nach Eiern und Jungen sehen zu können. Als Nistmaterial hat man nur feine, ausgesiebte, von tannenem Holz durch die Handsäge gewonnene Sägespäne, etwa ein halb Zoll hoch ins Nistkästchen einzufüllen.

Das zuerst eingeworfene Pärchen, welches schon länger als ein Jahr in einem kleineren Käfig zusammengewesen war, benahm sich stets sehr zärtlich gegen einander, dagegen wollte sich das neue Pärchen durchaus nicht vertragen, namentlich zeigte sich das Weibchen sehr feindselig.

Nach mehrmaliger Begattung fand ich am 28. Nov. d. J. in einem Kästchen ein weißes Eichen, am 30. Nov. ein zweites und am 2. Dec. ein drittes. Das Weibchen blieb gleich nach Legung des ersten Eies fast den ganzen Tag darauf sitzen und wenn es aus dem Kästchen kam, wurde es vom Männchen geäzt oder begattet, nie aber von demselben beim Brüten abgelöst.

Nachdem die drei Eier gelegt waren, hörten die ehelichen Zuthulichkeiten auf und das Weibchen verließ das Nest nur auf Augenblicke. Diese Zeit benutzte das andere Weibchen, um den jungen Vater durch Liebkosungen zu reizen, und es erreichte auch richtig seinen Zweck, wurde mehrere Male begattet und legte am 16. Dec. das erste, am 18. Dec. das zweite Ei.

An demselben Tage untersuchte ich das Kästchen mit den drei Eiern und fand ein Junges wahrscheinlich erdrückt, eines, welches eben das Ei verließ und noch ein Ei.

Das todte Vögelchen entfernte ich und setzte es in Spiritus. Als nach drei Tagen das Ei noch nicht ausgekrochen war, entfernte ich auch dieses und fand es ganz vertrocknet, wahrscheinlich war es unbefruchtet. Das lebende Junge war ganz nackt, der Oberschnabel nur wenig gebogen, hatte aber ein kleines weißes Hörnchen auf der oberen Seite, womit es wohl das Ei öffnete; die Nasenhaut ist unverhältnißmäßig dick, die Augen groß und geschlossen, der Hals lang aber dick, die Flügel und Beine sehr zart; an letzteren stehen drei Zehen nach vorn, einer nach hinten; es gibt leise pipende Töne von sich.

Bis zum 26. Dec. nahm ich an dem Jungen, außer daß es an Größe zunahm, keine besondere Veränderung wahr; es lag stets auf den Bauch, den Hals ausgestreckt, mit dem Schnabel in Sägespänen steckend.

Am 27. Dec. finde ich es auf den Beinen sitzend, mit dem Kopf wackelnd hin- und herfahren; auf dem Rücken und am Hinterkopf sieht man schwärzliche Kielen unter der Haut; die äußere Zehe steht schon auffallend nach hinten zu gerichtet.

Am 28. Dec. brechen die Kielen am Rücken auf und zeigen weißen Flaum.

Heute am 29. Dec. sind die Augen geöffnet; Kielen und Flügeln und Schwanz zeichnen sich. Das Thierchen ist sehr beweglich.

Ich fütterte nur Canariensamen. Das Weibchen fraß, nachdem es gelegt hatte, selten allein, sondern wurde vom Männchen geäzt, nachdem das Junge da war, fraß es gar nicht mehr allein. Merkwürdig ist, daß das Männchen sich gar nicht um das Junge bekümmert, sondern nur, vor dem Käftchen sitzend, singt.

(Aus einem Schreiben des Herrn Bankier H. A. Hopf an den Herausgeber.)

Miscellen.

Acclimatisationsgesellschaft in Paris. Der Sultan hat sich unter die Zahl der Protektoren dieser Gesellschaft aufnehmen lassen und derselben eine Summe von 5000 Fr. übersandt; gleichzeitig stiftete der türkische Herrscher einen Sultanspreis, welcher alljährlich mit zur Vertheilung kommen wird. Ill. Zeit.

Bedeutung des Thierreichs im Welthandel. Um zu begreifen, in welchem Maßstabe das Thierreich — abgesehen von den Hausthieren — Produkte für den Welthandel liefert, mögen einige Zahlen dienen über die Einfuhr derselben allein in dem Hafen von Hamburg vom Jahre 1862 [1]):

Trockene amerikanische Wildhäute (d. h. Verwilderte Rinder) 344,286 Stück = 81,129 Ctr. = 3,740,960 Mrk.

Gesalzene amerikanische und australische Wildhäute 169,108 Stück = 85,421 Ctr. = 2,774,040 Mrk.

Ostindische Kips und afrikanische Häute 936,011 Stück = 69,888 Ctr. = 2,043,980 Mrk.

Pelzwerkfelle 21,402 Stück = 6,281,840 Mrk.

Robbenfelle 12,374 Stück = 54,770 Mrk.

Hirsch-, Reh- und Rennthierfelle 209,501 Stück = 2,566 Ctr. = 189,950 Mrk.

Eiderdunen 3,725 Pfd. = 44,220 Mrk.

Strauß-, Geyer- und andere Schmuckfedern 10,306 Pfd. = 258,850 Mrk.

Walfischbarten und Fischbein 4,179 Ctr. = 1,022,200 Mrk.

[1]) Tabellarische Uebersicht des hamburgischen Handels im Jahre 1862. Zusammengestellt von dem Handelsstatistischen Bureau, S. 61 und ff.

Elefantenzähne und Elfenbein 1,172 Ctr. = 491,533 Mrk.
Hippopotamus und Wallroßzähne 352 Ctr. = 37,490 Mrk.
Perlmutterschalen 6,584 Ctr. = 104,540 Mrk.
Hirsch-, Reh- und Rennthierhörner 413 Ctr. = 22,750 Mrk.
Guano 716,240 Ctr. = 6,142,000 Mrk.
Thran 224,397 Reklan = 1,961,800 Mrk.
Spermaceti 182 Ctr. = 16,160 Mrk.
Cochenille 2,105 Ctr. = 399,099 Mrk.
Austern 5,419,724 Stück = 186,990 Mrk.
Caviar 492 Ctr. = 54,650 Mrk.
Heringe 42,529 Tonnen = 779,080 Mrk.
Sardellen 4,567 Anker = 48,270 Mrk.
Sardinen 2,590 Kisten = 131,700 Mrk.
Anschovis 1,856 Dunker = 17,340 Mrk.
Getrocknete Fische 7,204 Ctr. = 125,300 Mrk.
Geräucherte Lachs 271 Ctr. = 38,550 Mrk.
Honig 28,192 Ctr. = 549,280 Mrk.
Blutegel 801,000 Stück = 31,680 Mrk.
Spanische Fliegen (Cantaris) 85,280 Pfd. = 151,800 Mrk.
Hausenblasen 13,733 Pfd. = 69,050 Mrk.
Bibergeil (Castoreum) 701 Pfd. = 10,270 Mrk.
Moschus 79 Pfd. = 28,320 Mrk.
Schwämme 365 Ctr. = 54,410 Mrk.
Schildpatt 3,365 Pfd. = 30,350 Mrk.
Kaninchen- und Hasenhaare 79,052 Pfd. = 343,960 Mrk.

Unter der Firma „Lebende Pflanzen" figurirt ein Werth von 121,800 Mrk.; in den neuen Handelsregistern werden wohl auch „lebende Thiere" auftreten.

Frühgeburt bei Hausthieren. Die Zahl dieser an sich Gott sei Dank seltenen Erscheinung steigert sich zuweilen in manchen Bezirken zu einem Schrecken erregenden Grade; so konstatirte z. B. F. Fischer, Präsident der Ackerbaukommission im Großherzogthum Luxemburg [1]), daß im Jahre 1844 in den Dörfern des Messerthales weitaus die Mehrzahl der Stuten zu früh geworfen. Dieß wiederholte sich in jenen Bezirken, bald da bald dort bis zum Jahre 1857. Allgemein findet man und so auch Fischer die Ursache dieser Krankheit — denn eine solche ist es — in der Feuchtigkeit der Sommer, dadurch der Nahrung und der dadurch hervorgebrachten Schlaffheit der köperlichen Gewebe im Allgemeinen. Wir möchten hiebei aber speciell an Pilze denken, welche eben in manchen Jahren massenhaft sich verbreiten können und von denen Eine Art (Mutterkorn) bekanntermaßen direkt auf die Gebärmutter wirkt. Wie unsere Kartoffeln und Trauben jetzt von Pilzen befallen werden, die früher so gut wie unbekannt waren, so kann dieß auch mit manchen Futterkräutern der Fall sein, bei denen wir es selbstverständlich weniger bemerken. Man müßte also nach unserem Dafürhalten in solchen Fällen die Futterpflanzen genau untersuchen und man würde vielleicht wenigstens die Ursache finden, wenn wir auch zugeben, daß da schwer abzuhelfen sein mag. Wb.

Künstliche Befruchtung der Obstbäume und der Saatpflanzen. In französischen Blättern und besonders auch im Moniteur findet man in neuester Zeit hin und wieder Berichte über die großen Resultate der Befruchtungsmethode eines Herrn Hoobrenck,

[1]) Société des Sciences naturelles, du Grand-Duché de Luxembourg 1863 S. 168 und ff.

eines Oestreichers, welche von dem gewiß ganz richtigen Satze ausgeht, daß eine Menge Eikeime in unseren Nutzpflanzen deshalb nicht zur Ausbildung kommen, weil ihnen der Zufall keinen männlichen Samen (Pollen) zuführt. Hooebrenck zieht deshalb zur Blüthezeit Seile mit anhängenden Tuchlappen über die Saatfelder hin und bewirkt daselbe mit einer oberflächlichen Abpinselung bei Obstbaumblüthen. Dieß ist gewiß physiologisch ganz richtig und sicher erfolgreich; allein ein Aber müssen wir doch einwerfen. Es ist sicher nicht die Bestimmung aller Eikeime, eine Frucht zu werden. Viele sollen verkümmern, damit die übrig bleibenden um so schöner werden. Sicher bedarf wenigstens bei der neuen Methode die Pflanze auch mehr Nahrung, mehr Boden, mehr Luft, mehr Licht. Wir müßten also weiter auseinander säen, und den Obstbäumen weniger Aeste lassen. Also für die Regel wird es wohl bei dem Alten bleiben. Aber praktisch mag die Methode in Jahren sein, wo in der Blüthezeit eine konstante Windstille herrscht; doch ist dieß selten. Nothwendig aber mag sie sein für manche Pflanzen in dem windstillen Treibhause. Wd.

Bastard von Hase und Kaninchen. Unsere Nachbarn jenseits des Rheins, bekanntlich große Kaninchen-Liebhaber (d. h. ihres Fleisches), haben sich lange Mühe gegeben, dem weichen Fleisch des zahmen Kaninchens durch Kreuzung mit dem wilden Hasen Kraft und Geschmack beizubringen. Allein diese Thiere haben eine Antipathie wider einander, wie dieß auch sonst bei nächst verwandten Thierarten oft der Fall ist. Nun hat aber ein Herr Dero auf der letzten landwirthschaftlichen Ausstellung in Brüssel in der That einen solchen Bastard vorgezeigt, der in der Illustrirten Zeitung vom 14. Nov. 1863 S. 361 Fig. 13 abgebildet ist. Daß aber damit viel geholfen ist, glauben wir kaum, denn selbst wenn diese Bastarde unter sich (was kaum anzunehmen!) oder mit ächten Kaninchen Nachkommenschaft erzeugen, wird doch diese in wenigen Generationen vermöge der Zucht im Stalle zum „Stallhasen," wie man in Schwaben treffend die Kaninchen nennt, wieder zurücksinken. Wd.

Fuchs-Witterung. Leop. Zeiller, in Biamsberg, Nieder-Oestreich, Post Kornenburg, bietet gegen Einsendung von Fünf Gulden eine Fuchsbeize an, die die Füchse aus weiter Umgegend überall hin, wo man sie haben will, kirre. Auch wird eine Anweisung zum Fange mit dem Schwanenhalse mit in Kauf gegeben. Wd.

Zum Thierschutz. Das Regierungsblatt von Württemberg vom 12. Nov. 1863 enthält eine hoffentlich bald auch anderweitig Nachahmung findende Verfügung von Seiten des Ministeriums des Innern, wornach beim Sammeln von Froschschenkeln zur Vermeidung der rohen Mißhandlung dieser Thiere (welche der Hinterbeine beraubt oft noch Wochen lang unter schrecklichen Leiden leben, um dann elend umzukommen) vor der Abnahme der hinteren Beine der Kopf mit einer starken Scheere vom Rumpfe abgetrennt werden soll. Wir fügen dem bei, daß es nach unserer eigenen Erfahrung ein unglückseliger Irrthum ist, wenn man glaubt, daß den armen Thieren die Beine wieder nachwachsen. Wd.

Naturwissenschaftliche Fakultät. Die erste Universität, die eine solche unabhängig von der medicinischen und philosophischen (welche sich bisher in die naturwissenschaftlichen Fächer theilten) schuf, ist Tübingen; ihr erster Dekan der bekannte Botaniker Mohl. Die Feierlichkeit der Gründung fand am 29. October v. J. statt. Wd.

Thierzeichnungen. In Payne's Illustrirtem Familien Journal, Jahrg. 1863 Nr. 40 S. 213, findet sich ein Blatt, „Fuchs und Füchsin:" gezeichnet von Ludwig Beckmann, geschnitten von John, das die beste schwarze Abbildung von diesem Thiere gibt, die wir überhaupt kennen. Es ist ein Meisterstück. Wd.

Verantwortlicher Redacteur Dr. D. F. Weinland.

Schnellpressendruck von Aug. Wörner, vormals J. G. Sprandel, in Stuttgart.

Der Thiergarten.

Allgemeine Deutsche Monatschrift

für Kunde, Beobachtung, Zucht und Pflege der Thiere,

mit besonderer Rücksicht auf die

Verbesserung unserer bisherigen **Hausthiere** und die **Heranbildung** neuer.

Erster Jahrgang
1864.

Nro. 3.

Verlag von
Ebner & Seubert
in Stuttgart.

Preis
für den ganzen Jahrgang
fl. 2. 42 kr.
oder
Thlr. 1. 18 Sgr.
Zu beziehen
durch alle Buchhandlungen
und Postämter.

Unter Mitwirkung der Herren

Dr. **Bodinus**, Director des Zool. Gartens in Cöln, Dr. **K. Bolle** in Berlin, Dr. **Brehm**, Director des Zool. Gartens in Hamburg, **Prof.** Dr. **Fitzinger**, Director des Zool. Gartens in München, Dr. **Funck**, Director des Zool. Gartens in Brüssel, Dr. **Jäger** und Dr. **Uffner**, Directoren des Zool Gartens in Wien, **Hermann von Nathusius** auf Hundisburg bei Magdeburg, Dr. **Opel** in Dresden, Regierungsrath **Rau** in Karlsruhe, **Prof.** Dr. **Rueff** in Hohenheim, **Prof.** Dr. **Sacc** in Barcelona, Dr. **med. Schlegel** in Altenburg, Hofdomänenrath **von Schmidt** in Stuttgart, Dr. **Berwey**, Director des Zool. Gartens im Haag, Dr. **Westermann**, Director des Zool. Gartens in Amsterdam und anderer Fachgenossen

herausgegeben von

Dr. D. F. Weinland

auf Hohen-Wittlingen, O.A. Urach, Königr. Württemberg.

Inhalt: Eine zoologische Rundreise im Winter. Vom Herausgeber. — Ueber Zucht und Pflege des Goldfasans. Von Dr. Bodinus. — Staarmatz als Strohwittwer. Von Dr. Schlegel. — Nachrichten aus dem Zoologischen Garten zu Hamburg. — Correspondenz. — Literatur. — Miscellen.

Eine zoologische Rundreise im Winter.

Vom Herausgeber.

Januar ist gewiß nicht eben der angenehmste Monat, die zool. Gärten zu bereisen, denn die kalte Jahreszeit ist in mehr als einer Beziehung die Nachtseite dieser sonst so anziehenden Anstalten. Nicht nur fehlt der Laubschmuck der Bäume und Gesträuche, ohne den von landschaftlicher Schönheit, ja überhaupt von einem Garten nicht die Rede sein kann, sondern es sind sogar sehr viele, vielleicht die meisten Thiere selbst, als Kinder milderer Erdgürtel, so sorgfältig hinter Schloß und Riegel verwahrt, daß man sie gar nicht oder kaum zu sehen bekommt. Ein zool. Garten im Winter ist ein verpuppter Schmetterling und hat daher in der That für den gewöhnlichen Besucher gar wenig Reiz. —

Anders aber gestaltet sich die Sache für den Fachmann, dem Freundeshand die Riegel alle öffnet; für ihn hat gerade der winterliche Garten ein ganz besonderes Interesse, denn, um es kurz zu sagen, im Sommer ist es verhältnißmäßig leicht, die Thiere zu halten, im Winter erst kommen die Schwierigkeiten, im Winter erst bewähren sich die Thierbehausungen, auf welche in einem zool. Garten so viel ankommt, im Winter handelt es sich darum, welche Schwankungen der Temperaturgrade bei den verschiedenen Thierarten gestattet, welche Menge von frischer Luft für die Lungen, welcher Wechsel im Futter, welche tägliche Bewegung für diese vom Menschen gefangen gehaltene und an der Ausübung ihres natürlichen Triebs zur Selbsterhaltung vielfach behinderte Wesen unumgänglich nöthig ist, wenn sie nicht im kommenden Frühjahre siechen sollen an Krankheitskeimen, die sie im Winter aufgenommen. Ja man könnte wohl sagen, der Winter, wo man nur einzelne eifrige Verwaltungsräthe und einige Stammgäste zwischen den vereinsamten Portierhäuschen in die Gärten eintreten sieht, ist die eigentliche Zeit der Arbeit und der Sorge für den Vorstand und für die Wärter, der Sommer aber die Zeit der Ernte und des Genusses.

Wärme, Nahrung, Luft, Bewegung, oder sollen wir es in vielleicht richtigerer Reihenfolge sagen: Luft, Nahrung, Bewegung, Wärme, das sind die vier Kardinalpunkte, um die sich im winterlichen Thiergarten Alles dreht.

Das wäre nun freilich Alles bald und leicht, nach Menge, Mischung, Dauer und Grad ziemlich richtig zu beschaffen, wenn es sich nur um eine einzige Thierart handelte, daher wir auch gar häufig von Liebhabern, die sich nur mit der Pflege einer oder einiger Thierarten abgeben, weit günstigere Resultate erreicht sehen, als in den Thiergärten selbst. Wie aber, wenn man es, wie in den meisten Thiergärten, mit zwei- oder dreihundert verschiedenen Arten von Thieren zu thun hat, unter denen, wenn wir auch noch so sehr en bloc verfahren, doch mindestens gegen dreißig physiologisch und pathologisch, d. h. in Beziehung auf ihr ganzes gesundes und krankes Leben gänzlich verschiedene Gruppen [1]) aus einander zu halten sind, von denen jede in jenen obengenannten vier Punkten ihre eigenen Ansprüche macht? Ist es da ein Wunder, daß häufig bei dem besten Willen, theils aus Mangel an Erfahrung, theils leider auch aus Mangel an Zeit, und daher

[1]) Eine Zusammenstellung solcher Arten, welche eine in jeder Beziehung gleiche Behandlung ertragen, wäre eine sehr verdienstvolle Arbeit, aber sie muß auf Erfahrung gegründet sein.

zu schablonenmäßige Behandlung schwer gefehlt wird? — z. B. Wärme: Wir erhalten einen Luchs von Norwegen. „Ein Polarthier hält jeden unserer Kältegrade aus," so denkt man; also — er bleibt draußen, vielleicht noch ohne ein warmes, dichtes Lager, dem Zuge ausgesetzt! — Man kann diesen dickpelzigen Nordländer eines Morgens erfroren finden, oder im Frühjahr elend an Tuberculose zu Grunde gehen sehen. Auf der andern Seite: ein Aguti, jenes bekannte, dem Meerschweinchen verwandte Nagethierchen, von den Ufern des Amazonenstroms, von unter dem Aequator selbst, — es lebt in Hamburg, in Dresden munter im Januar im Freien, spaziert in seinem unbewollten, knappen, glänzenden, eleganten Tropenkleide im Schnee herum, als wäre es nicht in der dumpfigen, feuchtwarmen Atmosphäre, an der Wurzel eines Riesenfarrn oder eines Bambusgebüsches, sondern droben im Norden in der Eisluft, unter einer Lappländischen Zwergbirke, oder unter dem kümmerlichen Knieholz geboren. Freilich das Aguti hat sich in jenen Gärten auf eigene Faust tief hinein in die Erde einen Gang und an dessen Ende einen Kessel gegraben und diesen mit Heu wohlgefüllt und verstopft und da kriecht es hinein und liegt dort warm und trocken und gesund, nachdem es sich draußen lange genug im schneebedeckten Parke herum getummelt; jener arme Luchs aber kauert den ganzen Tag langweilig in seinem Käfig und hat weder den nöthigen Raum zur Bewegung, noch ein tiefes, warmes, trockenes Erdloch, oder eine vor Zug schützende Felshöhle, wie er sie in seiner nordischen Heimath gewohnt war, und wie sie selbst der Eisbär auf der Melville-Insel aufsucht. —

Wir sind ganz überzeugt, daß man in Beziehung auf die für die Thiere nöthige Wärme in den Thiergärten noch merkwürdige Erfahrungen und außerordentliche, jetzt kaum glaubliche Fortschritte, machen wird. Es wird eine Zeit kommen, wo man die künstlichen Heizungen, welchen Namen sie haben mögen, fast ganz verbannen, wo man entweder, wie wir schon vor drei Jahren vorgeschlagen, mit lebendigen Oefen, d. h. Wiederkäuern, besonders Kühen und Schafen [1]) oder aber gar nicht heizen wird.

Allein dies kann nur Hand in Hand gehen mit fortgeschrittener Erfahrung in den drei andern Punkten, nämlich in Beziehung auf Nahrung, Bewegung und frische Luft. Wenn ein Thier Kälte ertragen soll, so darf es vor Allem nicht Jahr aus Jahr ein nach Einer Schablone gefüttert wer-

[1]) Aus einem unten folgenden Briefe des Herrn J. M. Corneli-St. Gerlach ersehen wir, wie schöne Resultate bei richtigem Verfahren daraus entspringen. Auch war es uns eine angenehme Ueberraschung, in dem durch seine schönen Bauten überhaupt ausgezeichneten Hamburger Garten, bei dem Affenhause, welches eben noch im Bau begriffen ist, dasselbe Princip angewendet zu sehen, wenn auch auf die künstliche Heizung nicht durchaus verzichtet werden soll.

den, es muß für's Erste eine zwar nicht überreichliche aber möglichst mannigfaltige, wechselnde Nahrung, es muß zweitens hinreichend Bewegung und frische Luft und endlich ein trockenes, warmes, vor Zug geschütztes Lager haben. Ganz besonderes Gewicht ist sicher auf die Nahrung zu legen; abgesehen von unserer eignen Erfahrung in dieser Beziehung war es uns gerade bei unserer letzten Reise eine höchst interessante Thatsache, wie in auffallend übereinstimmender Weise die Aufmerksamkeit und Sorge der Gartenvorsteher in Köln, Hamburg und Dresden darauf gerichtet war, ein neues Lieblingsfutter für irgend ein Thier ausfindig zu machen, ein Lieblingsfutter, sei es auch nur für einige Tage und Wochen. Freilich sind dann auch die Resultate dem entsprechend. Oder ist es nicht etwa für den Thierfreund ein entzückender Anblick, im Januar in Köln junge, noch mit dem grauen Dunenkleide angethane, schwarze Schwäne (die bekanntlich nicht aus kalten Regionen stammen), im Freien auf einem Wasserbecken, das nur einige Fuß im Gevierte hat, lustig um ihre Mutter spielen, oder in Hamburg die merkwürdigen, sonst nirgends gesehenen Auer-, Birk- und sogar Rackel-Hühner auf einer Wiese im Freien munter im Schnee herumwaten, oder in Dresden ein paar Kameele mit einem prächtigen Jungen in einer unvergleichlichen, selbst in ihrem Vaterlande wohl selten erreichten Behaarung sich im Schnee herumtummeln und vor Lust wälzen zu sehen?

Alle diese Erfolge schreiben wir der zweckmäßigen und mit Liebhaberei ausgewählten Ernährung, der freien Bewegung und dem Umstande zu, daß jene Thiere, so oft sie wollen, oder wenn der Wärter das Bedürfniß erkennt, an einen trockenen, vor Zug geschützten Ort sich zurückziehen können.

Kurz nachdem wir dieses geschrieben, kam uns der Bericht des Herrn Rufz de Lavison, Direktor's des Acclimatisationsgartens im Boulogner Wäldchen bei Paris, über das verflossene Jahr zu; er sagt unter Anderem:

„Wir haben Hocco's von Guyana, Penelope's, Agami's, Hühnertauben von den Antillen, Aguti's, Gürtelthiere, welche in kaum geheizten Lokalen schon zwei oder drei Winter trefflich überstanden haben. Das Thermometer fällt bei ihnen in der Nacht oft bis auf Null und während der kalten Tage, wenn nur das Wetter schön ist, läßt man sie eine oder zwei Stunden in die Luft. Wir haben in unserem Garten außer dem Straußenhaus nur drei Abtheilungen der großen Voliere geheizt und auch in diesen steigt die Temperatur selten über acht Grad Celsius, obgleich die dort befindlichen Vögel aus Tropengegenden stammen, wo die Wärme nie unter 20 Grad Celsius sinkt. Die Ställe der größeren Säugethiere, der Zebu's, wilden Esel und Antilopen sind nie geheizt. Nie bis jetzt haben wir Todesfälle gehabt, welche auf diese Praxis sich zurückführen ließen.“ Rufz erwähnt sodann, daß auch Hausthiere, die aus warmen Gegenden stammen, z. B.

kleine Pferde von Java und Cochinchina sofort nach ihrer Ankunft auch im Winter im Garten und außerhalb desselben Dienste leisten mußten, ohne daß sie darunter gelitten hätten. Er sagt: „ich habe mehr als einmal bei Nullgrad den Tapir von Guyana über den Bach unseres Gartens setzen sehen und zwar offenbar zu dessen großem Vergnügen .... Ein Caraibischer Hahn von Guadeloupe hat während zwei Wintern im Freien auf Bäumen übernachtet und sich stets eben so schön gehalten als in seinem Vaterlande. Die Casuare sieht man in den Schnee sich niederkauern und ihr dichtes Federvlies, das einem Strohdach gleicht, ist häufig mit einer Lage Eis bedeckt.“ Sehr richtig bemerkt Rufz hierzu: „die Fähigkeit, Wärme zu erzeugen, entwickelt sich zweifelsohne im Verhältniß zum Wärmebedürfniß, das der Organismus hat, und alle Thiere sind bis zu einem gewissen Punkt mit einer bedeutenden Widerstandskraft gegen die Temperatur ihrer Umgebung ausgestattet. Man darf in dieser Beziehung durchaus nicht von den Pflanzen auf die Thiere schließen. Ein einziger Nachtfrost und die Tropenpflanzen, welche während des Sommers prächtig im Freien sich entwickelt hatten, beugen sich nieder und sind nichts mehr als entseelte Leichen .... Etwas Aehnliches beobachtet man bei Thieren nie, höchstens verlieren sie bei dem ersten Eintreten der Kälte ihre Munterkeit u. s. f.“

Daß Rufz in dieser Beziehung vollkommen das Wahre getroffen, ist einleuchtend. Der Gedanke ließe sich vielleicht bestimmter ausdrücken und noch weiter verfolgen, wenn man ihn an jene Begriffe knüpft, die wir selbst früher in Beziehung auf den Unterschied von Thier und Pflanze entwickelt haben. Wir setzten damals das hauptsächlichste Unterscheidungsmerkmal darein, daß das Thier selbst auf seiner niedersten Stufe z. B. in der Monade noch eine Ahnung, ein Bewußtsein von einer Außenwelt habe, die Pflanze aber, auch die höchste — nicht. Kombiniren wir diesen Gedanken mit der obigen Erfahrung von Rufz, so könnte man den Satz so fassen: das Thier, der Außenwelt bewußt, hat auch die Fähigkeit, gegen die gefährlichen Einflüsse derselben zu reagiren und zwar um so mehr, je höher es seelisch und körperlich entwickelt ist, also der Mensch am meisten. Ihn finden wir denn auch der Außenwelt und ihren verderblichen Einwirkungen überall unter allen Zonen die Stirne bieten. Die Pflanze dagegen hat, wie ihr das Bewußtsein der Außenwelt abgeht, auch keine Fähigkeit, gegen sie zu reagiren. —

Doch kehren wir eilig zu unserem Thema zurück, denn wir hören schon einzelne Leser ausrufen „Philosophie! und einige Fachgenossen gar„ Naturphilosophie!“ —

Wir giengen heute darauf aus zu zeigen, welches Interesse ein Blick in die zool. Gärten im Winter haben könne.

In unserer nächsten Nummer werden wir die einzelnen Gärten, die wir besucht, selbst näher betrachten.

Zum Schluß für heute nur noch eine — Aufforderung! —

Drei verschiedene Direktoren von Gärten sprachen bei Gelegenheit der letzten persönlichen Begegnung den Wunsch aus, daß sich alljährlich einmal die deutschen Fachgenossen, irgendwo zusammenfänden. — Wir selbst begrüßten diese Idee mit großer Freude und erwarten nun, daß von irgend einer Seite her bestimmtere Vorschläge gemacht werden.

Ueber Zucht und Pflege des Goldfasans.

Von Dr. Bodinus, Director des Zoologischen Gartens in Cöln.

(Schluß.)

Am zweckmäßigsten eignen sich für die Aufzucht derselben sogenannte Brutkasten; es sind dies Kasten von etwa 2 Fuß Breite, 4 Fuß Länge, am vorderen und hinteren Ende 2 Fuß Höhe, welche in der Mitte durch einen Schieber in zwei Räume getrennt werden; der Schieber selbst wird von einem Rahmen gebildet, in welchem sich Sprossen in so weiter Entfernung von einander befinden, daß die jungen Fasane mit Leichtigkeit hindurch gehen können, während sie für die Brüthenne zu eng sind und diese auf den ihr angewiesenen Raum beschränken. Auf diese Weise ist es möglich, dieselben am Fressen der für die Jungen speciell bestimmten Nahrungsmittel zu verhindern. Der Schieber in der Mitte muß so eingerichtet sein, daß er mit Leichtigkeit fortgenommen und an der vordern Seite des Kastens statt der ebenfalls entfernbaren geschlossenen Wand eingeschoben werden kann. Dadurch ist es möglich, die Fasanen in Freiheit zu lassen, während sie durch die Sprossen zur Henne zurückkehren können und diese selbst verhindert ist, sich zu entfernen. Das Dach des Kastens, der in der Mitte wenigstens $\frac{1}{2}$ Fuß höher ist als an den beiden Enden und daher schräg abfällt, wird gleichfalls von 2 Schiebern gebildet, welche man in ihrer schrägen Lage nach Oben wie nach Unten schieben kann und deren einer aus einem mit kleinen Glasscheiben versehenen Fensterrahmen bestehen muß. Diese Brutkasten sind, umsichtig benutzt, für die Aufzucht von außerordentlichem Werth; man hat zur Aufnahme der jungen Thiere kein besonderes Local nöthig, sie sind leicht an jeden beliebigen Platz zu bringen, eine angemessene Temperatur in denselben leicht zu erhalten und gewähren überall bei regnerischem und kaltem Wetter den ins Freie gelassenen Fasanen einen Zufluchtsort. Mittelst dieser Kasten kann man dieselben leicht an rauhere Luft gewöhnen; man läßt den Glasschieber, welcher den für die Jungen bestimmten Futter-Raum überdeckt, je nach Bedürfniß herab und überdeckt, wenn die Fasanen anfangen zu fliegen, die Lücke mit einem Netze, wenn man nicht vorzieht, die Flügel zu stutzen. Zum größten Verderben gereichen diese Apparate den jungen Fasanen jedoch, wenn bei großer Hitze dieselben nicht beschattet werden und die Strahlen der Sonne darauf wirken; so sehr dieselben auch warme Temperatur und einen trockenen Aufenthaltsort nöthig haben, so sicher gehen sie bei zu trockener und heißer Luft in Folge von Luftröhrenentzündung zu Grunde. Die Bruthenne wird, sobald sie den Kasten als ihren bestimmten Aufenthaltsort hat kennen lernen, wenn sie ins Freie gelassen wird, nach Bedürfniß gerne in denselben zurückkehren und die kleinen Fasanen, sobald sie erst wissen, daß sie in demselben genügende Nahrung finden, ihr gerne folgen und auch wohl ohne sie eintreten. Der kleine Fasan macht sich durchaus nicht gerne abhängig; kaum hat er die Größe einer Wachtel erreicht, so fragt er wenig mehr nach seiner Stiefmutter und läßt man ihm hinlängliche Freiheit in einem Garten, so kehrt er Abends auch nicht mehr heim in seine frühere Behausung, er zieht es vor, auf Zweige zu fliegen und dort zu übernachten. Es ist in der That ein allerliebster Ton, den derselbe ausstößt, sobald er aufgebäumt und noch nicht die bestimmte Entscheidung über den zu wählenden Nachtsitz getroffen hat; in der ersten Zeit sucht die kleine Familie sich bei einander zu setzen, später hört auch das auf und jeder wählt sich nach Belieben seinen Platz. Sehr rathsam ist es, die Vögel bei der Reichung des Futters an einen Ruf oder Pfiff zu gewöhnen und wenn sie kommen ihnen Leckerbissen z. B. Ameiseneier hinzuwerfen. Dadurch kann man sie leicht locken wohin man will, und diese sonst so scheuen und wilden Vögel werden außerordentlich zahm und zutraulich. Nach etwa 4 Wochen kann man dieselben wie alte Fasane halten, thut jedoch wohl, zur kräftigeren Entwickelung reichlich Ameiseneier und aufgeweichtes mit etwas gehacktem rohem Fleisch oder hartgekochtem Ei vermischtes Weißbrod zu geben, man darf dann um so sicherer darauf rechnen, daß die jungen Hennen im nächsten Frühling schon Eier legen.

Bei der Aufzucht dieser Thiere fordern hauptsächlich zwei Krankheiten viele Opfer, die einmal ausgebrochen schwer zu heilen sind, die aber durch die im Vorstehenden angegebene Behandlung leicht vermieden werden, der Durchfall nämlich, und Luftröhren- und Lungenentzündung. Ersterer pflegt in den ersten 8—10 Tagen in Folge zu weicher Fütterung vorzugsweise, dann aber auch in Veranlassung von Erkältung aufzutreten. Ist die Krankheit nicht zu weit vorgeschritten, so ist häufig noch Hülfe möglich, wenn man die bisherige Behandlung ändert, namentlich reichlich kleine Regenwürmer, kleine mit der Schaale zerhackte Gartenschnecken und Mehlwürmer reicht und den Boden mit zerstoßenem von den Wänden abgefallenem Kalkmörtel reichlich bestreut; der darin enthaltene Kalk wirkt adstringirend auf den Darmkanal und hemmt dadurch den Durchfall. Ist das Uebel zu weit vorgeschritten, so thut man wohl, die kranken Thiere zu entfernen, denn dadurch, daß die gesunden die von den Excrementen jener beschmutzten Nahrungsmittel genießen, wird leicht auch bei diesen das gleiche Uebel entwickelt und schließlich eine Seuche ausgebildet. Sind die jungen Fasanen erst 8 Tage alt, dann sind sie nicht mehr so empfindlich und man kann schon dreister in der Fütterung sein, namentlich wenn sie sich im Freien ergehen und anderweitige Nahrungsmittel suchen können; man giebt ihnen dann Abends namentlich so viele Ameiseneier, wie sie nur fressen mögen.

Eine nicht minder schlimme Krankheit ist der Schnupfen, eine Folge von Entzündung der Luftröhren- und Nasenschleimhäute. Sie entsteht in Folge jähen Temperatur-Wechsels, ganz besonders aber in Folge zu großer trockner Hitze. Man darf daher nur in den ersten Tagen, wenn die jungen Fasanen noch sehr der Erwärmung bedürftig sind, dieselben in reichlich warmer Temperatur halten und muß sobald als thunlich dieselben an die Luft bringen, am besten, wenn man keinen anderen Apparat hat, in einem oben offenen, reichlich großen Kasten, welchen man durch eine Ueberdachung gegen zu starke Sonnenhitze schützt; hat man einen von der Sonne durchwärmten Rasenplatz, so ist es empfehlenswerth, wenn man noch den Boden aus dem Kasten entfernt, so daß die jungen Fasanen sich auf dem Rasen selbst tummeln und durch die vier Wände behindert, sich nicht entfernen können. Auf Rasen laufend können sie leichter die Strahlen der Sonne ertragen, denn die Luft ist immer mit einem gewissen Grade von Feuchtigkeit geschwängert und indem man dies kleine Gehege immer weiter schiebt, giebt man ihnen stets einen neuen Platz, auf welchem sie etwas aufzupicken finden. Bei ganz kleinen Fasanen ist der Schnupfen stets verderblich, nur selten wird ein davon befallener gerettet und man muß nicht lange säumen, alle zu entfernen, welche periodisch den Schnabel öffnend nach Luft schnappen; die ganze Gesellschaft wird sonst inficirt. Weniger verderblich ist der Schnupfen bei halberwachsenen; bei diesen ist es meist Folge von Erkältung und eine gleichmäßige Temperatur in geschlossenem Raume stellt sie häufig wieder her. Bricht der Schnupfen bei alten Fasanen aus, so endet er meist tödtlich; derartig erkrankte Thiere müssen, weil sie alle, mit denen sie in Berührung kommen, anstecken, sofort entfernt werden. Es ist darum bei Anlage von Volièren mit einzelnen Abtheilungen stets darauf zu sehen, daß, wenn auch die Trennungswände im Allgemeinen aus Gittern bestehen, diese doch in einer Entfernung von wenigstens 2 Fuß vom Fußboden mit Brettern bedeckt sind, welche den Thieren nicht gestatten sich zu sehen oder gar zu berühren. Die kranken Fasane bringt man in ein Local von mäßig warmer Temperatur und läßt es nicht an vielem grünen und saftigen Futter, namentlich Salat mangeln. Ergreift die Entzündung die Schleimhäute des Thränensackes, so thut eine Einreibung der Umgegend des Auges mit Zink- oder Bleisalbe sehr gut, nachdem man dieselbe zuvor tüchtig mit kaltem Wasser gewaschen und gekühlt hat. Verdickt sich der in den Thränenwegen und den Nasenhöhlen enthaltene Schleim und werden durch denselben die Nasenlöcher verstopft, so muß man diese freihalten, damit Abfluß stattfinden kann; sammelt sich der Schleim im Thränensack so an, daß dieser eine zwischen dem Schnabel und dem Auge hervorragende Geschwulst bildet, so thut man wohl, wenn sie nicht verschwindet, sobald man mit dem Finger darauf drückt und der darin enthaltene Schleim durch Streichen nach den Nasenlöchern zu sich nicht zu entfernen vermag, einen Einschnitt zu machen, natürlich ohne das Auge zu verletzen. Durch diesen fließt dann eine breiig käseartige Schleimmasse ab, welche sich nach einigen Tagen zwar wieder erzeugt, jedoch mit leichter Mühe wieder beseitigt wird, wenn man die die Wunde bedeckende Blutkruste entfernt. Dies mehrmals wiederholt führt häufig radicale Heilung herbei; eine Blutung bei dieser Operation ist nicht zu fürchten, im Gegentheil ist sie ganz nützlich. Ferner hat man beim Schnupfen auch die Rachenhöhle zu untersuchen, sobald die Thiere mit dem Kopfe schlenkern, niesen und öfter den Schnabel öffnen, um Luft zu schöpfen. Es hat sich dann in den von der Nase nach dem Rachen führenden Wegen eine Masse dicken coagulirten Schleimes festgesetzt, welchen man, indem man die Schnabelwurzeln zusammen drückt, durch eine Hohlsonde entfernt. Hat man keine solche, so nimmt man einen löffelartig vorgeschnittenen Federkiel aus dem Flügel eines Raben, eines Hahnes oder dergl.

Krankheiten bei Thieren in der Gefangenschaft werden oft eintreten, ohne daß man sich über ihre veranlassenden Ursachen Rechenschaft ablegen kann; unser Goldfasan ist jedoch ein so kräftiger Vogel, daß, wenn man denselben nur den gegebenen Regeln gemäß behandelt, man nur selten solche oder Todesfälle zu beklagen hat. Je enger der demselben angewiesene Raum ist, um so größere Vorsicht ist natürlich nöthig; in großen Volièren, wie wir deren in unserm Garten eine von 74 Fuß Länge und 48 Fuß Breite haben, in welcher sich Bäume, Gebüsch, Rasen und ein reichliches Wasser enthaltendes Bassin befindet, wird gar keine Notiz von ihm genommen, er bleibt hier bis zum Eintritt strengerer Kälte im Freien und befindet sich vortrefflich. Nur wenn die Erde mit Schnee bedeckt ist, will unser Vogel ins Haus gebracht sein, man sieht ihn mit einer gewissen Aengstlichkeit, namentlich wenn es stark friert, in demselben umherwaten. In halber Wildniß lebend kann auch der Goldfasan wie meist alle Vögel leichter die Einflüsse der Witterung über sich ohne Nachtheil ergehen lassen, während derselbe im engeren Raume gehalten eine größere Empfindlichkeit zeigt. Hier ist immerhin empfehlenswerth, daß der Vogel im Winter frostfrei sitzt, gegen Zugluft geschützt ist und im heißen Sommer einen kühlen Platz zum Schutze gegen die heißen Sonnenstrahlen aufsuchen kann.

Was vom Goldfasan gilt, gilt auch von der Mehrzahl der übrigen der Familie der Fasane angehörigen Vögel; natürlich muß jeder, welcher sich mit ihrer Pflege und Zucht beschäftigt, sich eine gewisse Gewandtheit und praktischen Blick anzueignen suchen und wenn zur Förderung derselben das Vorstehende nur ein wenig beizutragen geeignet ist, so ist der von mir beabsichtigte Zweck erreicht.

Staarmatz als Strohwittwer.

Von Dr. Schlegel in Altenburg.

Mit Beginn des Frühlings vorigen Jahres brachte ich in meinem Garten zwei Staarkästen an, genau nach den von Lenz für dergleichen Brutstätten gegebenen Vorschriften. Ueberdieß benagelte ich sie, um die leuchtende Farbe des Holzes, aus welchem die Kästen gezimmert waren, zu decken, ringsum mit Eichenrinde. Etwas spät erst, im Vergleich zu dem Einzug anderer Staare der Nachbarschaft, kehrte in dem einen meiner Staarkästen ein Pärchen ein, warf das von voreiligen Sperlingen bereits eingetragene Genifte heraus und kam des Morgens in aller Frühe ein paar Stunden zur Stelle, entfernte sich dann, um erst am Spätnachmittag, aber auch nur zu einem längeren oder kürzeren Besuch zurückzukehren. So beobachtete ich die zukünftigen Bewohner des einen meiner Staarkästen — der andere war schon längst von einem Sperlingspaare eingenommen — fünf Tage lang regelmäßig ab- und zufliegend. Am sechsten Tage kam blos das Männchen zurück, sehnsüchtig lockend, alle vorüberfliegenden Kameraden anrufend, unruhig in Kreisen fliegend, auf den höchsten Bäumen nach allen Seiten spähend. Sein Morgenaufenthalt währte weniger lang als sonst, er entfernte sich, kehrte des Abends, aber nur auf ganz kurze Zeit wieder und am anderen Morgen stand und blieb seine Wohnung verlassen. Sechs Tage lang konnte ich ihn nie, weder früh noch Abends beobachten. Am siebenten Tage kehrte er heim, immer aber ohne Weibchen, begann sofort emsig zu Nest zu tragen, nachdem er die während seiner sechstägigen Abwesenheit von den Sperlingen eingetragenen Materialien herausgerissen, verrieth aber in Allem große Hast und Unruhe, pfiff und lockte unaufhörlich, emsig und ängstlich mit den Flügeln schlagend, so oft er ein Stück seiner Arbeit verrichtet hatte und so oft ein Staar der Nachbarschaft sich sehen ließ. So heiter und komisch sonst der Staar ist, so machte doch dieser einen wirklich mitleiderregenden Eindruck mit seinen klagenden Tönen, seinem sehnsüchtigen Pfeifen, ängstlichen Flügelschlagen und unruhigen Treiben. Jetzt flog er aus; er war so glücklich ein Weibchen mitzubringen. Während sie in züchtiger Entfernung vom Brutkasten sitzen blieb, kroch Staarmatz in sein Häuschen, einladend mit dem Kopfe herausschauend; endlich kam er wieder hervor, sich dem Weibchen nähernd, schnell aber flog dieses von dannen. So oft der Staar sich vom Kasten entfernte, kam ein Sperlingsweibchen herbei, schaute langen Halses neugierig und begehrlich vom Springholz aus hinein, kroch wohl auch — blieb der Staar länger aus — hinein zu sehen, wie es darin stand, zog sich aber schleunigst zurück, sowie die Rückkehr des Staares in Aussicht stand. Fast täglich war das Thier am Bau seines Nestes thätig, seine Thätigkeit aber ungeordnet, der Trieb zum Nestbau rege aber unbestimmt. Da wurden Dinge zu Neste geführt, die bei einem geregelten Bau das Weibchen nie dazu verwenden würde, grüne Blätter, selbst Bohnenkeime abgerissen und in den Bau geschleppt, oft aber auch wieder herausgetragen. Von Zeit zu Zeit flog er in großen Kreisen um seinen zum Empfang der sehnsüchtig erwarteten Frau bereiteten Herd und führte dabei nicht selten ganze Massen Geniste im Schnabel mit umher zur Schau und zur Einladung. Gegen zudringliche Gäste seines Gleichen machte er mit großem Nachdruck von seinem Hausrechte Gebrauch, und als eines Tages ein benachbartes Pärchen wahrscheinlich zur zweiten Brut sein Kästchen sich ausersehen, sich häuslich niederzulassen und das Geniste des Strohwittwers herauszuwerfen im Begriff stand in dem Augenblicke, als mein unglücklicher Staarmatz von einer Entdeckungsreise zurückkam, setzte er sich sofort so energisch zur Wehre, daß die Eindringlinge ohne weiteren Kampf das Feld räumten. So trieb es mein Staarmätzchen einundzwanzig Tage lang. Tagtäglich dasselbe Lied, dieselbe Unruhe, die gleiche Sehnsucht! — und oft habe ich mich gewundert, daß dem armen Thiere nicht die Flügel erlahmten und die Kehle versagte.

Jedenfalls hat dieses Staarmännchen gleich in den ersten Tagen das Loos getroffen, sein ihm vielleicht schon angetrautes Weibchen zu verlieren, entweder durch unglückliches Ungefähr oder durch Untreue, kurz am sechsten Tage, wie berichtet, kam Staarmatz allein und mit sichtlicher Herzensangst und Betrübniß nach seinem Weibchen suchend, zurück, blieb sodann sechs Tage lang gänzlich weg, jedenfalls diese Zeit benutzend, sein etwa verunglücktes Weibchen zu erspähen, ihr wenn möglich Hilfe und Rettung zu bringen, sei es die Ungetreue aus den Fesseln einer fremden Liebe zu lösen oder ihr sammt dem Verführer eine Zurechtweisung und Züchtigung zukommen zu lassen. Endlich scheint er sich in sein Schicksal ergeben zu haben, kehrte zum Bau zurück, ihn zum Empfang eines anderen Weibchens vorzubereiten, aber vergebens und so jammerte er einundzwanzig Tage lang, er der Philosoph unter den Vögeln in unphilosophischer und wirklich erbarmungswürdiger Weise über seine Hahnreih-, Strohwittwer-, oder Junggesellenschaft. Am 22. Tage endlich kam er in aller Frühe mit einem Weibchen an. Noch hielt sie sich in züchtiger Entfernung auf dem benachbarten Baume. Der Mann aber pfiff vom Sprungholz seines Nistkastens eine zärtliche Weise nach der anderen, flog zu ihr hinüber und tanzte um sie herum. Das arme Weib, jedenfalls eine verwittwete Staarin, schien noch nicht ganz mit sich einig zu sein. Wahl macht Qual. Sollte sie den Liebkosungen ihres Bewerbers Gehör schenken? Noch war vielleicht die Trauerzeit um ihren — wer weiß! — verunglückten Gemahl nicht vorüber; denn treulos ihren Mann verlassen zu haben, schien sie mir nicht, dazu war ihr Gebahren nicht leichtsinnig genug. Endlich flog der Staar wieder auf sein Haus, kroch heinein, brachte im Schnabel Geniste heraus und hielt es seiner Braut einladend entgegen. Das schien zu wirken. Dadurch documentirte sich Staarmatz als ein sorgsamer Vater und also jedenfalls auch guter Gatte. Die Staarin ließ sich herbei, das Nest näher in Augenschein zu nehmen, schaute hinab, maß mit dem Schnabel und kroch hinein. Mein Staar schien des Sieges gewiß; das war ein Pfeifen und ein Locken, ein Flügelschlagen und Gucken! Jetzt schaute das Weibchen heraus und rief ihren Mann zu sich. Nach kurzer Frist kamen beide heraus und verließen bald darauf den Garten, um erst am Abend zurückzukehren. Noch einmal begannen die verliebten Manöver; Sprödethun und Freierkunst wurde noch einmal aufgeführt, noch einmal der Bau besichtigt und endlich zogen beide fort. Jedenfalls war über Nacht die Ehe in Gretna Green vollzogen worden; denn am anderen Morgen begannen sie sogleich emsig am Nest zu bauen. Und es wurde der sehnsüchtige Liebhaber, so spät es im Jahre war, doch noch Vater und freute sich seines Glückes, das ihm vier niedliche Kinderchen brachte, um somehr, je länger er einsam und verlassen geschmachtet hatte.

Nachrichten aus dem Zoologischen Garten zu Hamburg.

Der zool. Garten in Hamburg hat in den letzten Tagen mehrere sehr werthvoll Geschenke erhalten. Die Herren O'Swald u. Comp. und W. Dröge, Mitglieder des Verwaltungsrathes der zool. Gesellschaft, welche in thätiger Theilnahme für den Garten zu wetteifern scheinen, schenkten einen Hundsaffen (Cynocephalus Babuin), ein afrikanisches Stachelschwein (Hystrix cristata) von seltener Schönheit und einen eben so schönen als wohlgezogenen und gutmüthigen Puma (Felis concolor). Eben so gingen von Valparaiso zwei Guanakos (Auchenia Huanaco) und drei junge Kondors (Sarcorhamphus Gryphus) ein, welche von mehreren in Chile lebenden Hamburgern für die vaterländische Anstalt gesammelt und ihr durch Vermittlung des Generalconsuls Herrn Pini in Valparaiso herübergesandt worden sind. Es dürfte schwer zu entscheiden sein, welches von diesen Geschenken als das werthvollste oder erwünschteste zu bezeichnen sein möchte; jedenfalls werden alle dem Garten zu besonderer Zierde gereichen. — Erworben wurden: Zwei Paar Meergänse (Bernicla leucopsis), zwei Paar Wildgänse (Anser macrorhynchus), zwei Paar Trauerenten aus Labrador (Oidemia americana) und ein Zwerg-Zebustier (Bos indicus minor), letztere Thiere durch Tausch. — Auch die seit vorigem Jahre im Garten lebenden Thiere haben sich in einer erwünschten Weise vermehrt Die Känguruhratten haben im Laufe des Winters nacheinander zwei Junge geboren, von deren Vorhandensein erst die letzten Tage Kunde gaben; das Weibchen des Thetiskänguruh (Halmaturus Thetidis), einer der kleineren Arten der Sammlung trägt ein bereits ziemlich erwachsenes Junge in seinem Beutel, und das Weibchen des Derbyanischen Känguruhs (Halmaturus Derbyanus) gibt gegründeten Anlaß zur gleichen Annahme. Sonst ist allerdings nur noch ein Zackelschaf geboren worden, jedoch berechtigen mehrere Thiere der Hirschfamilie zu erfreulichen Hoffnungen. Unter den Schwimmvögeln schreiten einige zur Brut: die ersten Eier sind bereits gesammelt worden. Aus diesen Angaben geht zur Genüge hervor, daß der Garten auch in diesem Frühjahr seine Anziehungskraft bewähren wird.

Die zool. Gesellschaft hielt am vergangenen Dienstage ihre erste wissenschaftliche Sitzung im kleinen Hörsaale des Johanneums ab. Der Präsident der Gesellschaft, Herr H. A. Meyer, eröffnete die Sitzung mit einer kurzen Ansprache an die zahlreich Versammelten, in welcher er hervorhob, daß der Verwaltungsrath gewünscht habe, den regelmäßigen Besuchern des Gartens Gelegenheit zu geben, ihre im Garten und außerdem gesammelten Beobachtungen gegenseitig auszutauschen und hiezu Sitzungen für Erwachsene veranstaltet habe, welche hoffentlich Anklang finden würden. Hierauf hielt Dr. Möbius einen längeren, sehr klaren und fesselnden Vortrag über die Zeugungslehre, anknüpfend an die neuerlich von Prof. Thury in Genf veröffentlichte von Prof. Pagenstecher in Heidelberg übersetzte und mit wissenschaftlichen Erläuterungen bereicherte Schrift: über „das Gesetz der Erzeugung der Geschlechter." Der Direktor des zool. Gartens, Dr. Brehm, gab einen kurzen Bericht über das Betragen einzelner Thiere während der strengen Winterkälte der vergangenen Tage, aus welchem die Mitglieder der Gesellschaft zu ihrer Befriedigung entnehmen konnten, daß die Verluste im Garten als sehr geringe bezeichnet werden müssen. Herr Dr. Rüte legte hierauf mehrere Hühnereier vor, bemerkte anknüpfend an den Vortrag des Herrn Dr. Möbius, daß nach seinen Erfahrungen aus den rundlichen Eiern regelmäßig Hennen, aus den länglichen dagegen Hähne schlüpften, und ersuchte die Versammlung, diese Erfahrungen weiter zu prüfen. Der Schluß der Sitzung erfolgte nach $9^1/_4$ Uhr.

(Hamburger Nachrichten, 26. Febr. 1864.)

Correspondenz.

Honthem, Januar 1864. Ich nehme mir die Freiheit, Ihnen hiermit einige Beobachtungen zu senden, betreffend die Ueberwinterung exotischer Thiere. — Der Winter ist hier zu Lande, seit Neujahr, sehr streng geworden. Verschiedene Male ist das Thermometer auf minus 11° R. gesunken gegen 7 Uhr Morgens. Meine Sumpf- und Schwimmvögel (Limosa, Haematopus, Vanellus, Numenius, Larus, Anas sponsa, galericulata, crecca, tadorna, acuta, fuligula, Anser; Chenalopex) sind ganz im Freien, haben zwar Strohhütten, gehen aber nie bei Tage hinein, selbst Nachts begnügen sie sich unter Thuya's und Taxus sich zu legen. Phasianus pictus, Gallophasis Cuvieri, melanotus, albo-cristatus schlafen auf Bäumen, dem Ostwind, welcher hier sehr stark weht, ausgesetzt. Die weißen Pfauen bringen die Nacht auf einem Felsen zu, welcher auch diesem Winde exponirt ist. Von allen diesen bemerke ich nur eines leidend, und zwar das europäische Wasserhuhn (Fulica atra); dieses wird wohl die Zehen einbüßen. Dasyprocta aguti hat einen kleinen Stall, mit Stroh ganz angefüllt, zum Obdach. Trotzdem der Ausgang gegen Norden ist, lauft das Thier fast den ganzen Tag in seiner äußern Umzäunung; — das Weibchen glaube ich ist trächtig.

Meine größte Volière ist nicht geheizt und trotz der gläsernen Verkleidung finde ich bis 7° R. unter dem Gefrierpunkt gegen 8 Uhr Morgens. Dort halte ich die zartesten Papageien Platycercuseximius, semitorquatus, palliceps, Pennanti — Nymphicus Novae Hollandiae — diese letzteren hatten am 1. dieses bebrütete Eier; da sie aber durch eine Ratte, welche ich von meinem getreuen Pinscher aus der Volière mußte fangen lassen, gestört worden, haben sie das Nest verlassen. Wellenpapageien haben dort Junge und brüten. — Ein Bengali piqueté sitzt im Käfig der letzteren, kriecht aber Nachts in eine Cocosnuß. — In den unteren Behältern dieser Volière sitzt Gallus Sonnerati und Columba Cyanocephala. Bis gestern hielt ich auch Corythaix persa da, ich fürchtete aber die noch zunehmende Kälte und versetzte sie ins Zimmer. — Ich kann aber versichern, daß diese Thiere 11° R. ausgehalten haben.

Draußen, aber versehen mit einem kleinen Hinterhalt, wo sie die Nacht zubringen, leben Turtur, Lophotes, Chalcophaps, Columba pacifica, noch ein paar Columba cyanocephala, Pterocles alchata, Paroaria dominicana, Gubernatrix und eine ganze Sippschaft australischer Finken, Steganopleura 2c. — Diese letzten hatten vor einigen Tagen Eier, haben dieselben aber verlassen, wahrscheinlich weil ich ins Nest gesehen. Diese Volière ist von vornen ganz offen, blos dem Süden zugekehrt, und daß sich hier Barita tibicen, Pyrrhocorax und verschiedene Wachteln, californische und virginische gut im Freien halten, wird Sie wohl nicht wundern, wohl aber daß das Meerschweinchen und dazu noch die schwächlichern Albinos sich prächtig im Freien halten. Nachts nur kriechen sie unter Strohhäufen. — Meine Affen sind jetzt besonders die lustigsten aller meiner Thiere. Sie haben in einem großen Kuhstalle einen luftigen und warmen Käfig (die Temperatur variirt nur von + 8 bis 12° R.). In dieser Weise habe ich 3 Cebus Capucinus schon seit 6 Jahren; einen von diesen erhielt ich im Winter hustend. Callithrix Sciureus hatte ich 5 Jahre, leider wurde mir das Thierchen durch einen unvorsichtigen Freund im vorigen Sommer mit Schwefelhölzchen vergiftet.

(Aus einem Schreiben des Herrn Joseph M. Cornély St. Gerlach an den Herausgeber.)

Barcelona 25. Januar 1864. Beiliegend schicke ich Ihnen das Bild von einem prächtigen Fische, den mir ein Freund aus den Morästen in der Nähe der Stadt Saïgon (Cochinchina) mitgebracht hat. Drei davon kamen ganz gesund bis Marseille, starben aber dort während der eiskalten Nacht vom 4/5. dieses Monates. Das Bild habe ich unter den Augen und unter der Leitung meines Freundes machen lassen; Form und Größe sind vollkommen gleich einem in Weingeist aufbewahrten Exemplare; auch geben die Farben des gemalten Thieres nach den Angaben meines Freundes die des lebenden vollständig wieder.

Ich halte das Fischchen für neu; Sie werden das besser bestimmen als ich; es lebt in den Morästen des Annam, ist sehr lebhaft und findet sich in jedem Hause wie die Goldfische bei uns, mit dem Unterschied, daß man sie in thönernen Krügen hält, welche man mit Regenwasser füllt, weil das dortige Brunnenwasser fast überall ein wenig salzhaltig ist. Die Farbe des Thierchens gleicht etwas der unseres Karpfen. Sie ändert sich bei den Weibchen nie; wenn man aber zwei Männchen in zwei verschiedene Glasgefäße setzt und diese einander nahe bringt, so blähen sie sich auf und nehmen sogleich die prächtigen Farben des abgebildeten Exemplares an. Sobald sie aber nicht mehr aufgereizt sind, und natürlich auch mit dem Tode, tritt die gewöhnliche matte Färbung wieder auf. Wenn man zwei Männchen in das nämliche Glasgefäß bringt, so werfen sie sich in heftigster Wuth auf einander, schlagen sich, besonders mit dem kräftigen Schwanze, und beißen sich bis der schwächere unterliegt, der dann von dem Sieger aufgefressen wird. Das Maul, obgleich sehr klein und spitzig, besitzt eine Menge unglaublich spitziger Zähnchen, die denen der Forellen vollkommen gleich sind.

Dieser Fisch frißt nur Fleisch, namentlich kleine Würmer und Insekten; er scheut das laufende Wasser, sowie auch das Meerwasser und findet sich überall in seichtem Morastwasser. Man kann nur hoffen und wünschen, daß das schöne Fischchen bald zu der Verschönerung unserer Salon's-Aquarien beitragen wird, denn es wird sehr leicht sein, es während der warmen Jahreszeit nach Europa zu bringen. Eine Hauptsache muß es natürlich sein, beide Geschlechter einzuführen, was auch keine Schwierigkeiten bieten wird.

Die zoologischen Charaktere meines Fisches sind so interessant als seine physiologischen Gewohnheiten; die Flossen sind denen des Schlei gleich; wie sie lebt er in den seichten Morastwassern, aber er hat die Zähne der Forelle, ist lebhaft wie diese und lebt wie sie von Fleisch und Raub.

Die drei Fische habe ich meinem Freunde Prof. Duméril in Paris geschickt mit der Bitte, die Art zu bestimmen; ich denke daß ich Ihnen bald den Namen senden kann.

(Aus einem Schreiben des Professor Dr. Sacc in Barcelona an den Herausgeber.)

Zusatz vom Herausgeber: Das prächtige Fischchen ist nach dem freundlich übersandten Bilde etwa $1^1/_2$ Zoll lang, der ganze Körper, sowie die Rückenflosse papageigrün mit Goldglanz, Brust-, Bauch- und Schwanzfloße brennend roth, Afterflosse und Bauch lasurblau. Es hat ganz die Formen und Flossen-Charaktere eines Cyprinoiden, d. h. der Karpfenfamilie, zu der bekanntlich auch der Goldfisch (Cyprinus auratus) der noch nicht so lange her, nemlich im Jahre 1728 aus China nach Europa kam, gehört. Auffallend ist nur die sehr lange, bald hinter den Bauchflossen beginnende Afterflosse und die langen, fadenartig auslaufenden Bauchflossen, die aber nicht wie bei den Karpfen weit hinten, sondern wie bei den Stockfischen und Quappen (Lota) unmittelbar unter den Brustflossen stehen. Dieser Charakter — wenn die Zeichnung ganz richtig ist, woran ich nicht zweifle — bringt das interessante Fischchen in eine ganz andere Ordnung. — Näher läßt sich aber seine Verwandtschaft ohne die Exemplare selbst nicht wohl bestimmen. Duméril wird uns ja bald Auskunft geben. Daß ein Import dieser reizenden Wesen für unsere Aquarien sehr wünschenswerth wäre, können wir nach Ansicht der Abbildung nur bestätigen.

Literatur.

Fritsch, A. Dr., Naturgeschichte der Vögel Europa's, Prag 1856, fortzusetzen bis heute. In Commission bei F. Tempsky. Text in 8.; Atlas in Folio.

Wir haben schon an einem andern Orte dieses prachtvollen Werks über die Vögel Europa's Erwähnung gethan, halten es aber für unsere Pflicht, auch den Lesern des

Thiergartens gegenüber dasselbe nochmals kurz zu besprechen. Es wird uns dies um so leichter werden, als wir durch die Freundlichkeit des Verfassers, Herrn Dr. Anton Fritsch, Custos am Nationalmuseum in Prag, der seinen wissenschaftlichen Ruf als Ornitholog schon seit Jahren begründet hat, in die Lage versetzt sind, wenigstens den 400 ersten Abonnenten des Thiergartens eine Probe aus dem Werke, ein Farbdruckbild unseres bekannten Uhu's beizulegen. Das ganze Werk wird an 700 solcher Abbildungen enthalten. Diese Abbildungen sind sehr geschmackvoll auf großen Foliotafeln gruppirt und es sind von diesen Tafeln bis jetzt 32 erschienen, welche bereits über 300 Abbildungen von Vögeln enthalten. Das Werk erscheint in Heften, jedes mit 4 Tafeln und dem entsprechenden Text in 8.

In Beziehung auf den Text bemerken wir, daß derselbe in kurzer, gedrängter Sprache, außer der Beschreibung auch über Fortpflanzung, Lebensweise u. s. f. treffliche Auskunft ertheilt, welche großen Theils auf eigenen Beobachtungen des Verfassers beruht.

Was die Abbildungen betrifft, so ist zuerst als besonders wichtig hervorzuheben, daß, weil dieselben durch Farbdruck hergestellt sind (und nicht durch Handcolorit mit Schablonen) die Farben nicht nur, wie schon der Uhu zeigt, sehr gefällig in einander übergehen, sondern auch eine Gleichartigkeit in Beziehung auf die verschiedenen Exemplare des Werks erzielt ist, welche mit der Hand nie zu erreichen war. Außerdem sind, was für das Erkennen der Thiere sehr wichtig ist, alle Abbildungen auf einer Tafel in demselben Größenverhältniß gezeichnet, so zwar, daß mit Ausnahme der größten alle in ein Drittel Naturgröße dargestellt sind, ein Verhältniß, welches selbst bei den kleinsten noch zur Detailzeichnung vollkommen ausreicht.

Wir wurden schon gar oft um ein Werk über die Säugethiere, über die Vögel u. s. f. von Europa befragt, nach welchem man, vorkommenden Falls jedes Thier erkennen und bestimmen könnte, und wir können für jene, die Säugethiere mit bestem Gewissen das Werk von Blasius mit seinen vortrefflichen Holzschnitten empfehlen, obgleich freilich diese Holzschnitte, welche für den Fachmann vollkommen genügen, vielleicht für den Laien noch durch einen Atlas farbiger Abbildungen ergänzt werden könnten. Betreffs der Vögel Europas haben wir allerdings längst ein unübertroffenes Nationalwerk, nämlich Naumans Naturgeschichte, allein bei dem hohen Preise dieses Werks ist dasselbe leider für eine Menge von Privatliebhabern und sogar von Vereinsbibliotheken unzugänglich. Diesen allen können wir das schöne Werk von Fritsch bestens empfehlen. Gymnasien, höhere Realschulen, Forstämter u. s. f. machen wir besonders darauf aufmerksam.

Das Werk ist auf 16 Lieferungen berechnet, jede Lieferung (mit 4 Folio-Tafeln) und durchschnittlich 40 Abbildungen kostet 3 Thaler. Wb.

Miscellen.

Rennthiere im Affentheater. Als ich vergangenes Frühjahr in Leipzig während der Messe unter den Schaubuden umherwandelte, gewahrte ich auf einer Estrade von der Bude des „Niederländischen Affentheaters“ neben mehreren Affen und den obligaten Ponys auch zwei Rennthiere. Aufgefordert durch die Stentorstimmen von zwei Ausrufern und durch ein mir eingehändigtes Programm der „so eben“ beginnenden Vorstellung trat ich ein; doch — offen gestanden — weniger neugierig auf die künstlerischen Leistungen der Vierhändergesellschaft, als auf die Rolle, welche den beiden Rennthieren in diesem Affentheater zugetheilt war. Nach Beendigung des bekannten marokkanischen Gastmahls, des Spazierganges der Madame Pompadour, der Erschießung des Deserteurs ꝛc. ꝛc. wurden denn auch die beiden Rennthiere in dem Miniatur-Circus auf der Bühne vorgeführt. Der Explicator, welcher wider Erwarten das richtige Land als Vaterland der Rennthiere bezeichnete, erklärte sodann, daß er die Thiere erst seit kurzer Zeit besitze und ihre Abrichtung noch nicht weit gediehen sei. Er ließ sie dann beide gleichzeitig, an langen Bändern geführt, einige Mal im Circus herumlaufen, worauf das eine fortgeführt wurde und das andere im Springen sich produciren mußte. Hierin leistete das Thier denn auch alles Mögliche, da es ein in der Höhe von 4 Fuß vorgehaltenes Brett mehrere Mal übersprang. Damit war dann aber die „hohe Schule“ dieser gemüthlichen Thiere beendet. Es steht nun zu erwarten, wie weit sie es in dieser gelehrigen Gesellschaft noch bringen werden.

Diese Rennthiere waren zur Zeit (am 26. April) ohne Geweih. Das neu herauswachsende Geweih zeigte sich beim Weibchen in einem 2 Zoll hohen und beim Männchen in einem 1 Zoll hohen Knollen. Th. Röbbecke.

Pferdeseuche. In der Gegend von Temesvar, schreibt man dem Naplo, richtet eine eigenthümliche Pferdeseuche arge Verheerungen an. Man hat einige der an dieser Seuche verendeten Thiere geöffnet und in ihrem Innern von der Kehle bis zum Darm eine ungeheure Menge von kleinen rothen Würmern gefunden. Zu Nagy-Zsam sind binnen kaum zwei Wochen nicht weniger als achthundert Pferde dieser Seuche zum Opfer gefallen. Südd. Z.

Birmingham-Hühner-Ausstellung. Die mit Preisen ausgezeichneten Thiere sind in den Illustrated London News (Dec. 1863) S. 601 abgebildet. Es sind Enten, Tauben und Hühner.

Smithfielder-Thier-Ausstellung. Die preisgekrönten Thiere, eine kurzhörnige Kalbin, ein fetter Herford-Ochse, Hord's Schweine, mit einer unerhörten Fett-Entwicklung am Halse und Overman's Schafe sind in den Illustrated London News (Dec. 1863) abgebildet. Wd.

Seidenbau. Die Errichtung eines Seidenbau-Vereins zu Jeçin in Böhmen auf Grund des vorgelegten Statutenentwurfs ist durch kaiserliche Entschließung vom 1. Nov. genehmigt worden. Ill. Zeit.

Blutegel-Zucht. In Berlin hat sich unter dem Namen: „Hirudinea“ eine Aktiengesellschaft für Züchtung der Blutegel in Deutschland gebildet; sie beabsichtigt besonders feuchte Moorgegenden und Marschen in jener Weise zu verwerthen.

Weißer Storch roth geworden. Es ist eine bekannte Thatsache, daß man durch die Wahl des Futters Einfluß auf die Federfarben der Vögel, ja selbst auf die Farbe der Knochen der Thiere ausüben kann. So werden die Knochen von Tauben und Hühnern, denen man Färberröthe zusetzt, roth; und in manchen Museen sieht man solche rothe Skelete. — Daß aber auch die Farbe der Federn sich bei bestimmtem Futter anders färben, hat, wenn wir uns recht entsinnen, bis jetzt nur Naumann beobachtet, der fand, daß weiße Hausenten, die konstant mit Fischen gefüttert wurden, allmählich einen Anflug von röthlicher Farbe erhielten. Dasselbe nun zeigte sich sehr entschieden an einem der Störche im Frankfurter zoologischen Garten. Seine sonst bekanntlich rein weiße Farbe zeigte am Unterhals, Brust und Vorderrücken eine so deutliche Röthung, daß man versucht gewesen wäre zu glauben, er habe geblutet und das Blut über die Federn hingeschmiert. Eine gleiche Erfahrung macht man an dem gemeinen Pelekan (Pelecanus onocrotalus), der seinen prächtigen rosenrothen Farbanflug nur bei reichlicher

Fischnahrung erhält, und ihn verliert, wenn er Hunger leidet oder anders gefüttert wird. — Aehnlich soll es bei den Sägern (Mergus) sich verhalten. Offenbar ist es massenhaftes Fett, das in die Federn eindringt und diese färbt. — Fragen: 1) Ist wohl nicht die große Mannigfaltigkeit der Farben der Hausthiere wesentlich auf Rechnung der Mannigfaltigkeit der häufig ganz unnatürlichen Nahrungsmittel zu schreiben? 2) Läßt es sich nicht denken, daß auch in der Freiheit eine Thierart, die in ein neues Land mit andern Nahrungsmitteln einwandert, die Farbe ändert und so eine andere Art wird?

Wd.

Vom Zoologischen Garten zu Hamburg werden folgende Thiere gegen Baarzahlung abgegeben:

1 Serval (Felis Serval)		Thlr. Pr.	100.
1 Gepard (Cynailurus guttatus) ♂ etwas lahm auf einem Vorderbein		„	100.
1 Polarfuchs (Canus lagopus) ♂ sehr schön		„	30.
2 Musang (Paradoxurus Musanga) ♂	à	„	12.
2 Zebramangusten Herpestes fasciatus) ♀ sehr zahm, aber die Schwänze etwas beschädigt	à	„	10.
1 Bär (Ursus formicarius) einjähriges ♀		„	40.
2 Baribal (Ursus americanus), schönes zweijähriges Paar zusammen		„	220.
1 do. junges Weibchen		„	80.
1 Eisbär (Ursus marinus), schönes dreijähriges ♂		„	450.
2 Kusu (Phalangista vulpina) Paar zusammen		„	30.
1 Waschbär (Procyon lotor) ♂ schön		„	16.
2 Rüsselbären (Nasua mexicana)	à	„	25.
3 Rennthiere (Cervus Tarandus) 1 ♂, 2 ♀	à	„	110.
2 Zackelschafe (Ovis strepsiceros) ♂	à	„	30.
1 Fettschwanzschaf (Ovis steatopyga) ♂		„	20.
1 afrikanischer großer Ziegenbock		„	15.
2 Kamele (Camelus bactrianus) ♂ und ♀ zwei- und dreijährig zus.		„	530.
1 Lama (Auchenia Lama) ♂ schön, jedoch mit etwas beschnittenen Ohren, direkt eingeführt		„	160.
1 Zebu (Bos indicus medius) ♀ jung, im Garten geboren		„	30.
Maskenschweine (Sus pliciceps) das Paar		„	8—16.

Vögel.

1 Steinadler (Aquila fulva)		„	30.
5 Seeadler (Haliaëtos albicilla)	à	„	10.
2 Gänsegeier Gyps fulvus)	à	„	30.
1 Kuttengeier (Vultur cinereus)		„	60.
2 Purpurreiher (Ardea purpurea)	à	„	4.
5 Löffelreiher (Platalea leucorodia)	à	„	4.
1 Nilgans (Chenalopex aegyptiacus)		„	12.
Mantelmöven (Larus marinus)	à	„	6,8.u.10.
Sturmmöven (Laroides canus)	à	„	3, 4 u. 5.
Lachmöven (Chroicocephalus ridibundus)	à	„	1,2 u. 3.

(Die Möven je nach Alter und Schönheit billiger oder theurer.)

Der Ertrag der Jagd in Böhmen in dem Jahrgange 18⁵⁷/₅₈ betrug nach amtlichen Erhebungen nicht weniger als 663,718 fl. 44 kr. Geldwerth.

(Prager Zeitung 18. und 19. Mai 1858.)

Adlernest ausgehoben. Ein Lechthaler Mädchen hat, (wie wir in der illustr. Zeit. 26. Dec. 1863 S. 467 lesen) nun schon zum zweiten Male einen jungen Adler ausgehoben, indem sie sich an einem Stricke herabließ. Sie erzählte die muthige That selbst mit wirklich wohlthuender Naivetät.

Zoolog. Garten bei Zürich. Es scheint, daß Zürich, das durch sein Polytechnikum vielleicht bereits der Brennpunkt der wissenschaftlichen Bildung in der Schweiz geworden ist, auch den ersten zoologischen Garten in der Schweiz erhalten soll. Man spricht ernstlich von der Erwerbung eines Grundstücks im „Sihlhölzli" zu diesem Zwecke. —

Freie Thiere im zoolog. Garten zu Hamburg. „Ich bin von dem Grundsatz ausgegangen, den Thieren so viel Freiheit als möglich zu gewähren. — — Möven und Enten, welche wir jung erhielten und bezüglich ausbrüten ließen, sind Anfangs mit großer Vorsorge gepflegt worden und haben in unserem Garten wirklich ihre Heimath gefunden. Das Jägerauge blickt verwundert auf die Wildenten der verschiedensten Art, welche vom Wasser sich erheben, hoch auf in die Luft steigen, oft halbe Stunden lang aus dem Garten sich entfernen und doch regelmäßig wieder auf dem See desselben einfallen. Mehr als hundert kleine Möven führen täglich prächtige Flugspiele über dem Wasser auf; die schwarzen Störche fliegen nach ihrem Belieben aus und ein. Gar oft kommt es vor, daß diese halbwilden von der Elbe und Alster oder sonst woher Gäste mitbringen und manchmal haben wir hunderte von ihnen zu bewirthen."

(Brehm in der Gartenlaube 1863. S. 807.)

Puter. (Meleagris gallopavo), Truthuhn. Aus einem längeren Artikel über diesen nützlichen Vogel, von Dr. Sacc, der am 30. Okt. 1863 in der Pariser Acclimatisationsgesellschaft vorgelesen wurde, entnehmen wir folgende Notizen. Der Puter kam von Nordamerika, seiner Heimath zunächst nach Spanien, von da 1524 nach England von da nach Frankreich und von da nach Deutschland, daher „Wälsches Huhn" [1]). Der wilde Puter hat ein zäheres Fleisch aber ein glänzenderes Gefieder als der zahme. — Unter den zahmen schätzt man die schiefergrauen am höchsten. Gérard von Lyon brachte zur letzten Ausstellung nach Paris einen Puter dieser Farbe von 20 Kilogramm (etwa 40 Pfund) Gewicht. — Temminck in seinem Werke über die Gallinaceen sagt, daß er bei einer Frau Baker in Leyden gelbe Puter mit weißer Haube gesehen habe. Leider ist diese herrliche Race wieder ausgestorben. — Der Puter ist sehr wachsam, greift den Raubvogel, der auf den Hof kommt, sofort an. Er braucht eine große Weide, dann ist er friedlich. Eingesperrt wird er tückisch. Er gehört überhaupt nicht in den engen Hühnerhof, sondern auf das Land, wo er freien Lauf hat. Der Hahn ist nur brauchbar bis zum 3. Jahre, dann wird er zu schwer und bösartig. Die Hühner sind vollwerthig bis zu 6 Jahren. Sie machen zwei Bruten im Jahre, die erste im April von 15—20 Eiern, die zweite im August von 7—10. Sacc sah bei schwarzen Putern ganz roth gefärbte Eier, (während diese gewöhnlich bekanntlich nur roth getüpfelt sind) umgekehrt bei weißen ganz weiße. (Dieß erklärt sich uns leicht daraus, daß bei der schwarzen Pute überhaupt ein Reichthum von Farbstoff, d. h. eine Tendenz zur Ausscheidung von solchem besteht; umgekehrt bei der weißen!) Ob die Puter im Allgemeinen gut legen oder schlecht? Sacc fand, daß seine schwarzen und weißen Puter kaum 20 Eier im Jahre legten, die grauen 40. Natürlich kann dies auf einem Zufalle beruhen. Dagegen ist bei der entschiedenen Ungleichheit bezüglich der Fruchtbarkeit verschiedener Puter-Racen der Vorschlag von Sacc sehr zu berücksichtigen, sich dadurch eine gut legende

[1]) Dieß ist doch vielleicht nicht ganz richtig. Unter Wälschland versteht man in Süddeutschland wenigstens mehr Italien als Frankreich; und es ist gar nicht unmöglich, daß der Puter von Ober-Italien her nach Oestreich und Deutschland kam. Anm. d. Herausg.

Race heranzubilden, daß man nur die Eier von guten Legerinnen zur Zucht verwendet. — Gewöhnlich legt die Pute alle ander Tage; nur bei sehr reichlicher Nahrung jeden Tag. — Zum Brüten nimmt man besser zweijährige als einjährige und legt 15 — 17 Eier unter. Man soll jedem Huhn seine eigenen Eier geben, dann schlüpfen alle aus; gibt man von mehreren, so kann man nur auf die Hälfte rechnen. — Als Nest dient ein Weidenkorb, unten hinein Stroh, darauf Heu; fest zusammengetreten, anders sinkt das Nest in der Mitte — durch das Gewicht der Eier zu sehr ein, und die Eier rollen dann über einander und zerbrechen oder werden ungleich bebrütet. Neben dem Korb stehen zwei Gefässe, eines mit Wasser, das andere mit Hafer, beide so, daß sie die Pute erreichen kann. Alle 24 Stunden nimmt man die Pute vom Neste weg, damit sie sich entleeren und durch Puddeln im Sand sich die massenhaften, sie quälenden Läuse wegschaffen kann. Nach 5—10 Minuten schon kommt sie zu ihren Eiern zurück. Diese schlüpfen, je nach der umgebenden Temperatur am 27. oder 30. Tage aus. Bei Sacc kamen sie stets am 28. Tage aus, da das Brütehaus warm und trocken war. Allein wenn der Sommer zu trocken ist, räth er, die Eier (während die Pute aufgestanden) ein wenig mit Wasser zu besprengen, da sonst die Jungen im Ei aus Mangel an Feuchtigkeit leicht nicht aus der Schale kommen. Das Brütehaus darf Erschütterungen; Lärm und direktem intensivem Licht nicht ausgesetzt sein. Vier und zwanzig Stunden, nachdem die ersten ausgeschlüpft, baut man neben dem Brütekorb ein flaches Nest von Heu, setzt dahin die Mutter und läßt rasch die Jungen eines nach dem andern unter sie kriechen. Während der ersten acht Tage nährt man die Jungen mit gebacktem, hartgekochtem Ei; in den zweiten acht Tagen gibt man dazu gehackte Brosamen mit Brennessel, Petersilie und Zwiebeln. In der dritten Woche läßt man die Eier weg und gibt nur Brot und Grünes. Dann gibt man statt des Brots gefeuchtete Kleie, gekochte Erbsen, und namentlich Hirse, die die kleinen sehr lieben. —

Wenn der Puter trauert, kurirt man ihn oft, indem man ihm ein Pfefferkorn oder eine Spinne zu verschlucken gibt. —

Manche Züchter sagen, man solle die Jungen bei schönem Wetter in's Freie lassen. Sacc widerräth; er habe dadurch zu viele verloren. Er ließ sie eingesperrt in den Ställen, bis das Roth am Kopf und Hals kam, was mit 6 Wochen oder 2 Monaten eintritt. Während dieser Periode bedürfen die kleinen wieder eine kräftigere Nahrung, gehacktes Brot mit Zwiebeln, Brennesseln oder Petersilie. — Nach dieser Periode sind aber diese Vögel eben so stark und dauernd, als sie vor derselben empfindlich waren. Man kann sie von nun an bei jedem Wetter in's freie Feld gehen lassen. — In der Schweiz gehen sie hinter dem Pflüger her und lesen die Engerlinge auf.

Um sie fett zu machen, braucht man sie nur zwei bis drei Wochen in einem Hofe eingeschlossen zu halten. Am besten füttert man sie mit eingeweichter Kleie, gekochten Kartoffeln und Mais. Oelige Sämereien muß man vermeiden, da diese dem Fleisch einen öligen Geschmack mittheilen. Die fromages ransis gekocht oder roh sind dagegen eine treffliche Nahrung für sie, namentlich die Rüben, aber auch verdorbenes Obst, das sie ganz verschlingen, wie auch die Nüsse.

Nicht alle Puter lieben die letzteren, aber die, die sie lieben, haben nach Sacc's Erfahrung überhaupt am meisten Neigung zum Fett werden. Die harte Schale der Nüsse ist schon nach 15—20 Minuten im Kropfe aufgelöst; dieß ist ein chemisch sehr merkwürdiger Prozeß. — (Bull. d'Accl. X. S. 663 u. d. f.)

Verantwortlicher Redacteur Dr. D. F. Weinland.
Schnellpressendruck von Aug. Wörner, vormals J. G. Sprandel, in Stuttgart.

Der Thiergarten.

Allgemeine Deutsche Monatschrift

für Kunde, Beobachtung, Zucht und Pflege der Thiere,

mit besonderer Rücksicht auf die

Verbesserung unserer bisherigen Hausthiere und die Heranbildung neuer.

Erster Jahrgang
1864.

Nro. 4.

Verlag von
Ebner & Seubert
in Stuttgart.

Preis
für den ganzen Jahrgang
fl. 2. 42 kr.
oder
Thlr. 1. 18 Sgr.
Zu beziehen
durch alle Buchhandlungen
und Postämter.

herausgegeben von

Dr. **D. F. Weinland**

auf Hohen-Wittlingen, O.A. Urach, Königr. Württemberg.

Inhalt: Ein Besuch im zoolog. Garten zu Cöln. Vom Herausgeber. — Nachrichten aus dem zoolog. Garten zu Dresden. Von Inspector Schöpff. — Ueber griechische Bienen. Von Vaier. Deumer in Dresden. — Der Gevard in Gefangenschaft. Von Dr. Schlegel in Altenburg. — Beitrag zur Ornithologie. Von H. v. Rosenberg. — Nachrichten aus dem zoologisch. Garten zu Hamburg. — Correspondenz. — Miscellen. — Zu verkaufen.

Ein Besuch im zoologischen Garten zu Cöln.

Vom Herausgeber.

Das Gefilde, durch welches man von der Stadt Cöln zu dem etwa eine halbe Stunde entfernten zoologischen Garten gelangt, ist seit wenigen Jahren bedeutend umgewandelt; hübsche Gartenanlagen mit vielen kleinen Neubauten, zumal aber ein Glashaus in colossalem Maßstabe, das die Gartenbaugesellschaft Flora dem zoologischen Garten gegenüber gebaut, hat den Totaleindruck der dortigen Gegend seit unserm letzten Besuch vor zwei Jahren gewaltig verändert und wir sind fest überzeugt, daß dies noch weit mehr der Fall wäre, wenn nicht der leidige Kriegsgott einen Riegel vorschöbe, welcher Cöln zur Festung proklamirt und daher die Aufführung von soliden Bauten außerhalb der Mauern, innerhalb der Tragweite der Kanonen verbietet, oder wenigstens im Kriegsfalle mit Niederlegen bedroht. Es ist dies eine Calamität, die Cöln wie Ulm und andere Städte für ganz Deutschland tragen muß und welche leider unter Umständen auch einen Theil des zoologischen Gartens bedroht.

Die Vegetation im Garten ist in den wenigen Jahren seines Bestehens — sie mußte erst neu gepflanzt werden — sehr erfreulich herangewachsen und die Sorge für landschaftliche Schönheit hat sich, abgesehen von den verschiedenen, hübschen Wasserwerkanlagen neuerdings durch den Aufbau eines sehr malerischen Gemsenfelsens bethätigt, von welchem aus man überdies eine wunderschöne Aussicht und Uebersicht über den ganzen Garten genießt. Dieser Naturbau wird sicher auch in andern Gärten bald Nachahmung finden, da er, auch abgesehen von Schönheitsrücksichten, für eine Reihe interessanter Thierarten, für Gemsen, Steinböcke, Mufflon's, Mähnenschafe u. s. f. den gesündesten und zweckmäßigsten Aufenthalt darbietet; auch thut es unwillkürlich dem Auge des Beschauers viel wohler, das Felsthier auf dem Felsen zu erblicken, als auf der schönsten, grünen Matte, wenn diese eben liegt, ja es kann kaum einen schöneren Anblick geben, als eines jener Thiere hoch auf dem Felsgrat scharf gegen den Horizont sich abzeichnen zu sehen.

Unter andern Neubauten des Gartens heben wir nur noch ein prachtvolles, 74 Fuß langes, 25 Fuß hohes Drahthaus mit einem vollständig in Eisen construirten, luftig und leicht gebauten Dach hervor, in welchem eine Anzahl ziemlich starker Bäume stehen und worin die Thiere (Fasanen, edle Tauben, Enten u. drgl.) wie in der Freiheit umherfliegen können. Auch dieses ist ein sehr nachahmungswerther Bau und um so mehr, als er im Verhältniß zu den in die Augen springenden Vortheilen, die er dem Züchter bietet, nicht eben sehr kostspielig ist.

Dieser Garten, bekanntlich der zweitälteste der modernen Thiergärten Deutschlands, steht durch seine vortreffliche Leitung [1]) in Beziehung auf

[1]) Der gegenwärtige Director des Gartens ist bekanntlich Herr Dr. med. Bodinus; stellvertretender Director und Secretär Herr Schütte; der Verwaltungsrath besteht aus den Herren: Ph. Engels; J. M. Farina; H. Garenfeld; Dr. Garthe; Ed. Joest; J. Kaufmann-Asser; F. Koch; Director Kühlwetter (Vice-Präsident); Consul F. Leiden; J. Marcus; E. Oppenheim; R. Peill (Präsident); Director Pepys; Consul G. Rick; Geheimer Regierungsrath Stupp; C. v. Wittgenstein.

Die Eintrittsbedingungen sind:

§. 1. Der Besuch des Zoologischen Gartens ist von Morgens bis Abends gestattet.

Zuchtresultate, die am besten für jene zeugen, bis jetzt sicher als der erste da; seine jährliche Auction von selbstgezüchteten Thieren, besonders Geflügel, welche jeden Herbst gehalten wird, bietet nicht etwa nur in allen möglichen Varietäten der Haustaube und des Haushuhns, der verschiedenen Fasanen und Pfauen, sondern besonders auch in Wasservögeln (Enten, Gänsen und Schwanen) nächst der Antwerpener Herbstauction den bedeutendsten Markt in Europa. So stammen z. B. fast alle schwarzen Schwanen der deutschen Gärten von Cöln her. Jedoch würde man sich sehr irren, wenn man glaubte, daß über den Vögeln die Säugethierwelt in Cöln hintangesetzt werde; der Garten besitzt vielmehr die reichste und schönste Raubthiergallerie

§. 2. Actionäre, welche zwei Actien besitzen, haben für ihre Person; Inhaber von zehn Actien, sowie Ehren-Mitglieder, für sich und ihre Familie (§. 7), ohne Beschränkung der Zahl, freien Zutritt.

§. 3. Nicht-Actionäre zahlen im Abonnement für ihre Person 5 Thaler pro Jahr.

§. 4. Actionäre, welche nur für ihre Person freien Zutritt haben, und Nicht-Actionäre, welche zufolge §. 3 abonnirt sind, zahlen, wenn sie die Mitglieder ihrer Familie (§. 7) abonniren: für die zweite Person 2 Thaler; für die dritte Person 1 Thaler; für die vierte und folgende Person je 15 Silbergroschen.

§. 5. Den Inhabern von mehr als zwei und weniger als zehn Actien wird für jede Actie, die sie über zwei besitzen, ein Thaler an dem nach §. 4 zu zahlenden Abonnements-Preise in Abrechnung gebracht.

§. 6. Das Abonnement wird auf 1 Jahr genommen, welches mit dem 1. Januar beginnt und mit dem 31. December endigt.

§. 7. Zur Familie (§§. 2 u. 4) gehören alle Glieder derselben, welche unter Einem Dache wohnen und einen und denselben Hausstand bilden, sowie die bei denselben wohnenden Lehrer und Lehrerinnen. Söhne oder sonstige männliche Familienglieder über 18 Jahre müssen gemäß §. 3 besonders abonniren. Kindermägde haben nur in Begleitung ihrer Herrschaft freien Zutritt.

§. 8. Die Actionäre und Abonnenten erhalten für sich und ihre Familienglieder auf den Namen lautende Eintrittskarten. Jede Eintritts-Karte verfällt, wenn sie von einem Nichtberechtigten benutzt wird; für die neue Ausfertigung einer verfallenen Eintritts-Karte wird ein Strafgeld von 2 Thalern, für die einer verlorenen 15 Silbergroschen zu Gunsten der Kranken-Kasse des Dienst-Personals erhoben.

§. 9. Das Abonnement gilt für stillschweigend erneuert, wenn es nicht vor Ablauf des Jahres gekündigt wird.

§. 10. Fremde können jeden Tag gegen Erlegung von 10 Silbergroschen den Garten besuchen; deren Kinder unter 12 Jahren zahlen die Hälfte.

§. 11. Die Bewohner von Köln und Deutz, welche nicht Actionäre, Abonnenten oder Ehren-Mitglieder sind, werden, sofern der Verwaltungsrath nicht bestimmte Tage durch öffentliche Bekanntmachung ausschließt *), an allen Wochentagen gegen ein Eintrittsgeld von 10 Silbergroschen pro Person, an allen Sonn- und Feiertagen gegen ein Eintrittsgeld von 5 Silbergroschen pro Person zum Besuche des Gartens zugelassen. Kinder unter 12 Jahren zahlen die Hälfte.

*) Vorläufig bleibt der Besuch am Mittwoch den Actionären und Abonnenten reservirt.

in Deutschland und von großen Wiederkäuern eine Reihe von Prachtexemplaren, um die man ihn beneiden kann.

Ein ausführlicher Führer wird so eben von dem Director vorbereitet; wir können daher ein irgendwie vollständiges Verzeichniß der dortigen Thiere nicht liefern und beschränken uns darauf, einige zu nennen, die uns besonders aufgefallen sind. (Fortsetzung folgt.)

Nachrichten aus dem Zoologischen Garten zu Dresden.

Von Inspector Schöpff.

In meinen Mittheilungen über unsern Garten will ich mit den Löwen beginnen.

Am 14. August 1863 gebar die etwa 4 Jahre alte Löwin früh 5¼ Uhr, und zwar, obgleich zum erstenmal, doch scheinbar ganz schmerzlos ein männliches Junges, sodann um 8¼ Uhr, in Gegenwart des Wärters, ein zweites weibliches. Beide waren vollkommen blind, was ich ausdrücklich bemerke, da man schon das Gegentheil behauptet hat.

Vom ersten Tage der Ranzzeit, welche 14 Tage mit nur 4 Tagen Unterbrechung dauerte, bis zum Tage der Geburt gerechnet, wäre eine Trächtigkeitsdauer von 108 Tagen anzunehmen.

Während beide alten Löwen so zahm waren, daß sie mich täglich leckten, und mich stets durchs Gitter liebkosten, trat plötzlich mit dem Beginn der Begattungszeit beim männlichen Löwen eine Wildheit ein, die in der That ein großartiges Schauspiel gewährte, und ich muß dieselbe aus Eifersucht ableiten, denn er wollte es durchaus nicht leiden, daß ich nur den Namen der Löwin (Betti) nannte, geschweige mich ihr näherte. Der Begattungsakt, während dessen sich der Löwe förmlich in den Hals der Löwin verbissen hatte (ähnlich wie bei den Pferden), wurde manchen Tag sechs bis acht Mal in der Stunde vollzogen, und schien, wie bei den Hauskatzen, mit Schmerzen verbunden zu sein, da sowohl während des Akts als besonders gegen das Ende desselben das Brüllen in Klagetöne überging.

Der junge Löwe war gleich nach der Geburt ungleich stärker als die junge Löwin, sehr bald suchten sie das Gesäuge selbst und sprachen, besonders das Weibchen, oft und wacker zu. Nach Verlauf von 7 Tagen bemerkten wir, daß sich die Augen zu öffnen begannen und am 9. Tag sahen sie vollständig. [1])

[1]) Mithin ganz dieselben Termine, die wir an der Hauskatze beobachten.
Anm. d. Herausg.

Bei der Geburt des männlichen Jungen war der männliche Löwe noch in demselben Käfig und leckte die Löwin während des Gebärens unaufhörlich. Trotz dem aber hielt ich es für besser, sie zu trennen und öffnete die Thüre, die nach einem dunkeln Raum im Nebenkäfig führte. Sogleich faßte die Löwin das Junge mit der größten Vorsicht und trug es hinüber. Dort gebar sie sodann das zweite. Der Löwe blieb nun den Tag über getrennt, da jedoch Zweifel kamen, ob es nicht gerathen wäre, die zusammengewöhnten Thiere, die ohnehin ihren Mißmuth über die Trennung deutlich genug an den Tag legten, wieder zusammen zu lassen, so erhielt ich den Auftrag, dieses zu thun, und die Löwin schien sichtlich erfreut hierüber, ermunterte den Gemahl, indem sie ihn mit der Tatze nach der Thüre hinschob, sich seine Nachkommen zu besehen, vertrat ihm aber den Weg, als er wirklich herüber kommen wollte, worauf er auch ruhig in seinem Käfig blieb. Schon am 3. Tage aber theilte er den Raum der übrigen Familie öfters, wurde nun immer dreister und am 6. Tage, nachdem die Löwin kaum das Lager verlassen, erlaubte er sich, das junge Weibchen zu fassen und trug es triumphirend im Käfig herum, ohne aber, davon bin ich fest überzeugt, dem Thierchen irgend einen Schaden zufügen zu wollen. Kaum aber sah dies die Mutter, als sie grimmig auf ihn losstürzte und nach ihm schlug, worauf er wahrscheinlich das Junge noch fester packte und erst losließ, als ich ihm ein Kaninchen vorhielt. Von nun ab blieben die Alten getrennt; das Kleine aber starb doch schon am 3. Tage darnach, trotz aller Versuche, ihm Nahrung beizubringen. Sein ganzer Leib war mit blauen Flecken bedeckt. Dasselbe maß von der Nasenspitze an über die Stirne, den Hals herunter, den Rücken entlang bis zum Schwanzende 2 Fuß und 1½ Zoll.

Schon vom 3. September an begatteten sich die Löwen wieder. Die Löwin wurde zum Löwen gelassen, ohne daß er zu dem Kleinen konnte. Vom 11. September ab (ich war zu jener Zeit in Paris) fing die Löwin plötzlich an, das Junge auffallend zu vernachlässigen. Sie schleuderte es im Käfig hin und wieder und es starb schon den darauf folgenden Tag, 12. September. — Die Milch schien der Alten keine Beschwerden zu machen, sie that überhaupt, als wäre gar nichts vorgefallen, vergnügte sich mit dem Löwen, pausirte aber mit der Begattung vom 13. bis 17. September, um sie dann wieder bis zum 23. September fortzusetzen. Am 7. Januar 1864 gebar sie in kurzen Zwischenräumen nacheinander 3 Junge, sämmtlich weiblichen Geschlechts, nachdem ich sie bereits seit 8 Tagen vom Löwen getrennt hatte. Zwei davon starben 4 Tage alt, das dritte, das wie die früheren mit dem 9. Tage vollständig sehen konnte, pflegte sie 10 Tage, säugte es willig und Alles schien in bester Ordnung. Niemand betrat den Käfig, Niemand berührte das Junge, die Streu blieb unverändert, das Haus geschlossen, kurz, nichts konnte sie stören. Trotzdem begann sie plötzlich das Kleine herumzuschleudern und zu mißhandeln. Rasch sperrte ich die Löwin ab, nahm das Junge heraus, fand aber zu meinem Schrecken, daß bereits die Schwanzspitze (zwei Wirbel) abgebissen waren, und überdies hatte das arme Thierchen eine $^3/_4$ Zoll tiefe Wunde in den Weichen.

Es war dies am 16. Januar; ich brachte das Junge sofort in meine Wohnung, versuchte, etwas erwärmte Milch beizubringen, was aber nicht gelang. Tags darauf aber hatte ich nach langem Suchen das Glück, eine 8 Jahre alte, bereits 15 Tage säugende Hündin (einen Affenpinscher, der, nebenbei bemerkt, im Dorfe als sehr bösartig verschrieen war), zu erhalten und nach vieler Mühe, als wir die Hoffnung schon aufgegeben, fing endlich die kleine Löwin, nachdem sie bereits 26—30 Stunden ohne Nahrung gewesen, zu saugen an. Wir hielten dabei den Hund fest, allein schon am 3. Tage war dies nicht mehr nöthig. Der kleine lag von nun an mit der Pflegemutter in einem langen Transportkorb auf Decken, unter welchen Stroh gebreitet war. Der Hund geht selbst aus und ein, läßt freiwillig den Löwen saugen und ihn von keiner fremden Hand berühren. Beide gewöhnten sich sehr bald an uns, besonders aber an meine sechzehnjährige Tochter, die überhaupt als große Thierfreundin die weitere Pflege übernommen hat. Die Wunden des Löwen, von der Hündin geleckt, waren schon nach 8 Tagen vollständig geheilt, auch hält dieselbe das Lager stets von allem Unrath rein, indem sie, wie alle Hündinnen bei ihren Jungen zu thun pflegen, sofort die Losung wegleckt.

Am 18. Tage zählten wir 8 Schneidezähne, die nur eben durchgebrochen waren, mit 24 Tagen 12 derselben, am 30. Tage erschienen die Eckzähne und am 36. waren dieselben ganz durch. Da, wo die Backenzähne kommen sollen, fühlt es sich sehr hart an und ich behalte mir vor, über diese sowie über andere Fortschritte weiter zu berichten, wenn ich so glücklich sein sollte, ihn am Leben zu erhalten.

Am 24. Januar, also mit 17 Tagen, wog der Löwe 3 Pfd. 5 Loth, mit 31 Tagen 4 Pfd. 20 Loth, mit 38 Tagen 5 Pfd. 20 Loth, mit 45 Tagen 6 Pfd. 21 Loth. — Mit 21 Tagen fing er an, 1 Quentchen geschabtes Rindfleisch vom Finger zu fressen, beziehungsweise zu lecken, und jetzt, nachdem ich jeden Tag zulegte, frißt er täglich, in 6—8 Portionen zu verschiedenen Tag- und Nachtzeiten $^1/_2$ Pfd. in kleine Würfel geschnittenes Rindfleisch, womit er gut und rasch umzugehen versteht. 16 Tage alt kletterte er schon ohne Unterstützung aus dem Korb und jetzt, Ende Februar, kann er bereits nicht mehr ohne Aufsicht allein im Zimmer gelassen werden, denn schon holt er zum Sprunge aus, ist mit großer Geschwindigkeit auf dem Sopha, häkelt sich da fest, springt von da auf den Tisch u. s. w. Die

Bewegungen sind ganz die einer Katze, der Hinterleib beim Langsamgehen etwas wackelig. Die Hündin spielt mit ihm aufs Lieblichste und ist überhaupt voll Zärtlichkeit gegen den Kleinen. Sie wird nur mit Fleisch und Milch gefüttert, daher sie auch noch hinreichend Milch für den Löwen hat, welcher übrigens auch selbst schon aus einer Untertasse Milch und Wasser trinkt, und zwar indem er sich dieses Futter selbst in der Stube sucht. Besonders gerne klettert die kleine Löwin an den Kleidern meiner Frau und Tochter empor, um sich wie ein Kind herumtragen und hätscheln zu lassen, wobei sie alle möglichen, komischen Bewegungen macht. Auch kaut und schnullt sie viel an ihren Tatzen, wie es die Kinder beim Zahnen an ihren Händen thun. Nachts kommt der kleine Löwe oft zu mir ins Bett geklettert und läßt sich die Wärme gar gerne gefallen.

Die Löwin erhielt während ihrer letzten Tragezeit 8 Pfd. Rindfleisch ohne Knochen täglich, früher 7 Pfd. abwechselnd Pferde-, Hammel- und Kalbfleisch mit Knochen. Auch schien sie vollkommen hinreichend Milch zu haben, um 3 Junge ernähren zu können.

Nachdem ich das letzte noch lebende Kleine entfernt hatte, ließ ich die alten Löwen wieder zusammen und die Freude des Wiedersehens war groß. Die Begattungen begannen sofort wieder und dauerten vom 10. bis zum 29. Januar, setzten dann aus bis zum 1. Februar und endeten mit dem 11. Februar. Hoffentlich wird es uns auch noch gelingen, die künftigen Jungen der Löwin zu lassen (wie dies in Antwerpen schon der Fall gewesen), wenn dieselbe einmal älter und damit vernünftiger geworden.

(Fortsetzung folgt.)

Ueber griechische Bienen.

Von Valerius Deumer in Dresden.

Indem ich mich auf meinen Aufsatz Nr. 11—12 des Jahres 1861 in der Eichstadter Bienenzeitung über die griechischen Bienen beziehe, in welchem ich die Wege angegeben, durch welche diese Bienengattung aus Griechenland hieher gekommen sind, fühle ich mich gedrängt, meinem Vorsatz nachzukommen, und das Ergebniß meiner seitdem gemachten Beobachtungen an diesen vortrefflichen Bienen hiermit der Presse zu übergeben.

Zuerst sei mir gestattet, über die äußerliche Erscheinung der griechischen Bienen einige mir nöthig scheinende Bemerkungen zu machen.

Die mehrsten Bienenfreunde denken sich diese Bienen so bunt, wie die Nationaltracht der Griechen selbst, und finden sich bei Ansicht derselben enttäuscht.

Die griechische Biene ist nicht so bunt markirt als die Italienische, dennoch ist sie, abgesehen von ihrem innerlichen Werthe auch äußerlich leicht zu erkennen.

Die Kennzeichen sind: Erstlich, die vier gelbweißlichen Ringe am Hinterleibe. Bei Vielen ist der erste dieser Ringe bronzefarbig glänzend wie Metall, bei Einigen mehr, bei Anderen weniger breit. Zweitens: der haarige Theil ihres Vorderleibes ist viel reichlicher mit gelblich braunen Haaren versehen, als bei den gewöhnlichen deutschen Bienen. Drittens sind die griechischen Bienen merklich größer, so wie ferner: Viertens die Drohnen viel kleiner, und mit drei schmalen, wie das schönste Gold glänzenden Ringen am Hinterleibe geziert. Noch glaube ich beobachtet zu haben, daß ihr Saugrüssel länger ist, als bei anderen Bienen, wodurch sie fähig werden, mancherlei Blumen und Blüthen, insbesondere die Fichte (pinus) erfolgreicher zu befliegen, und auszubeuten. Hierbei erlaube ich mir noch zu bemerken, daß ich dem mehrfachen Verlangen nach todten griechischen Bienen nicht nachgekommen bin, weil todte Bienen ihr Aussehen viel verändern, unscheinbar werden, und deßhalb nicht geeignet sind, eine richtige Anschauung davon wie sie im Leben sind, zu geben.

Nun sei mir noch gestattet, von den Leistungen dieser Bienengattung zu berichten. Obwohl ich schon von dem außerordentlichen Fleiße und der großen Energie der griechischen Bienen sattsam überzeugt war, so unternahm ich dennoch im Monat Juni 1862 eine besondere Prüfung der Leistungen der griechischen Bienen den deutschen gegenüber.

Um diesen Zweck zu erreichen, bin ich wie folgt verfahren. Den 15. Juni gedachten Jahres machte ich 2 Treiblinge, einen deutschen und einen griechischen von gleicher Stärke mit 1 Jahr alten Königinnen. Beide Treiblinge setzte ich einen jeden in einen Normaltransportstock von ganz gleicher Größe nach Dzierzons Angabe construirt, gleichzeitig ein. Beiden Treiblingen überließ ich es, ihren Bau ohne alle Unterstützung an Wachsbau ꝛc. herzustellen, nachdem ich sie in der Nähe des Leipzig-Dresdner Bahnhofes in den sogenannten Scheunhofen in dem Garten eines bekannten Bienenfreundes neben einander aufgestellt hatte. Die Entfernung von meinem gewöhnlichen Stande kann man wohl auf eine Stunde annehmen, und man wird mir glauben, daß ich nicht oft hingekommen bin, noch weniger mit Brut-Einsetzen den einen oder den andern bevorzugt habe, wodurch auch die ganze Probe zu nichts genutzt, ja zur Täuschung meiner selbst geworden wäre. Beide Treiblinge hatten schönen regelrechten Bau an dem Stäbchenroste im Brutraume angebaut. Im Herbst nach beendigter Tracht hatte der Grieche $2^1/_2$ Stäbchen mehr gebaut, war auch an Honig reicher als der deutsche, in der Volkszahl jedoch gleich. Beide Völker nahm ich, nachdem sie den Winter glücklich überstanden hatten, im zeitigen Frühjahr auf meinen Stand zurück. Mit Beginn der Frühlingstracht entwickelten sich beide Stöcke ohne alle Unterstützung an Futter aufs Schönste; der griechische hatte jedoch dem deutschen bald im Baue einen Vorsprung abgewonnen. Mit der Zunahme der Weide hatte bei gleichem Stande und Lage der Grieche plötzlich einen gewaltigen Anlauf genommen und den deutschen weit hinter sich gelassen, so daß ich, von Staunen und Verwunderung ergriffen, meinen eigenen Augen kaum traute. Es hatte jedoch seine volle Richtigkeit. Der Stock hatte sich in wenig Tagen so im Baue innerlich erweitert, daß er nicht mehr zu erkennen war. Mit Ende April, ehe noch die Baumblüthe vorüber war, waren beide Räume, Brut- und Honigraum, des 27 Zoll langen, 18 Z. hohen und innerlich $8^1/_2$ Z. rheinisch breiten Stockes ausgebaut, wobei ich ausdrücklich der Wahrheit gemäß bemerke, daß der Brutraum an den nackten Stäbchen ohne alle Unterstützung von eingefügtem Bau durch die Bienen vollgebaut worden ist. Der obere 8" rheinisch hohe Honigraum, ganz ohne Stäbchen im freien Bau, war ebenfalls voll. Der Stock steht noch so, zu beliebiger Ansicht bis ins Frühjahr, und soll es mir sehr lieb sein, wenn Bienenfreunde recht zahlreich zum Frühjahr kommen, um sich zu überzeugen. Der mehrgenannte deutsche Stock war und blieb zurück, und ist bis Ende der Tracht nicht so weit gekommen, als dieser griechische Stock schon Ende April war. Gleich diesem haben sich meine übrigen griechischen Stöcke gehalten. Unter anderen hatte ich einen derselben, mit der alten Stammkönigin im Jahre 1861 behufs Erziehung von Ablegern, durch häufige Entnahme von Bruttafeln auf das Schonungsloseste behandelt, und dennoch hat er sich ganz selbständig, ohne alle Unterstützung erhalten, und gleichfalls wie die Uebrigen seine Wohnung von gleicher Größe, mit schönem Bau und vielem des besten Honigs vollgefüllt; den Honigbau gleichfalls im freien Bau. Noch muß ich hierzu bemerken, daß ich alle meine griechischen Stöcke durch Entnahme von Brut zu Erzielung von Ablegern vielfach in Anspruch genommen habe, wogegen ich denselben so gut wie gar nichts für die entnommenen Bruttafeln an leerem Wachsbau zurückgeben konnte.

Ich hoffe mit Recht, noch mehr interessante Beobachtungen zu machen, und später darüber berichten zu können, und erwähne nur noch für jetzt die große Sorgfalt, mit welcher diese Bienen ihre Wohnungen bei herannahendem Herbst verkitten, und die Fluglöcher kunstvoll mit Propolys verengern. Schließlich bitte ich dasjenige, was ich mit Vorstehendem zum Vortheile der griechischen Bienen der Wahrheit gemäß gesagt habe, nicht als Reclame zu betrachten, um mit griechischen Bienen, so zu sagen, ein gutes Geschäft zu machen. Ich habe mich im Gegentheil, um meinen

Stand von ächten Griechen möglichst hoch zu bringen, vom Verkauf von Königinnen namentlich im vorigen Jahre fern gehalten, und wo es geschehen, ist es ausnahmsweise geschehen. Ich werde es auch für dieses Jahr nach denselben Grundsätzen, aus Gründen über die ich mich später noch auszusprechen gedenke, mit dem Verkaufe der Königinnen so halten.

Sollte jedoch bei den Einen oder Anderen meiner geehrten Leser der Wunsch rege werden, ein oder zwei griechische Bienen, oder auch wohl einen Stock von mir zu erwerben, so bitte ich sich baldigst in freien Briefen an mich zu wenden, ich werde dann sehen, wie ich den Wünschen nachkommen kann. Besonders wird es mir lieb sein und mich geneigt machen, auf die Wünsche der geehrten Bienenfreunde einzugehen, wenn sie mich nicht mit allzuschneller Lieferung drängen.

Der Gepard (Cynailurus guttatus) in Gefangenschaft.

Von Dr. Schlegel in Altenburg.

Ein Freund von mir in Annaberg kaufte im April 1862 in Berlin einen jungen, angeblich 3/4 Jahr alten Gepard oder Jagdleopard (Cynailurus guttatus), ließ ihn tagsüber frei herum laufen und legte ihn nur des Nachts an. Sein Lieblingsplätzchen im Zimmer war stets, so lange geheizt wurde, die Nähe des Ofens, welches er oft halbe Tage lang nicht und so ungern nur verließ, daß er entweder weggeschoben, weggezogen oder weggetragen werden mußte. Bei kalter oder selbst nur kühler Witterung vermied er es sorgsam, das Zimmer oder den wärmenden Ofen zu verlassen, oder es geschah höchstens auf so lange nur als nöthig war, um das Zimmer nicht zu verunreinigen, welche Rücksicht er übrigens auch auf alle innerhalb des Hauses belegenen Räume nahm. Lag er in seiner Gemüthlichkeit hingestreckt, so ließ er sein bekanntes Katzenschnurren leise hören; wenn man ihn kraute oder streichelte, oder wenn er um etwas bettelte, verstärkte sich dasselbe. Kam der Abend heran, so ließ er sich gutwillig an die Kette legen, ja steckte selbst den Kopf in das vorgehaltene Halsband. Stets hörte er auf seinen Namen „Betti“; später auch auf den ihm von den Kindern beigelegten Namen „Ami“. Ueberhaupt Kindern war er von allen Menschen am meisten zugethan, besonders aber einer fünfjährigen Schwester meines Freundes, über die er spielend oft hinwegsprang und zwar mit solcher Leichtigkeit, daß er ohne eigentlich auszuholen sich niederduckend und kurz zusammenziehend elastisch über die Kleine oft in ziemlicher Höhe hinwegfederte. In seinem Umgang mit Erwachsenen war er gemessener, ja ernster schien er, und mit anderen Thieren, Hunden und Katzen z. B., gab er sich gar nicht ab. Sie ließen sich gegenseitig in Ruhe. Im Sommer lag er gern auf der Sonnenseite des Gartens; auch nahm ihn alsdann mein Freund öfters mit auf Spaziergängen. Hier rannte er eine Strecke voraus, kam nach Hundeart zu seinem Herrn zurück, um sodann wieder fortzueilen. Er zeigte keine Lust zu revieren und ließ Thiere, die ihm begegneten, in Ruhe, ja ignorirte sie meist mit einem gewissen Selbstgefühl. In's Wasser ging er nie, benetzte man ihn, so zitterte er wie vor Frost. Er hielt sich sehr reinlich, leckte sich fleißig und war stets frei von Ungeziefer. Gefüttert wurde er mit gekochtem Fleisch und Brod in Milch. Kartoffeln, wenn auch mit Bratensauce begossen, fraß er nie. Beim Fressen zeigte er sich stets gierig und fraß überhaupt viel.

Nachdem er ein Jahr bei seinem Herrn älter geworden war, in welcher Zeit er fast nicht an Größe zugenommen hatte, fing er plötzlich an bissig zu werden, jedenfalls durch ungeschickte Behandlung seitens der Fabrikarbeiter, die er häufig besuchte. Sein gemüthliches langgedehntes Spinnen verwandelte sich öfter in ein kurzes Knurren, sobald ihm die Annäherung einer Person nicht genehm war. Auch suchte er um diese Zeit wo möglich einen hohen Sitz, vielleicht um desto weniger gestört zu werden. Im Zimmer legte er sich gern auf den Secretär, auf welchen er mit solcher Geschicklichkeit empor sprang, daß er von den auf demselben placirten Sachen wie Vasen, Lampen u. s. w. nie etwas mit seinem Körper berührte. In dieser Zeit biß er einen fremden hochläufigen Hühnerhund, der sich in den Garten, wo Betti im Gebüsch der Ruhe pflegte, verlaufen, ebenso eine der Hauskatzen, die ihm schon längst bekannt war. Zeugen sind bei beiden Affairen nicht gewesen, es ist also nicht gewiß, ob er von den Thieren gereizt oder angegriffen wurde. Beide Thiere hatten tiefe Bißwunden im Genick. Dem Dienstmädchen zerriß er den Rock, als diese ihn vom Ofen wegbringen wollte. Nachdem er auch noch dem Vater meines Freundes, während dieser über den im Garten ruhenden Jagdleoparden hinweg nach einem Blumentopf greift, die Hand ziemlich derb zerfleischt hatte, wurde er an die Kette gelegt. Und auch mein Freund, der von der Reise zurückkehrend die Unthaten seines Lieblings hören muß, aber kaum glauben mag und sich dem Gefesselten in aller Freundschaft nähert, wurde bissig behandelt. Jetzt war es Zeit ihn aus dem Hause zu entfernen. Seine jetzige Heimath ist Weipert in Böhmen, von wo ich hoffe, durch seinen nunmehrigen Herrn über seine weitere Führung zu hören, was ich seiner Zeit berichten werde.

Beitrag zur Ornithologie von Neu-Guinea.

Von H. v. Rosenberg.[1]

Microglossus aterrimus Wagl.[2] Nicht selten auf Waigiu, Misool, Salawati und der Küste von Neu-Guinea selbst. Meistens sitzt dieser Vogel in der Krone der höchsten Bäume, ist daselbst beständig in Bewegung und läßt während des Sitzens oder mit kräftigem Flügelschlag in hohem Flug seine schnarrende Stimme hören, ganz verschieden von der der weißen Kakadu's. Die Eingebornen nehmen die jungen Vögel aus dem Nest, ziehen sie auf und verkaufen sie nachher an Händler. In Gefangenschaft verzehren sie am liebsten die Frucht des Kanari-Baums (Canarium commune L.), deren eisenharte Schale sie ganz leicht aufsprengen. Sie werden sehr zahm. Einer dieser sogenannten schwarzen Kakadu's, einem Bewohner von Amboina gehörig, streicht fliegend in der ganzen Stadt umher, und kommt zu gehöriger Zeit nach Haus, um zu essen und zu schlafen. Bei dem lebenden Vogel sind die kahlen Wangen karminroth. Auf der Nordküste ist er bekannt unter dem Namen Siong und auf der Westküste als Sangija.

Paradiesvögel: Diese so merkwürdige und noch wenig bekannte Vogelfamilie ist mit Ausnahme der unlängst durch Herrn Wallace auf Djilolo entdeckten **Semaphora Wallacei Gray** ausschließlich Neu-Guinea und den zugehörigen Inseln eigen. Neu-Guinea selbst, die Aruinseln, Salawati, Misool und Waigiu, haben jedes eine oder mehrere Arten dieser Vögel. Ihre Bälge, sowie die einiger anderer Vögel (**Epimachus, Craspedophora, Seleucides, Phonygama,** Sericulus) werden von den Papuas bereits seit Jahrhunderten als Handels- und Ausfuhr-Artikel benützt. Zu diesem Zweck werden die Männchen und zuweilen auch die Weibchen mit Pfeilen geschossen, worauf mittelst eines Querschnittes über Rücken und Bauch die besonders dicke Haut abgestreift wird. Dann schneiden sie die Füße mit dem hinteren Theil der Bauchhaut ab, ziehen die großen Schwungfedern aus, und ziehen nun die so verarbeitete Haut über ein rundes Stäbchen so daß dieses einige Zoll lang aus dem Schnabel hervorragt; mittelst einer Schnur wird dieser letztere an das Holz befestigt. Hierauf hängen sie die mit Holzasche eingeriebenen Bälge im Innern der Hütten über der Feuerstelle auf, um sie im Rauch zu trocknen und vor Ungeziefer zu bewahren. Der Balg ist damit fertig und hat an Ort und Stelle einen Geldwerth von 25 Cent bis 1 Gulden (4—17½ Sgr). Die Eingebornen von Misool lassen Füße und Schwungfedern an dem Balg; auch die Aruesen haben gemerkt, daß unverstümmelte Exemplare mehr gesucht und besser bezahlt werden, und kommen daher langsam von der alten Gewohnheit zurück, so daß jetzt auch schon von den Aruinseln gute Bälge in den Handel kommen. Kaufleute aus Makassar, Ternate und dem östlichen Ceram sind es hauptsächlich, welche die Paradiesvögel aufkaufen und unter dem Namen „**Burong-mati**“ nach Ternate, Makassar und Singapore bringen, von wo sie weiter nach Europa und China ausgeführt werden. Nach der Aussage dieser Leute kommen die schönsten dieser Bälge von der Nordküste und aus den tief in der Geelvinkbai liegenden Gegenden. Der Sultan von Tidore, Oberlehensherr des unter niederländischer Souverainität stehenden Theils von Neu-Guinea erhält jährlich von dort als Tribut eine unbestimmte Anzahl Bälge.

Paradisea apoda L. Die größte, allein auf den Aruinseln lebende Art, daselbst bekannt unter dem Namen Fanaam. Beim lebenden Vogel sind Schnabel und Füße

[1] Aus der **Tydschrift der natuurkundige vereiniging voor neederlandsch Indie**, Jahrg. 1863. übersetzt von Dr. Ed. von Martens.

[2] Schwarzer Rüsselpapagei, ist auf dem europäischen Thiermarkte sehr selten und theuer.

Anm. d. Herausg.

aschblau, die Iris weißlichgelb. Bälge dieser Art kann man zu Makassar und Singapore bekommen im Preis von durchschnittlich einem Dollar.

Paradisea Papuana Beek. Ueberall in Menge auf der nördlichen Halbinsel von Neu-Guinea, sowie auf den Inseln Salawati und Misool; weiter nach Osten scheint diese Art seltener zu werden. Die wilden Bewohner der Humboldtbai (Nordostküste in 141° östl. Länge von Greenwich) brachten nicht einen einzigen Balg an Bord unserer Schiffe und gaben selbst durch lautes Geschrei und Geberdenspiel ihr Verlangen nach dem Besitz eines solchen zu erkennen, als ich ihnen einen ausgestopften Paradiesvogel zeigte. Die Federn der wenigen, welche sie hie und da bekommen, verwenden sie zur Verzierung ihrer Pfeile oder als Haarschmuck. Dagegen wird an der Westküste zu Doreh und auf Misool eine beträchtliche Anzahl Bälge zu Markt gebracht und ich war in Doreh so glücklich, selbst ein Paar dieser Vögel zu schießen.

Dieser Paradiesvogel ist, wie alle Arten seiner Familie, ein Streifvogel, bald nach der Küste, bald wieder nach dem Innern des Landes ziehend, je nachdem reifende Baumfrüchte vorhanden sind. Das war gerade während meines Aufenthalts zu Doreh der Fall mit den Früchten einer Laurinee, welche nahe hinter den Dörfern auf einem etwa 500' hohen Hügelrücken wuchs. Mit kräftigem Flügelschlag kamen die Vögel, meist Weibchen und jüngere Männchen, auf diese Bäume zugeflogen, und waren so wenig scheu, daß sie selbst zurück kamen, nachdem einigemal auf sie geschossen worden war. Im Allgemeinen ist dieser Vogel sonst furchtsam und schwer zu Schuß zu bekommen, namentlich die alten Männchen. Ihr Geschrei klingt heiser, ist auf weiten Abstand zu hören und kann am besten durch die Worte „wuk wuk wuk“ wiedergegeben werden, worauf oft ein kratzendes Geräusch folgt. Des Morgens und Abends hört man dieses Geschrei durch den Wald schallen, selten mitten am Tage. Beständig in Bewegung, fliegt der Vogel von Baum zu Baum, bleibt nie lange auf demselben Zweig still sitzen und verbirgt sich bei dem mindesten Geräusch in die dicht belaubten Wipfel der Bäume. Schon vor Sonnenaufgang fliegen die Paradiesvögel umher, um ihre Nahrung zu suchen, die in Früchten und Insekten besteht; Abends versammeln sie sich truppweise, um im Gipfel irgend eines hohen Baumes zu übernachten. Ueber ihr Nest konnte mir Niemand etwas Sicheres mittheilen.

Die Zeit der Paarung hängt ab vom Mousson; auf der Ost- und Nordküste von Neu-Guinea und auf Misool fällt sie in den Monat Mai, auf der Westküste und auf Salawati in den Monat November. Die Männchen versammeln sich dann in kleinen Truppen auf den Gipfeln der schattigen, höchsten Bäume, schütteln die Flügel, drehen den Hals hin und her, öffnen und schließen die seitlichen Federbüsche und lassen dabei ein eigenartiges, quackendes Geräusch hören, worauf die Weibchen herbeikommen.

Der Körperbau deutet auf Kraft und Geschwindigkeit, der Schädel ist hart, Füße und Flügel groß und sehr stark, und die Haut so dick, daß ein guter Schuß dazu nöthig ist, um einen Paradiesvogel vom Baum zu schießen. Die beiden Federbüsche wurzeln in einer unter dem ersten Flügelgelenk liegenden Hautfalte von fast einem Zoll Länge, welche der Vogel nach Willkür ausspannen und zusammenziehen kann.

Der junge Vogel ist, wenn er das Nest verläßt, einfarbig braun, oben dunkler und an der Unterseite heller, die Schwanzfedern sind gleichlang, die zwei mittlern mit einem schmalen Bart. Bei der nächsten Mauser färben sich Kopf und Nacken blaßgelb und werden Stirne und Kehle mit den bekannten sammtartigen, metallgrünen Federchen bedeckt; die zwei mittlern Schwanzfedern werden gleichzeitig um ein paar Zoll länger. Beim dritten Federwechsel endlich verändern sich diese letztern in kahle, ungefähr 15 Zoll lange Schäfte und nun kommen erst die schönen Federbüsche über den Hüften hervor, welche, je älter der Vogel wird, an Länge zunehmen; im Durchschnitt sind sie fünfzig und die kahlen Schäfte sechzig Zoll lang, bei sehr alten Vögeln aber oft noch mehr. Die glänzende Orangefarbe, womit die Büsche an ihrem obern Theile prangen, verschwindet gänzlich, wenn der Balg einige Zeit starkem Lichte ausgesetzt ist. Fliegt der Vogel oder sitzt er still, so hängen diese Federbüsche schief nach unten in derselben Linie mit Rücken und Schwanz, aufgeregt richtet er sie senkrecht zwischen Flügeln und Rumpf auf und breitet sie fächerförmig aus, wobei er ihnen eine kaum merkliche zitternde Bewegung mittheilt. Während des Lebens sind Schnabel und Füße dunkelaschblau, die Iris weißlich gelb.

Um sich der Paradiesvögel zu bemächtigen, gehen die wilden Eingebornen von Neu-Guinea auf folgende Weise zu Werk. In der Jagdzeit, welche in die Mitte der trockenen Jahreszeit fällt, suchen sie erst die Bäume aufzuspüren, worauf die Vögel übernachten und welche meist die höchsten des Waldes sind, und machen sich in deren Aesten ein Hüttchen aus Blättern und Zweigen. Ungefähr eine Stunde vor Sonnenuntergang klettert ein geübter Schütze mit Pfeil und Bogen versehen hinauf, verbirgt sich in dem Hüttchen und wartet in größtmöglicher Stille die Ankunft der Vögel ab. Wie sie heranfliegen, schießt er dieselben, einen um den andern, bequem nieder, und einer seiner am Fuß des Baums gebliebenen Kameraden sucht die gefallenen Vögel zusammen, die, wenn sie mit den scharf zugespitzten Pfeilen getroffen werden, todt niederstürzen, dagegen unversehrt in die Hand des Jägers fallen, wenn sie mit Pfeilen geschossen werden, welche mehrere ein Dreieck bildende Spitzen haben, zwischen die der Körper des Vogels durch die Kraft des Schusses eingeklemmt wird.

Schon verschiedene Male hat man lebende Exemplare von **Paradisea Papuana** nach Amboina, Makassar, Batavia, Singapore und Manila gebracht, welche meist alle die Gefangenschaft wohl ertrugen. Ein vor wenigen Jahren nach Amboina gebrachter entfloh aus dem Käfig und bis heute weiß man nicht, was aus ihm geworden ist. Nach europäischen Zeitungen sind gegenwärtig ein paar lebende Vögel dieser Art in London, es sind das die ersten, welche man bis jetzt nach Europa hat überbringen können. Zwei andere erwachsene Männchen, für die Summe von 150,000 Gulden gekauft und für seine Excellenz den Baron Sloot van de Beele, Generalgouverneur von Niederländisch-Indien bestimmt, brachte ich selbst unlängst von Makassar nach Java: sie waren so zahm geworden, daß sie mir aus der Hand fraßen; ihr Futter bestand in Pisang (Bananen) und lebenden Kakerlaken (**Blatta orientalis L.**), welche letztere sie mit den Füßen festhielten, die Beine abbissen und dann verschluckten. Sie tranken dabei viel Wasser. Wenn die zwei Käfige neben einander standen, geriethen die Vögel oft in Streit und bissen einander tüchtig durch die Gitter hindurch.

Bälge dieser Art, ohne Füße, kann man fast immer in Ternate für anderthalb bis zwei Gulden kaufen; Bälge mit Füßen dagegen, von der Insel Misool kommend, sind nur in Mahai (auf der Nordküste von Ceram) zu haben ungefähr zu demselben Preis.

Auf der Südwestküste heißt dieser Vogel „Isiankar," in der Maclurebai „Wumbi," zu Doreh „Mambefoor," zu Misool „Sjak" und in der Humboldtsbai „Tiahr."

Casuarius Kaupi, mihi. Von dem neuguineischen Casuar hatte man bis jetzt nicht allein nur höchst mangelhafte Kunde, sondern hielt denselben auch für identisch mit **C. galeatus**. Im Monat August 1860 schoß mein Jäger durch einen glücklichen Zufall ein erwachsenes Männchen und einen jungen dieser Art, wovon ich das erstgenannte im 23sten Theil der Zeitschrift der naturkundigen Vereinigung für Niederländisch-Indien S. 42 beschrieben habe. Von dieser Beschreibung, worauf ich übrigens verweise, ist das Wesentlichste Folgendes: Höhe beinahe gleich dem **C. galeatus**, Helm eckig, nach hinten schief abgeplattet, Kopf, Kehle und Hinterhals prächtig azurblau, Vorderhals glänzend goldgelb mit einem blutfarbigen Flecken auf dem Unterhals; Halshaut ganz glatt, ohne Warzen oder Höcker. Körperfarbe im Uebrigen wie bei der Art von Ceram.

Was die Brütweise der Kasuare im Allgemeinen betrifft, so war man darüber bis jetzt nicht einig; viele glaubten, daß die Eier durch die Sonnenwärme auf dieselbe Weise zur Entwicklung kommen wie die des Straußes. Dieses ist unrichtig, schon deßhalb, weil eine solche Bebrütung auf Neu-Guinea und Ceram nicht möglich ist, da das Thier in dem dichten Gebüsch sich aufhält, worin die Wärme selbst mitten am Tage sehr erträglich ist. Die Bebrütung geschieht vielmehr auf die gewöhnliche Weise. Im Schatten dichten Krüppelholzes, tief im Walde verborgen, scharrt das Weibchen beim Beginn der trockenen Jahreszeit abgefallene Blätter, Grashalme und dgl. zu einem platten Haufen zusammen, von ungefähr Einem Fuß Höhe und anderthalb Fuß Durchmesser und legt darauf mindestens drei und höchstens fünf Eier von gleicher Größe und Form wie die von C. galeatus, doch etwas glatter in der Schale. Der Vogel ordnet sie so, daß sie liegend einen spitzen Winkel bilden und setzt sich dann darauf, um zu brüten, wie jeder andere Vogel, doch stets mit dem Kopf nach der Oeffnung des Winkels gekehrt. Muß die Mutter das Nest verlassen, so überdeckt sie die Eier sorgfältig mit trockenen Blättern. In der sechsten Woche kommen die Jungen aus und sind sogleich im Stand der Mutter zu folgen. Sie sind alsdann braun von Farbe, mit einigen längs laufenden hellgelben Streifen, die aber, wenn das Thierchen älter wird, verschwinden. Wenn es erwachsen wird, verändert sich die braune Farbe in Schwarz, und Hals und Kopf werden kahl, während sie bis dahin noch ganz mit Federn bedeckt waren.

Außer auf der Küste von Neu-Guinea selbst findet sich C. Kaupi auch noch auf den Aruinseln. Die Eingebornen jagen ihn oft seines Fleisches und seiner Haut wegen; letztere brauchen sie zu verschiedenen Zwecken, namentlich zu Zierrathen. Der Vogel ist sonst sehr scheu und vorsichtig; er wird am leichtesten gefangen, wenn er von einer Höhe bergab läuft, da er dann oft mit seinen Füßen im Gestrüpp sich verwickelt, strauchelt und leicht fällt. Das Fleisch des jungen Vogels schmeckt besonders angenehm und auch die Eier sind ziemlich gut zu essen.

Ein erwachsenes Männchen dieser Art muß vor einigen Jahren im Amsterdamer Thiergarten gelebt haben.

Nachrichten aus dem Zoologischen Garten zu Hamburg.

Zwei neue interessante Erwerbungen: der Riesensalamander (Salamandra maxima) von Japan, ein Geschenk des Herrn Consul Overbeck in Hongkong und der Kragenbär (Ursus tibetanus) von China, ein Geschenk des Herrn H. W. Wiebcke. Ersterer ist schon mehrfach besprochen.[1]) Das zweite Thier, welches sich wahrscheinlich mehr Freunde erwerben wird, als der Salamander, der Kragenbär, gehört ebenfalls zu den großen Seltenheiten. Ein besonders günstiger Zufall verschaffte der zoologischen Gesellschaft vor Kurzem ein sehr junges Männchen dieses Bären, welches von der Schönheit des Erwachsenen allerdings nur eine schwache Vorstellung gibt. Der Neuhinzugekommene dagegen, leider auch ein Männchen, ist ein schon fast erwachsenes, sehr schönes Thier, welches sich nebenbei auch noch durch große Zahmheit auszeichnet, so dürfen wir hoffen, daß er dem Garten zur ganz besondern Zierde gereichen wird.

Der Kragenbär gehört zu den wenigen Arten seiner Familie, über welche wir nur im geringen Grade unterrichtet sind. Cuvier nannte ihn Ursus tibetanus, andere Na-

[1]) Siehe Weinland, der Zool. Garten Jahrg. IV. S. 137–143.

turforscher führen ihn unter dem Namen Ursus japonicus auf und Wagner endlich, welcher glaubte, ihn umtaufen zu müssen, nannte ihn Ursus torquatus. Es ist noch fraglich, ob alle Bären, welche man bis jetzt als Kragenbären angesprochen hat, zu ein und derselben Art gezählt werden dürfen oder als verschiedene Arten angesehen werden müssen. Im ersteren Falle würde der Verbreitungskreis als ein sehr großer zu bezeichnen sein, da das Thier eben so wohl in den Gebirgen von Nepal und Sylhet, als in China und Japan gefunden worden ist. Unser Kragenbär, Jürg genannt, ist in der Nähe von Peking gefangen worden und scheint gute Pflege genossen zu haben, wenigstens darf er als ein in jeder Hinsicht tadelloses Thier bezeichnet werden. Sein Wesen unterscheidet ihn übrigens wenig oder nicht von den andern eigentlichen Bären, zu denen er jedenfalls gerechnet werden muß.

(Hamburger Nachrichten, März 1864.)

Correspondenz.

Gotha, 13. Febr. 1864. Ich habe seit meinem, an Sie gerichteten Brief wieder zwei Bruten von meinen Wellenpapageien gehabt; einmal ein Junges und einmal zwei. Bei den hierbei gemachten Beobachtungen glaube ich nun folgende Punkte als Regeln aufstellen zu können:

„Um von Wellenpapageien ziemlich mit Gewißheit Junge zu erzielen, gebe man denselben einen möglichst großen Käfig, wenigstens 18 Cub.-Fuß Raum, bestreue den Boden desselben mit Wassersand und befestige 15" lange, 4" hohe und 4" breite, mit einem 1½" weiten Schlupfloch versehene Nistkästchen wagerecht, wenn es angeht, von außen an den Käfig. Als Nistmaterial streue man nur feine weiche Sägespäne in das Kästchen und endlich füttere man mit Canariensamen. Bei der Heizung des Zimmers hat man nur dafür Sorge zu tragen, daß es Nachts nicht unter 8° + abkühlt. Die Brütezeit dauert vom Oktober bis ungefähr April.

Nach der Paarung legt das Weibchen meist drei Eier, die es sofort bebrütet, während welcher Zeit es nur noch vom Männchen aus dem Kropfe gefüttert wird. Die Bebrütung dauert 21 Tage, nach welcher Zeit das Junge das Ei verläßt und die Welt mit Piepen begrüßt. Es wird sowohl am Tage als auch Nachts, jedoch nur vom Weibchen geäzt und erwärmt. Nach 9 Tagen öffnen sich die Augen, die äußere Zehe tritt nach hinten, auch zeigt sich ein dünner Flaum auf dem Rücken. Am 11. Tag treten Kielen am Kopfe, den Flügeln und dem Schwanz hervor, der Gebrauch der Glieder beginnt. Am 18. Tag brechen die Kielen der Schwungfedern auf und nach 33 Tagen verläßt es endlich das Nistkästchen.

Ich weiß nicht, ob man es als Merkwürdigkeit aufstellen kann, daß diese Vögel ihre Jungen auch Nachts äzen, daß sie es thun, weiß ich aber ganz gewiß, denn beim Füttern gibt das Junge stets einen besonderen Ton von sich und diesen habe ich sehr oft bei ganz dunkler Nacht gehört, es wäre auch sonst wohl nicht möglich, daß ein so zartes Wesen 16 und mehr Stunden ohne Nahrung aushalten könnte.

Noch erlaube ich mir, Ihnen eine Beobachtung mitzutheilen, die ich an diesen Vögeln auf dem Schiffe machte, mit welchem ich von Australien wieder nach Europa zurückkehrte.

Wir hatten nämlich eine ziemliche Anzahl australischer Vögel am Bord, unter andern auch einen großen Käfig voll Wellenpapageien. In der Nähe des Aequators nun, wo wir oft mehrere Tage Windstille hatten, ließ ich diese Vögel aus ihrem

Käfig fliegen. Sie setzten sich ins Takelwerk und auf die Raen, ja sie flogen vom Schiff große Strecken weg, kehrten aber stets zurück und begaben sich Abends in ihren Käfig. Ich glaube nicht, daß sie dies aus Zahmheit thaten, sondern weil sie kein Land sahen und ihre Flügel doch wohl zu schwach sind, um ohne Rast große Strecken zu fliegen. Flötenvögel und Riesen-Eisvögel ließen während der ganzen Reise ihren Gesang (?!) hören.

(Aus einem Schreiben des Herrn Bankier H. A. Hopf an den Herausgeber.)

Barcelona, 28. Febr. 1864. Mit großem Vergnügen habe ich Ihr interessantes Schreiben vom 23. Okt. gelesen, und beeile mich, Ihre Fragen zu beantworten: 1) Leider sind fast alle meine Yamamaïs-Eier während der vorigen Woche ausgeschlüpft, und werden zu Grunde gehen, wenn sie fortfahren, alles zu verschmähen, was ich ihnen vorsetze; Kraut, Lattich, Mandelblätter wollen sie nicht fressen, und die Eichenknospen sind ja noch ganz geschlossen. Ich hoffe, daß Hr. Sch. in Stuttgart glücklicher als ich sein wird, doch muß er sich vorsehen und ein paar junge Eichen im Treibhause setzen lassen, um Blätter für die jungen Raupen zu haben. Wenn ich meine Raupen retten kann, werde ich Ihnen ihre Eier schicken, sobald sie gelegt sind, d. h. im August.

Sie werden viel Interessantes über den Yamamaï in den Bulletins de la Société d'Acclimatisation und in Guérin Méneville's Revue Zoologique und Revue séricicole finden. Gerade jetzt arbeitet man in Paris an einem allgemeinen Bericht über die im verflossenen Jahre gemachten Erfahrungen mit dieser neuen Art; es wird bald in unseren Bulletins gedruckt werden.

2. Das hiesige (spanische) Schwein gehört der Balearischen Race, welche der Neapolitanischen sehr verwandt ist, an. Diese Thiere sind sehr schwer, haben wenig und lange Borsten, feine Knochen, kurze Beine, kurzen und breiten Kopf, kleine herabhängende Ohren, breite Schultern, kurzen Rücken, und enormen, bis an die Erde herabhängenden Bauch. Sie werfen bis zwölf Junge zweimal im Jahr. Gewiß ist keine Race fettreicher, als gerade diese; der Speck ist handbreit, vollkommen weiß, wie das Eingeweidefett, welches außerordentlich entwickelt ist. Das Fleisch ist mager und von einer sehr feinen schmackhaften Faser. Die Thiere sind sehr gutmüthig und sanft; die Bauern halten sie an der Hausthüre mit einem ledernen Halsband und einer eisernen Kette angebunden; sie werden schnell fett, obgleich sie fast nur Kraut bekommen. Ich halte diese Race für **die beste**.

3. Hier bezieht man alle Maulesel aus Süd- und Westfrankreich, besonders aus dem alten Poitou. Was man wunderschön hier sieht, sind die Esel, die fast so groß wie Pferde, und weit dauerhafter sind.

4. Die Andalusischen Pferde sind verschwunden. Diese Race ist übrigens nichts anders, als eine Kreuzung von dem arabischen Pferde mit der gemeinen Berglands-Race, die der unserigen aus dem Jura gleich ist.

5. Die hiesige Biene ist die gemeine; ich kenne die griechische nicht; wie unterscheidet man sie von der Gemeinen?

(Aus einem Briefe des Herrn Professor Dr. Sace an den Herausgeber.)

Hamburg, den 16. März 1864. Unzweifelhaft wird es dich interessiren, wenn ich dir meine neuesten Erfahrungen über den Nörz mittheile. In Folge der Schilderung, welche ich in meinem „Thierleben" von dem so bemerkenswerthen Thiere gegeben habe, sind mir von mehreren Seiten Nachrichten geworden, aus denen hervorgeht, daß der Nörz nicht nur keineswegs zu den ausgestorbenen Thieren Norddeutschlands gezählt werden darf, sondern im Gegentheil an allen geeigneten Oertlichkeiten noch ziemlich häufig vorkommt. Herr Forstwarth Claudius aus Altenhof bei Lübeck hat die Güte gehabt, mir ein frisch gefangenes Exemplar im Fleisch zur Ansicht einzusenden und mir dadurch Gelegenheit gegeben, mich von der vollständigen Wahrheit seiner früheren Mittheilungen zu überzeugen.

Außerdem empfing ich von Hrn. Hartwig Becker, Zollbeamter in Wismar, noch ein sehr freundliches und ausführliches Schreiben, aus welchem ich dir Folgendes mittheilen will.

„Ich habe inzwischen an verschiedene, mir bekannte Förster im Mecklenburgischen geschrieben und Folgendes über den Nörz erfahren. Derselbe ist danach über ganz Mecklenburg verbreitet und nirgends selten. Gefangen oder geschossen ist er noch in diesem Winter in der Gegend von Wismar, Sternberg, Uetschow, Goldberg, Parchim, Malchow, Malchin, Ribnitz und Sülze. Von fünf verschiedenen Seiten ist mir das feste Versprechen geworden, daß man Alles aufbieten will, ein Thier lebendig zu erhalten. Förster Ernst in Uetschow sagt, er habe in seinem Leben schon über 100 Stück gefangen. Sumpf und Moor mit fischreichen Wasserlöchern bedingen, wie es scheint, sein Vorkommen. Einige Herren haben mich versichert, daß er es vorziehe, statt in einem eigenen Bau in Torfschuppen und unter Torfhaufen seinen Wohnsitz zu nehmen, und es erscheint mir das Letztere glaubhaft, da wir am Bahnhofe im Herbst noch einen solchen Fall hatten. Einer der Arbeiter nämlich, der ein leidenschaftlicher Jäger und sonst ein ehrlicher Kerl ist, aber vielleicht über das Mein und Dein beim Wilde etwas unklare Begriffe hat, hat mir im strengsten Vertrauen Folgendes mitgetheilt. Er entdeckte im Herbste die Fährte eines Iltis (Ilk hier zu Lande genannt). Die Spur führte vom Kohlenschuppen zu einem in der Nähe befindlichen Kanal, einem Graben, welcher mit Alisma, Sagittaria u. s. w. reichlich bewachsen ist, auch Fische enthält und wegen seiner Verbindung mit der See brackig ist. In der Nähe dieses Grabens lag ein halbverfaultes Gitter. Eines Abends nun sah unser Mann sich Etwas unter dem Gitter regen, trat schnell mit dem Fuße darauf und machte damit ein Thier fest, welches er nun mit der Hand zu fassen suchte. Dabei wurde er freilich derb in den Finger gebissen, ließ sich jedoch dadurch nicht stören, ergriff das Thier vielmehr beim Schwanze, zog es an diesem hervor und schlug es todt. Er hatte keineswegs einen Iltis sondern einen Nörz gefangen; einen andern fing er wenige Tage später auf derselben Stelle mit einem Tellereisen. Beide Felle wurden an einen Pelzer verkauft, ich habe sie Beide gesehen und unzweifelhaft als Nörzfelle erkannt. Auch dieser Mann wird das Seinige thun, um Ihnen zu einem lebenden Nörz zu verhelfen.

„Erlustigt hat es mich übrigens, bei Leuten dieser Art eine gewisse Scheu wahrzunehmen, sich mehr als nöthig mit dem Thiere zu beschäftigen. „Dat Undierd“ sagen sie. Ich erkläre mir diese Scheu dadurch, daß alle diese Leute den Nörz für einen Bastard von Iltis und Otter halten, doch kommt mir dabei die Frage auf: sollte diese Scheu wohl Ursache sein, daß so wenig über den Nörz bekannt ist, da die Waidmänner ja erst in neuerer Zeit etwas mehr wissenschaftliche Bildung genossen haben. Lachen Sie nicht über diesen Passus, Herr Doktor, ich will ihn gerne zurücknehmen, wenn es Unsinn ist u. s. w.“

Diese verschiedenen Angaben lassen mich hoffen, daß ich schließlich doch einen lebenden Nörz erhalten werde. Wie sehnlich ich ihn erwarte, brauche ich dir nicht zu sagen, und ebenso wirst du mir glauben, daß er gut gepflegt und ausführlich beobachtet werden soll, im Wasser ebensowohl als auf dem Lande. Es ist ja doch eine Schmach, daß wir über ein deutsches und so anziehendes Thier weit weniger wissen, als über manche viel weniger wichtige Geschöpfe Amerika's und Afrika's.

(Aus einem Schreiben des Herrn Dr. A. Brehm, Directors des Zool. Gartens in Hamburg an den Herausgeber.)

Houthem, den 14. März 1864. Ich nehme die Freiheit, mich an Sie zu wenden um einige Verbesserungen, wenn meine vorige Mittheilung noch nicht gedruckt ist, oder eine Nachschrift, wenn schon herausgegeben, Ihrer Monatsschrift beizufügen. Ich hatte mich etwas übereilt, als ich sagte, alle meine Thiere wären mit heiler Haut durch den strengen Winter gekommen. Doch habe ich nur 2 Fälle zu citiren — einer Columba (Sturnoenas) cyanocephala fielen beide Füße ab unter dem Knie, sie waren rein verdorrt, während das Thier sich übrigens im besten Zustand befand und ganz fett war. Ich habe es mir prächtig schmecken lassen. Wahrscheinlich würde es wohl am Leben geblieben sein. Der zweite Fall betrifft ein Aguti weibchen, allein dieß ist wohl eigentlich meines Fasanenwärters Schuld; das Thier war nämlich eine Nacht in einer nebengelegenen Umzäunung (ohne Obdach) vergessen worden und hat ebenfalls einen Fuß eingebüßt. Vor einigen Jahren versicherte mir ein Wärter im Jardin des Plantes in Paris, die kastanienfarbige, hellere Art Aguti sei viel härter als die grünlichfarbige (ob wohl andere Art? oder Localunterschied)! — dieß hat sich auch bei mir bestätigt — das kranke Weibchen ist grünlicher Sorte. Bald fängt die rechte Reproductionszeit an. Die Wellenpapageien haben nicht aufgehört, mich mit Jungen zu beschenken. Fringilla (Poephila) cincta hat Eier; Fringilla (Taeniopygia) castanotis brütet; Nymphicus (Callopsita) Novae Hollandiae hat Eier und ich glaube, daß mein Agutiweibchen, das kranke trächtig ist. Ich erwarte täglich eine ganz neue Sorte Kollin, welche mir unter dem Namen Ortyx lanceolata angeboten wurden. Zum Schluß übersende ich Ihnen zur gütigen Aufnahme ein Verzeichniß der bei Sutherland 188 Vischersdyk in Rotterdam zu Verkauf stehenden Thiere: Rother Lori (Eclectus grandis) 45 Frc. per Stück; Grüner Lori (Psittacodes Sinensis) 40 Frc. p. St.; Grauer Papagei (Psittacus erythacus) von 30 bis 50 Frc. und verschiedene Sorten Kakadus, als: Cacatua cristata, Sulphurea, Moluccensis etc.; Sperlingspapagei (Psittacula passerina); Wellenpapagei (Melopsittacus Undulatus) etc.; 4 Paar schwarze Schwäne 325 Frc. das Paar; 10 Paar weiße Schwäne 45 Frc. das Paar; Carolina-Enten (Aix Sponsa) 45 Frc. das Paar; verschiedene Sorten Gänse, als: Ringel- (Bernicla torquata), Nonnen- (B. Leucopsis), Saat-Gänse (A. segetum). Alle bekannte Sorten Haushühner. Viele Sorten Enten, als: A. crecca, tadorna, clypeata, querquedula, penelope, strepera etc. sehr billig; Möven, im Frühjahr Störche, Löffelreiher, Ardea minuta, Kiebitze, Schnepfen und andere Strandvögel, kurz, fast alle europäischen Wasservögel; Affen, Hunde und Reisvögel, weiße Pfauen rc. Hier haben Sie die Uebersetzung des Catalogs unseres ehrenwerthen Sutherlands, welchen Sie wohl von früher kennen werden. Wüßten Sie nicht ein Paar männliche und weibliche Kraniche zum Kauf oder Umtausch gegen Schopffasanen (Melanotus, Euplocamus, horsfieldi, albo-cristatus oder so etwas zu bekommen.

(Aus einem Briefe des Herrn Joseph M. Cornely St. Gerlach an den Herausgeber.)

Miscellen.

Aus den Verhandlungen der 9. Sitzungsperiode des Preuß. Landesökonomie-Kollegiums heben wir nach den „Ann. d. Landw." Folgendes hervor. Das vom Minister verlangte Gutachten über die Hovebrenk'sche Methode der künstlichen Befruchtung des Getreides fiel nach den Vorträgen der Referenten v. Nathusius und Lenné durchaus ungünstig aus. In Betreff der Trichinenfrage hatten das Lehrerkollegium der hiesigen K. Thierarzneischule und der Direktor sich dahin erklärt, „daß noch keinem von ihnen die Trichinenkrankheit bei den Schweinen vorgekommen sei, daß sie mithin auch über die Ursachen, namentlich ob Race, Züchtung oder Fütterung zu beschuldigen sei, durchaus keine Kenntniß haben. Auch in den zur Beurtheilung in der Thierarzneischule zugefertigten Veterinär-Sanitätsberichten sei keine hierher gehörige Mittheilung enthalten gewesen, obgleich die K. Regierungen zu Münster und Arnsberg die Thierärzte in ihren resp. Bezirken zu dergleichen Mittheilungen aufgefordert haben. Trotz der mannigfachen Untersuchungen von Schweinefleisch, die vom Professor Hertwig dem Repetitor Roloff und von dem Geheimen Rathe Gurlt selbst angestellt seien, habe man hier (in der Thierarzneischule) noch keine Trichinen gefunden." Da auch die im Schoße des Kollegiums gemachten Mittheilungen zu praktischen Resultaten nicht führten, so beschloß dasselbe den Minister zu bitten, derselbe möge

1) die betreffenden Behörden veranlassen, bei etwaigen Trichinenfällen ihre Aufmerksamkeit auch besonders auf vorurtheilsfreie und sichere Feststellung der Identität der Schweine, die die Veranlassung gegeben, zu richten.

2) Die schon eingeleiteten Versuche (Halle durch Professor Kühn) kräftigst z. B. durch Geldbewilligungen zu unterstützen, resp. neue derartige Versuche zu veranlassen.

3) Von sogenannten Fleischschauen 2c. abzusehen, dagegen in Erwägung zu ziehen, ob in größeren Städten, z. B. Berlin, eine Beobachtung des Fleischmarktes in der Art eintreten könne, daß in geregelter und häufiger Weise Schweinefleischproben entnommen und von kompetenten Beobachtern auf Trichinen untersucht werden.

Interessant war die nach Beendigung der Debatte eingehende Mittheilung, daß in der Charité hierselbst in neuester Zeit angestellte Leichensectionen ergeben haben, daß 5 Prozent aller untersuchten Leichen mehr oder minder Trichinen enthalten haben. Man glaubt zugleich gefunden zu haben, daß kleine Gaben von Benzin (Benzol) die im Muskelfleisch eingeschlossenen Trichinen tödten. Bei dieser Verhandlung machte sich dem Kollegium im äußersten Grad der Uebelstand in den bestehenden Ressortverhältnissen fühlbar, wonach die Thierarzneischule und das ganze Veterinärwesen von dem Kultusministerium und nicht von dem landwirthschaftlichen Ministerium ressortiren, weßhalb ein einstimmiger Beschluß gefaßt wurde, „Se. Excellenz zu bitten, dahin wirken zu wollen, daß eine Aenderung in dieser Beziehung eintrete und das gesammte Veterinärwesen zum landwirthschaftlichen Ressort gezogen werde."

Der Minister erklärte seinerseits, daß diese Angelegenheit von ihm schon längst ins Auge gefaßt und Gegenstand schwebender Verhandlungen sei.

Ferner kam die Vorlage des Ministers, betreffend die Anordnung veterinär-polizeilicher Maßregeln gegen die Verbreitung der Maul- und Klauenseuche zur Verhandlung. Im Bezirke der Königl. Regierungen zu Potsdam und Gumbinnen hat die Maul- und Klauenseuche in neuerer Zeit eine Verbreitung und einen Charakter angenommen, welcher die betreffenden Regierungen auf Anregung von Interessenten veranlaßt hat, mehr oder weniger eingreifende veterinär-polizeiliche Maßregeln in Aussicht zu nehmen. Beide Regierungen, sowie die Thierarzneischule halten dergleichen Anordnungen für dringend nothwendig und wünschen, dieser Anschauung entsprechende Bezirksverordnungen zu erlassen. Sie haben sich deßhalb, um im Einverständnisse mit dem vorgesetzten Ministerium zu handeln, an den Kultusminister gewandt, und dieser hat seinerseits sich eine Aeußerung des landwirthschaftlichen Ministers erbeten, welcher die ihm übersandten Schreiben und Vorschläge der beiden Regierungen nebst zwei Gutachten der Königl. Thierarzneischule dem Landes-Oekonomie-Kollegium zur Aeußerung vorgelegt hat. Der Referent in dieser Angelegenheit, Herr Lehmann (Nitsche), welcher selbst in neuester Zeit sehr hart von der Maul- und Klauenseuche in seiner Rindviehheerde betroffen worden, schließt sich im Wesentlichen den Vorschlägen der betreffenden Bezirksregierungen an, geht aber noch weiter, indem er eine große Reihe viel schärferer polizeilicher Maßregeln dem Kollegium zur Befürwortung vorschlägt. Das Kollegium fand sich jedoch nach längerer Debatte nicht veranlaßt, den Standpunkt des Referenten einzunehmen. Es konnte sich nicht überzeugen, daß, da ohnehin von den gegen ansteckende Viehkrankheiten gerichteten gesetzlichen Vorschriften die allermeisten nur auf dem Papiere stehen geblieben sind, weil sie gänzlich unausführbar, es sich empfehlen könne, nun noch eine Anzahl von einschneidenden Spezialbestimmungen hinzuzufügen, denen im Voraus das gleiche Schicksal zu prophezeihen sein möchte, um so mehr, da die Bösartigkeit des Uebels in den allermeisten Fällen nicht im entferntesten Verhältnisse zu stehen scheine mit den Verlusten und Unannehmlichkeiten, welche durch Beobachtung der vorgeschlagenen Polizeimaßregeln den einzelnen betroffenen Distrikten würden zugefügt werden.

Es wurde daher fast einstimmig abgelehnt, dergleichen Polizeimaßregeln zu befürworten; dagegen ein sehr großes Gewicht darauf gelegt, daß in Anerkennung der gesteigerten Gefahren für Verbreitung von Viehseuchen, welche die Eisenbahntransportmittel mit sich bringen, für eine ausreichende Desinfektion der Viehtransportwagen auf Eisenbahnen gesorgt werde.

Es wurde in dieser Beziehung die Bitte an den Minister ausgesprochen, nach Kräften dahin zu wirken, daß eine solche Desinfektion — sei es durch Weißkalk mit Chlor, sei es durch Dämpfe — zu gründlicher Durchführung gelange resp. erwirkt werde, daß den Einzelnen, welche Vieh auf Eisenbahnen zum Transport anmelden, gestattet werden möge, selbst die vorgängige Desinfektion der betreffenden Viehtransportwagen vorzunehmen. (Nat. Zeit. Febr. 1864.)

Monstrositäten von Thieren im Freien. Mit Bezug auf die Abhandlung von Dr. G. Jäger über die Entstehung der Arten im Thierreich durch Monstrositäten sind solche Monstrositäten von Thieren im Freien von besonderem Interesse. Wir wollen daher auf solche Acht haben, und führen heute sogleich einen Fall an. In Dengler's Monatschrift für Forst- und Jagdwesen Jahrg. 1859 S. 115 ist ein sicher konstatirter Fall einer gehörnten Rehgeiße enthalten. Sie wurde am 15. Jan. 1859 im Durlacher Walde erlegt und zwar mit einem Kitz. Sie hatte zwei kleine, beinahe einen Zoll hohe Gewichte auf dem Kopf, welche indeß von keinem Bast, sondern von der behaarten Kopfhaut überzogen waren. Sehr richtig fügt die Redaktion bei, daß „die Gesellschaft des Kitzes" schließen läßt, daß die erlegte Geiße keine Geltgeiße war. Dieß ist wichtig, denn es ist bekannt, daß alte gelte Weibchen von verschiedenen Thierarten öfters theilweise männliches Gewand anlegen, z. B. alte Hühner u. s. f. — Ein solcher Fall war wohl jener nicht, sondern es war eine entschiedene Monstrosität. Wd.

Künstliche Austernzucht. Daß die Austern wie die Fische durch menschlichen Schutz, den man ihrem Laich angedeihen läßt, massenhaft, besonders an den französischen Küsten vermehrt werden, ist wohl allen unsern Lesern bekannt, weniger vielleicht, daß diese Weichthiere durchaus nicht nur ein Leckerbissen der Reichen, sondern an vielen Seegestaden eines der gewöhnlichsten und gesündesten Nahrungsmittel des Volkes sind. — Ein Korrespondent des Morning Star berechnet den jährlichen Verkauf von Austern in England auf eine halbe Million Pfund Sterling und erwähnt, daß die meisten, aber freilich auch die billigeren Sorten von den ärmsten Klassen in London gekauft und gegessen werden. — England producirt aber selbst nicht Austern genug, sondern führt sie in Menge von Frankreich ein. — In Frankreich ist es nun, wo die künstliche Austernzucht schon die glänzendsten Erfolge geliefert hat. Coste, der bekannte Professor der Physiologie hat die Sache angeregt, Napoleon sie protegirt und strebsame Fischer sie ausgeführt. Heute aber müssen wir besonders eine für die Austernzucht Epoche machende Entdeckung eines Dr. Kämmerer von St. Martin (der Namen klingt deutsch) auszeichnen. Eine Hauptschwierigkeit bestand nemlich darin, daß, nachdem man die junge Austernbrut in kleinen geschützten Tümpeln an dem Ufer sich hatte festsetzen lassen, sie — wenn man sie nun an tiefere Stellen oder in reicheres Wasser bringen wollte — kaum von den Steinen, auf denen sie sich festgesetzt, ohne Schaden entfernt werden konnten. Kämmerer benutzt nun statt der rauhen Steine einfach Ziegeln, die er zuvor mit einer Kruste versieht, welche leicht — mit der aufsitzenden jungen Auster abgekratzt werden kann. So erhielt man die Setzaustern mit Leichtigkeit und ganz unbeschädigt. Wd.

Zusammenleben der Thiere im Freien. Aus einem Hauptbau wurden im December bei Schneewetter folgende Thiere herausgetrieben: eine alte Wildkatze und zwei Junge, und zwei Füchse; außerdem sei der Bau zweifellos noch von Dachsen bewohnt gewesen.
(Dengler's Monatschrift f. d. Forst- u. Jagd-Wesen 1862. S. 400.)

Jagdhund. Wenn der Jagdhund mit seinem Herrn jagen geht und das Wild für seinen Herrn aufspürt, so handelt er damit allerdings im Interesse des Menschen, aber er genügt damit doch auch zugleich seinem eigenen Triebe, lebendige Thiere zu haschen und zu überlisten. Wenn aber ein Hund, wie es Volmar von Ruhle in Dengler's Monatsschrift für Forst- und Jagd-Wesen (1862 S. 272.) von einem Schweißhunde erzählt, abgeworfene Hirschgeweihe suchen geht und den Herrn zu ihnen hinführt, so ist dies die vollständigste Dienstbarkeit im Interesse des Herrn und damit die Krone der Dressur. Es erinnert uns dies beinahe an die auf Trüffelsuchen dressirten Hunde, doch ist die letztere Dressur allerdings noch auffallender, da es sich bei jenem Schweißhunde doch immer noch um ein Stück Thier handelt, bei dem Trüffelhunde aber um Pflanzen, für die der Hund an sich nicht das geringste Interesse hat. Wd.

Verhältniß der Geschlechter bei Hirsch, Reh und Gemse. In Dengler's Monatschrift für Forst- und Jagdwesen (1862 S. 360.) wird der Wildstand der Kön. Leibgehege und Regie-Jagden im bairischen Hochgebirge angegeben auf Rothwild: 973 Hirsche, 5526 Thiere und 984 Kälber; Rehwild: 2080 Böcke, 4028 Geisen und 1761 Kitze; Gemswild: 2014 Böcke, 5047 Geisen; 2006 Kitze [1]) — Diese Zahlen sind äußerst auffallend. Oder ist es nicht eine merkwürdige Thatsache, daß von 5526 Thieren nur 984 Kälber, von 5047 Rehgeisen nur 1761 Kitze; von 5047 Gemsgeisen nur 2006 Kitze fallen? Aber sehen wir uns die Zahlen der Männchen an, so finden wir, daß diese bei jeder der drei Arten ziemlich mit der der Jungen übereinstimmen. Sollte dies zufällig sein? Oder sollte es am Ende gar mit der Polygamie dieser Thiere nicht so richtig sein? sollten sich doch diese Thiere vielleicht wenigstens bei der Fortpflanzung paarweise an einander halten? Wie stimmt dazu die Jäger-Praxis? Wir lassen uns gerne belehren, aber die obigen Zahlen verlangen eine Erklärung. Wd.

Das wilde Pferd in Rußland. C. Stefen schreibt an Prof. Nordmann (von Sympheropol, 15. März 1863) hierüber: „In meinen alten Papieren habe ich Folgendes gefunden: Arendt erzählte, er habe die wilden Pferde im J. 1824 bei Borodin (der damals Gouverneur war) gefunden, eine Stute; aber einige Jahre früher mehrere bei Kulikofski und Kusnegof (am unteren Dnepr). Ein Posthalter in Kachofka (gegenüber Berislav) hat in dieser Gegend einen Trupp von 20—30 wilden Pferden lange verfolgt, endlich dadurch eingefangen, daß er sie mehrere Tage, Tag und Nacht jagen ließ, wodurch sie so ermüdeten, daß sie sich ganz langsam in eine Einzäunung eintreiben ließen; da hat er sie alle geschlachtet. Sie waren alle mäusefarben mit einem dunkelen Riemen,

[1]) Aehnliche Verhältnisse ergeben die Zahlen im Jahrg. $18^{58}/_{59}$. (Diese Zeitschrift Jahrg. 1859 S. 482.)

Ich habe auch in den 20er Jahren ein wildes Pferd bei einem Kolonisten an der Molotschna gesehen.“ Nordmann selbst fügt bei: „Ich habe ein solches wildes Pferd auch 1843 in Odessa bei mir gehabt, dasselbe war aber so unbändig, daß ich es verkaufen mußte.“ (Renard, Bull. de la Soc. imp. d. Natural. de Moscou; 1863 S. 279.)

Verwandtschafts-Heirathen. Ein Rundschreiben des französischen Ministeriums des Innern, durch welches die Präfekten angewiesen wurden, statistische Angaben über die Nachtheile von Ehen im dritten und vierten Verwandtschaftsgrade zu sammeln, hat zu interessanten Ermittlungen geführt. Von 54 Ehen dieser Art, in Einem Departement, waren 14 Ehen kinderlos geblieben, in sieben Ehen starben sämmtliche Kinder im zarten Alter und achtzehn Ehen brachten skrophulöse und mit Rhachitis behaftete Kinder hervor. Die Kinder der übrigen 15 Familien zeigen einen normalen Gesundheitszustand.

(Neue Frankf. Zeit. Jan. 1864.)

Das Gehirn, die Augen und die Bewegungen der Fische. Ein interessanter Beitrag zur Anatomie und Physiologie der Fische ist in der kleinen Festgabe des Herrn Hofrath Dr. W. Sömmering an die Senckenbergische Stiftung enthalten. Es ist eine vortreffliche Darstellung des Karpfengehirns; auf einer Tafel in 4., die noch von dem älteren S. Th. von Sömmering herrührt. Besondere Aufmerksamkeit erregt die massenhafte und überlegene Entwicklung der Augen im Verhältniß zu den übrigen Sinnen und zu dem Centralorgan selbst. Nicht nur kommen die beiden Augäpfel zusammen dem Volumen nach dem ganzen übrigen Gehirne gleich, sondern ihnen gehört auch thatsächlich die Hälfte des Gehirns selbst an. Diese Thatsachen sind nun freilich den vergleichenden Anatomen wohl bekannt, aber originell und erwähnenswerth scheint mir eine von Herrn Sömmering mündlich uns gegenüber ausgesprochene Hypothese betreffs der von den unteren Hirnlappen (Fig. XI, i) entspringenden beiden Nervenstränge (Fig XI, gg.). Jeder von diesen gabelt sich nemlich, ehe er in das verlängerte Mark eintritt, und nun gehen die rechten Aeste beider Stränge an die rechten, die linken beider in den linken Halbstrang des deutlich in zwei Hälften zerfallenden verlängerten Marks über. Dieß wird natürlich nur durch eine Kreuzung der beiden inneren Aeste ermöglicht. Sömmering glaubt nun, daß jene unteren Hirnlappen und die von ihnen entspringenden Nerven speciell der Bewegung dienen, welche bei diesen Fischen bekanntlich im Schwanze liegt. Bei dem Wirken der einen Nervenparthie würde der Schwanz nach rechts, bei dem der anderen nach links sich wenden; und das ist bekanntlich eben die Bewegungsweise, wodurch der Fisch von der Stelle kommt. Da die Brust- und Bauchflossen der Fische, obgleich eigentlich den vier Beinen der Säugethiere homolog, doch nur zum Gleichgewichthalten und nur sehr wenig zur Bewegung dienen, so ist es uns gar nicht unwahrscheinlich, daß bei diesen Fischen für ihr wesentliches Bewegungsorgan, den Schwanz eigene Theile im Centralorgane, d. h. eben jene unteren Gehirnlappen sich finden. — Interessant wäre es, diese Hypothese an den Gehirnen jener Fische zu prüfen, bei denen der Schwanz nicht das Bewegungsorgan ist, z. B. bei den Seenadeln und Seepferdchen (Syngnathus), bei denen ich schon früher in Westindien in der Rückenflosse und ihren raschen Wellenbewegungen das Hauptbewegungsorgan entdeckt habe, welches vollständig das Prinzip der Schraube bei einem Schraubendampfer wiedergibt [1]); schon damals habe ich in der Versammlung der Naturforscher zu Baltimore den Mechanikern, die sicher ausführbare Aufgabe gestellt, nach dem Bau der Meernadeln, deren Rumpf bei ihren Bewegungen ganz steif und unbeweglich bleibt, ein Boot zu bauen, mit dem man nach Belieben auch unter dem Wasser fahren könnte.

Wd.

[1]) Siehe den Zool. Garten Jahrg. II, S. 198—200.

Bastarde von Hausvögeln. Sommer erwähnt im Journal für Ornithologie (Band X) einige Bastarde, welche, wenn sie über allen Zweifel erhaben wären, die bisherigen Anschauungen der Zoologen über die Grenzen der Möglichkeit der Bastardirung vollständig umstoßen. Bisher nahm man an, daß Bastarde immer nur möglich seien zwischen Arten, die wenigstens Einer Gattung (Genus) angehören. Sommer aber spricht von zwei Fällen von Bastarden zwischen Enten und Hühnern, einem zwischen Enten und Gänsen und einem zwischen Perlhuhn und Pfau. Wenn wir auch die beiden letzten Fälle nicht für absolut unmöglich erklären können, so wenig als den von Giebel (Zeitschr. f. d. ges. Nat. Wiss. V, S. 544) erwähnten Fall einer Kreuzung von Schwan und Gans, so müssen wir doch betreffs der Kreuzung von Huhn und Ente bemerken, daß eine solche Behauptung sich auf andere Thatsachen stützen müßte, als die von Sommer angeführten. Aus den Eiern einer Henne nemlich, die von einem Entrich getreten worden, seien jene Bastarde entsprungen. Bis aber der Beweis geliefert ist, daß die betreffenden Eier nur durch jene Vermischung können befruchtet worden sein, halten wir ein Hühnchen mit Entenbeinen und einem Mittelding zwischen Enten- und Hühnerschnabel — für nichts als ein monströses Hühnchen. Wd.

Naturhistorische Abbildungen. Kein anderer Zweig der menschlichen Wissenschaft ist so wie die Natur-Wissenschaft auf die bildliche Darstellung angewiesen, daher ist auch jeder Fortschritt in der Methodik der Herstellung und Vermehrung von Abbildungen von allen Naturforschern mit Freude zu begrüßen. Einen solchen hat uns das verflossene Jahr 1863 gebracht. Die Wiener Kaiserliche Hof- und Staatsdruckerei, (beziehungsweise deren berühmter Direktor, der K. K. Hofrath Ritter von Auer) war es bekanntlich, die zuerst den Naturselbstdruck in die Buchdruckerpresse einführte. Jetzt ist dort eine zweite Entdeckung von außerordentlicher Tragweite gemacht und in einem vor uns liegenden Werke (C. von Ettinghausen, Photogr. Album der Flora Oestreichs, W. Braumüller 1864) bereits zur praktischen Anwendung gekommen. Es ist dies eine Methode, Photographien mit der gewöhnlichen Buchdruckerpresse zu vervielfältigen. Bis jetzt mußte bekanntlich jede Abbildung, die in den Text aufgenommen wurde durch Holzschnitt hergestellt werden, ein langsamer und kostspieliger Prozeß. — Wenn die neue Methode sich bewährt, so ist dies ein Epoche machender Schritt für die Illustration aller, besonders aber auch naturhistorischer Werke. Wd.

Verantwortlicher Redacteur Dr. D. F. Weinland.

Schnellpressendruck von Aug. Wörner, vormals J. G. Sprandel, in Stuttgart.

Der Thiergarten.

Allgemeine Deutsche Monatschrift

für Kunde, Beobachtung, Zucht und Pflege der Thiere,

mit besonderer Rücksicht auf die

Verbesserung unserer bisherigen **Hausthiere** und die **Heranbildung** neuer.

Erster Jahrgang

1864.

Nro. 5.

Verlag von

Ebner & Seubert

in Stuttgart.

Preis

für den ganzen Jahrgang

fl. 2. 42 kr.

oder

Thlr. 1. 18 Sgr.

Zu beziehen

durch alle Buchhandlungen

und Postämter.

unter Mitwirkung der Herren

Dr. **Bodinus**, Director des Zool. Gartens in Cöln, Dr. **K. Bolle** in Berlin, Dr. **Brehm**, Director des Zool. Gartens in Hamburg, **Prof.** Dr. **Fitzinger**, Director des Zool. Gartens in München, Dr. **Funck**, Director des Zool. Gartens in Brüssel, Dr. **Jäger** und Dr. **Ussner**, Directoren des Zool. Gartens in Wien, **Hermann von Nathusius** auf Hundisburg bei Magdeburg, Dr. **Opel** in Dresden, Regierungsrath **Rau** in Karlsruhe, **Prof. Dr. Rueff** in Hohenheim, **Prof. Dr. Sacc** in Barcelona, **Dr. med. Schlegel** in Altenburg, Hofdomänenrath **von Schmidt** in Stuttgart, Dr. **Verwey**, Director des Zool. Gartens im Haag, Dr. **Westermann**, Director des Zool. Gartens in Amsterdam und anderer Fachgenossen

herausgegeben von

Dr. D. F. Weinland

auf Hohen-Wittlingen, O.A. Urach, Königr. Württemberg.

Inhalt: Ein Besuch im zoolog. Garten zu Cöln. Vom Herausgeber. — Nachrichten aus dem zoolog. Garten zu Dresden. Von Inspector Schöpff. — Nachrichten aus dem zoolog. Garten zu Hamburg. Von Director Dr. Brehm. — Nachrichten aus dem zoolog. Garten zu Moskau. Von Bobrinsky. — Einige Notizen über Pfauen. Von Dr. Ed. v. Martens. — Ueber Bastardirung des europ. Steinbocks mit der gemeinen Hausziege. Von Dr. L. J. Fitzinger. — Correspondenz. — Literatur. — Miscellen.

Ein Besuch im zoologischen Garten zu Cöln.

Vom Herausgeber.

(Fortsetzung.)

Wir wollen nun noch einige Thiere dieses Gartens, die uns besonderer Erwähnung werth schienen, aufführen und hiebei um der Uebersicht und des Vergleichs mit andern Thiergärten willen einigermaßen systematisch verfahren und daher mit den Affen beginnen.

Der Garten besitzt im Augenblick das höchste und menschenähnlichste unter allen Thieren, den Orangutang von Borneo. Recht gemüthlich und wie es schien, eines erträglichen Wohlseins sich erfreuend, sitzt er auf einem Baum in einem geräumigen Käfig und zwar auf demjenigen Aste, der vorn an das Gitter stößt, also dem Zuschauer am nächsten steht. Der breite, für das kleine Körperchen sehr kleine Kopf ruht unmittelbar auf dem dicken Hängebauch, während Hals und Brust ganz verschwindet. Die langen Arme sind über den Kopf weg nach vornen an das Gitter gestemmt. Ohne ein Glied zu rühren, verfolgt das kluge, aufmerksame Wesen mit großen, neugierigen Kinderaugen Alles, was unten im Affenhause vorgeht. Nichts stört ihn in seiner erhabenen Ruhe, welche übrigens keine phlegmatische genannt werden kann, denn das unruhige Auge beweist, daß die Seele beständig thätig ist. Aber alles Locken der Besucher, um ihn von seinem Sitze herab zu bringen, ist vergeblich, selbst wenn es durch dargebotene Leckerbissen unterstützt wird. Erst als der Wärter zu ihm in den Käfig tritt und ihm Milch einschenkt, steigt der kleine Gnom langsam und bedächtig rücklings wie ein Mensch herab und trinkt, hält es aber unter seiner Würde, die Meerkatze, seine Gesellschafterin, welche ihm seinen Teller leert, davon zu vertreiben, sondern steigt bald wieder hinauf auf seinen Ast, um sich in ganz dieselbe Stellung zurückzubegeben, wie er sie vor 5 Minuten eingenommen und wie ich ihn jedesmal fand, so oft ich in das Affenhaus trat. — Noch muß ich erwähnen, daß auch bei diesem höchsten aller Affen, das Weiß des großen, ausdrucksvollen Auges kein reines ist wie bei dem weißen Menschen, sondern ein schmutziges, mit etwas Gelbbraun gemischtes wie bei allen andern Affen und wie — bei dem schwarzen Menschen. Wir glauben gefunden zu haben, daß der klare, ruhige und schöne Ausdruck der Augen, den wir bei dem gebildeten Kaukasier bewundern, bei dem, wir möchten sagen, umdüsterten Auge des Negers zur Unmöglichkeit wird, so wie überhaupt bei seiner dunkeln Farbe das Negergesicht nie ein so treuer und klarer Seelenspiegel sein kann wie das des Weißen, das eines unendlichen Wechsels fähig ist.

Von andern Affen erwähnen wir des jetzt häufiger gesehenen, früher aber sehr seltenen, schwarzen Macacus niger von Celebes, eines der gutmüthigsten, heitersten und dabei klügsten Vierhänder, der wohl unter allen am besten sich auch für den Privatbesitz eignen würde, ferner eines Stummelaffen (Ateles paniscus), jenes langarmigen, daumenlosen, schwarzen Südamerikaners, welchen wir schon früher an einem andern Ort als den Orangutang von Amerika, d. h. als den höchst entwickelten der dort lebenden Affen bezeichnet haben. Ueber das Frankfurter Exemplar dieser Art haben wir schon früher ausführlicher gesprochen. Von dem von Cöln fiel uns auf, daß sein Pelz nicht rein schwarz gefärbt, sondern mit Grau gemischt war, so daß es uns nicht unmöglich dünken würde, daß manche jener braun und graugelblich gefärbten Stummelaffen mit schwarzen Extremitäten gleichfalls dieser

Art angehören. Weitere schöne Affen waren ein Mantelpavian, ein alter Mandril, eine Mona und ein Faun.

Alle diese Affen erhalten keinen Leberthran, auf welchen der Direktor keine großen Stücke hält, wohl aber eine möglichst reichliche, kräftige und wechselnde Nahrung und besonders regelmäßig von Zeit zu Zeit Eier. Daß sie sich aber im Ganzen bei der ihnen zu Theil werdenden Behandlung recht wohl befinden, beweisen die häufigen Fälle von Fortpflanzung. So sahen wir vor zwei Jahren schon eine und bei unserem diesjährigen Besuch zwei Affenmütter mit je einem Jungen; es waren die Java-Affen (**Mac. cynomolgus**), beide Mütter lebten sammt ihren Sprößlingen zusammen in einem Käfig recht verträglich, und es war possirlich zu sehen, wie sie sich gegenseitig in der Kindererziehung unterstützten.

Wenn wir die Fleischfresser mit den Bären eröffnen wollen, die offenbar unmittelbar an die Vierhänder anschließen, so müssen wir zuerst der schönen Grißli-Bären (Ursus ferox) von Californien Erwähnung thun. Dieselben sind jetzt wohl beinahe ausgewachsen und mit Ausnahme ihrer bedeutenderen Größe und Stärke dem braunen europäischen Bären, besonders dem Russischen so ähnlich, daß es ohne Untersuchung der feineren zoologischen Merkmale schwer sein möchte, sie von einander zu unterscheiden. Besonders sind sie in der Art der Behaarung und selbst der Färbung des Pelzes den russischen Bären im anderen Zwinger fast gleich. Der Bärenzwinger in Cöln ist wohl der schönste Bau im Garten und paßt mit seinen malerischen Fundamenten trefflich zu dem in der Nähe aufgeführten Gemsenfelsen. Er ist im Augenblick mit zwei Eisbären, schwarzen amerikanischen Bären und mit einem Paare Russen besetzt, letztere zu der Art oder Abart gehörig, welche Brehm Aasbären nennt; das Weibchen dieser Art ist besonders schön, sein langer dichter Pelz goldgelb gefärbt; das Männchen hat durch Tödtung seines unvorsichtigen Wärters ein trauriges Interesse erlangt. Derselbe, sonst ein ausgezeichneter Mann in seinem Beruf, hatte es, trotz wiederholter Verbote seines Directors, nicht lassen können, zu diesen Bären in den Zwinger zu treten und, wie er sagte, mit ihnen zu frühstücken. Der Bär stand vor ihm aufgerichtet auf den Hinterbeinen, das Brod fällt auf den Boden, der Mann wehrt dem Bären, es aufzuheben und bückt sich selbst darnach; hierüber wüthend, packt ihn die Bestie und zerreißt ihn in wenigen Augenblicken. Ein Bär ist eben, das zeigt sich auch hier wieder, durchaus nicht zu dressiren, er bleibt selbstständig und ordnet seinen Willen keinem Wohlthäter unter, wie dies die meisten andern Säugethiere thun. Die größten Thierbändiger haben es wohl mit Löwen und Tigern zu thun gehabt, aber wir haben nie einen zu einem ausgewachsenen

Bären in den Käfig treten sehen. Nur der Schmerz, den ihm ein Ring durch die Nase macht, kann ihn dem Menschen dienstbar machen.

Ein prächtiges Thier ist der Cölner Tiger, erst zwei Jahre alt, aber schon colossal. Seine Amme noch von Ostindien her, eine kleine Hündin von Pinschergröße, ist heute noch seine beständige Gefährtin. Der Tiger hat ihm bis jetzt noch kein Leid gethan, obgleich es natürlich nur eines Streifes mit der Praze bedürfte, um den Hund zu tödten; der Hund ist aber auch außerordentlich muthig und hält den Tiger durch dreistes Bellen in Respekt. Doch waren wir selbst Zeuge von einigen Tatzenhieben, die der Tiger nach dem Hunde führte, ohne ihn jedoch zu treffen. Es war offenbar halb Scherz, halb Ernst und der Tiger schien darauf eifersüchtig, daß der Direktor, der uns begleitete, dem Hunde schmeichelte. Auch ein schöner Melas (ein schwarzer Panther von Surabeya) bewohnt das lange Cölner Raubthierhaus. Er hat weiße Schnurren. Vom Serval sieht man zwei durch Größe sehr auffallende Varietäten, einen kleinen vom Senegal und einen doppelt so großen von Bona in Algier. Beide haben große Tupfen. Diese Katzenart ist noch eines specielleren Studiums werth. Wir haben seiner Zeit in einer öffentlichen Sitzung der Senckenbergischen, naturforschenden Gesellschaft zwei bestimmte Varietäten unterschieden, eine, mit kleinen Tupfen dicht besäte und eine andere, mit großen aber wenigen Flecken bemalte. Beide lebten einmal eine Zeit lang im Frankfurter zoolog. Garten, und die erstere, sehr seltene Abart, die wir Varietas Senckenbergiana nannten, steht jetzt im Senckenbergischen Museum ausgestopft.

Noch erwähnen wir von Raubthieren in Cöln zweier Geparde (Felis guttata). Sie bewohnen einen Käfig in dem warmen Affenhause, es ist ein Paar, aber sie hassen sich gründlich. Kopf und Hals trägt buschige Haare und eine deutliche Mähne richtet sich besonders im Zorn dem Nacken entlang auf. Die Farbe ist fleischfarbig gelblich mit dichtstehenden, schwarzen Tupfen, welche sich aber nur nach hinten scharf abzeichnen. Diese Thiere, die bekanntlich einen Uebergang vom Katzengeschlecht zu den Hunden bilden, sind doch in ihrem Gebahren noch ächte Katzen. Sie trinken z. B. zusammengekauert wie die Hauskatze, nicht aufrecht stehend wie die Hunde. Auch sind ihre Krallen, obgleich nicht ganz zurückziehbar, doch scharf genug, um verwunden zu können; und beim Angriff hauen sie mit ihnen, was kein Hund thut. Der Wolf, der Fuchs, der Schakal, der Hund verläßt sich auf seine Zähne, der Löwe, der Tiger, der Serval, die Hauskatze und auch der Gepard auf seine bekrallten Tatzen. Der Wolf, wenn er ein Pferd anfällt, faßt es mit den Zähnen an dem Halse, der Löwe schlägt seine Beute stets zuerst mit der Pratze nieder, wie die Katze die Maus, und dann erst hauen die Zähne ein.

In Cöln sah ich zum erstenmale einen wirklich weißen Polarfuchs, er hat eine gelbe Regenbogenhaut, nicht eine rothe wie die Kackerlaken. Diese Füchse klettern auf Bäume, so versichert uns Dr. Bodinus, selbstverständlich wohl nur auf solche, die ziemlich schräge stehen, denn ihre Krallen sind zum Festhalten untauglich.

Von Wiederkäuern, unter den Säugethieren den natürlichsten Insassen der zoolog. Gärten, besitzt Cöln eine schöne Reihe; in dem großen, neuerbauten Giraffenhause, das innen fast nur zu hell ist, dessen Anstrich wenigstens etwas dunkler gehalten sein dürfte, steht eine wohlgenährte, weibliche, schon fast ausgewachsene Giraffe, augenblicklich wohl die einzige lebende in Deutschland. Dieselbe wird sehr warm gehalten. Daneben sehen wir einen Bullen und zwei Kühe von der großen Elandantilope, auf deren Acclimatisation man in England so große Hoffnungen baut. Ferner sahen wir dort ein Lama-Fohlen, sechs Wochen alt, schon größer als ein Schaf und schlank, hochbeinig wie ein Fohlen, mit dem es überhaupt in seiner ganzen Statur und in der Leichtigkeit der Bewegung große Aehnlichkeit hatte. Im nächstliegenden Raume ein äußerst interessanter junger Tapir von Amerika, braun mit gelblichweißen Längsstreifen, die bekanntlich bei dem Alten verschwinden, also ganz dasselbe Verhalten, wie wir es bei unserem jungen und alten Wildschwein beobachten. — Von Hirschen sieht man den von den Molukken, den Sika, (ein prächtiges Exemplar) schwarzgrau, hinten schneeweiß mit weißem Drüsenfleck an den Hinterbeinen. Dieser war eben in Brunst, sein Ruf kreischend, pfeifend. Auch der jetzt allgemeiner verbreitete Aristoteles-Hirsch fehlt nicht. Nordamerika ist durch den Virginischen und Wapiti vertreten, letzterer in drei Exemplaren, zwei starken Kühen und einem Hirsch. — Von dem Rindergeschlecht ist der europäische Auerochs nicht mehr vorhanden. Der junge schöne Bullen, dereinst ein Geschenk des Kaisers von Oestreich an den Garten, ist auf den Wunsch des Kaisers, dessen Zucht in Schönbrunn auszusterben drohte, nach Wien zurückgewandert. Dagegen sehen wir drei Exemplare von dem Amerikanischen Auer, eine prächtige erwachsene Kuh, welche einmal mit Leichtigkeit über ihre 5 Fuß hohen Schranken setzte und ein Paar jüngere Thiere, alle drei zusammen in einem Park. Diese Bisonten sind im Bau den europäischen ganz gleich, dieselben mächtigen Vorderparthien mit ebenso abfallendem Hintertheil; nur erscheint die gewölbte Stirne noch convexer durch die langen, dicken, buschigen Haare. Wenn man die ungeheure Kraft überdenkt, die in dem Nacken und der Brust dieses Thieres concentrirt ist, so darf man es wohl bedauern, daß es dem Menschen noch nicht gelungen ist, dieses Rind in den Pflug zu spannen. Nicht zu bezweifeln ist, daß unsere Ahnen, in deren Wälder der Auer häufig war, den Versuch mit jung aufgezogenen oft genug gemacht haben, allein offenbar erfolglos, dennoch scheuen wir uns nicht, es als eine große Aufgabe für die Acclimatisationsgärten aufzustellen, den Auer zum Zugthier zu machen. — Auch Yak und Zebu sind in dem Cölner Garten zu finden, von ersteren eine Kuh aus der Montiguy'schen Einfuhr und ein Paar Junge; von Zebu's eine bunte Kuh mit rein schwarzem Jungen. Dieß ist die große Singapore-Race, nicht die kleine, die wir in Frankfurt sehen.

(Fortsetzung folgt.)

Nachrichten aus dem zoologischen Garten zu Dresden.

Von Inspector Schöpff.

(Fortsetzung.)

Unsere Auerochsen bekamen anfangs, als ich sie von Schönbronn gebracht, nur gutes Heu, im Sommer Gras und Klee und geschrotene Gerste in Wasser zum Saufen, wie sie eben von dort gewöhnt waren. Ich probirte nun gestampfte rohe Kartoffel zu füttern, was sie nicht annahmen; als wir aber ganze (nicht zu große) vorwarfen, fraßen sie dieselben mit größtem Appetit und diese erhalten sie seitdem. Außerdem nehmen sie sehr gern Eicheln, noch lieber aber Kastanien an, die man ja so billig haben kann; Mohrrüben, die dieses Jahr nicht mehr als die Kartoffel kosten, fressen sie besonders gerne; im Frühjahr als Delikatesse die frischen Schößlinge der Fichten.

Da wir ein großes Stück Land noch als Feld liegen hatten, baute ich Kürbisse in großer Masse für Elephanten und Tapir, die sie Beide in rohem Zustand bekommen, und sehr gerne zu sich nehmen. Beide bekommen auch viel Mohrrüben und Mais, für Tapir wird letzterer natürlich gut erweicht. Der Elephant erhält nur wenig Reis, aber viel rohe Kartoffel.

Unserem Mähnenschaf (Ovis Tragelaphus) (in Brüssel geboren) brachte ich eine Wanne mit Wasser in seinen Sommerraum, da ich bemerkte, wie gerne es sich in dem vom Wärter ausgegossenen Trinkwasser wälzte. Es geht nun zwar nicht um zu baden in die Wanne, wohl aber schlägt es mit den Füßen in's Wasser, um sich über und über zu bespritzen, und sich dann in einem nach dort gebrachten Haufen von feinem Sand zu baden. Es treibt dies schon in zeitigem Frühjahr sehr oft und gerne, noch mehr natürlich im heißen Sommer.

Von unseren Bären (Ursus arctos) aus Ungarn, schrieb ich Dir voriges Jahr, daß das Weibchen, damals ungefähr 4 Jahre alt, zum erstenmal geboren, und zwar 3 Stück, von denen sie zwei angefressen, das dritte vernachläßigt hatte, das nur durch Wärme wieder zu sich kam, andern Tags aber in meiner Stube starb. Diese Bärin hat sich nun mit dem eben so alten Bären bis noch einige Wochen vor der Geburt, die am 17. Januar stattfand, und zwar sehr ernstlich begattet. Ich glaubte sicher, sie sei nicht tragend, ihr Benehmen war durchaus nicht anders als vorher; sie lag kaum träger da als sonst. Abends vor der Geburt aber zeigte mir der Wärter an, daß sie früher, als es sonst geschah, in den Käfig verlangte, worauf wir sie allein sperrten. In der Frühe waren 3 Stück Junge vorhanden von denen 2 schon todt waren, mit dem dritten ging es wie im vorigen Jahr. Am 16. Februar begatteten sie sich wieder, aber nur wenige Male, doch scheinbar ernstlich. Die ältere Bärin, die wir vor 4 Jahren von Herrn Consul Lesser aus Warschau geschenkt erhielten, hatte hier noch nicht geboren. Wir vermutheten wohl daß sie trächtig sei, da sie sich sehr oft begattet (und zwar nur im Sommer), wurden aber wieder irre darin, da sie 7 Wochen vor der Geburt fast nichts, 5 Wochen sicher gar nichts gefressen hatte. Sie war dabei ebenso munter als früher, obwohl im Allgemeinen Altershalber (sie soll früher als Tanzbär gedient haben) fauler als unsere Ungarischen. Am 27. Dezember nun gebar dieselbe 2 Junge, wovon das Eine todt zur Welt kam, das Andere 3 Tage nach der Geburt starb. Auch jetzt noch verschmähte sie sogar Brod mit Syrup bestrichen; gleich nach dem Tode des Jungen aber fraß sie wieder wie vorher. — Ich glaube fast behaupten zu können, daß die Bären ebenso wie die Hunde bei der Begattung hängen, ich hielt, um mich davon zu überzeugen, alle möglichen Leckerbissen an einer Stange nach allen Richtungen hin im Käfig, wornach sie Beide, das Männchen immer reitend, ohne herunter zu können (wie es mir schien) schnappten. Ich warf auch Aepfel u. dergl. der andern Bärin zu, worauf sie alle zuliefen. Die in der Begattung begriffene Bärin biß auch noch den männlichen, um sich los zu machen, was aber ganz vergeblich war. Drei Viertelstunden stand ich einmal da bis der Akt vorüber war. Schlagen mit Stangen nach beiden Bären brachte sie nicht auseinander.

(Fortsetzung folgt.)

Nachrichten aus dem zoologischen Garten zu Hamburg.

Von dem Direktor Dr. Brehm.

In unserem zoologischen Garten ist das Brutgeschäft der Vögel jetzt in vollem Gange. Der „wunderschöne Monat Mai" übt auch auf die Thiere seinen wunderbaren Zauber, zumeist, wie erklärlich, auf die Vögel, welche treuer als andere Kinder der Erde, jedwedem Wechsel des Jahres folgen, welche „im Frühling erblühen, wie die Blumen und im Herbst wie diese von uns scheiden.“ Jetzt blühen und glühen sie. Die Paare, welche früher sich fanden, sehen den schönsten Freuden der Ehe entgegen und tragen willig einstweilen noch deren Lasten — nicht alle zwar, aber doch viele: diejenigen nämlich, denen gestattet wird, den Pfändern ihrer Liebe auch die schweren und doch so beglückenden Elternpflichten zu widmen.

Wir wollen den großen Teich des Gartens zuerst ins Auge fassen, weil auf ihm Jeder fast dieselben Beobachtungen anstellen kann, welche wir angestellt haben. Die Schwärme der Schwimmvögel, welche vormals sich zusammenhielten, sind jetzt getrennt. Ein Gatte hält sich zu dem andern und bekümmert sich wenig mehr um die früher erwählte Gesellschaft. Die Paare haben dazu auch kaum noch Zeit. Es gibt viel zu thun, viel zu sorgen. Zwar finden sich der Oertlichkeiten, wie sie das stille, geheimnißvolle Treiben der Vögel jetzt erfordert, gar viele, der Bewerber um ein und denselben Ort aber noch weit mehr. Eifersucht macht sich auch bei der Wahl des Nestes geltend. Die besten Plätze sind längst besetzt, — jedes Haus, jede Höhle, jeder dichtere Busch. Die Noth des Paares, welches noch nicht so glücklich war, wie die ersten Besitzer es sind, läßt Zudringlichkeiten entschuldigen, ebenso, wie das Bewußtsein des wohlerworbenen Besitzes die gebührende Abweisung solcher Anmaßungen rechtfertigt. Es giebt also viel Streit auf dem Teiche — trotz des schönen Maimondes, ungeachtet aller Liebe im Allgemeinen. Manch guter Strauß wird ausgefochten, manch' ernstes Treffen geliefert. Große Wachsamkeit und großer Muth allein können vor gewaltsamer Einverleibung des einmal eroberten Gebietes schützen; deßhalb hält immer ein Gatte des Paares die Wache am Neste, zumal dann, wenn es der andere verlassen müßte. Wenn das Weibchen erst seine Eier gelegt und zu brüten begonnen hat, verläßt das Männchen selten die Nähe der Gattin, und immer ist es bereit, für seinen Schutz mit all' seiner Kraft einzutreten. Auf der zum Wasserspiegel hinabführenden Brücke sieht man jetzt regelmäßig einen mittelgroßen, kohlschwarzen Vogel sitzen, welcher scheinbar in tiefe Gedanken versunken zu sein scheint, in Wahrheit aber nur den einen hat: — jede Störung von dem Hause fern zu halten. Er ist das Männchen eines Paares unserer Wasserhühner (Fulica atra), welches sich des für Schwäne bestimmten Hauses bemächtigt und da ein Nest gegründet hat, auf welchem das Weibchen brütend sitzt. Der Zwerg gestattet nicht einmal einem der Schwäne, sich zu nähern. Zu schwach, solchen Riesen mit offener Gewalt entgegenzutreten, gebraucht er List — und erreicht seinen Zweck. Enten und Gänse fällt er ohne Weiteres an und schlägt sie in die Flucht: bei Ankunft eines Schwanes aber taucht er in die Tiefe, packt und zwickt den Feind von unten und entsetzt ihn so, daß er regelmäßig als Sieger den Plan behauptet. Mit nicht geringerem Muthe vertheidigen die Gänse (Cygnopsis cygnoides und Anser albifrons) ihr Hausrecht. Sie brüten längs des Grabens gemeinschaftlich auf einem beschränkten Raume unter Büschen, behaupten aber den einmal erworbenen Restort auch dem begehrlichen Nachbar gegenüber, obgleich sie sonst mit diesem in tiefem Frieden leben. Die Entvögel sind minder treue Gatten, als die genannten. Sie sind äußerst zärtlich gegen ihre Weibchen, so lange diese sich ihnen widmen können, d. h. durch Muttersorgen nicht abgehalten werden: sobald aber die Gattin einmal fest auf den Eiern sitzt, werden sie kühl, bekümmern sich wenig oder nicht mehr um sie und vergnügen sich dafür nach Männerart mit Ihresgleichen. — Wir brauchen wohl kaum hervorzuheben, wie fesselnd die Beobachtung dieser verschiedenen Thiere ist, wie viel Zeit durch sie auf die angenehmste Weise verbracht werden kann!

Die Zahl der brütenden und eierlegenden Enten und Gänse ist übrigens eine im Verhältniß zu dem geringen und noch sehr lückenhaften Thierbestande des Teiches ziemlich beträchtliche. Auf Zuwachs von etwa hundert jungen Schwimmvögeln darf für dieses Jahr wohl gerechnet werden.

Am oberen Teiche wurde von Anfang an Nachkommenschaft nicht erwartet. Er ist gewissermaßen die Strafanstalt des unteren; denn er dient allen Störenfrieden, welche sich mit den geordneten Verhältnissen einer friedlichen Gesellschaft nicht vertragen, zum Aufenthaltsorte. Doch die Liebe wohnt auch in den Herzen dieser Verbannten. Ein Paar der Mantelmöven (Larus marinus), jener großen, blendendweißen Vögel mit dunkel schieferfarbenem Mantel, hat die kühnsten Erwartungen übertroffen. Das sehr eigenthümliche Benehmen der Beiden, ausdrucksvolles Kopfneigen und vielsagendes Schwatzen, so gut eine Möve dies kann, ließ allerdings auf ein mehr als freundschaftliches Verhältniß der Vögel schließen: daß jedoch dieses Verhältniß von Erfolg sein würde, ahnte Niemand. Aber siehe da, unsere Möven wählten sich eine günstige Stelle aus, bauten sich ein einfaches Nest zusammen und haben in dieses Eier gelegt, geberden sich auch ganz so, als wollten sie dieselben regelrecht bebrüten. Dieses Ereigniß ist um so erfreulicher, als es, unseres Wissens wenigstens, noch in keinem anderen Thiergarten stattgefunden hat. Minder versprechend dürfte ein anderes Verhältniß sein, welches sich auf demselben Teiche herausgebildet hat. Der Pelekan des Gartens hat mit einem — Storch einen Bund geschlossen, dessen nähere Schilderung unserer keuschen Feder erlassen bleiben mag! Ein Pelekan und ein Storch! — welche entsetzliche Mißheirath, welche betrübende Verläugnung aller guten Sitte, welche Verirrung eines Pelekanherzens! Daß ein canadischer Gansert (Cygnopsis canadensis) ausdrücklich zu dem Zweck verschrieben, einer canadischen Gans Gesellschaft zu leisten, daß ein solcher Gansert, sagen wir, sich so weit vergessen konnte, anstatt mit der ihm bestimmten Gattin, mit einer Schwanengans (Cygnopsis cygnoides) sich zu verbinden, mag als eine zwar verwerfliche, aber doch erklärliche Verirrung bezeichnet werden: — aber Pelekan und Schwan! dafür giebt es in allen Büchern der Wissenschaft kein Beispiel, welches zur Entschuldigung angeführt werden könnte. Die so sorgsam gehegte Einpaarler-Theorie sieht sich durch solche Erfahrungen auf's Tiefste erschüttert, die Abstammung des Menschen vom Affen erweist sich als möglich — die weiteren Schlußfolgerungen sind unabsehbar!

Wir schweigen für heute von den übrigen Nachrichten, welche wir als fleißige Beobachter der Thierwelt unseres zoologischen Gartens zu geben hätten, versprechen aber, diese baldmöglichst folgen zu lassen. Gerade jetzt bietet der Garten vielleicht die größte Anziehung; denn das Leben in ihm regt sich gewaltig. (Hamburger Nachrichten. Mai 1864.)

Nachrichten aus dem Zoologischen Garten zu Moskau.

(Auszug aus einem Privatbriefe des Grafen A. Bobrinsky, Mitglied der Direktion des zoologischen Gartens in Moskau, an Dr. Brehm, Direktor des zoologischen Gartens in Hamburg und von demselben der Redaktion gütigst mitgetheilt.)

Endlich kann ich Ihnen die gute Nachricht mittheilen, daß unser Zoologischer Garten am 31. Januar dem Publikum eröffnet worden ist; hiermit habe ich das Vergnügen, unsern Führer Ihnen zuzuschicken, Sie werden darin die Namen der Thiere sehen, die wir jetzt besitzen, sowie auch, von wem sie geschenkt worden sind.

In sieben verschiedenen, meistens hölzernen Gebäuden sind unsere Thiere einquartiert; nur die Bären bewohnen einen steinernen Zwinger, der Mangel an Mitteln hat uns gezwungen, dem Steine das Holz vorzuziehen, aus demselben Grunde hat auch die Direktion so schnell als möglich den Garten dem Publikum geöffnet. Wir haben dabei auch nicht fehl gerechnet, da in dem ersten Monate bei einem nicht hohen Eintrittspreise (à Person 20 kr. s. = 6 Sgr.) die Einnahme bis auf 7000 Silberrubel gestiegen. Dies wird uns ermöglichen, weiter zu bauen und unsere Sammlung von Thieren zu vermehren.

Einige von unsern Thieren könnten wir Ihnen abtreten: Wölfe, Bären, die zweite Generation von Bastarden von Hund und Wolf, Romanow'sche Schafe und Rennthiere; deren Männchen sind Castrate, die im Winter zum Fahren gebraucht worden sind. Die Castrate sind nämlich viel leichter zu leiten, es sind aber wohl genährte, hübsche Thiere; wir füttern sie mit einer Art Moos (Cladonia Furcata) die wir in großer Menge in der

Nähe von Moskau finden. Eine Probe davon schicke ich Ihnen hierbei. — Einige Aquila fulva, einen Falco lanarius, einen Bubo maximus, eine Strix Aluco könnten wir auch abtreten.

Bis jetzt konnte ich keinen lebenden Nörz besorgen, obgleich ich in zwei verschiedenen Gegenden, in denen Nörze gefangen werden, bestellt habe. Unser zoolog. Garten konnte sich auch noch kein lebendes Exemplar besorgen.

Die Saïga ist schon lange todt; bei der Reise ist sie beschädigt worden, ihr waren sogar die Hörner abgebrochen worden. Eine zweite Saïga haben wir schon; jetzt ist sie noch im Saratow'schen Gouvernement, sie wird uns aber geschickt, sobald die Dampfschifffahrt auf der Wolga beginnen wird. — Das Porträt unseres Rhinoceros schicke ich Ihnen, da es das seltenste Thier unseres Gartens ist; es ist ein junges, vier bis fünf Jahr altes, sehr zahmes Thier, ein Weibchen. Es wird mit Hafer, Gerste, Heu, manchmal mit Roggenbrot gefüttert, gedeihet aber ganz gut dabei.

Es wird jetzt von einer Expedition nach den Steppen Mittelasiens gesprochen, welche von der Regierung ausgestattet und an deren Spitze Herr Severtzoff gestellt werden wird; bei dieser Gelegenheit hoffen wir manche interessante Thiere zu erhalten.

Könnten Sie uns nicht Auskunft geben über das Erscheinen der neuen zoolog. Zeitung von Herrn Dr. Weinland? Hier wird sie von allen Freunden der Zoologie mit großer Ungeduld erwartet.

Was thun Ihre prachtvollen Aquarien, sind sie schon bewohnt? Wir wollen auch ein Gebäude für Seeaquarien bauen, viel kleiner wie das Ihrige, aber mit derselben Beleuchtung; was die Einrichtung betrifft, werden wir uns ganz an die Vorschriften Lloyd's halten.

Einige Notizen über Pfauen.

Von Dr. Ed. v. Martens.

Der alte Aldrovandi spricht zuerst von einem japanischen Pfau, nach einem Gemälde, worauf Linné seinen Pavo muticus „capitis crista subulata, calcaribus nullis,“ Buffon den Namen „Spicifere“ gründete.

Cuvier in der ersten Ausgabe des règne animal 1817 S. 438 verwirft diese Art als unzuverlässig und bemerkt dabei: le véritable paon sauvage du Japau diffère peu du nôtre par les couleurs et point par l'aigrette.

Was ich von Pfauen in Japan und China gesehen habe, hat in der That spitzige linienförmige, nicht scheibchenförmige Haubenfedern, aber auch Sporen, und ebenso finde ich es auf alten Abbildungen von Pfauen in meinen japanischen Büchern. Ueber die Farbe habe ich keine bestimmte Notizen und jene Abbildungen sind alle schwarz, es ist daraus nur zu entnehmen, daß die nackte Haut um die Augen hell, die Unterseite, namentlich der Bauch dunkel, und ein dunkles Band über die Flügel geht, nicht auf den Schultern, sondern über den Schwungfedern zweiter Ordnung. An den Schultern oder richtiger gesagt an der Gegend des Handgelenks hat das Gefieder dieselbe dunkle (grünblaue metallische) Farbe, wie am Halse, während bei Pavo cristatus dieselbe hellrostbraun ist. So finde ich es sowohl auf den japanischen Bildern, als an den zwei Exemplaren des ostasiatischen Pfaus in unserem Museum, und wenn Pavo nigripennis hierin dem ostasiatischen gleicht, wie in der Haube dem P. cristatus, und keine andern Unterschiede zeigt, so kann die Frage entstehen, ob es etwa ein Bastard von beiden ist! Demgemäß kann ich den japanischen Pfau nicht von dem javanischen unterscheiden und halte wie Bodinus die Namen muticus, Japanicus und Javanicus für synonym. Der Linnéische Name darf nicht beibehalten werden, der auf einem unwahren Kennzeichen, Mangel an Sporen, beruht; der Name Javanicus, Tem. ist der allein richtige, da er auf Java wie auch Sumatra und in Hinterindien wild lebt; in Japan findet man ihn nur als Ziervogel in den Menagerien wie Papageien und Kanarienvögel, meines Wissens und nach dem, was ich von meinem japanischen Diener erfuhr, nicht im Freien, und ich glaube daher, daß er von den Holländern als Ziervogel eingeführt ist. Aldrovandi hat bekanntlich auch einen räthselhaften japanischen Papagei, während Papageien in Japan wie in Deutschland nur in Vogelbauern oder auf Hängebogen, nicht im Walde leben.

Was Cuviers „wahren wilden Pfau aus Japan" betrifft, so könnte er damit, da er die Haube des gemeinen, d. h. nordindischen Pfaues haben soll, den P. nigripennis meinen, ich glaube aber nicht, daß derselbe in Japan lebt.

Was die Einführung des nordindischen Pfaus (P. cristatus L.) in Europa betrifft, so kenne ich darüber nur folgende Notizen: er wurde von Salomons Schiffen aus Ophir nach Palästina und Phönicien gebracht (was der Hauptbeweis ist, daß Ophir in Indien zu suchen, wenn überhaupt „tukkim" mit Pfau zu übersetzen richtig ist); er wurde zu Samos im Tempel der Juno gehalten und auf den Münzen von Samos abgebildet (Athenaeus, 14, 70) und soll zu Perikles Zeit noch so selten in Griechenland gewesen sein, daß Leute aus weiter Ferne kamen ihn zu sehen, (Athenaeus, 9, 56), ja Aelian erwähnt einer Stelle aus einer Rede des Antiphon gegen Eratosthenes (den alexandrinischen Geographen?) daß ein Pfau eintausend Drachmen (466 Thaler ungefähr) werth sei. — Diese Notizen sind aus Lenz Zoologie der alten Griechen und Römer 1856. Daß er in der Mythologie vorkommt, als Vogel der Juno und Verwandlung des Argus beweist nicht etwa ein ursprüngliches Vorkommen in Griechenland, denn auch das ebenso sicher afrikanische Perlhuhn kommt in der Metamorphosenmythologie bekanntlich vor und daß man ihn seiner Schönheit wegen in Tempelhöfen hielt, kann ebenso Ursache als Folge seiner Heilighaltung sein, die Tempel vereinigten ja in früherer Zeit überhaupt die Zwecke von Kirchen, Museen und Archiven, wie man auch noch im Mittelalter Wallfischknochen als Merkwürdigkeit in Kirchen aufhieng.

Ueber die Bastardirung des europäischen Steinbockes (Capra Ibex. Linné) mit der gemeinen Hausziege (Hircus Capra. Wagner.)

Von Dr. Leop. Joh. Fitzinger.

Daß sich der europäische Steinbock auch mit der gemeinen Hausziege fruchtbar vermische, ist eine längst bekannte Thatsache und es findet dieß nicht nur in der Gefangenschaft, sondern auch im freien Zustande öfters statt. Die Bastarde, welche aus dieser Kreuzung hervorgehen, sind stark und kräftig und gleichen in der Regel fast immer mehr dem Vater als der Mutter, insbesondere aber in der Gestalt, während die Hörner, obgleich sie im Allgemeinen zwar große Aehnlichkeit mit dem Steinbockhorne haben, dennoch den Character des Ziegenbockhornes an sich tragen. Das Kinnhaar, welches beim alten Steinbockmännchen nur einen kleinen und sehr schwachen, nie über 2 Zoll langen, nach rückwärts gerichteten und kaum herabhängenden Bart bildet, der beim Winterfelle etwas merklicher als beim Sommerfelle ist und bisweilen in Folge der Abreibung auch gänzlich zu fehlen scheint, ist beim erwachsenen männlichen Bastard-Steinbocke bedeutend größer und fast so wie beim Bocke der Hausziege gebildet; ja selbst bei jungen Bastardböcken tritt der Bart schon sehr auffallend hervor. In Ansehung der Färbung gibt es Bastarde, welche bald mehr dem Vater, bald mehr der Mutter gleichen. Läßt man diese aus der ersten Kreuzung des Steinbockes mit der Hausziege hervorgegangenen Bastarde wieder mit dem Steinbocke paaren, so erhält man Blendlinge, welche auch in Ansehung der Gehörne sich mehr von der Hausziege entfernen. Bei einer dritten Kreuzung sind die Nachkömmlinge schon so steinbockähnlich gebildet, daß sie denselben bisweilen fast völlig gleichkommen.

Die Hörner einjähriger Männchen aus der ersten Kreuzung nähern sich aber immer weit mehr jenen des Ziegen- als des Steinbockes, obgleich sie viel größer und dicker als bei einem Ziegenbocke von gleichem Alter sind insbesondere an der Wurzel. In jener Zeit bieten sie nur eine knorrige Längekante und einen einzigen Knoten an der Wurzel dar, während sie im Uebrigen größtentheils gerunzelt sind. In Ansehung der erhabenen Stirne kommen diese Blendlinge aber wieder mehr mit dem Steinbocke als mit der Hausziege überein und ebenso auch in der allgemeinen Körperform und in der Grundfarbe, welche bei denselben fast immer röthlichgrau erscheint. Längs der Firste des Nackens und des Rückens findet sich beim Männchen eine aus ziemlich langen Haaren gebildete und in der Mitte getheilte, daher nach beiden Seiten herabfallende Mähne bis an den Steiß herab, welche in der Regel von graulichweißer Farbe ist und auch die Vorderarme und Hinterschenkel sind mit langen zottigen graulichweißen Haaren besetzt, die bis an die Beuggelenke reichen. Häufig trifft man bei diesen Blendlingen aber auch Abzeichen der Mutter an, wie den schwarzen Rücken- und Schulterstreifen, die schwarzen Flecken an den Füßen und selbst einen schwarzen Streifen am Bauche. Nicht selten kommen auch einzelne Fälle vor, wo diese Bastarde und insbesondere die Weibchen, auch die bei der Hausziege so häufig erscheinenden beiden schlaffen lappenähnlichen Hautanhängsel, welche unter dem Namen Glöckchen oder Eicheln bekannt sind, am oberen Theile des Vorderhalses in der Kehlgegend von ihren Müttern ererben.

Männliche Bastarde aus der zweiten Kreuzung kommen, wenn sie bereits ein Alter von 4½ Jahren erreicht haben, dem völlig erwachsenen Steinbocke an Größe, Stärke und Vollkommenheit der Hörner schon sehr nahe und übertreffen ihn sogar bisweilen in allen diesen Beziehungen, obgleich die Hörnerform, abgesehen von der Krümmung, immer noch weit mehr ziegen- als steinbockartig ist und das Gehörn niemals an der Vorderseite so wie beim Steinbocke abgeflacht und mit den so characteristischen und regelmäßig gestellten wulstartigen Knoten oder Höckern besetzt erscheint.

Die Männchen der dritten Kreuzung hingegen sind oft kaum mehr vom Steinbocke zu unterscheiden.

Alle diese Beobachtungen beziehen sich aber nur auf solche Bastarde, welche von einem männlichen Steinbocke und einer weiblichen Hausziege stammen oder später wieder einem männlichen Seinbocke angepaaret werden.

Ueber die körperliche Beschaffenheit jener Blendlinge, welche aus der Kreuzung von Steinbock-Weibchen mit gewöhnlichen Ziegenböcken hervorgingen, mangelt es bis jetzt noch an jeder Erfahrung.

Kreuzt man aber die Bastarde miteinander, so bieten ihre Nachkömmlinge in der Regel alle Merkmale ihrer Aeltern dar und ich habe bis jetzt nur ein einziges Mal einen stärkeren Rückschlag zur Hausziege bei denselben bemerkt, obgleich sie in Gestalt und Farbe immer mehr an diese, als an den

Steinbock erinnern. Ganz anders verhält es sich jedoch, wenn man einen Bastardbock einer Hausziege anpaart, denn die aus dieser Kreuzung hervorgegangenen Jungen tragen unverkennbar den Charakter der Hausziege an sich und namentlich ist das Gehörn der Böcke fast ebenso wie bei den gewöhnlichen Ziegenböcken gewunden und zeigt auch keine Spur von Knoten an der Kante. Der einzige Unterschied, wodurch sie sich vom gemeinen Ziegenbocke unterscheiden, besteht darin, daß sie größer und stärker als alle und auch die Hörner, insbesondere aber an der Wurzel dicker als bei diesem sind.

Um den auch in der Schweiz seiner Ausrottung nahe stehenden Steinbock unserer Alpen in dieser Weise durch wiederholte Kreuzungen der von ihm entstandenen Bastarde mit der Stammart wieder herzustellen und zu erhalten, sollte ein Versuch dienen, der zuerst in der ersten Hälfte des verflossenen Jahrhunderts im Lustschlosse Belvedere zu Wien und während der letzten Jahre desselben Jahrhunderts im Schlosse Hellbronn bei Salzburg angestellt werden. Seitdem hat die kais. Menagerie zu Schönbronn und in neuester Zeit auch Erzherzog Ludwig von Oesterreich zu Hellbronn diesem Gegenstande besondere Aufmerksamkeit zugewendet und die Zuchten werden an beiden der genannten Orte wohl noch fortwährend mit großer Sorgfalt gepflegt und zu erhalten gesucht.

Die älteste mir bekannt gewordene Nachricht über die Bastardirung des europäischen Steinbockes mit der gemeinen Hausziege im Zustande der Gefangenschaft rührt aus der Zeit des Prinzen Eugen von Savoyen, welcher in seiner schönen und für die damalige Zeit auch reichen Menagerie, die mit seinem Lustschlosse Belvedere zu Wien in Verbindung stand, zwischen den Jahren 1729 und 1732 ein Männchen und mehrere Weibchen des Steinbockes aus den savoyischen Alpen unterhielt. Das Männchen wurde später und wahrscheinlich erst nachdem die Weibchen eingegangen waren, einer Hausziege angepaart und der junge männliche Bastard, welcher aus dieser Vermischung hervorging, soll, wie es heißt, große Aehnlichkeit mit dem Vater gehabt haben. Aus der Abbildung, welche Salomon Kleiner in seiner „Représentation des Animaux de la Ménagerie de S. A. S. Monseigneur le Prince Eugène Francois de Savoye et de Piemont“ Partie I. et II. Augsburg 1734. Quer-Folio auf Tafel III. Fig. a. von diesem Blendlinge gegeben, geht auch hervor, daß jene Angabe begründet war.

Dieser gelungene Versuch fand bald auch eine Nachahmung, denn in nicht sehr langer Zeit darauf wurde derselbe im erzbischöflichen Lustschlosse Hellbronn bei Salzburg und zwar in weit größerer Ausdehnung wiederholt. Aber hier galt es nicht, so wie im Lustschlosse Belvedere, die Nachzucht jener schon damals selten gewordenen Thiere blos für den dortigen Thiergarten zu erhalten, sondern die nahe bevorgestandene gänzliche Ausrottung des Steinbockes aus den salzburgischen Alpen zu verhindern. Schon zu Anfang des siebenzehnten Jahrhunderts schien die Zeit gekommen zu sein, in welcher sich diese Besorgniß nach und nach zu verwirklichen drohte, und dieß war der Grund, welcher den Erzbischof Marcus Sitticus bestimmte, im Jahre 1615 einen geeigneten Platz in seinem nahe bei Salzburg gelegenen Lustschlosse Hellbronn der Zucht des Steinbockes zu widmen. Das Einfangen dieses Thieres begann mit dem Jahre 1616 und wurde durch eine Reihe von Jahren auch unter seinen Nachfolgern alljährlich wiederholt. Nachdem mit diesem Einfangen lange Zeit ausgesetzt worden war, begann es 1694 von Neuem und wurde bis zum Jahre 1706 betrieben, wodurch die letzten Reste des Steinbockes aus den Alpen des Zillerthales, wo er sich bis dahin allein noch in Salzburg erhalten hatte, auch verschwanden. Die geringe Ausbeute, welche dieser letzte Fang darbot und die nur in fünf Böcken und sieben Ziegen bestand, wurde theils an den kaiserlichen Hof nach Wien gesandt, theils aber nach Hellbronn gebracht. Aber schon in wenigen Jahren war die kleine Anzahl, welche sich noch im Hellbronner Thiergarten befand, gänzlich eingegangen, daher derselbe auch durch mehrere Jahre kein einziges Stück mehr aufzuweisen hatte. Erst in der Mitte des achtzehnten Jahrhunderts wurden unter dem Erzbischofe Sigismund Graf von Schrattenbach wieder vier Stücke dahin gebracht, die aller Wahrscheinlichkeit nach aus Wallis angekauft wurden und sich daselbst vermehrten. Doch auch diese Zucht ging ihrem Aussterben entgegen und als sämmtliche Steinziegen eingegangen waren, entschloß man sich, den wenigen Böcken, welche noch vorhanden waren, der Fortpflanzung wegen einige Hausziegen beizugeben, ein Versuch, dessen Resultat den gehegten Erwartungen auch vollkommen entsprach. Die auf diese Weise erzielte Bastardzucht, welche im Jahre 1802 noch aus zwölf Individuen bestand, fand aber bald darauf ihren Untergang, denn als das französische Heer in Salzburg einfiel, wurden alle noch zu Hellbronn vorhandenen Steinbock-Bastarde aus Muthwillen durch die Soldaten erschossen.

Zunächst war es die kaiserliche Menagerie zu Schönbrunn, welche unter der Direction von Franz Boos solche Bastardirungsversuche zwischen dem Steinbocke und der Hausziege anstellte, wie aus den nachstehenden Aufzeichnungen erhellt, die theils auf den Mittheilungen beruhen, welche ich der Güte von Daniel Ribini, einem genauen Beobachter der Schönbrunner Menagerie im letzten Decennium des verflossenen und den beiden ersten des gegenwärtigen Jahrhunderts verdanke, theils auf meinen eigenen, in dieser Anstalt gewonnenen Erfahrungen.

(Fortsetzung folgt.)

Correspondenz.

Barcelona, 19. April 1864. Meine Yama-maï Raupen haben glücklich die dritte, einige die vierte Häutung durchgemacht, so daß ich die ersten Cocons Ende der Woche haben werde. Ich habe wieder keine einzige verloren, keine einzige krank gehabt; es ist unmöglich, kräftigere Insekten zu haben.

In dem Zoologischen Garten für 1863 finde ich einige Punkte, in denen ich nicht Ihrer Meinung bin; zuerst was die Erblichkeit der Monstrositäten betrifft. Sie halten sie für eine zufällige, und doch haben sich alle lokalen Racen unserer Hausthiere durch Erbschaft der anomalen Größe, Farbe ꝛc. gebildet. Wir wissen auf's Genaueste, daß bei den Kühen die Mutter die Milchergiebigkeit, daß bei den Pferden die Stute den Charakter dem Fohlen vererbt. Bei den Kuhracen ist die Kürze, Länge, sowie das Fehlen der Hörner erblich. Die Haube auf dem Kopfe der Hühner, Enten, Gänse und Kanarienvögel ist erblich. Der platte Huf und die handlangen Fußhaare unserer Berner Seelandpferde erben sich sehr regelmäßig. Bei dem Menschen erben die sechsfingerigen Hände und mehrere Krankheiten. Die Thatsachen sind da, um zu beweisen, daß die Arten sich durch Erbschaft modificiren können, in wie weit, ist die Frage, welche ich an Ihren Scharfsinn richte; ich glaube, daß man an dem Hund und den Hühnerracen die Sache am leichtesten klar machen kann. Ich bin überzeugt, daß Sie bei einer solchen Untersuchung auf mehrere Urracen kommen werden, denn ich kann nicht glauben, daß der kurzkopfige Bulldogg und der langkopfige Windhund dieselben Stammältern haben; dieß ist für mich so sicher, als daß der wilde Bankiva der Vater aller unserer Zwerghühnerracen ist, und daß unsere zahme schwanzlose Race ihre Eltern in den Wäldern von Ceylon hat.[1]) Die zweite Frage betrifft die Nothwendigkeit des Getrennthaltens der Vögelgeschlechter in der Gefangenschaft. Bei allen Vogelhändlern gilt diese Trennung als das einzige Mittel, die Vögel gesund zu halten und ich halte die Sache für vollkommen begründet, davon abgesehen, daß die Käfige groß oder klein seien, weil die meisten Vögel sich beißen, wenn die Geschlechter zusammen bleiben, die Paarungszeit ausgenommen. Wahr ist es, daß ich zuerst alle meine Vogelarten paarweise gehalten habe, und daß ich gezwungen war, sie alle im Herbste zu trennen, weil die verschiedenen Geschlechter sich gegenseitig quälten. Meine Beobachtungen betreffen die Cacatua sulphurea et rosea, Platycercus eximius, Psittacus pullarius, Loxia cardinalis und Emberiza ciris. Die Geschlechter vollständig zu trennen halte ich für nicht vernünftig; sie müssen in der Nähe von einander bleiben, um sich kennen zu lernen, damit man sie paaren lassen kann, sobald man bemerkt, daß die Zeit dazu günstig ist. Darum halte ich jede Art in einem länglich viereckigen Käfig, den man in zwei Räume trennen kann durch eine in der Mitte verschiebbare Scheidewand von Draht.

Für mich sind die Raben gefährliche Raubvögel; mehrere Male haben sie mir, in Neuenburg in der Schweiz, wo ich früher wohnte, junge Küchelchen mitten aus dem Hühnerhofe geholt. Mehrere Male habe ich auch zugesehen, daß sie die Raubvögel verfolgten; aber ich glaube nur als Nebenbuhler und nicht aus Liebe für die schwächeren Arten.

[1]) In diesem Punkte sind wir von unserm verehrten Freunde ganz mißverstanden worden. Es ist uns nie in den Sinn gekommen, zu läugnen, daß natürliche Monstrositäten so gut wie jede andere natürlich aufgetretene individuelle Eigenthümlichkeit sich vererben können. Nur künstliche d. h. durch Zufall oder den Menschen oder dgl. bewirkte individuelle Verstümmlung z. B. das Englisiren der Pferde u. s. f. erklärten wir für nicht erblich.
Anm. d. Herausgebers.

Ihre Bewunderung für den Mähnenhirsch (Cervus hippelaphus) theile ich vollständig; nur muß ich beifügen, daß alle Individuen dieser Art, welche ich im Marseiller Thiergarten beobachtet habe, durch große Zahmheit sich auszeichneten, so daß sie sich nicht nur kratzen und schmeicheln, sondern selbst und gern reiten ließen. Ich bin überzeugt, daß diese prächtige Art leicht zu Mast- und Zug- und Reitvieh zu gewinnen wäre. Unglücklicher Weise ist Cervus hippelaphus für Kälte sehr empfindlich, so daß es unmöglich ist, ihn während des Winters draußen zu lassen; es ist nöthig, ihn in einem Stalle zu überwintern.

Sie, als ein so leidenschaftlicher Thierfreund, müssen doch etwas von dem Guépard, meinem Lieblingsthier wissen; es kommt sehr oft nach Marseille, wo es bald im Thiergarten zu Grunde geht, weil man es im Käfige hält, während es in Persien frei im Hofe mit den andern Hausthieren läuft. Es ist unmöglich, freundlichere und schönere Hausthiere als sie zu haben; darum bin ich erstaunt, daß bis jetzt niemand es vermocht hat, sie in Europa zu Hausthieren zu machen. [1])

Den Araras thun sie Unrecht, wenn Sie schreiben, daß sie unfreundlich seien; ich habe die rothen, blauen und grünen Arten gehabt und habe selten bessere Vögel getroffen; sie lassen sich gerne schmeicheln und machen ihrem Herrn allerlei Liebkosungen; nur muß der Fremde auf der Hut sein, denn der Ara kennt seinen Herrn und ist gegen alle andern wüthend; das geht so weit, daß ich meinen grünen Ara tödten lassen mußte, weil er niemanden in meinem Zimmer dulden wollte, so lange als ich da war. Ich aber konnte alles mit ihm thun, selbst die Federn ausreißen, Nägel abschneiden u. s. w. Wenn ich an dem Arbeitstisch saß, kletterte er auf meine Beine und blieb stundenlang auf meinem Schooße schlafend; am Morgen kletterte er auf mein Bett und überhäufte mich mit Küssen und allerlei Liebkosungen; ich glaube, daß der große Schnabel des Aras manchen von diesen guten Vögeln ferne gehalten hat, darum kennt man ihren sanften guten Charakter nicht.

(Aus einem Schreiben des Herrn Professor Dr. Sacc in Barcelona an den Herausgeber.)

Görlitz, 27. Januar 1864. Vor einiger Zeit erlaubte ich mir, Ihnen noch nach Frankfurt zu schreiben, in Folge eines Aufsatzes über Mangel an Farbestoff bei den Thieren, durch zu nahe Blutsverwandtschaft herbeigeführt. Seitdem sah ich mich durch einen kurzen Artikel, aus dem Journal d'acclimation entlehnt, veranlaßt, an den Herrn Granié in Toulouse zu schreiben, welcher einen Versuch gemacht hatte, die schönsten Hühner-Racen der Normandie und Bretagne nach dem südlichen Frankreich zu bringen, aber gänzlich damit gescheitert war, da solche den dort häufigen schnellen Temperaturwechsel nicht überstehen konnten. Er schreibt mir, daß selbst deutsche Pferde in Toulouse und Umgegend nur durch Auflegen von wollenen Decken erhalten würden, und daß selbst in dem sehr heißen Sommer von 1861 junge daselbst ausgebrütete Hühner der nördlichen Racen gichtartigen Zufällen unterlegen wären. Er findet hierin eine Bestätigung des bereits von Geoffroy de St. Hilaire aufgestellten Grundsatzes, wonach Thiere sowohl als Pflanzen aus dem Norden nach dem Süden verpflanzt, nicht prosperirten, während solches umgekehrt der Fall sei, und führt als Beleg an, daß Thiere aller Art, aus Afrika und Italien zu ihnen gelangt, durchaus nicht vom Klima zu leiden hätten.

(Aus einem Schreiben des Herrn Kaufmann R. Oettel, früherem Herausgeber des hühnerolog. Monatsblatts, an den Herausgeber.)

[1]) Durch einen merkwürdigen Zufall konnten wir gerade in unserer letzten Nummer einen interessanten Aufsatz über dieses schöne Thier von Dr. Schlegel mittheilen. — Wäre der Preis dieser Thiere nicht so hoch, so würde ich mit großem Vergnügen einen Versuch damit machen. Anm. d. Herausg.

Literatur.

Reichenbach, H. G. Ludwig, (Dr. phil. et med. Hofrath* und Professor, Direktor des Königl. naturhistorischen Museum zu Dresden rc.):

1) Die vollständigste Naturgeschichte der Affen. (Hochquart, 204 Seiten und 38 Tafeln illum. Dresden, W. Türk. 7½ Rthlr.) und

2) Die Singvögel — Finken — (gleiches Format, X und 90 Seiten, 50 Tafeln. Dresden und Leipzig, Expedition der vollständigsten Naturgeschichte, 7½ Rthlr.).

Der Verfasser, einer unserer Altmeister der Thierkunde, hat die vorstehend verzeichneten Werke, Fortsetzungen seiner „vollständigsten Naturgeschichte", zugleich als „Centralatlas für zoologische Gärten und für Thierfreunde" erscheinen lassen, und diese, wie jene haben Ursache, für solche Gabe dankbar zu sein.

Man hat Reichenbachs umfassende Arbeiten im Gebiet der Thierkunde, welche gleichbedeutend sind mit den Früchten eines der Wissenschaft gewidmeten Menschenlebens, wiederholt bemäkelt, weil sie einer Anforderung nicht immer entsprochen haben. Die ihnen beigegebenen Abbildungen nämlich stehen theilweise unter der Mittelmäßigkeit. Auch wir erkennen dies an, sind aber weit entfernt, deshalb ein Werk zu tadeln, welches seines Gleichen nicht hat, weder in unserem noch in anderer Völker Schriftthum.

Zur Beurtheilung eines Buches gehört vor Allem Erkenntniß seiner Bestimmung. Reichenbachs vollständigste Naturgeschichte soll kein eigentliches Prachtwerk sein, vielmehr ein Handbuch für Jedermann, welcher die höhere Thierwelt kennen lernen will. Es bezweckt, eine Zusammenstellung aller Arten der beiden ersten Thierklassen zu geben, aller Säugethiere und aller Vögel also, welche auf der Erde leben.

Nur derjenige, welcher selbst versucht hat, sich mindestens einen Ueberblick der gedachten Klassen zu verschaffen, ist im Stande, das Riesige einer solchen Aufgabe zu begreifen und zu würdigen. Es handelt sich bei Erreichung dieser Aufgabe nicht blos um ernste Arbeiten auf dem Felde der Wissenschaft, welche vor mehr als einem Menschenalter begonnen und mit der deutschen Gelehrtenzähigkeit fortgesetzt wurden; es handelt sich auch darum, Künstler zu finden, welche fähig und gesonnen sind, den ihnen zufallenden Theil der Arbeit zu übernehmen; es handelt sich endlich darum, für solches Werk einen Leserkreis zu erwerben, welcher sein Erscheinen wenigstens möglich macht. Von Belohnung derartiger Arbeiten ist selbstverständlich keine Rede: — im Gegentheil, Opfer aller Art, Entsagungen und Enttäuschungen sind noch obendrein die bittre Zugabe zu der schwierigen Arbeit. Verstände es die Wissenschaft nicht selbst, ihre Jünger zu trösten, gäbe es keine Ideale — ein solches Werk würde nie entstehen; der Kundige würde schon vor dem Gedanken zurückschrecken, es zu beginnen.

Ich glaube, daß man den einzigen Vorwurf, welchen man den Werken unseres Reichenbach gemacht hat, nicht ausgesprochen haben würde, hätte man sich die Schwierigkeit der Arbeit und — unsere Verhältnisse bedacht. In England kann Gould ein ähnliches Werk prachtvoll ausstatten und im Selbstverlage herausgeben. Denn in England findet er Abnehmer, denen die Guineen leichter aus der Hand rollen, als unsern Bücherkäufern die Thaler: — uns Deutschen erscheint schon Naumanns Werk, welches doch nur die Vögel Deutschlands behandelt, zu theuer! Die „vollständigste Naturgeschichte" mußte also, sollte sie möglich werden, billig sein. Gälte der Hofrath im lieben deutschen Vaterlande nur halb so viel, als der Kriegsrath, und wäre die Behauptung, daß es den Staatsmännern unserer Tage Ernst sei um Bildung und Unterricht, wirklich gegründet, so würde auch Reichenbach im Stande gewesen sein, etwas Untadelhaftes zu bieten. Ein Werk, wie das vorliegende, übersteigt aber die Kräfte des Einzelnen; nur eine reiche Gesellschaft, der Staat z. B., kann ermöglichen, daß es diejenige Vollendung erhalte, welche es haben soll. Bei dem Preise, welchen Reichenbachs „vollständigste Naturgeschichte" kostet, können die Abbildungen nicht wohl besser sein, als sie sind. Die letzterschienenen Abtheilungen, welche die Vögel behandeln, genügen allen billigen Ansprüchen, die meisten von ihnen sogar den unbilligen. Dies gilt insbesondere auch für die Abtheilung der Singvögel, welche wir oben anzeigten.

Nun zu dem Text, dem eigentlichen Werke unseres Reichenbach, von dessen Schultern man endlich einmal die Sünden der Künstler, welche ihm arbeiten halfen, abwälzen sollte! Dieser Text auch ohne bildliche Beigaben, würde der „vollständigsten Naturgeschichte" für immer einen Ehrenplatz in unserem deutschen Schriftthum sichern. Es ist nicht Jedermanns Sache, Jahrzehnte hindurch in Bibliotheken zu wühlen und sich mit den Sprachen aller gebildeten Völker so zu befreunden, daß er das Gewonnene in gutem, klingendem Deutsch seinem lehrbegierigen Volke zu bieten vermag — dazu hat schon nicht Jedermann Gelegenheit; es ist ferner noch viel weniger Jedem gegeben, die Schätze der Museen Europas zu gleichen Zwecken auszubeuten und das Erworbene nutzbar zu machen; es ist endlich nicht jeder befähigt, die vielen Widersprüche, welche bei derartigen Sachen bemerklich werden, auszugleichen und dann das Endergebniß gesichtet und geordnet der Menge vorzulegen. Reichenbach aber bietet seinen Lesern ein Werk, welches von eben so viel Fleiß als Kenntniß Kunde giebt und den eigentlichen Kern und Gehalt der Wissenschaft, von allem unnützen Beiwerk entkleidet, in kurzen Worten darzustellen sucht, ohne dabei jemals durch die fast unverständliche Gelehrtensprache unbequem zu werden.

In uns will sich ein fast beschämendes Gefühl der eigenen Unwissenheit nicht verbannen lassen, indem wir uns unterfangen, des Altmeisters Arbeit zu beurtheilen; da wir aber so glücklich sind, glauben zu dürfen, daß Mancher auf unser Urtheil einiges Gewicht lege, wollen wir mit diesem Urtheil nicht zurückhalten und sagen, daß es dahin geht:

Reichenbachs „vollständigste Naturgeschichte" ist, was sie sein soll, ein gedrängtes, jedoch keineswegs unvollständiges Handbuch der Thierkunde, zum Bestimmen der Thierarten ganz unentbehrlich, ein sicherer Führer für den Laien, wie für den Forscher, ein Rathgeber, welcher auch dann noch Rath ertheilt, wenn andere Sammelwerke ihn hartnäckig verweigern oder das eigene Suchen vergeblich war; sie ist wirklich „die vollständigste Naturgeschichte."

Wir können also die oben angezeigten Theile dieses Werkes mit gutem Gewissen empfehlen. Die Affenbilder gefallen uns nicht; die Abbildungen der Singvögel dagegen um so besser: sie sind vorzüglich. Der Text enthält buchstäblich alles Bekannte, wenigstens das Brauchbare davon. Die vollständigste Naturgeschichte ersetzt eben eine ganze Büchersammlung.

Dem Verfasser aber, welcher in so vieler Hinsicht auch unser Lehrer gewesen ist, wünschen wir, daß seine schöpferische Vollkraft noch lange, lange Jahre ungeschmälert fortwähren möge, damit uns aus dem Schatze seines reichen Wissens Nichts vorenthalten bleibe!

A. E. Brehm.

Miscellen.

Das Aquarienhaus des zoolog. Gartens in Hamburg. In dem „Neuen Hamburg" erschienen vor einiger Zeit zwei Artikel über Aquarien, welche Uebersetzungen einer Vorlesung waren, die von den Mitgliedern der Pariser Société d'acclimatation gehalten worden war. Das Aquarium dieser französischen Gesellschaft ist augenblicklich das beste unter denen, welche dem Publikum zugänglich sind, aber es wird sowohl in seinen Dimensionen wie in allen andern Beziehungen von dem Hamburger Aquarium übertroffen werden, welches nach denselben allgemeinen Principien wie das Pariser, jedoch mit etwas abweichenden Vorrichtungen construirt und betrieben, und in einigen Wochen dem Besuche geöffnet werden wird. Dieses Aquarium, welches innerhalb der provisorischen hölzernen Umzäunung an der Nordseite des Hamburger zoolog. Gartens liegt, ist in seinen äußeren Dimensionen circa 95 Fuß lang, 40 Fuß breit und 25 Fuß hoch, und erscheint, von Außen gesehen, nicht sehr bedeutend, da es, weil zur Hälfte unter dem Niveau des umgebenden Terrains liegend, wodurch eine gleichmäßigere Temperatur erzielt werden soll, nur einem Treibhaus mit zwei schräg abfallenden Glasdächern gleicht, die von niedrigen Mauern überragt werden. Betritt man aber das Gebäude, so zeigt es sich in seiner Bedeutung und Größe; es besteht aus einer doppelten steinernen Treppe, einem Portal, einer Eingangshalle, einem Saal, zwei kleineren Räumen, zwei Gallerien und einem Laboratorium; die Bestimmung des Ganzen ist die zur bequemen Besichtigung geeignete Unterbringung einer großen Sammlung lebender niederer Wasserthiere, von den Fischen hinab bis zu den Schwämmen, so zwar, daß die günstigsten Bedingungen für die Thiere selbst wie für das beschauende Publikum vorhanden sind. Diese Geschöpfe, von denen viele dem unkundigen Auge nur wenige der allbekannten charakteristischen Eigenschaften eines Thieres bieten, werden, zusammen mit solchen Pflanzen, in deren Nähe sie in der Natur angetroffen werden, in 22 Reservoirs untergebracht, die aus Schieferplatten und Spiegelglas zusammengesetzt, von 5 Kubikfuß bis zu 200 Kubikfuß Wasser halten. Einige der Spiegelglasplatten sind 12 Fuß lang, 4 Fuß breit und 1¼ Zoll dick und wiegen 800 Pfund; die Schieferplatten, in welche das Glas gefaßt ist, sind noch schwerer. In jedem solchen Reservoir, Behälter oder Kasten sind Felsmassen mit Sand und Kieselsteinen in malerischer Weise angebracht, so daß der Beschauer eine Reihe unterseeischer Grotten oder Felsenhöhlen an der Seeküste zu sehen glaubt, die vertical durchschnitten und an einer Seite mit Glas geschlossen sind, um bequem in das Innere hineinsehen zu können. Eine hübsche Abwechslung in der malerischen Wirkung dieser Höhlen ist, soweit es thunlich war, erzielt durch die Verwendung von Steinen von ganz verschiedenem Bruch, und die Kunst, Landschaften oder Ansichten aus Steinen herzustellen, die von klarem Wasser bedeckt und von lebenden (anstatt gemalten) Thieren und Pflanzen bevölkert sind, hat bei diesen Aquarien wohl die höchste bis jetzt erreichte Vollkommenheit erreicht. Dieser Theil der Anlage ist nach den Angaben des wohlbekannten Marinemalers Herrn Professor Anton Melby ausgeführt, auf den das Wort Anwendung findet: „wer in einer Sache Künstler, ist es in allen;" wir nennen seinen Namen hier um so lieber, als er in liberalster Weise seine Hülfe der Sache nur aus Interesse für dieselbe geliehen hat.

Zwischenräume von 30 Zoll Breite zwischen den Reservoirs, durch Pfeiler ausgefüllt, bieten in wirksamster Weise dem Auge einen Ruhepunkt, so daß das eben gesehene Bild sich verwischen kann, ehe man zu einem neuen gelangt. Eine bequeme breite Armlehne aus polirtem Mahagoniholz ist vor jedem Behälter angebracht, eine lange Ruhebank aus demselben Material in der Mitte des Saales.

Der zweckmäßigen Beleuchtung der Behälter und ihres Inhalts ist große Sorgfalt gewidmet worden; sie ist nach dem Princip ausgeführt, daß das Licht nur vertical einfällt, und daß es in den für die Beschauer bestimmten Theil des Gebändes nur indirect, durch das Wasser, gelangt. Das Publikum befindet sich daher in einem mäßig erhellten, wenn auch keineswegs unangenehm dunkeln Raume, während die Aquarien stark beleuchtet sind und dadurch in scharfen Linien hervortreten, ein Contrast der höchst vortheilhaft wirkt; um die Aufmerksamkeit der Beschauer noch mehr auf die Ansichten zu concentriren, welche wie eben so viele Gemälde, die in die Wand eingefügt sind, sich präsentiren, sind die zur inneren Ausschmückung des Gebäudes verwendeten Farben sämmtlich in gedämpftem Ton gehalten, so daß das Auge des Beschauers nicht durch ornamentale Details in Anspruch genommen wird, anstatt durch die Gegenstände welchen das Gebäude dient. Dennoch sind diese Decorationen, obgleich sie sich nicht vordrängen, dem allgemeinen guten Eindruck des Ganzen nicht untergeordnet und ihr Fehlen würde als Mangel empfunden werden. Auf die obige Art der Beleuchtung ist Schreiber dieses zuerst durch die ähnliche Weise gekommen, in der der Altar in der Römisch-Katholischen Kapelle von St. Mary, Moorfields in London, erleuchtet ist.

Eine vollständig neue Einrichtung ist es, daß die Behälter glänzend mit Gas erleuchtet werden, zur Beschauung am Abend und um an dunkeln Tagen dem Tageslicht zu Hülfe zu kommen; dies ist ein vortheilhaftes Arrangement nicht nur deßhalb, weil viele wenn nicht alle in Aquarien gehaltenen Thiere in ihren Lebensgewohnheiten Nachtthiere sind, sondern die Scenerie der Bassins zeigt sich bei künstlichem Licht viel vortheilhafter als bei Tageslicht, gerade so wie die Scenerie eines Theaters unter gleichen Bedingungen sich am vortheilhaftesten zeigt. Es ist dies, wie wir glauben, das erste Mal, daß Nachtthiere während der Zeit ihrer lebhaftesten Thätigkeit öffentlich gezeigt werden, und der Direktor des Gartens, Herr Dr. Brehm gedenkt auf diesem Wege fortzuschreiten durch die Errichtung eines Gebäudes im Garten, in dem auch auf dem festen Lande lebende Nachtthiere gezeigt werden können. Was solche Ausstellungen zur Abendzeit betrifft, so wird es bekannt sein, daß dann und wann die Leser englischer naturwissenschaftlicher Zeitschriften in lebhaftestes Entzücken durch irgend eine gut geschriebene Schilderung eines nächtlichen Besuches des Londoner zool. Gartens, der nur höchst begünstigten Individuen gelegentlich gestattet ist, versetzt werden.

Von den 22 Bassins sind 16 für Seethiere und 6 für Süßwasserthiere bestimmt; der Grund dieses Zahlenverhältnisses ist der, daß die See eine bei Weitem größere Anzahl Arten allgemein interessanter und merkwürdiger Thierformen enthält, als die Flüsse, Teiche oder Seen. Eine gewisse Classifikation der Thiere wird in der Reihenfolge der Reservoirs versucht werden, was eine Sache von bedeutender Schwierigkeit ist, da ersichtlich eine verhältnißmäßig so kleine Zahl von Behältern bei Weitem nicht hinreicht, die Repräsentanten der verschiedenen zu zeigenden Organismen zu beherbergen, wenn jede Familie oder selbst nur jede Classe (oder irgend eine der andern von der Wissenschaft anerkannten Unterabtheilungen), gesondert ausgestellt werden sollte, wie in einem Museum. Die Classification wird deßhalb mehr eine willkürliche als eine ganz systematische sein, indem ihr das Princip zu Grunde liegen wird, als Hauptcharakter für jedes Reservoir eine Gruppe zu zeigen, die interessant und anziehend für das Publikum ist, und mit dieser Gruppe andere Thiere zusammenzubringen, die sich gut mit ihr vertragen. So werden, beispielsweise, die beweglichen Geschöpfe, wie Fische und Crustaceen, im Ganzen von den ruhigeren Thieren, wie See-Anemonen und den meisten Mollusken, getrennt sein, da sie anderenfalls sich gegenseitig stören oder vernichten würden. In dieser Weise wird die Verschiedenheit der Lebensgewohnheiten mehr als die der Organisation die leitende Idee einer zweckmäßigen Vertheilung bilden müssen und das Vorhandensein kleinerer Behälter (neben den großen) ist in dieser Beziehung eine große Annehmlichkeit, da es gestattet, viele der kleineren aber sehr interessanten Thiere zu zeigen, die in den großen Reservoirs sich verlieren würden. Nicht den wenigst interessanten Theil eines gut gehaltenen Aquariums bildet das Wachsthum und die Entwickelung gewisser Thiere und Pflanzen in, so zu sagen, spontaner Weise d. h. aus vorher nicht sichtbaren Keimen, und es ist zu vermuthen, daß in unserem Aquarium die großen Dimensionen und die reiche Verschiedenheit des Inhalts einen sehr großen und interessanten Zuwachs an solchen von selbst entstehenden Existenzformen sichern werden. In manchen der Bassins sind die Thiere derartig beschaffen, daß sie ohne Nachtheil für ihr Gedeihen sehr dicht zusammengedrängt werden können, während andere Geschöpfe nur sparsam vertreten sein dürfen; deßhalb sind, um diesem Bedürfniß zu entsprechen, die Behälter nicht nur in ihren Dimensionen, sondern auch in ihrer Form und Ausstattung verschieden. Der Salon enthält 10 große Kasten, von denen 2 viel größer sind als die übrigen 8. Ein kleines Zimmer an der Nordseite, dessen Beleuchtung eben so eingerichtet ist wie die des Salons, enthält 6 kleine Behälter, die einen reizenden Effect machen, ungefähr wie kleine Gemälde von 2 Fuß Länge und $1^1/_2$ Fuß Höhe; während das andere kleine Zimmer, an der Südseite, fernere 6 Kasten enthält, die flacher sind, so daß sie eine große Wasserfläche der belebenden Einwirkung der Atmosphäre darbieten, um sehr zarte kleine Thiere darin zu halten. Der Inhalt dieser letzterwähnten Reihe von Gefäßen wird nur von oben gesehen, so daß man auf die Gegenstände hinabblickt, wie in die flachen Schaukasten der Museen. Die Form dieser 6 Behälter gestattet nicht das Hineinbringen von Felsstücken als Zierde; sie werden nur verwendet, soweit sie den Thieren das Mittel gewähren ihren Gewohnheiten und Trieben zu folgen. In diesem südlichen Zimmer wird das einfallende Licht durch eine Decke von matt geschliffenem Glase zerstreut.

Ueber jedem Aquarium ist eine Zahl angebracht, die derselben Zahl in einem beschreibenden „Führer“ entspricht, der veröffentlicht werden soll, sobald die Thiersammlung einen auf die Dauer berechneten Bestand erreicht haben wird.

Die Masse des für die Aquarien verwendeten Seewassers, das durch die freundliche Liberalität der Herrn Pearson und Languese und des Herrn Schmidt im Bleichergang, der kostenfrei die zahlreichen Fässer herlieh, die zum Transport des Wassers erforderlich waren, herbeigeschafft ist, beträgt nicht weniger als 3000 Kubikfuß; es wird niemals erneuert oder ersetzt, und dennoch stets klar und hell und in jeder Hinsicht für das Athmen der Thiere geeignet erhalten dadurch, daß es vermöge einer durch den Druck der Stadtwasserkunst getriebenen Maschine fortwährend in Circulation gesetzt wird, so daß es in steter Bewegung bleibt und jedes Theilchen in feinvertheiltem Zustande mit der atmosphärischen Luft in Berührung kommt. Diese regelmäßige Bewegung reinigt das Wasser chemisch, während es zugleich durch Filtrirvorrichtungen mechanisch gereinigt wird. Es wird aber auch ferner rein gehalten durch die lebendige Vegetation, und endlich treibt, als ein weiteres Mittel das Wasser gesund zu erhalten, derselbe Apparat, welcher es in Bewegung setzt, durch jedes Reservoir eine Quantität Luft in Blasenform. Es leuchtet ein, daß wenn eine Wassermasse von 6 Fuß Dicke durchsichtig sein soll, so daß keine Spur von Trübung bemerkbar ist, die Flüssigkeit im Zustande höchster Reinheit sein muß, und dies wird auch stets der Fall sein, wenn die Thiere nicht zu zahlreich oder zu groß sind. Das süße Wasser wird auch filtrirt, doch ist nicht die Einrichtung getroffen, es mehr als einmal zur Füllung der Behälter zu benutzen, da ein zu diesem Zwecke nöthiger Apparat von vornherein mehr kosten würde, als der Wasserverbrauch für viele Jahre.

An der nordwestlichen Ecke des Gebäudes ist ein kleiner Anbau, der den Heizapparat für die Heißwasserröhren enthält, durch welche die erforderliche Temperatur im Hause erhalten wird. (Schluß folgt.)

Ranzzeit des Fuchses. In der Mathematisch-Physikalischen Klasse der Münchener Akademie (Sitzung v. 13. Juni 1863) hielt der durch seine Embryologischen Forschungen berühmte Physiologe, Professor Bischoff, über das genannte Thema einen Vortrag. Burdach hatte nämlich in seiner Physiologie (Bd. I. S. 561) die Angabe Hausmanns aufgenommen, daß der Fuchs schon im Januar sich begatte, aber noch im März kein Embryo sichtbar sei. Da Bischoff früher schon gezeigt hat, daß bei dem Reh in der That die Eier gegen 4½ Monate nach ihrer Loslösung vom Eierstock und Befruchtung in einem durchaus unentwickelten Zustande in der Gebärmutter verweilen, so war es denkbar, daß etwas Aehnliches auch bei dem Fuchs stattfinden könnte. Bischoff erließ daher im Februar vergangenen Jahres an Jäger die Bitte, ihm Tragsäcke von Füchsinnen zuzusenden. Er erhielt deren eine ziemliche Anzahl und es ergab sich als allgemeinstes Resultat mit Sicherheit, daß obige Angabe Hausmanns vollkommen unbegründet ist. „Die Ranzzeit fiel nach B.s Beobachtungen in die Mitte des Februar und neben allen in dieser Hinsicht sich geltend machenden individuellen Verschiedenheiten steht so viel fest, daß sich das Fuchsei nach seiner Loslösung vom Eierstock und erfolgter Befruchtung unmittelbar, continuirlich und in vollständiger Uebereinstimmung mit dem Hunde-Ei weiter bildet." — Fragen wir uns, wie Hausmann zu seiner Angabe gekommen, so möchte dieß wohl dahin zu beantworten sein, daß die Ranzzeit des Fuchses — je nach der Temperatur des betreffenden Jahres wohl ebenso variirt, wie bei dem Hasen. So mag es leicht vorkommen, daß in dem Einen Jahre die sichere Beobachtung gemacht worden war, daß die Ranzzeit in den Februar fiel, in einem andern Jahre fand man, daß im März noch kein Embryo vorhanden war; kombinirte man nun irrthümlich diese beiden an sich ganz richtigen Beobachtungen, so kam man zu dem Schlusse Hausmanns, während die Sache sich einfach so verhielt, daß im zweiten Falle die Ranzzeit selbst später d. h. wohl in den März fiel. Wd.

Faltenschwein. Das sog. Sus pliciceps mit tiefen Falten auf der Stirne wird öfters als japanisch oder chinesisch angegeben; ich habe es in keinem dieser Länder gesehen und halte es für eine unter dem Einfluß des Menschen entstandene Ausartung, keinenfalls für eine irgendwie frei lebende Art. Martens.

Epidemie bei Hausgeflügel. Leider hat sich bei mir vor Kurzem eine Art Epidemie eingestellt, die mir 60 bis 70 Hühner in wenigen Wochen geraubt hat. Der gewöhnliche Verlauf der Sache ist, daß die Hühner plötzlich das Futter versagen, matt werden und den andern Tag sterben; zuweilen mit gefülltem Kropfe. Die Sectionen haben theilweise eine etwas größere Galle ergeben, was aber kaum die alleinige Veranlassung sein dürfte. Eigenthümlich ist es, daß alte Hühner bisher ganz verschont geblieben sind, die Opfer sind mit Ausnahme einiger jungen Hähne nur die diesjährigen fast ganz erwachsenen Hennen aller möglichen Racen. In einigen Gegenden Schlesiens ist die Sterblichkeit nicht nur unter Hühnern, sondern auch unter Gänsen und Enten sehr groß, in Böhmen desgleichen. Hier am Ort und Umgegend bin ich der zur Zeit allein Heimgesuchte.. (Görlitz, Januar 1864.) R. Oettel.

Verantwortlicher Redacteur Dr. D. F. Weinland.
Schnellpressendruck von Aug. Wörner, vormals J. G. Sprandel, in Stuttgart.

Der Thiergarten.

Allgemeine Deutsche Monatschrift

für Kunde, Beobachtung, Zucht und Pflege der Thiere,

mit besonderer Rücksicht auf die

Verbesserung unserer bisherigen **Hausthiere** und die **Heranbildung** neuer.

Erster Jahrgang
1864.

Nro. 6.

Verlag von
Ebner & Seubert
in Stuttgart.

Preis
für den ganzen Jahrgang
fl. 2. 42 kr.
oder
Thlr. 1. 18 Sgr.
Zu beziehen
durch alle Buchhandlungen
und Postämter.

Unter Mitwirkung der Herren

Dr. **Bodinus**, Director des Zool. Gartens in Cöln, Dr. **K. Bolle** in Berlin, Dr. **Brehm**, Director des Zool. Gartens in Hamburg, **Prof. Dr. Fitzinger**, Director des Zool. Gartens in München, Dr. **Funck**, Director des Zool. Gartens in Brüssel, Dr. **Jäger** und Dr. **Ufsner**, Directoren des Zool. Gartens in Wien, **Hermann von Nathusius** auf Hundisburg bei Magdeburg, Dr. **Opel** in Dresden, Regierungsrath **Rau** in Karlsruhe, **Prof.** Dr. **Rueff** in Hohenheim, **Prof.** Dr. **Sacc** in Barcelona, Dr. med. **Schlegel** in Altenburg, Hofdomänenrath **von Schmidt** in Stuttgart, Dr. **Verwey**, Director des Zool. Gartens im Haag, Dr. **Westermann**, Director des Zool. Gartens in Amsterdam und anderer Fachgenossen

herausgegeben von

Dr. D. F. Weinland

auf Hohen-Wittlingen, O.A. Urach, Königr. Württemberg.

Inhalt: Zum Andenken an Pastor Brehm. Vom Herausgeber. — Ueber Bastardirung des europ. Steinbocks mit der gemeinen Hausziege. Von Dr. L. J. Fitzinger. — Nachrichten aus dem zoolog. Garten zu Hamburg. — Miscellen.

Zum Andenken an Pastor Brehm.

Vom Herausgeber.

Christian Ludwig Brehm, der weit berühmte Ornitholog, allbekannt unter dem Namen „Pastor Brehm," unbestritten der beste Kenner der deutschen Vogelwelt — ist nicht mehr. Geboren 1787 zu Rhönau im Gothaischen, lebte er, seitdem ihn die Wissenschaft kennt, als Pfarrer zu Renthendorf bei Jena und machte dieses zu einem Walfahrtsorte für die Naturforscher für nah und fern. Sein Hauptwerk ist sein „Handbuch der Naturgeschichte aller Vögel Deutschlands mit 47 illum. Kupfertafeln." In ihm führte er seine originelle Systematik, die Spaltung der gewöhnlich angenommenen Arten in Unterarten durch, welche man lange so sehr angefeindet hat, bis man am Ende sich klar geworden, daß jene Unterschiede innerhalb der Arten allerdings existiren, wenn sie auch nicht mit der Schärfe zu umschreiben sind, wie die Arten selbst. Von der ganzen Opposition, die Brehm erfahren hat, wäre sicher gerade bei den tüchtigsten Forschern keine Rede gewesen, hätte Brehm seine Unterarten nicht Arten, sondern Racen oder Stämme oder wie sonst genannt. Der Name Art, Species war seit Linné vergeben und zwar an einen anderen Begriff. — Doch was reden wir nachdem sich das Grab über dem ehrwürdigen Meister geschlossen noch von seinen Kämpfen. War doch die Hauptursache der Anfechtung nur die, daß er schärfer sah als andere und warum sollte er nicht. Sieht doch auch ein Schäfer Unterschiede zwischen seinen Schafen, die der Fremde nicht sieht; denn er kennt jedes einzelne und spricht uns von den schlagendsten Familienähnlichkeiten unter ihnen. Wohlan, so wie ein Schäfer mit seinen Schafen, so lebte Brehm mit seinen deutschen Vögeln; das möchten wir auf seinen Grabstein setzen.

Sein Verdienst aber ist ein außerordentliches, seine Werke enthalten die besten Materialien für die höhere Systematik der Vögel, die dereinst auf der Darwinschen Theorie fußen und sie realisiren wird. Brehm's Unterarten sind allerdings auch für uns noch keine Arten, aber die einen oder anderen dieser von Brehm unterschiedenen Stämme werden, wenn sie durch die Umstände und ihre Organisation dazu befähigt sind, Arten werden; was heute ein kleiner nur dem Auge des geübten Beobachters des lebenden Thiers erkennbarer Unterschied ist, wird sich durch die hunderte von Generationen hindurch so gesteigert haben, daß er dann — auch dem bloßen Forscher der trockenen Bälge — wenn es deren noch geben wird — in die Augen springt.

Uebrigens hinterläßt Brehm auch eine Sammlung von Bälgen, die wohl für die deutschen Vögel die reichhaltigste genannt werden kann. Sie wäre unter obigem Gesichtspunkt ein Schatz von unberechenbarem Werthe.

Leider war es uns nicht vergönnt, den berühmten Forschergreis am Orte seiner langen wissenschaftlichen und seelsorgerischen Thätigkeit zu besuchen. Wir sind aber in der Lage, einen anderen für uns reden zu lassen, der vor nicht langer Zeit in Renthendorf ankehrte, Herrn J. C. Seydel, der über diesen seinen Besuch in dem sechsten Jahresbericht der Gesellschaft von Freunden der Naturwissenschaften in Gera folgende interessante und charakteristische Schilderung gibt, welche wir gerne unseren Lesern zum Andenken an den Verstorbenen mittheilen:

„Nach kurzer Rast in Schwarzbach ging's bergein durch das enge

Thal, in welches das Dorf gebaut ist, der rasch sich herabstürzenden Schwarze entlang und weiter zwischen blumenreichen Wiesen- und Gärtchen wandelnd nach dem aus wenigen Häusern nur bestehenden Dörfchen Heiligenaue. Am Ausgange dieses kleinen, betritt man das größere von der Roda durchflossene Thal, wo diese die Schwarze aufnimmt und befindet sich damit in Unterrenthendorf. Dieses gehört zu Altenburg, das angrenzende größere und auch dahin eingepfarrte Oberrenthendorf aber zu Weimar. Mit den Umwegen war ich bisher mehr als 5½ Stunden auf dem Marsche gewesen und Mittag war nun vorüber. Dennoch konnte ich mich, angelangt vor der auf sanfter Anhöhe unfern der Kirche liegenden und rings von mächtigen Linden und andern Bäumen nebst Gebüsch reichlich beschatteten Pfarrwohnung nicht sofort entschließen — vielleicht störend — einzudringen. War ich doch ganz fremd und konnten die Inwohner nicht eines Ruhestündchens pflegen? Am Bachufer Pflanzen sammelnd, war es vergebens auf eine zufällige Oeffnung der Thür zu warten, doch konnte der weite Weg auch nicht umsonst gethan sein — stracks also Kehrt! den Hügel aufwärts und über den mit kurzem grünen Rasen bedeckten Vorplatz — auf welchem 5 bis 6 Ziegen ihre ergötzlichen Turnübungen abhielten — zur Thür. Neues Zögern, sie war verschlossen. Endlich, da Minute um Minute verrann, mußte geklingelt werden, und nach einigem Verweilen fast schon ungeduldig, wollte ich den Weg wieder unter die Füße nehmen, als leise Tritte hörbar wurden und die Thür sich öffnete.

Ein hoher ältlicher Herr mit milden Zügen, angethan mit dunkelgrünem Tuchrocke und auf dem Haupte ein kleines schwarzseid'nes Mützchen, unter welchem weißes Haar sich spärlich hervordrängte, stand vor mir. Es war der Gesuchte, Herr P. Brehm, der meinen Gruß freundlichst erwiderte und die unter Entschuldigungen vorgebrachte Bitte um einen kurzen Einblick in seine ornithologischen Schätze genehmigte, indem er mich sogleich in seine Behausung einführte und zunächst seiner Frau Gemahlin vorstellte. Bald sah ich mich in eine nicht nur sehr belehrende, sondern dabei auch so vertrauliche Unterhaltung verwickelt, wie ich letztere mir seitens eines Gelehrten dieses Ranges kaum erhofft hatte. Auch eine kurze, durch eine von meinem Wirth zu verrichtende Taufhandlung hervorgerufene Unterbrechung wurde mir durch Vorlage eines kostbaren ornithologischen Werkes angenehm ausgefüllt, worauf wir treppabstiegen und in eine große Kammer traten, um den ersten hier dicht gedrängt aufbewahrten Theil der Sammlung zu besichtigen. Kein geringes Vergnügen war es, hier, so zu sagen aus erster Quelle, Auskunft zu erlangen über Alles, was an und in der Vogelwelt interessiren mag. Mit besonderer Lust und Liebe erging sich des Besitzers Gespräch über die Eulen, von denen eine bei Gera gefangene Schleiereule, als sei es ein besonderer Liebling, des Vorzugs sich erfreute, auf den Arm genommen und recht zärtlich gestreichelt zu werden. In einer strohenen Mulle lagen etwa ein Mandel dunkelgraue Vogelbälge, jeder in der Größe etwa eines Staars. „Diese Vögel werden Sie gewiß kennen, jedes Kind kennt ihren Namen" hub P. Brehm an — ich aber, der ich bisher manchen glücklich errathen hatte, mußte beschämt verneinen. „Nun," sagte er, „Sie dürfen sich darüber beruhigen; von einer großen Anzahl gelehrter Professoren und fremder Herren, die mich besuchten, hat noch keiner außer den Fachmännern, den Namen dieses Vogels gewußt und das ist auch sehr natürlich, weil der Bursche lebendig sich schwer genug sichtbar macht, es ist der Kukuk." Zufriedengestellt von der so äußerst dankenswerthen Bereitwilligkeit meines gelehrten Führers und billig entzückt über Alles, was mir in fließender Rede Neues und Belehrendes mitgetheilt worden war, wollte ich, um den alten Herrn, welcher schon zweimal des Morgens gepredigt hatte, nicht lästig zu werden, jetzt aufbrechen. Als Laie konnte ich ja ohnehin nur mit der Hoffnung eingetreten sein, einen flüchtigen Blick in das Vorhandene gewinnen und einen ganz allgemeinen Eindruck davon mitnehmen zu dürfen. Allein, wenn auch alle meine Rückerinnerungen aus der Sprache der Ornithologie, d. h. die von mir mitunter gebrauchten Ausdrücke: Bürzel, Wachshaut, Jugendkleid u. s. w. nicht vermocht hatten, mich als einen Genossen dieser Wissenschaft zu empfehlen, da mich der böse Kukuk genugsam als Laien verrathen hatte, so war ich doch dem Allzunachsichtigen nichts desto weniger ein Gast, den er nicht so ohne Weiteres wieder davon ziehen ließ. Ich mußte auch ein zweites, 2 Treppen höher gelegenes ähnliches Lokal mit aufsuchen, in welchem alle Regale, Tische, Bänke, ja selbst der Fußboden dermaßen von ausgestopften Vögeln erfüllt war, daß der übrige Raum kaum hinreichte, uns Beide völlig eintreten zu lassen. Hätte ich doch die Vorträge, die hier über die Unterschiede der deutschen Sperlinge untereinander, sowie der aus Spanien, Italien und Ungarn erhaltenen, oder alles was ich über die niedlichen Meisenarten, dann über die noch zarteren Zaunkönige und Goldhähnchen oder wenigstens das, was ich über die Sumpf- und Wasservögel unserer Gegend erfuhr, schnell niederzuschreiben vermocht! Als P. Brehm mit den Worten schloß: „Zeigen Sie mir eine Feder und ich sage Ihnen, welchem Vogel sie angehört" und ich meiner höchlichen Verwunderung darüber Worte gab, setzte derselbe hinzu, „wenn ich allerdings die Wahl unter den Federn haben kann, so ist mir eine Flügel- oder Schwanzfeder am liebsten." Selbst auf dem Oberboden fanden sich schließlich Kisten noch, jede ca. 2 Ellen lang, und etwa 1½ Ellen hoch und breit und diese sämmtlich gedrückt voll von Bälgen ausländischer Vögel. Der größere Theil derselben war ihm von Seiten seines Sohnes, des Herrn Dr. Alfred Brehm, aus Afrika gesandt worden. Wer hätte nicht auch diese sehen mögen? Zuerst kamen Adler und Geierarten zum Vorschein und vieles Unterhaltende knüpfte sich an ihre Betrachtung — doch auch für ihren Besitzer recht Trauriges! Da lag derselbe Aasgeier, den sein im Nil ertrunkener hoffnungsvoller Sohn zuletzt geschossen und den Schwergebeugten bewältigte hier der neuerwachende Schmerz —! Doch als ich bat, abzubrechen, war er keineswegs damit einverstanden. „Gar vielen," sagte er, „zeige ich freilich nur ein paar Papageien, weil ich sehe, daß nur ein wenig Neugierde sie hergetrieben. Sie aber, von dem ich sehe, daß es Ihnen Freude macht, und Interesse erweckt, sollen nicht so weit hergekommen sein, ohne Alles gesehen zu haben." Jetzt kam immer Neues, immer Prächtigeres zum Vorschein. Albatroße, Pinguine, Seeschwalben, Eidergänse, Taucher aller Art — Bewohner des äußersten Nordens, wie des heißesten Südens gingen durch unsere Hände und wurden sorgfältig vom Kopf über den Rücken nach dem Bürzel gestrichen, während sich in den immer erregter werdenden köstlichen Vortrag allmählig ein wahrer Schatz der verschiedenartigsten Anekdoten einschlich.

Den wiederholten Rufen der Frau Pastorin wurde doch endlich, da es auch unter dem Dache fast drückend heiß geworden war, Folge geleistet und wir kehrten in's kühle und gastliche Wohnzimmer zurück. Hier gab es schließlich noch Gelegenheit, die Bekanntschaft eines von Herrn Dr. Brehm von seiner ersten afrikanischen Reise mitgebrachten Affen zu machen; derselbe war aber sehr bösartig.

Beim Aufbruch selbst ließ es sich mein überaus freundlicher und gütiger Wirth nicht nehmen, mich noch eine Strecke zu begleiten. Er führte mich in den sogen. Fuchsgrund, um mir die größten Bäume der dortigen Flur, ja wohl der ganzen Umgegend zu zeigen. Der nächste, ein Lärchenbaum, wurde von uns umklaftert und maß 14 Ellen im Umfange. Der beschattete Raum in der Länge durchschritten macht 32—34 Schritte nöthig, das Abschreiten einzelner Aeste mag allein 18 Schritte erfordern und über 100 Schritte das Begehen des von den Astspitzen beschriebenen Umkreises. Die Höhe ist eine auffällig bedeutende, zumal der Baum allein steht. In einiger Entfernung von hier, auf dem Baderberge, stehen zwei große Ahornbäume, von fern scheinbar ein einziger, die jedenfalls zu den majestätischsten ihrer Art gehören, aber hohl sind. Der Umfang des größeren beträgt 29, der des kleineren 18 Fuß. Gewiß hat P. Brehm recht, wenn er in der Altenburger Kirchengallerie von ihnen spricht: daß diese Riesen wohl manch' Jahrhundert lang auf längst entschlafene Geschlechter und auf das Thal hernieder geschaut haben, welches letztere nicht immer den gleich friedlichen Anblick wie heute geboten haben mag. Nach älteren Nachrichten hinterließen der Bruderkrieg, die Hussitenkriege und endlich der 30jährige Krieg arge Verwüstungen hier und schreckliche Greuel aller Art mögen dabei vorgefallen sein. An der Grenze des weimarischen und altenburgischen Gebietes stand früher eine 1000jährige Eiche, die sogen. „Leicheneiche"; ihr Name hängt jedoch nicht mit jenen Greueln zusammen, sondern bis zu ihrem ehemaligen Standorte geht der Unterrenthendorfer Pfarrer den Leichenzügen aus Oberrenthendorf entgegen. Diese Eiche, ehedem die größte des ganzen dortigen Holzlandes hatte 32′ im Umfange, wurde aber 1829 vom Blitzstrahle entzündet und brannte fast die ganze Nacht hindurch, bis sie durch die kleinbernsdorfer Spritze gelöscht wurde. Obgleich sie ganz hohl gewesen, gab ihr Rest dennoch noch 18 Klaftern 6/4 Scheitholz.

Als mich mein Begleiter weiter auf einige hohe Linden und einige Nester darauf von Weißkehlchen und Gartenrothschwänzchen aufmerksam machte, fiel mir die früher gehörte alberne Behauptung ein, daß sich kein Vogel mehr um Renthendorf aufhielte, obschon dieselben gerade im Gegentheil ganz besonders gehegt und geschützt und nur Elstern und anderes diebisches Gesindel ernstlich verscheucht werden.*) Wohl ebenso albern ist es

*) Die Umgegend Renthendorfs gehört zu den besterforschten Deutschlands, Europa's, ja wohl der ganzen Erde. Fällt aber auch hin und wieder der Wissenschaft ein Opfer, so sind dies doch meist nur auf dem Zuge begriffene oder aus weit entfernten Ländern hieher verschlagene Thiere. Das 1861 erschienene hervorragende Werk Brehm's: „Die Eier der europäischen Vögel" verzeichnet folgende meist fremdländische Seltenheiten, als in der Umgebung Renthendorfs bemerkt und erlegt:

Colymbus arcticus, Linné, Polarseetaucher; in 50 Jahren nur 3 Exemplare (20. Mai 1825) im Hochzeitkleid.

C. septentrionalis, Linné, Rothrückiger Taucher. Nur junge Exemplare.

Hydrochelidon fissipes (Sterna), schwarze Wasserschwalbe. (NB. Nistete in einem Pärchen bei Renthendorf.)

Hydrocolaeus minutus, Kaup, Zwergmöve, einmal bei Greiz, einmal bei Renthendorf. (1. September 1851.)

Lestris crepidata, Brehm, kleine Raubmöve.

Pterocyana circia, Bonap., Knäckente. Orla- und Rodathal z. Th. nistend.

Cerchneis guttuta, Brehm, ein kleiner Thurmfalk. (Heimath Aegypten, Türkei.)

Strigiceps Swainsoni, Bonap., blaßgraue Weihe. 1 Exemplar im Jugendkleide (aus Afrika).

Columba livia, Brisson, Felsentaube. Im August 1845 ein Flug von 30 Stück in den Wäldern bei Renthendorf (aus Italien).

Erythrosterna parva, kleiner Fliegenfänger.

Certhia brachydactyla, Brehm, kurzzehiger Baumläufer. (Auch bei Gera, Eisenberg, Zeitz.)

Loxia rubrifuscata, Brehm, rothbrüstiger Kreuzschnabel, dort zuweilen nistend.

Carpodacus erythrinus (Fring. eryth.) Kaup, gepaart im Juni.

Calamoherpe pinetarum, Brehm, Gartenrohrsänger, in Renthendorfer Rohrteichen nistend.

C. hydrophilos, Brehm, Wiesenrohrsänger, manchmal bei Renthendorf brütend.

zu nennen, wenn hin und wieder den vielen in der Pfarrwohnung angehäuften Bälgen (gegen 5000 im ungefähren Werthe von 10,000 Thalern) giftige Ausdünstungen zugeschrieben werden. Motten waren allerdings nirgends bemerklich, aber ebensowenig — wenigstens für den Geruch nicht — das Allermindeste einer gefährlichen Ausdünstung. Ging doch der damals bereits 67 Jahre zählende Herr, ohne sich eines Stockes zu bedienen, mit so festem rüstigem Schritte neben mir und dachte selbst beim Bergaufsteigen so wenig daran, das Gespräch abzukürzen, daß von schädlichen Einflüssen, die wohl eher seinem beschwerlichen Amte zuzuschreiben wären, Gottlob! nicht das Mindeste zu entdecken war. Mag seine große Mäßigkeit und Genügsamkeit ihm der Wissenschaft und allen seinen zahlreichen Freunden und Verehrern noch recht lange erhalten.

So nahm ich mit aufrichtigem Danke Abschied und mußte dabei versprechen, meinen Besuch zu wiederholen, was ich bei den so eben verlebten angenehmen und lehrreichen Stunden sehr gern that — sie zählten zu den genußreichsten meines Lebens!

Ueber die Bastardirung des europäischen Steinbockes (Capra Ibex. Linné) mit der gemeinen Hausziege (Hircus Capra. Wagner.)

Von Dr. Leop. Joh. Fitzinger.

(Fortsetzung.)

Im Jahre 1800 gelangte diese Menagerie in den Besitz eines männlichen Steinbockes, der sich bis zu seinem Ableben im Jahre 1808 öfters mit einer ihm beigegebenen Hausziege paarte, aber nur zweimal Junge zeugte, welche beide, wie berichtet wird, dem Vater vollkommen geglichen haben sollen. Der eine derselben, ein Weibchen, wurde im Jahre 1804 ge-

C. arbustorum, Brehm, Strauchrohrsänger, brütend.

Adophoneus nisorius, Kaup, Sperbergrasmücke (in 48 Jahren einmal erlegt bei Renthendorf).

Pandion haliaëtos (Falco), Cuvier, Flußadler. Nistete am Friesnitzer See, um seine Jungen täglich mit 3—4 der schönsten Karpfen zu füttern.

Auch im 9. Bande der Mittheilungen aus dem Osterlande berichtet derselbe über ähnliche seltene Vorkommen, z. B.:

Aquila fusca, brauner Adler. Am 10. November 1822 bei Auma geschossen.

Erythropus rufipes, Rothfußfalke, einmal im August am Friesnitzer See.

Circus aeruginosus, Rohrweihe, 1 Exemplar daselbst.

Haliaëtos albicilla, Sav., Caschwitz, Großebersdorf 2 Exemplar.

worfen und lebte bis 1810. Obgleich sich derselbe zu wiederholten Malen mit seinem eigenen Vater paarte, so blieb dennoch die Paarung immer ohne Erfolg. Das zweite jener Jungen, das ich selbst noch lebend gesehen zu haben aus früherer Jugendzeit mich erinnere und welches dermalen im kaiserlichen zoologischen Museum zu Wien, als Balg präparirt, aufbewahrt wird, war ein Männchen, das 1807 geworfen und bis zum Jahre 1814 am Leben erhalten wurde. Dieser Bastard, welcher ein Alter von 7 Jahren erreichte, hatte allerdings und zwar vorzüglich in seinem späteren Alter, als die Hörner bereits vollständig ausgebildet waren, sehr große Aehnlichkeit mit dem Vater, indem er demselben nicht nur in der Richtung und zum Theile auch in der Form des Gehörnes, mit Ausnahme des mehr drei-, als vierseitigen Durchschnittes und der bei Weitem nicht so deutlich hervorgetretenen knotenartigen Wülste glich, sondern auch in der Färbung und der Größe. Diese Versuche wurden durch eine lange Reihe von Jahren unterbrochen, da die kais. Menagerie zu Schönbrunn erst im Jahre 1846 wieder einen jungen männlichen Steinbock erhielt. Erst nachdem dieser Bock ein Alter von 4 Jahren erreicht hatte, nahm der Director jener Anstalt, Heinrich Schott, diese schon vor 46 Jahren daselbst begonnenen Versuche wieder auf.

Im Herbste des Jahres 1849 wurde dieser Steinbock mit zwei Hausziegen gepaart, deren jede aber im Frühjahre 1850 nur ein einziges Junge und zwar weiblichen Geschlechtes warf, die beide jedoch in Bezug auf die Farbenzeichnung mehr der der Mutter als dem Vater glichen, indem sie die der Hausziege eigenthümlichen Abzeichen deutlich an sich trugen.

In Folge einer im Herbste 1850 wiederholten Anpaarung des Steinbockes mit einigen Hausziegen wurden von denselben im Frühjahre 1851 zwei männliche und drei weibliche Bastarde geworfen, die aber weit weniger Abzeichen der Hausziege als jene des vorjährigen Wurfes zeigten und sich daher in Ansehung der Farbe mehr dem Vater als der Mutter näherten.

Im Herbste 1851 wurde abermals eine Paarung des Steinbockes mit mehreren Hausziegen veranlaßt und die aus dieser Vermischung im Frühjahre 1852 hervorgegangenen sechs Blendlinge, von welchen zwei männlichen und vier weiblichen Geschlechtes waren, hatten noch größere Aehnlichkeiten mit dem Vater als jene des im verflossenen Jahre stattgehabten Wurfes, insbesondere aber in Bezug auf die Form des Kopfes.

1852 im Herbste ließ man den Steinbock neuerdings mit einigen Hausziegen paaren, die im Frühjahre des Jahres 1853 neun Stück Junge brachten, unter denen sich drei Männchen und sechs Weibchen befanden. Sämmtliche Junge, mit Ausnahme eines einzigen Weibchens, das bereits ohne alle Abzeichen war, glichen jenen des vorjährigen Wurfes.

Im Jahre 1853 versuchte man den Steinbock im Herbste nicht nur mehreren Hausziegen anzupaaren, sondern auch einem seiner eigenen, aus dem Jahre 1850 herrührenden und daher bereits dreijährigen Bastarde. Aus der Vermischung mit den ersteren gingen im Frühjahre 1854 vier Weibchen hervor, von denen eines in Ansehung der Farbe wieder mehr als die drei übrigen mit dem Vater übereinkam. Das junge Männchen, welches der erste hier gezogene Abkömmling aus der ersten, mithin ein Bastard zweiter Generation war, näherte sich nicht nur in der Farbe, sondern auch in der Form und Richtung der Hörner auffallend dem Vater.

Von dieser Zeit an wurde der Steinbock nur mit seinen eigenen Blendlingen gepaart, um eine Zucht zweiter Generation abzugewinnen. Nachdem sich der alte Bock im Herbste 1854 mit seinen in den Jahren 1850 und 1851 geworfenen weiblichen Bastarden vermischt hatte, brachten dieselben im Frühlinge des Jahres 1855 vier Blendlinge zur Welt und zwar ein Männchen und drei Weibchen, welche mit Ausnahme eines einzigen Weibchens, das noch Spuren von Abzeichen der Mutter zeigte, durchgehends alle wesentlichen Merkmale des Vaters an sich trugen.

Auch im Jahre 1855 fand zur Herbstzeit wieder eine Anpaarung des Steinbockes mit seiner Blendlingsnachzucht statt und die aus dieser Vermischung im Frühjahre 1856 hervorgegangenen Jungen, zwei Männchen und ein Weibchen, zeigten in ihren körperlichen Merkmalen auffallende Aehnlichkeit mit ihrem Vater.

Es war dieß der letzte Bastardirungsversuch, der mit diesem alten Steinbocke vorgenommen werden konnte, da derselbe Anfangs Juni 1856 eingegangen war.

Die Zahl der von demselben gezogenen Bastarde betrug 34 Stücke, wovon 26 Stücke, 7 Männchen und 19 Weibchen, der ersten, und 8 Stücke, 4 Männchen und 4 Weibchen, der zweiten Generation angehörten.

Nachdem mittlerweile und zwar schon im Jahre 1850 ein anderes junges Steinbock-Männchen nebst zwei zu jener Zeit noch sehr jungen Weibchen aus den savoyischen Alpen für die kaiserl. Menagerie acquirirt worden, setzte man jene schon durch sieben Jahre hindurch betriebenen Bastardirungsversuche mittelst dieses zweiten, schon in einem Alter von sechs Jahren stehenden Steinbock-Männchens fort.

Man ließ dasselbe daher gegen das Ende des Jahres 1856 mit mehreren der vorhanden gewesenen Bastardziegen paaren, welche im Frühjahre 1857 sieben Blendlinge zweiter Generation und zwar sechs Männchen und ein Weibchen warfen, von denen sich die Mehrzahl, vorzüglich aber in Bezug auf die Hörnerform, sehr dem Steinbocke näherte.

Im Spätherbste des Jahres 1857 ließ man ihn abermals mit einigen Blendlingen zur Paarung zu, von denen fünf Stücke der ersten und ein

Stück der zweiten Generation angehörten. Die von den ersteren im Frühjahre des Jahres 1858 geworfenen fünf Stück Bastarde, welche durchgehends Weibchen waren, boten sämmtlich in Form sowohl als Farbe große Aehnlichkeit mit ihrem väterlichen Originale und insbesondere zwei derselben. Fast mehr noch schien dieß der Fall bei den jungen Männchen dritter Generation, welches die aus dem Jahre 1855 herrührende Bastardziege zweiter Generation geworfen hatte, das aber leider schon nach wenigen Wochen zu Grunde ging.

Aus einer wiederholten Anpaarung dieses Bockes mit derselben Bastardziege im Herbste 1858 ging im Frühjahre 1859 ein junges Männchen dritter Generation hervor, welches sowie das vorjährige sehr große Aehnlichkeit mit dem Vater zu haben schien, aber gleichfalls schon in den ersten Wochen wieder einging.

Eine fernere Paarung des alten Steinbockes mit Bastardziegen zweiter Generation konnte nicht mehr vorgenommen werden, da jene, mit welcher er im verflossenen Jahre ein Junges zeugte, mittlerweile mit Tod abging und die damals noch am Leben gewesenen fünf anderen, welche erst im Jahre 1858 geworfen worden waren, ihrer Jugend wegen, zur Fortpflanzung noch nicht für geeignet befunden wurden.

Der rasche Tod, welchen das alte Steinbock-Männchen zu Anfang der zweiten Hälfte des Monats Juli 1860 ganz unerwartet genommen hatte, setzte der Verfolgung der in der Schönbrunner Menagerie durch neun Jahre ununterbrochen betriebenen Bastardirungsversuche ein auf mehrere Jahre hinausreichendes Ziel, indem das erst längere Zeit nach dem Tode jenes Steinbockes acquirirte junge Männchen noch nicht das gehörige Alter erreicht hat, um an die früheren Versuche wieder anknüpfen zu können. Die Nachkommenschaft desselben bestand in 14 Individuen und zwar in 6 Männchen und 6 Weibchen zweiter, und 2 Männchen dritter Generation.

Im Spätherbste des Jahres 1855 wurde zu Schönbrunn auch der Versuch gemacht, einen Blendlingsbock erster Generation mit zwei weiblichen Bastarden derselben Generation zu paaren. Das eine dieser Weibchen brachte im Frühjahre 1856 ein junges Männchen zur Welt, das durchaus keinen Rückschlag zur Ziegenform zeigte, während das vom zweiten Weibchen geworfene weibliche Junge offenbar größere Aehnlichkeit mit der Hausziege als dem Steinbocke hatte. Solche Anpaarungen sollen auch in der Folge wiederholt und selbst mit Blendlingen zweiter Generation versucht worden sein.

In den vierziger Jahren unseres Jahrhunderts nahm auch Erzherzog Ludwig von Oesterreich die Zucht von Steinbock-Bastarden im Schlosse zu Hellbronn, mit welcher schon die alten Erzbischöfe begonnen hatten, wieder auf, indem er sich einen echten Bock aus den piemontesischen Alpen verschaffte, den er mit ausgewählten Hausziegen paaren ließ. So viel mir bekannt ist, wurde eine nicht unbeträchtliche Anzahl von solchen Bastarden zu Hellbronn gezogen, doch ging diese Zucht, nachdem der alte Original-Bock ungefähr um das Jahr 1860 mit Tod abgegangen war, in der Folge völlig ein, und wurde nur die Bastardzucht erhalten, welche aus der Paarung jener Blendlinge unter sich hervorgegangen war. Ob dieselbe aber dermalen noch besteht, weiß ich nicht mit Sicherheit anzugeben.

Alle Steinbock-Bastarde, welche sich heut zu Tage im Besitze von zoologischen Gärten oder Privat-Personen befinden, sind aller Wahrscheinlichkeit nach theils Abkömmlinge der Schönbrunner Zuchten, theils stammen sie von jenen des Erzherzogs Ludwig von Oesterreich aus Hellbronn; doch gehören sie allenthalben selbst jetzt noch zu den selteneren Erscheinungen. Der zoologische Garten zu München besitzt hiervon ein altes Männchen und Weibchen zweiter Generation, sammt einem Paare einjähriger, von diesen abstammender Jungen, welche alle vier ein Geschenk Sr. königl. Hoheit des Prinzen Adalbert von Bayern sind und noch einen alten Bock, welcher der Blendling eines solchen Bastard-Steinbockes mit einer Hausziege ist und von Freiherrn von Crailsheim zu Amerang in Bayern diesem Institute als Geschenk dargebracht wurde. (Schluß folgt.)

Nachrichten aus dem Zoologischen Garten zu Hamburg.

Der in der Generalversammlung der Actionäre am 9. d. M. von dem Vorsitzenden des Verwaltungsrathes, H. A. Meyer, vorgetragene Rechenschaftsbericht lautete folgendermaßen:

Meine Herren!

Wenngleich der Verwaltungsrath mit Freuden Sie zu der heutigen Versammlung berufen kann, da das Institut, welchem er durch Ihr Zutrauen vorzustehen die Ehre hat, sich mehr und mehr hebt, alltäglich an Popularität gewinnt und in mancher Hinsicht sich schon den ersten europäischen an die Seite stellen darf, so erfüllt es ihn dennoch mit tiefem Schmerze, daß die Stelle, auf welcher ich die Ehre habe vor Ihnen zu stehen, heute nicht mehr von Demjenigen ausgefüllt ist, welcher der letzten General-Versammlung am 26. November 1862 präsidirte. Sie haben mit uns den herben Verlust tief empfunden, Sie Alle wissen, wie unsere Gesellschaft vor Allem ihm ihr Entstehen verdankt, was er ihr, ja was er unserer geliebten Vaterstadt war. Sie Alle werden aber auch mit uns übereinstimmen darin, daß wir sein Andenken nicht besser ehren können, als durch ein muthiges und festes Fortschreiten in seinen Fußstapfen, als durch ein Fortwirken in seinem Geiste.

Gestatten Sie mir nunmehr, Ihnen einen kurzen Bericht über die Hauptmomente der Thätigkeit Ihres Verwaltungs-Rathes, seit der letzten General-Versammlung, zu geben. Dieselbe fand, wie erwähnt, am 26. November 1862 statt, zu einer Zeit also, als dem Publikum der gänzlich unvollendete Garten noch nicht eröffnet war. Der Verwaltungsrath ließ sich in derselben von Ihnen potestiviren, neue Actien im Betrage von nur Bco. Mrk. 100,000 auszugeben und wies dankend den Antrag einiger Herren Actionäre zurück, diese Summe schon damals zu vergrößern, mit dem Bemerken, daß, wenn auch schon jetzt feststehe, daß für die Zwecke, auf welche ich später näher zurückkommen werde, größere Anlagesummen noch erforderlich sein würden, es doch wünschenswerth sei, mehr Erfahrung zu sammeln, ehe man weitere Bewilligungen beantrage. Sie gingen auf den Antrag des Verwaltungsrathes ein, und das allgemeine Interesse der Bevölkerung ermöglichte, daß die neuen Actien im Belaufe von Bco. Mrk. 100,000 innerhalb 24 Stunden sämmtlich gezeichnet waren, ohne daß es hierzu auch nur der geringsten Anstrengung unsererseits bedurft hätte. Zwei Drittheile dieser Summen wurden zu fast gleichen Theilen zum Bau, erstens: des Aquariums und zweitens: des Affenhauses bestimmt und viele kleinere Bauten und Gartenanlagen theilten sich in das, was übrig blieb. Am 17. Mai des Jahres 1863 war es uns nun vergönnt, den Garten Ihnen, meine Herren, feierlich zu übergeben. Von den Gallerien des Bärenzwingers herab haben Sie von unserem seligen Herrn Präsidenten damals vernommen, daß wir das Institut, obgleich es in keiner Weise vollendet war, doch zu eröffnen beschlossen hatten, und obgleich wir das ganze Jahr 1863 nur als erstes Baujahr ansehen mußten und der Besuch des Publicums uns nicht hindern durfte, an vielen Stellen rüstig fortzuarbeiten, so glaubte der Verwaltungsrath sich doch verpflichtet, schon während des ersten Baujahres die Unterhaltungskosten durch Einnahmen zu decken und, wenn möglich, durch etwa erzielte Mehr-Einnahmen die auf die Anlage zu verwendenden Gelder zu vergrößern. Der günstige Erfolg, den Sie, meine Herren, aus der gedruckten und in Ihren Händen befindlichen Abrechnung ersehen, wird mehr als alles Andere für die Richtigkeit dieser Maßregel sprechen und Ihre volle Billigung finden. Diese Abrechnung ergiebt, daß in den 7½ Monaten des vorigen Jahres

186,696 Erwachsene und
38,857 Kinder
zusammen 225,553 Entrée zahlende Personen den Garten besuchten,

davon waren

103,580 Erwachsene und
27,181 Kinder
zusammen 130,761 Besucher an den Tagen mit ermäßigtem Eintrittsgeld.

Außerdem wurde den Zöglingen zahlreicher mildthätiger Institute unentgeltlich Freude und Belehrung in demselben und, was vor Allem erfreulich erscheint, es fanden sich schon in dieser ersten Zeit 924 Abonnenten. Die besuchtesten Tage des vorigen Jahres waren folgende:

der 5. Juli mit 17,953,
„ 25. Mai „ 20,565 und endlich
„ 2. August „ 38,305.

Diese letztere Zahl, welche, wie ich glaube, Alles übertrifft, was andere Gärten (London nicht ausgenommen) aufzuweisen haben und was Sie und Ihr Verwaltungsrath erwarten durften, möge Ihnen die Ueberzeugung geben, daß die Erreichung des Zweckes, zu welchem Sie sich vereinten, der nämlich: unserer Vaterstadt ein volksthümliches Institut zu schaffen, welches, indem es Belehrung verbreitet, auch Erholung und Freude schafft, schon jetzt als gesichert anzusehen ist.

Obgleich die Erfahrungen des vorigen Jahres nur kurze sind, so hat der Verwaltungsrath doch versucht, für das laufende Jahr ein Budget der regelmäßigen Ausgaben aufzumachen, und dieses hat sich in den ersten fünf Monaten als annähernd richtig bewährt. Es beläuft sich auf nahezu Crt. Mrk. 100,000, hierzu werden nicht unbedeutende neue Anschaffungen und sich als wünschenswerth noch erweisende Bauten und Gartenanlagen treten.

Die Summe der Ausgaben ist also eine recht bedeutende und wird sich, da die Thiere an Zahl fortwährend zunehmen, nicht ermäßigen lassen, doch hat der Verwaltungsrath andererseits auch schon eine wesentliche Steigerung eines Einnahmepostens zu berichten, nämlich den der Abonnenten. Gegen 924 Abonnenten mit Crt. Mrk. 17,190. in 1863, sind bis heute für 1864 2800 Abonnenten mit Crt. Mrk. 52,200. in unsern Büchern verzeichnet. Wir zweifeln demnach nicht, unseren Bedürfnissen volle Rechnung tragen zu können, da gegen die vorjährige Gesammt-Einnahme von Crt. Mrk. 115,000. schon jetzt eine Einnahme von fast Crt. Mrk. 80,000. zu stellen ist.

Im Innern des Verwaltungsrathes sind folgende Veränderungen vorgekommen:

Nach dem Ableben des Herrn Baron von Merck fand, wie Sie bereits durch öffentliche Anzeige erfahren haben, eine Neuwahl der Chargen statt. Der Verwaltungsrath betraute mich mit dem Präsidio und ich unterschätze so wenig die mir erwiesene Ehre als die mir dadurch auferlegten Verpflichtungen. Er erwählte an meiner Statt Herrn Obergerichtsrath Dr. Schwartze zum Vice-Präsidenten, während Herr Consul Schiller nach wie vor das mühevolle Amt des Schatzmeisters bekleidete. Als zwölftes Mitglied trat Herr A. O'Swald, welcher schon bei Gründung des Institutes zu den Mitgliedern des Verwaltungsrathes gezählt hatte, später jedoch, überhäufter Geschäfte halber, zurückgetreten war, wieder ein. Die Beschäftigungen des Verwaltungsrathes in diesem ersten Jahre waren überaus mannigfache. Wöchentlich versammelte sich derselbe einmal in pleno und außerdem erledigte er seine Arbeiten in zahlreichen Commissionssitzungen, so daß die Zahl seiner Sitzungen seit der letzten General-Versammlung die Höhe von 203 erreicht hat. Manche seiner Arbeiten werden nicht jährlich wiederkehren, wie die der Feststellung schriftlicher Instructionen für die Beamten, sowie viele andere, welche auf die möglichst vollkommene Organisation des Instituts im Innern hinzielten, jedoch bleibt auch hier Manches unerledigt, weil manchen Bestimmungen längere Erfahrung vorausgehen sollte.

Ich übergehe nun die Aufzählung der kleineren Bauten, welche seit der letzten General-Versammlung entstanden sind. Sie Alle kennen dieselben und ihre Bewohner aus eigener Anschauung so gut, wie wir. Ich muß jedoch auf das leitende Princip des Verwaltungsrathes bei Errichtung aller Gebäude nothgedrungen einige Augenblicke verwenden. Unstreitig hätten sich kleine leichtere und weniger kostspielige Gebäude für manche Zwecke herstellen lassen und unser Garten würde heute ein ungleich vollendeteres Ansehen haben gewinnen können, ohne mehr Geld zu beanspruchen. Ueberall jedoch räth man jetzt so entschieden von nicht ganz festen Thierhäusern ab und man beklagt die eigenen Versuche billiger, leichter Constructionen so sehr, daß, wenn auch unser Klima nicht noch zu besonderer Vorsicht aufforderte, uns doch die unerläßliche Nothwendigkeit solider, wenn auch kostspieliger, Bauten unabweisbar scheint. Ebenso raubten uns die vielen eisernen Einfriedigungen und Gitter bedeutende Summen, dennoch sahen wir, nach ruhiger Ueberlegung von allen hölzernen ab. Wenn aber so der Garten auch nur nach mehreren Jahren in den Besitz sämmtlicher Thierhäuser gelangt, so werden sie dann hoffentlich weder an Größe noch an Dauerhaftigkeit zu wünschen lassen und, weil sie wenig Reparatur erfordern, in Wirklichkeit billig sein.

Erst vor kurzer Zeit konnte das Aquarium, dessen Bau gerade ein Jahr beansprucht hat, eröffnet werden. Auch diese, mit Ihren Mitteln errichtete Schöpfung ist Ihnen hinreichend durch den Augenschein bekannt und ich hoffe, Sie theilen die allgemeine Ansicht, daß sie ihren Zweck vollständig erreicht; ich darf wenigstens behaupten, daß sie

bis jetzt die beste in Europa ist. Eine große unbekannte Thierwelt, und zwar diejenige, welche sich am leichtesten dem beobachtenden Auge entzieht, wird vielen Tausenden dadurch auf leichte Weise zugänglich und während sie ganz neue Gesichtskreise eröffnet und gewiß wesentlich dazu beiträgt, die Liebe zum Naturstudium zu erhöhen, verschafft sie dem Garten in diesem Jahre eine nicht unbedeutende Neben-Einnahme.

Unser Affenhaus ist bis auf einige Einzelheiten gleichfalls vollendet und wird sehr bald der Benutzung übergeben werden können. Es sind bei demselben alle Erfahrungen anderer Gärten berücksichtigt und wir hoffen, das es mit Hülfe derselben gelingen wird, diese im Norden leicht und meistens an Lungenkrankheiten erliegenden Thiere, welche doch eine Haupt-Attraction jedes Thiergartens bilden, länger gesund zu erhalten.

Das Princip, welches die Zahl unserer Bauten beschränkt, verhindert uns auch, noch schneller unseren Thierbestand zu vermehren. Derselbe ist jedoch schon ein recht erfreulicher und wird sich im Laufe des Jahres noch ansehnlich vermehren. Er umfaßt ungefähr

250 Säugethiere und
600 Vögel,

und dabei ist nicht zu übersehen, daß uns gerade noch die Behausungen für kleine Vögel, welche die Zahl schnell steigern würden, gänzlich fehlen. Es ist hier am Orte, des lebhaften Interesses zu gedenken, welches Sie, meine Herren, und außer Ihnen so mancher Hamburger, hier wie im Auslande, und endlich auch so manche Fremde unserer Vaterstadt dem Institute zugewandt haben. Es ist uns dadurch eine so erhebliche Menge werthvoller Geschenke an Thieren zugeführt worden, daß die Verlesung des Verzeichnisses derselben zu sehr Ihre Zeit in Anspruch nehmen würde und dies scheint deshalb auch nicht erforderlich, da Sie Geschenke und Geber durch regelmäßige Publicationen in den Hamburger Nachrichten kennen gelernt haben. Auch an Geldgeschenken, welche von den Gebern zur speciellen Verwendung bei Errichtung verschiedener Baulichkeiten bestimmt wurden, ist uns schon die Summe von Bco. Mrk. 16,880 geworden. Der Verwaltungsrath kann hier nur seinen warmen Dank für Alles wiederholen und werden Sie darin einen ferneren Beweis für die Annahme finden, daß einem so vielseitig unterstützten Unternehmen ein schnelles Wachsthum nicht fehlen kann.

Auf die noch im Bau begriffene Eulenburg werde ich im nächsten Jahre zurückkommen.

Außer der Sorge für den Garten hat der Verwaltungsrath ferner sein Augenmerk darauf gerichtet, durch Vorlesungen das allgemeine Interesse für den uns speciell interessirenden Zweig der Naturwissenschaft zu erhöhen. Durch den zahlreichen Besuch, welchen sie fanden, legten sie das günstigste Zeugniß für das Talent unseres Directors, des Herrn Dr. Brehm, auch auf diesem Felde seiner Thätigkeit ab.

Wir machten außerdem den Anfang mit einigen wissenschaftlichen Sitzungen der Gesellschaft; auch diese wurden stets gut besucht und denken wir, im kommenden Winter damit fortzufahren.

Schließlich habe ich Ihnen mitzutheilen, daß der Verwaltungsrath durch einstimmigen Beschluß den bekannten Naturforscher und Reisenden, Herrn Baron v. d. Decken zum Ehrenmitgliede der Gesellschaft ernannt hat; derselbe hat sein specielles Interesse für unseren Garten schon durch sehr werthvolle Geschenke, die er aus Afrika mitbrachte, bekundet. (Schluß folgt.)

Miscellen.

Das Aquarienhaus des zool. Gartens in Hamburg.

(Schluß.)

Unser Aquarium ist nicht nur das bei Weitem größte, sondern auch das besteingerichtete und vollständigst ausgerüstete das existirt, und so groß wird die Zahl und die Mannigfaltigkeit der darin gehaltenen Thiere sein, daß es allein als ein förmlicher zoologischer Garten im Kleinen betrachtet werden kann. Keine zweite zoologische Gesellschaft hat, so kurz nach ihrem Entstehen, die angemessene Vertretung der niederen Wasserthiere so systematisch in Angriff genommen und als so hervorragenden Zweck behandelt, geschweige denn in einem so großartigen Maßstabe, daß eine eigene, gesonderte Leitung erfordert wird; keine hat sie der sorgfältigsten Berücksichtigung für eben so würdig angesehen, wie die der höheren Thiere, und nicht nur als ein unwesentliches Anhängsel zu diesen. Man kann der Anlage in der That kein höheres Lob spenden, als wenn man darauf hinweist, daß alle nicht durch Lungen athmenden Thiere, welche die Europäischen Seen bewohnen, in dem Aquarium successive gehalten werden und gedeihen können unter der Bedingung, daß die Thiere nicht in zu großer Anzahl auf einmal hineingesetzt werden, daß sie nicht zu groß sind, und daß ihre Organisation sie nicht evident ungeeignet macht, überhaupt in der Gefangenschaft fort zu existiren. Die Vorrichtungen, Alles in Ordnung zu halten, sind künstlich fast bis zum Luxus, und obgleich der Einrichtungen, welche bestimmt sind, Arbeit zu ersparen, so viele sind, daß die ganze Anlage den Charakter eines großen und complicirten Maschinenwerkes trägt, so wird doch die Erhaltung der Ordnung in den Sammlungen einen hohen Grad anhaltender Thätigkeit und unermüdlicher Sorgfalt erheischen. Da sind 125 Hähne vielmal des Tages zu öffnen, zu schließen und zu reguliren; da ist eine Vorrichtung, um das Durchströmen des Wassers während der Nacht fortdauern zu lassen, wenn die Maschine nicht arbeitet; ferner eine Einrichtung, durch welche die Ströme in ihrer Richtung sowohl wie in ihrer Stärke regulirt werden können, und ein Mechanismus, der die Wassermenge, welche in einer bestimmten Zeit durch die Behälter strömt, in Zahlen selbst registrirt. Auch ist Vorsorge getroffen, das Wasser, wenn nöthig, um 3 Grad Réaumur zu erwärmen, ehe es in die Reservoirs einströmt.

Das Einsammeln der Thiere ist gleichfalls ein Gegenstand, der nicht geringe Mühwaltung erfordert, da um hinreichende Verschiedenheit zu erzielen, sie nicht nur von einem Orte hergeschafft werden können, sondern von den verschiedensten Stellen der verschiedensten Seeküsten, da jede Oertlichkeit eine von der anderer Plätze abweichende Fauna producirt, mögen sie auch dicht daran stoßen, und die besten Sammelgründe nur den an den betreffenden Stellen dauernd Ansäßigen bekannt sind. Dann müssen diese Personen gelehrt werden, wie und was sie sammeln sollen, und die beste Art das Gesammelte aufzubewahren, bis sie eine hinreichende Zahl von Exemplaren zusammen haben; hierauf müssen diese sorgfältig verpackt und große Entfernungen über Land an einen Mann gesendet werden, der sie empfängt und die Erwerbungen des ganzen Corps der Sammler in Depôt nimmt; dieser Hauptagent endlich, der die gesammelten Schätze an einem Centralpunkt, in London, sicher untergebracht hat, schickt oder bringt sie nach Hamburg. Bedenkt man, daß alle Transporte mit großer Sorgfalt geschehen müssen, da man mit Thieren zu thun hat, die leicht beschädigt werden, und daß während der verschiedenen Reisen das Wasser, in dem sie bewahrt werden, unterwegs rein gehalten werden muß, so wird man sich einen Begriff bilden können von den zu überwindenden Schwierigkeiten, von den Transportvorrichtungen, die ausgesonnen werden müssen, um den Bedürfnissen der verschiedenen Thiere zu entsprechen, und von der Sorgfalt im Allgemeinen, die erforderlich ist, ehe ein solcher lebender Transport sicher seinen Bestimmungsort erreicht. Ein Theil der Thiere kommt von der Ostsee, andere von Helgoland, wo die Gesellschaft ein Depôt für solche Thiere errichtet hat, die schwerer auf große Distanzen zu transportiren sind; doch würde diese Station von größerem Nutzen sein, wenn eine regelmäßigere Verbindung mit Hamburg während der Winter- und Frühlingsmonate bestände. Im nächsten Frühjahr werden Sendungen von Norwegen eintreffen, höchst wahrscheinlich auch von Amerika; für den Augenblick aber und für die nächste Zeit scheint Großbritannien das Meiste zu versprechen, da nicht nur seine geologisch vielgestaltige Küste eine entsprechend mannigfaltige Meerfauna erzeugt, sondern dieser Reichthum noch erhöht wird durch den Umstand, daß der Golfstrom mit solcher Kraft die Küsten von Devonshire und Cornwall bespült, daß man dort sogar lebende Korallen in Menge findet, während bei den übrigen Seegeschöpfen in dieser Gegend und noch meilenweit an den beiderseitigen Küsten entlang in Folge der höheren Temperatur, in der sie aus diesem Grunde leben, die Farben lebhafter, die Dimensionen größer, die Zahl reicher wird. Und was die merkwürdigen Höhlen betrifft, die man auf Jersey, Guernsey, Sack, Herm und anderen Canalinseln findet, so sind sie überreich an Thieren von fast tropischem Charakter, die noch nie in einem Aquarium gezeigt sind, einfach deßhalb, weil bis heute noch Niemand den Muth gehabt hat, ein Aquarium zu errichten, das würdig wäre sie aufzunehmen. Auch die Küste von Irland, obgleich sehr reich an solchen Geschöpfen, ist fast noch gar nicht ausgebeutet.

Die Bewohner Hamburgs können sich mit gutem Grunde Glück wünschen zu dem Besitz dieser ganz neuen Sehenswürdigkeit, die ihnen gestattet, in einer Reihe von Gemächern, die im Winter behaglich warm, im Sommer angenehm kühl sein werden, die Gewohnheiten, Gestalten und Farben einer langen Reihe schöner aber wenig gekannter Thiere mit Muße zu beobachten, bequemer als dies im Ocean selbst thunlich wäre. Auch Zoologen von Profession werden, wie zu hoffen steht, die ihnen hier gebotene Gelegenheit benutzen, ihre Studien mit größeren Erleichterungen zu betreiben, als ihnen bisher zu Gebote standen, wenn gleich sie bis jetzt die Möglichkeit, die niederen Thiere in deren natürlichem Zustande sich annähernder Gesundheit und Schönheit zu erhalten, immer noch bezweifelt haben. Doch muß zugestanden werden, daß ihre Zweifel nicht ohne vernünftige Basis waren, da von den vielen tausend Aquarien, die man eingerichtet hat, so sehr wenige guten Erfolg gehabt haben.

Das äußere Dach des Hamburger Aquariums wird im Sommer einen angenehmen Spazierweg bieten, und wenn der projektirte Wintergarten und das neue Wirthschaftsgebäude vollendet sind, werden die drei Gebäude eine zusammenhängende Gruppe bedeckter Räumlichkeiten bilden, eine Einrichtung, deren Annehmlichkeit ohne Zweifel vollständig empfunden und gewürdigt werden wird, da sie ein Mittel der Erholung und Belehrung zu jeder Jahreszeit bietet, in einem so veränderlichen Clima, wie das Norddeutschlands ist.

Zum Schlusse erfordert noch die Gerechtigkeit, zu erwähnen, daß es das Verdienst des zool. Gartens in London ist, im Jahre 1853 den ersten Anstoß zu der Errichtung von Aquarien, die jetzt so populär geworden sind, gegeben zu haben, wenigstens soweit es sich um deren öffentliche Schaustellung handelt.

William Alford Lloyd,
Custos des Aquariums.

10. Januar 1864.

Verantwortlicher Redacteur Dr. D. F. Weinland.
Schnellpressendruck von Aug. Wörner, vormals J. G. Sprandel, in Stuttgart.

Der Thiergarten.

Allgemeine Deutsche Monatschrift
für Kunde, Beobachtung, Zucht und Pflege der Thiere,
mit besonderer Rücksicht auf die
Verbesserung unserer bisherigen Hausthiere und die Heranbildung neuer.

Erster Jahrgang
1864.

Nro. 7.

Verlag von
Ebner & Seubert
in Stuttgart.

Preis
für den ganzen Jahrgang
fl. 2. 42 kr.
oder
Thlr. 1. 18 Sgr.
Zu beziehen
durch alle Buchhandlungen
und Postämter.

herausgegeben von

Dr. D. F. Weinland

auf Hohen-Wittlingen, O.A. Urach, Königr. Württemberg.

Inhalt: Der Eisvogel in Gefangenschaft. Von Dr. Schlegel in Altenburg. — Ueber eingeführte und verschleppte Thiere auf den Azoren. Von Dr. Ed. v. Martens. — Ueber Bastardirung des europ. Steinbocks mit der gemeinen Hausziege. Von Dr. L. J. Fitzinger. — Die Veränderlichkeit der Hausthiere. Von R. Oettel. — Nachrichten aus dem zoologischen Garten zu Hamburg. — Literatur. — Miscellen. — Bekanntmachung.

Der Eisvogel in Gefangenschaft.

Von Dr. Schlegel in Altenburg.

Ende Mai v. J. erhielt ich 4 Stück junge Eisvögel (Alcedo ispida) aus einem Nest vom Pleißenufer. Ihr Körper war über und über mit den annoch in langen Scheiden steckenden Federn wie mit einem Stachelkleide bedeckt. Auf dem Rücken schimmerten die grünen und blauen Federn bläulichweiß durch die Scheiden hindurch, an der Bauchseite schaute das Zimmtbraune etwas dunkelnd hervor. An verschiedenen Stellen waren die Scheiden bereits geplatzt und es markirten sich an den Spitzen derselben die Farben der eben durchbrechenden Federn. Die entwickeltsten waren die beryllblauen auf der Mitte des Oberrückens. Der Schnabel zeigte eine weiße Spitze, und von dem Roth an dem Mundwinkel (der älteren Vögel) war keine Spur zu sehen. Die Füße waren obenher schwarzgrau gefärbt, auf der Unterseite fleischfarben, nach und nach bis in Mennigroth übergehend, später auch obenher sich röthend. Ich bewahrte sie in einem Korb auf weichem Moos, mit einem wollenen Tuch bedeckt. Letzteres nicht nur wegen der Wärme, sondern auch des Lichtes wegen, gegen das die Höhlengeborenen anfänglich wenigstens sehr empfindlich waren. Selbst später noch verschlossen sie dem Sonnenschein ausgesetzt ihre Augen gar fest. Stets krochen sie dicht an einander und in diesem Knäuel war die Wärme beträchtlich, überhaupt schienen sie sehr viel Eigenwärme zu haben. Sie dehnten sich und putzten sich, reckten die Flügel mit dem Fuße aus und schüttelten sich die Scheiden in Schuppen vom Gefieder ab. Der Kopf schien ihnen schwer zu werden, daher wohl sie es liebten, dicht an einander gedrängt den Schnabel auf dem Haupte oder dem Rücken des anderen ruhen zu lassen, zumal wenn sie gesättigt der Ruhe pflegten, oder sie stützten wohl auch den mehr und mehr sinkenden Kopf mit der Schnabelspitze auf den Boden.

Die Töne, welche diese Thiere hervorbrachten, überraschten und täuschten mich. Nachdem ich sie gefüttert, was anfangs fast alle Stunden geschehen muß, hörte ich aus dem Korbe unter der dicken Zudecke hervor ein eigenthümliches Schnarren, ähnlich dem Geräusch, welches eine Kaffeemühle hervorbringt, wenn ihre Kurbel schnell und in Absätzen gedreht wird. Das nicht unbedeutende und so anhaltende Geräusch ließ auf einen mehrstimmigen Chor schließen. Ich öffnete den Korb, das Chor schwieg, nur ein schnalzender einfacher Lockton wurde vernommen. Und auch dieser verstummte, sobald sie gesättigt. Als sie besser befiedert waren, ließ ich sie unbedeckt im Korbe stehen. Da gewahrte ich denn eines Tages, daß der scheinbar vielstimmige Chor meist nur von einem, dem Vorsänger gleichsam ausgeführt wurde, auf mich aber sowie auf Jeden, der es hörte, den Eindruck der Vielstimmigkeit machte. Nun beobachtete ich auch den Mechanismus des Schnarrens. 15 bis 20 Secunden lang bald schneller bald langsamer ließ sich die sonderbare Musik wahrnehmen, ein Schnarren, wie gesagt, durch sich ziemlich schnell folgende Absätze regelmäßig unterbrochen und ebenso regelmäßig bald heller bald dumpfer erklingend. Der Vorsänger — zuweilen schnarrten sie jedoch auch mehrstimmig — hatte den Schnabel weit geöffnet, die Zunge bewegte sich nicht dabei, der Ton kam aus der Tiefe des Kehlkopfs. Durch ziemlich schnelles Auf- und Niederklappen des Unterschnabels aber wurde der schnarrende Ton in Absätze getheilt und beim Zuklappen des Schnabels etwas dumpfer, beim Oeffnen etwas heller vernommen. Und zum Beweis, daß es die Sprache des Hungers war, schnappte der klappende Schnabel zuweilen blindhin nach Kopf oder Hals seines Nachbars.

Sich der Excremente zu entledigen schien ihnen eine ziemlich anstrengende Arbeit. Stets schoben sie sich rücklings dem Rande des Korbes zu, stützten sich auf die Vorderbrust, richteten ihr Hintertheil hoch empor und so zischte ihr flüssiger Koth mit ziemlicher Gewalt möglichst weit über den Rand des Korbes hinaus. Kaum aber waren sie dessen ledig, so flohen sie lächerlich schnell die Stätte und eilten trippelnd der Heerde wieder zu.

Dieser Beschaffenheit des Kothes nach zu urtheilen scheint von einem Heraustragen desselben durch die Alten, wie Naumann angibt, wohl kaum gesprochen werden zu dürfen. Auch fand sich die innere Mündung desjenigen Nestes wenigstens, welches meine Jungen barg, dicht damit besudelt. Sieht man die Alten mit einem Ballen im Schnabel herauskommen, so könnte das auch ein Grätenbällchen sein.

Ich fütterte meine Eisvögel von Hause aus mit Rindsherz, auch Kalbfleisch in schmale zolllange Streifen geschnitten und schob ihnen den mit Wasser genetzten Bissen mittelst eines spitzen Stäbchens in den Rachen. Hatten sie es blos mit dem Schnabel erfaßt, so waren sie meist nicht im Stande, das Fleisch hinunter zu bringen, und es entfiel ihnen wieder. Oft setzten sie das Schnarren — waren sie recht hungrig — auch während des Fütterns, d. h. während der Bissen den Rachen passirte, fort, nur wurde dasselbe alsdann nicht durch die auf- und zuklappende Bewegung des Unterkiefers gebrochen.

Gegen den Abend hin wurden sie fast unersättlich und ließen meist von 5 zu 5 Minuten ihre Hungerschnarre ertönen.

Der Eisvogel scheint ein geistig sehr beschränktes Thier zu sein und wird nicht leicht die Zuneigung seines Herrn gewinnen können. Stundenlang sitzt er im Käfig, schnalzt mit der Stimme, wippt mit dem Schwanze und nickt mit dem Kopfe und guckt dabei tölpelhaft stier und staunend dumm gerade vor sich hin. Nichts scheint ihn aus seinen Träumen zu stören, Menschen passiren an ihm vorüber, der Haushund schnuppert nach dem Fleische ihres Futternapfes, ein Vogel hängt sich neugierig an das Drahthaus, ein andermal aber bringt eine Fliege, die ihren Käfig durchschwirrt, einen solchen Schrecken in die Bande, daß alle durcheinander flattern, rasend gegen das Gitter fahren und sich Kopf und Flügel blutig schlagen.

Von dem Augenblicke an, wo meine Eisvögel allein zu fressen begannen, ließen sie das Schnarren nie wieder hören.

Drei Stück davon hatte ich über die Entwickelungsperiode der Federn gesund und munter hinaus gebracht. Einer — das Nesthöckchen — starb schon nach 8 Tagen seiner Internirung. Leider gingen die Anderen nach Verlauf von 3 Monaten bis auf einen zu Grunde, jedenfalls nur in Folge der unnatürlichen Lebensweise, weniger wohl der Fütterung als der Wohnung und Mangels an ausreichendem Wasser. Der Letzte meiner Eisvögel befand sich Mitte September noch ganz wohl, als er plötzlich eines Morgens mit sammt einem Kukuk todt im Käfig gefunden wurde, wahrscheinlich beide durch gemeinsame Ursache, krankhaftes Fleischfutter, getödtet. Von Zeit zu Zeit reichte ich ihnen Fischstückchen, die sie anfangs doch ohne besondere Freude annahmen, später aber, als sie selbstfressend wählen konnten, stets liegen ließen. Gab ich ihnen einen kleinen Fisch, so wußten sie ihn im Schnabel so zu wenden, daß er mit dem Kopfe voraus den Schlund passiren mußte. Zur Unterstützung schlugen sie mit dem Schnabel gegen den Stein oder Stab, auf dem sie saßen. Die Gräten würgten sie nach Zeit von 1 bis 2 Stunden in Kugeln geballt und ziemlich fest gebacken wieder heraus. Schließlich will ich noch erwähnen, daß die jungen Eisvögel einen ziemlich starken Moschusgeruch verbreiteten.

Zusatz vom Herausgeber. Als ich noch in Tübingen studirte, zog ich auch ein Nest von Eisvögeln, wenn ich mich recht erinnere, 5 oder 6 auf. Ich hielt sie in einem Cigarrenkästchen und beobachtete das Schnarren ebenso wie der geehrte Herr Mitarbeiter, regelmäßig als Hungersignal. Sobald ich aber durch Aufsetzen des Deckels ihnen das Licht benahm, schwiegen sie. — Betreffs des Ablegens der Exkremente hat sicher Schlegel Recht gegen den sonst so zuverläßigen Naumann; wenigstens erinnere ich mich bestimmt, daß ich beim Hineinlangen in die lange Höhle, in welcher das Nest war, mir die ganze Hand beschmutzte. Alles war voll Unrath. Nur hinten, wo die Jungen saßen, war das Nest warm und trocken.

Ueber eingeführte und verschleppte Thiere auf den Azoren.

(Auszug aus M. A. Morelet's: Notice sur l'histoire naturelle des Azores. Paris 1860. gr. 8°, S. 40—67.)

Von Dr. Eduard v. Martens.

Die Azoren hatten zur Zeit ihrer Entdeckung durch die Portugiesen 1431—1452 nach deren bestimmten Angaben weder menschliche Bewohner, noch vierfüßige Thiere irgend einer Art. Gegenwärtig findet man daselbst freilebend Fledermäuse (Vespertilio Leisleri), Wiesel (comadrinha) und Frettchen (foraõ), Ratten und Mäuse, Kaninchen, eine Eidechse und einen Frosch. Selbst die Fledermaus hält der Verfasser für eingeschleppt, da ein auf diesen Inseln geborner minutiös-genauer Beschreiber aus älterer Zeit, der Jesuitenpater Fructuoso, gestorben 1591, ihrer nicht erwähnt, während sie gegenwärtig in seinem Geburtsort selbst herumfliegt. Diese Art ist bis jetzt weder auf Madeira und den kanarischen Inseln, noch auch im südlichen Europa gefunden worden, sondern nur in Mittel-Europa (England, Deutschland, Ungarn rc.) zu Hause und der Verfasser glaubt daher, daß sie durch die früheren flämischen Kolonisten unabsichtlich eingeschleppt sei (zu bemerken ist übrigens hierbei, daß die Fledermäuse große Reisen nicht nur über Land, Vesperugo Nilssoni nach Blasius, sondern auch über Meer, V. pruinosus und noctivagans vom September zum Dezember auf den Bermudainseln nach Hurdy, zu machen scheinen).

Das Kaninchen ist nach Tradition und Analogie eingeführt nur auf Madeira und Portosanto, und da es sich mehr als wünschenswerth vermehrte, zu seiner Verminderung das Frettchen. Ueber das erste Erscheinen des Wiesels ist nichts bekannt. Die schwarze Hausratte (Mus rattus L.) und die Hausmaus sind vermuthlich schon von den ersten Kolonisten eingeschleppt worden; die Wanderratte erschien nach Ueberlieferung zuerst vor ungefähr fünfzig Jahren auf der Insel San Miguel, als ein Schiff am Quai von Ponta-Delgada scheiterte; eine Menge Ratten flüchtete sich ans Land, viele wurden todtgeschlagen, aber es kamen noch genug mit dem Leben davon, um den Vertilgungskrieg gegen die schwarze Ratte zu beginnen, welche gegenwärtig sich nur noch in abgelegenen ländlichen Wohnungen, und überhaupt selten, findet (es ist übrigens keineswegs sicher, daß dieses sichtbar massenweise Eintreten der Wanderratte auch ihr erstes gewesen sei, im Gegentheil wäre es sonderbar, wenn gerade das erste Schiff, das sie gebracht, scheiterte). Die Eidechse wurde nur auf einer und zwar einer der mittlern Inseln, Graciosa, von Herrn Drouet gefunden und ist identisch mit Lacerta Dugesii, Milne Edwards = Teira punctata Gray von Madeira. Morelet hielt sie daher auch für eingeführt. Der gemeine Frosch (Rana esculenta L.?) ist gegenwärtig zahlreich, aber man kennt noch das Jahr seiner Einführung, 1820 (auch auf Madeira soll der Frosch von Engländern eingeführt sein). Selbst mit der nordamerikanischen Kröte machte man einen erfolglosen Versuch, sie einzubürgern, um die Einsamkeit zu beleben.

Von Süßwasserfischen ist der Karpfen in den Seen von San Miguel ohne Zweifel eingeführt, dagegen ist dieses sehr unwahrscheinlich von einer Art Aal, Anguilla canariensis, der auf den zwei azorischen Inseln S. Miguel und Flores ebensowohl als auf Madeira und den kanarischen Inseln in den Bächen bis zu einer Höhe von über 100 und 200 Meter, vorkommt, wohin ihn zu bringen für den Menschen kein Grund vorliegt, und eine selbständige Wanderung des Thieres Stromauf scheint der bedeutenden Wasserfälle wegen, die es zu passiren gehabt hätte, nicht annehmbar.*)

Von den 69 Landschnecken verrathen drei größere Arten durch ihre Anwesenheit auf beschränkten Localitäten auffallende Abweichung im Habitus von der übrigen Schneckenfauna der atlantischen Inseln, sowie durch ihr häufiges Vorkommen in Südeuropa und analogen Fällen in andern Gegenden sich als Einwanderer, sei es absichtlich eingeführt, oder unabsichtlich mit Pflanzen, Erde u. dgl. eingeschleppt: Helix lactea, apicina und Bulimus decollatus, vier andere sind vielleicht von Madeira oder den kanarischen Inseln eingeschleppt, von zweien der gemeinsten Schnecken des südlichen und westlichen Europas, Helix Pisana und adspersa, bleibt es zweifelhaft, ob ihre Verbreitung auf die Azoren der Natur oder menschlicher Einwirkung zuzuschreiben sei.

Unter denjenigen Thieren, welche der Mensch zu seinem Nutzen hält und züchtet, sind auf den Azoren zwei bemerkenswerth, das Rindvieh und die Ziegen. Ersteres besteht auf den futterarmen Inseln Flores und Corvo in einer sehr kleinen, übrigens wohlgebauten Rasse von gleichmäßiger Milchkaffee-Farbe, die Kuh selten über einen Meter hoch, 6—7 Liter Milch des Tags liefernd, der Stier ein wenig stärker, ähnlich der kleinen Race in Algarbien, von der sie möglicherweise abstammt und derjenigen in der Bretagne, welche pie-noire genannt wird, analog der kleinen Pferderace Korsika's und der Shetland-Inseln. In andere Gegenden mit reicherer Waide versetzt, wird sie wohl etwas größer, ohne ihre sonstige Eigenschaften einzubüßen. Auf den andern azorischen Inseln erreicht übrigens das Rindvieh seine gewöhnliche Größe, wenn auch seit langer Zeit daselbst eingeführt.

Die azorische Ziegenrace, von der Herr Borges ein lebendes Exemplar dem Jardin des Plantes geschenkt hat, zeichnet sich durch lebhaft braunrothe Färbung mit Schwarz auf Schultern, Oberhals und Stirne aus, der Bock noch dazu durch sehr lange Hörner, ähnlich denen des portugiesischen Steinbocks. Einige Naturforscher wollten daher in ihr eine eigenthümliche Art sehen, welche diesen Inseln ursprünglich zukomme, und fanden sich dabei durch den Umstand bestärkt, daß bei früheren Schriftstellern dieselben im Allgemeinen und später speziell S. Miguel den Namen Cabrera, Ziegeninsel, führen; aber dieser Ansicht steht das ausdrückliche Zeugniß der ersten

*) Wir möchten hiezu doch die Thatsache erwähnen, daß der Aal an's Land gehen und so möglicherweise Stromschnellen umgehen könnte. Außerdem klettert der Aal ganz sicher an ziemlich steilen Felsen in den Strömen hinauf. Ich selbst fieng einen am Niagarafall in Nord-Amerika an dem feuchten Fels, wo man hinter dem Falle zwischen Fall und Felsen hineingehen kann. Anmerk. d. Herausgebers.

Beschreiber, namentlich auch des bekannten Martin Behaim entgegen, und die Benennung Cabrera bezieht sich vielleicht auch nur auf die besondere Gestalt eines Berges oder Felsens, worin man Aehnlichkeit mit einer Ziege finden wollte. Der Name Azoren stammt bekanntlich vom portugiesischen açor, Habicht, mittellateinisch astur, französisch autour; es ist aber nicht der wahre Habicht, sondern unser gemeiner Bussard, Buteo vulgaris Bechst., der daselbst häufig ist.

Zusatz des Einsenders.

Sehr ähnlich in all diesen Beziehungen verhält sich Madeira, auch dieses war vor der Entdeckung durch die Portugiesen ohne Menschen und ohne größere Landsäugethiere (ältere Nachrichten sprechen von Robben), jetzt sind die gewöhnlichen europäischen Hausthiere eingeführt, Kaninchen und Frösche acclimatisirt; es findet sich daselbst Vespertilio Leisleri und dabei der südeuropäische V. Kuhlii. Das Rindvieh ist von mittlerer Größe, mit großen gekrümmten Hörnern, und dient hauptsächlich als Zugthier; Pecock in einer ausführlicheren Arbeit über den Landbau auf Madeira nennt es eine eigenthümliche Race, ohne dieselbe näher zu charakterisiren, und fügt hinzu, daß es zuweilen sehr klein sei.

Auf den kanarischen Inseln fanden dagegen die Europäer schon ein einheimisches, den Berbern verwandtes Volk, die Guanchen, vor, im Besitz große Viehheerden, worunter namentlich Ziegen und Schafe namhaft gemacht werden. Auf Fuerteventura, wo auch ein Hafen den Namen Las Cabras führt, gab es von Alters her viele Ziegen, darunter wilde, deren Fleisch und Fell verwerthet wird. Man berechnete die Zahl der Ziegen, welche zur Zeit der Eroberung dieser Insel durch Bethencourt alljährlich verbraucht oder ausgeführt wurden, auf 60,000 Stück. „Sie sind von starker Figur, haben gewundene Hörner (was heißt das?), lange hängende Ohren, langen Bart, Haar, und sind fahlbraun" (Minutoli, die canarischen Inseln 1834. S. 106. 107). An einer andern Stelle bezeichnet Minutoli die kanarischen Ziegen überhaupt als der afrikanischen Race angehörig und theilt mit, daß das Wort der Guanchen-Sprache für Ziege, ara, auch im Berber'schen sich wiederfindet. Das Rindvieh ist nach demselben auch nach den Inseln etwas verschieden, auf gran Canaria, wo es nicht an Futter fehlt, von mittlerer Größe und milchreich, täglich 12 bis selbst 20 Quart Milch liefernd, auf den weniger fruchtbaren Inseln Palma, Fuerteventura und Lanzeroti klein und unansehnlich, alle von spanischer Race.

Ueber die Bastardirung des europäischen Steinbockes (Capra Ibex. Linné) mit der gemeinen Hausziege (Hircus Capra. Wagner.)

Von Dr. Leop. Joh. Fitzinger.

(Schluß.)

Wie die jungen Steinböcke, so sind auch die jungen Bastarde desselben Anfangs sehr zahm, doch hält diese Zahmheit nur bis zu einem gewissen Alter an. Schon in ihrer ersten Jugend sind dieselben viel leichter, stärker und munterer als junge Hausziegen, und auch weit weniger empfindlich gegen die Einflüsse der Witterung als diese. Man kann sie den ganzen Winter über und selbst bei strenger Kälte in offenen Ställen im Freien halten, denn nur zur Nachtzeit und bei schlechtem Wetter nehmen sie in dieselben Zuflucht. Solche Bastarde kann man auf den Alpen aussetzen und sie im Freien sich selber überlassen, wo sie sich dann auch unter einander fortpflanzen. Die ersten Versuche dieser Art wurden in der Schweiz angestellt, und alle jene sogenannten Steinböcke, welche sich zu Ende des verflossenen und selbst noch zu Anfang des jetzigen Jahrhunderts wild auf den Alpen im Berner Oberlande fanden, waren weiter nichts als Bastarde des Steinbocks mit der Hausziege, welche sich daselbst fortgepflanzt und ihre Zucht durch ziemlich lange Zeit erhalten haben.

In neuester Zeit hat man auch in Oesterreich jenes Beispiel nachgeahmt; denn schon zu Anfang des September 1856 wurden aus der kaiserl. Menagerie zu Schönbrunn 9 Stücke solcher Bastarde und zwar 7 Männchen aus erster und 2 aus zweiter Generation stammend, nebst einem jungen, im Frühjahre desselben Jahres geworfenen Abkömmlinge eines Blendlingpaares in das Salzkammergut nach Ober-Oesterreich abgesendet, welche bestimmt waren, auf den Alpen zwischen Ebensee und Ischl im Freien ausgesetzt zu werden, um sich daselbst mit den in den dortigen Sennen gehaltenen Hausziegen zu vermischen.

Auf dem Wege nach ihrem Bestimmungsorte soll jedoch — wie mir von nicht unglaubwürdiger Seite berichtet wurde, — ein Theil dieser Thiere und zwar alle 7 Stücke der ersten Generation nebst dem Doppel-Blendlinge, die sich zusammen in einem Stalle befanden, während des Transportes zu Wasser entsprungen und in der Donau umgekommen sein, daher auch nur die beiden Blendlinge zweiter Generation auf die Ischler Alpen gelangten. Ueber das fernere Schicksal dieser Thiere habe ich nichts weiter mehr erfahren.

So wünschenswerth es aber auch in vielfacher Beziehung sein mag, den Steinbock mittelst solcher Bastarde wieder auf unsere Alpen einzuführen, so lehrt doch der in den Berner-Alpen gemachte Versuch, wie uns Ith [1]) ausführlich berichtet, wie nothwendig und wichtig es sei, in Anschauung der Wahl der Alpen große Vorsicht anzuwenden, wenn man nicht der vielen Unannehmlichkeiten wegen, die eine solche Zucht mit sich bringt, so wie dort genöthigt werden will, dieselbe wieder aufzugeben oder endlich gar mit Gewalt zu vertilgen.

Die Berner Steinbockzucht, welche ursprünglich in den Stadtwällen angelegt wurde, bestand noch im Jahre 1824 aus einem 4½jährigen Bastardbocke, der aus der Kreuzung eines echten Steinbockes mit einer Bastardziege hervorgegangen war, die sammt ihren Jungen im Jahre 1820 aus dem Thale von Aosta auf die Berner-Alpen gebracht wurden, dann einer echten Steinziege, die in demselben Jahre als ein Geschenk des königlich sardinischen Gesandten zur Erziehung einer Zucht dahin kam, und endlich aus einer Bastardziege, die von diesem Bastardbocke und einer Hausziege stammte. Wiewohl diese Thiere als frei und wild angesehen werden konnten, so zeigten sie doch keine Spur, weder von Furcht, noch von Liebe zu dem Menschen. Auf den Stadtwällen, auf denen sie sich munter umhertrieben, machte der Bastardbock nicht selten Angriffe auf die Schildwachen und wurde dadurch auch bald verhaßt. Mehr als einmal unterbrach er die im Freien in der Nähe der Sternwarte angestellten astronomischen Beobachtungen, stieg auf einen benachbarten Spaziergang hinab und jagte die Leute, welche sich hier vergnügen wollten, in die Flucht, oder gefiel sich auch die an die Wälle anstoßenden Dächer der Gebäude zu besteigen und die Ziegel, mit denen sie gedeckt waren, zu zertrümmern.

Die zahlreichen Klagen, welche von allen Seiten über diese Steinbockzucht in den Berner Stadtwällen einliefen, bestimmten die Behörde, dieselbe auf den Abendberg bei Interlacken zu verpflanzen. Die Stein- und Bastardziege zogen nach den Höhen, der Bastardbock hingegen gefiel sich behaglich hier in den bewohnteren Regionen. Täglich kam er mehrere Male zur Alpenhütte heran und war zuletzt mit keiner Gewalt mehr von derselben wegzubringen. Den Senner stieß er zu Boden, wenn er es versuchte, sich ihm zu widersetzen und es hatte einmal nur wenig gefehlt, daß er ihn sogar getödtet hätte, wenn nicht die Sennerin ihm schnell zu Hilfe gekommen wäre, die aus glücklichem und richtigem Instinct den Bock beim Barte ergriffen hatte, der seine empfindlichste und fast auch einzige schwache Körperstelle einnimmt.

Wegen der vielen Verheerungen in den Pflanzungen und der mannigfaltigen Gewaltthätigkeiten, die der Bock fast jeden Augenblick verübte, wurde

[1]) Annalen der allgemeinen schweizerischen Gesellschaft für die gesammten Naturwissenschaften. II. Bd. Heft 2. (1825). S. 230.

die ganze Familie weiter hinauf auf die Höhen des Saxeten-Thales gebracht. Der Bock mußte durch vier Männer an einem starken Seile fortgeschleppt werden und warf öfter als ein Mal sein ganzes kräftiges Geleite zu Boden. Ein starker Gemsjäger übernahm nun mit besonderer Vorliebe die Aufsicht über jene Zucht; doch bewiesen diese Thiere ihrem Besitzer nur sehr wenig Dankbarkeit. An einem senkrechten Felsabsturze und kaum einen Schritt vom tiefen Abgrunde entfernt, mußte einmal der besorgte Jäger über eine Stunde lang mit dem Bastardbocke ringen, der nicht davon ablassen wollte, ihn in die Tiefe hinabzustürzen. Aber auch hier war dieser Bock wieder nur zu einem Schrecken für die Senner geworden, indem er beständig von den Höhen bis zu den Hütten herabkam und die Senner geradezu überfiel. Seit einigen Monaten hatte er bereits seine Ziegen gänzlich verlassen und sich im Thalgrunde von Saxeten aufgehalten. Dem kräftigen Gemsjäger, der ihn überwachen sollte, gelang es jedoch, ihn auf seine Höhen zurückzuführen; aber schneller als sein Bändiger, war der Bock wieder im Thale, stieß mit seinem mächtigen Gehörne alle Thüren in den Ställen ein, in welchen er Ziegen gewittert, besprang dieselben und verfolgte selbst die Sennerinnen in ihre Küchen und Keller. Man hoffte zwar, daß nach dem Vorübergehen der Brunstzeit der wilde Bock sich wieder zu seiner früheren Gesellschaft halten würde, welche in der Zwischenzeit ganz ruhig auf den höheren Alpen weidete; allein schon wenige Tage, nachdem er der Haft entlassen und auf seine Höhen zurückgebracht worden war, erschien er plötzlich zu Wilderswyl, in der Fläche hinter einer Heerde von Ziegen daher rennend, die in voller Eile in's Dorf gelaufen kam.

Die einzige noch übrig gebliebene reine Steinziege, die vom Bastardbocke und von der bösartigen Bastardziege viele Mißhandlungen zu erdulden hatte, ging im Winter des Jahres 1825 an einem Lungenleiden zu Grunde und mit Thränen in den Augen brachte der Gemsjäger, der diese Zucht zu warten hatte, die Nachricht von ihrem Tode in's Thal. Der Bastardbock hatte bereits eine zahlreiche Nachkommenschaft mit den Hausziegen der Aelpler gezeugt, die sich vorzüglich darin gefiel, die höchsten Stellen in dem ihr zugewiesenen Bezirke zu erklettern. Oft erstiegen einzelne dieser Thiere Punkte, von denen sie bisweilen nicht mehr allein und ohne menschliche Hilfe herabzusteigen wagten. So erkletterte eine der Bastardziegen einmal einen Thurm, auf dem sie, aus Scheu vor einem Sturze, durch drei volle Tage verweilte, bis man sie endlich mit großer Mühe herabholte.

Die vielen Klagen, die von den Bewohnern des Saxeten-Thales über den Bastardbock einliefen, hatten zur Folge, daß man ihn sammt der Bastardziege auf die Grimselalpe versetzte. Da er aber auch dort allerlei Unfug trieb und sogar mancherlei Schaden anrichtete, mußte er, um dieser Sache ein Ende zu machen, zuletzt getödtet werden. Die alte Bastardziege, welche auf der Grimsel zurückgeblieben war, ging in der Folge ein. Die Nachkommen, welche jener Bock aus der Paarung mit den Hausziegen im Berner Oberlande zurückließ, zeichneten sich bei Zunahme des Alters gleichfalls durch besondere Wildheit aus. So lange sie noch jung waren, belustigten sie die Senner durch ihre muthwilligen Sprünge und Geberden; als sie aber älter und kräftiger wurden, fielen sie den Eigenthümern ihrer Mütter zur Last und wurden sämmtlich geschlachtet. So endete die Berner Steinbockzucht, ohne daß der beabsichtigte Zweck durch sie erreicht werden konnte.

Eben so wie in der Gefangenschaft, paart sich der Steinbock aber auch im freien Zustande mit der Hausziege und nach den zuverlässigen Beobachtungen, welche man hierüber in den piemontesischen Alpen zu machen Gelegenheit hatte, unterliegt diese heut zu Tage durchaus keinem Zweifel. Ein sehr verläßlicher Berichterstatter erzählt uns einen Fall, der sich in Piemont ergeben und von der Wahrheit dieser Behauptung unwiderlegbare Zeugenschaft gibt. Zwei Hausziegen, welche während des Winters in den dortigen Gebirgen zurückgeblieben waren, kehrten im nächsten Frühjahre trächtig in's Thal nach Cogne zurück, wo sie später dann Junge warfen, die unverkennbar die Merkmale des Steinbockes an sich trugen und daher als Blendlinge desselben betrachtet werden mußten.

Ob die von Friedrich Cüvier in seiner gemeinschaftlich mit Geoffroy herausgegebenen „Histoire naturelle des Mammiféres" abgebildeten Ziegen, welche von mehreren Naturforschern irrigerweise mit der Bezoar-Ziege (Hircus Aegayrus) verwechselt und für die Stammart unserer Hausziege betrachtet wurden, Bastarde des europäischen Steinbockes (Capra Ibex) seien, oder ob dieselben nicht vielmehr vom Pyrenäen-Steinbocke (Capra pyrenaica) abzuleiten sind, wie ich vermuthete, ist bis jetzt noch nicht entschieden.

Zur Veränderlichkeit der Hausthiere.

Von R. Oettel.

Mit Beziehung auf einige von dem Herausgeber des „Thiergartens" früher (Der Zool. Garten, Jahrgang 1863 Nro. 9) mitgetheilte Beobachtungen möchte ich Folgendes bemerken:

Es unterliegt gewiß keinem Zweifel, daß klimatische Einflüsse eben so wie das Eingreifen der Menschen durch zufällige oder absichtliche Kreuzung und Vermischung ein Hauptgrund der Veränderung des Gefieders beim Geflügel ist, sowie daß die gewöhnlichste Veränderung vom dunkeln zum helleren stattfindet. Nicht minder bestätigt sich die Wahrheit des Satzes, daß schwarz das massenhafteste Auftreten von Farbestoff sei, dadurch, daß z. B. schwarz und weiß gefleckte Hühner bei jeder Mauser mehr weiß bekommen, und daß ganz schwarze Hühner, namentlich die Polands nach und nach förmlich zu Schecken werden. Auf einen Umstand indessen möchte ich mir erlauben, noch aufmerksam zu machen, und dieser ist die nahe Verwandtschaft. Es ist mir z. B. diesen Sommer passirt, daß unter einer Menge junger Crêve-Coeur, von Eiern mehrerer Hennen herrührend, Hahn und Hennen vollkommen schwarz, einige rein weiße Junge gefallen sind. Ich kann nicht anders annehmen, als daß dies die zufälligen Resultate einer Verbindung, von Bruder und Schwester, oder Vater und Tochter sind. Da bekanntlich der so oft mit Recht empfohlene Blutwechsel doch nicht immer zu erreichen ist, die Inzucht aber regelmäßig schwächliche Nachkommen zur Folge hat, so zeigt der vorliegende Umschlag, in weiß eben auch eine Armuth an Farbestoff, durch zu nahe Verwandtschaft herbeigeführt, gleich wie bei älteren Thieren die bei jeder Mauser zunehmende hellere Farbe documentirt, daß die Farbeproductionskraft mit den Jahren sich vermindert. Dasselbe Beispiel ergibt sich an dem menschlichen Haarwuchs.

Merkwürdig genug besitze ich ein dreijähriges, stets ganz weißes Huhn, welches bei der jetzigen Mauser einige schwarze Federn in jedem Flügel angesetzt hat; ich halte den Grund in einem, wenn auch etwas späten Rückschlag nach schwarzen oder gescheckten Voreltern liegend.

Nachrichten aus dem Zoologischen Garten zu Hamburg.

(Schluß.)

Folgenden Herren wurde die silberne Medaille zuerkannt:
unserem Garten-Architecten Herrn F. J. C. Jürgens, ferner
„ Rob. M Sloman,
„ Jul. Ernst Oppenheim,
„ Consul Carl Pini, Valparaiso,
„ Consul G. Overbeck, Hongkong.

Ich hoffe, meine Herren, Sie haben aus den Mittheilungen, welche den zweiten Bericht Ihres Verwaltungsrathes bildeten, die Ueberzeugung gewonnen, daß kein wichtiges Interesse der Gesellschaft unberücksichtigt geblieben ist und daß Sie auf einen guten Fortgang desselben mit uns hoffen dürfen.

Erlauben Sie mir nun, den Antrag, welchen wir Ihnen heute zur Genehmigung vorlegen, nochmals vorlesen zu lassen und Ihnen eine kurze Motivirung desselben mitzutheilen.

Wenn auch unser Garten im Sommer außerordentlich zahlreich besucht war, so fehlte ihm doch im Winter und an jedem schönen Frühling- und Herbst-Tage jede Anziehung. Die Einnahme an Eintrittsgeldern in den drei Wintermonaten December, Januar und

Februar betrug im Ganzen nur Crt. Mrk. 1288. 14 Sch., oder für das Winterhalbjahr also in 6 Monaten, nur Crt. Thlr. 6000. Sie sehen daraus, meine Herren, daß sie im Vergleich zu der Sommereinnahme kaum nennenswerth ist. Zweitens aber, und dies ist vielleicht noch wichtiger, ist auch im Sommer ein irgend zahlreicher Besuch jeder Unbill unseres, eben nicht gerühmten, Climas ausgesetzt, nirgends findet man Schutz gegen Wind und Regen oder Sonnenschein, und schon die Furcht vor schlechtem Wetter schmälert auch an vielen Sommer-Tagen die Einnahme sehr wesentlich. Der Verwaltungsrath ist deshalb von Anfang an auf Abhülfe dieser, für unsere Gesellschaft so überaus großen Uebelstände bedacht gewesen. Sie Alle, meine Herren, werden sich erinnern, daß die Pläne zu einem großen Gebäude, welches allen beregten Mängeln auf einmal abhelfen würde, schon den Gegenstand einer Ausstellung bildeten, ehe noch einmal das ursprüngliche Actien-Capital vollständig gezeichnet war. Seitdem haben sich freilich die Ansichten über die Einrichtung desselben wesentlich geändert; der Verwaltungsrath ist durch viele Entwürfe unserer Herren Architecten und unter Berücksichtigung mancher Meinungsverschiedenheit durch zahllose Berathungen endlich zu praktischeren und nun von ihm einstimmig beschlossenen Plänen gelangt, aber im Grunde immer dem Lieblingsgedanken seines ersten Präsidenten durchaus treu geblieben. Der erste große Plan, dessen Sie sich im Ganzen vielleicht erinnern, ist nur insoweit verlassen, als es rathsamer schien, die Restauration, das Aquarium und das große Winterhaus nicht, wie es dort beabsichtigt war, zusammen in ein zweistöckiges Gebäude einzupferchen, sondern sie neben einander zu legen, ohne ihre Verbindung gänzlich zu stören. Die Aenderung läßt beim ersten Vergleiche die neuen Pläne kleiner erscheinen, es ist jedoch vielleicht das Gegentheil der Fall, wenn man sich die drei Gebäude zu einem vereinigt denkt. Ferner hat man dem großen Winterhause eine ganz bestimmte zoologische Verwendung zugetheilt. Es wird an der südlichen Längsfronte ein unserem Garten durchaus nothwendiges, geräumiges Vogelhaus bilden, während die Nordseite das größte Amphibienhaus ersetzt. Die Ausgabe für beide Thierhäuser bildet den Haupttheil der ganzen Anlage und würde dem Garten nicht lange entbehrlich bleiben, auch wenn man von den übrigen Zwecken des Winterhauses absehen wollte. Der weite, lange, mit Pflanzen decorirte Mittelgang des Gebäudes, der gleichfalls noch zur Ausstellung einzelner, besonders interessanter, die Besucher nicht belästigender Thiere dienen kann, bietet nun aber einem zahlreichen Publicum bedeckten Raum und fortwährende Unterhaltung, im Winter wie im Sommer. Den Mittelbau bildet eine prächtige und geräumige Halle, die mit der Büste des Verstorbenen gezierte Merck-Halle, zu deren Erbauung das Merck-Comité die große von ihm gesammelte Summe von Bco. Mrk. 40,000 unserer Gesellschaft überwiesen hat, nachdem über die Pläne vorher eine Verständigung stattgefunden. Sie sehen daher, meine Herren, daß Ihr Verwaltungsrath mit vollem Rechte einer irrigen Meinung entgegentreten kann, als fordere er, indem er den Bau eines Winterhauses beantragt, Geldmittel, die nicht direct für zoologische und solche Zwecke, welche das Gedeihen der Gesellschaft fördern, verwendet werden sollen, vielmehr erscheint ihm das ungesäumte und rasche Fortschreiten, welches leider schon länger als gewünscht verzögert werden mußte, eine vor Allem wichtige Frage.

Von der beantragten Summe gedenkt der Verwaltungsrath ferner die definitive Restauration zu erbauen. Die Entwürfe hierzu sind Ihnen gleichfalls bekannt. Sie sind, wie die des Winterhauses, vielfach geändert und haben sich allmälig immer mehr den wirklichen Bedürfnissen angepaßt, so daß sie jetzt, während sie einem zahlreichen und sehr verschiedenartigen Publikum jede gewünschte Annehmlichkeit bieten, dem Pächter ermöglichen, eine hohe Pachtsumme zu bewilligen. Die Bausumme ist von unseren Herren

Architekten auf Bco. Mrk. 85,500 veranschlagt. Ueber die Nothwendigkeit, das jetzt bestehende Provisorium baldthunlichst zu ersetzen, brauche ich Ihnen, meine Herren, kein Wort weiter zu sagen. Es wird leider, wenn Sie uns auch Ihre kräftige Unterstützung angedeihen lassen, immer noch viel Zeit verstreichen, ehe wir zum Ziele gelangen. Und nun noch einige Worte über den Antrag, soweit er die Aufbringung der Geldmittel betrifft. Der Antrag stellt keine specielle Modalität fest und Sie werden dies billigen müssen, wenn Sie sich an die Stelle des Verwaltungsrathes versetzen wollen. In unserer Lage können wir, ehe wir Ihre Zustimmung zu dem heutigen Antrage haben, nicht wohl ernsthafte Versuche machen, die Summen ganz oder theilweise, in vortheilhafterer Weise von dritten Personen anzuleihen, selbst wenn wir dazu geneigt und im Stande wären.

Bewahren Sie uns deßhalb das Vertrauen, welches Sie uns schon in der vorigen Generalversammlung unaufgefordert entgegentrugen und welches jetzt, nachdem Alles einer durchaus ruhigen Prüfung unterzogen worden ist, um so eher am Platze sein sollte. Lassen Sie uns, von der festen Zuversicht eines raschen Gelingens gestützt und von Ihrem Vertrauen getragen, mit Liebe ein neues Werk fördern, welches voraussichtlich in seiner Totalität ein wahrhaft großartiges für Hamburg und zugleich ein würdiges Denkmal für unseren hochverehrten und allgeliebten Mitbürger genannt werden kann; lassen Sie uns also zugleich durch die That beweisen, daß, wer sich um Hamburg verdient macht, in Hamburg nicht vergessen wird.

Literatur.

Der Jäger. Von Franz Graf von Waldersee. Mit zahlreichen Illustrationen, gezeichnet von L. Beckmann, in Holz geschnitten von R. Brend'amour. Berlin. Alex. Duncker, Kön. Hofbuchhandlung. Fol. 1863 und 1864. — Der Verfasser dieses seiner Zeit berühmten, aber seit Jahrzehnten äußerst selten gewordenen Jagdgedichts Franz Johann Georg Graf von Waldersee war im Anfange dieses Jahrhunderts Herzoglich Anhalt-Dessauischer Oberhofmeister. Die erste Auflage erschien zu Halle a. S. im Jahre 1805. Damals erschien es in bescheidener Form, jetzt mit allem Luxus vollendeter Thiermalerei, und heutiger Holzschnittkunst und Buchdruckerei.

Wäre es in Taschenformat aufgelegt worden, und ohne allen Prunk, aber nicht ohne die vollständig zur Sache gehörigen ausgezeichneten Beckmann'schen Zeichnungen, gar mancher Forstmann hätte dieses frische, überall die freie Natur, den Wald und Wiesenduft athmende, dabei aus dem Herzen eines treuen, liebevollen, braven, ächt deutschen Mannes entsprossene Lied zu sich in seine Jagdtasche gesteckt, um es in Waldeinsamkeit doppelt zu genießen. Wir müssen gestehen, so hätte es uns fast noch mehr angemuthet, als in dem großen Folioformat, das sich besser auf den Tisch des Boudoirs und für die Damenhand als für den Waidmann eignet. Doch wir wollen hierüber nicht mit dem Buchhändler rechten und müssen allerdings zu seiner Rechtfertigung sagen, daß manche der herrlichen Illustrationen eben nur in diesem Format möglich waren. Aber beifügen dürfen wir vielleicht den Wunsch, den wir auch von Freunden, welchen wir das kostbare Werk gezeigt haben, aussprechen hörten, daß noch eine Ausgabe in klein Octav, so wie es die meisten Holzschnitte erlauben, veranstaltet werden möchte für die große Anzahl jener Jagd- und Naturfreunde, die gerne einige Gulden aber schwerer 6 Thaler an den Genuß wagen können, den einem nicht das einmalige Lesen, sondern das Besitzen eines solchen Büchelchens macht.

Doch zur Sache! Wir kennen bis jetzt nur die zwei ersten Lieferungen, welche den ersten Gesang enthalten, der von der niederen Jagd handelt.

Nach einem an den Anfang der Odyssee erinnernden Anruf an die keusche Göttin der Jagd, die in einer hübschen Vignette (welche aber leider im Holzschnitt etwas verloren hat) dargestellt ist, beginnt der Dichter in Jamben mit der Hasentreibjagd „in kurzer Tage Zeit, wenn tief die Aecker, der Schnee bedeckt, die stolzen Eichenwälder bepudert, wie zum Fest (man muß sich in die Rokokko-Zeit des Dichters zurückversetzen) geschmücket stehn und bläulicher Krystall die Fluthen drückt.“ Ein Holzschnitt zeigt Treiber, Jäger und Wild. Bei dieser Gelegenheit entdeckt man auch „die Spur des listigen Fuchses“ und Freund Beckmann, selbst ein leidenschaftlicher Jäger gibt nicht nur ein genaues Konterfei dieser Spur, sondern auch noch ein ausgezeichnetes Porträt „des schlauen Hühnerfeinds,“ den wir lebend in seinem Garten wie den Hund an der Kette gesehen haben und den also der Künstler wohl zu studiren Gelegenheit hatte. — Auf dem Heimweg steigt ein Volk Rebhühner auf „Und Feuerröhre knallen, doch es zieht verlustlos hin zum dichtverwachsenen Wald. Und jeder der da schoß, folgt mit den Blicken ihm nach bis fern am Horizont es schwindet.“ Diese letzte Bemerkung ist so treffend, so psychologisch richtig, daß sie sicher jedem, der die Jagd kennt, ein bejahendes Lächeln abzwingt. — Demnächst aber geht der Dichter zu dem ernsteren Berufe des Jägers über, zu seinen Pflichten als Forstmann, als Waldpfleger. Diese (die nützliche Forstkunde) nähret seinen Geist; dann säubert er all seine Sämerei'n und „ordnet sie mit kluger Sorgsamkeit“ und „die Samen alle, künftiger Zeiten Hoffnung“ bewahret er „als heiligen Schatz zur Saat.“ — Sobald aber „ein milder Strahl am Eise nagt,“ erscheint ein anderes Geschäft die Fischotterjagd. Wieder ausgezeichnete Bilder von Beckmann, ein Otterpaar darstellend. — Doch wir müssen abbrechen, anders geben wir einen Auszug des lieblichen Gedichts, was wir nicht beabsichtigen können. Wir müssen aber noch wenigstens die bis jetzt erschienenen Holzschnitte erwähnen. „Marderspur,“ „Wilde Gänse den bekannten Bahnschlitten ziehend,“ „ein Hühnerhund,“ „eine Schnepfe stehend“ (vortrefflich, auch ausgezeichnet geschnitten), „sterbender Auerhahn,“ „der Forstmann nivellirend,“ „der junge Jagdhund, mit dem Korallenband und dem Beißholz zur Dressur“ (ein Meisterstück), „das Reh im Lauf,“ „der Jäger auf der Entenjagd,“ „der Dachshund“ (ausgezeichnet, zugleich höchst komisch, da sich Dächsel eben über eine Mücke ärgert mit dem bekannten schiefen Blick), „Falke mit Haube und allem Falkeniergeräth,“ und endlich eine hübsche Vignette am Anfange des zweiten Gesangs, die Legende vom Hirsche mit dem Kreuze zwischen dem Geweih versinnlichend.

Dieß sind abgesehen von vielen reizenden, offenbar sämmtlich für dieses Werk ausdrücklich geschnittenen Initialen, die Illustrationen der zwei ersten Lieferungen, sämmtlich von unserem trefflichen L. Beckmann herrührend und von Brend'amour mit ganz wenigen Ausnahmen auf's Treuste gestochen.

Das Typographische an dem Werke ist in jeder Beziehung luxuriös. Die Lettern, gothisch mit einzelnen Antiquacharakteren, sind wunderschön, wahrscheinlich neu geschnitten. Als Einfassung jeder Seite des Gedichts dient eine von Beckmann entworfene auf Jagd und Wald bezügliche Guirlande.

Zum Schluß noch einige Bemerkungen. Als das Schönste erschien uns das aus tiefstem Jäger- und Menschengefühl entsprungene Lied an Caro, den Hühnerhund des Sängers, das mit den Worten beginnt „Wie oft gedenk ich dein bei'm ersten Lenzen“ S. 16. — Irrthümlich ist, aber dem Jäger zu verzeihen, doch vom Zoologen zu ahnden, daß S. 23 der Puter als Hahn vom Indus erwähnt wird, während er bekanntlich von Nord-Amerika stammt, und ganz fälschlich „Calcuttischer Hahn“ heißt. — Interessant ist, wie der Graf schon damals von Acclimatisation fremder Waldpflanzen spricht (S. 27), aber, was wohl zu beherzigen ist in unserer Zeit, „ohne die heimischen zu vernachlässigen.“ — Kerndeutsch sind endlich die Worte, womit er am Anfang des zweiten Gesangs die Parforce-Jagd verdammt. Wb.

Miscellen.

Nackte Hautstellen bei Vögeln. Bei der Uebersetzung von Rosenbergs Aufsatz über die Vögel von Neu-Guinea fiel mir auf, daß sowohl der junge Kasuar als der junge Ibis strictipennis an Kopf und Hals, die bei den erwachsenen Vögeln kahl sind, Federn haben, und dasselbe findet sich nach einer Mittheilung in dem Zoologischen Garten auch beim Strauß. Ist es vielleicht eine allgemeine Regel, daß kahle Stellen der Haut ganz wie die Fleischlappen und Kämme erst mit dem Erwachsenwerden auftreten? Ist von den Geiern hierüber nichts bekannt? Bei den Rebhühnern kommen nach Bechstein dieselben auch erst im dritten Monate zum Vorschein, und so wird es wohl bei den Tetraoniden auch sein. Martens.

Acclimatisation bei den alten Römern. Columella erzählt (Landbau VII, 1), sein Oheim habe wilde Schafe aus Afrika eingeführt und mit der Tarentinischen Schafrace, die damals des höchsten Rufes genoß, gekreuzt. Wb.

Bekanntmachung.

Die Wiener Thiergarten-Gesellschaft an die Geschäftswelt.

Nach §. 13 der Statuten hat **nur der Verwaltungsrath** das Recht, die Gesellschaft nach Außen — den Behörden und dritten Personen gegenüber zu vertreten mit allen Befugnissen, auch in jenen Geschäften, zu welchen nach §. 1008 des allgemeinen bürgerlichen Gesetzbuches eine besondere Vollmacht erforderlich ist, in deren Namen Verträge abzuschließen, die Einnahmen zu empfangen und die Auslagen zu bestreiten.

Die Ausfertigungen im Namen des Verwaltungsrathes werden vom ersten und zweiten Vorstande desselben und dem Schriftführer unterschrieben.

Nach den Uebergangsbestimmungen der Statuten (a) haben die Herren August Graf **Breuner** und Johann Graf **Wilczek** als Gründer des Unternehmens das Recht, auf lebenslang erster und zweiter Vorstand des Verwaltungsrathes zu sein und zu bleiben.

Der Gesellschaft kann daher nur aus jenen Verträgen eine Rechtsverbindlichkeit erwachsen, welche der Verwaltungsrath selbst oder der von ihm rechtsförmlich dazu befugte Machthaber gesetzmäßig eingegangen hat.

Ein **Direktor** der Gesellschaft kann derselben eine kontraktliche Rechtsverbindlichkeit nur dann auferlegen, wenn er vom Verwaltungsrathe dazu bevollmächtigt erscheint.

Der Verwaltungsrath der Wiener Thiergarten-Gesellschaft.

Verantwortlicher Redacteur Dr. D. F. Weinland.
Schnellpressendruck von Aug. Wörner, vormals J. G. Sprandel, in Stuttgart.

Der Thiergarten.

Allgemeine Deutsche Monatschrift

für Kunde, Beobachtung, Zucht und Pflege der Thiere,

mit besonderer Rücksicht auf die

Verbesserung unserer bisherigen **Hausthiere** und die **Heranbildung** neuer.

Erster Jahrgang
1864.

Nro. 8.

Verlag von
Ebner & Seubert
in Stuttgart.

Preis
für den ganzen Jahrgang
fl. 2. 42 kr.
oder
Thlr. 1. 18 Sgr.
Zu beziehen
durch alle Buchhandlungen
und Postämter.

Unter Mitwirkung der Herren

Dr. **Bodinus**, Director des Zool. Gartens in Cöln, Dr. **K. Bolle** in Berlin, Dr. **Brehm**, Director des Zool. Gartens in Hamburg, **Prof.** Dr. **Fitzinger**, Director des Zool. Gartens in München, Dr. **Funck**, Director des Zool. Gartens in Brüssel, Dr. **Jäger** und Dr. **Uffner**, Directoren des Zool. Gartens in Wien, **Hermann von Nathusius** auf Hundisburg bei Magdeburg, Dr. **Opel** in Dresden, Regierungsrath **Rau** in Karlsruhe, **Prof.** Dr. **Rueff** in Hohenheim, **Prof.** Dr. **Sacc** in Barcelona, Dr. **med. Schlegel** in Altenburg, Hofdomänenrath **von Schmidt** in Stuttgart, Dr. **Verwey**, Director des Zool. Gartens im Haag, Dr. **Westermann**, Director des Zool. Gartens in Amsterdam und anderer Fachgenossen

herausgegeben von

Dr. D. F. Weinland

auf Hohen-Wittlingen, O.A. Urach, Königr. Württemberg.

Inhalt: Der Schabrakentapir im Thiergarten zu Hamburg. Von Dr. A. Brehm. — Der Verstand der Thiere. Von Dr. J. B. Meyer in Berlin. — Ueber Polygamie bei Singvögeln. Von J. Jacobi, auf Stau, Herz. Oldenburg. — Nachrichten aus dem zoologischen Garten zu Cöln. Von Dr. Bodinus. — Nachrichten aus dem zoologischen Garten zu Breslau. — Die Pfauen und Fasanen im Cölner zoologischen Garten. — Literatur. — Miscellen.

Der Schabrakentapir im Thiergarten zu Hamburg.

Von dem Direktor Dr. A. Brehm.

Auch unter den Thieren gibt es Familien, welche man als verkommene bezeichnen darf. Ihre Zeit liegt hinter ihnen; sie haben an Macht und Bedeutung verloren. Andere Geschlechter haben sie verdrängt; der Mensch ist ihnen feindlich entgegengetreten; Einwirkungen noch mächtigerer Art haben sich ihnen gegenüber geltend gemacht. So ist es gekommen, daß einzelne

Glieder solcher Familien einem Schicksale erlegen sind, welches mindestens der Naturforscher beklagt, daß sie, welche einst, vor oder mit uns, die Erde bewohnten, aufgehört haben zu sein.

Genau dasselbe läßt sich sagen von gewissen Ordnungen oder jenen Abtheilungen im Sinne des Thierkundigen, welche mehrere Familien in sich vereinigen. Aus vielen Ordnungen sind ganze Familien ausgeschieden. Reihen von Thierarten sind ausgestorben und verloren gegangen. Von einzelnen dieser verkommenen Geschöpfe gibt die Vorwesenkunde uns genügenden Nachweis; das einstmalige Vorhandensein anderer nehmen wir wenigstens an, mit derjenigen Sicherheit, welche eine Schlußfolgerung gestattet, die ihrerseits sich stützt auf unsere gegenwärtige Kunde vom Thierreich. Von dem ausgehend, was die Erforschung anderer gleichartiger Thiergruppen uns lehrte, finden wir die Lücken heraus, durch welche in einzelnen Reihen der ursprüngliche Zusammenhang aufgehoben wurde, und es gilt dann zunächst, solche Lücken wiederum auszufüllen, das der Anschauung entzogene Thier uns im Geiste wieder zu erschaffen.

Daß in derartigen Versuchen eine gewisse Gefahr liegt, läßt sich nicht verkennen: die Einbildung pflegt geschäftiger zu sein, als einer ernsten Forschung zuträglich. Oft ist das wirkliche Vorhandene äußerst unbedeutend. Aus einem einzigen versteinerten Zahn, welcher dem Schooße der Erde entnommen wurde, soll sich der Forscher im Geiste ein ganzes Gebiß zusammensetzen; aus einigen Knochen das vollständige Geripp des vorweltlichen Thieres aufbauen und dieses Geripp, wo möglich, auch noch mit Haut und Haar oder mit Haut und Federn bekleiden. Verläßt ihn bei solchem Unterfangen, welches die allerumfassendsten Kenntnisse voraussetzt, die Vorsicht, verliert er seine Unbefangenheit, so geräth er nur allzuleicht in Versuchung, Gebilde sich zu träumen, welche eher gewissen Mißgeburten eines kindischen Wahns, als wirklich denkbaren Thierbildern gleichen — obgleich wohl nimmer angenommen werden darf, daß ein Forscher sich auch in seinen Träumen jemals in jene öde Gefilde verirren wird, in denen Verbildete noch heutigen Tages mit Vorliebe sich ergehen.

Ungleich größer aber als alle Gefahren, die ein derartiger Versuch des Naturforschers mit sich bringen kann, ist der Nutzen, welche die Vorwesenkunde uns gebracht hat und noch bringen wird. Gerade durch diesen Zweig der Vorwelt und Wissenschaft werden Thierverwandtschaften erkennbar und verständlich, an welche wir sonst schwerlich glauben würden. Dank unserer Kunde von Geschöpfen, welche vor Jahrhunderttausenden die Erde bevölkerten, weisen wir gewissen lebenden Thieren mit aller Bestimmtheit ihre Stellung neben anderen an, mit denen sie scheinbar nur geringe Aehnlichkeit haben.

Es läßt sich dies hinsichtlich keiner anderen Ordnung mit größerem

Recht behaupten, als hinsichtlich der Dickhäuter oder Vielhufer. Gerade unter ihr hat die alles vernichtende Zeit in beklagenswerther Weise aufgeräumt. Ihre Reihen sind so gelichtet, daß der Uebriggebliebenen ungleich wenigere sind, als der einst Gewesenen. Elephant, Tapir, Schwein, Nilpferd, Nashorn und Klippschliefer, Thierfamilien welche theilweise nur durch eine einzige Art noch vertreten sind: sie allein sind es, welche heutzutage die einst an Familien, Sippen und Arten reiche Ordnung bilden; sie allein sind die Uebriggebliebenen, während die Vorwesenkunde uns schon gegenwärtig von einigen zwanzig anderen Sippen berichtet, welche früher die Erde bevölkerten. Ich sage „schon gegenwärtig", weil mit aller Bestimmtheit angenommen werden darf, daß wir, je weiter die Forschung vorschreitet, um so mehr neue, hieher zu zählende Geschlechter entdecken und in unseren Büchern verzeichnen werden.

Es ist hervorzuheben, daß keine zweite Ordnung die Vorwesenkunde so gefördert hat, als gerade die der Dickhäuter. Ein wunderbarer Zufall hat uns nicht blos einzelne Zähne oder Knochen der betreffenden Thiere erhalten, sondern einige Arten ganz uns überliefert. Wir haben Dickhäuterleichen aufgefunden, von deren Fleisch Hunde, Füchse und Bären schmausten, — Tausende von Jahren nach dem Todestage des Vorweltsthieres; wir haben dasselbe, das Mammont (Elephas primigenius), kennen gelernt mit Haut und Haar; wir haben jeden seiner Knochen vergleichen können mit dem entsprechenden seines nächsten Verwandten, unseres heutigen Tages noch lebenden Elephanten aus Indien. Im sibirischen Eise eingeschlossen, hatte der riesige Leichnam allen Einwirkungen einer unbestimmbaren Reihe von Jahren Trotz geboten und nicht der Zahn der Zeit, sondern der Zahn des gemeinen Hundes der Jakuten und seines wild lebenden Verwandten, des Eisfuchses, hat das von der Vorzeit uns überlieferte Thier theilweise wenigstens vernichtet.

Dieser eine Fund hat die Wissenschaft auch mittelbar bedeutend gefördert, weil er zum unumstößlichen Beweise wurde, daß diejenigen Forscher, welche von dem einstigen Vorhandensein gewisser Thiere sprachen, weil sie einige versteinerte Knochen derselben ausgegraben, nicht geträumt, sondern die Wahrheit berichtet hatten. Man kannte das Mammont lange bevor man seinen Leichnam fand; man hatte es nach den Ueberresten, welche im Norden der alten Welt entdeckt worden waren, bestimmt und benannt; man handelte bereits seit geraumer Zeit mit dem Elfenbeine seiner Stoßzähne: — der wohlerhaltene Leichnam im Eise bestätigte nur die Richtigkeit der bereits feststehenden Annahme.

Inzwischen sind wir weiter gekommen. Wir dürfen schon jetzt annehmen, daß außer unseren drei lebenden Elephanten früher — ob vor, ob gleichzeitig mit ihnen, bleibt fraglich, — mindestens fünfzehn andere, ähnlich gestaltete Thierarten auf unserer Erde lebten; wir wissen, daß es gegen dreißig verschiedene tapirähnliche Thiere gegeben hat, daß unsere sieben oder acht Nashörner auch nicht die ersten ihres Geschlechts waren; wir haben von untergegangenen Nilpferden, Schweinen und Klippschliefern so viele Wahrzeichen erhalten, daß uns die Ordnung der Dickhäuter keineswegs mehr als eine arme erscheinen kann.

Das ist aber nicht der einzige Gewinn des Wühlens im Schooße der Erde. Gerade durch die aufgefundenen Reste der Vorweltsthiere und unsere Folgerungen auf Grund des Gefundenen haben sich gar viele der früher störenden Lücken ausgeglichen, und dadurch hat die Ordnung selbst an Verständniß oder was genau dasselbe sagen will, an Theilnahme gewonnen. Und nicht allein die Gesammtheit — auch das einzelne Thier scheint uns nach erlangter Bekanntschaft mit seiner gesammten Familie einer höheren Beachtung würdig. Ein Elephant, ein Nashorn, ein Flußpferd, jedes einzelne für sich allein betrachtet, ein halbes Wunderthier, für welches das rechte Verständniß mangelt, ist uns im gestaltenreichen Kreise seiner uns bekannten Verwandtschaft weder wunderbar noch unverständlich, sondern nur jener klarbewußten Theilnahme werth, mit welcher der Forscher alle Glieder der Kette betrachtet, als deren End- und Schlußglied er sich selbst erkennen mußte. Umgekehrt aber ist es ihm höchst erwünscht, wenn er im Stande ist, zur Förderung seiner Gesammtkenntniß das Einzelne zu untersuchen.

Ich habe ein so ausführliches Vorwort für nothwendig erachtet, weil ich erklären wollte, warum gerade dasjenige Thier, welches nunmehr zu besprechen ist, dem Thierfreunde von ganz besonderer Wichtigkeit sein muß.

In unserem Thiergarten ist vor kurzer Zeit ein Dickhäuter und zwar ein Tapir eingetroffen, welchen ich zum Unterschiede von dem aus den Niederungen Südamerika's stammenden Verwandten S c h a b r a k e n t a p i r genannt habe. Die französischen Forscher führen dasselbe Thier in ihren Werken unter einem seiner indischen Namen auf; sie nennen ihn M a i b a; die Engländer gebrauchen zu seiner Bezeichnung bald denselben, bald einen anderen der indischen Namen oder nennen ihn schlechtweg M a l a y T a p i r. In Indien selbst heißt er, je nach der hier oder dort herrschenden Mundart Maiba, Kuba, Ayer, Tennu 2c., in China Mee, auf Sumatra Kuda-Ager, d. h. Flußpferd; oder aber Babi-Alu und Salädang, im Innern von Manra Gindal 2c. Seine wissenschaftlichen Namen sind Tapirus indicus, T. sumatranus, T. bicolor und Rhinochoerus sumatranus.

Das Thier war den Chinesen, wie aus uralten Schriften und Kunstwerken zur Genüge hervorgeht, von jeher wohl bekannt und wird sicherlich auch von den übrigen Völkern, welche mit ihm dieselbe Heimath bewohnen, nicht übersehen worden sein. Wir Europäer hingegen erfuhren, trotz unseres lebhaften

Verkehrs mit Indien oder Südasien überhaupt, erst im Jahre 1849 durch Cuvier etwas Bestimmtes von einem so großen und auffallenden Geschöpfe, welches in seiner Heimath nicht einmal selten ist. Zunächst gelangte nichts weiter, als eine Abbildung des Schabrakentapirs nach Europa, gesandt von Diard an Cuvier und begleitet von den Worten: „Als ich den Tapir, dessen Abbildung ich Ihnen sende, zum ersten Male zu Barakpoore sah, wunderte ich mich, daß ein so großes Thier noch nicht entdeckt worden, ja, ich wunderte mich darüber noch mehr, als ich in der asiatischen Gesellschaft den Kopf eines ähnlichen Thieres sah, welchen am 29. April des Jahres 1806 der Statthalter Farquhar gesendet hatte, mit der Bemerkung, daß dieser Tapir in den Wäldern der Halbinsel eben so gemein sei, wie Nashorn und Elephant."

Diard hatte Recht sich zu verwundern, daß wir von dem Thiere noch nichts wußten, bewies aber wiederum die Selbstüberschätzung des kaukasischen Menschenstammes, indem er behauptete, daß der Schabrakentapir noch nicht entdeckt, noch unbeschrieben sei. Beides war längst geschehen, wie bereits bemerkt, freilich nur von den braven Chinesen, welche, weil sie weder lateinisch noch griechisch verstehen, von uns europäischen Forschern doch unmöglich als ebenbürtig angesehen werden können. Allerdings darf nicht verkannt werden, daß die chinesische Artbeschreibung des Schabrakentapirs Einiges zu wünschen übrig läßt. In dem sehr alten Wörterbuche „Eul-Ya" wird das Wort Me auf einen weißen Panther gedeutet, jedoch hinzugefügt, daß der Me auch einem Bären gleiche, aber einen kleinen Kopf und kurze Füße habe; die Haut sei weiß und schwarz gefleckt, halte auch sehr gut die Nässe ab. — Aus einem zweiten Wörterbuche, „Chuen-Wen" betitelt, erfahren wir dagegen, daß der Me zwar einem Bären gleicht, aber gelblich ausſieht, auch nur im Lande Chu vorkommt. — Nach diesen Beschreibungen läßt sich der Me freilich nicht ganz ohne Mühe als unser Tapir erkennen; sie verlangen wenigstens alle Lebendigkeit einer regsamen Einbildungskraft. Ungleich vollständiger und genauer schildert das Pen-thsaaokang-mou, ein Buch, welches etwa der Raff'schen Naturgeschichte für folgsame Kinder entspricht, unseren Vielhufer: „Der Me," so belehrt es uns, „gleicht einem Bären. Sein Kopf ist klein und seine Beine sind niedrig. Das kurze, glänzende Haar ist schwarz und weiß gefleckt, obwohl Einige sagen, daß das Thier gelblichweiß, und Andere, daß es graulichweiß von Farbe sei. Es hat einen Elephantenrüssel, Nashornaugen, einen Kuhschwanz und Füße, wie ein Tiger." Diese Beschreibung klingt schon etwas besser; sie kann sich einer von manchen modernen Thierkundigen entworfenen etwa gleichstellen, unterscheidet sich von einer solchen höchstens durch ihren bemerklichen Mangel an anmuthigem Wortgeklingel, mit welchem unsere heutigen Naturverschönerer empfindsame

Gemüther zu erquicken verstehen. Außerdem finden sich in chinesischen und japanesischen Werken mehrfach Abbildungen des Schabrakentapirs, zumal in Büchern, geschrieben, gedruckt und gebunden zur Freude der Belehrung der Kindlein. Diese Abbildungen behandeln den Me als ein entschieden bekanntes, gewöhnliches Säugethier.

Abgesehen von chinesischer Wissenschaft, ist die Entdeckungsgeschichte des Schabrakentapirs folgende: Lange bevor Diard an Cuvier schrieb, im Jahre 1772 bereits, hatte der Engländer (?) Wahlfeldt des zweifarbigen Tapirs in einem Bericht über Sumatra Erwähnung gethan. Er hielt das Thier für ein Flußpferd und beschrieb es als solches, legte aber eine Zeichnung bei, welche unseren Dickhäuter nicht verkennen läßt. Um dieselbe Zeit veröffentlichte Marsden, damaliger Secretair der Residentschaft von Benkulen, eine Geschichte von Sumatra und in ihr bestimmte Angaben über den Tapir. Im Jahre 1805 erhielt Raffles Nachricht von dem Maiba; wenig später fand ihn der Major Farquhar in der Umgebung von Malakka auf, theilte auch der Asiatic Society bereits im Jahre 1806 seine Beschreibung und Abbildung mit. In demselben Jahre gelangte der Tapir lebend in die Thiersammlung zu Barakpore bei Calcutta, und hier war es, wo Diard ihn kennen lernte. Die Ehre der Entdeckung dieses Dickhäuters gebührt also den Engländern, nicht den Franzosen.

Im Jahre 1820 trafen der erste Balg, ein Geripp und verschiedene Eingeweide des bis dahin noch immer sehr wenig bekannten Geschöpfes in Europa ein, und nunmehr endlich konnte dessen Beschreibung entworfen werden. Seitdem haben wir Manches vom Schabrakentapir erfahren, ohne uns jedoch rühmen zu können, über ihn vollständig unterrichtet zu sein. Ueber das Freileben mangelt fast jede Kunde noch, und auch die Beobachtungen über das Gefangenleben sind keineswegs als erschöpfende zu bezeichnen. Jeder weitere Beitrag ist also sehr erwünscht. Lebend wurde der Schabrakentapir schon einige Male nach Europa gebracht, unseres Wissens aber immer nur nach England und vorzüglich nach London. Hier hat man ihn allerdings beobachtet; es scheint jedoch, als habe man es für unnöthig erachtet, die Ergebnisse der Beobachtung in wünschenswerther Vollständigkeit der Gelehrtenwelt mitzutheilen. So nur läßt sich unsere geringe Kenntniß von dem ebenso auffallenden als beachtenswerthen Thiere erklären. Es läßt sich aber auch ermessen, wie hoch erfreut jeder Thierkundige, zumal jeder auf dem europäischen Festlande wohnende ist und sein muß, wenn ihm Gelegenheit wird, mit einem derartigen Wesen längeren Umgang zu pflegen, mit einem Worte mit ihm bekannt zu werden. (Fortsetzung folgt.)

Der Verstand der Thiere.

Von Jürgen Bona Meyer,
Dr. der Philosophie und Docent der Universität Berlin.

Huxley, ein neuerer Schriftsteller über die Beziehung des Menschen zu den nächstniederen Thieren, meint, ein mißtrauischer Zweifel an der Höhe seiner eigenen Stellung, an der Berechtigung einer strengen Scheidung seines menschlichen Wesens vom Thiere beschleiche den Menschen im Angesicht der verzerrten Abbilder seiner Selbst, der Affen. —

Ist dies eine richtige Deutung des Eindrucks, den uns der Anblick menschenähnlicher Handlungen bei Thieren hinterläßt? Spricht sich darin nicht vielmehr die Ueberraschung aus, die wir darüber empfinden, daß auch Thiere sich menschlich geberden, und liegt in dieser Verwunderung nicht das dunkle aber doch feste Bewußtsein, daß sie nicht unseres Gleichen sind? Entspringt nicht das Mißbehagen im Anblick der äffischen Zerrbilder unseres eigenen Lebens gerade aus dem Gefühl dieses Widerspruches zwischen menschlicher Form und thierischem Inhalt?

Vor dem unbefangenen menschlichen Gefühle — so scheint es — ist die uns vorliegende Frage sofort zu unseren Gunsten entschieden. Wie wir auch noch inmitten roher Völker mit Göthe glauben sagen zu dürfen:

> Die schlechteste Gesellschaft läßt dich fühlen,
> Daß du ein Mensch mit Menschen bist.

so findet es auch einen leichten Wiederhall in unserer Seele, wenn ein neuerer Kenner des Thierlebens, Brehm, sagt: „Ein einziger Blick auf den vollendeten Menschen — genügt, um die unübersteigliche Schranke festzustellen, welche Mensch und Thier auf ewig scheidet.“

Allein den sinnenden Menschengeist beruhigt dieser rasche Spruch seines Auges und Herzens nicht; für ihn ist dieses Gefühl des Unterschiedes so lange ein Vorurtheil, bis er es vor seinem Gedanken gerechtfertigt hat, dies zu versuchen ist natürlich keine neue Arbeit, aber zur Wiederholung des schon oft versuchten giebt gerade die Erneuerung der Streitfrage über den Unterschied von Mensch und Thier in unserer Zeit besonderen Anlaß.

Denn abermals ist die Frage gestellt, ob Mensch und Thier gleichartig, somit nur dem Grade ihrer Ausbildung nach von einander unterschieden sind, oder ob sie durch verschiedene ursprüngliche Anlagen scharf und wesentlich von einander abweichen. Der Brennpunkt dieser Frage liegt in der Vergleichung der Thier- und Menschenseele. Die Würde des Menschen gründet sich, wie Huxley selbst sagt, nicht auf seinen Fuß, noch wären wir verloren, wenn auch der Affe einen Hippocampus minor im Gehirn hätte.

Im Geiste, in der Seele vermuthet man den Grundunterschied zwischen Mensch und Thier; hier ist daher zu prüfen, ob ein solcher da ist und worin derselbe besteht. Auch hier wird es genügen, den Hauptpunkt der Streitfrage in Betracht zu ziehen, wir brauchen nur den Verstand der Thiere mit dem des Menschen zu vergleichen. Die Erkenntniß des wesentlichen Unterschiedes an diesem einen Punkte entscheidet die ganze Frage.

Leicht ist diese Prüfung nicht. Fassen wir doch kaum das flüchtige Wesen unserer eigenen menschlichen Seele, wie viel schwerer wird es sein, in das uns fremde Seelenleben der Thiere einen verständigen Blick zu thun.

Der Verkehr mit den Thieren fehlt gemeiniglich Denen, die geistig fähig wären, wissenschaftlich zu beobachten, und Diejenigen wiederum, die in jenem engeren Verkehre mit den Thieren leben, verstehen selten zuverläßig zu beobachten. Daher die vielen unwahren oder halbwahren Erzählungen aus dem Thierleben, die Jagdgeschichten, die kaum der Erzähler selber glaubt. — Und nun gar die Deutung der Handlungen! — Weil der Wiedehopf verfolgt mit ausgebreitetem buntem Flügelkleide sich wie todt zur Erde wirft, wird ihm die Absicht angedichtet, zur Verstellung wie ein bunter Lappen zu erscheinen. Als wüßte der Wiedehopf auch nur, was ein bunter Lappen ist oder daß er einem solchen gleicht. Wir wissen nicht einmal gewiß, ob diese Handlung des Wiedehopfs überhaupt eine absichtliche oder nur die Folge seiner Furcht ist. — Ein Pariser Maler wollte einen Elephanten mit offenem Maule abmalen und hielt ihm deßhalb fortwährend Aepfel so hin als wolle er sie ihm zuwerfen; der Elephant, den das wahrscheinlich verdroß, goß plötzlich einen Strom Wasser aus seinem Rüßel auf die Malerei, die damit zerstört war. So die einfachste Form dieser vielfach variirten Erzählung. „Eine solche Handlung — bemerkt Wundt — ist offenbar nicht blos verständig, sondern witzig. Der Witz ist vielleicht die seltenste Eigenschaft der Thiere." — Also wirklich der Elephant wollte einen Witz machen, und darum löschte er die Zeichnung aus, die ihn darstellen sollte? — In diesem Contraste lag wohl eine natürliche Komik, wie in dem naiven Verknüpfen einander fremder Vorstellungen beim Kinde, aber nimmermehr Witz. — So mißdeuten selbst besonnene Forscher das Seelenleben der Thiere. Oft geht es diesen Beobachtern wie den alten Griechen, die in allen heidnischen Kulten ihre eigenen Götter wieder zu finden meinten, so auch hier menschliches Denken und Thun im thierischen Treiben.

Ueber die Frage nun einer bisher so wenig begründeten, ja selbst so selten mit wahrhaft wissenschaftlicher Schärfe betriebenen Forschung kann nur mit der größten Vorsicht gesprochen, nur die best beglaubigten Erzählungen können in Betracht gezogen werden. An solchen Beispielen soll geprüft werden, ob Mensch und Thierseele hinsichtlich der Intelligenz nur dem Grade, oder ob sie dem Wesen nach verschieden sind. Am besten wird sich dies an der Besprechung folgender Fragen darstellen und lösen lassen:

1) Sind Mensch und Thier hinsichtlich des Instinktes scharf unterschieden?
2) Hat das Thier Intelligenz und unterscheidet sich dieselbe von der des Menschen?
3) Zum Schluß werden wir einen kurzen Blick auf die übrigen Seelenzustände in Beziehung zu den Unterschieden der Intelligenz werfen.

Was zuerst die Instinktfrage betrifft, so giebt es bekanntlich Manche, welche den Unterschied zwischen Mensch und Thier einfach dahin angeben, daß die Thiere nach unabänderlichen Naturtrieben handeln, die Menschen nach freier Ueberlegung. Mit ihnen müssen wir uns zunächst über die Natur des Instinktes verständigen, der gar oft die Stelle des Wortes einnimmt, das sich einstellt, wo die Begriffe fehlen. Den richtigen Begriff werden wir aus dem Blick auf einige Instinkthandlungen gewinnen.

In Südfrankreich und Spanien lebt die Minirspinne. Sie gräbt in einem steilen Abhang aus bindender Erde ohne Stein und Gras einen Gang von 1—2 Fuß Tiefe, den sie mit einem Gewebe austapezirt. Am Eingang macht sie eine aus verschiedenen, durch ihr Gespinst verbundenen Erdschichten bestehende Fallthür, die oben in einer Angel hängt und unten bisweilen noch durch eingewebte Steinchen beschwert ist, so daß sie noch besser durch ihr eigenes Gewicht zufällt. Die Thür geht nach außen auf und läßt sich von innen leicht aufheben. Will die Spinne in ihr Nest, so öffnet sie die Thür durch Einsetzen der Freßzangen in die äußere rauhe Thürfläche; will ein Feind eindringen, so hält sie die Thür durch Einhaken in die am unteren Ende derselben befindlichen Löcher zu.

Eine merkwürdige Beschreibung macht Schmarda von dem Trichter des Ameisenlöwen. Er baut sich zum Fange von Insekten, besonders von Ameisen, einen Trichter an trockenen sandigen Orten. Zuerst zieht er einen Kreis in den Sand, welcher den Umfang seines Trichters bezeichnet; dann fängt er an das Loch durch Auswerfen des Sandes zu erweitern, indem er mit einem Vorderfuße wie mit einer Schaufel den Sand auf seinen flachen Kopf ladet und mit Kraft und überraschender Schnelligkeit mehrere Zoll weit über den Kreis hinausschnellt. Während deß geht er rückwärts, bis er wieder an die Stelle kommt, von der er ausgegangen. Hierauf zieht er einen neuen Kreis, höhlt eine andere Furche auf dieselbe Weise aus, bis er endlich auf den Grund des Trichters kommt. Hier bedeckt er sich mit Sand, nur die Spitze der aufgesperrten Kiefer läßt er frei. Berührt dann ein kleines Thier den Trichterrand, so weicht der Sand, das Thier fällt hinab, der Ameisenlöwe stürzt auf seine Beute und saugt sie aus.

Zu den wunderbarsten Erscheinungen solchen Thierlebens gehören unstreitig die gemeinsamen Bauten und Staaten der Bienen, Ameisen, und Biber, die im Allgemeinen jeder kennt, an die daher hier nur erinnert zu werden braucht. Wenn wir uns nun diese Bauten und jene Weisen der Minirspinne und des Ameisenlöwen ihrem seelischen Ursprunge nach erklären wollen, dürfen wir annehmen, diese Werke seien Werke freier Erfindung auf Grund gesammelter Erfahrung?

Diese Annahmen hielt man für unvereinbar mit der Kenntniß der geringeren sonstigen Geisteshöhe dieser Thiere im Vergleich mit dem Menschen. Ihre Kunstfertigkeiten schienen an Sicherheit und Feinheit bisweilen die des Menschen zu übertreffen, ihre sonstige Klugheit stand aber weit zurück. Deshalb nahm man mit Cartesius an, daß die Natur in diesen Thieren handle, daß ein unbewußter zweckmäßiger, ihnen ursprünglicher oder angeborener Naturtrieb sie zu jenen wunderbaren Handlungen zur Erhaltung ihrer selbst und ihrer Art veranlasse und diesen Trieb nannte man Instinkt. Daß es dergleichen Naturtriebe giebt, ist unbestreitbar und läßt sich thatsächlich erweisen.

Neuerdings hat man besonders Anstand genommen von dem Angeborensein dieser Triebe zu reden.

Die angeborenen Triebe erinnern an die angeborenen Ideen, die Locke aus der Philosophie verbannt haben soll. Auch glauben Darwin und Wundt einige Instinkte als von früheren Generationen erworbene, nachträgliche Vererbungen darstellen zu können nach der Art, wie sich bisweilen individuell erworbene musikalische Talente in einer Familie erhalten. Die mögliche Berechtigung zu dieser Vermuthung läßt sich nicht abweisen. Darwin sucht unter Anderem auf diesem Wege die eigenthümliche Sitte mancher Ameisenarten zu erklären, Arbeiterameisen aus anderen Haufen durch kriegerischen Raub einzufangen und im eigenen Nest zu verwenden. Mit einigem Euphemismus hat man diese geraubten Arbeiter Sklaven genannt, obgleich sie in ihrer Sklaverei dieselbe Freiheit genießen wie ihre Herrn, ja bei einigen Arten auf Wanderungen sogar von den Herrn getragen werden. Diese Sitte der Ameisen hat nun bei verschiedenen Arten und in verschiedenen Ländern einen verschiedenen Ausdruck gefunden. In England z. B. dem Lande der monarchischen Freiheit ist die Ameisensklaverei viel milder als in der republikanischen Schweiz. Die englischen Ameisenherrn empfangen viel weniger Dienste von den Sklaven, den Sklaven fällt nur die Brutpflege im Neste zu, die Herrn sorgen für Bau und Futter und gehen auf die Jagd. — Darwin hat nun bemerkt, daß Ameisen, welche keine Sklavenhalter sind, zufällig um ihr Nest zerstreute Puppen anderer Arten heimschleppen, vielleicht um sie zur Nahrung zu verwenden. Solche Puppen könnten sich dort entwickeln — meint er —

und später mit an die Arbeit gehen. Erweise sich ihre Anwesenheit nützlich, so könnte im Haufen die Lust entstehen, sich mehr solche Hülfe zu schaffen. Statt der Larven, die erst erzogen werden müßten, dann fertige Arbeiter einzufangen, sei nur ein weiterer Grad der Bequemlichkeit in der Gewöhnung an Sklavenhülfe. So könnte der zufällige Brauch fremde Puppen zur Nahrung einzusammeln endlich zum bleibenden Triebe der Skavenhalterei werden und sich als solcher auf die Nachkommen vererben. — Die Vermuthung scheint auch dem Gemüthe Darwin's besonders zuzusagen; ist dann doch selbst in der Ameisenwelt die Sklaverei nichts Ursprüngliches, sondern erst etwas in Folge der verschlechterten Zustände der Ameisengesellschaft Entstandenes! Daß diese Vermuthung bis jetzt noch auf sehr lockerem Boden steht, hat wohl der Bericht selbst ergeben. Einem Philosophen würde sicherlich der exacte Naturforscher dergleichen weit gegriffene Hypothesen nicht gestatten. Doch gleichviel, wir wollen ihre Möglichkeit nicht in Abrede stellen, es giebt ja thatsächlich bei den Thieren wie bei dem Menschen solche nachträgliche Vererbungen, die erst in das Wesen des Menschen hineinwachsen und nicht zu dessen ursprünglichen Anlagen gehören. Aber wohl hüten wird man sich müssen, kurzweg alle Instinkte als solche ursprünglich einmal angenommene Gewohnheiten, als festgewordene Sitten zu betrachten. Vielmehr scheint es dem in der Hauptsache bleibenden Charakter der Natur zu entsprechen, ursprüngliche Triebe von den später vererbten — so zu sagen zur zweiten Natur gewordenen — zu unterscheiden und die ersteren als die eigentlichen Instinkte zu betrachten.

Angeboren sind übrigens beide, auch die später ererbten. Um den hiergegen gerichteten allgemeinen, seit Locke bei manchen Denkern erblichen Einwand zu beseitigen, braucht man sich nur das Angeborensein richtig vorzustellen. Wäre dem Vogel der Trieb zum Nestbau angeboren — sagt Wundt — so müßte dem Vogel nicht nur gleich von Geburt die Idee des Nestes vorschweben, sondern auch die Vorstellung der zu verwendenden Baumittel. Nicht so ist von einem Angeborensein die Rede; es handelt sich nur um einen ursprünglichen Trieb im Vogel, um eine Anlage zu rechter Zeit in zweckmäßiger Weise durch die äußere Natur zum Nestbau veranlaßt zu werden, um die Fähigkeit, dieser Anregung ohne vorgängige Erfahrung geschickt zu folgen.

Dergleichen angeborene Anlagen sind unzweifehaft die wahren Instinkte.

Sind Enten von einer Henne ausgebrütet, so laufen sie ohne Anleitung gleich ins Wasser. Ebenso suchen die Wasserschildkröten, wenn sie auf trockenem Ufer aus dem Ei geschlüpft, auf geradestem Wege das Wasser, welches sie nicht sehen. Auch das Experiment hat dieses Angeborensein erwiesen. Der alte Arzt Galen nahm ein Zicklein schon bei der Geburt von der Mutter und setzte ihm schädliche und nützliche Getränke und Kräuter vor; das Zicklein nahm nur Milch und die ihm tauglichen Kräuter. Swammerdamm machte eine ähnliche Untersuchung mit der Wasserschnecke. Fr. Cuvier entfernte im Jardin des Plantes sofort nach der Geburt einen Biber von der Mutter; ohne Anleitung benagte derselbe bald die ihm gegebenen Zweige und trug sie wie zum Bau zusammen.

Daß nun diese angeborenen Triebe zweckmäßig zur Erhaltung und zum Schutze des Individuums wie der Art sind, bedarf kaum eines Beweises. Gerade dieß hat von jeher das menschliche Erstaunen über diese kunstvollen Handlungen der Thiere geweckt. Es verschlägt dagegen nichts, daß diese Triebe bisweilen auch zweckwidrig ausgeübt werden, daß z. B. wie Blumenbach bemerkt, der Hamster nicht nur lebenden Vögeln, die er am Fortfliegen hindern will, sondern auch todten, die Flügel zerbricht, ehe er sie anbeißt. Vielmehr erkennen wir gerade aus diesen gelegentlichen Zweckwidrigkeiten den Charakter des Instinktes als eines über das Thier herrschenden Naturtriebes.

Das Wesentliche aber bei dieser instinktiven Zweckmäßigkeit ist, daß sie dem Thiere selber unbewußt ist. Die Bienen sammeln Honig für den Winter, den sie noch gar nicht kennen. Wenn der Nachtschmetterling die von ihm gelegten Eier mit einem Pelzüberzug aus seinen eigenen Haaren versieht, so ist der Winter, welcher diesen warmen Ueberzug zur Erhaltung der Eier nöthig macht, noch nicht da. — Die Thiere kennen den Zweck nicht, den sie erfüllen; sie ergreifen mit Bewußtsein bestimmte Mittel für einen Zweck, aber sie wissen nicht, daß es Mittel zum Zweck sind, sie können diesen Zweck selbst oftmals gar nicht in ihr Bewußtsein treten sehen.

Diese Handlungen können nicht aus Erfahrung und Ueberlegung hervorgehen, sie ruhen vielmehr auf dem festen Stamm eines angeborenen, zweckmäßigen Naturtriebes und dieser Trieb scheint eine seelische Anlage zu sein. Oft hat man gemeint, diese Triebe aus dem Drange körperlicher Dispositionen erklären zu können, gelungen ist eine einseitige Erklärung der Art nie. So meinte man, die Spinnen verfertigten nur ihr Gewebe, um den lästigen Spinnstoff los zu werden. Abgesehen davon, daß damit doch nie das kunstreiche Gewebe erklärt wäre, ist auch die Thatsache als unrichtig erwiesen. Rösel nahm einmal fortgesetzt den Spinnen ihren Spinnstoff ab, immer spannen sie wieder, bis sie an Entkräftung starben; sie spannen also sicher nicht aus sinnlicher Nothwendigkeit, sondern aus seelischem Trieb.

(Fortsetzung folgt.)

Ueber Polygamie bei Singvögeln.

Von Gutsbesitzer J. Jacobi auf Gut Stau bei Herz. Oldendorf.[1])

Ich beehre mich Ihnen Nachstehendes mitzutheilen, obgleich ich zwar nicht die Ehre habe mit Ihnen persönlich bekannt zu sein, jedoch von meinem Freunde, Hrn. Major Kirchhoff zum Schäferhofe, der öfter Ihrer erwähnte, sowie auch aus Ihren Schriften das Interesse, welches Sie für die Ornithologie hegen, mir hinlänglich bekannt ist. Es betrifft dieß die mir bislang noch nicht als bekannt angeführte Thatsache über das Vorkommen von polygamischem Zusammenleben einiger unserer Singvögel. Vor zwei Jahren befand sich in meinem Garten nach meiner sicheren Wahrnehmung ein Paar Nachtigallen und war ich nicht wenig überrascht, als ich zwei Nester mit 3 und 4 Jungen entdeckte. Nach sorgfältigen Beobachtungen, die ich gemeinschaftlich mit meinem Freunde anstellte, gelangte ich zu der Gewißheit, daß sich nur Ein Männchen im Garten befand, überhaupt auch im Verlauf des ganzen Frühjahres niemals zwei singende Nachtigallen gehört worden sind und das Männchen von einem Neste zum andern abwechselnd mit den beiden Weibchen das Fütterungsgeschäft besorgte; die Nester waren etwa 150 Schritt von einander entfernt. In diesen Tagen entdeckte ich in meinem Blumengarten ein Nest der Bastardnachtigall (Bechstein), gewöhnlich Spottvogel genannt, Sylvia hippolais, Lin. mit Jungen. Da ich etwa 20 Schritt von diesem Neste den mir sehr wohl bekannten Vogel einige Tage vorher beim Bauen eines Nestes betraf, überhaupt von früher weiß, daß nur ein Männchen sich im Garten befindet und ihrem zänkischen Naturell es auch überhaupt nicht angemessen erschien, daß so nahe zusammen zwei Paare sich vertragen: so glaubte ich fest, daß ich mich geirrt, fand jedoch zu meiner Verwunderung, daß auf diesem Neste das Weibchen auf 5 Eiern (wovon ich eines heraus genommen) brütete. Der hiesige Gutsgarten liegt ganz isolirt. Ich konnte überhaupt auch nur 3 dieser Vögel, worunter, wie schon bemerkt, sich nur ein Männchen befindet, zu Gesicht bekommen, und hat auch überhaupt nur einer dieser Vögel, die im Allgemeinen hier seltener vorkommen, gesungen. — Noch erinnere ich mich aus meiner Jugendzeit, daß mir von meinem Vater, der sich sehr für die Vögel interessirte, zwei Finkennester (Fringilla caelebs) auf zwei nahe bei einanderstehenden Birnbäumen gezeigt wurde, wozu ein Männchen gehörte.

Vor einigen Jahren fand ich beim Repsmachen, etwa zehn Schritt von einander entfernt, zwei Nester der Kornweihe mit je drei Jungen. Es war mir

[1]) Aus einem Schreiben an Herrn Dr. A. Brehm, Director des Zool. Gartens in Hamburg und von diesem uns freundlichst mitgetheilt. D. Herausg.

damals auffallend, daß diese Raubvögel so friedlich bei einander gehorstet; doch konnte ich über die Anzahl der Alten mich nicht vergewissern, da, nachdem der Reps gemäht war, dieselben sich nicht hervorwagten. —

Nachrichten aus dem zoologischen Garten in Cöln.

Von Direktor Dr. Bodinus.

Endlich übersende ich dir eine Beschreibung unsers Gartens [1]); sie ist freilich unfertig, indem noch ein Plan fehlt, allein es ist besser, einstweilen den Führer ohne Plan vom Stapel zu lassen als ihn mit einem unfertigen zu versehen. Wir haben unsern Garten vergrößert und das neuerworbene nordöstlich belegene Terrain (also an der hintern Seite der Entenvolièren und Antilopenhäuser) sofort benutzt, um die unsern Felsen engeinschließenden Adlerkäfige dorthin zu versetzen. Dadurch ist jener nun vollständig frei geworden und der Besucher unsers Gartens ist, wenn er die frühere Anlage kannte, auf die angenehmste Weise überrascht. Der Felsen ist jetzt schon aus weiter Ferne beim Eintritt in den Garten sichtbar und seine malerischen Formen machen einen wirklich prächtigen Eindruck. — Ich bin so erfreut darüber, daß ich dieß selbst ausspreche.

Aus dem Katalog wirst du nun ersehen, was wir seit deinem letzten Besuch erworben, dennoch enthält er nicht, wie ja das auch nicht anders möglich ist, die neuesten Acquisitionen. Von diesen führe ich nur den Schimpanse an, welcher seit etwa 6—8 Wochen in unserem Besitze sich einer staunenerregenden Entwickelung in dieser Zeit erfreute. Ganz abweichend von dem melancholischen Wesen des Orang-Utang betrachtet er Alles um sich her mit der größten Aufmerksamkeit, ist gewandter und schneller in seinen Bewegungen und entwickelt eine bedeutende Energie seines Willens. Wie es sich von selber versteht, wird er auf die sorgfältigste Weise behandelt und vor allen Dingen versäume ich nicht, ihm animalische Kost zu reichen. Als solche betrachte ich, wie ich schon früher dir bemerkte, weniger den Leberthran, von dessen präservirender Kraft ich nicht viel halte, als vielmehr Eier und Fleisch, welches letztere ich in Form gehackter Cotelette vom Schaf oder Kalb reichen lasse. Der Schimpanse verzehrt solches mit vielem Behagen, trinkt seinen Thee, genießt sein Brod und seine Früchte und macht dann, wenn die Witterung es gestattet, eine tägliche Promenade durch den Garten, lebt also ganz auf dem Fuße eines wohlhabenden Herrn. Ein regerer Appetit ist unmöglich und hat eine so stark zunehmende Corpulenz zur Folge, daß ich eine gewisse Abstinenz werde gewaltsam eintreten lassen müssen,

[1]) Siehe unten Literatur.

da freiwillige Bewegung in einem großen Käfig und gymnastische Uebungen und Spiele mit einem als Gefährten beigegebenen Javaner Affen nicht genügend erscheinen. Unser Affenhaus hat seine innern primitiven Einrichtungen jetzt in einer zweckentsprechenden Weise abgeändert und birgt unter anderen Seltenheiten einen Cercopithecus patas von so riesiger Größe, wie man ihn vielleicht noch nicht in Europa gesehen hat. Westermann, der doch viel beobachtet hat, ist durch den Anblick des Thieres wirklich überrascht worden. Ferner besitzen wir nicht weniger als 7 Hamadryas, darunter zwei große ausgewachsene Männchen und ein altes Weibchen, vorzügliche Roll- und Klammeraffen 2c. Als Rarität bemerke ich dir, daß auch eine Cercopithecus mona ein Junges (jetzt etwa 7 Wochen alt) zur Welt gebracht hat. Von dieser Affenart besitzen wir eine kleine Familie von 5 Mitgliedern, darunter ein Männchen von großer Schönheit, welches seine 4 Weibchen mit zärtlichster Liebe umgiebt und namentlich der Wöchnerin in der ersten Zeit nicht von der Seite wich. Die kleine Gesellschaft hält sich, auch wenn sie sich unter dem größeren Trosse gemeiner Javaner und Consorten befindet, immer nach Möglichkeit gesondert und beisammen. Die jugendlichen Individuen vergessen sich bisweilen wohl und lassen sich mit der Jugend der genannten Volksklassen hin und wieder in Spiele ein, allein lange währt dieß nie. Ich behaupte, daß die Mona zu den schönsten, zierlichsten und gewandtesten Affen zählt. Was wir sonst besitzen, sagt der Katalog, zu den vorhergehenden Mittheilungen hat mich nur der Reiz des Stoffes veranlaßt.

Nicht ohne Interesse für Naturfreunde dürfte das Resultat dießjähriger Züchtungen in unserem Garten sein, wenn gleich ich bemerken muß, daß die ungewöhnlich rauhe Witterung im Frühling die Fortpflanzung des Geflügels im höchsten Grade beeinträchtigt hat. Außer den bekannten jedes Jahr brütenden Vögeln thaten dies in diesem auch Chalcophaps javanica und Columba leucocephala von Jamaika. Ardea garzetta hatte Eier und brütete in reizendster Weise, als Porphyrio hyacinthinus zu meinem großen Aerger die Eier zerbiß. Die zierlichen Reiher haben so eben wieder gebrütet, allein ich glaube nicht, daß sie in diesem Jahre wieder legen werden. — Der Amerik. Strauß hat auch in diesem Jahre gebrütet, doch meine Sorge, daß bei der schauderhaft naßkalten Witterung sämmtliche 11 Eier verderben würden, ist nur zum größten Theile in Erfüllung gegangen. Ich bin der Meinung, daß, soll das Brutgeschäft von der heißen Zone angehörenden Thieren mit Erfolg gekrönt werden, die Temperatur doch wenigstens annähernd der der Heimath entsprechen muß; es ist sonst kaum zu vermeiden, daß der im Ei sich entwickelnde Embryo durch Kälte getödtet wird, sobald das brütende Thier sich veranlaßt findet, zur Stillung seines Hungers das Nest auf einige Zeit zu verlassen. So ist es denn auch erklärlich, daß aus 11 Eiern bei dem schrecklichen Unwetter nur Ein Junges schließlich schlüpfte. Die Legezeit begann Ende Mai, das Weibchen legte in der Nähe der von dem Männchen ausgeführten Vertiefung, mit Grashalmen spärlich belegt, in Zwischenräumen von zwei Tagen die Zahl von 11 Eiern, die ich bis auf eines fortnahm, um ein gleichzeitiges Auskommen der Jungen zu erzielen. Nachdem 8 Eier gelegt, brachte ich alle ins Nest zurück und nachdem das neunte vom Weibchen zu Tage gefördert war, begann das Männchen, welches die Eier vielfach gewendet und hin und hergeschoben hatte, zu brüten. Zwei Eier legte das Weibchen noch neben das Nest und auch sie wurden vom Männchen hervorgeholt und unter den Körper gebracht. Nicht nur bei meiner Annäherung blieb dasselbe ruhig sitzen, sondern ich konnte ihm auch ohne daß es sehr beunruhigt worden wäre, Eier unter dem Leibe fortnehmen und untersuchen. Der fortwährend vom Himmel strömende Regen (es hat fast 4 Wochen geregnet und die Luft war nichts weniger als lau) ließ mich für die Gesundheit des armen Vogels fürchten, allein das Gesträuch, neben welchem das Nest angelegt war, gewährte doch einigen Schutz und so kam denn endlich nach Verlauf von 6 Wochen ein kleiner Strauß zur Welt, welcher die ersten Tage das warme Plätzchen unter den Flügeln des Herrn Papa so behaglich fand, daß von ihm nur das Köpfchen zu sehen war, welches er bisweilen zwischen Flügel und Körper des alten Vogels vorstreckte. Kam er je einmal zum Vorschein oder wurde er von mir hervorgeholt, so lief er eilig wieder auf den Vater zu, derselbe hob sorgfältig einen Flügel und im Nu war das junge Thier darunter geschlüpft. Zwei Tage war der kleine Bursche ohne Nahrung; es machte mir dies gar keine Sorge, ich dachte mir, daß er schon kommen und suchen würde, sobald der Magen einiges Verlangen spürte. Und so geschah es; am dritten Tage kroch der kleine Weltbürger wiederholt unter den Flügeln hervor und fieng an zu suchen; kleine Hälmchen, Sandkörnchen wurden aufgelesen und bald machte er sich auch an die ihm vorgeworfenen Semmelkrumen. Vom Neste entfernte er sich nur ungerne und der alte Vogel brütete noch emsig auf einigen Eiern fort, welche ich ihm gelassen, weil noch nicht an der Möglichkeit Junge daraus zu erhalten gezweifelt werden durfte. Nachdem ich endlich 4—5 Tage später alle Hoffnung darauf aufgegeben, entfernte ich jene und veranlaßte den alten Vogel, welcher, seit er ein Junges hatte, das Nest gar nicht mehr verließ und gemeinschaftlich mit seinem Kinde das vorgeworfene Weißbrod verspeiste, aufzustehen, welcher dann auch gefolgt vom jungen Thiere umherzugehen und zu grasen begann. Dieses folgte dem Beispiele des Vaters, sammelte Genießbares von der Erde auf, pflückte Grasspitzen ab und begann bald Jagd auf Fliegen zu machen, während es Ameiseneier und Fleischstückchen verschmähte. Wiederholt am Tage und regelmäßig Abends zogen sich Vater und Kind auf ihr Nest zur Nachtruhe zurück, und erst jetzt läßt sich der erstere an beliebigen Stellen des Gartens zum Ausruhen nieder; alsbald nimmt der junge Vogel sein warmes Plätzchen unter dem Flügel des alten wieder ein und streckt, sobald sich ein auffallendes Geräusch erhebt, neugierig das Köpfchen hervor. Der weibliche Vogel nimmt weder vom Männchen noch vom Jungen Notiz. Letzteres grau von Hauptfarbe mit dunklen Längsstreifen hat etwa die Größe eines starken Rebhuhnes, aber natürlich längere Beine und verhältnißmäßig langen Hals. Der Anblick des großen Vaters mit seinem kleinen Kinde ist äußerst interessant. Von Säugethieren vermehrten sich Cervus tarandus, Cervus Aristotelis, Canadensis, Sika, virginianus und Axis. Eine Kuh von Cervus virginianus brachte zwei Kälber zur Welt, wundervolle Thierchen, an Schönheit alle übrigen jungen Hirsche übertreffend. Sodann habe ich Vermehrung von Bubalus Kerabau, von Bos bubalus gedeckt von Bubalus Kerabau und ich bin begierig, wie später die Verpaarung von diesem Bastarde ausfallen wird; ferner Vermehrung von Bos americanus, Antilope dorcas, Auchenia Lama, Camelus bactrianus, Macropus Benetti, Cavia aguti, Felis leo, Felis melas, Felis pardus (variegata), von verschiedenen Schaaf- und Ziegenarten. Tragend sind und werden in Kurzem werfen: Auchenia Guanaco, Cervus moluccensis, Bos grunniens, noch ein Bos bison american., eine zweite Bos Kerabau ein Bos Zebu von Sudan, eine Antilope oreas und noch eine zweite Löwin. In Bezug auf Bos bison americ. muß ich bemerken, daß es nach den im hiesigen Garten gemachten Beobachtungen sehr erklärlich ist, daß trotz der enormen Nachstellungen und Verheerung unter den Bisonheerden diese noch immer zahlreich im Westen Amerikas existiren. Während nämlich der europäische weibliche Auerochs sich erst im sechsten Lebensjahre verpaaren soll, bringt der amerikanische Wisent, wie ich jetzt vor Augen sehe, schon im dritten Lebensjahre oder wenigstens kurz nach demselben Junge zur Welt. Eine Kuh unsers Gartens ist entschieden nicht älter und wird nächstens gebären. Der junge Wisent unsers Gartens ist etwa acht Tage alt, von rothbrauner Farbe, mit kleinem hellen Barte versehen und bekommt schon Hörner. Er hat die Größe eines gewöhnlichen Kalbes, ist aber von robustem Körperbau mit kurzem Halse und dickem Kopfe. Er wird von der Mutter sehr sorgfältig genährt und trinkt außerdem gerne Wasser. Die alte Kuh ist zutraulich und gutmüthig wider mein Erwarten geblieben. — Ueber unsere jungen Löwen theile ich dir noch in kurzen Worten Folgendes mit. Dieselben sind Kinder eines schwarzmähnigen Löwen aus der Berberei und einer Löwin vom Senegal, sind Männchen und Weibchen und es wird interessant sein zu beobachten, welche Farbe und Ausdehnung später beim Männchen die Mähnen haben werden. Unserm vortrefflichen Schoepf in Dresden muß ich die sichere Beobachtung entgegenstellen, daß unsere Löwen nicht nur am dritten Tage umherkrochen, sondern vor allen Dingen auch sehen konnten. Die Thierchen zogen sich vor meinem Angesicht zurück und schnaubten mich an; die Augen waren nicht im Mindesten verschlossen. Vier Wochen betrug sich die Löwin gut gegen die Jungen, alsdann wurde sie sehr aufgereizt und hitzig. Sie schlug nach den Jungen, schleppte sie umher, namentlich wenn Menschen in ihre Nähe kamen. Bei Tage ließ ich sie daher absperren und nur Nachts dazu; ich hoffte, dieser Paroxismus würde vorübergehen und so kam es denn auch; allein 14 Tage später fieng sie an mit den Jungen zu spielen, sie umherzutragen und quetschte die jungen Thiere in bedenklicher Weise. Ich hatte mich indessen auf Alles gefaßt gemacht und die Jungen allmählich an warme Milch mit feingehacktem Fleisch gewöhnt. So gerne ich Vater, Mutter und Kinder zusammengesehen hätte, so ging mir die Sicherheit der letzteren doch über Alles und als überdieß die Mutter Mangel an Milch zu haben schien, besann ich mich nicht mehr, sondern trennte die Jungen ganz von der Löwin. Ich habe dieß nicht zu bereuen gehabt. Die jungen Löwen sind jetzt etwa 12 Wochen alt, wachsen, je älter sie werden, um so mehr, fressen furchtbar, haben dicke gerade Beine, balgen sich gerne und zwacken sich beim Futter. Bei gutem Wetter laufen sie frei in einem abgezäunten Raume, wo sie sich unter Gebüsch vor den Strahlen der zu warmen Sonne verbergen können. Unser Garten zählt diesen Augenblick wieder die schöne Anzahl von 8 Löwen und wenn das Glück uns und der zweiten tragenden Löwin wohl will, noch mehr. Daß davon verkauft würden, ist selbstverständlich. —

Nachrichten aus dem zoologischen Garten zu Breslau.

Bei der allgemeinen Theilnahme, welche die Errichtung eines zoologischen Gartens in allen Kreisen unserer Bevölkerung gefunden, hält das unterzeichnete Comite sich für verpflichtet, über seine bisherigen Schritte zu Ausführung dieses Unternehmens öffentlich Rechenschaft zu geben. Nachdem bereits im vorigen Herbst auf dem theils durch die Municifenz der städtischen Behörden überlassenen, theils käuflich erworbenen Terrain in der Nähe des grünen Schiffes bei Grüneiche mit den erforderlichen Erdarbeiten begonnen worden war, sind dieselben im verflossenen Frühjahr vollständig zur Ausführung gebracht, der Boden planirt und parkartig hergerichtet, auch die Grenzen durch einen Holzzaun von circa 4500 Fuß Länge eingefaßt worden. Obwohl die Bepflanzung wegen des Sandbodens mit vielen Schwierigkeiten zu kämpfen hatte, ist es doch möglich gewesen, den größeren Theil des Grundstücks mit fruchtbarer Erde zu überschütten und mit Rasen zu besäen; eine sehr große Zahl von Bäumen und Sträuchern, die theils angekauft, theils von Gönnern zum Geschenk überwiesen waren, sind längs des Zaunes, wie auf die einzelnen Rasenplätze ausgepflanzt worden, so daß der Garten schon in seinem ersten Jahre durch eine reiche Abwechselung landschaftlicher Aussichten, Wald- und Rasenpartien erfreut. Im bevorstehenden Herbst wird der noch nicht in Angriff genommene Theil des Gartens ausgeführt und mit der Verschönerung der Partien durch Blumenschmuck 2c. fortgefahren werden, zu welchen Zwecken Geschenke an Bäumen, Sträuchern und Stauden dankbar angenommen werden. In der Mitte des Gartens ist ein See ausgegraben worden, welcher denselben fast seiner ganzen Länge nach durchzieht und sich an beiden Enden bassinartig erweitert; seine Conturen lassen sich von einem neugeschaffenen Hügel am besten überschauen; derselbe soll eine Bevölkerung einheimischer und ausländischer Sumpf- und Schwimmvögel aufnehmen, zu welchem Zweck ein Theil bereits mit Drahtgittern umzäunt worden ist. Zwei Brücken im ländlichen Styl verbinden die Ufer an geeigneten Punkten und eine Insel in der Mitte dient den Vögeln als ruhiger Brütplatz und wird in nächster Zeit noch ein Taubenhaus aufnehmen. Zur Beherbergung der zu erwartenden Thiere sind eine Anzahl Bauten in Angriff genommen worden, von denen bis zum Herbst dieses Jahres vollendet sein werden: 1) der Bärenzwinger, ein Rohbau mit Granitsockel; hinter diesem imposanten, mit Thürmen und Zinnen gezierten, burgenartigen Bau erhebt sich ein Belvedere, welches eine Aussicht über den Garten und die freundliche Umgebung gewähren wird; 2) ein Haus für Hirsche und Dammwild; 3) ein Haus für Antilopen und Rehwild; 4) ein Höhlenbau für Wölfe und andere Raubthiere; 5) ein Stall für Schwarzwild; 6) ein Büffelhaus; 7) ein Känguruhhaus; 8) ein großes Haus für Hühner und andere Vögel; 9) ein Taubenhaus; 10) eine Anzahl größerer und kleinerer Volièren. Mehrere andere Bauten sind für das nächste Frühjahr vorbereitet.

Bis zum 1. Oktober wird auch das neue Restaurationsgebäude vollendet sein, welches durch elegante Räumlichkeiten und anmuthige Gartenanlagen in seiner Umgegend den Besuchern des Gartens einen freundlichen Sammelpunkt bieten soll. Nach der Vollendung desselben beabsichtigen wir den Garten für das Publikum zu eröffnen.

Schon jetzt haben wir uns vielseitiger Unterstützung durch wohlwollende Gönner zu erfreuen gehabt. Werthvolle Schenkungen an Bäumen und Sträuchern sind uns durch die Herren Rittergutsbesitzer Noack, v. Rother auf Koiz, Rendant Klose, Kaufmann Schierer, Kunst- und Handelsgärtner v. Fabrizius und Weckwerth, Schlossermeister Meinecke, Baron v. Leckow, Regierungsrath Baron v. Wechmar, Frau Gräfin Dankelmann, Frau Geh. Commerz.

Rath Treutler, Frau Direktor Firle, die Herren Apotheker Chaussy und Sonntag und den hiesigen Seidenbau-Verein zu Theil geworden.

Ferner sind dem Garten bis zum heutigen Tage nachstehend verzeichnete Thiere zum Geschenk gemacht worden: ein brauner Bär (von Herrn Geh. Commerzienrath Ruffer), 1 Dachs (von Herrn Rittergutsbesitzer Richard), 2 Steinmarder (v. Gasthofbesitzer Wolfram in Sprottau), 2 Fischottern (von Frau Rittergutsbes. v. Nickisch), 9 Füchse (von den Herren Justizrath Krug, Restaurateur Märtin, Brauereibesitzer Böhm, Heimann), 2 Rehböcke (v. Frau Fabrikant Sydhoff und Herrn Gutsbesitzer Scheider), 1 Wildschwein (Oberforstmeister v. Spangenberg), 2 Zwergziegen (Kaufm. Gutke), 3 Wespenbussare (Apotheker Pfeiffer in Oppeln), 5 gemeine Bussare (Baron v. Fürstenberg, Kaufmann Rosenthal und W. Sonnenfeld), 3 rauhfüssige Bussare (Baron von Fürstenberg, Rittergutsbesitzer Witke), 2 Thurmfalken (Conservator Tiemann und Factor Leja), 2 schwarze Milane (Kaufmann Jahn), 1 Sumpfohreule (Conservator Tiemann), 2 Waldkäuze (Hr. Gustav Fröhlich und Felix Schmidt) 2 Paar Lachtauben (Fabrikant Meinecke), 1 gelbhaubiger Kakadu, 5 französische Hühner und 3 türkische Enten (Baron v. Leckow), 3 Cochinchinahühner (Frau Stadtrath Wende), 1 Paar Pfauhühner (Rittergutsbes. Dr. Friedländer), 1 Paar Schwäne und 3 türkische Enten (Rittergutsbes. Dr. Max Heimann), 1 Storch (Maurermeister Ertel), 3 schwarze Enten (Kaufmann Gutke), 2 Möven (Rittergutsbes. Adolphi), 4 Gold- und Silberfasane (Rittergutsbesitzer von Wallenberg-Wilkawe), 4 Flußschildkröten (Kaufmann B. W. Meyer und F. Schmidt).

Indem wir den gütigen Gebern hiermit unseren ergebensten Dank aussprechen, hegen wir die Hoffnung, daß auch in Zukunft unserem Unternehmen die Gunst und thätige Unterstützung des Publikums ebenso andauernd zu Theil werden wird, wie dieß bei den zoologischen Gärten anderer Städte in so großartigem Maße der Fall gewesen ist. Zur Annahme von Geschenken ist das Comitemitglied Herr Kaufmann Gutke (Firma: S. G. Schwarz, Ohlauerstraße 21), so wie der Director des Gartens, Herr Dr. Schlegel, welcher mit dem heutigen Tage die Leitung desselben übernommen hat, bereit; Zeichnungen zu Actien à 50 Thlr. werden im Comptoir des Herrn Geh. Commerzienrath Ruffer entgegengenommen.

Breslau, den 1. August 1864.

Das Comite für Errichtung des zool. Gartens bei Breslau.

Die Pfauen und Fasanen im Cölner Zoologischen Garten.

Der **japanische** oder **schwarzschultrige Pfau**, Pavo japonicus, nigripennis, von dem gewöhnlichen Pfau durch die schwarzblau grünen Deckfedern der Flügel und durch lebhaftere Farben überhaupt verschieden, ist ein unbeschreiblich schöner Vogel; man muß ihn sehen, denn eine Beschreibung fällt nur matt aus. Auffallend ist, daß bei diesem Vogel, während das Männchen stets eine viel dunklere und intensivere Färbung zeigt, wie der gewöhnliche Pfau, das Weibchen constant fast weißgrau und daher viel heller ist, als das dunkelaschfarbige gemeine Pfauenweibchen. Auch die Jungen sind vollständig weiß, wenn sie dem Ei entschlüpfen, nur der Kenner vermag sie an der bräunlichen Färbung der Schwungfedern vom weißen Pfau zu unterscheiden. Mit jedem Jahre wird das junge Männchen dunkler und erst im dritten Jahre verliert es, vollständig ausgefärbt, den in Form von schmutziggelben Flecken übrig bleibenden Rest seines hellen Jugendkleides. Man kann demzufolge diesen angeblich aus China und Japan eingeführten Vogel wohl kaum mit dem bei uns gewöhnlichen Pfau identificiren.

Der **javanische Pfau** oder **Aehrenträger**, Pavo spicifer, so benannt, weil der seinen Kopf zierende lange Federbusch nicht kronenartig gestaltet ist, sondern die denselben bildenden Federn vom Kopfe bis zur Spitze ähnlich einer Kornähre mit gleichmäßiger Fahne versehen sind. Abgesehen von der schlankeren Gestalt, den hohen Füßen, zeichnet sich dieser in Europa noch seltene Vogel durch gelbe Backen, herrlich geschuppten grünen Hals und Brust und — durch seine Bosheit aus. Selbst sein Wärter ist genöthigt, auf der Hut zu sein, und muß denselben durch einen Stock in gehörigem Respekt erhalten, will er nicht unversehens überfallen und vom starken Sporn des Hahnes verletzt werden. Das Weibchen hat zwar nicht die schönen Radfedern des Männchens, ist aber demselben sonst im Gefieder sehr ähnlich.

Der **gewöhnliche Pfau**, Pavo cristatus, ist allgemein bekannt und soll durch Alexander den Großen aus Ostindien nach Europa gebracht sein. Er erträgt das Klima Mitteleuropa's vortrefflich und lebt an vielen Orten halb wild. Trotz seiner langen Radfedern fliegt er sehr gut und müssen wir darauf aufmerksam machen, daß dieselben keine Schweif-, sondern verlängerte Rückendeckfedern sind, unter denen sich der unscheinbar gefärbte Schwanz befindet.

Der **weiße Pfau**, Pavo cristatus albus, eine Varietät des vorigen, ist als ein zärtlicher Vogel in neuerer Zeit ziemlich selten geworden. Man fragt sich unwillkürlich, ob der gewöhnliche in seinem glänzenden Farbenschmuck, oder der schneeweiße Pfau in seiner einfach zarten Schneefarbe, den Preis der Schönheit davon trägt, und in der That, es gibt kaum einen schöneren Anblick, als einen weißen Pfauhahn sein Rad auf grünem Rasen mit grünem Gebüsch als Hintergrund schlagen zu sehen.

Der **gescheckte Pfau**, gleichfalls eine Spielart des gewöhnlichen, kommt oft in prächtigster Zeichnung vor und ist, wenn das Weiß im farbigen Gefieder regelmäßig vertheilt ist, von sehr hohem Werthe.

Der **Goldfasan**, Phasianus pictus, bekanntlich aus China eingeführt, wird in Farbenpracht schwerlich von einem anderen Vogel, höchstens von sich selber übertroffen, indem eine dunkle Varietät existirt, bei welcher alle Farben in noch größerer Intensität glänzen. Die Männchen haben bei derselben schwärzliche Backen, die Weibchen in ihren sonst unscheinbaren Farben eine ebenfalls schwärzliche Beimischung. Von Natur schüchtern wird der Goldfasan jedoch sehr zahm, wenn er von Jugend auf immer Menschen in seiner Nähe sieht und der Beschauer hat dann doppelten Genuß, wenn er bei der unbeschreiblichen Farbenpracht das Männchen beobachten kann, wie dieses mit ausgebreiteten Kragenfedern, hoch aufgerichtet auf den Zehen, einen gedehnten zischenden Pfiff ausstoßend um das Weibchen herumtänzelt und dessen Gunst zu gewinnen sucht. Kein Wunder, wenn ein so prachtvoller Vogel, welcher so leicht zu halten ist und sich leicht fortpflanzt, unzählige Liebhaber findet.

Der **Mongolische** oder **indische Ringfasan**, Phasianus torquatus indicus, mongolicus, größer wie der vorige, und wenn auch weniger prachtvoll, doch immerhin ein ausgezeichnet schöner Vogel, welcher nicht zu verwechseln ist mit dem gemeinen Ringfasan. Hinlänglich unterscheidet ihn von diesem die ausgezeichnete Farbe der Brust und die bläulichen Rückenfedern oberhalb des Bürzels. Hart und sich leicht fortpflanzend, wird er von Liebhabern gerne gesucht, wenngleich er das scheue Naturell mit dem gemeinen Fasane gemein hat. Sein Vaterland ist das östliche Asien, die Bucharei.

Der **gemeine Fasan**, Phasianus colchicus, allgemein bekannt als Jagdwildpret, ist in Deutschland ziemlich verbreitet und stammt aus Kleinasien. Im Allgemeinen unser Klima gut vertragend, wird seine Vermehrung doch am vortheilhaftesten betrieben, wenn man die Eier von Hühnern oder Truthühnern ausbrüten läßt; man hat es dann ganz in der Gewalt, die immerhin zärtlichen Jungen gegen die schädlichen Einflüsse ungünstiger Witterung und gegen Raubwild zu schützen. Als Jagdwildpret wird der so aufgezogene Fasan den für den Jäger wünschenswerthen Grad von Scheuheit, trotz der menschlichen Pflege, nicht vermissen lassen, denn kein Thier hat wie er so große Neigung zu verwildern. Vertreten ist er bei uns durch zwei Varietäten:

Der **Ringfasan**, Phasianus colchicus torquatus, ganz dem gewöhnlichen gleichend, jedoch mit einem weißen Ringe um den Hals und etwas größer.

Der **Isabell-Fasan**, Phasianus colchicus isabellinus, im Allgemeinen von dunkel chamoisgelbem Gefieder, die Mehrzahl der Federn mit einem stahlblauen Rande am Ende der Fahne gesäumt, Kopf und Oberhals gleichfalls stahlblau, letzterer durch einen weißen Ring auf der Mitte seiner Länge vortheilhaft von dem übrigen Gefieder abstechend. Er hält sich eben so wie der vorher aufgeführte in einem engeren Raume besser, als der gemeine Fasan und ist ein vorzüglich schönes Thier. Den genannten ziemlich nahe steht

Der **schillernde Fasan**, Phasianus versicolor, aus Japan. Hauptkennzeichen ist die dunkelgrüne Brust, von herrlichem Metallglanz, der Rücken glänzt in prächtiger grüner und kupferrother Färbung.

Der **schwarzrückige Fasan**, Phasianus (Emplocomus) melanotus, erst in neuerer Zeit vom Himalaja her in Europa eingeführt, entwickelt nicht ganz die Farbenpracht der bisher genannten seiner Familie, obwohl der Oberkörper im schwarzblauen Stahlglanz prangt und das die Augen umgebende Roth vortrefflich dagegen absticht. Aus gleicher Heimat kommen noch

der **weißhaubige Fasan**, Phasianus (Emplocomus) albocristatus, mit weißlichem Federbusch, Rücken und Brust, bei im Uebrigen schwärzlichem Körper.

Der **Cuvier-Fasan**, Phasianus (Emplocomus) Cuvieri, unbedingt der schönste der verschiedenen schwarzen Fasane; das einfarbige blauschwarze Gefieder des Hahns glänzt prächtig in schwarzblauem Metallglanze, und ganz vorzüglich nimmt es sich aus, wenn zur Paarungszeit der ponceaurothe fleischige Umkreis des Auges, ähnlich wie bei den beiden vorigen Arten, so anschwillt, daß der ganze Kopf von dieser Farbe zu sein scheint.

Als Ergänzung der schwarzen Fasane wird noch in diesem Jahre erworben werden

der **Horsfield-Fasan**, Phasianus (Emplocomus) Horsfieldii, ganz schwarz mit weißgrauem Rücken. Himalaja.

Der **Silberfasan**, Phasianus nycthemerus, ein allgemein bekannter immer schön gefundener Vogel, dessen schwarzer Unterkörper zu dem mit den feinsten Linien gezierten weißen Oberkörper vorzüglich schön contrastirt. Die ganze Schönheit des Vogels zeigt sich in ihrer vollen Pracht, wenn zur Paarungszeit der sammetrothe Fleisch-Kamm anschwillt und fast den ganzen Kopf bedeckt. Ganz im Gegensatz zu den meisten seines Geschlechtes, zeichnet sich der Silberfasan durch sein dreistes, zahmes Wesen aus, ja die Hähne werden oft bösartig und greifen den Menschen an. Der spitze Sporn am Fuße desselben kann ganz empfindlich verwunden und wer das Einfangen des Vogels nicht versteht, wird leicht Verletzungen der Hand davon tragen. Bodinus.

Literatur.

Bodinus, Dr., der Zoologische Garten in Köln 1864.

Einen Führer im gewöhnlichen Sinne des Wortes haben wir hier nicht eigentlich vor uns und der Verfasser nennt sein Werkchen in der That auch nicht so. Er hat uns vielmehr eine interessante naturgeschichtliche Beschreibung des von ihm geleiteten, fast möchten wir sagen — geschaffenen Instituts geliefert, die eine wahre Fundgrube zum Theil neuer Beobachtungen, zugleich als ein Handbuch für den Liebhaber lebender Thiere überhaupt betrachtet werden kann. Wir haben uns erlaubt, einige Auszüge unter den Miscellen mitzutheilen. Wd.

Miscellen.

Cochinchina-Huhn, erst in neuerer Zeit in Europa bekannt geworden, wurde nach seiner Einführung mit wahrer Leidenschaft gesucht und mit immensen Preisen bezahlt. Seine Bewunderer konnten es nicht genug rühmen, der beste Hühnerhof ohne dieses Huhn hatte keine Bedeutung. Uebertrieb man zuerst seinen Werth, so übertreibt man jetzt seinen Unwerth, und erst in neuester Zeit kehrt man zur gerechten Würdigung desselben zurück. Der Hauptvorwurf gegen diese Race besteht nämlich darin, daß es so leicht und zu oft brütet, und ferner darin, daß es sein Futter nicht so emsig sucht, wie das gemeine Landhuhn, vielmehr den Kornsack seines Besitzers belagert. Der erste Vorwurf, daß es zu viel brütet, ist begründet; das kann man aber verhindern, wenn man es einige Tage aus seinem gewohnten Raume nimmt und in einem anderen Locale unterbringt. Die Neigung zum Brüten wird dann schnell vergehen und das Huhn bald wieder beginnen, Eier zu legen. Es wird, auf diese Weise behandelt, in der Zahl der gelegten Eier kaum hinter anderen Hühner-Racen zurückstehen, zumal es in Jahreszeiten legt, wo diese weit davon entfernt sind. Die Neigung zum Brüten ist eine keineswegs verwerfliche, denn sehr oft herrscht bei größeren Geflügelzuchten die größte Noth an Bruthennen. Was die kostbare Ernährung anbelangt, so ist diese keineswegs so belästigend, denn wenn auch das Cochinchina-Huhn als größeres Thier einer größeren Futtermenge bedarf als kleinere Hühner, so liegt es doch, wenn es sich auf größerem Raume bewegen kann, namentlich auf Misthöfen und Rasenplätzen, seinem Besitzer keineswegs auf der Tasche; im Gegentheil, es sucht so gut wie jedes andere Huhn und genießt vorzugsweise gerne Gras, ohne wie andere Racen durch Scharren den Rasen stark zu zerstören. Es gibt ein junger Hahn dieser Race in einem Alter von sechs Monaten, welcher im Freien umherging und überhaupt gut genährt wurde, einen der deliciösesten und schmackhaftesten Braten ab. Demnach muß das Cochinchina-Huhn in Betreff seiner Nützlichkeit zu den werthvollsten Hühnern gezählt werden und erfreut durch seine kolossale Gestalt, seine schönen Farben und zahmes Naturel jeden Hühnerfreund. Die Unterscheidung der Brahma-Pootras von den Cochinchinas scheint uns nicht gerechtfertigt und wir halten die ersteren nur für eine mehr oder weniger weiß und schwarz gefärbte Abart der letzteren, welche überdies durch größeren und stärkeren Körperbau hervorzuragen pflegt. Die gesuchtesten Farben der Cochinchinas sind in neuerer Zeit die gesperberten oder die sogenannten **Prinz-Albert-Hühner**, sodann die von **weißer** und **gelber Farbe** und **Brahma-Pootras**. Bodinus.

Biber in Böhmen. Der früher durch ganz Deutschland verbreitete, wegen des Castoreums (Bibergeil), das er liefert, sehr werthvolle Europäische Biber (Castor fiber L.) ist heutzutage so selten geworden, daß man jede Notiz über sein Vorkommen sammeln muß. Das Folgende fand sich in der Illustrirten Zeitung vom 14. Nov. 1863.

Biber als Faschinenbauer. „Kürzlich wurde auf der Wittingauer Domäne (in Mähren) der wegen seiner angenehmen Lage und seines Fischreichthums bekannte Neubach gefischt, wo sich ein interessantes Ereigniß zutrug. Als nämlich nach dessen Ablassung die Biber, welche darin gehegt werden, merkten, daß das Wasser immer mehr abnehme, zernagten sie die Reise, schleppten Bäume und Strauchwerk herbei und bauten, um den Ablauf des Wassers zu verhindern, eine so starke Faschine, daß man des andern Tages Mühe hatte, sie wieder zu zerstören. Doch sind bei diesem Schutzbau sehr viele Fische durchgegangen."

Ein Wittingau in Mähren finden wir nicht, wohl aber giebt es eine nicht unbedeutende Stadt Wittingau in Böhmen, im Budweiser Kreise, berühmt durch das alte Fürstlich Schwarzenbergische Kloster und dessen große Fischteiche. Wir zweifeln kaum, daß diese Stadt gemeint sei, halten es auch nicht für unmöglich, daß die Klöster, wie bekanntlich die Fischottern, so auch die Biber als „Fastenspeise" geschützt und gepflegt haben, und es noch thun. Sehr willkommen wäre uns aber eine genauere Nachricht über diese unseres Wissens den Zoologen noch ganz unbekannte Biberkolonie, ihre Anzahl und ihr Treiben. — Wenn sich die Nachricht bestätigt, so sind jetzt in Deutschland noch drei Biberorte konstatirt, [1] nämlich die Nieder-Elbe unter Magdeburg durch unsern Freund Möbius (Der Zool. Garten, Jahrg. III, S. 89). Die Iller, nicht weit von ihrem Einfluß in die Donau, wo vor etwa 5 Jahren ein Biber (vielleicht der letzte?) erlegt wurde, den Apotheker Laube von Ulm erhielt, und nun die Wittingauer Klosterteiche, welche zum Flußgebiet der Moldau gehören, die bekanntlich in die Elbe sich ergießt. — Wir bitten unsere verehrten Leser um Nachricht über etwaige weitere Colonien. Wd.

[1]) Manche Städte und Dörfer heißen sogar nach diesem größten der deutschen Nagethiere z. B. „Biberach" in Würtlemberg, d. h. die „Ach", soviel als der Fluß, worin Biber leben, wie Urach der Fluß, woran die Urochsen hausen u. s. f. „Biber" heißen ferner zwei kleine Flüsse in Würtlemberg, beide in die Donau mündend; ferner drei kleine Flüsse in Baiern, einer im Kanton Schwyz, endlich ein Dorf bei Hanau. „Biberbach" heißt ein Bach im Bairischen und denselben Namen führen vier bairische Dörfer. „Biberberg" heißt ein anderes Pfarrdorf im Landgericht Roggenburg. Ob „Biberich" in Nassau auch auf jenes Thier zurückzuführen, wollen wir nicht entscheiden, dagegen ist ohne Zweifel auf dasselbe zu beziehen „Bibern", Name eines Flüßchens im Kanton Freiburg, eines Dorfs im Kanton Solothurn und eines solchen im Kanton Schaffhausen, sowie eines Pfarrdorfs in Baiern. Biberfeld ist ein Dorf im würtlembergischen Jaxtkreis. Biberstein ein Schloß und Dorf im Kanton Aargau. „Biberl" zwei Dörfer im Ansbachischen. „Biberthal" heißt in Württemberg ein Wiesenthal im Oberamt Riedlingen, ein Seitenthal der Donau. Auch „Bibra" in der preuß. Provinz Sachsen gehört hieher. — Sehr merkwürdig an dem Worte „Biber" ist, daß fast über ganz Europa das Thier diesen Namen trägt. Sowohl bei den Germanischen als bei den romanischen und bei den slavischen Völkern findet sich dasselbe Wurzelwort. (Französisch: bièvre; italienisch: bivaro; russisch, böhmisch, polnisch: „Bobr", in Krain „Bibra" u. s. f. Sogar der gälische Name des Biber dobhar (daher Doberan?) scheint derselbe Stamm.

Verantwortlicher Redacteur Dr. D. F. Weinland.
Schnellpressendruck von Aug. Werner, vormals J. G. Sprandel, in Stuttgart.

Der Thiergarten.

Allgemeine Deutsche Monatschrift
für Kunde, Beobachtung, Zucht und Pflege der Thiere,
mit besonderer Rücksicht auf die
Verbesserung unserer bisherigen Hausthiere und die Heranbildung neuer.

Erster Jahrgang
1864.

Nro. 9.

Verlag von
Ebner & Seubert
in Stuttgart.

Preis
für den ganzen Jahrgang
fl. 2. 42 kr.
oder
Thlr. 1. 18 Sgr.
Zu beziehen
durch alle Buchhandlungen
und Postämter.

herausgegeben von
Dr. D. F. Weinland
auf Hohen-Wittlingen, O.A. Urach, Königr. Württemberg.

Inhalt: Der Verstand der Thiere. Von Dr. J. B. Meyer in Berlin. — Der Schabrakentapir im Thiergarten zu Hamburg. Von Dr. A. Brehm. — Skizzen aus dem Thiergarten zu Wien. Von Dr. G. Jäger. — Einiges über die großen langhaarigen Hofhunde. — Einige Berichtigungen, den Charakter und das Leben des Wolfs betreffend. Von Kreisförster W. Kade in Kurland. — Correspondenz. — Miscelle. — Zu verkaufen.

Der Verstand der Thiere.

Von Jürgen Bona Meyer,
Dr. der Philosophie und Docent der Universität Berlin.

(Fortsetzung.)

Seelentriebe haben wir in den Instinkten vor uns, welche die fürsorgliche Natur den Thieren mit auf den Weg gab, zum Ersatz für den ihnen zugemessenen geringeren Antheil an Verstand. Damit stimmt es, daß wir besonders bei verstandesärmeren Thieren eine größere Herrschaft des Instinktes antreffen. Wie aber diese Triebe in die Zukunft vorstrebend wirken, wie sie ursprünglich in unseren Seelen sind, das begreifen wir nicht; das Ursprüngliche kann unsere Erkenntniß überall nur erreichen, aber nicht weiter erklären. In diesen Naturtrieben der Thiere ahnen wir noch einen weiteren seelischen sinnlichen Kraftzusammenhang der Thiere mit der gesammten Natur, wie solcher namentlich in den wunderbaren, uns Menschen unmöglichen Fernblicken des Wanderns, des Ortssinnes und des Spürsinnes der Thiere entgegentritt.

Diese Instinkte spielen nun augenscheinlich eine große Rolle im Thierleben, aber reichen sie aus, dasselbe vom Menschenleben zu scheiden? — Die Frage ist entschieden zu verneinen, und zwar aus doppeltem Grunde, sowohl weil auch der Mensch ursprüngliche, den Instinkten entsprechende Anlagen hat, als auch weil ebenfalls das Thier nicht bloß von Instinkten beherrscht ist.

Ueber das Thier herrscht ohne Zweifel mehr der Instinkt, während umgekehrt der Mensch mehr über den Trieb gebietet. Aber von unbewußten Naturtrieben wird auch der Mensch geleitet. „Wenn ein Kukuk zoologische Untersuchungen anstellen könnte — sagt Wundt — so würde er vielleicht den Menschen für das seltsamste Instinktthier erklären. Mit den Vögeln theilt er den Instinkt in der Ehe zu leben, gleich dem Fuchs pflegt er seine Jungen zu ziehen, wie der Biber hat er den Trieb Häuser zu bauen, wie die Bienen hat er die Gewohnheit in Staaten zu leben und Kolonieen zu gründen, mit der Ameise ist ihm die Lust am Kriegführen, Sklaven machen und an nutzbaren Hausthieren gemein, nimmt man noch die paar anderen Instinkte, wie Kleidertragen und Handel treiben, die er für sich allein hat, hinzu, so wüßte ich wahrhaftig kein instinktreicheres Thier zu nennen.“ — Es ist gut, daß W u n d t dieses Raisonnement einem unverständigen Kukuk in den Schnabel legt, denn der verständige Mensch wird die den Instinkten analogen menschlichen Triebe nicht in jenen veränderlichen Zuständen seiner Neigung und Ueberlegung suchen. Sie offenbaren sich vielmehr in den Idealen des Wissens, Glaubens und sittlichen Strebens, mit denen der Mensch über die wirkliche Welt hinaustreibt, ohne das Ziel zu kennen, dem er sich nähert.

Auch der Mensch hat noch andere sinnliche zweckmäßige Naturtriebe wie das Thier, aber das Verhältniß von Zweck und Mittel kann ihm zum Bewußtsein kommen und somit die Ausführung freier Akt seines Geistes werden. Wir haben also schon einen wesentlichen Unterschied zwischen Mensch und Thier, denn jene idealen Triebe offenbart kein Thier. Schwerlich werden wir mit P l i n i u s in der Freude der Elephanten am Vollmond die Spur religiöser Verehrung der Gestirne und in ihrem Aufwerfen von Kräutern in die Luft das Symbol eines Gebets und Opfers erkennen wollen. Aber dieser ideale Unterschied der Instinkte genügt noch nicht Mensch und Thier zu scheiden. Vor Allem ist das Verhältniß Beider auf dem Gebiete der freien Intelligenz zu erwägen.

Somit sind wir zur zweiten Frage gekommen: Hat das Thier Intelligenz und unterscheidet sich dieselbe von der des Menschen?

Mit Recht sagte Huber, eine kleine Dosis freierer Seelenthätigkeit wirke schon mit bei den Instinkthandlungen. Die Thiere sind keine ausschließlich und unabläßlich vom Instinkte getriebene Maschinen. Sie bedürfen vielmehr der freien Intelligenz zur Ausführung ihrer Triebe. Die Mittel zu denselben suchen und verwenden sie mit Bewußtsein, nur nicht mit einem durch Erfahrung gewonnenen Bewußtsein des Zweckes. Die Bienen sind von Vorstellungen geleitet, wenn sie ausfliegen Honig zu sammeln, und mit deutlicher Vorstellung unterscheiden sie die Blumen. Deßhalb wechseln die Thiere nicht selten mit einer vom Instinkte frei gelassenen Unterscheidung in der Wahl der Mittel und in der Berücksichtigung der Umstände.

Ein amerikanischer Fliegenschnapper hat sich den Namen des Politikers dadurch zugezogen, daß er zu seinem Nestbau jetzt gern Papierschnitzel von Zeitungen verbraucht, die er in der Vorzeit doch einmal nicht besaß. Eine Holzraupe, die sonst Rindenstücke zu ihrem Gespinst verarbeitete, nahm in eine Schachtel gesperrt, Spänchen von dieser zum Bau.

Noch geistig freier ist die Berücksichtigung der Umstände im Ausführen der Instinkte. Die Bienen, die man nach Barbadoes gebracht hatte, gaben nach einigen Jahren das Einsammeln des Honigs für die Winterzeit auf, weil sie in den dortigen Zuckersiedereien durch das ganze Jahr hindurch ihre Nahrung fanden; die nach Jamaika versetzten Bienen dagegen trugen fortwährend ein, da die durch mehrere Wochen anhaltende rauhe Jahreszeit sie an der Ausflucht hinderte. Die Kaninchen hören nach Cuviers Beobachtungen auf zu bauen in Gegenden, wo sie mit Frettchen gejagt werden, die bis in das Innerste des Kaninchenbaues dringen können. Sie leben dann wie Hasen. Und die Hasen umgekehrt bauen wie Kaninchen, wenn sie in leicht verwehenden Sandhügeln leben. — Wenn eine Spinne ein Gewebe über einen Weg zieht, an dessen Seiten ihr Sträuche Anhaltepunkte für das Netz darbieten, so fehlt ihr bisweilen ein Haltpunkt in der Mitte, ohne den doch das Netz vom Lufthauch lose hin und her getrieben wird. Die Spinne weiß sich — wie ich selbst sah — zu helfen; an einem Faden läßt sie sich aus der Mitte des Netzes zur Erde, umwickelt einen Stein und zieht nun zum Netz zurückkehrend den Faden stramm. Durch Höherlegung des Steins ließ sich dieses wunderbare Schauspiel des Netzspannens leicht wiederholen. — Das Weibchen eines Kanarienvogels legte von der Geburt überrascht ihr Ei auf den Boden und verließ dasselbe nicht; da brachte das Männchen Flocken vom Nestbau herbei, beide schoben dieselben unter das Ei und machten in dieser ungewohnten Lage ein neues Nest.

Ohne Annahme solcher Mischung von Instinkt und freier Intelligenz sind namentlich die Gesellschaftstriebe der Bienen, Ameisen und anderer Thiere gar nicht zu verstehen. Wundt schildert diese Mischung am Bienenstaate treffend, wenn er sagt:

„Das wesentliche Motiv, das bei der Entstehung des Staates wirksam ist, hat mit bewußter Ueberlegung nichts zu thun. Die Eifersucht der Königin, die keine andere im Stocke duldet, ist eine instinktive, und die Erkenntniß, daß der Raum des alten Staates zu klein wird für das anwachsende Volk, geschieht gleichfalls mehr instinktiv als bewußt. Die allgemeinen Erscheinungen im staatlichen Leben der Bienen beruhen also auf instinktiven Handlungen. Dagegen gibt es aber einzelne Thatsachen, die nicht Produkte dieser sind. Wie sollen wir es uns z. B. erklären, daß die Königin nach Willkür in die weiten Zellen des Stockes Drohneneier, in die engen Zellen Eier von Arbeiterinnen legt, oder daß die Arbeiterinnen die königlichen Larven tödten, wenn die Witterung zum Schwärmen ungünstig wird?“

Darin allerdings müssen wir eine freie Berücksichtigung der Umstände erkennen. In gesteigertem Maße offenbart sich diese freiere Intelligenz oftmals in der geschickten Ergreifung der geeigneten Mittel zur Vertheidigung. „Das Thier hat auch Vernunft“ sagt der Jäger Werni im Tell,

Das wissen wir, die wir die Gemsen jagen.
Die stellen klug, wo sie zur Weide gehn,
'ne Vorhut aus, die spitzt das Ohr und warnt
Mit heller Pfeife wenn der Jäger kommt.

Der Freiherr von Seyfferitz beobachtete einmal, wie sich die Enten verschieden vor dem Seeadler, Wanderfalken und Taubenhabicht schützen. Der Seeadler fängt die Enten nicht im Fluge; als er kam, flogen die Enten auf. Der Wanderfalke stößt ungern auf sitzende Vögel; um ihm zu entgehen, tauchten die Enten unter. Der Taubenhabicht fängt im Fluge und stößt auf sitzende gleich gut; als er kam, schaarten sich die Enten zusammen und schlugen mit ihren Flügeln einen solchen Wasserstaub auf, daß der Habicht sie nicht unterscheiden konnte. — Brehms Vater verfolgte einmal mit zwei Freunden auf einem See einen Haubentaucher, sie hatten ihn an eine seichte Uferstelle getrieben und hielten ihn für verloren. Plötzlich flog er ans Ufer, wo eine Rinderheerde weidete, strich ganz nahe an dieser hin, erhob sich erst jenseits derselben und flog nach dem oberen tiefen Theil des Sees, wo er wieder tauchen konnte.

Je weniger nun diese Handlungen einer freieren Intelligenz noch mit

Instinkten zusammen hängen, um so mehr nehmen sie den Schein menschlich verständigen Urtheilens und Schließens an.

Ein Hummer, den Vorlose beobachtete, warf nach vielen mißglückten Angriffen auf eine Auster, die ihre Schaalen schloß, sobald er sie ergreifen wollte, ein Steinchen hinein, die ihr ferner das Schließen der Schalen unmöglich machte. — Darwin beobachtete eine Grabwespe, welche eine große gefangene Fliege wegtragen wollte; als diese mit den Flügeln flatternd den Flug der Grabwespe verzögerte, setzte sie sich, biß ihr die Flügel ab und flog dann ungehindert mit ihrer Beute davon. — Eine Katze, welche De Lacroix unter die Glocke einer Luftpumpe gebracht hatte, legte, als die Luft sich mehr und mehr verdünnte, ihre Pfote auf die Oeffnung, so daß keine Luft mehr ausströmen konnte. — Noch erfinderischer benahm sich ein von Dugandgrè belauschter Affe. Auf einem Tische stand offen, aber angepicht eine Flasche mit Anisbranntwein, den der Affe sehr liebte, anfangs holte er mit der Zunge und mit den Fingern so viel wie möglich heraus, dann warf er so lange Sand in die Flasche, bis der Branntwein überlief.

Dergleichen Erzählungen gibt es natürlich gar viele und weit merkwürdigere noch als die hier genannten; aber mit der gesteigerten Auffälligkeit wächst auch gewöhnlich das Unzulängliche der Erzählung. Selten ist man im Stande klar zu sehen, in wie weit die erzählten Thaten auf freier Erfindung oder auf dem Absehen von früheren Begegnissen beruhen; selten ist mit Umsicht geprüft, wieviel Zufall wieviel Absicht mit im Spiele war.

Allein schon Erzählungen wie die oben berichteten und ähnliche scheinen uns zu nöthigen, den Thieren einen Verstand, der urtheilen und schließen kann, zuzugestehn. Ist nun diese thierische Intelligenz nur durch geringere Ausbildung von der menschlichen unterschieden oder tritt im Denken des Menschen ein neues Vermögen auf, welches das Thier nicht besitzt?

Um dieß zu entscheiden müssen wir zunächst versuchen, den Hergang in der Seele des Thieres bei einzelnen verständigen Handlungen zu erkennen.

Wenn Dugandgré's Affe Sand in die Weinflasche warf, um den Wein steigen zu machen, so glauben wir nicht, daß dieser Handlung die allgemeine Erkenntniß der in Betracht kommenden Verhältnisse der Schwere zum Grunde lag, sondern wir vermuthen, daß nur die neue Anwendung einer früheren einzelnen Erfahrung vorliegt.

In diesem Falle gibt die Erzählung keinen Nachweis für diese Vermuthung, schließt aber ihre Berechtigung ebenso wenig aus. Diese allgemeine Vermuthung nun beruht auf der häufigen Beobachtung solcher Bindeglieder bei dem thierischen Urtheilen und Schließen.

Ein Hund bediente sich der Klingel, wenn der Bediente vergessen hatte ihm Wasser hinzusetzen, er hatte zuvor gesehen, daß der Diener erschien, wenn der Herr die Klingel zog. Ein Elephant in Neapel, der Wasser in einem kupfernen Kessel zu holen abgerichtet war, trug den Kessel, als er das Wasser aus dem Boden ausrinnen sah, von selbst zum Kupferschmied; er hatte gesehen, daß seine Herrn dieß zuvor in ähnlichen Fällen so gemacht hatten.

Dergleichen Urtheile und Schlüsse halten sich immer noch auf dem Gebiete der Verknüpfung einzelner sinnlichen Wahrnehmungen, und die Verknüpfung ist verständig, weil die nachgeahmten Vorbilder verständig waren.

In anderen Beispielen glauben wir mit noch größerer Entschiedenheit eine verständig überlegte und ausgeführte Absicht zu erkennen; aber auch sie lassen sich meist auf solche unmittelbare Vorstellungsverknüpfungen zurückführen.

Die Katze in Delacrois Luftpumpe fühlte sich unbehaglich, der Zug der Luft durch das Loch war der stärkste Reiz, der sie in diesem Verschluß traf, dieser Reiz trieb sie die Pfote auf das Loch zu setzen. Die zweckmäßige Hemmung weiterer Luftverdünnung war Folge, nicht Absicht. — Die Grabwespe, die in ihrem Fluge mit dem geraubten Insekt, durch die vom Winde bewegten Flügel desselben gehindert wurde, hatte die unmittelbare Wahrnehmung dieses Hindernisses, die zitternden Flügel reizten sie zum Abbeißen. Das war im Fluge unmöglich, so erfolgte der Reiz zum Niedersetzen, dann das Abbeißen und dann das ungehinderte Fortfliegen.

Es sind dieß Vorstellungsnöthigungen, deren Zweckmäßigkeit sich aus der gesetzmäßigen Verknüpfung der äußeren Zustände, die Reize wecken, ergiebt, ohne daß im Bewußtsein der Thiere selbst die Erkenntniß dieser Zweckbeziehungen aufzutauchen braucht.

Diese Erklärungsart des Seelenvorganges läßt sich nun auf alle gut verbürgten Erzählungen anwenden und wir gewinnen dann ein klares Bild von dem Seelenleben der Thiere im Unterschiede von dem des Menschen.

(Schluß folgt.)

Der Schabrakentapir im Thiergarten zu Hamburg.

Von dem Direktor Dr. A. Brehm.

(Fortsetzung.)

Von der vormals zahlreichen Familie der Tapire sind nur drei Mitglieder bis auf unsere Zeiten gekommen, unser Schabrakentapir und zwei ihm nah verwandte Arten, welche beide Amerika bewohnen und erst in der Neuzeit von einander getrennt worden sind: — früher hielt man sie höchstens für Spielarten ein und desselben Thieres. Es bekundet sich hinsichtlich der Tapire dasselbe Verhältniß, welches wir fast regelmäßig beobachten können, wenn eine Familie in der alten und in der neuen Welt vertreten ist: die altweltlichen Arten sind edler gestaltete, falls man so sagen darf, vollkommenere Thiere, als die in der neuen Welt lebenden. Man ist gewiß berechtigt, die Elephanten als die edelsten, höchststehenden aller Dickhäuter [1]) anzusehen; unserm Schabrakentapir aber gebührt unmittelbar hinter dem Elephanten seine Stellung im System: er hat noch so viel von seinen edleren Verwandten an sich, als ein Säugethier haben kann, welches einer anderen Familie angehört. —

Die Tapire kennzeichnen sich durch verhältnißmäßig geringe Größe, einen noch immer wohlgebildeten Leib, mit verlängertem, schmächtigen Kopf, schlanken Hals, kurzen Schwanz und mittelhohen kräftigen Beinen. Die aufrechtstehenden Ohren sind kurz und ziemlich breit, die schief liegenden Augen dagegen klein. Die Oberlippe verlängert sich rüsselförmig und hängt weit über die Unterlippe herab. Die kräftigen Füße haben vorn vier, hinten drei Zehen. Der Schwanz ist ein Stummel. Das starke Fell zeigt nirgends Schilder und tiefe Hautfalten, wie sie bei andern Dickhäutern vorkommen, sondern liegt überall glatt auf. Die Behaarung ist kurz, aber dicht; bei den amerikanischen Arten verlängert sie sich von der Mitte des Hauptes an bis zum Widerrist mähnenartig. Das Gebiß besteht aus sechs Schneidezähnen und einem Eckzahn in jedem Kiefer, sieben Backzähnen in der obern und sechs in der untern Kinnlade. Das Geripp, welches mit dem anderer Dickhäuter entschiedene Aehnlichkeit hat, zeichnet sich durch verhältnißmäßig leichte Form aus. Die Wirbelsäule besteht außer den Halswirbeln, aus zwanzig rippentragenden, vier rippenlosen, sieben Kreuzbein- und zwölf Schwanzwirbeln; den Brustkorb bilden acht Rippenpaare, die übrigen sind sogenannte falsche Rippen. Am Schädel überwiegt der lange, schmale Antlitztheil den sehr zusammengedrückten Hirnkasten beträchtlich; die frei hervorragenden Nasenbeine sind hoch hinaufgerückt, der breite, starke Jochbogen beugt sich tief nach vorn hinab, und die großen Augenhöhlen öffnen sich weit in die tiefen Schläfengruben.

Der Schabrakentapir zeichnet sich vor seinen Verwandten aus durch seine beträchtlichere Größe, durch den verhältnißmäßig schlankeren Leibesbau, den im Antlitztheil mehr verschmächtigten, am Hirntheil aber mehr gewölbten Kopf, durch den stärkeren, aber gleichzeitig auch längeren Rüssel, durch die kräftigeren Füße, durch den Mangel der Mähne und endlich durch die Färbung. Besonders wichtig für die Kennzeichnung des Thieres scheint mir

[1]) Doch wohl mit Ausschluß des Pferds? Anm. d. Herausg.

der Bau des Rüssels zu sein. Während sich dieser beim amerikanischen Tapir deutlich von der Schnauze absetzt und röhrenförmig gerundet erscheint, geht die obere Schnauzenhälfte des Schabrakentrapirs unmerklich in den Rüssel über, welcher dasselbe Gepräge zeigt wie der Elephantenrüssel, d. h. auf der Obenseite schön gerundet, auf der Unterseite hingegen gerade abgeschnitten ist. Außerdem zeigt dieser Rüssel viel deutlicher, als der des amerikanischen Verwandten den fingerförmigen Fortsatz — wiederum eine Andeutung an den Elephantenrüssel.

Sehr bezeichnend ist die Färbung des höchstgleichmäßigen Haarkleides. Ein reines Tiefschwarz darf als Grundfarbe angesehen werden; von ihr hebt sich, scharf abgegrenzt, die graulichweiße Schabrake lebhaft ab. Kopf, Hals und Vordertheil des Leibes bis hinter die Schulterblätter, einschließlich die Beine, ein neun Zoll breiter Streifen, welcher längs der Brust und Bauchmitte verläuft, die Hinterbeine einschließlich die Oberschenkel, so wie endlich der Schwanz sind tiefschwarz; alles Uebrige hingegen ist graulichweiß. Die Ohren sind wie bei dem amerikanischen Tapir an der Spitze licht gerändert. Das Schwarz ebensowohl wie das Weiß schillern in eigenthümlicher, mit Worten kaum zu beschreibender Weise. Das einzelne Haar ist von der Wurzel bis zur Spitze gleich gefärbt. Die Klauen sind dunkel-hornfarben, die Iris ist dunkel-violett, der runde Augenstern schwarz.

Der Gefangene unseres Thiergartens ist ein wahrscheinlich ausgewachsenes Thier weiblichen Geschlechts. Eine Messung von der Spitze des eingezogenen Rüssels bis zur Spitze des Schwanzes längs der Mittellinie des Leibes ergibt 8 Fuß 3 Zoll. Die Länge des Kopfes von der Rüsselspitze bis hart hinter das Ohr beträgt 2 Fuß; der Rüssel selbst ist zusammengezogen 2½ Zoll, ausgestreckt 6 Zoll lang. Der Schwanz mißt nur 3 Zoll. Die Höhe am Widerrist beträgt 3 Fuß 4 Zoll, die Kreuzhöhe 3 Fuß 6 Zoll. Die Vorderfüße sind bis zum Kniegelenk 1 Fuß 7 Zoll, die Hinterfüße 1 Fuß 9 Zoll, die letzteren bis zum Hüftengelenk 3 Fuß 2 Zoll hoch; die Länge der Klauen schwankt zwischen 1¾ und 2 Zoll, und zwar sind die äußeren 1¾ Zoll, die mittleren 2 Zoll lang. Die Länge der Schabrake über den Rücken gemessen ist 3 Fuß 10 Zoll. Der Umfang des Leibes beträgt an der dicksten Stelle 6 Fuß, hart vor der Schabrake 5 Fuß 4 Zoll, der Umfang des Kopfes zwischen Auge und Ohr herabgemessen 3 Fuß, der Umfang des Rüssels 1 Fuß, der Umfang des Vorderbeins am Kniegelenk 1 Fuß 9½ Zoll, am Fersengelenk 1 Fuß 3½ Zoll, an der Handwurzel 1 Fuß ½ Zoll, der Umfang des Hinterbeines am Kniegelenk gegen 3 Fuß, am Fersengelenk 1 Fuß 7 Zoll, an der Handwurzel 1½ Zoll. Wir geben diese Maaße in solcher Vollständigkeit, weil unser Held, wie im ersten Artikel gesagt, der erste Besucher seiner Art auf dem europäischen Festlande und von den Beobachtungen in London an ihm Genaueres nicht veröffentlicht worden ist.

Ueber die Lebensweise des Schabrakentapirs fehlt uns zur Zeit noch jede genügende Kunde. Wir wissen blos, daß das Thier in den dichten Waldungen Indiens und der benachbarten Inseln lebt und sich hauptsächlich in der Nähe der Flüsse aufhält. Dagegen sind wir ziemlich genau über das Leben der amerikanischen Tapire unterrichtet und begehen wahrscheinlich keinen Fehler, wenn wir annehmen, daß das Treiben des Schabrakentapirs sich wenig oder nicht von dem seiner amerikanischen Verwandten unterscheidet.

Alle Tapire leben wie die übrigen Dickhäuter in warmen, feuchten, waldreichen Gegenden. In Gebirgen steigen sie höchstens 3 oder 4000 Fuß über das Meer empor, und nur eine Art, der langhaarige Tapir (Tapirus villosus) macht hiervon eine Ausnahme; er wird auch in Höhen von 6 bis 8000 Fuß angetroffen. Unter allen Umständen halten die Thiere fest am Walde und vermeiden ängstlich alle Blößen oder offenen Stellen desselben. Im Dickicht treten sie sich regelmäßige Pfade aus, welche sich von den Wegen der Indianer schwer unterscheiden lassen und den Ungeübten leicht verlocken, sie zu betreten. Wehe ihm, wenn er dies thut. Er kann Tage, Wochen wandern, ehe er eine Hütte oder ein menschliches Wesen antrifft, wenn ihn nicht schon früher Hunger und Durst tödten! Diese Wildbahnen benutzen die Tapire, so lange sie nicht gestört werden; in der Angst hingegen brechen sie ohne Weiteres durch das ärgste Dickicht, Alles unwiderstehlich vor sich niederreißend, was ihnen im Wege steht.

Die Tapire sind Dämmerungsthiere. „Wir haben," sagt Tschudi, „monatelang die dichten Urwälder, in denen Schaaren der Tapire leben, durchstrichen, ohne je einen im Laufe des Tages zu sehen. Sie scheinen sich dann nur im dichten Gebüsch, an den kühlen, schattigen Plätzen aufzuhalten, am liebsten in der Nähe von stehendem Wasser, in welchem sie sich gern wälzen." In gänzlich ungestörten und sehr dunkeln Wäldern hingegen, streifen, wie Prinz von Wied versichert, die Tapire auch bei Tage umher, und diese Angabe findet Unterstützung in der Beobachtung des Betragens der Gefangenen, welche ebenfalls nicht selten in den Tagesstunden sich erheben und eine Zeit lang in ihrem Gehege umherlaufen. Im Sonnenschein freilich bewegen sie sich höchst ungern, und während der eigentlichen Mittagsstunden suchen sie stets im Schatten des Dickichts Schutz gegen die erschlaffende Hitze und noch mehr gegen die sie in hohem Grade peinigenden Mücken. „Wenn man," sagt der Prinz, „am frühen Morgen oder am Abend leise und ohne Geräusch die Flüsse beschifft, bekommt man häufig Tapire zu sehen, wie sie sich baden, um sich zu kühlen oder um sich vor den Stechfliegen zu schützen. Wirklich weiß kein Thier sich besser gegen diese lästigen Gäste zu schützen, als der Tapir: denn eine jede Schlammpfütze, ein jeder Bach oder Teich wird von ihm aus dieser Ursache aufgesucht und benutzt. Daher findet man auch oft seine Haut mit Erde und Schlamm bedeckt, wenn er erlegt wird." Tschudi behauptet, daß die Farbenabänderung, welche man so häufig bemerkt, von dieser Gewohnheit des Thieres herrühre, da sie auf weiter Nichts beruhe, als auf der größeren oder geringeren Menge von Erde, welche ihm beim Wälzen im Schlamm und Sande die Haut verunreinigen. Gegen Abend gehen die Tapire ihrer Nahrung nach, und wahrscheinlich sind sie während der Nacht fortwährend in Bewegung. Sie zeigen also in ihrer Lebensweise große Aehnlichkeit mit unserem Wildschwein. Doch halten sie sich nicht in so starken Rudeln, wie dieses, sondern leben nach Art des Nashorns mehr einzeln. Namentlich die Männchen sollen ein einsiedlerisches Leben führen, sich blos zur Paarungszeit zu dem Weibchen gesellen, sonst aber stets ihre eigenen Wege gehen. Familien trifft man höchst selten an, und Gesellschaften von mehr als drei Stücken sind bis jetzt nur da beobachtet worden, wo eine besonders fette, gute Weide zufällig verschiedene Tapire vereinigt hat. Doch bemerkt Tschudi, daß sie haufenweise an die Ufer der Flüsse kämen, um sich hier zu baden und um zu saufen.

(Fortsetzung folgt.)

Skizzen aus dem Thiergarten zu Wien.

Von dem Direktor Dr. G. Jäger.

Was dem einzelnen Menschen sein Schooßhündchen, sein „Paperl", sein Kanarienvogel, das ist der Bevölkerung einer Stadt ihr Thiergarten.

Diese alte Erfahrung hat sich auch beim Wiener Thiergarten bewahrheitet. Er ist das Schooßhündchen der Wiener Bevölkerung geworden. Jedermann hört gern von seinem Liebling plaudern und so denke ich, daß so manchem der Leser, der trotz Sturm und Regen mit seinen „Stanitzeln" voll Zuckerln zum Thiergarten pilgert, um seine Lieblinge zu füttern, es nicht unangenehm sein wird, wenn wir ihm in diesen Blättern von seinen Lieblingen erzählen und in kleinen Biographieen individuelle Charaktere aus dem Thiergarten zeichnen.

Es ist ein eigenthümlicher Genuß, hineinzugreifen in das volle Leben der tausend leichtbeschwingten und leichtfüßigen Kreaturen, von denen der oberflächliche Beobachter glaubt, daß Alles über einen Leisten geschlagen, in stereotypem Fressen und Schlafen sein Dasein zubringt, und zu zeigen, welch' reiche Mannigfaltigkeit an ausgesprochenen Individualitäten dem aufmerksamen Beschauer ein eben so buntes Bild entrollt, als das menschliche Thun und Treiben zu bieten vermag. So manchem getreuen Besucher des Thiergartens hoffe ich in diesen losen Blättern eine Quelle noch intensiveren Vergnügens, als er jetzt schon genießt, zu eröffnen.

1. Der Fuchs im Bärenzwinger.

Reinecke Fuchs, der Held der mittelalterlichen Thierfabel, der gefürchtete Feind von Allem was fliegt und kriecht, spielt in einem Thiergarten eigentlich eine klägliche Rolle. Da dieser Vagabund einer anständigen Erziehung schwer zugänglich ist und seine Enthaltsamkeit im Thiergarten wirklich auf eine harte Probe gestellt würde, wenn man es versuchen wollte, ihm freieren Spielraum zu gewähren, so wird er gewöhnlich zu geisttödtender Einzelhaft in einem beliebigen Käfig verurtheilt und die Folgen sind bei ihm dieselben, wie bei dem menschlichen Verbrecher, den man nach dem pennsylvanischen System in die Isolirzelle steckt. Nach einigen vergeblichen Versuchen, seine Freiheit zu erlangen, ergibt er sich mit stoischem Gleichmuth in sein Schicksal, seine Geisteskräfte verlieren ihre Elastizität, er sitzt den ganzen Tag in stillem Brüten versunken, theilnahmlos betrachtet er seine Begaffer und führt sein Gefangenleben mit einer exemplarischen Ergebung, wie ein vollendeter Philosoph. Er, dieses schlaueste, erfindungsreichste, in seinem Erfindungsreichthum sogar witzigste Geschöpf, bietet das vollendetste Bild eines in der Isolirzelle detinirten politischen Verbrechers, der zu stolz ist, seinen Kerkermeister durch Kapriolen zu ergötzen, oder sein inneres Leid der Schadenfreude seiner Peiniger zu enthüllen.

Aus diesen Gründen ist es für mich immer ein unangenehmes Ereigniß, wenn ein Gönner des Thiergartens einen dieser Freigeister mir mit der Bitte übergibt, ihn in getreue Obhut zu nehmen. Ich komme mir vor wie ein Kerkermeister, und in vielen Fällen ziehe ich es vor, den armen Teufel zu Pulver und Blei zu begnadigen, als täglich aus seinem Blicke den Vorwurf zu lesen, daß ich ein zur Freiheit geborenes Wesen in geisttödtender Gefangenschaft halte.

Eine Anwandlung von solchem höchst unstaatsmännischem Gefühle brachte mich im verflossenen Winter auf den Gedanken, Meister Reinecke in den Bärenzwinger zu werfen. Ich konnte den, mir wie Vorwurf klingenden, theilnahmslosen Blick nicht länger ertragen, aus seiner Lage mußte er unter allen Umständen befreit werden, sei es todt oder lebendig. War er wirklich der, als was er gilt, der Erfindungsreiche, nie in Verlegenheit zu setzende, in alle Verhältnisse sich Fügende, nun so mußte er sich wohl auch in einer so ungeschlachten Gesellschaft, wie der Bärenzwinger sie ihm bot, zurecht finden. Wenn nicht, so blieb es für ihn gleichgiltig, ob ein Bär ihn verspeiste oder eine Pistolenkugel seinem Leben ein Ziel setzte. Kurz, eines schönen Tages sah sich Freund Reinecke nach mehrmonatlicher Einzelnhaft plötzlich auf ein seinem savoir vivre würdiges Feld versetzt. Im ersten Augenblicke mochte es ihm vielleicht eben so sonderbar vorkommen, wie wenn ein großstädtischer Galanthomme mitten unter die Gäste einer Bauernhochzeit versetzt wird, aber offenbar mußte ihm sogleich das preußische Sprichwort „bange machen gilt nicht" eingefallen sein. Mit einer Nonchalance, wie ein Stutzer seine Kravate zurecht richtet, schüttelte er seinen Pelz und betrachtete sich die vier ungeschlachten Lümmel in Ermanglung einer Lorgnette mit seinen eigenen Augen. Wie die Weiber stets die größte Neugierde entwickeln und die Häßlichen auf einem Balle einen neu ankommenden Tänzer am aufmerksamsten mustern, so war auch die hinkende Bärenjungfer unseres Zwingers zuerst bei der Hand, um den schmucken Gesellen zu begucken und zu beschnüffeln. Freund Reinecke bestand diese Musterung mit bewundernswerther Ruhe. Als jedoch die Bärin seinem Gesichte in etwas zu bedenklicher Weise nahe kam, fuhr er ihr mit seinen Zähnen über das Gesicht und belehrte sie auf nachdrückliche Weise, daß er nicht Liebe um jeden Preis suche. Sie wischte sich etwas verdutzt die Schnauze und blieb in respektvoller Entfernung stehen. Mittlerweile musterte das Füchslein, ohne sich von der Stelle zu bewegen, aufmerksam das Terrain, entdeckte an der vorspringenden Ecke des Thurmes einen vortrefflich strategischen Punkt und gewann diesen mit den zierlichsten Sprüngen. Nicht lange dauerte es, so machte ihm die ganze Gesellschaft des Bärenzwingers in corpore ihre Aufwartung. Es sah unendlich komisch aus, wie die vier zottigen Bestien mit keineswegs Gutes verheißenden Blicken in geschlossenem Halbkreise den in die Ecke gedrückten schmächtigen Ankömmling beguckten und ihm immer näher auf den Leib rückten. Bei dem Fuchse war keine besondere innere Erregung sichtbar, er schaute seinen Gegnern ruhig ins Gesicht, und als endlich einer derselben seine Schnauze etwas weiter vorwagte als die anderen, hatte er auch schon eine blutige Nase abgekriegt. Da zeigte sich nun recht, wie nur der Schaden die Mutter der Weisheit ist. Jeder der vier Bären brauchte eine blutige Nase, um zur Erkenntniß zu gelangen, daß Freund Reinecke Lebensart genug besitze, um auch mit Bären umzugehen, aber immerhin gereicht es ihrem Verstand zur Ehre, daß diese Ueberzeugung bei ihnen sehr schnell zum Durchbruche kam. Einer um den andern zog brummend ab und der Fuchs genoß wieder seine freie Aussicht. Er machte sich nun ungenirt auf den Weg, inspizirte seinen neuen Wohnort mit bewundernswerther Gemüthsruhe und erkor sich ein Plätzchen zwischen ein paar größeren Steinen für seine Siesta. Die Bären, durch das erste Rencontre belehrt, ließen ihren Gast ungeschoren und gingen ihren anderen Unterhaltungen nach, während Freund Reinecke in aller Gemüthsruhe seine Toilette ordnete. Nach wenigen Tagen war er in dem Bärenzwinger vollkommen zu Hause. Er hielt es unter seiner Würde, mit den Bären in nähere Konversation zu treten, während die Letzteren es für besser hielten, den sonderbaren Kauz seinen eigenen Betrachtungen zu überlassen, anstatt sich wieder blutige Nasen zu holen. Wie wenig Freund Reinecke sich um sie kümmerte und noch kümmert, geht daraus hervor, daß er seine Lebensordnung nicht im mindesten alterirt hat. Während die Bären Tags über sich viel mit dem Publikum zu schaffen machen, bleibt er in stoischer Ruhe auf seinem Plätzchen sitzen, und des Nachts, wenn seine Mitbewohner im tiefsten Schlummer liegen, macht er seine Rundgänge, kurz, er schließt sich an Niemand an und lebt wie ein Vornehmer unter Bauern. Wie er sich alle Verhältnisse nutzbringend zu machen weiß, so hat er auch den Steigbaum zu seinem Ruheplätzchen erkoren; trotzdem, daß er seiner Organisation nach für den ebenen Boden geschaffen ist, weiß er doch mit einem gewandten Sprunge die erste Gabel zu gewinnen und schläft dort mit einer Sorglosigkeit, als wenn er Alleinherr des Zwingers wäre.

Wenn zufällig einmal ein Bär auf den Gedanken kommt, den Baum zu besteigen, so weicht er auf die höhere Gabel aus und wenn der Bär die erste Gabel erreicht hat, springt er demselben mit einer klassischen Nonchalance auf den Rücken und von dort auf den ebenen Boden.

Als die Kälte dieses Winters auch dem dicken Pelze eines Fuchses zu nahe auf den Leib rückte, legte er den glänzendsten Beweis seines savoir vivre ab. Da die Bären zur Befriedigung seiner geistigen Bedürfnisse gar nichts beitrugen, so machte er sich ungesäumt daran, wenigstens physischen Nutzen von seinen zottigen Hausherren zu ziehen. Nächtlich ging er in den Nachtstall und legte sich mit derselben Gemüthsruhe zwischen die schnarchenden Bären, kroch sogar zwischen ihre Pratzen hinein, als wenn es zwei Wollsäcke wären. Offenbar waren die Brüder Petz durch diese Unverschämtheit so verblüfft, daß sie sich in das unvermeidliche Schicksal, Kopfpolster und Matratze für Freund Reinecke abzugeben, ruhig fügten. Das Klassische dabei war, daß aus diesem rein ökonomischen Verhältnisse durchaus kein eigentliches Freundschaftsbündniß wurde. War der Zweck der gegenseitigen Warmhaltung erfüllt, so kümmerte sich der Fuchs nicht im Geringsten mehr um seine lebendigen Wärmflaschen, er zog sich ruhig auf seinen Standort zurück und verbrachte den Tag als vollendeter Einsiedler.

Man muß gestehen, die Probe, auf welche Reinecke gestellt wurde, war keine leichte gewesen und er hat sie mit vollendeter Meisterschaft gelöst; nicht nur, daß er sich so schnell in die Verhältnisse schickte, er hat es auch verstanden, den möglichsten Nutzen aus ihnen zu ziehen und jeder Besucher des Thiergartens, der im Bärenzwinger zwischen den Steinen das vornehmtheilnahmlose Gesicht unseres Freundes erblickt, zieht daraus die Lehre, daß ein gebildeter Mensch auch mit den gröbsten Schlingeln sich vertragen kann, wenn er den Grundsatz hat: „Bange machen gilt nicht“.

(Fortsetzung folgt.)

Einiges über die großen langhaarigen Hofhunde.

Von Jugend auf hatte ich Gelegenheit mit großen Hunden umzugehen und besonders sind es die großen langhaarigen, für welche ich eine besondere Vorliebe gefaßt habe. Seit einer Reihe von Jahren bin ich in Besitz derartiger Hunde und habe mich auch mit deren Zucht abgegeben. Einige Erfahrungen, die ich zu machen Gelegenheit hatte, werden vielleicht manchem willkommen sein.

Die großen langhaarigen Hunde werden bei uns gewöhnlich Neufundländer oder Bernhardiner genannt. Der ächte Neufundländer ist aber bei uns äußerst selten und die verschiedenen feilgebotenen sind allesammt Abarten, bei denen der Kenner selten eine reine Race herausfinden kann.

Mit den Bernhardinern ist es ebenso. Ich glaube, daß es gar nie eine wirkliche Bernhardiner Race gegeben hat, denn während man gegenwärtig unter einem Bernhardiner einen langhaarigen, meist braunen, gestromten oder gelben Hund versteht, ist im Museum in Bern ein berühmter Hund vom Hospitz des St. Bernhard ausgestopft zu sehen, welcher weder langhaarig noch in beschriebener Weise gefärbt ist, sondern stark gedrungen, stockhaarig, von Farbe weiß mit dunkeln Platten.

Daß es eine wirkliche Neufundländer Race gibt, unterliegt keinem Zweifel, und soviel ich bis jetzt gesehen, ist der eigentliche Neufundländer ein Hund von der größten und stärksten Race. Er hat eine eher kurze als lange Schnauze, kurze hängende Ohren, sehr starken Hals und breite Brust und meist sehr lange gekräuselte Haare. Er ist ein treuer, zuverläßiger und intelligenter Hund, auf den sich sein Herr wohl verlassen kann, wenn er ihn richtig behandelt. Nur habe ich schon bemerkt und auch von anderer Seite äußern hören, daß er gerne, wenn er älter, allzuscharf, mürrisch und oft wirklich bösartig wird, während er in jungen Jahren vollkommen gutartig ist. Seine Farbe ist gewöhnlich schwarz oder gräulich; weiß mit schwarzen Abzeichen scheint eine Spielart zu sein. Sehen wir übrigens von den Racen und besonders von diesen beliebigen, meist auf Speculation beruhenden Benennungen ab, und fragen wir: *was gehört zu einem wirklich schönen langhaarigen Hofhunde, welche Eigenschaften soll er haben, wie muß er behandelt werden, und was ist bei der Nachzucht zu beobachten?* Derselbe soll eine nicht lange, besonders nicht zugespitzte Schnauze und ein klein wenig überhängende Oberlippen haben. Die Stirne muß breit und hoch sein, mit der Schnauze nicht in einer geraden Linie fortlaufen, sondern durch einen ziemlich tiefen Absatz getrennt sein. Die Augen müssen groß und einfarbig, die Ohren nicht lang, aber stark behaart sein. Ein Haupterforderniß bei einem kräftigen Hunde ist, daß der Hals stark und die Brust breit sei. Der Hintertheil des Körpers muß im Verhältniß zum Vordertheil kräftig gebaut sein. Die Schwanzanlage soll mit dem Rücken fast eine gerade Linie bilden. Der Schweif muß lang und langbehaart sein; wenn der Hund ruhig steht, hängen und den Boden berühren, wenn er gereizt wird, darf er wohl gehoben, nie aber über den Rücken gebogen und geringelt werden, was nur einem Spitzerhunde wohl ansteht.

Verbindet ein Hund mit diesen körperlichen Eigenschaften Intelligenz und natürliche Gutmüthigkeit, so bleibt nichts mehr zu wünschen übrig, als daß seine Erziehung und Behandlung eine richtige gewesen sei. Was die letztere betrifft, so ist erste Bedingung, daß der Hund von Jugend auf es nur mit seinem Herrn zu thun habe, daß er nicht von verschiedenen Personen mitgenommen werde, die Ihn auf verschiedene Weise behandeln, sondern daß er sich an einen bestimmten Herrn gewöhne, welcher fortwährend bemüht sein muß, dem Thiere vor Allem beizubringen, daß es unbedingten Gehorsam zu leisten hat. Auf diese Weise gewöhnt sich das Thier so an seinen Herrn, daß es stets bedacht ist, nichts zu thun, was diesem unangenehm ist. Es sieht ihn oft fragend an und weiß sehr gut in seiner Miene zu lesen, ob es Lob oder Tadel verdient hat. Einem so erzogenen Hunde, wenn er etwa 1½ Jahre alt ist, die Dressur beizubringen, die er haben muß, ist dann eine sehr leichte Sache. Es ist nicht nöthig, daß er, mehr Sicherheits- als Luxushund, die verschiedenen Kunststücke lerne, die einem Pudel so wohl anstehen, aber nothwendig ist es, daß er auf ein Zeichen seines Herrn sich sofort zum Angriff bereit mache, allenfalls eine feindliche Person durch einen Griff im Nacken zu Boden werfe und sie niederhalte, ohne sie gerade zu beißen. Wird sich die angegriffene Person zur Wehr setzen, so wird natürlich der Hund auf weniger schonende Weise mit ihr umgehen, und in wenigen Augenblicken den stärksten Mann, wenn er nicht bewaffnet ist, bewältigt haben.

Außerdem muß man den Hund über einen Zaun u. dgl. setzen und apportiren lehren, wodurch man außer dem Vortheil und der Bequemlichkeit, die es gewährt, noch die Gelegenheit hat, den Hund jeden Augenblick im Gehorsam zu üben, indem man ihm z. B. befiehlt, über irgend etwas zu setzen oder den Stock zu holen, wenn man ihn, vielleicht zufällig, hat liegen oder in's Wasser fallen lassen.

Um aber einen so erzogenen Hund zu haben und sich zu erhalten, ist es absolut nothwendig, daß man ihn immer im Auge habe, wenn er frei läuft.

Kann man dieß nicht, so binde man ihn an oder bringe ihn in einen geschlossenen Hofraum, damit er nicht seine Aufmerksamkeit von seinem Herrn und dem Hause ab, und auf andere Gegenstände richte.

Ist ein Hund fortwährend an der Kette und hat sein Herr nicht die Gabe oder Zeit sich täglich ein wenig mit ihm abzugeben, indem er ihn frei laufen läßt, so ist es selbstverständlich, daß er über kurz oder lang fast ganz werthlos wird, jede Dressur sich verliert, und er eben keinen andern Nutzen gewährt, als daß er bellt, wenn er irgend etwas bemerkt, und dieß oft in einer Weise, die Jedermann unangenehm und lästig wird.

Solche, die sich mit dem Dressiren der Hunde abgeben, haben oft schwierige Aufgaben zu erfüllen, denn wenn es ihnen, oft mit unsäglicher Mühe und Geduld gelungen ist, einem Hunde verschiedenes beizubringen und sie denselben dem Besitzer zurückgeben, müssen sie den Vorwurf hören, der Hund sei nicht gut dressirt, nicht folgsam u. s. w. Daran ist aber in der Regel der Besitzer schuld, welcher sich nicht gehörig in Respekt zu setzen und nicht den gehörigen Takt einzuhalten weiß, was auch gar nicht so leicht ist. Man darf nicht zu nachsichtig aber auch nicht zu streng sein. Im letztern Falle kann der Hund so abgeschreckt und eingeschüchtert werden, daß er seine Anhänglichkeit an den Herrn verliert, von demselben fortzulaufen sucht und oft um keinen Preis zu irgend etwas zu bewegen ist.

Um auf die Nachzucht zu kommen, so ist, wenn man wirklich schöne, couragirte Hunde von der schwersten und größten Race ziehen will, eine Hündin nöthig, welche die körperlichen Eigenschaften besitzt, deren ich schon erwähnt habe. Man hüte sich sehr, sie das erste mal, wenn sie hitzig wird, belegen zu lassen, man sperre sie sorgfältig ein und erst wenn sich die Symptome zum zweiten Mal zeigen, und die Hündin etwa 1½ Jahre alt, gehörig entwickelt und erstarkt ist, bringe man sie zu einem geeigneten Rüden, welcher ebenfalls vollkommen entwickelt, also mindestens 2 Jahre alt sein sollte. Von einer Hündin, die noch nicht gehörig entwickelt und einem Rüden der noch nicht ausgewachsen ist, wird man selten oder fast nie große, starke und muthige Hunde bekommen.

Ein Hauptpunkt beim Belegen ist ferner, daß der Rüde nicht nahe mit der Hündin verwandt sei. Hiemit machen die meisten Hundezüchter einen großen Fehler und die unausbleibliche Folge davon ist, daß die Jungen oft schon nach der zweiten und dritten Generation ausarten, d. h. kleiner, schwächer, weniger lebhaft und ängstlich werden. Am hintern Theile des Körpers zeigen sich häufig auch diese schlimmen Folgen, und daß Thiere, die von nahen Verwandten kommen, im Kreuze schwach und sogar frühzeitig kreuzlahm werden, ist eine Erscheinung, welche ich genau zu beobachten Gelegenheit hatte.

Wenn die Hündin geworfen hat, entferne man baldmöglichst eine Anzahl Junge und lasse ihr nur vier, im höchsten Falle sechs, die aber der Mutter fast schon zu arg zusetzen. Vier dagegen kann sie leicht und reichlich ernähren, zumal wenn man ihr viel Milch, Brod und frisches, gesundes Roßfleisch füttert.

Was das Aufziehen der jungen Hunde betrifft, so ist dieß bei gewissen Verhältnissen sehr leicht, und wenn nicht ein besonderer Fall eintritt, wird selten einer zu Grunde gehen. Haben sie einen freien Platz, am besten auf einer Wiese, wo sie sich tummeln und jeden Augenblick die Gräser finden können, die sie zur Verdauung so nöthig haben und oft eigentlich gierig fressen, ferner stets frisches Wasser, süße und saure Milch, hie und da frisches, gesundes rohes Roßfleisch, so wird die Sucht fast unbemerkt vorbeigehen und nicht leicht einen gefährlichen Charakter annehmen. Zeigt sich übrigens bei dem Hunde große Müdigkeit, Appetitlosigkeit und hat er triefende Augen, so säume man keinen Augenblick ihm ein, jedoch ja nicht zu starkes Abführ- oder Brechmittel zu geben. Namentlich zu starke Brechmittel können den Hund so schwächen, daß er die Krankheit nicht durchzumachen im Stande ist.

Wenn sich die ersten, oben angedeuteten Symptome der Sucht zeigen, ist saure Milch mit feinst geschnittenen Schweinsborsten, sowie frisches, gesundes, rohes Roßfleisch, sehr zu empfehlen; ist aber die Krankheit weit vorangeschritten, ohne daß ihr entgegengetreten worden wäre, und haben sich Schaum im Munde, Zuckungen und Krämpfe eingestellt, so ist der Hund in der Regel verloren oder es bleibt ihm irgend eine Schwäche zurück.

Er kann schlechte gelbe Zähne, tiefliegende Triefaugen, ein schwaches Kreuz, oder irgend einen andern Fehler bekommen.

Zum Schluß sind wohl einige Bemerkungen über die jetzt so allgemein auftretende Wuth am Platze, gegen welche vielleicht nicht die entsprechenden Maßregeln in Anwendung gebracht sind und auf deren genaue Erforschung mehr Werth gelegt werden sollte, als es der Fall zu sein scheint.

Ich glaube, daß der Grund in der Lebensweise des Hundes liegt, welche ihn der Mensch zu führen zwingt. — Wenn man oft diese armen Thiere sieht, wie sie wochen- ja monatelang an der Kette liegen, an einem Platze der gegen die Witterung nicht den gehörigen Schutz gewährt, und der Sonnenhitze ausgesetzt ist; wie sie vielleicht oft reichliche Nahrung, aber nicht jederzeit frisches Wasser erhalten, so muß man sich wundern, daß die Hunde nicht öfter krank werden und zu Grunde gehen. Gewiß spielt bei solchen angeketteten Hunden die Nichtbefriedigung des Geschlechtstriebs noch eine bedeutende Rolle und könnte vielleicht der Hauptgrund zum Ausbruch der Krankheit sein. Bei den zahllosen Hunden in Afrika z. B., welche halbwild in den Städten und Dörfern herumlaufen und der glühendsten Sonnenhitze ausgesetzt, dabei aber frei sind, ihren Durst löschen und überhaupt ihre Naturtriebe befriedigen können, ist noch nie die Wuth ausgebrochen.

Möchte man hierauf ein Augenmerk richten, unter dem Volke Anweisungen über die richtige naturgemäße Behandlung des Hundes zu verbreiten suchen, und durch Herabsetzen der Taxe bei Hündinnen, wodurch letztere häufiger gehalten würden, einer Krankheit entgegenzuwirken streben, die zu den fürchterlichsten gehört.

Durch das Aufzwingen des Maulkorbs und das Anketten der Hunde, kann nur ein kranker Hund verhindert werden, einem andern die Krankheit mitzutheilen. Daß aber gerade durch diese Zwangsmittel die Hunde an der Befriedigung ihrer körperlichen Bedürfnisse verhindert werden und Veranlassung zur Entstehung dieser schrecklichen Krankheit gegeben wird, wird jeder leicht einsehen, der mit unserem treuesten Freunde näher bekannt ist.

L.

Einige Berichtigungen den Charakter und das Leben des Wolfs betreffend.

Von Kreisförster W. Kade in Kurland.[1])

Einem Naturforscher können Nachrichten über das Thierleben doch nur angenehm und niemals verletzend sein, selbst wenn sie eine Berichtigung enthalten! Diese Worte glaubte ich vorausschicken zu müssen, um das Nachfolgende und die Freiheit zu entschuldigen, die ich unbekannterweise mit diesem Briefe mir nehme.

Da das von Ew. Wohlgeboren herausgegebene illustr. Thierleben überall so würdig anerkannt und mit Freuden begrüßt worden ist, so darf ich wohl kaum das Vergnügen ausdrücken, was mir das Lesen desselben gemacht hat und noch macht. Ja für die jetzige Jugend werden auch die meisten trockenen Wissenschaften in ein solch anmuthiges Gewand gekleidet, daß das Lernen ein Vergnügen wird und das alte Sprichwort: was Hänschen nicht lernt 2c. seine Bedeutung verloren hat! In welchem Alter sollte wohl z. B. Roßmäßlers Wald, Dr. Brehms illustr. Thierleben nicht hohen Genuß gewähren?

[1]) Aus einem Schreiben des Verfassers an Herrn Dr. A. Brehm, Direktor des Zool. Gartens zu Hamburg und von diesem uns gütigst zur Veröffentlichung vertraut.
Anm. d. Herausg.

Meine 82 Jahre alte Mutter, exempli gratia hat in ihrer Jugend von Naturgeschichte nur nach, jetzt lange vergessenen, alten Schmökern lernen müssen und aus diesen wenig Neigung behalten, dieselbe nochmals vorzunehmen, bis Ihr Werk erschien, das sie jetzt mit dem größten Interesse liest und das sie gleichsam in eine neue Welt eingeführt hat. Ja, im Jahre 1837 hätte ich in Tharand beim Anhören der, uns Forstleuten doch sehr wenig angehenden Ichthyologie und Molluskenlehre des Prof. Roßmäßler, nicht geglaubt, welche Celebrität unser würdiger Lehrer werden sollte, besonders da sein dortiges Lehrfach: die Jagd-Zoologie sehr dürftig war.

Das Vergnügen mit einem berühmten Naturforscher zu konversiren, hat mich wohl an die äußerste Grenze der Geduld desselben geführt und nun eile ich zur Sache, um Ew. Wohlgeboren nicht abzuschrecken weiter zu lesen.

Im Hefte 9 Seite 405 ist bei der Beschreibung des Wolfes gesagt: „die Mutter verbirgt (das Gewölfe) so lange, bis die Jungen laufen können, sorgfältig“ vor anderen Wölfen; denn der Hr. Gemahl frißt ohne weiteres seine eigene Nachkommenschaft, wenn er sie erwischen kann.“

Dieser Passus ist nun eine aus den alten Naturgeschichten aufgenommene Fabel, die ich bei den meisten Schriftstellern wieder gefunden habe, nur der Königl. Sächs. Oberforstrath v. Berg (mein würdiger Lehrer als Oberförster im Oberharze 1838/39) hat in seiner Umarbeitung des Gerster'schen Jagdwerkes diese bisherige Ansicht als nicht begründet stark angezweifelt.

Ob in gebirgigen Gegenden die Wölfin in einem alten Dachs- oder gar Fuchsbau ihre Jungen wirft, will ich nicht abstreiten, kann mir aber nicht vorstellen wie eine Wölfin noch dazu hochträchtig, wie sie es vor dem Werfen doch sein muß, in einen solchen Bau hineinkommt, es sei denn „der Bien muß!“ In Kur- und Livland wohnt der Wolf — in Kurland und zwar in dem Oberlande, welches sich zwischen Litthauen und dem Witepsnischen Gouvernement lang und schmal bis ins Miaskische erstreckt, kommt der Wolf noch ab und zu vor, im übrigen Kurlande jetzt gar nicht mehr — nur in großen Moräften, die hier in ihrem Innern immer einige erhabene Stellen, die dicht mit Holz bestanden sind, enthalten und sonst nicht leicht von Menschen oder Weidevieh betreten werden. An solchen Stellen hausen Wolfsfamilien, die einem aufmerksamen Jäger kenntlich werden, durch die in einiger Regelmäßigkeit umherliegenden Knochen. Den Aufenthalt der Wölfe nennen wir Jäger: Traden und theilen ihn in 3 Theile und zwar: die ersten Traden, zweiten Traden und die dritte oder den eigentlichen Geburtsort der heranwachsenden Wolfsfamilie.

(Schluß folgt.)

Correspondenz.

Zuvörderst möchte ich Sie benachrichtigen, daß es mir gelungen ist, den herrlichen Mauerläufer der Alpen (Tichodroma muraria) nun schon ein halbes Jahr in Gefangenschaft zu halten. Derselbe mausert jetzt eben, ein guter Beweis für sein Wohlergehen. Eine ausführlichere Abhandlung über ihn werde ich Ihnen sogleich nach ihrem Erscheinen (im Jahresbericht uns. naturwissensch. Gesellschaft) zu übersenden mir die Freiheit nehmen. Sie wird ungefähr das sein, was ich auch schon Ihrem Freunde, Herrn Director Brehm in Hamburg, mitgetheilt, nur durch meine neusten Beobachtungen am freilebenden Vogel im Gebirge, meinem Gefangenen und den 23 theils ausgestopften, theils als Bälge aufbewahrten Exemplaren, die zur Hälfte mir, zur Hälfte einem meiner ornithologischen Freunde angehören, vergrößert. Um meine ältern Beobachtungen am freilebenden Thiere durch neue aufzufrischen und womöglich, aufmerksam gemacht durch Eigenthümlichkeiten meines Gefangenen, zu ergänzen und zu vermehren, beabsichtige ich auch dieß Jahr, wie schon einige Jahre, im Spätherbst wieder einige Tage, so hoch als es um diese Zeit noch möglich ist, im Gebirge zuzubringen; eine kurze Zeit, die ich immer zu meinen schönsten, und an Erinnerungen reichsten zähle, obwohl ich dabei schon beinahe erfroren, beinahe todtgefallen, vom Nebel festgehalten an Stellen, die bei klarer Aussicht nicht bequem waren, verschneit, verhagelt, zerschunden, oftmal bis auf die Haut durchweicht, in dunkler Nacht rathlos dagestanden, und am hellen Tag keine 5 Schritte weit vor mich gesehen. Kurz, der Berggeist sucht mir seine Reviere offenbar auf jede denkbare Weise zu entleiden, deßwegen freue ich mich aber doch jetzt schon wieder recht ungemein auf meinen nächsten Aufenthalt im herrlichen Gebirge. — Wie schon berührt, mausert mein Mauerläufer-Exemplar gegenwärtig seine Schwungfedern. Bis jetzt hat er seit dem 28. Juli jederseits die 6te, 7te und 8te Schwinge fallen lassen. Die schwarze Kehle hingegen, sowie das übrige kleine Gefieder hat die Mauser noch kaum begonnen, welche Beobachtung der vollkommen zu entsprechen scheint, daß die von April bis Ende Juli geschossenen, in vollem Sommerkleide, die von Anfang bis Ende August in der Mauser, und die von Mitte September an erlegten stets in vollem Winterschmucke getroffen wurden, und also hier die Gefangenschaft keinen Einfluß auf die Mauserzeit gehabt hat. Diese Beobachtung war mir darum etwas werth, weil ebenfalls dieses Jahr meine Nachtigall (1862 im Herbst gefangen), ganz unter denselben Temperatureinflüssen wie der Mauerläufer lebend, d. h. außer dem Haus unter einem Vordach angebracht, und nie ins Haus genommen, trotz dem daß hier große Temperaturwechsel (letzter Tage von 22° + Reaumur im Schatten auf 6 + R.) sehr häufig vorkommen, schon Ende Mai zu schlagen aufhörte, einige Tage nachher in die Mauser trat, und Mitte Juli schon vollständig vermausert war. Letztes Jahr fieng sie erst in der ersten Hälfte Juli zu mausern an, sang bis unmittelbar vor der Mauser, und schlug im August nach beendigter Mauser noch etwa 10 Tage sehr kräftig und vollständig. Ihre Singzeit beginnt Mitte Dezember plötzlich ziemlich laut; die beiden mal, die ich sie beobachten konnte in dem Moment, als ich mit schwerhörigen Patienten verhandelte. — Es ließe sich über dieses Nachtigallen-Exemplar noch allerlei sagen, doch will ich Sie nicht damit langweilen. —

Wie nützlich wäre es doch, wenn sich Jemand dazu verstände, bewährte Heilverfahren bei einzelnen Krankheitsfällen einzelner Vögel zu sammeln und gelegentlich zu veröffentlichen. Wie vielen tausend werthvollen oder lieben Vögeln ließe sich dadurch das Leben auf Jahre hinaus verlängern, denen man oft aus Unkenntniß in der That vorhandener Heilmittel zusehen muß, wie sie rettungslos zu Grunde gehen! Dieß wäre meiner, jetzt 10 Jahre alten, einst von mir aufgezogenen Drossel schon dreimal passirt, wenn nicht auch ein Drosselherz so glücklich wäre, nur einmal gänzlich zu schlagen aufzuhören. Vor etwa 8 Jahren erwischte sie eine Katze, d. h. dieselbe setzte sich vor ihren Käfig und richtete sie durch das Gitter hindurch so zu, daß ich bei meiner endlichen Dazwischenkunft nur noch einen gerupften, blutenden kaum erkenntlichen Vogel vor mir hatte. Schnell wurde er sanft abgewaschen, einzelne noch stehende Federn abgeschnitten, die Blutung gestillt, und die Armselige mit einem Pinsel vollständig eingeölt, mit kleinen leinenen Lappen bedeckt und über diese partienweise kalte Umschläge gemacht. Obwohl noch lange Zeit schrecklich aussehend, erholte sie sich doch wieder. Vor 4 Jahren war ihr Käfig so placirt, daß ich den Vogel selbst kaum sehen konnte, wenn ich nicht den Käfig mit Mühe herunter nehmen wollte. Sie hörte allmählig auf zu singen, obwohl mitten in der Singzeit; an den Futterresten sah ich, daß sie offenbar fast Nichts fraß. Ich entschloß mich, den Käfig herunter zu holen, und fand die Drossel nun auf's äußerste abgemagert; unvermögend die niedrig stehenden Stäbe zu erklimmen, mit taumelndem Gange und federleicht. Eine profuse Diarrhoe hatte dieß bewirkt. Was war zu thun? Von einer eigenen Behandlung der Diarrhoe der Drosseln hatte ich nie gehört; ich behandelte sie also einfach, wie ich einen Menschen in demselben Falle behandelt hätte. Mit Ausnahme einiger Mehlwürmer, die ich ihr gab, um zu sehen, ob sie überhaupt noch fressen könne (eine Probe, die bei menschlichen Patienten allerdings in etwas anderer Weise vorgenommen wird, da die Mehlwürmer dort nicht recht ziehen), erhielt sie nur ihr gewöhnliches gutes Drosselfutter ohne Rüben; unter dieses goß ich nun langsam eine kleine Emulsion (Mandelöl und Gum. arab. zu gleichen Theilen gemischt), vermengte sie tüchtig mit dem Futter und mischte unter das Ganze noch etwa ℈j Creta pulverat., um wo möglich den übermäßigen Kalkverlust zu heben. Den Thieren in solchen Fällen plötzlich ein ganz fremdes Futter aufzutischen, ist nicht rathsam, da sie dann noch weniger anbeißen wollen. Dieser Mischung sah man die Veränderung kaum an. Der Vogel, auf den warmen Ofen verpflanzt, ermannte sich allmählig, konnte bald wieder aufrecht stehen, ordentlich, ohne zu wanken, gehen, probirte auch wieder die Stäbe zu erreichen, und nahm merkwürdig rasch an Gewicht resp. Fleisch zu, und dankte dafür mit Gesang. Seither war sie wieder 4 Jahre gesund, bis sich vor einigen Wochen Läuse auf ihr einfanden, die sie heftig plagten. Ich wollte dieselben durch baden vertreiben und setzte die Drossel, wahrscheinlich zu schnell und in zu kaltes Wasser (besonders bei der großen Angst, die sich dieses Thieres bei jeder Berührung bemächtigt, und dem dieselbe kundthuenden Herzklopfen). Kurz, kaum in das wohlgemeinte Bad bis an den Hals versenkt, schnappt sie einigemal, verfällt in Convulsionen und läßt ihr bemoostes Haupt sinken. (Vor einigen Jahren war mir durch dieselbe Unvorsichtigkeit ein Rallus porzana, also ein wassergewöhnter Vogel, plötzlich gestorben.) Noch lebte die Drossel in meiner Hand so halb und halb. Augenblickliches Abtrocknen mit einem warmen Lappen, in Baumwolle gehüllt unter die Bettdecke mit ihr, obwohl sie wie todt daliegt. Die drohende Herzparalyse mußte womöglich verhindert werden. Ich greife zur Weinflasche und zwar gerade zu der mit dem kräftigsten Inhalt: altem Bordeaux. Ein halber Theelöffel voll direkt und unverfälscht ist bald in den widerstandlosen Schnabel geleert; wohl kommt die Hälfte wieder, aber etwas bleibt und das Experiment in kurzer Zeit dreimal repetirt, da der Arzt den Patienten nicht aufgeben darf, bis er absolut todt ist. — Endlich schlägt sie die Augen auf, sie bewegt sich, richtet sich etwas auf und schaut verwundert um sich, und scheint im Sinne zu haben, wach zu bleiben. Noch etwas Bordeaux, mein Sohn?! Aber jetzt mußte ich absolut meinen

Patienten für 3 Stunden verlassen, also die Decke wieder über ihn, und dem guten Schicksal überlassen. Als ich nach einigen Stunden wieder zurückkehrte, hatte ich kaum die Bettdecke berührt, als mich ein verwogenes Klappern darunter von dem wieder erwachten Leben, und gleichzeitig von der Absicht und festem Entschluß der Inhaberin, fürderhin ihr Leben besser zu schützen und nun theuer zu verkaufen unterrichtete. Kurz, sie hatte sich vollständig erholt, und wurde nun trotz der offenkundigen Vorliebe für ihren neuen Lagerplatz in ihren alten Käfig gesetzt, wo sie sich seither wieder in 10jähriger Munterkeit tummelt. — Das alte, aber nicht genug zu empfehlende Mittel, ganz frisch gefangene Vögel vor der Einsetzung in den Käfig vorsichtig in nicht zu kaltes Wasser zu tauchen, wonach sie sich dann ganz verdutzt hinsetzen und sich bald zu putzen und umzuschauen anfangen, dürfte gewiß hie und da wieder publizirt werden. Besonders die Sylvien werden so vor dem Verstoßen wesentlich geschützt. Ich wiederhole die Taufe, bis sie den erwünschten Erfolg hat.

Im Nachbarkanton Thurgau brütete ein Wiedehopfpaar in einem Staarenkasten. Die Jungen flogen in dem Augenblicke aus und auch davon, als der Baum zum Zwecke ihrer Gefangennahme erstiegen wurde.

Vor einigen Tagen sah ich einen Sperlings-Kakerlak, diesjähriges Junge. Nur seine drei ersten Schwingen waren braun. Hingegen lärmte er fröhlich in dem Tone seiner zahlreichen Brüder.

Vom Lande her große Klage über Seltenheit junger Vögel, was hauptsächlich in dem sehr andauernden kaltnassen Wetter während der Brütezeit seine Ursache findet. Die Alten aller möglichen Insektenfresser sieht man überall, so daß es also nicht Mangel an Vögeln überhaupt ist. Im Gegentheil ist es allgemeine Beobachtung der Vogelfreunde unseres 2200′ über dem Meere liegenden Hochthales, daß besonders die feinern Sylvien, Schwarzkopf, Grasmücken, gelbe Bachstelze u. s. w. seit einigen Jahren auffallend viel häufiger vorkommen, und sogar brüten und Junge aufbringen — eine für unser nebel-, schnee- und regenreiches St. Gallenthal und seine Vogelfreunde natürlich sehr erfreuliche und angenehme Erscheinung.

(Aus einem Schreiben des Herrn Dr. med. Girtanner in St. Gallen an den Herausgeber.)

Port au Prince (Haiti), den 7. August 1864. — Leider konnte ich bis jetzt wenig für Sie thun, doch werde ich alle Notizen, die ich über Hausthiere mir verschaffen kann, sammeln und sie Ihnen von Zeit zu Zeit zukommen lassen, da ich einen vollständigen Apparat bei mir habe, so könnte ich, wenn es gewünscht werden sollte, auch photographische Bilder senden. Gelegenheit zu Aufnahmen hat man ja stündlich auf der Straße. Was die Ansicht über das hiesige Rindvieh anlangt, daß nämlich seit 3½ Jahrhundert keins mehr eingeführt sein soll, so beruht dieß auf einem Irrthume. Es wurde und wird jetzt noch vom Festlande Südamerika fortwährend eingeführt, zwar meistens Pferde, Maulthiere und Esel, allein wie ich mich unlängst selbst überzeugte, auch Ochsen und Kühe. Noch lebhafter ist dieser Handel mit aux Cayes im Süden. Schädel werde ich Ihnen von allen Sorten sammeln, denn dazu ist ja stets Gelegenheit. Daß die Hunde meist kleine widrige Köter sind, wird Ihnen noch in Erinnerung sein. Was die verwilderten Thiere anbelangt, so sind Rinder und Ziegen vorzugsweise nur im spanischen Theil der Insel zu finden, und ist bei den gegenwärtigen politischen Verhältnissen, da der Aufstand noch immer fortdauert, eine Möglichkeit Aufschluß von dorther zu bekommen, nicht vorhanden. Verwilderte Schweine sind hier zu Lande sehr selten, die meisten sind auf den Inseln Gonaives und Tortugas, woher, da keine derselben bevölkert ist, schwer Nachrichten zu bekommen sind, doch ist es vielleicht möglich über la Tortue Einiges zu erfahren, da gegenwärtig dort Holz gefällt wird. Ich werde nichts versäumen, was zur Erreichung der gewünschten Auskunft dienen kann. Das Hausschwein ist meist schwarz, hohe Beine, gekrümmten Rücken, stehende Ohren, doch giebt es, jedoch seltener, auch röthliche und sollen, namentlich unter den verwilderten welche von dieser Färbung vorkommen. Für einen Schweinsschädel werde ich Sorge tragen. Ich werde nach und nach alle Ihre Wünsche befriedigen und Ihre Fragen beantworten können, nur müssen Sie mir etwas Zeit lassen, der Wille ist der beste und wenn Sie nicht pressiren, kann ich Ihnen doch vielleicht das Eine und Andere mittheilen, was von Interesse ist, aber Sie wissen selbst, wie schwer es hält, von Haitianern zuverläßigen Aufschluß über selbst die einfachsten, naturwissensch. Fragen zu erhalten. Nur was man selbst sieht hat Werth, und dazu bitte ich um etwas Zeit. Mischlinge mit den ausgerotteten Ureinwohnern Haitis (Indianern) gibt es noch da und dort. Selbst Präsident Geffrard soll Indianerblut in den Adern haben, ebenso eine Familie R. und andere. Was daran ist, ist schwer zu beurtheilen, richtig ist, daß Geffrard entfernt keine Negerphysiognomie hat, auch die Hautfarbe ist mehr bronze- oder olivenfarbig, man sieht auch unter dem gewöhnlichen Volke derartige Erscheinungen, auch hierüber behalte ich mir vor Ihnen alle Notizen, die ich sammeln kann, mitzutheilen. (Aus einem Briefe des Herrn M. K. an den Herausgeber).

Miscelle.

(Ein Delphin im Zool. Garten zu Hamburg.) Vor geraumer Zeit brachten die „Times" einen mehr als spaltenlangen Bericht aus den Zoological-Gardens im Regents-Park zu London über ein Säugethier, welches um Großbritannien herum ebenso häufig vorkommt, als in der Nähe Hamburgs. Es war gelungen, einen lebenden Delphin für die gedachte Anstalt zu erwerben. Ein Extrazug beförderte den, im Hafen; wir wissen nicht mehr welcher Küstenstrecke, gefangenen Seesäuger nach London; alle Vorsichten wurden beobachtet, und es gelang wirklich, den höchst erwünschten Meerbewohner lebend in eins der Wasserbecken des Gartens zu bringen. Am anderen Morgen las London und halb England die überraschende Neuigkeit. Die wißbegierige Einwohnerschaft der Weltstadt machte sich auf zu schauen; Lohnkutscher und Beamte der unterirdischen Eisenbahn fanden mehr als gewöhnliche Beschäftigung; die Zoological-Gardens füllten sich, wie sonst selten. Der Urheber dieser Bewegung aber war inzwischen den Weg alles Fleisches gegangen; er hatte seinen Geist ausgehaucht.

Wenn unsere hamburger Thierfreunde genau dasselbe Thier, welches die Londoner electrisirte, als Gefangenen sehen wollen, brauchen sie sich nur in unsern Thiergarten zu bemühen. Sie können sich zudem einer besseren Hoffnung hingeben; sie werden, falls nicht alle Voraussetzungen trügen sollten, einen Delphin betrachten können, welcher einstweilen noch nicht ans Sterben zu denken scheint.

Die Geschichte dieses Thieres ist einfacher als die seines Londoner Mitbruders, deßhalb aber keineswegs weniger fesselnd. Herr Hagenbeck sen., der allbekannte Thier-, insonderheit Fischkundige in St. Pauli, dessen Namen die Bücher der Wissenschaft wenn auch nur beiläufig nennen, erfuhr, daß ein gemeines **Meerschwein**, sonst auch **Braunfisch** oder **Tümmler** genannt, Delphinus Phocaena, Linné, in dem geschickt ausgeworfenen Netze eines Elbfischers unfreiwillig das Ende einer seiner Elbfahrten gefunden hatte, zu rechter Zeit aber ausgehoben und so dem sonst unvermeidlichen Erstickungstode entgangen war. Er kaufte das sehr muntere Thier zu entsprechendem Preise, kerkerte es in einer Wanne ein und gab ihm zufälliger, aber glücklicher Weise so wenig Wasser, daß es ungehindert athmen konnte. In der Morgenfrühe des gestrigen Tages wurde der Gefangene sodann an den Ort seiner Bestimmung befördert, anstatt in einem Extrazuge der Eisenbahn allerdings nur auf einem Extrakarren — langsamer und einfacher als der für die Zoological-Gardens bestimmte „Porpes“ bez. „Sea Porc“ also, aber sicherer, in einer die Lebensgeister wieder aufweckenden Weise. Er gelangte denn auch wohlbehalten im Garten an und wurde hier in den Gewässern des großen Sees einer zwar etwas mehr, als früher beschränkten, dafür aber überwachten Freiheit zurückgegeben.

Hier macht er seinem Namen alle Ehre. Er tummelt sich weidlich in dem geräumigen Wasserbecken umher und scheint bereits herausgefunden zu haben, daß der Fischbestand des Sees für ein Raubthier seiner Art als ein höchst erfreulicher bezeichnet werden darf; — mit einem Worte, er fischt, und wir wollen hoffen, mit Glück.

Aeußerst belustigend war es zu sehen, wie sich die bisherigen Bewohner des Sees benahmen, nachdem sie erfahren, welch' Wohnungsgenossen sie plötzlich, ganz gegen ihren Willen, erhalten hatten. Es schien, als sei „die Milch ihrer frommen Denkungsart“ mit einem Male in „gährend Drachengift“ verwandelt worden. Aus der bisher schrecklosen Tiefe tauchte, sofort nach der Besitznahme, bald hier, bald dort das schwarze Haupt empor, schnaufte wie eine Dampfmaschine und verschwand nur, um sich wenige Augenblicke später an einer anderen Stelle in derselben Weise zu erheben. Der Delphin wandelte oder schwamm ruhig seinen Weg; die mißtrauischen Gänse aber, welche von dem sagenkundigen, auf entschieden friedliches Wesen des Ankömmlings hindeutenden Kunstsinn unseres Walthieres offenbar keine Kenntniß besaßen, fanden die Neuerung unerträglich, flüchteten angsterfüllt dem grünen Gestade zu, streckten ihre Hälse lang empor und gaben sich rücksichtslos einem durchaus kleinstädtischen Anstaunen des Meerwunders hin. Die flugfähigen Enten und Möven erhoben sich sofort in die Lüfte; selbst den schwarzen Schwänen schien die Sache nicht unbedenklich. Ein Bewohner der Mitte unseres Vaterlandes aber, welcher Belehrung suchend, den Thiergarten durchirrte, fragte harmlos einen der Beamten, ob sich „der Fisch“ wohl zufällig im Thiergarten eingefunden habe? Ihm wurde mit Sanftmuth die Belehrung ertheilt, welche für den fern vom Gestade des Meeres Geborenen und Großgewordenen nothwendig erschien und damit fand das Meerschwein die gebührende Würdigung und Theilnahme.

Es verdient eine solche Theilnahme, und nicht blos von Binnenländern, sondern von uns Hamburgern ebenfalls. Denn so häufig es auch in unmittelbarer Nähe unserer Stadt vorkommt, so oft es von Allen, welche auch nur bis Helgoland reisten, gesehen wurde, so selten kommt es lebend in die Gewalt des Menschen. Die Ankunft des Delphins in unserem Garten ist ein Ereigniß, fast ein größeres noch, als das glückliche Eintreffen des Schabraken-Tapirs. Dieser wird hoffentlich noch lange die Wißbegier der Besucher unsers Gartens fesseln, der Delphin aber: — nun, auch jedem Thiere ist sein Geschick beschieden. Uns erscheint es gerathen, daß Derjenige, welcher den Tümmler sehen will, sich tummle.

Brehm.

Verantwortlicher Redacteur Dr. D. F. Weinland.
Schnellpressendruck von Aug. Wörner, vormals J. G. Sprandel, in Stuttgart.

Der Thiergarten.

Allgemeine Deutsche Monatschrift
für Kunde, Beobachtung, Zucht und Pflege der Thiere,

mit besonderer Rücksicht auf die

Verbesserung unserer bisherigen **Hausthiere** und die **Heranbildung** neuer.

Erster Jahrgang
1864.

Nro. 10.

Verlag von
Ebner & Seubert
in Stuttgart.

Preis
für den ganzen Jahrgang
fl. 2. 42 kr.
oder
Thlr. 1. 18 Sgr.
Zu beziehen
durch alle Buchhandlungen
und Postämter.

Unter Mitwirkung der Herren

Dr. **Bodinus**, Director des Zool. Gartens in Cöln, Dr. **K. Bolle** in Berlin, Dr. **Brehm**, Director des Zool. Gartens in Hamburg, **Prof.** Dr. **Fitzinger**, Director des Zool. Gartens in München, Dr. **Funck**, Director des Zool. Gartens in Brüssel. Dr. **Jäger** und Dr. **Uffner**, Directoren des Zool. Gartens in Wien, **Hermann von Nathusius** auf Hundisburg bei Magdeburg. Dr. **Opel** in Dresden, Regierungsrath **Rau** in Karlsruhe. **Prof.** Dr. **Rueff** in Hohenheim. **Prof.** Dr. **Sacc** in Barcelona, Dr. **med. Schlegel** in Altenburg, Hofdomänenrath **von Schmidt** in Stuttgart, Dr. **Verwey**, Director des Zool. Gartens im Haag, Dr. **Westermann**, Director des Zool. Gartens in Amsterdam und anderer Fachgenossen

herausgegeben von

Dr. D. F. Weinland

auf Hohen-Wittlingen, O.A. Urach, Königr. Württemberg.

Inhalt: Skizzen aus dem Thiergarten zu Wien. Von Dr. G. Jäger. (Forts.) — Der Verstand der Thiere. Von Dr. J. B. Meyer in Berlin. (Schluß.) — Einige Berichtigungen, den Charakter und das Leben des Wolfs betreffend. Von Kreisförster W. Kade in Kurland. (Schluß.) — Der Schabrakentapir im Thiergarten zu Hamburg. Von Dr. A. Brehm. (Schluß.)

Skizzen aus dem Thiergarten zu Wien.

Von dem Direktor Dr. G. Jäger.

(Fortsetzung.)

2. Der Esel.

Wenn sonst Jemand etwas zur Ehrenrettung von Freund Langohr anführen wollte, so war er genöthigt, zu dem Esel des Bileam seine Zuflucht zu nehmen, womit er im günstigsten Falle nur den strenggläubigen Christen imponiren konnte. Wenn ich mir heute vornehme, diesem geschmähtesten und vernachlässigtesten unserer Hausthiere das Wort zu reden, so kann ich getrost die Esel im Thiergarten als demonstratio ad hominem benützen. Wenn es den Leser nicht langweilt, so will ich zuerst eine kleine naturhistorische Belehrung vorausschicken. Es gibt zwei Arten von Wildeseln; eine lebt in den Hochebenen von Asien, die andere stammt aus Afrika. Von welcher dieser beiden wilden Racen unsere zahmen Esel abstammen oder ob sie vielleicht gar einen dritten, heute nicht mehr wildlebenden Stammvater gehabt haben, läßt sich schwer ermitteln; das Wahrscheinlichste ist, daß die Masse unserer europäischen Esel aus mannigfaltiger Kreuzung dieser zwei wilden Stammracen hervorgegangen ist. Uebrigens dem sei wie ihm wolle: derlei gelehrte Zweifel sollen uns hier nicht beschäftigen; Faktum ist, daß die in unserem gesegneten Oesterreich lebenden Esel, welches auch ihr Stammbaum sei, so herabgekommen sind, daß es mich nicht wundert, wenn man nur einen geringen Grad von Hochachtung gegen sie empfindet. Der Esel im nördlichen und gemäßigten Europa ist der entschiedenste Proletarier unter unseren Hausthieren, aber auch hier liegt die Schuld nicht an dem Proletarier, daß er ein solcher ist, sondern an dem, der ihn dazu gemacht hat; nur die schlechte Erziehung, die wir dem Esel angedeihen lassen, hat ihn zum Esel gemacht. Wenn der Thiergarten bestrebt ist, entsprechend dem humanitären Zug unseres Zeitalters, die Sünden, die wir an diesem Geschlechte begangen haben, wieder gut zu machen und in unserem Vaterlande den Esel dazu zu machen, „was er sein soll und muß," so ist dies kein utopisches Unternehmen, sondern im ungünstigsten Falle ein Anachronismus. Es gab eine Zeit in dem Kulturleben des Menschengeschlechtes, wo der Esel eine ganz andere Rolle spielte als heutzutage. Zur Römerzeit galten die arkadischen Esel für gerade so vorzüglich, als heute das beste arabische Pferd, ein einziges Thier wurde damals mit 60,000 Sestertien (nahezu 5500 fl.) bezahlt, und ein schöner Viererzug kostete in Rom die horrende Summe von 400,000 Sestertien. Aehnlich ist es heutzutage noch im Orient, wo ein guter Reitesel eben so hoch im Preise steht, wie bei uns ein gutes Reitpferd. [1])

Gehen wir nun nach dieser Abschweifung über zu unseren Eseln im Thiergarten und stellen wir ihnen zunächst ihren Taufschein aus. Sie stammen aus Egypten, aus den Gestüten des Vizekönigs und dokumentiren sich durch ihre Größe, die Streifung ihrer Beine, als echte Abkömmlinge des afrikanischen Wildesels. Mancher unserer Leser wird in den Straßen von Wien mit Vergnügen diese muntern, in raschem Trab dahineilenden Thierchen

[1]) Auch in St. Domingo (Westindien) stehen ein guter Esel, ein guter Maulesel, ein gutes Pferd — alle drei im Preise ziemlich gleich. Anm. d. Herausg.

betrachtet haben. Da ist nichts von dem schwerfälligen Gang unserer einheimischen Esel, von dem theilnahmslos herabhängenden Kopfe, den träg zurückgelegten Ohren bemerkbar, mit stolz gehobenem Kopfe und aufgespitzten Ohren traben die munteren Thiere daher, fein behaart, wie ein edles Pferd und wiehernd vor Uebermuth. Emsig und unermüdlich arbeiten diese Thiere von Früh bis Abends und wenn sie nach vollbrachtem Tagewerk aller Bande los und ledig ihren Park betreten, so erfüllen sie mit Gejubel die Luft und ihre tollen Sprünge beweisen, daß alle Mühe und Plage ihres Tagewerks weder ihre Kraft, noch ihren Humor konsumirt hat. Es ist so viel über die Geschichte des Thiergartens und über die Verdienste, welche sich die verschiedenen Persönlichkeiten dabei erworben haben, geschrieben worden, es wäre ungerecht, wenn unsere Esel dabei mit Stillschweigen übergangen würden, ein gut Stück Thiergarten verdankt ihrer unermüdlichen Ausdauer seine heutige Form, und wenn je ein Thier im Garten sein Brod reichlich verdient, so sind es unsere Esel. Damit sind jedoch die Verdienste dieser Esel um unsere Vaterstadt noch lange nicht erschöpft. Sie haben nicht blos auf dem prosaischen Gebiete der Teichgräberei gearbeitet, unser Hengst kann sich sogar rühmen, sich ein Renommée auf dem Gebiete der Kunst erworben zu haben. Wenn er nicht der Esel des Bileam ist, so war er der Esel der Delia, eine in den Räumen des Karlstheaters vielfach gehätschelte und oft applaudirte Persönlichkeit, auf der „Piccolino" seinen Ritt von einer Koulisse in die andere executirte. Leider blieb das Originellste dieser Künstlerlaufbahn unseres Esels Koulissengeheimniß und ich vollziehe einen Akt der Anerkennung, wenn ich dem geneigten Leser diese Geschichte hinter den Koulissen enthülle. Kaum daß unser Esel drei- bis viermal an der Hand seines Wärters von seinem dazumaligen Domizil, dem Aquariensalon auf dem Michaelerplatz, nach dem Musentempel in der Jägerzeile gepilgert war, kannte er so vollkommen seine Aufgabe, daß man ihn gänzlich sich selbst überlassen konnte. Man brauchte nur den Stall zu öffnen, so setzte sich Freund Langohr in Trab, wandte sich geschickt zwischen allen Fiakern und Stellwagen hindurch, gelangte ohne jedwede Begleitung an das Hinterpförtchen des Karltheaters, klopfte mit dem Hufe an und wenn das Pförtchen geöffnet wurde, trabte er ohne weiteres an den Ort seiner Bestimmung. Ich möchte wissen, ob das edelste Pferd so schnell und sicher seine Aufgabe erfaßt und so selbstständig seine Pflicht erfüllt, wie unser Esel, und wenn man auch annehmen wollte, daß die vielen Aufmerksamkeiten, welche vorzugsweise das schöne Geschlecht ihm erwies, ein mächtiges Moment abgegeben haben mögen, so setzt dies seine Intelligenz nur in ein um so höheres Licht.

Eine gemeine Seele, wie man sie dem Esel zuschreibt, die nur für Heu, Hafer und Disteln Sinn hat, wird unmöglich Sinn für die Liebkosungen von zarten Frauenhänden und — die betreffenden Damen mögen es mir verzeihen, wenn ich die Wahrheit rede — Frauenlippen haben, es muß etwas Edleres in ihm wohnen. Er hatte offenbar eine tiefe Empfänglichkeit für die Anerkennung, die man seinen künstlerischen Leistungen zollte und war bei diesen Liebkosungen eben so gerührt wie mancher zweibeinige Esel. Seine haarige Schnauze kann von manchem Kusse erzählen, um den ihn Viele beneiden würden.

Auch seine Leistungen vor den Koulissen waren nicht ohne Humor und er könnte darin manchem gewiegten Schauspieler als nachahmungswürdiges Beispiel dienen. Er war nie stereotyp, den einen Tag spielte er den ruhigen und soliden Bürger, der mit Vermeidung alles Aufsehens sein Tagewerk vollbringt, ein anderes Mal improvisirte er irgend eine Bockbeinigkeit, für welche er sicher immer Applaus erntete, sei es, daß er wider Erwartung seine unmelodische Stimme erklingen ließ oder statt vorwärts rückwärts ging oder durch neckisches Ausschlagen das Gleichgewicht seiner schönen Last alterirte.

Schon dieses eine Beispiel wird dem Leser genügen, dem vielverschmähten Esel eine bessere Meinung entgegenzubringen und ihn gegen die üblichen Verdächtigungen in Schutz zu nehmen.

Das Pferd, dieses gehätschelte Schooßkind der modernen Kultur, steht für den Thierpsychologen entschieden hinter dem Esel. Es ist zum kompleten Sklaven des Menschengeschlechts herabgesunken; je edler ein Pferd ist, um so unselbstständiger ist es in seinem Thun und Treiben, es hat allen Charakter, alle Selbstständigkeit verloren, es ist zu einer Maschine geworden. Der Esel dagegen hat eine gewisse Charakterfestigkeit, Selbstständigkeit und Energie bewahrt, welche unsere vollkommene Hochachtung verdienen. Bei unserem deutschen Esel, der, wie schon bemerkt, durch Mangel an Erziehung zum Proletarier herabgesunken ist, werden diese Eigenschaften allerdings nahe verwandt mit der Störrigkeit, welche eine Folge des Bornements ist und daher kommt wohl das schlechte Renommée, in welchem unser deutscher Esel steht, allein bei dem gebildeten Esel verdient diese Eigenschaft dieselbe Hochachtung, die wir der Charakterfestigkeit zollen. Das Pferd ist ihm gegenüber ein Parvenu, der es nicht zu einer selbstständigen Stellung in den höheren gesellschaftlichen Kreisen gebracht hat, sondern dieselbe Rolle spielt, wie die griechischen Sklaven bei den alten Römern, die ihre großen Talente und Kenntnisse nur ad majorem gloriam ihres Herrn verwendeten und, auf jede individuelle Geltung verzichtend, nur eine Eigenschaft des Hauses repräsentirten.

Der Esel dagegen ist immer eine prononzirte Persönlichkeit, er ist nie der willenlose Sclave seines Herrn, er wandelt mit der Dickköpfigkeit eines

Demokraten seinen eigenen Weg und wird oft ein Opfer seiner Ueberzeugung. Er ist immer originell und entwickelt einen gesunden Mutterwitz. So erzählte mir einst ein Kavallerieoffizier folgendes Faktum.

Während des ungarischen Feldzugs wurde derselbe mit seiner Schwadron bei einem Gutsbesitzer einquartiert. Beim Glase Wein kam die Sprache auf die Fertigkeit im Reiten. Da bemerkte der Gutsbesitzer, daß er einen Esel habe, der — was sehr selten ist — voltigire, aber so schlau sei, daß er auch den besten Reiter dabei abwerfe. Die Offiziere lachten und es wurden Wetten gemacht. Den andern Tag ging die Vorstellung los. Ein Offizier bestieg den Esel, ritt vor den Graben, der Esel setzte, der Offizier lag am Boden. Der Esel hatte nämlich beim Sprung sich um zwei rechte Winkel gedreht, so daß er nach dem Uebersetzen nicht das Hintertheil, sondern den Kopf dem Graben zuwendete. Bei dieser Schwenkung in der Luft hatte der Reiter das Gleichgewicht verloren. Als erfahrener Reiter hatte der Offizier wohl bemerkt, daß der Esel im Sprung sich links schwenkte. Er erneuerte also den Versuch und neigte sich beim Sprung auf die linke Seite, aber siehe da, der Esel schwenkte sich rechts und der Reiter lag zum zweiten Male auf der Erde. Sämmtliche Offiziere machten der Reihe nach den Versuch und immer mit demselben Erfolg. Bog sich der Reiter rechts, so schwang sich der Esel links und umgekehrt. Kurz die Reitkunst sämmtlicher Herren wurde zu Schanden.

Ohne Zweifel hat diese Selbstständigkeit des Charakters es verschuldet, daß der Esel im Dienste des Menschen eine untergeordnetere Rolle spielt, als das Pferd, gerade so, wie in menschlichen Verhältnissen der willenlos den Befehlen sich Fügende dem Selbstdenkenden und eigener Ueberzeugung Folgenden als Diener vorgezogen wird. Allein wie man heutzutage an die Seite des blindgehorchenden Beamtenstandes im konstitutionellen Staate das selbstständighandelnde und unabhängige Element setzt, so dürfte es sich auch empfehlen, dem Pferd den Esel als ebenbürtig an die Seite zu stellen, überall da, wo es sich um eigene Initiative und Erfindungsgabe handelt. In den schwierigsten Fällen, wo dem an Zügel und Peitsche gewöhnten Pferde der Verstand stille steht, wo es die Kontenance verliert und in ungestümer Aengstlichkeit den rechten Weg verfehlt, da ist der bedächtige, zäh ausdauernde, auf seinen eigenen Weg vertrauende Esel am Platze. Ohne Zügel und Sporn findet er den richtigen Weg und wickelt sich aus jeder Verlegenheit selbst heraus.

Die Gebirgsvölker haben diese treffliche Eigenschaft längst erkannt und gewürdigt, allein trotzdem seine Erziehung schmählich vernachlässigt.

(Schluß folgt.)

Der Verstand der Thiere.

Von Jürgen Bona Meyer,

Dr. der Philosophie und Docent der Universität Berlin.

(Schluß.)

Alle Thiere haben Vorstellungen, die sie von einander unterscheiden. Es ist möglich, daß die niedersten Thiere keine Unterscheidung der Außenwelt kennen, daß sie die Eindrücke dieser auf sich nur als ihre inneren Zustände empfinden, ohne eine Vorstellung von den Dingen zu haben, die diese Eindrücke hervorrufen. Diese Thiere würden dann nur ihre inneren Zustände der Empfindungsvorstellungen von einander unterscheiden. — Die höheren Thiere zeigen deutlich, daß sie Vorstellungen von der Außenwelt, von dem Nebeneinander, von der Gestalt, von der Lage, von der Entfernung der Dinge und in sehr verschiedener Weise je nach ihrer Sinnesausbildung auch Vorstellungen von den übrigen Eigenschaften der Dinge haben. Sie besitzen also das Vermögen auch diese zu unterscheiden.

Diese Unterscheidung setzt zunächst ein Behalten der gehabten einzelnen Anschauungen voraus, also ein Gedächtniß. Schon dieses Vermögen sinnlicher Unterscheidung ist bisweilen bei den Thieren ungemein fein. Die Bienen kennen ihren sie pflegenden Bienenvater und stechen ihn nicht, wenn er bei ihrem Korbe beschäftigt ist.

Geht dieses Unterscheidungsvermögen weiter, so richtet es sich auf die ähnlichen und unähnlichen Merkmale in den Dingen. Auch dieses Vermögen zeigen einige Thiere. Ein Papagei hatte gehört, daß der Hund des Hauses Kokko genannt wurde, er rief später Kokko beim Anblick auch anderer Hunde, mußte also ähnliche Merkmale in ihnen wahrnehmen. Nach den gleichen äußeren Zeichen z. B. nach der gewöhnlichen Kleidung mögen die Hunde auch Männer und Frauen unterscheiden. Höher aber steigt ihre Unterscheidung nicht. Eine emanzipirte Frau in Männertracht würde ein Hund schwerlich für eine Frau ansehen. Der zahmste Löwe hat oft schon seinen Wärter zerrissen, wenn derselbe in unbekannter Kleidung zu ihm trat.

Wir Menschen können einsehen, daß Kleider keine Leute machen; wir Menschen gehen mit unserem Denken über die äußere Erscheinung der Dinge hinaus. Das Thier bringt es mit seinem Unterscheidungsvermögen nur zu einem Wahrnehmen ähnlicher Merkmale in der Anschauung, zu einer anschaulichen Gesammtvorstellung; der Mensch kann überdies noch den Werth der Merkmale an dem Wesen der Dinge messen, er läßt im Vergleichen der Dinge nicht blos die unähnlichen Merkmale fallen und behält die ähnlichen, er sucht vielmehr bewußt unter ihnen die wesentlichen auf, die ihn in die

Erkenntniß des Grundes der Dinge einführen. So kommt der Mensch zum Begriff. Das ist keine bloße Erweiterung der thierischen Unterscheidung, das ist vielmehr etwas wesentlich Neues, das erst im Geiste des Menschen auftritt.

Damit ist denn im Grunde auch schon die Verschiedenheit im Urtheilen und Schließen bei Mensch und Thier gekennzeichnet.

Der Ochs — sagt Kant — hat eine deutliche Vorstellung von seinem Stalle und somit auch von der Thür des Stalls. Er verknüpft beide Vorstellungen, aber er kommt nicht zum Urtheil: diese Thür gehört zu diesem Stalle. —

Aus ähnlichen Vorstellungsverknüpfungen bestand der Schluß des Elephanten, der den schadhaften Kupferkessel zum Kupferschmied trug. Er schloß nicht: der Kupferkessel ist entzwei, Kupferkessel reparirt der Kupferschmied, also muß dieser Kupferkessel zum Kupferschmied. Er verknüpfte nur die Vorstellungen gemachter Erfahrungen.

Kurz die Thiere haben Anschauungen, Erfahrungsurtheile und Schlüsse, oder noch richtiger, sie verknüpfen verständig Anschauutngen, und diese Verknüpfungen wirken analog wie Urtheil und Schluß im menschlichen Denken, sind aber nicht entfernt dasselbe.

Vogt und Andere erklären diesen Unterschied nur für einen gradweisen. Ein Hund, der mit einem Stein geworfen ist, weicht in Zukunft vor dem geworfenen Stein aus; nicht anders macht es der Mensch, und nur wenige Menschen kommen zur Erkenntniß des allgemeinen Gesetzes, nach dem alle Körper ohne Unterlage zur Erde fallen. Auf Erfahrung beruhen alle Urtheile und jener Unterschied ist nur ein Unterschied der Verallgemeinerung, der gar nicht einmal nur Mensch und Thier, sondern selbst unter den Menschen die wissenschaftlich Gebildeten von den Ungebildeten scheidet.

Diese Verwischung des Unterschiedes klingt ungemein verführerisch, ist aber doch grundfalsch. Allerdings erkennen die Menschen nicht in gleichem Grade überall die Gründe der Dinge, sondern jedes gewöhnlich nur im besonderen Gebiete seines Wissens oder Berufes. In einem Gebiete seines Thuns aber verknüpft jeder Mensch die Erscheinungen, indem er das Bleibende von den wechselnden Eigenschaften unterscheidet, das Subjekt vom Prädikat; indem er durch Erkenntniß die wesentlichen von den unwesentlichen Merkmalen unterscheiden lernt und so zum Urtheil über die begründete Zugehörigkeit gewisser Merkmale zu einem Träger derselben kommt; indem er ferner für die wahrgenommenen Wirkungen die Ursachen sucht. Dieß alles sind Verknüpfungen, durch die jeder Mensch Einheit und Zusammenhang in seine sinnlichen Anschauungen bringt. Diese Art der begreiflichen Verknüpfung nun geht dem Thiere vollständig ab. Und der Mensch gelangt zu ihm nicht, weil er die

Unterscheidungsarbeit sinnlicher Anschauungsverknüpfungen des Thieres fortsetzt, sondern weil er eine wesentlich neue Kraft der Verknüpfung als ursprüngliche Anlage seines Geistes besitzt, eben die Verknüpfung der Vorstellungen durch Begriffe.

Nichts beweist mehr, daß dem so ist, als die Sprache, das äußere Zeichen von der Natur des inneren Seelenlebens. Ein richtiges Gefühl hat dem Menschen immer offenbart, daß in der Sprache der wesentliche Unterschied von Mensch und Thier zur Erscheinung kommt. Als Homer die Pferde des Patroklus zum Achilleus reden läßt, sagt er, Hera habe sie sprachfähig gemacht; aus sich selbst redeten sie nicht. — Von Wilden wird uns erzählt, sie hielten die Affen für Menschen, die nur nicht reden wollten, um nicht als Mensch erkannt zu werden und dann gleich den Menschen zur Arbeit und zur Sitte gezwungen zu werden. Auch daraus spricht das Bewußtsein, daß das Wort den Menschen vom Thiere unterscheidet. — Die Thiere können ihre Empfindungen und Vorstellungen in Tönen und Geberden ausdrücken und mittheilen, aber das Wort, das Zeichen des begreiflichen Denkens besitzen sie nicht. Das aber liegt nicht an mangelnden Sprachorganen, denn zum Aussprechen der Worte sind bekanntlich manche Thiere zu bringen; das liegt vielmehr an dem Unterschiede ihres und unseres Denkens.

„Dieß beweist — sagte Cartesius — nicht blos, daß die Thiere weniger Vernunft als die Menschen, sondern daß sie gar keine haben.“ — Mit gutem Recht gilt der Schluß: hätten die Thiere einen Geist, wie wir, so redeten sie auch wie wir; und umgekehrt, da sie nicht reden wie wir, haben sie auch einen wesentlich anderen Geist.

Wieviel der Mensch durch diese Begriffssprache an Umfang seines Gedächtnisses und für die gesammelte Fortführung seiner Erfahrung gewinnt, wie damit der gemeinsame Fortschritt menschlicher Bildung zusammenhängt, und wie unermeßlich dadurch die Kluft zwischen Mensch und Thier erweitert wird, braucht nur angedeutet zu werden.

Viel näher als im Verstande stehen einander Mensch und Thier in ihren Gefühlen, in ihren Neigungen und Leidenschaften. Sie theilen Liebe und Haß, Treue und Falschheit, Freude und Kummer, aber auch hier ist keine Gleichheit zwischen Mensch und Thier. — Nur als ein gradueller Unterschied mag es immerhin erscheinen, daß die Affekte der Thiere in der Regel ihr ganzes Seelenleben, auch das verständige, weitaus beherrschen: — denn auch über unverständige Menschen gebietet der Affekt. Aber der Mensch kennt eine höhere ästhetische und sittliche Werthschätzung der Gefühle und dadurch gewinnen diese selbst einen anderen Charakter. — Themistokles belebte einmal den sinkenden Muth seines Heeres, indem er hinwies auf das Beispiel zweier streitenden Hähne. „Sehet, rief er aus, diese Thiere setzen um der

Siegesehre willen ihr Leben ein und lassen nicht ab; ihr aber streitet für Heerd und Götter, für die Gräber der Ahnen und für die Wiege der Kinder, vor Allem für die Freiheit, und wolltet verzweifeln?" Da faßten die Hellenen neuen Muth und entrießen den Barbaren den Sieg. Themistokles rief also seinen Kriegern ins Bewußtsein, was die menschliche Leidenschaft vor der thierischen voraus hat, nämlich den tiefen Gehalt der Ideale des Schönen und des Guten. Auch hier erkennen wir, daß im Wesen des Menschen ein Neues aufgegangen ist, welches die Seele des Thieres nicht hat, auch im Kleinen nicht, denn eine Anlage, die sich gesetzmäßig nie entwickelt, ist keine Anlage; ihre Annahme beruht auf einer unbegründeten Fiction. Wo das Gewordene die Höhe einer wesentlichen Verschiedenheit zeigt, hat diese sicherlich ihren Grund schon im Keime des Werdens.

So bietet denn die Wissenschaft dem Gefühle des unbefangenen Menschen, welcher die Thiere nicht für seines Gleichen hält, und nicht glauben will, daß der Mensch nur ein höher entwickelter Affe, ja ein wirklicher Nachkomme desselben sei, eine klar erkannte Rechtfertigung. Die Wissenschaft, die dieß übersieht, ist sicherlich eine einseitige, von irgend einem Vorurtheil geblendete. Im Erkenntnißtriebe des Menschen streiten beständig zwei Grundsätze mit einander um den Vorrang. Der eine Grundsatz befiehlt uns im Spiele der wechselnden Kräfte die gesonderte Vielheit zu erkennen; er treibt uns von Unterschied zu Unterschied, der andere Grundsatz sucht hinter der Vielheit die Einheit der belebenden Naturkraft. Beide überschießen von Zeit zu Zeit das berechtigte Maaß ihrer Geltung und bestimmen damit abwechselnd die Bewegungen des wissenschaftlichen Fortschritts. Aber die Wahrheit liegt in der Mitte; Vielheit und Einheit vereinigen sich in allem unseren Denken und Leben zur Harmonie der Welt.

Einige Berichtigungen den Charakter und das Leben des Wolfs betreffend.

Von Kreisförster W. Kade in Kurland.

(Schluß.)

Kein Thier hat wohl soviel Anfeindungen erfahren, als der arme Isegrimm, — daß ihm als schädlichen Raubthiere sehr nachgestellt wird, ist selbstverständlich, auch ich schmeichele mir, viel zu seiner Verminderung hier herum beigetragen zu haben und hoffe es in regelrechten Jagden noch manches

Jahr zu thun, besonders in diesem Herbste, da eine Wolfsfamilie in dem mir anvertrauten Kronswalde (52,000 Preuß. Morgen groß) durch die stete Unruhe, die sie vermuthlich in den Wäldern des nahe angrenzenden Lithauens im ganzen vorigen Jahre erleiden mußte, sich ein Lager aufgeschlagen hat. — Warum aber Schriftsteller in ihren Schilderungen über den Wolf einen unverkennbaren Grimm einflechten, ist schwer zu erklären, da die Wenigsten durch einen solchen geschädigt sein werden. Im Archiv für Literatur und Kunst begann in den dreißiger Jahren eine Beschreibung des Wolfes also: „Ganz Nerve, Bein und Flechse besitzt der Wolf nicht ein Loth überflüssigen Fleisches.“

Daß dagegen höher begabte resp. stärkere Thiere mit einer gewissen Vorliebe schriftstellerisch behandelt werden, muß in der menschlichen Natur liegen; Gerard's, Cumming's Jagdwerke besitze ich und habe ersteres mit vielem Vergnügen gelesen; auch eines stillen Lächelns über seinen letzten Wunsch, von einem Löwen zerrissen zu werden, mich nicht enthalten können. Nun frage ich aber in aller Demuth, ob die schöpferische Allmacht nicht jedes Thier mit einer gewissen Portion Empfindungs-Vermögen ausgestattet hat, das es im Kampfe mit dem Leben benutzen muß? Was Raubgier und ähnliche Eigenschaften — denn Laster werden sie doch nicht genannt werden dürfen — anlangt, so sind dieselben jeder Thierart der Carnivora allgemein, im Besonderen aber wohl allem Lebenden angeboren, wenn das Cibi desiderium ungestüm wird! — Ich möchte den Unterschied in obigen Bezeichnungen kennen, der, um beim Thierreich zu bleiben, in den Fällen liegt, wo nun ein Löwe eine Giraffe, ein Wolf ein Schaf oder ein Sperling eine Raupe sich zu Gemüthe führt? Schonen wird keines!

Um aber auf die Wölfe zurückzukommen, so habe ich seit 30 Jahren sie als Lieblingsjagdthiere betrachtet und mich mit ihnen, besonders früher, etwas genauer beschäftigt, so daß ich über das Leben derselben wohl mitsprechen darf. Wölfe leben immer familienweise und nur zur Ranzzeit im Winter sind sie in größeren Rudeln beisammen. Wenn Sie, Hochgeehrter Herr Direktor, vom Löwen sagen, daß derselbe das einzige Thier ist, welches gleichsam in einer Ehe lebt, so behaupte ich dasselbe vom Wolfe, denn wenn einem Wolfspaar im Herbste in regelrechter Jagd die Jungen weggeschossen werden und die beiden Alten während des Winters kein Unglück trifft, so kann man versichert sein, in nächstem Herbste wiederum an derselben Stelle eine Jagd auf die zweite Generation junger Wölfe machen zu können. Hier erlaube ich mir einzuschalten, daß diese Erfahrung sich bei manchem Wilde wiederholt und habe ich dieselbe am Haar- und Federwild mehrfach gemacht. Namentlich bei Elenden, Rehen, Birken- und Auerhühnern daß, wenn bloß die Jungen erlegt werden, die alten weiblichen Thiere den einmal gewählten Ort nicht leicht verlassen. Außerdem daß ein Wolfspaar z. B. in einem gewissen Bezirke lebt, finden sich bei demselben häufig von den vorigjährigen Jungen nachgebliebene oder von anderen Rotten hinzugekommene, aber nur männliche Wölfe und zwar nur zu einem bei jedem Familienpaar ein, die zur allgemeinen Ernährung der Familie mithelfen. Ob nun ein solcher von uns Jägern „Angereister, Heirathscandidat oder Cicibeo" genannt, diese letztere Funktion gelegentlich nicht übt, mag dahin gestellt bleiben, jedenfalls ist die Duldung desselben vom alten Wolfe anzuerkennen. Hierbei berühre ich noch einmal das Auffressen der Jungen. Abgesehen davon, daß es einer Wölfin wohl ganz unmöglich wäre, ihr Gewölfe vor des Alten Zähnen zu retten, da er wie ja auch in vorliegendem Werke anerkannt ist, eine außerordentliche Spürnase besitzt, so möchte ich fragen, warum frißt kein Wolf die Cadaver der auf einer Jagd erlegten und in demselben Treiben hingeworfenen Wölfe, die noch dazu abgefellt sind? Als junger Mensch habe ich das furchtbare wehklagende Heulen der alten Wölfe an den Cadavern ihrer Jungen ein Mal gehört und das Verfahren der älteren Jäger verdammt, auch nicht nachgemacht.

In der unmittelbaren Nähe seiner Traden raubt der Wolf nie, weßhalb Rehe und junge Wölfe harmlos in einem und demselben Treiben erwachsen. Bei den meisten Wolfsjagden habe ich in einem und demselben Treiben junge Wölfe und junge Rehe im Herbste erlegt und erlegen sehen. Diesen niedlichen schüchternen Thieren kann aber die Nähe der Wölfe unmöglich unbekannt bleiben, da letztere schon Ende Juli in klaren Nächten zu heulen beginnen, welches schauerlich klingt und werstemeit hörbar wird. Außerdem spielen die jungen Wölfe nach Hundeart und katzbalgen sich gehörig, was ebenfalls ziemlich entfernt hörbar ist.

Ferner sagen Ew. Wohlgeboren, daß der Wolf sich den Magen durch Grasfressen reinigt. Ich habe nun bei Hunden das Grasfressen beobachtet und solches nur bei Witterungsveränderung, aber nicht gewußt, daß es eine Magenreinigung sei. Aber dieß zugegeben, frage ich: wie reinigt der Wolf im Winter seinen Magen, der hier während 7 Monate alles Grasfressen unmöglich macht und im hohen Norden es wohl noch länger verbietet? Endlich möchte ich wissen, wozu er im Sommer seinen Magen zu reinigen braucht, da er mehrentheils frisches Fleisch genießt, während es im Winter ihm knapp ergeht und er von altem Aase sich nähren muß? — Daß er in solchen Nothzeiten auch seines Gleichen frißt, beweist gegen ihn gar nichts, wenn solches auch in schönen Beschreibungen und Gedichten aus Rußland haarsträubend geschildert ist, weil man diesen Fällen Erzählungen von Seefahrern entgegen halten kann, wo sich die Matrosen unter einander verspeist haben, als jedes denkbare Nahrungsmittel tagelang fehlte. Der Hunger thut weh, auch einem Wolfsmagen!

Ueberhaupt kann der alte Wolfsvater als ein Muster eines treuen und zärtlichen Ehegatten dienen, denn von Eifersucht weiß seine Seele nichts, sondern nur auf Ernährung von Weib und Kind sowie prinzipiell seiner selbst bedacht, bringt er sein Leben in rastloser Thätigkeit zu, bis er dieses und seinen Pelz mörderischen Laufkugeln läßt und nun der frierenden Menschheit sehr nützlich zu werden beginnt!

Beweise wie — Brombeersträuche könnten geliefert werden, allein ich fürchte, so schon zu redselig geworden zu sein und indem ich mich Ihnen, Hochgeehrter Herr Director, in hochachtungsvoller Ergebenheit zu empfehlen die Ehre habe, flüchte ich mich hinter der Devise

„ut desint vires tamen est laudanda voluntas."

Der Schabrakentapir im Thiergarten zu Hamburg.

Von dem Direktor Dr. A. Brehm.

(Fortsetzung.)

In ihren Bewegungen erinnern die Tapire an die Schweine. Der Gang ist langsam und bedächtig: ein Bein wird gemächlich vor das andere gesetzt, der Kopf dabei zur Erde herabgebogen, und nur der beständig hin und her drehende, schnüffelnde Rüssel, sowie die fortwährend spielenden Ohren beleben die sonst äußerst träg erscheinende Gestalt. So geht der Tapir ruhig seines Weges dahin. Der geringste Verdacht aber macht ihn stutzen; Rüssel und Ohren drehen und bewegen sich kurze Zeit fieberisch schnell, und plötzlich fällt das Thier in eilige Flucht. Es beugt den Kopf tief zur Erde herab und stürzt in gerader Richtung blindlings vorwärts, durch das Dickicht eben so rasch, als durch Sumpf und Wasser. „Begegnet man," sagt der Prinz von Wied, „zufällig einem solchen Thier im Walde, so pflegt es heftig zu erschrecken und schnell mit großem Geräusch zu entfliehen. Auf eine kurze Entfernung ist es ziemlich flüchtig; doch kann es einem raschen Hunde nicht entgehen und pflegt sich bald vor diesem zu stellen." Der Tapir ist ein ganz vortrefflicher Schwimmer und ein noch vorzüglicherer Taucher, welcher ohne Besinnen über die breitesten Flüsse hinwegsetzt und zwar nicht blos auf der Flucht, sondern bei jeder Gelegenheit. Dies ist früher bezweifelt worden: alle neueren Beobachter aber stimmen darin vollständig überein, und der Prinz behauptet geradezu, daß die Aeußerung eines Reisenden, welcher sagt, daß der Tapir nur selten und blos auf der Flucht ins Wasser gehe, hinlänglich zeige, daß sie aus einer mit der Natur dieser Thiere völlig unbekannten Quelle geflossen sei. Wahrscheinlich läuft der Tapir auch längere Zeit, wie das Flußpferd, auf dem Grunde der Gewässer hin; wenigstens beobachtete man dies an dem gefangenen Schabrakentapir zu Baratpore, welchen man oft in dieser Weise sein Wasserbecken durchschreiten sah, während er hier niemals wirklich schwamm.

Unter den Sinnen des Tapirs stehen Geruch und Gehör entschieden oben an und wahrscheinlich auf gleicher Stufe; das Gesicht hingegen ist schwach, wie man schon aus dem kleinen Auge schließen kann. Ueber den Geschmack ist schwer ein Urtheil zu fällen; doch habe ich an unseren Gefangenen beobachtet, daß sie zwischen den Nahrungsmitteln sehr scharf zu unterscheiden wissen und besondere Leckerbissen wohl zu würdigen verstehen. Das Gefühl bekundet sich als Tastsinn und als Empfindung. Der Rüssel ist ein sehr feines Tastwerkzeug und findet als solches vielfache Verwendung. Gefühl beweist der Tapir nicht blos durch seine Furcht vor den Sonnenstrahlen und Mücken, sondern auch durch Kundgeben einer ersichtlichen Behaglichkeit, wenn seine Dickhaut an irgend einer Stelle des Leibes gekraut wird. Unsere Gefangenen legen sich, wenn wir sie bürsten oder abreiben, sofort nieder und zeigen sich willig wie ein Kind, wenn ihnen diese Liebkosungen werden. Wir können sie dann nach allen Seiten hin drehen und wenden, ja auch zum Aufstehen bringen, je nachdem wir die Bürste an dieser oder jener Stelle des Leibes anwenden.

Die Stimme ist ein eigenthümliches, schrillendes Pfeifen, welches, wie Azara sagt, in gar keinem Verhältnisse mit dem großen Körper des Thieres steht. Derselbe Naturforscher behauptet, daß man es von dem freilebenden Tapir nur während der Paarungszeit vernehme, und Schomburgk glaubt, daß es blos von jungen Thieren ausgestoßen werde. Beides ist falsch; unsere Gefangenen wenigstens haben dieses Pfeifen schon wiederholt und auch außer der Brunstzeit vernehmen lassen — der Schabrakentapir eben so gut, wie der amerikanische. Von dem erstgenannten vernimmt man, wenn man ihn stört, noch ein unbeschreibliches, ärgerliches Schnauben.

Alle Tapire scheinen gutmüthige, furchtsame und friedliche Gesellen zu sein, welche nur im höchsten Nothfalle von ihren Waffen Gebrauch machen. Sie fliehen vor jedem Feinde, auch vor dem kleinsten Hunde, am tollsten aber vor dem Menschen, dessen Uebermacht sie wohl erkannt haben. Dies geht schon daraus hervor, daß sie in der Nähe von Pflanzungen viel vorsichtiger und scheuer sind, als im ungestörten Walde. Doch erleidet diese Regel ebenfalls Ausnahmen. Unter Umständen stellen sie sich zur Wehre und sind dann immerhin beachtenswerthe Gegner. Sie stürzen sich blindwüthend auf ihren Feind, versuchen ihn umzurennen und gebrauchen auch wohl die Zähne nach Art unserer Bache. In dieser Weise vertheidigen die Mütter ihre Jungen, wenn sie diese vom Jäger bedroht sehen. Sie setzen sich dann ohne Bedenken jeder Gefahr aus und achten keine Verwundung; im Uebrigen ist die geistige Begabung der Tapire freilich gering, obwohl die Thiere auf den ersten Anblick hin noch viel stumpfsinniger erscheinen, als sie wirklich sind. Wer längere Zeit gefangene Tapire behandelt hat, erkennt, daß sie immer noch hoch über Nashorn und Nilpferd und ungefähr mit dem Schweine auf gleicher Höhe stehen. „Ein jung eingefangener Tapir," sagt Rengger, „gewöhnt sich nach wenigen Tagen seiner Gefangenschaft an den Menschen und dessen Wohnort, den er alsdann nicht mehr verläßt. Allmählig lernt er seinen Wärter von andern Leuten unterscheiden, sucht ihn auf und folgt ihm auf kleine Entfernungen nach; wird ihm aber der Weg zu lang, so kehrt er allein nach der Wohnung zurück. Er wird unruhig, wenn sein Wärter ihm lange fehlt und sucht diesen, falls er dies kann, überall auf. Uebrigens läßt er sich von Jedermann berühren und streicheln. Mit der Zeit verändert er seine Lebensart in so fern, als er den größten Theil der Nacht schlafend zubringt; auch lernt er nach und nach, wie das Schwein, jegliche Nahrung des Menschen genießen und frißt nicht nur alle Arten von Früchten und Gemüsen, sondern auch gekochtes, an der Sonne getrocknetes Fleisch, verschlingt Stückchen von Leder, Lappen und dgl., wahrscheinlich aus Liebe zu dem salzigen Geschmack, welchen altes Leder und Lumpen besitzen. Wenn er frei umherlaufen kann, sucht er das Wasser selbst auf und bleibt oft halbe Tage hindurch in einer Pfütze liegen, falls diese von Bäumen beschattet wird. Es scheint überhaupt, als bedürfe er das Wasser mehr zum Baden als zum Trinken." Unsere Tapire bestätigen Renggers Beobachtungen, so weit dies möglich. Es ist mir noch nicht gelungen, in dem Gebahren der beiden Arten, welche der Garten besitzt, einen Unterschied wahrzunehmen. Beide sind höchst gutmüthige Geschöpfe. Sie sind ganz zahm, friedlich gesinnt gegen jedes Thier, höchst verträglich unter sich und ihren Bekannten zugethan. Wenn ich zu ihnen gehe, kommen sie herbei und beschnüffeln mir Gesicht und Hände, wobei sie die wunderbare Beweglichkeit ihres Rüssels bekunden. Andere Thiere, welche zufällig in ihre Nähe kommen, werden neugierig dumm längre Zeit beschnüffelt. Ihre Trägheit ist sehr groß; sie schlafen viel, zumal an heißen Sommertagen und ruhen auch des Nachts mehrere Stunden. Am lebendigsten sind sie gegen Sonnenuntergang; dann können sie zuweilen ausgelassen lustig sein. Sie jagen in dem ihnen gewährten Raum auf und nieder und tummeln sich mit Wollust im Wasser umher: in ihm pflegen sie, so lange sie sich frei bewegen können, auch ihre Losung abzusetzen. Ihre Stimme lassen sie nur höchst selten vernehmen; manchmal schweigen sie monatelang. Auf den Ruf folgen sie nicht, überhaupt thun sie nur das, was ihnen eben behagt, und es kostet ihnen immer eine gewisse Ueberwindung, bevor sie sich von ihrer Trägheit aufraffen.

Die frei lebenden Tapire nähren sich von Pflanzen und namentlich von Baumblättern. In Brasilien bevorzugen sie die jungen Palmenblätter; nicht selten aber fallen sie auch in die Pflanzungen ein und beweisen dann, daß ihnen Zuckerrohr, Mango, Melonen und andere Gemüse ebenfalls behagen. In den Cocapflanzungen richten sie, wie Tschudi versichert, manchmal in einer Nacht durch Niedertreten der zarten Pflanzen und das Abfressen der jungen Blätter einen Schaden von mehreren tausend Thalern an. Im freien, großen Walde leben sie oft Monate lang von den abgefallenen Baumfrüchten oder in den Brüchen von den saftigen Sumpf- und Wasserpflanzen. Besonders erpicht sind sie auf Salz, es ist ihnen, wie den Wiederkäuern, Bedürfniß. „In allen tiefliegenden Ländern Paraguays", sagt Rengger, „wo das Erdreich schwefelsaures und salzsaures Natron enthält, findet man die Tapire in Menge. Sie belecken hier die mit Salz geschwängerte Erde." Auch unsere Gefangenen zeigen eine große Vorliebe für Salz. Im Uebrigen nehmen diese Alles an, was Schweine fressen; sie erkennen aber dankbar jede brauchbare Gabe, welche ihnen gereicht wird. Baumblätter und Früchte, Zwieback und Zucker gehören zu ihren Leckerbissen.

Die Brunst der freilebenden Tapire fällt in die Monate, welche der Regenzeit vorausgehen. Beide Geschlechter pfeifen sich dann zusammen und leben während einiger Wochen paarweise. Etwa vier Monate später wirft das Weibchen ein Junges, ein kleines, niedliches Geschöpf, welches nach Art der Wildschweine gestreift ist. Beim Schabrakentapir ist das Jugendkleid schwarz, oben fahl, unten weiß gefleckt und gestreift; beim amerikanischen ist die Grundfarbe ein helles Grau, die Flecken und Streifenzeichnung aber in ähnlicher Weise darüber verbreitet. Vom vierten Monate aber beginnt die Färbung sich zu ändern, die Flecken verschwinden und im sechsten Monat zeigen die Jungen die Farbe der Erwachsenen. In der Gefangenschaft ist es leider noch nicht gelungen, eine Nachkommenschaft von Tapiren zu erhalten.

Alle drei Tapirarten werden von den Menschen eifrig verfolgt, weil Fleisch und Fell vielfach benutzt werden. Von amerikanischen Forschern erfahren wir, daß das Fell seiner Dicke und Stärke wegen geschätzt wird. Man gerbt es und schneidet über 3 Fuß lange, 1½ Zoll dicke Riemen aus ihm, welche abgerundet, durch wiederholtes Einreiben mit heißem Fett geschmeidig gemacht und sodann zu Peitschen oder Zügeln verwendet werden. Von der argentinischen Republik sollen alljährlich eine Menge solcher Zügel in den

Handel kommen. Für Schuhe, ist nach Tschudi, das Fell zu spröde, wenn es trocken, und zu schwammig, wenn es feucht ist. Den Klauen, den Haaren und andern Theilen des Tapirs werden Heilkräfte zugeschrieben; auf der Ostküste aber ist das gemeine Volk, wie Rengger mittheilt, weit entfernt, die Wirkung dieser Mittel an sich selbst zu versuchen, es begnügt sich vielmehr, sie andern Kranken anzupreisen. Dagegen werden die Klauen, nach Tschudis Versicherung, von den Indianern als Vorkehrmittel gegen die Fallsucht an einem Faden, um den Hals gehangen, getragen oder geröstet und zu feinem Pulver gerieben, auch innerlich eingegeben. Dasselbe Mittel nimmt in der indianischen Heilkunde einen hohen Rang ein; denn es wird auch gegen Lungenschwindsucht angewandt, dann aber mit der Leber des Stinkthieres in Cacao abgekocht. Endlich sollen die Hufe als Tonwerkzeuge nach Art der Castagnetten verwandt werden.

Die Jagd selbst wird je nach den Ländern verschieden betrieben. Eine Jagd aus dem Stegreife schildert Schomburgk in seiner lebendigen Weise. „Eben bogen wir," so sagt er, „um eine der Krümmungen, als wir zu unserer großen Freude einen Tapir mit seinem Jungen auf einer der vielen Sandbänke im Wassersaum herumwaten sahen; kaum aber war das Wort „Maipuri" den Lippen unserer Indianer entflohen, als wir auch von beiden Thieren bemerkt wurden, die die Flucht ergriffen und in dem dichten Pflanzendickicht am Ufer verschwanden. Eben so schnell, wie sie dorthin geeilt, waren wir dem Ufer zugerudert, so daß wir ziemlich gleichzeitig an dieses sprangen und ihnen mit Flinten, Pfeil und Bogen nacheilten. So wie wir die waldige Umzäunung durchbrachen, bemerkten wir, daß sich die beiden Flüchtlinge in den 6—7 Fuß hohen Schneidegräsern und Rohr, das eine unübersehbare Fläche bedeckte, zu verbergen suchten. Unsere Meute befand sich in dem etwas zurückgebliebenen dritten Boote und verdutzt standen wir Europäer vor der gewaltigen Wand, vor der wir von früheren Erfahrungen her, heiligen Respekt bekommen hatten. Unsere Indianer aber konnte sie nicht abhalten, und wie die Schlangen verschwanden sie zwischen den gefährlichen Gräsern. Zwei kurz aufeinanderfallende Schüsse und das triumphirende Aufjauchzen der Jäger verkündeten ihr Glück. Alles drängte jetzt der Richtung zu; wir erhielten dadurch einen weniger gefährlichen Weg, und bald fanden wir die beiden glücklichen Jäger, sich auf ihre Gewehre stützend, vor dem eben verendeten alten Tapir stehen."

(Schluß folgt.)

Verantwortlicher Redacteur Dr. D. F. Weinland.
Schnellpressendruck von Aug. Wörner, vormals J. G. Sprandel, in Stuttgart.

Der Thiergarten.

Allgemeine Deutsche Monatschrift

für Kunde, Beobachtung, Zucht und Pflege der Thiere,

mit besonderer Rücksicht auf die

Verbesserung unserer bisherigen Hausthiere und die Heranbildung neuer.

Erster Jahrgang
1864.

Nro. 11.

Verlag von
Ebner & Seubert
in Stuttgart.

Preis
für den ganzen Jahrgang
fl. 2. 42 kr.
oder
Thlr. 1. 18 Sgr.
Zu beziehen
durch alle Buchhandlungen
und Postämter.

herausgegeben von

Dr. D. F. Weinland

auf Hohen-Wittlingen, O.A. Urach, Königr. Württemberg.

Inhalt: Literarisches. Von dem Herausgeber. (Schluß folgt.) — Nachrichten aus dem zoologischen Garten zu Dresden. Von Inspektor Schöpff. — Skizzen aus dem Thiergarten zu Wien. Von Dr. G. Jäger. (Fortsetzung.) — Bastardzucht zwischen Stieglitz (Fringilla carduelis) und Canarienweibchen (Fringilla canaria). — Der Schabrakentapir im Thiergarten zu Hamburg. Von dem Director Dr. A. Brehm. (Schluß.) — Correspondenz. — Miscellen.

Literarisches.

Von dem Herausgeber.

Nachdem seit Anfang der dreißiger Jahre unseres Jahrhunderts besonders durch das Verdienst Cuvier's die reine Empirie zur Richtschnur der zoologischen Wissenschaft geworden und es besonders auch in dem sonst so gerne philosophirenden Deutschland fast als ein Verbrechen für den angehenden Zoologen[1]) galt, weiter zu gehen, als was das Auge sah, hat sich seit wenigen Jahren eine nicht zu läugnende Wiedergeburt der bei Seite geschobenen philosophischen Naturbetrachtung vollzogen, die mit dem Werke des Dänen Steenstrup über den Generationswechsel begann, sodann auch — wenigstens in den „Einleitungen" deutscher zoologischer Werke sich hervorwagte, endlich aber in dem Darwin'schen Werke über die Entstehung der Arten im Thier- und Pflanzenreich zum Durchbruch kam.

Die „Hypothese," ein zuvor sehr in Mißkredit gekommener Begriff, wurde der zur Mode gewordenen nackten Aufzählung der beobachteten Thatsachen gegenüber, wieder in ihr Recht eingesetzt, und neben der großen Bedeutung des Darwin'schen Werks für eine natürliche Erklärung der Existenz der heutigen Lebewelt und begrüßten wir sofort nach dem Erscheinen des Werks in Deutschland (Februarnummer des „Zoologischen Gartens" 1861) dasselbe besonders auch in sofern als ein Epoche machendes, als es dem der Thatsachen voraneilenden Gedanken, wie wir das Wort Hypothese übersetzen können, in der Zoologischen Literatur wieder Bürgerrecht verschaffte. Dieses große Verdienst bleibt Darwin, auch wenn seine Hypothese fallen oder wenigstens wie wir vermuthen, bedeutende Einschränkungen und Modifikationen[2]) erleiden sollte. Ja wie hoch solches anzuschlagen, sieht man an den Erscheinungen der neueren Zoologischen Literatur, deren fast keine die Darwin'sche Hypothese ganz außer Acht lassen kann.

Obige einleitende Gedanken kamen uns in den Sinn bei dem Studium des neusten Werks eines als Naturforscher und als Hausthierzüchter gleich erfolgreichen Autors:

H. v. Nathusius, Vorstudien für Geschichte und Zucht der Hausthiere zunächst am Schweineschädel. Mit einem Atlas, ent-

[1]) So war es ein berühmtes Wort des jungen Johannes Müller: „Was nicht unter das Skalpell fällt, geht mich nichts an." — Daß und wie großartig der berühmte Johannes Müller der Fünfziger Jahre die Philosophie der Naturwissenschaft pflegte und verehrte, wissen alle die, welche in jenen Jahren mit ihm zu verkehren das Glück hatten, oder auch nur seine „Vergleichende Anatomie" oder seine „Entwicklungsgeschichte" hörten. Wir möchten beispielsweise nur an die klare und einfache Müller'sche Lehre von den Temperamenten erinnern und können den aufrichtigen Wunsch nicht unterdrücken, daß einer seiner Schüler jene Vorlesungen veröffentlichen möchte. Wir würden einem solchen mit Freuden auch unsere zum Theil sehr ausführlichen Hefte zur Verfügung stellen.

[2]) Ohne hier näher darauf einzugehen, erinnern wir an die neueren geistvollen Abhandlungen von Professor Kölliker in Würzburg und von unserem Freunde Dr. Gustav Jäger in Wien, welche dasselbe Thema wie Darwin behandeln.

haltend VI Tafeln Abbildungen und Erläuterungen. Berlin, Wiegandt und Hempel 1864. „Aus Neigung Zoolog, nach Beruf Thierzüchter“ wie er selbst in der Einleitung sagt, hat der Verfasser mit einem umfassenden und durch Ordnung gesichteten Material, wie es noch nie ein Zoolog, der über Hausthiere schrieb, besaß, eine nahezu abschließende Monographie geliefert über die für den Zoologen und Züchter gleich wichtige Frage nach dem Umfang und den Motiven der Variation einer Hausthierart. Nathusius leistet nichts Geringeres, als einen statistisch ausreichend begründeten Nachweis darüber, was aus einer bestimmten Thierart unter der Hand des Menschen werden könne, welche Organe jedenfalls konstant, welche dagegen der Umwandlung ausgesetzt und worauf diese Variationen im Wesentlichen mit größter Wahrscheinlichkeit zurückzuführen seien. Er weist damit der öfters fälschlich behaupteten unbegrenzten Variationsfähigkeit des Thieres im Zustande der Zähmung ihre Gesetze an, und damit ist das Werk in unseren Augen neben seinen anderweitigen Verdiensten der wichtigste bis jetzt erschienene Beitrag zur Entscheidung über den Werth und die Berechtigungsgrenzen auch der Darwin'schen Hypothese über die Entstehung der Arten, deren Fundament bekanntlich eben die „Variabilität der Art“ ist. —

Die Untersuchungen „des Verfassers beschränken sich zunächst auf das „H a u s s c h w e i n“ und er ist ein viel zu vorsichtiger und zu umfassender Zoologe, um nicht auch die von ihm nachgewiesenen Variationsgesetze zunächst nur als f ü r d i e s e T h i e r a r t g i l t i g anzusehen.

Führen wir einige Thatsachen und Ideen aus dem Werke selbst an. Bekanntlich unterscheidet sich der Schädel des deutschen W i l d s c h w e i n s (Sus scrofa, L.) von dem des gemeinen deutschen H a u s s c h w e i n s (des in Schwaben sogenannten „Landschweins“) sofort dadurch, daß das Profil jenes ersteren fast geradlinig, das des Hausschweins mehr oder weniger eingedrückt erscheint. Nathusius sagt S. 68: „Könnte man den trockenen alten Schädel eines Wildschweins erweichen, so würde man durch einen von hinten nach vorn wirkenden Druck auf die fächerförmige Schuppe des Hinterhaupts, wenn man gleichzeitig die Nasengegend stützt, die — — Schädelform des Hausschweins darstellen können; — und umgekehrt: durch Ziehen an dem oberen Rand der fächerförmigen Schuppe nach hinten und gleichzeitigen Druck auf die Nase würde man den Schädel des Hausschweins in einen Wildschweinschädel umformen können. Bildet man den Schädel aus weichem Thon nach, dann ist diese Umwandlung der einen Form in die andere evident zu demonstriren.“

Und was ist nun das Motiv dieser Gestaltung? Wie wird, — die Abstammung jenes früher gemeinen deutschen Hausschweins von dem deutschen Wildschwein vorausgesetzt — jene Umgestaltung des Schädels erklärt?

Nathusius sagt:[1]) „Betrachten wir die Lebensweise des Wildschweins. In sehr frühem Alter fängt dasselbe an, seinen Rüssel zum Wühlen zu gebrauchen, später lebt es zeitweise ganz ausschließlich von Wurzeln und Thieren, die es aus der Erde hervorwühlt; welche Kraft in dem Rüssel liegt, beweisen die Kessel, welche es gräbt und die Verwüstungen, welche es selbst in festem und steinigem, mit starken Wurzeln durchwachsenen Boden anrichten kann. Das Wühlen mit dem Rüssel ist Lebensbedingung des Schweins in wildem Zustand. Betrachten wir nun dieses Wühlen näher, so unterscheiden wir zwei verschiedene Thätigkeiten. Einmal ist der Rüssel allein thätig, durch seitliche und nach oben gerichtete Bewegungen lockere Erde zu bewegen und darin Nahrungsmittel aufzusuchen; bei dieser Thätigkeit des Rüssels ruht der Hinterkopf; es sind allein die Muskeln des Rüssels in Thätigkeit. Findet sich aber größerer Widerstand, dann nimmt der ganze Kopf Theil an der Bewegung, der Rüssel ist gespannt und so zu sagen fixirt und das Thier bewegt den ganzen Kopf in der Art, daß es von unten nach oben die Erde aufwirft. Dieselbe Bewegung mit dem Vordertheil des Kopfes nach aufwärts tritt ein, wenn das Thier seine Eckzähne zum Hauen gebraucht.

Die Bewegung des Rüssels allein wird vermittelt durch verschiedene Muskeln, von denen diejenigen, welche hier in Betracht kommen, mit ihrem hintern Ursprung bis vor die Augengegend reichen. Die Bewegung des Kopfes wird bewirkt durch die kräftigen Muskeln, welche vom Rumpfe aus sich an die fächerförmige Schuppe des Hinterhaupts ansetzen. Wenn ein frischer Kopf oder ein Muskelpräparat zum Vergleich nicht vorliegt, möge man Gurlt's Abbildungen (Taf. 36, Fig. 5 und Taf. 37) vergleichen. Wenn nun das Schwein in der Erde wühlt, wirken die Muskeln, welche den Kopf für diesen Zweck bewegen in der Art, daß sie den oberen Theil der fächerförmigen Schuppe nach hinten ziehen, die Kraft wirkt also in der Richtung, in welcher die Hinterhauptstheile bei dem alten Thiere am meisten hervortreten; in dieser Richtung der Thätigkeit der Nackenmuskeln beim Wühlen liegt aber offenbar auch die Tendenz, Stirn- und Scheitel-Beine nach unten zu drücken und damit ist auch die Bedingung für die gerade Profillinie gegeben. Diese letztere erfolgt um so sicherer, als von vorn her die Rüsselmuskeln in demselben Sinne wirken. — — — —

Wenn (andererseits) auch das Hausschwein in seinem nicht veredelten Zustand als Genosse einer wenig raffinirten Cultur, immerhin noch viel Gebrauch von seinem Rüssel machen muß, so wird es doch niemals in dem Grade allein und zu jeder Zeit auf das Wühlen angewiesen sein, wie das Wildschwein;

[1]) Ausdrücklich erläutert er diese Motive der Gestaltung unter dem vorsichtigen Titel einer „Conjektur."

jedenfalls nimmt es insofern an der Cultur Theil, daß es mit mehr gelockertem Boden zu thun hat, es ist demnach nicht dieselbe fast ununterbrochene Kraftanstrengung der beim Wühlen thätigen Muskeln erforderlich und damit fallen die Bedingungen weg, welche nach meiner Anschauung der besprochenen Eigenthümlichkeiten des Wildschweinschädels zu Grunde liegen; im Gegensatz aber sind die Bedingungen der Abweichung von diesen Eigenthümlichkeiten gehoben und, wenn ich nicht irre sehr evident."

So weit Nathusius. Die „weitere Ausbildung der Culturform des Schweineschädels" mit dem je nach der Reichlichkeit und Gedeihlichkeit der Ernährung konkaveren Profil, mit dem nach vorn gerichteten obern Theil des Hinterhaupts, ja bei den höchsten Cultur-Racen — mit einer totalen Umkehr der Stellung der Eckzähne, indem die Eckzähne des Unterkiefers sich vor die des Oberkiefers stellen, statt wie es allgemeines Gesetz bei den Säugethieren ist, umgekehrt diese vor jene — wird sodann ausführlich auseinandergesetzt. (S. 103 u. f. f.)

Aber nicht nur auf den Schädel bezieht sich jene Umwandlung; sondern auf die ganzen Formverhältnisse des Thieres, die Beine werden kürzer, feiner, der Rumpf voluminöser und — was besonders interessant, weil schwieriger zu beobachten, auch die Organisation des Magens wird mit der fortschreitenden Cultur des Schweins eine andere. —

(Schluß folgt.)

Nachrichten aus dem zoologischen Garten zu Dresden.

Von Inspektor Schöpff.

Endlich komme ich dazu, die Fortsetzung über unsere kleine Löwin zu geben. Am 1. März wurden im Oberkiefer 2 Backzähne sichtbar, am 17. März 4 dergleichen im Unterkiefer und 2 im Oberkiefer, am 1. April unten 6, oben 4, zusammen nun 26 Zähne. Am 6. April beim Durchbrechen der 2 letzten Backzähne wurde das arme Thier sehr krank, kaute ängstlich an Holz u. s. w., und sah man deutlich wie viel ihm das Zahnen Schmerzen verursachte. Das Thierchen litt dabei an gewaltiger Verstopfung, so daß wir genöthigt waren, manche Nacht 6—8 Klystiere zu geben. Trotz dieses ewigen Unwohlseins nahm sie an Gewicht zu, nur 8 Tage war Stillstand. Jedermann glaubte sie müßte sterben, da sie oft Stunden lang fast bewegungslos da lag. Von Springen und Spielen war nun keine Rede mehr, und nur ganz nach und nach erholte sich das Thier wieder. Gefressen hat sie fast immer dabei, wenn auch nicht so viel als sonst in ganz gesundem Zustand; ganz versagte sie die Nahrung nur wenige Tage. Da sie immer wieder an Verstopfung litt, wurden ihr (in Fleisch gewickelt) Pillen von Rhabarber u. s. w. gegeben, sie bekam auch phosphorsauren Kalk und kohlensaures Eisen. [1]) Alles dies aber nützte nichts, sie wurde trotzdem im Körperbau so zu sagen immer eckiger, ging langsamer, mußte öfters ausruhen, zeigte überhaupt nur Freude, wenn sich Jemand von uns nahte, oder wenn die Hündin nach längerer Abwesenheit zurückkam. In dieser Zeit wurde die Hündin (Amme) wieder läufig; ich ließ sie zu, und brachte dieselbe 5 Junge zur Welt, von denen ich nur 2 Stück am Leben ließ. Löwin und Hündin waren nur durch ein Gitter getrennt, welches leicht zu öffnen war. Ich ließ die Löwin andern Tags (einen Tag nachdem die Hündin geboren) in den Käfig zur Hündin, wobei letztere nicht nur *keinen* Aerger zeigte, sondern sogar die Löwin liebkoste, während letztere die kleinen Hunde leckte. Dieses wiederholte ich öfters, auch nachdem die jungen Hunde schon 5 Wochen alt waren, trotzdem dieselben mitunter an der Löwin zupften, und da sie dieselben für ihre Mutter hielten auch das Gesäuge suchten, und obgleich sie dabei nicht immer sanft zu Werke gingen, blieb die Löwin ebenso zärtlich. Um zu sehen ob sie wohl einen Unterschied zwischen Hund und Hund machen würde, hielt ich einen ebenso großen, auch ähnlich aussehenden jungen Hund vor, auf den sie sofort grimmig losging, so daß ich denselben um ihn zu retten schnell entfernen mußte. Ein junges vorgehaltenes Kaninchen wurde sofort von der Löwin gepackt und zerrissen, auch mit Haut und Haar verzehrt. Aber trotz aller angewendeten Mühe starb sie 8 Monate alt, und wog zu dieser Zeit 25 Pfund 10 Loth. Die *Knochen* waren so *biegsam* wie starke Lederriemen. Die in Antwerpen geborenen von der Löwin selbst gesäugten, hatten auch keine Lebenskraft; der Eine war schon früher gestorben, der Zweite in der Auction dieses Jahr von H. *Hagenbeck* gekaufte, wird kaum mehr leben, da er ebenso eckig am Körperbau (obgleich 1¼ Jahr alt) wie der unsrige war. Der noch in Brüssel im September lebende junge Löwe sowie auch die *beiden* in Antwerpen geborenen kamen, wie mir die Herren Direktor *Funk* und Direktor *Velemans* versicherten, wie die unsrigen blind zur Welt. In Cöln sind dagegen, wenn ich nicht irre, sämmtliche dort geborenen, auch die früher von der Löwin vernachläßigten oder von ihr umgebrachten? *sehend* zur Welt gekommen.

Eine von mir von H. *Jamarach* in London als trächtig gekaufte Löwin gebar 4 Junge, die jetzt 14 Tage alt sind, vor der Hand von der

[1]) Eigentlich bin ich entschieden gegen alles Mediciniren bei dergleichen Thieren.

Alten gut gepflegt werden, und sehend, wenigstens blinzelnd, zur Welt kamen, am 3. Tag aber vollständig sehen konnten, was bei keinem von den früher bei uns gebornen der Fall war, worüber ich ja schon früher Mittheilungen gemacht habe, wie dieß auch viele hiesige Herren, die sich wirklich wissenschaftlich dafür interessirten, bestätigen können.

Geboren wurden bei uns weiter: 1 weibliches Kameel, 1 Zebu, 2 Büffel, 1 Zackelschaf, 1 Heideschnucke, 2 Schweinshirsche, 2 weiße Damhirsche, 2 schwarze Damhirsche, 1 bunter Damhirsch, 2 Edelhirsche, 1 Rennthier 2 Seehunde (haben nicht lange gelebt), 12 Callforn. Wachteln, 16 Rebhühner (von einer Haushenne ausgebrütet), 2 Baummarder, 5 Frettchen, 5 Jav. Affen, 5 schwarze Schwäne, 1 Bezoarziege, wieder einige 30 Stück unvermeidliche Maskenschweine, 2 Mufflons, 1 Mähnenschaf, (Ovis tragelaphus), 1 Kuhantilope, 5 Bären (Ursus artos), die theils todt zur Welt kamen, theils gleich nach der Geburt starben. Von Enten haben die Brautenten auch gebrütet, so wie auch mehrere andere Arten, leider haben wir aber trotz des vielen Nachstellens so viel mit Ratten, Iltisen, Mardern u. s. w. zu thun und zu kämpfen. Von Aegyptischen Gänsen habe ich nur 5 Junge groß gezogen, da die Gans nicht selbst brütete, vielleicht auch gestört wurde. Die Seehunde, die wir natürlich tragend kauften, haben sehr verschiedene Junge zur Welt gebracht. Das erst geborne mit ganz glattem Haar lebte obgleich es an der Mutter fleißig saugte, nur 8 Tage, das zweite kam mit ganz grobem Pelz, respective längeren Haaren zur Welt, und wog die Nachgeburt 8 Pfund. Als das glatte Thier geboren wurde, lagen eine ziemliche Menge Haare zur Stelle, die wie es schien während dem Gebären (was schnell und leicht von statten ging) sich vom Körper des Kleinen abgestreift hatten. An beiden Thieren waren äußerlich keine Saugwarzen, im Gegentheil nur Vertiefungen zu sehen, und schien es mir, als wenn durch den Druck des Kleinen an dieser Stelle sich die Saugwarzen erst herausdrückten, sofort aber nach dieser Manipulation verschwänden. Das glatt geborene Junge lebte auch nur 17 Tage. Beide wurden beim Schwimmen durch die Alte unterstützt, so bald sie nicht mehr flott fort konnten, d. h. durch längeres Schwimmen müde geworden waren. Die Alten trugen sie dabei förmlich auf dem Rücken. Unsere Pelecanus crispus haben sich im März begattet, ein Nest gebaut, aber keine Eier gelegt. Auch diesesmal wurden die Kehlsäcke hochroth, was nach der Begattungszeit, die circa 14 Tage dauerte, nach und nach verschwand. Die Kuhantilope fraß, wie es auch die Hirsche thun, die ganze Nachgeburt. Unser übrigens sehr kräftiges Thier brachte mit der Geburt zwei Stunden zu, gebar aber doch ganz ohne menschliche Hülfe, das Junge ist weiblichen Geschlechts und war die Tragzeit genau

242 Tage. Von den schwarzen Schwanen waren nur zwei lebensfähig, die jetzt schon fast so groß wie die Alten sind. Einem fehlte der Oberschnabel. Zwei Junge hatten verkrümmte Hälse. Bei dem letzten Wurf von Maskenschweinen war eine Mißgeburt, welcher der Unterkiefer fehlte, die Augen zu tief saßen, auch ganz herausgetreten waren, die Ohren umgekehrt, und auch viel tiefer sitzend. Es war natürlich nur lebensfähig, so lange es sich noch im Mutterleib durch die Nabelschnur ernähren konnte.

Skizzen aus dem Thiergarten zu Wien.

Von dem Direktor Dr. G. Jäger.

(Fortsetzung.)

3. Der Teich.

Ich weiß nicht, welcher Dichter das Wasser das Auge der Landschaft genannt hat. Das Auge, das Centrum eines Thiergartens, ist jedenfalls der Teich. Ist schon das bewegliche Wasser, der blanke Spiegel, die vielgestaltigen Ufer, die zierlichen Brücken, die geheimnißvollen Schatten der überhängenden Weidenbüsche, die springende und sprühende Fontaine ein an und für sich reizender Anblick, so wird er dieses um so mehr durch das bunte Thierleben, welches sich auf ihm entfaltet. Der Naturforscher vom Fach geräth allerdings beim Anblicke eines Thiergartenteiches in gelinde Verzweiflung. Während er sonst jede Thierart in ihrem eigenen Behälter mit der vorschriftsmäßigen Etikette auf dem Rücken findet, herrscht hier ein Wirrwarr der verschiedensten Arten, der auf ihn denselben Eindruck machen muß, wie ein Haufen ungeordneter und unbestimmter Bälge, dem er erst eine mehrwöchentliche Mühe und Arbeit zu widmen hat, bevor er sie bestimmt, gesichtet und geordnet hat. Seine Wünsche kontrastiren da vollkommen mit denen des Laien, dem ein buntes vielgestaltiges Bild, ein Zusammenleben der verschiedenartigsten Wesen viel mehr Vergnügen und Stoff zum Nachdenken bereitet, als die dem Naturforscher genehme vorschriftsmäßige Einzelhaft, in welcher die Thiere versauern und keine Gelegenheit finden, ihre geistigen Kräfte im Konflikt mit andern Wesen zu schärfen. Mancher Besucher des Thiergartens im verflossenen Jahre wird sich des hochkomischen Liebesverhältnisses zwischen Storch und Pelikan mit Vergnügen erinnern, und derlei Episoden sind ja nicht denkbar, wenn Alles gesondert sein eigenes Territorium bewohnt. Nur im Kampfe um gemeinschaftliche Interessen und Ziele, nur in einem Gemeinwesen, wo andererseits wiederum die verschiedenartigsten

Interessen sich kreuzen, wo somit dem Wettkampf auf geistigem Gebiete Thür und Thor geöffnet ist, entwickelt sich jenes interessante Schauspiel des Kampfes um das Dasein, dem nicht nur die organische Welt im Allgemeinen ihre mannigfaltige Gliederung und Formvollendung verdankt, sondern dem auch das Menschengeschlecht seine ganze kulturhistorische Entwickelung und seine heutige intellektuelle Größe zuzuschreiben hat.

Wir haben am Teich zwei ganz verschiedene Elemente, die Fischfresser und die Pflanzenfresser. Es sind dies dieselben Elemente, die wir auch im menschlichen Gemeinwesen wiederfinden. Der Pflanzenfresser, durch die Gänse und Enten repräsentirt, ist das konservative an der Scholle und der Tradition klebende Element, bei dem sich ein Tag wie der andere abspinnt, in dessen Lebensmonotonie nur die Zeit der Liebe, die Brutzeit eine gleiche Aufregung bringt, wie wir sie bei der Dorfjugend sehen, die um ihre Schönen bald mehr tragische, bald mehr komische Kämpfe aufführt, aber nach Ueberstehung dieser Flegeljahre zurückkehrt in den durch Generationen fortgeerbten Schlendrian der Väter, den man zwar mit Vergnügen studiren, aber recht bald von Herzen satt bekommen kann. Unser Thiergartenteich wimmelt doch von Enten und Gänsen, aber ich wüßte auch nicht einen originellen Streich von ihnen zu erzählen, nicht eine einzige Individualität zu nennen, welche man aus dem großen Haufen herausheben und einer besonderen Betrachtung würdigen könnte. Wir haben hier nur die verschiedenen Grade des sich Fügens in die beschränkten Verhältnisse der Gefangenschaft, des Attachements an den Menschen zu registriren. Während unsere einheimischen Schwimmenten, wie Spieß-, Pfeif-, Stock-, Krick-, Knäck-, Löffel- und Brandente jede Berührung mit dem Publikum verschmähen, wenden die einheimischen Tauchenten, die schon zum Hausthier gemachten Bisam- und Labradorenten, sowie unter den Gänsen die schon wirklich zudringlich zu nennenden Schwanen- und Toulousergänse dem Publikum eine erhöhtere Aufmerksamkeit zu. Bettelnd stehen sie am Gitter, emsig bemüht, die hingeworfenen Brosamen dem schwächeren Nachbar zu entreißen.

Anziehender gestaltet sich diese Gruppe in ihrem Kindesalter, das muntere, bewegliche Wesen der jungen Entchen, ihre drolligen Sprünge bei der heuer besonders ergiebigen Gelsenjagd lassen es den Besucher auf Augenblicke vergessen, welch' langweiliges Volk die Ente in ihrem Alter ist.

Einen viel höheren Reiz, ein viel mannigfaltigeres Leben entfaltet die Gruppe der Fischfresser. Alle möglichen Charaktere sieht man hier vertreten. Gibt es einen drastischeren Gegensatz, als den, welcher zwischen dem wirklich ennuyant langweiligen, in steifer Grandezza den ganzen Tag dahinträumenden Marabut und dem ewig heiteren, gewandten, neckischen und possentreibenden Kormoran besteht? Den ganzen, lieben, langen Tag steht der Marabout, dieser stereotype Langweiler, mit eingezogenem Halse da, mit einer gravitätischen Miene, wie ein pensionirter Hofrath, den nur Eines aus der Kontenance bringen kann, wenn das neckische und läppische Volk um ihn herum einen vermeintlichen Angriff auf seine Amtswürde unternimmt; dann wird er grob, brutal und die Schopfbeutler, welche er mit seinem ungeschlachten Schnabel den harmlosen Spaßmachern angedeihen läßt, werden öfters zu tragischen Todesurtheilen.

Sein nächster Geistesverwandter ist der einheimische Storch, der es an langweiliger Grandezza mit ihm vollkommen aufnimmt, aber er ist ein viel harmloserer Bursche. Seine Langweiligkeit entbehrt das Nervöse, Misanthropische, das dem Marabout innewohnt; er kümmert sich um seine Umgebung einfach gar nichts, so wenig als er sich aus seiner philosophischen Ruhe stören läßt, eben so wenig fällt es ihm bei, die harmlosen Spiele seiner Hausbewohner zu stören. Nur eine Schwäche, die ich schon oben kurz andeutete, ist ihm eigen. Eine sonderbare Geschmacksverirrung entflammt ihn nicht selten zu platonischer Liebe für irgend ein ihm gänzlich fremdes Geschöpf. Unser Thiergarten, wie der Hamburger, waren Zeugen einer unendlich drolligen Liebschaft zwischen Storch und Pelikan, bei welcher der erstere den blind verschossenen Liebhaber, der Pelikan die resolute, für die täppische Zudringlichkeit gänzlich unempfindliche Jungfrau spielte. Es war sehr komisch anzusehen, wie der Storch bei seiner idealen Geliebten Schildwache stand, sie mit den verliebtesten Augen anklapperte und, unbekümmert um die groben Schnabelhiebe seiner Dulcinea, mit zärtlichster Sorgfalt ihre Toilette zu machen bemüht war.

Einen ganz anderen Charakter repräsentiren die Reiher. Wenn es auch manchmal scheint, als ob dieser Vogel das Bild der vollendetsten Gemüthsruhe und Leidenschaftslosigkeit wäre, wenn er mit eingezogenem Halse und gerade ausgestrecktem Schnabel mit der Unbeweglichkeit einer Bildsäule dasteht, so ist dieses nur die von der Selbstbeherrschung diktirte Maske, unter der sich die höchste Leidenschaftlichkeit zeitweise verbirgt. Der Reiher ist der vollendetste Repräsentant des cholerischen Temperamentes; man betrachte ihn, wenn er mit gesträubten Kopffedern sein Gebiet durchschreitet und Jeden, der seine Superiorität nicht anerkennt, sei er groß oder klein, mit wohlgezielten und energischen Schnabelstößen in die Flucht jagt, kühn mit dem Stärksten anbindet und, dessen Blöße verachtend, von dem Moment der höchsten leidenschaftlichen Erregung zurückkehrt zur äußersten souverän verachtenden Apathie. Er ist immer der unumschränkte Herrscher am Teich, von Allen gefürchtet, von Niemanden geliebt und stets bereit, für seine soziale Stellung eine Lanze zu brechen. Nie schließt er Freundschaft mit einem andern Thier, stolz zieht er sich von Allen zurück und auch dem Menschen bleibt er stets ferne, denn er ist für jede weitere Zähmung absolut unzugänglich. Dabei entgeht ihm nicht leicht etwas, was zu seinem Vortheil gereicht. Wir hatten im Thiergarten im verflossenen Jahre in dem Bassin vor dem Directionsgebäude eine Partie künstlich gebrüteter Rheinlachse. Kaum waren diese groß genug und fingen an, in klarer Mondnacht nach den Schnacken zu springen, als auch bereits Meister Langfinger dahinter kam und zwei Nächte genügten, um sämmtliche Rheinlachse zu Opfern seiner Gourmanderie zu machen. Oefters habe ich Gelegenheit gehabt, die ungeheure Energie und Ausdauer des Fischreihers bei Erlangung seiner Beute zu bewundern. Es verdrießt ihn nicht, stundenlang unbeweglich wie eine Bildsäule mit Sförmig, gebogenem Halse auf seine Beute zu lauern und seine Muskelsicherheit ist so groß, wie ich sie von keinem andern Thiere kenne. So sah ich einst in dem zoologischen Garten zu Stuttgart einen Fischreiher, der am Bassin auf Beute lauerte, einen Schritt vorwärts machen, um seiner Beute näher zu kommen, ohne daß Kopf und Schnabel auch nur im Geringsten aus ihrer Position verrückt worden wären. Es war als ob der Kopf unbeweglich festgenagelt wäre, während der Körper durch einen Schritt sich vorwärts bewegte. Ein Fehlgreifen nach seiner Beute habe ich bei ihm nie beobachtet. Mit sicherer Berechnung der Distanz, mit nie fehlender Präcision und blitzschneller Gewandtheit vollführte er seinen Stoß ohne je sein Ziel zu verfehlen.

Ein ganz anderes Bild bietet uns der Pelikan. Diesem plumpen Gesellen sieht man offenbar an, daß er sich hier nicht ganz in seinem Elemente befindet. Er zeigt entweder das Bild eines mürrischen Dahinbrütens oder man sieht ihn vergebliche Versuche machen seine Freiheit zu gewinnen. Mit unbeholfenen Flügelschlägen peitscht er sich durch die ganze Länge des Teichs, daß die am Ufer stehenden Weiden unter dem Sturm seiner Fittiche sich biegen und alles Geflügel scheu vom Wasser sich flüchtet. Leider, — die böse Scheere hat ihm die eine Schwinge beschnitten und so sehr er sich auch bemüht durch Hinüberbiegen des Kopfes auf die Seite des ungeschwächten Flügels das mangelnde Gleichgewicht herzustellen — es gelingt ihm nicht sich zu erheben. Der Pelikan ist ein Vogel, geschaffen für die weite Wasserfläche, wie sie das Delta, große Flüsse und große Binnenseen bieten, wo er in Schaaren von Hunderten und Tausenden ungestört der einzigen Beschäftigung, für die er Sinn hat, dem Fressen, obliegen kann. In lange Geschwader systematisch geordnet ziehen sie, den weiten Kehlsack wie einen Fischhamen schwingend, mit für den Wind gelüfteten Flügeln durch die weiten Räume ihres Gebietes, die armen in die Enge getriebenen Fische haufenweise verschlingend. Für einen solchen ruhelosen Burschen hat der Thiergarten nicht Raum und für einen solch' unersättlichen Fresser nicht Futter genug, so daß er seines Lebens wirklich froh werden könnte.

Der nächste Verwandte des Pelikan ist der Kormoran.

Jeder Besucher des Thiergartens hat sich gewiß schon über diese zierlichen, antik ornamental geformten Vögel gefreut, welche die umgestürzten Stämme, die Felsen und die Insel dekoriren, die immer so sicher einen ästhetisch für sie passenden Standort wählen, als der Pelikan in dieser Beziehung ungeschickt ist. Während der letztere auf einem Häuschen sitzt, als ob er darüber gestolpert und mit dem Bauch darauf gefallen wäre, sitzt der Kormoran immer so, als ob ein Künstler ihn angepickt hätte. Bildet er schon durch dieses sein überall am Platze Sein eine große Zierde für den Teich, so wird er noch amüsanter durch sein munteres neckisches Treiben. Man sieht auch hier, daß die gesellig lebenden Thiere — die Kormorane leben immer kolonienweise — geistig entwickelter sind als die Einsiedler. Unter unserer Gesellschaft von 16 Kormoranen hört das Zanken, Necken und Spielen nie auf. Hat sich einer auf die Brause der ruhenden Fontaine gesetzt, so sind sicher ein paar andere da, die ihn am Schweif zupfen, in die Füße zwicken und keine Ruhe geben, bis sie ihn heruntergeworfen haben, worauf ein anderer den Sitz erobert und sich das gleiche Spiel gefallen lassen muß. Ein anderer aus der Gesellschaft hat sich einen Stein, ein Holzstückchen oder etwas dergleichen zum Spielzeug auserkoren, wirft es in die Höhe, um es wieder aufzufangen, taucht damit unter, kurz, spielt damit wie eine junge Katze. Bald gilt es wieder, gemeinschaftlich ihren Ruheplatz unter heftigem Geschrei und täppisch aussehenden, aber sehr sicher treffenden Schnabelhieben gegen irgend einen Störefried von Reiher oder Pelikan zu vertheidigen. Als Meister im Tauchen entwickeln sie mitunter denselben Humor wie die Schulbuben, welche ihre Vordermänner unter der Schulbank an den Hosen zupfen und ich sah sie dieses Manöver mit gründlichem Erfolge anwenden, um einen Pelikan von ihrem Futterplatze wegzuschaffen. Die flinken Bursche ließen ihm unter dem Wasser keine Ruhe, bis er ärgerlich abzog.

Einem aus der Gesellschaft hat man die volle Flugkraft gelassen und man sieht an ihm, wie mächtig der kameradschaftliche Geist in diesen Thieren entwickelt ist. Er fliegt aus und ein, unternimmt Excursionen bis an die Kaisermühlen und das Lusthaus, kehrt aber immer getreulich wieder zu seinen Kameraden zurück. Hochkomisch war die Sippschaft zur Brutzeit. Sie legten auf ein mit vielen Abtheilungen versehenes Häuschen förmlich Beschlag. Unter jedem Loche saß einer, warf die Eier der Enten, die er darin fand, heraus und verwehrte jedem andern Vogel beharrlich den Zutritt. Den ganzen Tag gingen Zank und Streit nicht aus; hatte einer das Loch verlassen, um sich ein wenig zu baden, so nahm sogleich ein anderer Besitz davon und es gelang dem Rückkehrenden selten, den rückenfrei gestellten Usurpator aus seiner Position zu verdrängen. Er war verurtheilt zur Obdachlosigkeit bis irgend ein dringendes Bedürfniß einen seiner glücklichen Mitbrüder zwang, sein Loch zu verlassen. Es erinnerte mich die ganze Sache lebhaft an das Kinderspiel: „Frau Mutter, leih' mir d'Scheer'!" Wagte es jedoch ein Pelikan oder Reiher oder Marabout, dem Hause nahe zu kommen, so hörte sogleich jeder Zank auf und alle 16 Schnäbel und Kehlen waren einmüthig auf den Störefried gerichtet, der jedesmal zum Rückzug gezwungen wurde.

Welche Meister sie im Gebrauche ihres Schnabels sind, erhellt daraus, daß sie voriges Jahr an trüben Tagen sich mit Erfolg auf den Schwalbenfang verlegten. Flach aus Wasser gedrückt, lauerten sie unbeweglich, bis die nichts ahnende Schwalbe in mäßiger Distanz vorbeischoß; ein sicherer Griff beförderte sie noch zappelnd in den weiten Schlund des gefräßigen Räubers.

(Schluß folgt.)

Bastardzucht zwischen Stieglitz (Fringilla corduelis) und Canarienweibchen (Fringilla canaria).

I.

Nicht nur die Vermehrung der nutzenbringenden Hausthiere wird überall eine ungetheilte Aufmerksamkeit finden, nein auch die zum Vergnügen gehaltenen Geschöpfe dürfen unsere Aufmerksamkeit beanspruchen.

Zu welchem Hause hielte man nicht ein Vögelchen, welches durch munteren Gesang dessen Bewohner selbst in den schwersten Stunden aufheitert, den Kindern schon in frühester Jugend Barmherzigkeit gegen ein hülfloses Thier einflößt, ihnen zeigt wie selbst ein Vogel Verstand, ja Gefühl besitzt.

Der weitverbreitetste Stubenvogel ist wohl unstreitig der allbekannte Kanarienvogel, mit dessen Zucht im Käfige der Liebhaber hinlänglich vertraut ist, und kann man nicht leugnen, daß dieser Vogel seine große Beliebtheit verdient; er wird sehr zahm, ist hübsch an Gefieder und schön von Schlag, indeß entbehrt letzterer bei den meisten der gewünschten Weichheit und kann häufig durch allzugroßes Schmettern selbst nervenstarken Personen unangenehm werden, wie viel mehr leidenden. Man hat schon seit Jahren versucht, die Kanarienvögel mit den bestsingenden deutschen gleichartigen Vögeln zu kreuzen und mit Erfolg. So gibt es hauptsächlich Kreuzungen von Hänfling, Zeisig, Gimpel und Stieglitz, ja selbst von unserem Haussperling soll ein Bastard im Museum zu Berlin ausgestopft zu sehen sein.

Nur dem vorzüglichsten sei unsere Beachtung gewidmet, es ist dieß der Bastard zwischen Kanarienweibchen und Stieglitz, welcher bei richtiger Zucht an Schönheit alle überstrahlt und im Gesang über dem Kanarienhähnchen steht, da derselbe milder und dadurch angenehmer wird.

Kreuzungen zwischen Hänfling und Kanarienvogel geben allerdings gute Sänger, doch ist das Gefieder einfach braungrau, wie beim Hänfling und dem Kanarienvogel in der Wildniß; auch Zeisig-Bastarde sind häßlich grüngrau deren Schlag obendrein zu wünschen übrig läßt; das schöne Roth des Gimpels verwandelt sich bei seinem mit dem Kanarienvogel gezogenen Jungen in ein schmutziges Rothbraun und ist nicht schön zu nennen, zudem ist es schwer, ihn mit dem Kanarienvogel zu paaren. Die Zucht der Stieglitz-Bastarde ist allerdings auch mit manchen Schwierigkeiten verbunden, doch werden dieselben häufig durch herrliche Erfolge belohnt.

Hauptbedingungen zur Zucht schöner Vögel ist selbstredend der Besitz vorzüglicher Eltern. Um einen guten Stieglitzhahn zur Hecke zu bekommen, verschafft man sich im Herbst einige junge Vögel der ersten Brut desselben Jahres, welche stets die kräftigste ist; nach der Mauser sucht man sich den aus, welcher am besten singt, wählt dabei einen möglichst großen Vogel, bringt ihn in ein und denselben Käfig mit einem, zwei oder drei jungen Kanarienvögeln von demselben Jahre, da man hintereinander 3 Weibchen befruchten lassen kann. Das Weibchen muß, um schöne Junge zu züchten, ganz rein, weiß oder gelb sein mit oder ohne Holle, doch darf ein gekapptes keinen nackten Fleck auf dem Kopfe haben, da derselbe oft vererbt wird. Es ist indeß, um sich schöne Bastarde zu ziehen, nicht genug, daß das Weibchen, welches zum Stieglitz gesteckt wird, rein gezeichnet sei, denn gar oft gleichen die Enkel ihren Großeltern, und wer hätte nicht schon von ganz reinen Kanarienvögeln bunte Junge gezogen?! Um also ein gutes Weibchen zur Bastardzucht zu bekommen, muß man dasselbe so wählen, daß wenigstens die Eltern schlichtfarbige Vögel waren; meine Kanarienvögel, welche ich zur Bastardzucht gebrauche, habe ich selbst gezogen, und zwar bis ins 4te Glied hinauf von reinen Vögeln, welches leicht ohne Inzucht zu machen, wenn man 3 Paare reine Kanarienvögel sich zur Zucht hält und dieselben in einzelne Käfige zu Fortpflanzung bringt. Will man gekappte Weibchen für die Bastard-Zucht ziehen, so nehme man ein gekapptes Weibchen und paare es mit einem schlichten Männchen und umgekehrt, alsdann ist man sicher, daß kappig fallende Junge keine Glatze haben.

Die Wichtigkeit der zur Bastard-Zucht zu verwendenden Weibchen ist im Allgemeinen nur wenig bekannt oder beobachtet, vielleicht auch die Wahl resp. Zucht Manchem zu umständlich, und so kommt es, daß so wenig wirklich schöne Bastarde gezogen werden, während man die gewöhnlichen grünlichgrauen häufig sieht.

II.

Der zur Hecke gewählte Stieglitz bleibt nun mit seinem Weibchen den ganzen Winter hindurch bis Ende März in einem Bauer zusammen, und reicht man der kleinen Gesellschaft zu gleichen Theilen Kanarien-Sommerrübe- und Mohnsamen, des Wohlgeschmackes wegen auch ein wenig gequetschten Hanfs; zu viel davon ist schädlich, da die Vögel dann leicht zu fett werden und sterben, außerdem macht er das Weibchen zu frühzeitig hitzig, was möglichst vermieden werden muß, um das Legen der Hitzeier, welches sehr angreifend, zu hindern. Aus demselben Grunde sollte man die zur Bastardzucht bestimmten Weibchen keiner größeren Wärme als 12 — 13 Grad im Winter aussetzen. Viel Grün ist ein Bedürfniß für die Gesundheit der Vögel, und wählt man im Sommer Hühnerschwarm [1]), Kreuzkraut und Brunnenkresse, im Winter hin und wieder Salat. Ende März fängt man den Stieglitz heraus und hängt ihn in einem Glockenbauer an das Fenster, jedoch so, daß er das ihm zuerst bestimmte Weibchen, die andern aber nicht sehen kann. Es ist wünschenswerth, in einem Zimmer, wo Bastardzucht getrieben werden soll, keine Kanarienvogel-Männchen zu haben; kann man indessen nicht umhin, dürfen sie wenigstens nicht so hängen, daß sie die zur Bastardzucht bestimmten Weibchen sehen können, da dieselben sich sonst in ein Kanarienmännchen verlieben und vom Stieglitz Nichts wissen wollen. Ebenso dürfen die Weibchen nur den für sie bestimmten Stieglitz sehen, alsbald füttere ich das Kanarien-Weibchen blos mit Sommer-Rübsaat und gebe dem Stieglitz mehr Hanf, um bei ersterem den Geschlechtstrieb zurückzuhalten, bei letzterem zu reizen.

Nun heißt es Geduld, denn der Züchter, voll Ungeduld, seine Hecke zu beginnen, steckte die Paare am liebsten bei den ersten warmen Tagen zusammen, und soll sich doch gedulden, bis der Apfelbaum in voller Blüthe steht, was gewöhnlich erst Ende April der Fall, da sich die Stieglitze in der Freiheit nie und in der Gefangenschaft nur selten eher paaren; steckt man ihn zu früh zum Kanarienweibchen, so baut dasselbe sofort, legt Hitzeier und brütet auf denselben, oder ist angegriffen, will sich nicht begatten lassen, wenn der Stieglitz dazu geneigt wird. Man füttert, sobald der Stieglitz zum Kanarien-Weibchen gesteckt ist, Mohn, Hanf, Kanarien- und Sommer-Rübsaat zu gleichen Theilen und fügt jeden Morgen frischen Hühnerschwarm, Kreuzkraut 2c. sowie ¼ fein gehacktes hartgekochtes Eidotter hinzu; Kalk darf im Bauer nicht fehlen; manche stellen auch ein Näpfchen mit Salz

[1]) Alsine media L.? Anm. d. Herausg.

hinein. Steht der Apfelbaum in voller Blüthe, vereinigt man das Paar und wird der Stieglitz, ist das Wetter nicht gar zu kalt und trübe, sofort reihern.

Die Beschaffenheit des zu benutzenden Heckebauers kann sehr mannigfaltig sein; die vortheilhafteste Größe ist ein Käfig von 2 Fuß Länge, 2½ Fuß Höhe und 1½ Fuß Tiefe; derselbe ist völlig hinreichend und nimmt einem Zimmer nicht zu viel Raum. — Es ist wünschenswerth, so wenig als möglich Holz am Vogelbauer zu haben, da die Spalten des zusammengefügten Holzes einen willkommenen Schlupfwinkel für die Schmarotzerinsekten darbieten; da indessen Holz bei keinem Käfige ganz wegzulassen, so bestreicht man dasselbe mit Lack oder der Billigkeit wegen mit Kalkwasser, wodurch sämmtliche Spalten ausgefüllt werden. — Die Schmarotzerinsekten sind eine große Plage für die Kanarienvögel und quälen sie Nachts auf die entsetzlichste Weise; man nehme deßhalb anstatt hölzerner Springstangen Hollunderzweige, welche an beiden Enden etwas ausgehöhlt sind; bei Tagesanbruch verlassen die Schmarotzerinsekten den Vogel und suchen, nachdem sie sich voll Blut gesogen, um nicht von Ersteren getödtet zu werden, einen Versteck in irgend einer Spalte des Bauers; diese sind nun auf angegebene Weise verkittet und somit findet das Ungeziefer nur in den Höhlen der Springstangen einen Zufluchtsort; dieselben werden jeden Morgen herausgenommen und die darin gefangenen Insekten in siedendem Wasser vernichtet. Sobald das Weibchen indessen brütet, muß man die Springstangen nicht mehr anrühren, um jede Aufregung der brütenden Mutter zu vermeiden; namentlich, wenn Junge im Neste sind, muß sorgfältig jede Beängstigung des Weibchens vermieden werden, damit dasselbe nicht etwa in seiner Angst die jungen Vögelchen erdrückt oder erstickt. — In einem wie oben beschrieben eingerichteten Heckenbauer werden nun an beiden Seiten die oberen Ecken mit einem Neste versehen und von außen durch ein Stückchen Blech verdunkelt, damit das Weibchen nicht beim Brüten durch die Sonnenstrahlen belästigt werde; es ist gerathen 2 Nester jedem Weibchen zu der Wahl seines Brütortes hinzuhängen. — Eine weitverbreitete Mode ist, dem Kanarienvogel, welcher, in der Gefangenschaft aufgezogen, nur selten und auch dann nur in fliegenden Hecken ein sebstständiges Nest zu bauen vermag, ein Körbchen in den Käfig zu hängen, welches gar oft noch obendrein mit Flanell ausgefüttert wird; doch ist diese Art von Nest sehr unpraktisch, da es den Schmarotzerinsekten ein weites Feld bietet sich zu verbergen. Ich selbst pflegte in früheren Jahren diese Art Nester zu benutzen, bis ich die Unzweckmäßigkeit derselben ausfand; ich habe, nachdem die jungen Vögel das Nest verlassen, oft unzählige Schmarotzerinsekten bei Reinigung des Nestes zwischen den geflochtenen Weiden gefunden. — Jetzt verfertige ich meine Nester selbst, und zwar aus Pappe, welche ich so zusammennähe, daß sie die Form des oben besprochenen Körbchens annimmt, nur ein wenig höher ist; auch zu eng darf das Nest nicht sein, da sonst wenn mehrere Junge im Neste liegen, dieselben einander leicht erdrücken oder aus dem weichen Nestchen drängen. Ich nagele dann dasselbe auf ein Brett, vermittelst dessen es im Heckebauer aufgesetzt wird. — Das Einpressen in rund ausgesägte Bretter hat den Nachtheil, daß man, ohne die Brut zu stören, den Inhalt des Nestes nie genau kontroliren kann, was sehr wichtig ist, und daß der Unrath der jungen Vögel sich auf denselben sammelt, während derselbe bei einem frei hängenden Neste, welches ja unten enger als oben, zur Erde fällt. — Größte Reinlichkeit im Bauer ist nothwendig; ein Liebhaber muß seine Vogelbauer mindestens einmal wöchentlich reinigen und mit frischem Flußsand versehen, nur während der Brütezeit darf man den Käfig nicht berühren.* — Gezupfte Leinwand ist das einzige Material, welches ich meinen Vögeln zur Ausfüllung ihrer Nester reiche, während manche Schweins-, Reh- und Kuhhaare damit vermischen; Baumwolle ist zu vermeiden, da dieselbe sich leicht in die Krallen des Weibchens häkelt, und dieses dann beim Abfliegen leicht das Nest zerstört. —

Das Weibchen fängt nun an geschäftig sein Nest zu bauen, doch sind viele derselben nicht im Stand, dasselbe brauchbar einzurichten, weßhalb es gerathen ist, das lose hineingeworfene Baumaterial festzunähen. — Nachdem das erste Ei gelegt, nehme ich dasselbe heraus, vertausche es gegen ein ausgetrocknetes und fahre damit fort, bis ich drei frische Eier in einem mit Sägespänen ausgefüllten Kästchen habe; alsdann entferne ich den Stieglitz und gebe dem Weibchen seine eigenen Eier, welche es am folgenden Morgen durch ein viertes vermehren wird, um dann sofort ihr Brütgeschäft zu beginnen. — Alsbald füttere ich weder Hanf, noch Mohnsamen oder Ei mehr. — Das Entfernen der Eier ist sehr zweckmäßig, indem dadurch die Jungen alle an demselben Tage ausschlüpfen, also von gleicher Größe sind, während, läßt man die Eier liegen, manchmal das älteste Junge 3—4 Tage älter als das jüngste, somit viel größer ist, wodurch es bei der Fütterung dem jüngeren Vogel stets die Nahrung wegschnappt oder denselben gar erdrückt. — Nach dreizehntägiger Brütezeit schlüpfen die jungen Vögel aus, und hat man wohl darauf zu achten, ein etwa unbefruchtetes Ei zu entfernen, damit dasselbe nicht zerbreche und das Nest besudele; ein gestorbenes Vögelchen muß gleichfalls sofort entfernt werden, um die Mutter durch übelen Geruch nicht zu veranlassen, ihre noch lebenden Kinder zu verlassen. Am Abend des 12ten Brüttages gebe ich dem Weibchen neben dem gewöhnlichen Futter noch ein Näpfchen mit 1/4 fein geriebenem hartem Eidotter und ein Stückchen altes Weißbrod, welches 12 Stunden im Wasser geweicht, dann stark in einem reinen Tuche ausgedrückt worden; auch im Wasser gequellter Rübsamen sowie etwas gequetschter Hanfsamen darf nicht vergessen werden, da ersterer namentlich die Hauptnahrung der jungen Vögel ist. — Dieses Futter muß jeden Morgen und Abend erneut werden, da durch längeres Stehen dasselbe leicht sauer wird und dann schädlich, oft tödtlich wirkt. — Besser noch ist die Fütterung nur einmal täglich, und zwar Morgens 5 Uhr, zu beschaffen, doch fürchte ich, wird diese Methode wenig Anklang finden. Jeden Morgen frisches Wasser ist selbstredend zu reichen und füge ich demselben täglich frischen Hühnerschwarm bei, was sehr gesund, fast nothwendig ist. — Bei dieser Nahrung wird man das Vergnügen haben, seine Zöglinge gedeihen zu sehen. — Im Alter von 28 Tagen fangen dieselben an sich selbst Nahrung zu suchen, doch füttert die Mutter noch fort. — Man kann die Jungen alsdann von der Mutter entfernen, doch dürfen sie dieselbe in den nächsten 8 Tagen nicht locken hören, sonst verhungern sie lieber, als daß sie selbstständig fressen. Ich füttere die Jungen noch 14 Tage wie oben, alsdann bekommen sie trockenen und eingeweichten Rübsamen, bis die Mauser zu Ende, wonach sie mit der gewöhnlichen Kost der Kanarienvögel fürlieb nehmen und sich wohl dabei befinden. — Nach Entfernung der Jungen pflege ich das Weibchen 2 Tage in die Sonne zu hängen und dessen Käfig gründlich zu reinigen, um alsdann die zweite Brut auf gleiche Weise zu beginnen. —

Was ist ein schöner Bastard? Diese Frage ist ebenso leicht aufgeworfen, als sie schwer zu beantworten ist, da einerseits die Varietät der Farbe so enorm groß, anderseits der persönliche Geschmack bedeutend mitspricht. Doch müssen wir, wie bei fast allen Dingen im Leben, das Seltenste auch als das Schönste betrachten. — Der schönste Bastard, den ich je gesehen und zugleich erzogen habe, fiel von einem dunkelgelben Kanarienweibchen, und hatte von demselben eine dunkelgelbe Brust, welche wie eine Kinderserviette durch ein nach dem Rücken ganz schmal werdendes Halsband an den Stieglitzkopf befestigt zu sein schien. Kopf und Backen waren dunkelaschgraubraun, so daß bei der lichten Brust das Orangegelb vom Stieglitz um den Schnabel sich herrlich darauf abzeichnete. — Die dunkelbraunen Flügel mit der schwarzen Abzeichnung des Stieglitzes waren, zwar leider nur auf der einen Seite, — von drei gelben Schwungfedern begrenzt und fanden sich die zwei Mittelfedern im Schwanz von blaßgelber Farbe, während derselbe sonst braungrau. — Ich glaube, daß ein solcher Vogel, dessen Gesang nach einem vorzüglichen Kanarien-Roller ausgebildet, in keiner Weise zu wünschen übrig ließ, von dem Liebhaber als ein Prachtexemplar anerkannt werden muß. Als Gegensatz giebt es auch ganz schwarze Stieglitzbastarde, ich habe deren gesehen, die ein glänzendschwarzes Gefieder, gleich dem des Staaren hatten und behaubt waren; das schöne Orangegelb um den Schnabel bildete eine liebliche Abzeichnung. — Gewöhnlich sind die Bastarde grüngrau mit Abzeichnung des Stieglitzes, oft mit weißem Halsband oder unregelmäßiger Zeichnung versehen. — Der Stieglitzbastard ist kräftiger als der Kanarienvogel selbst, und habe ich, vielleicht ist es Zufall, gefunden, daß die Bastarde, welche viel von Kanarienfarben an sich tragen, immer etwas kleiner und schwächlicher sind, als die gewöhnlichen grauen, selbst wenn die Thiere von ein und derselben Brut waren. — C. C.

Der Schabrakentapir im Thiergarten zu Hamburg.

Von dem Direktor Dr. A. Brehm.

(Schluß.)

Pureka's Kugel hatte, wie sich bei dem Zerlegen herausstellte, die Lunge des Thieres durchbohrt. Es war ein Weibchen von ungewöhnlicher Größe. Noch umstanden wir in dichtem Kreise die willkommene Beute, als uns das wilde Durchbrechen des Grases und Rohrs die Ankunft der Hunde bekundete, die gierig den Schweiß des Tapirs aufleckten. Jetzt begann die Jagd auf das Junge, dessen Spur unsere trefflichen Hunde bald aufgefunden hatten. Sobald sich das geängstigte Thier entdeckt sah, ließ es einen durchdringenden, pfeifenden Ton hören; noch aber konnten wir nichts sehen, bis uns die pfeifenden, gellenden Töne verriethen, daß das Thier dem Saume des hohen Rohres, dem offenen Felde zugetrieben würde, weßhalb wir so schnell als möglich nach einer nahen Erhöhung eilten, um die Jagd anzusehen. Kaum waren wir dort angekommen, als das Thier aus dem Rohre hervorbrach, hinter ihm die klaffende Meute und unsere dreißig Indianer, die im Laufen mit den Hunden gleichen Schritt hielten, und in deren Jauchzen und Jubeln das Hundegebell und Angstgeschrei des Thieres fast erstarb. Es war ein eigenthümliches Schauspiel, eine Jagd, wie ich sie noch nie gesehen! Die Kräfte des gehetzten Wildes ermatteten sichtbar, und bald hatte es unser trefflicher Jagdhund, Tewanau, gestellt, worauf es die Indianer nach einem harten, aber vergeblichen Widerstand, mit gebundenen Füßen, unter betäubendem Jubel und noch wilderem Hundegebell nach dem Fahrzeug trugen. Es hatte die Größe eines fast ausgewachsenen Schweins.

„Jetzt galt es, den alten Tapir nach der Sandbank zu bringen, was uns erst mit Aufwendung der Gesammtkräfte gelang, indem wir dem Riesen ein langes Seil an die Hinterfüße befestigten und ihn so unter Jubel und Jauchzen dahinschleppten. — Bald war das große Thier von vielen rührigen Händen zerlegt; ein Theil des Fleisches wurde geräuchert, der andere gekocht. Das Fleisch fanden wir ungemein wohlschmeckend, es hatte nicht allein in Bezug auf den Geschmack, sondern auch in seinem Aussehen viel Aehnlichkeit mit dem Rindfleisch. Als wir das Thier ausweideten, fingen die Indianer sorgfältig das Blut auf, mischten kleingeschnittene Fleischstücke darunter und füllten die Masse in die Därme. Sie kochten diese Würste aber nicht, sondern räucherten sie. Ich kostete die Wurst einmal und nicht wieder."

Die Ansiedler jagen den Tapir regelmäßig, entweder mit Hunden, welche ihn aus dem Wald in's Freie und den Reitern zutreiben, oder indem sie in der Nähe seiner Wechsel auf ihn anstehen, oder endlich, indem sie ihn im Wasser verfolgen. Hierüber gibt Prinz von Wied Auskunft. „Die Brasilianer", sagt er, „betreiben die Jagd des Tapir so unzweckmäßig als möglich. Um ein so großes Thier zu erlegen, bedienen sie sich nicht der Kugeln, sondern schießen es mit Schrot, gewöhnlich, wenn sie es schwimmend in den Flüssen am frühen Morgen oder gegen Abend überraschen. Der Tapir sucht durch dieses Mittel seinen Verfolgern im Wasser zu entrinnen. Allein die Brasilianer rudern mit ihren Böten äußerst schnell heran und pflegen das Thier einzuschließen. Dies taucht dann sehr geschickt und häufig unter, selbst unter den Boten hindurch, bleibt lange unter Wasser und kommt blos zuweilen mit dem Kopfe an die Oberfläche, um Luft zu schöpfen. Dann zielen sogleich alle Rohre nach diesem Theile, besonders nach der Ohrgegend und ein Tapir erhält auf diese Art zwölf bis zwanzig Schüsse, bevor er getödtet wird. Häufig entkommt er dennoch, wenn nicht ein Jagdhund bei der Hand ist. Mit einer Kugel würde man das ermüdete Thier in einer kleinen Entfernung sehr sicher erlegen können; allein die Brasilianer bedienen sich niemals dieses Geschosses, weil sie im vorkommenden Fall mit ihren groben, schweren Schroten eben so wohl einen Tapir, als ein Wildhuhn erlegen können."

Die Wilden suchen den Tapir nach seiner Fährte auf, umstellen ihn, nachdem sie seinen Aufenthalt erspäht und treiben ihn dann den Schützen zu. Azara sagt, daß dieses Wild einen starken Schuß vertrüge und selbst dann, wenn ihm eine Kugel durch das Herz gedrungen wäre, noch mehrere hundert Schritte zurücklege, bevor es stürze.

In Paraguaya haben die Jäger eine eigene Art, einen lebendig gefangenen jungen Tapir, welcher zu groß ist, als daß sie ihn auf's Pferd nehmen könnten, mit sich zu führen. Sie durchstechen ihm nämlich von einem der Nasenlöcher aus den Obertheil des Rüssels und ziehen einen Lederriemen durch die Oeffnung. Jede zerrende Bewegung verursacht nun dem Tapir einen heftigen Schmerz; deshalb folgt er zuletzt seinem Führer ohne Widerstreben.

Schlimmere Feinde noch, als die Menschen es sind, mögen die Tapire auch in den großen Katzen haben, welche mit ihnen dieselbe Heimath bewohnen. Daß die amerikanischen Arten vom Jaguar arg befehdet werden, versichern alle Reisenden; das Gleiche wird wohl vom Schabrakentapir hinsichtlich des Tigers anzunehmen sein. Es wird erzählt, daß der Tapir, wenn der Jaguar ihm auf den Nacken springe, sich so eilig als möglich in das verschlungenste Dickicht stürze, um den bösen Feind von sich abzustreifen und daß er, da seine Haut die Krallen des Raubthieres kaum durchdringen lassen, oft auch glücklich davon käme. Die Angabe dürfte nicht so unglaublich sein, als sie scheint, Schomburgk versichert wenigstens, daß er viele Tapire erlegt habe, welche bedeutende, von ihrem Zusammentreffen mit den Katzen herrührende Narben an sich trugen.

Im Vorstehenden ist so ziemlich Alles enthalten, was wir über die Tapire überhaupt wissen. Man sieht, wie viele Beobachtungen noch gesammelt werden müssen, bevor wir die Naturgeschichte dieser theilnahmswerthen Thiere als abgeschlossen ansehen dürfen. (Hamb. Nachr.)

Correspondenz.

Waldenburg bei Schwäbisch Hall, den 4. October 1864.

In einem benachbarten Pfarrhofe lebt schon über 20 Jahre ein merkwürdiger Buchfink, der sich an Größe und Schönheit der Farben vor vielen Seinesgleichen auszeichnet. Derselbe bleibt Sommer und Winter da und ist so zahm, daß er jeden Morgen vor dem Fenster des Studirzimmers sein Futter holt. Am liebsten sind ihm Nußkerne, die er täglich von der Hand des Pfarrers empfängt. Sobald dieser sich blicken läßt, ist auch der Buchfink mit seinem Lockruf da und hat keine Ruhe, bis er mit einigen Nußkernen abgespeist ist. Läßt der Pfarrer zu lange auf sich warten, so klopft er mit dem Schnabel so lange an's Fenster, bis er seinen Willen durchgesetzt hat. Wenn das Fenster offen ist, scheut er sich durchaus nicht, herein zu kommen. Sogar vor dem versammelten Pfarrgemeinderath holte er seine Nußkerne vom Tisch zum größten Erstaunen der Anwesenden, die ihm doch Alle fremd waren. Allerliebst ist es, wenn er seine flügge gewordenen Jungen seinem Wohlthäter vorstellt. Am ersten schönen Tag, da sie das Nest verlassen können, bringt er sie vor das Gesimse des Fensters, stellt sie in Reih und Glied auf und pickt so lange an's Fenster, bis der Pfarrer erscheint und das gewohnte Futter bietet. Noch einige Tage wird der Alte von seinen Jungen begleitet, dann kommt er wieder allein. Er folgt seinem Wohlthäter auf Schritt und Tritt, so lange er in Hof oder Garten verweilt, aber nicht weiter. Diese Beobachtung wird nun schon seit mehr als zwanzig Jahren gemacht und es läßt sich kaum annehmen, daß der anfänglich beobachtete Buchfink gestorben und nachher ein anderer an dessen Stelle getreten sei. Es wäre sonst unbegreiflich, warum von den vielen Jungen, die in dieser Zeit vorgeführt worden sind, blos Einer sich gefunden haben soll, auf den sich die Anhänglichkeit seines Vaters vererbte. Denn es erscheinen wohl hie und da auch andere Finken; aber der eine ist immer leicht herauszufinden und wenn alle andern sich in's wärmere Thal zurückgezogen haben, bleibt er seinem Hause treu. Wollen Sie selbst den treuen Finken kennen lernen, so dürfen Sie nur in Baumerlenbach bei Oehringen nach dem Pfarrhause fragen und der liebenswürdige Pastor wird sich ein Vergnügen daraus machen, seinen Finken mit einem Pfiff alsbald herbeizurufen.

(Aus einem Schreiben des Herrn Stadtpfarrers G. Göller an den Herausgeber.)

Klein-Nordsee bei Kiel, Sommer 1864.

Die Saatkrähe (C. frugilegus) hatte sich in hiesiger Gegend so stark vermehrt, daß man ganze Felder wie besäet mit diesem Vogel finden konnte. Da der Nutzen desselben den Schaden überwiegen soll, unternahm man nichts, die Vermehrung desselben zu hindern. Ein kleines Gehölz in der Nähe, welches frei im Felde steht, hatten die Vögel sich zum Brüteplatz ausersehen. Eine solche Menge von Nestern, Nest an Nest, habe ich nie gesehen. Es mochten ihrer mehrere tausend sein. Der Zuwachs war deßhalb auch jährlich ein bedeutender. — Von verschiedenen Seiten wurden jetzt Klagen laut, daß die Saatkrähe die zarten Keime, besonders die der Lupine, ausreiße, und auf diese Weise ganze Flächen angebauten Landes ruinire. Ich selbst hatte Gelegenheit, eine Koppel, die des sandigen Bodens halber mit Lupinen bestellt war, zu sehen. Die Krähen waren, wie mir der Bauer versicherte, am Tage vorher in großen Schaaren erschienen, und hatten sich an das Zerstörungswerk begeben. Sie hatten sich schließlich nur durch fortwährendes Schießen vertreiben lassen. Uebel zugerichtet war der Acker! Reichlich die Hälfte, an einigen Stellen alle Pflänzchen waren herausgezogen und lagen auf dem Lande. Man beschloß deßhalb, der allzu großen Vermehrung Einhalt zu thun, und bewerkstelligte dieß auf verschiedene Weise. Man zerstörte die Nester, erlegte die junge Brut, schoß auch die Alten nieder, wenn sie sich, trotz ihrer Schlauheit, überraschen ließen. Da man keineswegs an eine gänzliche Vertilgung dachte, war man zufrieden, ihre Anzahl vermindert zu haben.

Vor ungefähr drei Wochen beobachtete ich eine Gabelweihe (Milvus regalis), wie sie scheinbar leblos auf einem Holzstumpf saß, jedoch immer fest nach einer Richtung hinsah, als ob sie Beute wittere, auch aber zugleich die Gegend recognosciren wollte, ob die Zeit zu einem Angriff geeignet sei. In einiger Entfernung kreisten über einem Weizenfelde zwei Krähen der vorerwähnten Art. Augenscheinlich schienen sie etwas zu bewachen, denn sie kehrten immer wieder zu einer gewissen Stelle zurück, gleichsam, als ob sie sich vergewissern wollten, daß das ihrer Sorge anvertraute Pfand noch da sei. — Mit einem Male erhob sich die Gabelweihe, indem sie einen Ton von sich gab, der mir das Signal zum Angriffe zu sein schien, und flog straks der Richtung zu, in der die beiden Krähen kreisten. Als diese die Annäherung des Feindes merkten, ließen sie ein Geschrei hören, ganz verschieden von dem, was ich sonst oft genug gehört hatte, flogen auch zugleich näher nach dem Gegenstand ihrer Sorge. Die Bedeutung dieses lauten Geschreies, das weit hin vernehmbar war, sollte mir bald klar werden, denn es währte höchstens eine Minute, als auch schon von zwei Seiten drei andere Krähen mit möglichster Schnelligkeit dem Kampfplatze zueilten. Bei ihrer Ankunft ließen alle ein ähnliches Geschrei hören, worauf die eben Angekommenen einen kleinen Halbkreis beschrieben, sich dann auf die Gabelweihe stürzten, und ihr mit ihrem Schnabel einen Hieb versetzten, darauf aber sogleich wieder fortflogen, um — wie sich später als richtig erwies — Hülfe zu requiriren. Die Gabelweihe schien die beiden Krähen, welche immer am Platze blieben, und durch Püffe mit dem Schnabel sie daran erinnern wollten, daß sie sich auf feindlichem Gebiet bewege, nicht als ebenbürtige Feinde betrachten zu wollen, denn sie suchte nur immer den Krähen auszuweichen, ohne jedoch vom Platze verdrängt zu werden. — Jede der drei vorerwähnten Krähen flog in einer anderen Richtung davon. Plötzlich höre ich das bekannte Geschrei, und von drei Seiten, als Zugführerin bei jedem Zuge eine voran — wahrscheinlich eine von den drei fortgeflogenen — kommen gegen 40—50 Stück auf dem Kampfplatze an. Die Gabelweihe mochte eine Ahnung von dem bevorstehenden Zuwachse haben, denn ich hörte deutlich, wie auch sie ein — wenn ich mich so ausdrücken darf — Signal gab, worauf bald hernach die liebe Ehehälfte dem Herrn Gemahl zu Hülfe eilte, um demselben in der Stunde der Gefahr beizustehen. Jetzt begann ein förmlicher Kampf. Mit einer Krähenschlachthymne eröffneten sie den Kampf, und so viel Püffe und Kniffe regnete es von allen Seiten auf die Gabelweihen herab, daß diese zuletzt, ziemlich mitgenommen, schleunigst die Flucht ergreifen mußten; sie retteten sich nach einer Insel im nahe gelegenen See, wo sie, wie ich wußte, ihr Nest hatten. Die Krähen verfolgten sie nicht sehr weit.

Eins fiel mir während des Kampfes besonders auf, das nämlich, daß nicht alle Krähen am Kampfe Theil nahmen. Gleich als ob auch sie der Ansicht waren, daß es keine Ehre sei, mit 20facher Ueberlegenheit einen Feind zu besiegen, verhielten sie sich während des Actes ganz ruhig. Nach Wiederkehr der Kämpfer wurde von sämmtlichen Krähenhelden eine Jubelhymne angestimmt, die wohl kein Tonkünstler nachahmen dürfte, ohne daß das Publikum die Ohren zuhielte.

Hierauf flogen die Krähen wieder den Gegenden zu, von woher sie gekommen, mit Ausnahme von zweien, die da blieben. Jetzt, nach Beendigung des Kampfes, war ich auch neugierig, das Object derselben kennen zu lernen. Ich ging deßhalb der Richtung zu, wo der Kampf Statt gefunden. Groß war mein Erstaunen, als ich endlich nach langem Suchen eine Saatkrähe aufscheuchte, welche, da sie an einem Flügel — wahrscheinlich mit Schrot — verletzt war, sich nur mühsam fortbewegen konnte. Ihrer Größe nach zu urtheilen mochte sie eben ausgewachsen sein, und ihre beiden Beschützer? Waren es vielleicht die Eltern oder Geschwister? Ich fand den Platz, wo sie gesessen, konnte aber leider nichts finden, das meine Vermuthung, man würde sie auch mit Futter versorgt haben, gerechtfertigt hätte, jedoch glaube ich aus Ersterem Letzteres schließen zu dürfen.

(Aus einem Schreiben des Herrn K. Dube an Dr. A. Brehm, Director des Thiergartens in Hamburg und von diesem dem Herausgeber freundlichst mitgetheilt.)

Miscelle.

Pferdezucht. Das preußische Ackerbauministerium beschäftigt sich seit einiger Zeit eingehend mit dem landwirthschaftlichen Prämienwesen, es hat deßwegen wissenschaftliche Autoritäten und bekannte landwirthschaftliche Praktiker zu Vorberathungen eingeladen, welche dann als Grundlage für entsprechende Vorlagen höheren Ortes dienten. Manche Aeußerungen in dem Gutachten, besonders diejenigen über Pferdezucht scheinen alle Beachtung zu verdienen, und haben bei unseren norddeutschen Landwirthen in manchen größeren Versammlungen volle Zustimmung erhalten. In der Vorlage des Ministers für die landwirthschaftlichen Angelegenheiten heißt es: „Der Pferdezucht ist vorwiegend die Aufmerksamkeit und Unterstützung des Staates hauptsächlich in dem Sinne zu Theil geworden, daß das für Reit- und Militärzwecke brauchbarste Pferd erzielt werde. Es läßt sich nicht läugnen, daß das hieraus hervorgegangene Bestreben, auf das edle Pferd zurückzugeben, und das daraus entnommene Ideal eines solchen Pferdes dahin geführt hat, gewissen Einseitigkeiten, zum Theil unbewußt auch bei der Beurtheilung derjenigen Pferde Eingang zu verschaffen, welche wesentlich abweichenden Zwecken zu dienen bestimmt sind. Es war daher die Kommission darüber einverstanden, daß auf den landwirthschaftlichen Ausstellungen dieser Einseitigkeit möglichst entgegenzutreten und für die gehörige Würdigung und Prämirung derjenigen Pferde Sorge zu tragen sei, welche den verschiedenen landwirthschaftlichen Zwecken dienen. In dieser Beziehung sei darauf hinzuweisen, daß das Bild und Ideal des eigentlichen gemeinen Pferdes vielfach fast verloren gegangen sei, und daß man, wenn die Zucht des edlen Pferdes, und die Zucht des für landwirthschaftliche Zwecke brauchbaren Pferdes einer wirklichen Parität genießen soll — was die Kommission für eine Lebensfrage für die landwirthschaftlichen Ausstellungen erachtet — diese Parität auch darin ihre Anerkennung finden müsse, daß dem gemeinen Pferde als solchem eine gehörige Berücksichtigung und Auszeichnung zu Theil werde." (Schwäb. Merkur.)

Zur Reinzucht von italienischen Bienen. Bekanntlich hat die Reinzucht der italienischen sogenannten gelben Bienen deßhalb ihre großen Schwierigkeiten, weil deren jungfräuliche Königinnen sich gar zu gerne in die schwarzen Drohnen von deutschen Stöcken verlieben, und in Folge dessen Bastarde statt reine Arbeitsbienen gezeugt, und mithin von solchen Bastardvölkern nur halbreine Königinnen nachgezogen werden können.

Da die Züchtung der gelben Race außer der Drohnenzeit wegen der zu schaffenden künstlichen Tracht mit großen Kosten verknüpft ist, und ein isolirter Stand für diesen Zweck äußerst selten einem Bienenzüchter zu Gebote steht, so dürfte den Liebhabern von gelben Bienen, die Nachricht: daß es dem Referenten dieses gelungen ist, ein Verfahren entdeckt zu haben, nach welchem reine gelbe Königinnen, während der Drohnenzeit mitten unter den deutschen Stöcken, und zwar ohne alle Beschränkung derselben, gezüchtet werden können, gewiß nicht unwillkommen sein. Zugleich wird noch bemerkt, daß diese neue Züchtungsart mit den bisherigen nichts gemein hat, keine besonderen Apparate, ja nicht einmal eine selbst zu besitzende Zuchtmutter erfordert, sondern daß zu diesem Zwecke, zwei von einer rein befruchteten Mutter herrührenden Arbeitsbienenlarven, im günstigen Falle vollkommen ausreichen.

Frankenthal in der bayer. Rheinpfalz. **J. Mehring.**

Eichhörnchen nagen Hirschgeweihe an. Dr. Ch. T. Jackson, der berühmte Entdecker der Anwendung des Aethers zum Anästhesiren in der Chirurgie führt es in einer Rede, die er vor der Ackerbau-Gesellschaft in Boston, Mass. (Nord-Amerika) hielt, als Thatsache auf, daß die Eichhörnchen und andere Nagethiere alle Geweihe auffressen, welche die Hirsche, Elen und Wapiti abwerfen. Ist etwas Aehnliches von unseren deutschen Jägern beobachtet worden? Wd.

Verantwortlicher Redacteur Dr. D. F. Weinland.
Schnellpressendruck von Aug. Wörner, vormals J. G. Sprandel, in Stuttgart.

Der Thiergarten.

Allgemeine Deutsche Monatschrift

für Kunde, Beobachtung, Zucht und Pflege der Thiere,

mit besonderer Rücksicht auf die

Verbesserung unserer bisherigen Hausthiere und die Heranbildung neuer.

Erster Jahrgang
1864.

Nro. 12.

Verlag von
Ebner & Seubert
in Stuttgart.

Preis
für den ganzen Jahrgang
fl. 2. 42 kr.
oder
Thlr. 1. 18 Sgr.
Zu beziehen
durch alle Buchhandlungen
und Postämter.

Unter Mitwirkung der Herren

Dr. Bodinus, Director des Zool. Gartens in Cöln, Dr. K. Bolle in Berlin, Dr. Brehm, Director des Zool. Gartens in Hamburg, Prof. Dr. Fitzinger, Director des Zool. Gartens in München, Dr. Funck, Director des Zool. Gartens in Brüssel, Dr. Jäger und Dr. Uffner, Directoren des Zool. Gartens in Wien, Hermann von Nathusius auf Hundisburg bei Magdeburg, Dr. Opel in Dresden, Regierungsrath Rau in Karlsruhe, Prof. Dr. Rueff in Hohenheim, Prof. Dr. Sacc in Barcelona, Dr. med. Schlegel in Altenburg, Hofdomänenrath von Schmidt in Stuttgart, Dr. Verwey, Director des Zool. Gartens im Haag, Dr. Westermann, Director des Zool. Gartens in Amsterdam und anderer Fachgenossen

herausgegeben von

Dr. D. F. Weinland

auf Hohen-Wittlingen, O.A. Urach, Königr. Württemberg.

Inhalt: Skizzen aus dem Thiergarten zu Wien. Von Dr. G. Jäger (Schluß.) — Beobachtungen an gefangenen Eichhörnchen. Von Conservator Tiemann. — Literarisches. Von dem Herausgeber (Schluß.) — Correspondenz. — Miscellen. — Anzeige.

Skizzen aus dem Thiergarten zu Wien.

Von dem Direktor Dr. G. Jäger.

3. Der Teich.

(Schluß.)

Unter den Fischfressern am Teiche haben wir noch eine Acquisition der neueren Zeit, eine Kolonie von 60 Stück kleinen Silberreihern, hervorzuheben. Es sind dies allerliebste elegante Figuren: blendend weiß, schlank, graziös in ihren Bewegungen, wäre man geneigt, sie gleich der Lilie unter den Pflanzen für das Bild der Unschuld unter der Thierwelt zu halten, wenn nicht ihre kalten, stechenden Augen etwas ganz Anderes, als ein unschuldiges Gemüth verrathen würden. Betrachtet man die Gesellschaft nur fünf Minuten lang, so wird man auch bald zur Einsicht kommen, daß dieses Kleid der Unschuld der Schafspelz auf den Schultern des Wolfes ist. Die Neckereien, Raufereien nehmen unter diesem Gesindel kein Ende. Wie Wetterleuchten zucken die boshaften Hiebe des nadelspitzigen Schnabels, und auch da, wo Ruhe herrscht, ist es nicht die des Friedens, sondern des Waffenstillstandes mit Gewehr bei Fuß. Während uns die Kormorane das Bild einer lustigen Gesellschaft mit ihren jovialen Spielen, aber andererseits ihrem geschlossenen Zusammenhalten bieten, zeigen uns die kleinen Silberreiher das seltene Bild einer Gesellschaft, in der das bellum omnium contra omnes oberstes Prinzip ist.

Der Besucher des Gartens begreift eigentlich faktisch nicht, warum diese Thiere überhaupt gesellig leben. Man erblickt durchaus kein solidarisches Interesse, und Alles, was man an ihnen sieht, sind Manifestationen des allerniedrigsten Brodneides. Keiner liebt den Andern, jeder sucht auf Kosten des Andern sein Dasein zu fristen, und wenn man nicht annimmt, daß in ihrem Freileben die Vertheidigung ihrer Brut gegen Raubvögel und speziell gegen den Tyrannen des Wassergeflügels, den Seeadler, eine gewisse Solidarität herstellte, so wäre es unbegreiflich, warum diese personifizirten Egoisten kolonienweise beisammen leben. Während man sonst bei gesellig lebenden Thieren auch in der Gefangenschaft ein gemeinschaftliches Handeln beobachtet, ist hier durchaus nichts dergleichen zu sehen. Sind die Mägen gefüllt, hat jeder einen ihm konvenirenden Sitzplatz, so sitzt er da, wie ein Einsiedler, ohne sich um seinen Nachbar im Geringsten zu kümmern, im trägen dolce far niente dahin brütend, und sobald der Hunger oder eine unbehagliche Situation ihn aus seiner Lethargie stört, so ist die erste Aeußerung seiner Lebensthätigkeit sicher ein brutaler Akt gegen seinen nächsten Nachbar.

So bietet uns diese Reiherkolonie ein kleines Bild der menschlichen Gesellschaft von ihrer Schattenseite, ein Bild jener traurigen Epoche in der Geschichte der Menschheit, wo der Vater gegen den Sohn und der Bruder gegen den Bruder kämpfte, wo das Mitleid, die Rücksicht, der Patriotismus und alle der Geselligkeit entspringenden Tugenden in den Hintergrund traten, und Haß, Neid, Rache und Fanatismus die einzigen Triebfedern des Denkens und Handels bildeten.

Wenden wir uns zu einem heiteren Bilde. Neben den Enten und Gänsen einerseits und den Fischfressern anderseits finden wir am Teiche noch eine dritte Gruppe von Thieren vertreten, welche nach Gestalt und Charakter zu den sympathischsten Geschöpfen eines Thiergartens gehören. Es sind dies die Kraniche. Unser Garten besitzt von diesen anmuthenden Thieren gegenwärtig drei Arten, von denen jede einen ausgesprochenen Charakter trägt. Der Kronkranich, ein Kind der heißesten Tropen mit seiner strohernen Federkrone und der eleganten Halbtrauer seines Gefieders, repräsentirt in der Gesellschaft den fein gebildeten Aristokraten. In stolzer Attitude schreitet er majestätisch daher im vollen Bewußtsein seines Federschmuckes und seiner Grafenkrone, das Gesindel der Enten und Gänse hoch über die Achseln ansehend, aber ohne brutal den Interessen derselben zu nahe zu treten. In vornehmer Abgeschlossenheit, ohne sich in das lärmende Treiben des Pöbels zu mischen, aber auch ohne dessen Freuden zu stören, vollbringt er sein Dasein und allabendlich erklingt sein heller Trompetenton als Aeußerung eines in sich abgeschlossenen und mit sich selbst zufriedenen Daseins in die Lüfte. Realistischer ist sein einheimischer Vetter, der europäische Kranich. Ist auch ihm eine gewisse Grandezza nicht abzusprechen, so trägt er doch nicht den Adelstolz zur Schau, wie der Kronkranich. Er kommt uns vor wie ein wohlhabender, sich dessen wohlbewußter Bauer, der sich nicht schämt sein Feld zu bearbeiten, aber seinen gesunden Mutterwitz mit dem Stolz amalgamirt, der den **beati possidentes** eigen ist. Wie der Kronkranich kümmert er sich wenig um die armen Schlucker, die er um Haupteslänge überragt, aber eben so wenig schämt er sich die Scholle zu bebauen die er bewohnt; unermüdlich wandert er umher, mit seinem kräftigen Schnabel die Rasendecke durchbohrend oder sie zum großen Aerger des Gärtners zersetzend, um fette Regenwürmer und Engerlinge zu suchen.

Dem Menschen gegenüber dokumentirt er seine geistige Befähigung durch eine selbstbewahrte würdevolle Zutraulichkeit, die immer nur bei Thieren höherer Intelligenz zu finden ist. Leider sind die Verhältnisse in einem Thiergarten nicht derart, daß der Kranich seine Fähigkeiten zur vollkommenen Geltung bringen kann, denn diese entwickeln sich nur bei einem innigen Verkehr von Individuum zu Individuum und unter Verhältnissen, wo dem Kraniche ein weiterer Spielraum für die Entwicklung seiner Intelligenz gegeben ist. Wir verweisen in dieser Beziehung auf die Schilderungen in Naumann's klassischer Naturgeschichte der Vögel Deutschlands. Der Leser wird staunen, zu welcher Höhe die Intelligenz des Kranichs aufsteigen kann, indem er es bis zur Rolle eines positive Dienstleistungen verrichtenden Hausthieres, nämlich der eines Hof- und Hirtenhundes, bringt. Man sieht es übrigens auch dem Burschen an. Sein klares, seelenvolles Auge, seine gemessenen eleganten und doch kräftigen Bewegungen, seine gediegenen und wohl proportionirten Formen verrathen Kraft, Entschlossenheit und

Verstand und der Kranich kann mit Recht darauf Anspruch machen, die kräftigste, würdevollste und edelste Figur unter allen einheimischen Vögeln zu sein.

Der dritte Repräsentant unserer Familie ist der numidische oder Jungfernkranich. Wie schon der Name Jungfernkranich ausdrückt, liegt bei diesem Thiere das Zarte, Elegante und Moderne vor und in der That, wenn wir den einheimischen Kranich als den Repräsentanten des Männlich-Schönen betrachten müssen, so ist der Jungfernkranich oder die numidische Jungfrau ein vollendetes Bild des jungfräulich Schönen, Eleganten, Zierlichen und durch seine Einfachheit Imponirenden. Kann es eine reizendere Tracht geben, als dieses noble, sammtene Grau des stets in der schmuckften Toilette erhaltenen Gefieders, kann ein Kopfputz zierlicher und wirksamer sein, als dieser fein geschwungene blendend weiße Federbusch, der über die Schläfe ziehend, den Nacken des schlanken Geschöpfes peitscht, gibt es ein prächtigeres Auge, als diesen lebendigen Rubin in das Lichtblau des Gefieders eingesenkt? Und die ganze Gestalt, welches Ebenmaß, welche Bescheidenheit und Leichtigkeit wohnt in diesen Konturen, in diesem fein abfallenden Rücken, der sich mit der Bauchlinie in den rein geschwungenen Formen der leicht im Winde flatternden Schwanzfedern schneidet? Den schlank aufgesetzten Hals, der einer jonischen Säule vergleichbar, das Kapital des fein verzierten Köpfchens krönt, graziös wiegend, wandelt dieser Vogel einher auf den zierlichen Stelzenfüßen, ein Meisterwerk der bildenden Hand der Natur. Nichts stört die Harmonie dieses Bildes, während unter der unschuldweißen Hülle des Silberreihers die Verworfenheit einer Halbweltseele steckt, verdient unser Kranich auch in Bezug auf den Charakter seinen Namen vollkommen. Jungfräulich bescheiden, jugendlich heiter und vergnügt ist sein Wesen und Niemand wird ohne inniges Wohlbehagen die drolligen Tänze mit ansehen, die der Jungfernkranich aufführt. Der europäische Kranich tanzt wohl auch, aber während er im Uebermuth Steine und Holzstücke in die Luft wirft, macht er mehr denselben Eindruck, wie ein Bauernbursche, der seine Steirischen tappend, den Erdboden mit den Absätzen bearbeitet; der Jungfernkranich aber gleicht in seinem Tanze der zartgebauten Jungfrau, deren Lust durch die Schamhaftigkeit auf jenes vollendete Ebenmaß zurückgeführt wird, das uns den Tanz als den Ausdruck der reinsten Freude, nicht als den der sinnlichen Lust erscheinen läßt.

Hoffentlich werden wir im nächsten Jahre im Stande sein, die Besucher des Thiergartens mit dem Anblicke einiger anderen nicht minder schönen und interessanten Kranicharten zu erfreuen; namentlich der Paradies- oder Stanley-Kranich, so wie der aus der Mandschurei gehören zu den schönsten Vogelgestalten eines Thiergartens, nur kommen sie leider selten in den Handel.

Unter den andern Bewohnern unserer Wasserpartie wollen wir vorläufig nur noch den Möven einige Aufmerksamkeit schenken, da uns eine Schilderung der Vogelwelt des Neusiedlersees Gelegenheit geben wird, auf das Volk der Schnepfen und Kiebitze zurückzukommen. Die Möven bilden unstreitig die reizendste Staffage eines Thiergartens, wenn man in der glücklichen Lage ist, sie leicht und in Masse zu bekommen und ihnen ihre Flugkraft ungeschmälert zu lassen.

Die Möve ist wie die Schwalbe ein reines Flugthier, das nur im Fluge alle seine Schönheit entfaltet und sein Wesen zur vollen Geltung bringt. Mancher Besucher des Thiergartens wird sich aus dem vorigen Jahre des Vergnügens und Interesses erinnern, mit welchem er dem majestätischen Flug einiger Möven folgte, die unermüdet über den Wasserspiegel unseres Teiches dahin schwebten. Leider ist in diesem Jahre die Wiederholung dieses Schauspiels nicht gelungen, da wir keine jungen eingefangenen Möven bekommen konnten, denn nur die von der Hand des Wärters großgefütterte Möve betrachtet auf einige Zeit den beschränkten Raum, auf dem sie groß gezogen wurde, als ihre Welt, nach einigen Wochen werden ihre Flügel immer weiter, sie erblicken den lockenden Wasserspiegel der Donau, und ein Vogel, der gewohnt ist, täglich Flüge von Dutzenden von Meilen zu unternehmen, zieht, sobald er seiner Selbstständigkeit sich bewußt ist, so bald es ihm nur Einmal gelingt, einen andern Fisch zu erwischen, als den, den der Wärter ihm reicht, hinaus in die weite Welt, denn er ist zur Freiheit herangewachsen. Lähmt man der Möve die Flügel, wie es bei den Mantel-, Silber- und Häringsmöven unseres Thiergartenteiches geschehen mußte, da man diese für Binnenländer kostspielige Thiere nicht auf's Spiel setzen darf, so sinkt sie zum reinen Statisten herab; unbeweglich stehen sie am Ufer des Teiches, sich blos mit der Schlichtung ihres Gefieders beschäftigend, theilnahmslos für das Treiben um sie herum und nur selten sieht man sie, mit der Leichtigkeit eines Korkpropfes, auf dem Wasserspiegel treiben. Trotz ihrer Schwimmfüße ist die Möve ein ziemlich schlechter Schwimmer. Nie kommt es im Freien vor, daß eine Möve so wie eine Ente von einem Orte zum andern schwimmt, das Wasser ist für sie nur ein Ruheplätzchen, auf dem sie sich von Wind und Wetter schaukeln läßt, und sie benützt ihre zierlichen Schwimmfüßchen nur in so weit, daß der Wind sie nicht willenlos auf dem Wasser umhertreibt.

Vielleicht ist das nächste Jahr der Brut und dem Fang der einheimischen unsere Landseen bevölkernden Lachmöven günstiger, als dieser wirklich trostlose Sommer, und dann hoffen wir mehr Möven und auch mehr Menschen im Garten zu haben, als dieses Jahr.

Beobachtungen an gefangenen Eichhörnchen.

Von Conservator Tiemann.

Nach Ankunft des Herrn Dr. Schlegel finde ich wieder so viel Muße an die Erfüllung meines Versprechens nicht bloß zu denken, sondern auch mich desselben zu entledigen, indem ich damit beginne, „Beobachtungen an gefangenen Eichhörnchen“ Ihnen mitzutheilen. Zunächst gelten sie nicht meinen eigenen, sondern den Eichhörnchen meines Freundes des Herrn Inspektors Klaus von hier.

Wenn ich auch öfter Gelegenheit hatte, das muntere Treiben dieser Thierchen in den Zimmern meines Freundes zu beobachten und mich darüber zu freuen, wie diese Wesen so ganz heimisch sich fühlen, eine so ungetrübte Lebenslust zeigen, als hätten sie niemals einen Wald, nie eine goldene Freiheit gekannt, so würden meine Mittheilungen hierüber doch nur höchst mangelhaft ausfallen gegenüber denen, wie sie der Besitzer selbst aus einer langjährigen Erfahrung machen kann. Lassen Sie sich daher von ihm selbst erzählen:

Im Sommer des Jahres 1848 schaffte ich mir das erste Eichhörnchen-Paar an, welches ich in ein Vogelbauer von größerer Dimension so lange einlogirte, bis die Thierchen ihr wildes Naturell so weit abgelegt hatten, daß ich annehmen durfte, sie würden durch ihr wildes Toben und Rasen im Zimmer nicht allzuviel Verheerung anrichten. Beim ersten Ausfluge giengs allerdings von vorn herein hoch her, aber es war doch noch erträglicher, als ichs mir gedacht hatte, und nach einer Stunde Rennens hatte ich das Vergnügen zu sehen, wie sie nacheinander ihr Quartier aufsuchten und an der in süßen Milchkaffe eingeweichten Semmel sich weidlich ergötzten. Nach wenigen Tagen waren die Thierchen so zahm und heimisch geworden, daß ich sie gar nicht mehr einsperrte, ausgenommen dann, wenn sie durch ihre allzugroße Zudringlichkeit lästig wurden. Mit Tagesanbruch verließen sie ihr Lager und begannen dann regelmäßig eine Morgenpromenade durchs Zimmer über Schränke, Tische, Stühle, Sophas hinweg bis zum Fenster, wo zwischen Topfpflanzen regelmäßig Halt gemacht wurde. Diese wurden mitunter durch Benagen arg mitgenommen, auch die Erde in den Töpfen wurde aufgescharrt, und davon gekostet. Hatten sie nun auch hierin ihr Müthchen hinlänglich gekühlt, so giengs wieder nach Hause zu, wo ihrer ein Frühstück von oben angegebener Art wartete. Nachdem sie diesem trefflich zugesprochen hatten, brachten sie ihr Haarkleid in Ordnung und dann wurde der Ruhe gepflegt, um bald zu neuem Spiel und Getändel frisch gestärkt zu erwachen. Auf ihren täglichen Spaziergängen hatte ich es ihnen möglich gemacht sich Nüsse zu holen, um diese nach Gefallen verspeisen, oder in Gewahrsam bringen zu können. Namentlich war ich zur Herbstzeit darauf bedacht, ihre Sammelsucht dadurch in Thätigkeit zu erhalten, daß ich ihre Vorrathskammer ausräumte und es ihnen überließ sie wieder zu füllen. Man darf nun nicht glauben, es sei diese meine Handlung von den Thieren unbemerkt geblieben; ihr Benehmen beim Zusammentragen der Nüsse zeigte sehr wohl an, daß sie ein sichereres Versteck aufsuchten, als das vorhergehende noch gewesen war. Offenbar suchten sie mich auch dadurch zu täuschen, daß sie die Nuß in irgend einen Winkel hinlegten und anscheinend sich nicht weiter um sie bekümmerten, so lange sie sich von mir beobachtet glaubten, hielten sie aber den nächsten Augenblick für ungefährlich, rasch war die Nuß wieder hervorgeholt und anderswo untergebracht. Man muß die Sprache der Thiere nur verstehen lernen, um zu begreifen, daß sie nicht so seelenlos sind, als sie vielseitig noch heute hingestellt werden.

Unter Essen, Schlafen, Tändeln und Scherzen war der Herbst und zum Theil auch der Winter dahingeflossen und hatte ich in der Lebensweise meiner Lieblinge außer der, daß das Männchen einen andern Ruhe- und Schlafplatz gewählt hatte, keine sonderliche Veränderung wahrgenommen. Eines Tages aber, es war gegen Ende Februar, zeigte mir das ungewöhnliche Benehmen des Pärchens an, daß etwas Besonderes sich ereignet haben mußte. Der Begattungsakt war zwar von mir beobachtet worden, aber es war mir die Zeit, wo derselbe stattgehabt hatte nicht mehr recht erinnerlich und glaubte ich, daß die Tragezeit noch nicht ihr Ende erreicht habe. Indessen ein leises Pipsen und Quiken, das ich aus dem Lager der Mutter her vernahm, konnte nur von jungen Eichhörnchen herrühren und ein genaueres Nachsehen überzeugte mich, daß das Weibchen wirklich geworfen hatte.

Wie früher theilten Männchen und Weibchen ein Wohnhaus; den eigentlichen Ruhe- und Schlafplatz in demselben „durfte“ aber das Männchen wie mir jetzt klar wurde, schon lange vorher nicht mehr betreten; die Benutzung desselben wurde ihm von dem Weibchen auf das Hartnäckigste verwehrt. Die Mutter pflegte ihre Kinderchen auf das Sorgfältigste und mußte sie dieselben gezwungener Weise einmal verlassen, entweder um Nahrung zu sich zu nehmen oder um andere Bedürfnisse zu befriedigen, so wurden sie doch niemals von ihr ganz außer Acht gelassen und namentlich mit großer Aengstlichkeit gegen den etwaigen Besuch des Vaters geschützt. Machte dieser nur Miene in die Nähe des Lagers sich zu begeben, gleich lag sie ihm in den Haaren, unter heftigen Puffen und Stößen wurde er wieder davon entfernt.

So glaubte ich denn keine Veranlassung zu haben den Kleinen noch meinen persönlichen Schutz angedeihen lassen zu müssen und überließ die Sorge für dieselben der Mutter allein.

Eines Tages fiel es mir auf, daß die sonst so zärtliche Mutter ihre Kinderchen so sehr vernachläßige, indem sie sich so gebärdete, als habe sie ihre Mutterpflichten ganz und gar vergessen. Endlich nahm ich denn an, die Jungen hätten vielleicht gar das Zeitliche gesegnet, und um mich zu vergewissern, was eigentlich vorgegangen sei, nahm ich das Kästchen worin die Jungen eingebettet waren, heraus und — zu meinem größten Erstaunen — fand ich keine Eichhörnchen mehr vor. In räthselhaftester Weise schienen sie spurlos verschwunden zu sein. An ein etwaiges Verschleppen, wie dieß die Mutter gewöhnlich that, wenn ich die Kleinen aus dem Neste gehoben hatte, war hier gar nicht zu denken, dazu waren die Verhältnisse nicht angethan. Aber, wie waren sie nun eigentlich verschwunden?! Ich untersuchte das Kästchen genauer und fand auf dem Boden desselben „Knochenreste", die ich denn auch als Theile des Schädels erkannte. Nun war mir die Sache klar: „die Jungen waren gefressen worden"; ob aber von beiden Eltern gemeinschaftlich, oder ob von der Mutter oder von dem Vater allein, das ist mir ein Geheimniß geblieben. Indessen, weder der Mutter, noch dem Vater schien der Verlust der Kinderchen sehr zu Herzen zu gehen, denn nach Verlauf weniger Tage lebten beide in schönster Harmonie; die Mutter ließ sich die Liebkosungen und Zärtlichkeiten des Vaters willig gefallen und die Begattung gieng von Neuem vor sich.

Der Liebesdurst des Männchens ist unersättlich, bei dem Weibchen hingegen ist er in wenigen Tagen gestillt, während welcher Zeit eine Begattung zum Oeftern, aber nur in den Morgenstunden vorkommt. Nach der Periode der Liebe mag sich nun der Gatte gebärden wie er will, er muß unverrichteter Sache abziehen; wird er aber gar zu ungestüm und zudringlich, so wird er durch Züchtigungen in den gehörigen Respekt gebracht. Sobald ich dieß gewahre, wird das Elternpaar getrennt und habe ich seitdem einen Verlust junger Eichhörnchen in so unangenehmer Weise wie oben angeführt, nicht mehr zu beklagen gehabt. Sind die Kinderchen nun soweit selbstständig geworden, daß sie der mütterlichen Pflege nicht mehr bedürfen, so werden sie entfernt. Das Elternpaar aber wird erst dann wieder vereint, wenn mir das Benehmen der Mutter anzeigt, daß ihr der Besuch des Herrn Papa genehm sei. In dieser Weise hat dieß Pärchen in einem einzigen Jahrgange, in vier Würfen, 17 Stück Junge zur Welt gebracht und groß gezogen, und es wäre noch ein fünfter Wurf erfolgt, wenn ich dem Drange der Eltern nachgegeben hätte. Ungetrübt und guter Dinge hatte ein anderes Pärchen 7 Jahre bei mir verlebt, als der Tod die Mutter abberief. Der überlebende Vater folgte erst nach Verlauf zweier Jahre der Mutter ins

Jenseits. Ein anderes Männchen hatte ebenfalls sein Weibchen verloren. Es machte nun einer seiner erwachsenen Töchter neue Liebesanträge, wurde aber trotz seiner größten Zärtlichkeiten hartnäckig abgewiesen. Endlich aber, ob aus Mitleiden mit dem unglücklich Liebenden, oder aus überwältigendem Liebesdrange, vermag ich nicht zu unterscheiden, gieng sie eine Copulation mit dem Papa ein und nach Verlauf weniger Wochen war die Welt um 4 Eichhörnchen reicher. Diese gediehen prächtig und waren der Mutter längst entwachsen und immer zeigte Frau Mama noch keine Neigung zu abermaliger Verbindung mit dem Papa und Gatten, so sehr dieser auch seine große Leidenschaft für sie, durch unausgesetztes Umrennen ihres Baues bekundete. Mit einem Male wurde auch dieß ihr lästig; in großer Aufregung sprang sie gegen das Drahtgitter an und erfaßte bei der Gelegenheit unglücklicher Weise einen Vorderzehen des Gatten mit ihren Schneidezähnen dergestalt, daß er denselben verlor. Diese Verwundnng wurde, weil das Thierchen zu bissig war, um es gehörig behandeln zu können, die Ursache des Todes dieses Männchens.

Höchst ergötzlich ist es für mich anzusehen, wie die Kleinen von der Mutter erzogen werden. Hat eines derselben Etwas, mir allerdings Unbekanntes verbrochen, so wird es in die Brummecke gestellt und darf sich nicht eher hervorwagen, bis Mama es wieder hervor holt. So kommt es gar nicht selten vor, daß zwei, drei der Unholde in verschiedene Ecken postirt werden. Will einer der Verbrecher seinen Strafplatz unerlaubter Weise verlassen, oder stellt er sich gar unfolgsam, nun dann geräth Mama ganz außer sich, dann setzt es Streiche ohne Zahl. Hier hilft Nichts, jedes muß seine Zeit abbüßen, ehe es ihm gestattet wird, sich an der Mutter Brust zu erlaben.

Zunächst wird die kleine Gesellschaft mit ihrer künftigen Ernährungsweise bekannt gemacht. Ist sie unter Zucht und Ruthe soweit herangewachsen, daß sie das Nest auf längere Zeit verlassen kann, dann beginnt der Unterricht im Klettern und Springen, denn auch dieß will erlernt sein. Zuerst verläßt Mama in leichtem Sprunge den Bauer, alles drängt, purzelt und stolpert bis zur Thüre nach, plötzlich stutzt die ungestüme Schaar, der Boden ist auf einmal wie verschwunden, eine weite Kluft breitet sich vor ihren Augen. Behende hüpft die Mutter zurück zu ihren Jungen, immerwährend Locktöne ausstoßend, als wolle sie hierdurch gleichsam ihren Lieblingen Muth einflößen. Flugs geht's wieder zum Bauer hinaus und wieder herein und hinaus, da, nun endlich hat der Muthigste das Wagestück vollbracht, die Kluft ist übersprungen; bald folgt der zweite, der dritte, aber o weh, dem letzten wollte es nicht gelingen, er sprang zu kurz, er stürzte in die Tiefe. Da muß ich wohl schon etwas nachhelfen, damit auch er den allgemeinen Sammelplatz bald erreicht. Bald geht's weiter vom Tische auf Stühle über ein Sopha zurück zum Lager. Mama springt voran, ich helfe nach und bald sieht sich die ganze Familie froh und zufrieden in ihrer kleinen Behausung vereint. An diesen Uebungen darf der Herr Papa sich ebenfalls betheiligen. Gleich der Mama liebkost er seine Kinder, hätschelt und tändelt mit ihnen, kurz stellt sich so, als wolle er es in Zärtlichkeiten der Frau Mutter zuvorthun.

Der Paarungstrieb stellt sich regelmäßig im Monat Januar ein. Der erste Begattungsakt, den ich genau beobachtete, fand am 11. Januar statt, worauf am 23. Februar die Geburt von fünf Stück Jungen erfolgte. Die Tragezeit währt demnach sechs volle Wochen, oder was dem gleich ist, 42 Tage. Ich habe diese Begebenheiten wiederholt und bei verschiedenen Paaren beobachtet, so daß ich sicher bin, daß ein merkliches Schwanken in der Dauer der Tragezeit nicht vorkommt. Auch ist die Zahl fünf nie überstiegen worden. Die Jungen kommen fast nackend und blind zur Welt. Nach Verlauf von 8 — 9 Tagen sind sie mit kurzen Härchen leicht bedeckt und erst nach vier Wochen vollständig behaart, so wie sie auch dann erst ihre volle Sehkraft erlangt haben. Nun beginnen sie ihr Nest zu verlassen und die Erziehung und die Uebungsmärsche werden in der Weise, wie ich es oben mitgetheilt habe, vorgenommen. Demnach dürften also fünf bis sechs Wochen darüber vergehen, ehe die Kleinen sich vollständig selbst überlassen bleiben können, worauf sich der Begattungstrieb bei der Mutter sofort wieder einstellt.

Literarisches.

Von dem Herausgeber.

(Schluß.)

Es ist bekannt, daß der Magen des jungen Wiederkäuers während der Saug-Periode in Beziehung auf seine verschiedenen mit verschiedenen Drüsen ausgestatteten Regionen anders ausgestattet ist, als der des erwachsenen. Der später für massenhafte Aufnahme von roher vegetabilischer Nahrung so kolossal entwickelte Wanst tritt bei dem Säugling gegenüber von dem später so kleinen Labmagen zurück. — Aber nicht nur bei dem Wiederkäuer, auch bei dem Schweine, trotz seines scheinbar einfachen Magens kann man verschiedene Drüsen-Regionen unterscheiden, solche, die mehr für konzentrirte Nahrung (Milch u. dgl.) und solche, die mehr für die vegetabilische Nahrung (Wurzeln u. s. f.) organisirt sind; und auch bei dem Schweine sind natürlich jene ersteren in der Säuglingsperiode stärker entwickelt, als die letzteren. — Nun hat Nathusius die äußerst interessante Entdeckung gemacht, daß jene Umwandlung des Magens vom Milch-Magen zum Wurzel-Magen (wenn ich so sagen darf) nur im Verhältniß zur Veränderung der Nahrung vor sich geht, d. h. daß der Magen des Schweins, wenn ihm auch nach der Saugperiode noch milchartige oder überhaupt konzentrirte Nahrung gereicht wird, mehr oder weniger auch bei dem erwachsenen Thiere im Jugendzustande verharrt. Daraus folgt weiter der für den Züchter wichtige Satz: „Je weniger normal im Sinne der natürlichen Entwicklung der Magen sich ausbildet, desto weniger erlangt das Thier die Fähigkeit, sich von voluminösen Stoffen zu nähren, und desto mehr behält es die Fähigkeit, intensive Futterstoffe durch Umbildung zu verwerthen. In dieser durch Erfahrung, Beobachtung und Experiment festgestellten Thatsache liegt die Beantwortung der Frage von der Frühreife der Thiere und der Befähigung, das Futter wirthschaftlich zu verwerthen. Es ist diese Frage aber auch von großer Bedeutung für die Gestaltung des Thieres im Allgemeinen. Es ist bekannt, daß das Thier in der ersten Lebenszeit in viel größerem Verhältniß wächst, als später; es sind darüber bei Pferden, bekanntlich auch bei Menschen, mehrfach Beobachtungen gemacht und in Zahlen ausgedrückt. Diese natürliche Rapidität der Entwicklung in der Jugend wird durch sehr reichliche und gedeihliche Ernährung gesteigert. Es findet aber nicht eine gleichmäßige Steigerung des Wachsthums statt, dieselbe ist vielmehr in gewissem Sinne eine einseitige. Erfahrungsmäßig tritt mit der künstlich gesteigerten Entwicklung in der Jugend stärkere Ausbildung des Rumpfes, geringere der Gliedmassen und des Kopfes ein; es werden auf diese Art die Thiere mit mächtigem tiefem Leib, mit kurzen Füßen und kleinem besonders kurzem Kopf erzeugt, welche Produkte der neueren, namentlich der englischen Thierzucht sind.“ [1])

Dieß einige Sätze aus dem reichhaltigen Buche über die Gesetze der Variation des deutschen Hausschweins, nach welchem es sich aus dem europäischen Wildschwein, wie Nathusius auf's Bestimmteste nachweist, hervorgebildet hat. Dieselben Gesetze der Variation gelten nun auch von dem ostindischen Hausschwein, das, obwohl es sich in jedem Grade mit dem europäischen kreuzt, doch einer anderen Art angehört. Auch bei dieser Art bringt und brachte die fortschreitende Kultur dieselbe Einbiegung am Schädelprofil und dieselben Veränderungen an Magen, Rumpf und Gliedmassen hervor, wie bei dem europäischen.

[1]) Dieser Satz bezieht sich doch wohl mehr nur auf Schweine und Rindvieh, nicht aber auf die Pferde? Anm. d. Herausg.

Dagegen — und dieß ist nun für die zoologische Systematik von größter Wichtigkeit — bleiben dennoch gewisse Art-Merkmale, welche das europäische von dem indischen Schweine trennen und die an sich geringfügig erscheinen, bei aller Kultur bestehen. Damit hat Nathusius eine Grenze der Variation dargethan, welche bei aller Weite der Variabilität eine gewisse Artbeständigkeit darthut, so zwar, daß der wissenschaftliche Züchter bei den vielen jetzt allgemein verbreiteten Bastarden der zwei Arten sicher im Stande ist, die Beimischung des indischen Blutes zu konstatiren. Der Verfasser, dessen Vorsicht in der Ausdrucksweise nicht weniger bewundernswerth ist, als die Klarheit und Bestimmtheit der aufgestellten Behauptungen, sagt, daß unzweifelhaft bei einem Thiere, das auch nur $^1/_{64}$ indischen Blutes besitzt, dieß in dem Schädel seinen bestimmten Ausdruck findet. Ein solches durchschlagendes Merkmal liegt z. B. in den Thränenbeinen, die bei dem indischen Schweine kurz und höher als lang, bei dem Europäischen aber länger als hoch sind. — In dieser Beziehung bleiben sich die beiden Arten durch alle Raçen wie sie die Kultur hervorgerufen, ja sogar, wie oben erwähnt, auch noch in den Bastarden treu. —

Eine nicht weniger beachtenswerthe Thatsache, die durch die Untersuchungen von Nathusius an's Licht gefördert worden, ist die, daß andere bisher häufig zur Unterscheidung hervorgehobene Merkmale, als da sind: aufrechte kurze oder lange hängende Ohren, enorme Größe oder zwerghafte Kleinheit des Thieres, reichliche Behaarung oder fast vollständige Kahlheit, konvexer oder konkaver, schmaler oder breiter Rücken, sodann alle die verschiedenen Farben oder Zeichnungen nicht von dem geringsten systematischen Werthe sind, vielmehr Alle bei den Variationen des gemeinen europäischen, wie des indischen Schweins sich finden. Durch diesen Einen negativen Satz fällt die zoologisch systematische Bedeutung der Mehrzahl der bisher unterschiedenen Raçen dahin. So finden wir z. B. bei den verschiedenen sogenannten neueren englischen Schweineraçen, die sämmtlich Bastarde von indischem und europäischem Blute sind, alle Arten von Ohren, Körpergröße, Farben-Nuancen, während osteologisch alle gleich sind, sie mögen nun Yorkshire, Berkshire, Essex, Suffolk, Leicester oder wie sonst sich nennen. — Dieß ist selbstverständlich zoologisch gesprochen und der Verfasser will damit nicht sagen, daß jene Unterschiede auch für den Züchter wirthschaftlich ohne Werth seien.

Aeußerst merkwürdig ist noch die Entdeckung von Nathusius, daß auch die Graubündter Schweineraçe, auf die Rütimeyer in seinen trefflichen Untersuchungen zuerst aufmerksam gemacht, nicht nur dort, sondern in allen europäischen Mittelmeerländern sich findet, besonders aber in Italien und Spanien,[1]) ja, daß dieses ohne allen Zweifel schon das Schwein der Römer war. Nathusius nennt es daher auch passend das „Romanische Schwein.“ Und was ist dieses? Nichts anderes als was das heutige englische Kulturschwein, nämlich eine Kreuzung des indischen Schweins mit dem eingebornen europäischen Wild- oder Hausschwein. Des zum Zeugniß bildet Nathusius eine Broncestatue aus Herkulanum ab, die auf's deutlichste diese Form darstellt. —

Dieß einige der neuen Thatsachen aus dem Werke. Sie werden dem Zoologen und dem Hausthierzüchter genügen anzudeuten, wie wichtig die Resultate desselben sind. Die Buchhandlung hat das Werk auf's Schönste ausgestattet, wie es sein Inhalt werth ist. —

Noch über einige andere Erzeugnisse der uns zunächst interessirenden Literatur sei hier kurz berichtet.

Von **A. Brehm's Illustrirtem Thierleben** liegen uns bis jetzt 26 Hefte vor. Ueber dieses allverbreitete treffliche Werk ist schon so viel des Rühmlichen gesagt worden, daß wir uns damit begnügen, ihm das mit Beziehung auf andere vielbändige Werke gewiß wichtige Verdienst zuzuerkennen, daß es in seinen letzten Lieferungen dieselbe Reichhaltigkeit, Klarheit und Gewandtheit der Schilderung behält, die es von Anfang an ausgezeichnet und so rasch überall eingeführt hat bei dem Fachmann, wie bei dem Laien. Möge der Verfasser in seinem so weit aussehenden Wirken nicht ermüden. Zu so vielen Lesern zu sprechen, soll ihm der immerwährende Sporn und der verdiente Lohn sein. —

Von dem Bruder des Obigen und von dem bekannten Thiermaler Zimmermann liegen uns Bilder und Skizzen aus dem Zoolog. Garten zu Hamburg (Hamburg, Lührsen 1865) vor. Mit gewandter Feder und feinem Kennerblick, dem glücklichen Erbtheil dieser berühmten Forscher-Familie, schildert uns Dr. Brehm hier die interessantesten Insassen des großen Hamburger Thiergartens. Mit Vorliebe behandelt sind die dort so reich vertretenen Hirsche, Raubvögel und Raubthiere, von Affen der Schimpanse und die noch so wenig beobachteten Nachtaffen. Es sind ausführliche Schilderungen, welche wesentlich auf das Leben und Treiben derselben Bezug nehmen. Die Illustrationen (Holzschnitte) von Zimmermann sind ausgezeichnet und betreffen meist Thiere, von denen bisher genügende Abbildungen in deutschen Werken fehlten, z. B. Haubenadler, (ein Bild, das mehr über diesen schönen Räuber sagt, als wir es mit einer langen Beschreibung vermöchten,) das Steppenhuhn, (eine ganze Gruppe), sodann verschiedene Reiher,

[1]) Vergl. auch, was Prof. Sacc in einem früher in dieser Zeitschrift publicirten Briefe über das spanische Schwein sagt.

Flaming's, ein herrliches Bild des Polarluchses, das Wasserschwein die Greifstachler (Baumstachelschweine) die Mähnenschafe u. s. f. —

Auf ein ähnliches aber sehr umfassend angelegtes, großartig ausgestattetes Werk über den Amsterdamer Thiergarten (Amsterdam, Gebr. v. Es) von dem berühmten Direktor des Leydener Museums, Professor Dr. Schlegel, von dem wir schon an einem anderen Orte gesprochen, kommen wir um so gerner zurück, als die neuen Lieferungen uns eine Fülle neuer guter Abbildungen und vortrefflicher Beschreibungen bisher zum Theil fast unbekannter Thiere bieten.

Unter dem Titel **Victorin's Resa i Kaplandet** gibt der manchem unserer Leser noch vom „Zoologischen Garten" durch seine interessanten Beobachtungen an gefangenen Thieren bekannte schwedische Bergwerksbesitzer J. W. Grill ein Werkchen eines Freundes mit einer Reihe interessanter Thier- und Menschenschilderungen aus dem Kapland und einzelnen hübschen Bildern heraus, deren eines den schönen Corythaix albo cristatus, Strickl. kolorirt darstellt. —

„Der Jäger" vom Grafen von Waldersee, illustrirt von L. Beckmann in Düsseldorf (Berlin, Duncker), liegt nun vollendet vor uns. Ueber den poetischen und künstlerischen Werth dieses schönen Werks haben wir schon früher gesprochen. —

Weitere Lieferungen liegen vor von Brehm und Roßmäßler, Thiere des Waldes (Leipzig, Winter). Die neueste (achte) Lieferung enthält unter Anderem eine äußerst interessante Waldscene von Zimmermann, eine Birkhenne mit Jungen, von einer Wildkatze hinter einer Wildrose belauert, letztere von einer Amsel mit ihrem jedem Jäger bekannten Warnungsgeschmetter verrathen. Der Text behandelt, nachdem die Meistersänger (Nachtigall, Drossel u. s. f.) früher geschildert worden, nunmehr die Sänger zweiten Rangs, wohin die Verfasser auch den herrlichen Buchfinken rechnen, was uns recht wohl, gewiß aber nicht allen Vogelfreunden einleuchten wird, sodann die Choristen des Waldes, d. h. die Würger, Staaren, Racken, Raben und Konsorten, also ungefähr diejenigen der Linné'schen Passeres, welche der Physiolog Johannes Müller in Berlin wegen ihres einfachen Stimmapparates „Schreier" nannte. Auch in der Behandlung dieser weniger Ausgezeichneten zeigt sich derselbe Scharfsinn der Verfasser, Allem was die Natur bietet, die liebenswürdigste und anziehendste Seite abzugewinnen, entsprechend dem Zweck des Werkes, Liebe zu den Naturwesen und Freude an der Beobachtung derselben in dem Gemüthe des Lesers zu erwecken.

Von Fritsch großem Bilderwerke über die Vögel Europa's (Prag, Tempsky) enthält die letzte (9.) uns zugekommene Lieferung die Regenpfeifer, Kiebitze, Wasserhühner und auf einer herrlich gelungenen Tafel die europäischen Trappen. Wir möchten besonders den Bibliotheken von

Realschulen und Gymnasien diesen erschöpfenden und dabei billigen Atlas anempfohlen haben.

Schließlich machen wir noch die Hausthierzüchter auf ein dem Umfange nach kleines, aber gehaltvolles Werkchen aufmerksam: Göring, Wanderbeiträge zur Thierzucht (Erlangen, Deichert), bereits in 2. Auflage erschienen. Es enthält in gedrängter Sprache das Charakteristische der Viehzucht und der Viehraçen 1) in der Schweiz, 2) in den bayerischen und österreichischen Alpenländern (Allgäu u. s. f.), 3) in Holstein, und Schleswig, 4) in Holland 5) in Württemberg, 6) in der Pfalz. Als Anhang Einiges über die in dem berühmten Schmidt-Hügelschen Prachtwerk: die Gestüte und Meiereien des Königs von Württemberg (Stuttgart, Ebner und Seubert), ausführlich nach den amtlichen Quellen geschilderten Hofgestüte unseres engeren Vaterlandes.

Correspondenz.

Berlin, 25. Dezbr. 1864.

In London habe ich den zoologischen Garten zweimal besucht, des milden Wetters wegen war noch viel im Freien zu sehen; in Hamburg dagegen, wo ich den 21. Dezbr. zubrachte, war Alles im Winterquartier, daher wenig zu sehen, außer Bären und Füchsen 2c. Umsomehr interessirten mich die reichhaltigen Aquarien, und ich hatte Muße, die Bewegungen der Fische in den vom durchfallenden Licht erleuchteten Glaskästen zu studiren. Die alte, schon von meinem Vater 1829 ausgesprochene Regel fand ich bestätigt, daß langsame Bewegungen vor- oder rückwärts wesentlich durch die Brustflossen, rasche mit Niederlegung aller andern Flossen allein durch den Schwanz ausgeführt werden. Die Rückenflosse und Afterflosse dient hauptsächlich als Steuer, um den Fisch in der einmal angenommenen Richtung mit dem schon vorhandenen Impulse sachte fortgleiten zu lassen; niedergelegt werden sie sowohl bei Veränderung der Richtung, als bei Beschleunigung der Bewegung. Der Schwanz — nicht die Schwanzflosse allein — spielt eine um so größere Rolle in der Fortbewegung, je länger und dünner er im Verhältniß zur ganzen Gestalt des Fisches ist, so besonders bei Gasterosteus spinachia und bei Gadus. Dagegen sah ich bei einem Labroiden, Ctenolabrus rupestris, die ruhige Fortbewegung weder durch Schwanz, noch durch Brustflosse bewerkstelligt, sondern durch sanfte wellenförmige von vorn und unten nach oben und hinten fortschreitende Bewegung des hintern weichen Theils der Rückenflosse, also wahrscheinlich dasselbe, was Du bei Syngnathus gesehen hast. Ich möchte vermuthen, daß alle Fische, deren Rückenflosse nach hinten auffallend lappenförmig verlängert und abgerundet ist, so schwimmen, somit Labroiden und Chaetodonten; bei all diesen ist der Schwanz kurz.

Bei den Flundern, Pleuronectes, ist wie der Körperbau, so auch die Funktion der Flossen verdreht. Ihre Fortbewegung, sei es daß sie niedrig über den Grund hin flattern — ich finde keinen bessern Ausdruck dafür — sei es daß sie im Wasser aufsteigen und sich wieder schief herablassen, geschieht stets durch wellenförmige von vorn nach hinten fortschreitende, nach oben und unten, nicht seitlich ausbiegende Krümmungen des Leibes in seiner ganzen Breite, der wie die horizontale Lage, die dunkle Seite nach oben, die helle nach unten, aufgibt. Die den Leib umsäumenden Flossen, Dorsalis und Analis, sowie die Caudalis nehmen an dieser Bewegung Theil, Rücken- und Afterflosse bewegen sich dabei ganz gleichmäßig, als ob sie zusammen Ein Paar gleichnamiger Flossen wären. Dagegen richtet sich die Brustflosse der obern dunkeln Seite beim schiefen Herabgleiten durch das Wasser nach dem Grunde zu hoch auf und functionirt offenbar als Steuer, wie die Dorsalis der regelmäßigen Fische. Die Brustflosse der untern (hellen) Seite hat nichts zu thun und deßhalb verkümmert sie auch bei andern Fischen derselben Familie (Solea, Monochir).

Wenn der Flunder ungestört am Grunde lauert, die vordere Hälfte des Körpers etwas erhoben, die Augen weit vorstehend, erinnert er einigermaßen an Blennius und die tropischen Periophthalmus, welche ähnlich, doch mit senkrechtem Leibe lauern. Das Flattern über den Grund hin, selbst im Trockenen, sah ich in Indien namentlich bei einer Gattung von Rochen, Myliobatis, welche hiernach nicht unpassend mit Fledermäusen, weniger treffend mit Vögeln (aquila), verglichen wird; hier geschieht aber die Bewegung wesentlich durch die kräftigen, fleischigen, vom Leib nicht abgesetzten Brustflossen.

Syngnathus sah ich in Hamburg nur ruhend, senkrecht im Wasser ausgestreckt, gleichsam von dessen Oberfläche herabhängend. Die Fische schwimmen wohl nie selbstständig, willentlich auf dem Rücken, höchstens der Tetrodon und Diodon dadurch, daß sie Luft schlucken und die Haifische zum Fressen, aber der Seehund (Phoca vitulina) im Regentspark drehte sich regelmäßig, wenn er in seinem Becken wie es schien zum Vergnügen herumschwamm, so um, daß der Bauch nach oben, der Rücken nach unten war, und schwamm so sehr gewandt, durch seitliche Bewegungen des Schwanzes, die Brustfinnen unbeweglich angedrückt, im Kreise herum.

Ein Hummer wandelte langsam und bedächtig, einen Thoraxfuß um den andern vorsetzend, und nur selten die (falschen) Bauchfüße bewegend, über den Grund hin, um kleine Fische zu überraschen, was ihm aber so lange ich zusah, nie gelang. Daß er mittelst des Hinterleibs und dessen Flosse stoßweise schwimmen kann, wie Palaemon bezweifle ich nicht, obwohl ich es nicht gesehen; doch wird er seiner Körpergestalt nach das Wasser nicht so rasch durchschneiden können, als der nach Art eines Schiffes zusammengedrückte, vorn zugespitzte Palaemon und dessen Verwandte. Die kurzschwänzigen Krabben: Carcinus maenas, Platycarcinus pagurus und Hyas araneus, sah ich nur bewegungslos oder langsam wandelnd; ich überzeuge mich mehr und mehr, daß die wenigsten der kurzschwänzigen Krabben schwimmen können. Glänzende Ausnahmen hierin bilden die pelagischen Gattungen, wie Lupa und Varuna, doch halten sich auch diese gern an schwimmendem Holz oder Tangen fest.

Sabellen sowohl wie Actinien sah ich in zahlreichen Exemplaren prächtig ausgebreitet, aber regungslos, geisterhaft oder prosaischer pilzartig aussehend; sie rechtfertigen auch dadurch die Ideen, die sich in den alten Bezeichnungen Seeblumen und Thierpflanzen ausdrücken.

(Aus einem Schreiben des Hrn. Dr. Ed. von Martens in Berlin an den Herausgeber.)

Miscellen.

Künstliche Vogelnester. Zum Aufhängen im Februar und März empfehlen wir allen Besitzern von Baumgärten und Parken die hübschen und billigen Vogelhäuschen (Brütkästen für Staaren, Rothschwänzchen u. s. f.) des Herrn Tischlermeisters Encke in Berlin, wie sie derselbe nach den Angaben des sel. Dr. Gloger fertigt und wir sie ausgezeichnet bewährt gefunden haben. Wb.

Anzeige.

Mit dem Neuen Jahre wird der „Thiergarten" zu erscheinen aufhören. Die weite Entfernung der Druckerei von der Redaktion macht, davon haben wir uns überzeugt, die Herausgabe eines regelmäßigen Monatsblatts fast zur Unmöglichkeit. Indem wir hoffen, über kurz oder lang in anderer — nicht an Kalendertage gebundener — Weise wieder mit unseren verehrten Lesern zusammenzukommen, sagen wir denselben, sowie allen unseren werthen Mitarbeitern, die so uneigennützig nur aus Liebe zur Sache uns unterstützt haben, unsern freundlichsten Dank.

Die Verlagshandlung. **Die Redaktion.**

Register.

Aal S. 132.
Adler 67.
Acclimatisation 110; 105—108; 123—127; 140—143; 236.
Aktinien, künstliche 21.
Aquarium 113.
Austernzucht 89—90.
Azoren, Thiere der 138.

Bär 4—7; 23; 29—32; 84.
Bastarde von Hausthieren 48; 92; 105—108; 123—127; 140—143; 225—231.
Befruchtung, künstliche 47—48.
Biber 172.
Biene, griechische S. 75—78.
„ italienische 236.
„ spanische 85.
Blutegel 65.
Brehm, Pastor 117—123.

Delphin 195—196.

Eichhorn 230; 236; 242—246.
Eisvogel 133—136.
Elster 45.
Erschaffung der Thiere 11—14.
Esel 197—201.

Fakultät, naturwissenschaftliche 48.
Fasan 168—171.
Fink, zahmer 233—234.
Fische, Bewegungen der 91; 251—252.
Fortpflanzungen in zool. Gärten 162—166.
Frosch, im Karpfenteich 14—16.
Frühgeburt bei Hausthieren 47.
Fuchs 116; 183—186; 48.

Gemse 90.
Geographie, Thier- 136—139.
Gepard 78—79; 110.
Geschlechter 23; 90.
Goldfasan 7—11; 32—36; 54—58.
Gyps-Abgüsse 21.

Hausthiere, Veränderlichkeit der 143—144; 213—217.
Hirsch 90; 110; 236.
Huhn 116; 171—172.
Hühnerhabicht 37—44.
Hund 186—190; 194.

Jagd 66; 146—148.
Inzucht 91.

Klima und Behaarung 25—29.
Kragenbär 84.
Krähe 234—235.
Krankheiten der Thiere 116; 110; 87—88.
Kranich 239.

Literatur 213; 217.
Literatur, siehe Inhalt.
Löwe, Fortpfl. 165—166; 217—219.

Mähnenhirsch 110.
Mauerläufer 192—194.

Maulesel 85.
Microglossus 80.
Monstrositäten 11—14; 89; 109.
Mustela lutreola 22.
Mulaten 195.

Nörz 22; 85—86.

Papageyen 116; 80.
Paradiesvogel 80—82.
Pelekan 65—66.
Pfau 103—105; 168—170.
Pferd 65; 85; (wildes) 90; 235—236.
Polygamie, bei Singvögeln 161—162.
Puter 67.

Rabe 109; 234—235.
Ratte 137.
Reh 90.
Reiher 237—238.
Rennthier 64—65.
Rind 139; 194.

Schaf 92; 148.
Schimpanse 162.
Schwein 85; 116; 194; 213—217.
Seehund (Fortpfl.) 219—220.
Seidenraupe 16—17; 65; 85.
Staar 58—60.
Steinbock 105—108; 123—127; 140—143.
Steppenhuhn 17—21.
Storch 65—66.
Strauß, Fortpfl. 164.
Syrrhaptes 17—21.

Tapir 149—154; 178—182; 208—212; 231—233.
Thierpflege 49—54; 61—62; 87; 109.
Thierreich und Welthandel 46—47.
Thierschutz 48.
Thierseele 90; 155—160; 161—162; 173—178; 183—186; 197—201; 202—205.
Thierzeichnungen 48; 92.
Trichinen 87—88.

Ursus arctos 4—7; 23; 29—32.

Vögel Europa's 63—64.

Wellenpapagey 45; 84—85.
Wisent 165.
Wolf 190—191; 205—208.

Yama-Mai 85; 109.

Ziege 105—108; 123—127; 140—143; 139; 194.
Zierfische 62—63.
Zool. Gärten im Winter 49—54.
Zool. Garten zu Breslau 166.
" " " Dresden 24; 72—75; 98—99.
" " " Hamburg 60—61; 66; 67; 99—102; 113; 127—130; 131—132; 144—146; 149—154.
" " " Köln 69—72; 93—98; 162—166.
" " " Moskau 102.
" " " Paris 46.
" " " Wien 21; 148; 220—225.
" " " Zürich 67.

CPSIA information can be obtained
at www.ICGtesting.com
Printed in the USA
LVHW040021180422
716440LV00005B/510

9 783752 596908